Christine

STEPHEN KING
Christine

Tradução
Louisa Ibañez

2ª edição

7ª reimpressão

Grafia atualizada segundo o Acordo Ortográfico da Língua Portuguesa de 1990, que entrou em vigor no Brasil em 2009.

Título original
Christine

Capa
Rodrigo Rodrigues

Copidesque
Edmo Suassuna

Revisão
Juliana Santana
Marina Santiago
Bruno Fiuza
Joana Milli

CIP-Brasil. Catalogação-na-fonte
Sindicato Nacional dos Editores de Livros, RJ

K52C
King, Stephen
Christine / Stephen King; tradução de Louisa Ibañez.
- 2ª ed. - Rio de Janeiro: Objetiva, 2013.
616p.

Tradução de: Christine.
ISBN 978-85-60280-87-2

1. Literatura americana. Romance I. Título

CDD: 813

EDITORA SCHWARCZ S.A.
Praça Floriano, 19, sala 3001 — Cinelândia
20031-050 — Rio de Janeiro — RJ
Telefone: (21) 3993-7510
www.companhiadasletras.com.br
www.blogdacompanhia.com.br
facebook.com/editorasuma
instagram.com/editorasuma
twitter.com/Suma_BR

Nota do Autor

As letras das canções citadas neste livro foram atribuídas ao cantor (ou cantora, ou grupos) mais comumente associados às mesmas. Isto poderá ofender o purista, que considera a letra de uma canção como pertencendo mais ao compositor do que ao cantor. O que você fez, poderia argumentar o purista, foi algo semelhante a atribuir as obras de Mark Twain a Hall Holbrook. Discordo. No mundo da canção popular, as coisas são como dizem os Rolling Stones: o cantor, não a canção. Os nomes dos autores das letras estão aqui para aqueles que quiserem conhecê-los. Agradeço a todos eles — e mais particularmente a Chuck Berry, Bruce Springsteen, Brian Wilson... e Jan Berry, do grupo Jan and Dean. Ele *realmente* voltou da Curva do Homem morto.

Conseguir as permissões legais necessárias para o uso de letras de canções é um trabalho duro, de modo que eu gostaria de agradecer a algumas das pessoas que me auxiliaram a recordar as canções e depois a garantir que eu poderia usá-las. Elas incluem: Dave Marsh, crítico e historiador de rock; James Feury, conhecido como "Mighty John Marshall", que toca canções de rock na minha cidadezinha, pela WACZ; seu irmão, Pat Feury, que divulga canções antigas em Portland; Debbie Geller; Patricia Dunning; e Pete Batchelder. Obrigado a todos vocês, caras, e que seus discos antigos nunca empenem demais, a ponto de não poderem tocá-los.

S.K.

Para George Romero e Chris Forrest Romero.
E Pittsburgh.

Sumário

Prólogo

Esta é a história de um triângulo amoroso, poderia-se dizer — Arnie Cunningham, Leigh Cabot e, é claro, Christine. Mas quero que você entenda que Christine chegou primeiro. Ela foi o primeiro amor de Arnie e, embora eu não tenha a presunção de garantir (de qualquer modo, não do alto da enorme sabedoria que possa ter alcançado em meus 22 anos), creio que ela foi seu único e verdadeiro amor. Portanto, chamo de tragédia o que aconteceu.

Eu e Arnie crescemos no mesmo quarteirão, frequentamos juntos a Escola Owen Andrews e o Colégio Darby. Também juntos fomos para o Colégio de Libertyville. Acredito que fui o principal motivo de Arnie não ter sido devorado no segundo grau. Eu era um cara importante — sei que isso não quer dizer grande coisa; cinco anos após a formatura, não se consegue nem mesmo uma cerveja grátis pelo fato de ter sido o capitão dos times de futebol e beisebol, e um nadador da Associação de Escolas —, mas, como eu era tudo isso, pelo menos Arnie nunca foi morto. Sofreu muitos abusos, mas nunca foi morto.

Ele era um perdedor, entendam. Todo colégio tem dois, pelo menos; é como uma lei nacional. Um garoto, uma garota. Sacos de pancada de todo mundo. Seu dia foi ruim? Se deu mal em uma prova importante? Discutiu com seus pais e ficou o fim de semana a pé? Não tem problema. Encontre um daqueles pobres coitados que se esgueiram pelos corredores como criminosos, antes do sinal tocar, e vá direto em cima dele. E, às vezes, eles realmente são assassinados, em todos os sentidos importantes, menos no físico; em outras vezes, encontram alguém a quem se agarrar e sobrevivem. Arnie tinha a mim. Depois teve Christine. Leigh apareceu mais tarde.

Eu só queria que você entendesse isso.

Arnie era um rejeitado natural. Era rejeitado pelos esportistas por ser magricela — 1,75 metro de altura, com cerca de 70 quilos, contando com as roupas completamente encharcadas e um par de botas Desert Drive. Era rejeitado também pelos intelectuais do colégio (que já formavam um grupo bem "rejeitado", numa cidadezinha como Libertyville), porque não tinha nenhuma especialidade. Arnie era inteligente, mas seus miolos não se fixavam naturalmente em nenhuma coisa específica... exceto mecânica de automóveis. Ele era ótimo nisso. Em se tratando de carros, o garoto era um talento nato. Porém seus pais, que lecionavam na Universidade em Horlicks, não admitiam ver o filho — cuja nota no teste de inteligência Stanford--Binet o colocava nos cinco por cento mais inteligentes — se matriculando nas aulas de mecânica da escola. Ele teve sorte de eles terem deixado que cursasse Mecânica de Motores I, II e III. Precisou batalhar muito para conseguir isso. Arnie era rejeitado pelos doidões, porque não usava drogas. E também era rejeitado pelo grupo machão calças-jeans-e-Lucky-Strikes, porque não era de beber e chorava se levasse um soco forte.

Ah, sim, era rejeitado também pelas garotas. A maquinaria glandular dele tinha degringolado completamente. Quero dizer, Arnie era um tapete de espinhas. Acho que lavava o rosto umas cinco vezes por dia, tomava umas duas dúzias de duchas por semana e experimentava cada creme ou panaceia conhecidos pela ciência moderna. Nada disso adiantou. O rosto de Arnie parecia uma pizza lotada e ele ia ficar com uma daquelas caras furadas e marcadas para sempre.

Eu gostava dele assim mesmo. Arnie tinha um senso de humor esquisito e uma mente que não se cansava de fazer perguntas, inventar jogos e criar exercícios malucos. Foi Arnie quem me mostrou como construir uma fazenda de formigas quando eu tinha 7 anos, e passamos todo um verão espiando aqueles insetos, fascinados por sua diligência e total seriedade. Quando tínhamos 10 anos, foi por sugestão de Arnie que fugimos de casa uma noite e colocamos um monte de bosta seca de cavalo, tirada dos Estábulos da Rota 17, debaixo do enorme cavalo de plástico sobre o gramado do Libertyville Motel, do outro lado da linha do trem, em Monroeville. Arnie aprendeu xadrez primeiro. Aprendeu pôquer primeiro. Ensinou-me a aumentar minha pontuação em Scrabble. Nos dias chuvosos, bem até a época em que me apaixonei (bem, mais ou menos — ela era líder de torcida, com um corpo espetacular; eu tinha certeza de que estava apaixonado por ela, mas quando Arnie me avisou que a mente da garota tinha toda a profundidade e a ressonância de um Shaun Cassidy 45, eu não pude lhe dizer que era mentira, porque não era mesmo), era nele que eu pensava primeiro, porque Arnie sabia como maximizar os dias de chuva, da mesma forma como sabia maximizar as pontuações no Scrabble. Talvez seja esta uma das maneiras de identificar as pessoas realmente solitárias... elas sempre podem imaginar algo legal para se fazer em um dia de chuva. A gente sempre pode ligar para elas. Estão sempre em casa. Porra, sempre.

De minha parte, ensinei Arnie a nadar. Fiz exercícios com ele e o convenci a comer verduras, para que pudesse dar uma reforçada naquele corpo magrelo. Consegui trabalho para ele na construção de uma estrada, um ano antes de nosso último ano no Colégio de Libertyville — e para isso nós tivemos que lutar muito com os pais dele, que se viam como grandes amigos dos trabalhadores nas fazendas da Califórnia e dos metalúrgicos em Pittsburgh, mas que ficavam horrorizados com a ideia de seu talentoso filho (classificado dentre os 5% máximos no Stanford-Binet, lembrem-se) ficando com os pulsos sujos de terra e o pescoço vermelho de sol.

Então, perto do fim daquelas férias de verão, Arnie viu Christine pela primeira vez e se apaixonou por ela. Eu estava com ele nesse dia — estávamos voltando para casa, do trabalho — e testemunharia a respeito disso diante do Trono de Deus Todo-Poderoso, se para isso me convocassem. Meu irmão, ele gamou e gamou feio. Até que podia ter sido gozado, se não fosse tão triste, se aquilo não tivesse ficado assustador tão depressa como ficou. Podia ter sido engraçado, se não tivesse sido tão ruim.

Quão ruim foi?

Foi ruim desde o começo. E se tornou pior rapidamente.

PARTE I

DENNIS – CANÇÕES SOBRE CARROS PARA ADOLESCENTES

Primeira Vista

Hey, looky there!
Across the street!
There's a car made just for me,
To own that car would be a luxury…
That car's fine-lookin, man,
That's somethin else.
— Eddie Cochran

— Ah, meu Deus! — meu amigo Arnie Cunningham gritou de repente.

— O que foi? — perguntei.

Seus olhos saltavam por trás dos óculos de aros de aço, ele espalmara a mão sobre o rosto, de maneira que a palma cobria parcialmente a boca, e o pescoço parecia girar sobre rolamentos, do modo como Arnie se virava para trás por sobre o ombro.

— Pare o carro, Dennis! Volte!

— O que você está...

— Volte, quero olhar para ela outra vez!

Entendi na mesma hora.

— Oh, cara, esqueça — falei. — Se está se referindo àquela... coisa que acabamos de deixar para trás...

— Volte! — ele quase berrou.

Voltei, imaginando que talvez fosse uma daquelas sutis piadinhas de Arnie. Só que não era. Ele gamara mesmo. Arnie se apaixonara.

Ela era uma piada sem graça, e eu jamais saberei o que Arnie viu naquela máquina, naquele dia. O lado esquerdo do para-brisa era uma contorcida teia de aranha de rachaduras. A traseira direita do teto estava afundada e um ninho horrendo de ferrugem tinha crescido pelo vale de pintura descascada. O para-choque traseiro estava torto, o tampo do porta-malas estava entreaberto, o estofamento sangrava através de compridos rasgões na cobertura dos assentos, dianteiro e traseiro. Era como se alguém tivesse brincado com o estofamento com uma faca. Um pneu estava vazio. Os outros, tão carecas que dava para se ver o encordoamento interno. O pior de tudo era a mancha escura de óleo, debaixo do motor.

Arnie se apaixonara por um Plymouth Fury 1958, um daqueles compridões, com enormes barbatanas. Havia um velho anúncio de VENDE-SE, já desbotado pelo sol, escorado contra o lado direito do para-brisa — o lado que não estava rachado.

— Olhe as linhas dela, Dennis! — sussurrou Arnie. Meu amigo estava correndo ao redor do carro, como um possesso. Seu cabelo suado subia e descia na cabeça. Experimentou a porta traseira, no lado do passageiro, e ela se abriu com um rangido agudo.

— Você tá me gozando, né, Arnie? — perguntei. — É insolação, né? Me diga que é insolação. Vou levar você para casa, ligar a droga do ar-condicionado e a gente esquece tudo isto, tá bem? — Porém, falei isso sem muitas esperanças. Ele sabia fazer uma piada, mas então não havia nada que lembrasse uma piada na cara dele. Pelo contrário, era uma espécie de loucura abobalhada que não me agradou nem um pouco.

Ele nem mesmo se deu ao trabalho de responder. Um bafo quente e espesso de ar cheirando a velhice, óleo e adiantada decomposição brotou da porta aberta do carro. Arnie também pareceu não perceber isso. Entrou e sentou-se no desbotado banco traseiro dilacerado. Um dia, vinte anos antes, aquilo tinha sido vermelho. Agora, era um rosa lavado e desbotado.

Estiquei o braço e arranquei um pouco do estofado, olhei para ele e o soprei ao vento.

— Parece que o exército russo passou marchando por cima disso, a caminho de Berlim — comentei.

Ele finalmente notou que eu ainda estava ali.

— Certo... certo, mas poderia ser consertado. Essa máquina... ela ficaria um barato. Uma unidade móvel, Dennis. Uma beleza. Uma verdadeira...

— Ei, ei! Que que cês dois tão aprontando?

Era um velhote que parecia estar curtindo — mais ou menos — seu septuagésimo verão. Talvez menos. Esse cara em particular me deu a impressão de ser daqueles que curtem muito pouco. O pouco que restava do cabelo era comprido e ralo. Tinha um bom caso de psoríase progredindo na parte careca do crânio.

Usava calças verdes de velho e tênis Keds. Estava sem camisa; em vez disso, tinha algo apertado em torno da cintura, parecendo uma cinta de mulher. Quando chegou mais perto, vi que era um colete ortopédico para as costas. De saída, só em olhar para aquilo, eu podia dizer que o homem o tinha trocado pela última vez mais ou menos na época em que Lyndon Johnson morrera.

— Que cês tão aprontando? — gritou, em voz aguda e estridente.

— Este carro é seu, senhor? — perguntou Arnie.

Uma pergunta meio desnecessária. O Plymouth estava estacionado no gramado da casa pós-guerra de onde o velho brotara. Era um gramado horrível, mas parecia realmente ótimo com aquele Plymouth em primeiro plano.

— E se for? — perguntou o velho.

— Eu... — Arnie engoliu em seco. — Eu quero comprá-lo.

Os olhos do velhote cintilaram. A expressão irritada do rosto foi substituída por um brilho furtivo no olho e um certo sarcasmo faminto em torno dos lábios. Então surgiu um falso, resplendente e largo sorriso. Foi naquele momento, creio — bem, justo naquele momento — que senti algo frio e triste dentro de mim. Houve um instante — só então — que senti vontade de puxar Arnie e arrancá-lo dali. Alguma coisa transpareceu dentro dos olhos do velho. Não foi só o brilho; era algo *por trás* do brilho.

— Bem, devia ter dito logo — falou o velhote. Estendeu a mão, que Arnie apertou. — LeBay. Roland D. LeBay. Reformado do Exército.

— Arnie Cunningham.

O velho pareceu balançar a mão, meio que acenando para mim. Eu estava fora da jogada: ele já tinha seu otário. Arnie tinha praticamente entregado a carteira a LeBay.

— Quanto? — perguntou Arnie. Depois mergulhou de cabeça: — Seja lá quanto for que você pedir pela máquina, ainda é pouco.

Grunhi intimamente, em vez de suspirar. O talão de cheques de Arnie foi junto com a carteira.

Por um momento, o sorriso de LeBay fraquejou um pouco, e ele apertou os olhos, desconfiado. Devia estar avaliando a possibilidade que tinha diante de si. Estudou o rosto franco e ansioso de Arnie, à procura de algum sinal de malícia, para então disparar a pergunta mortalmente perfeita:

— Já teve um carro antes, filho?

— Ele tem um Mustang Mach II — respondi rapidamente. — Os pais compraram pra ele. Tem transmissão Hurst, um *supercharger* e pode ferver a estrada em primeira marcha. O carro...

— Não — respondeu Arnie, tranquilo. — Só tirei minha carteira de motorista esta primavera.

LeBay me lançou um olhar rápido, mas astuto, para em seguida voltar a concentrar inteiramente a atenção em seu alvo principal. Colocou as mãos na parte mais baixa das costas e se espreguiçou. Captei uma azeda onda de suor rançoso.

— Fiquei com um problema de coluna no exército — afirmou. — Invalidez total. Os médicos nunca conseguiram me endireitar. Se perguntarem pra vocês o que há de errado no mundo, rapazes, digam que são três coisas: médicos, comunas e crioulos radicais. Dos três, os comunas são os piores, seguidos de perto pelos médicos. E se perguntarem quem foi que disse isso, podem dizer que foi Roland D. LeBay. Sim, senhor!

Ele tocou o velho e arranhado capô do Plymouth, com uma espécie de admirado amor.

— Este aqui foi o melhor carro que já tive. Comprei em setembro de 1957. Naquele tempo, era em setembro que se conseguia o novo modelo do ano. Durante todo o verão, exibiam fotos de carros escondidos por lonas e encerados, até a gente ficar morrendo para saber como eles eram por baixo daquilo. Hoje é diferente. — Sua voz estava carregada de desprezo, pelos tempos degradados em que estava vivendo. — Uma máquina novinha em folha. Cheirava como carro saído da fábrica e, para mim, este é o melhor cheiro do mundo. — Fez uma pausa para considerar. — Exceto, talvez, pelo cheiro de boceta.

Olhei para Arnie, mordendo furiosamente o interior das bochechas, para não estourar de rir de tudo aquilo. Arnie olhou para mim, surpreso. O velho nem pareceu nos notar; estava isolado em seu próprio planeta.

— Vesti a farda por trinta e quatro anos — contou LeBay, ainda tocando o capô do carro. — Me alistei aos dezesseis, em 1923. Comi poeira no Texas e vi piolhos do tamanho de lagostas, em alguns puteiros de Nogales. Vi homens com as tripas saindo pelos ouvidos na Segunda Guerra. Foi na França que vi isso. As tripas deles saíam pelos *ouvidos*. Acredita nisso, filho?

— Sim, senhor — respondeu Arnie.

Duvido que ele tivesse escutado uma só palavra do que LeBay dizia. Equilibrava-se ora em um pé, ora no outro, como se estivesse apertado para ir ao banheiro.

— Bem, e quanto ao carro... — insistiu Arnie.

— Cê tá na Universidade? — clamou LeBay, subitamente. — Lá em Horlicks?

— Não, senhor. Estou no Colégio de Libertyville.

— Muito bom — disse LeBay, taciturno. — Fique longe das universidades. Tão cheias de gente que gosta de crioulos, gente que quer entregar o Canal do Panamá. "Tanques de Cérebros" é o nome que dão a eles. Pois eu digo que são "Tanques de Merda".

Olhou amorosamente para o carro com seu pneu arriado, a pintura dissolvendo-se em ferrugem, banhado pelo último sol da tarde.

— Machuquei as costas na primavera de 57 — disse ele. — O Exército já tava indo pros diabos naquele tempo. Saí na hora certa. Voltei pra Libertyville. Torrei grana. Não tive pressa. Então entrei na Norman Cobb, concessionária Plymouth, onde hoje fica o boliche, lá perto da Main Street, e encomendei este carro aqui. Disse para eles: quero vermelho e branco, modelo do próximo ano. Vermelho como um carro de bombeiros por dentro. Eles conseguiram. Quando recebi a máquina, tinha um total de nove quilômetros no odômetro. Sim, senhor.

Ele cuspiu.

Olhei para o odômetro, por cima do ombro de Arnie. O vidro estava turvo, mas pude ler o estrago assim mesmo: 155.892. E dezesseis décimos. Caramba!

— Se gosta tanto do carro, por que quer vendê-lo? — perguntei.

Ele me dirigiu um olhar leitoso, bastante assustador.

— Tá querendo dar uma de engraçadinho pra cima de mim, filho?

Não respondi, mas também não baixei o olhar.

Após alguns momentos daquele duelo olho no olho (que Arnie ignorou por completo; deslizava lentamente uma amorosa mão por uma das barbatanas traseiras), ele disse:

— Não posso mais dirigir. Minhas costas pioraram muito. E os olhos estão indo pelo mesmo caminho.

E de repente eu entendi — ou achei que tinha entendido. Se ele tinha nos dito as datas certas, então ele tinha 71 anos. E, aos 70, neste Estado, é obrigatório o exame de vista anual para a renovação da carteira de motorista. LeBay devia ter sido reprovado no exame de vista, ou tinha medo que isso acontecesse, o que dava no mesmo. Antes de se submeter a essa indignidade, resolveu colocar o Plymouth à venda. E, depois disso, o carro envelhecera rapidamente.

— Quanto quer por ele? — Arnie tornou a perguntar.

Ah, ele mal podia esperar para ser massacrado.

LeBay virou o rosto para o céu, como se o estudasse para saber se choveria. Depois baixou os olhos para Arnie, oferecendo-lhe um largo e gentil sorriso, para mim demasiado semelhante ao sorriso astuto que me dirigiu antes.

— Tô pedindo trezentos — disse —, mas você parece ser um bom rapaz. Faço por 250 pra você.

— Ah meu *Deus*! — exclamei.

Porém, ele sabia quem era o pato e também sabia exatamente como criar uma barreira entre nós. Nas palavras de meu avô, LeBay não tinha caído ontem do caminhão de feno.

— Tá bem — disse ele, bruscamente. — Se é assim que você quer. Tenho meu programa das quatro e meia para ver. *Beira da Noite.* Nunca perco, se puder. Tive um bom papo com vocês, rapazes. Adeus.

Arnie dirigiu-me um olhar tão cheio de dor e raiva que recuei um passo. Depois foi atrás do velho e o segurou pelo cotovelo. Conversaram. Não ouvi tudo, porém vi mais do que suficiente. O orgulho do velho ficara ferido. Arnie estava ansioso e se desculpando. O velho apenas queria fazer Arnie entender que não suportava ver insultado o carro que o conduzira através de seus anos dourados. Arnie concordou. Pouco a pouco, o velho permitiu que ele o reconduzisse de volta. E, de novo, senti algo conscientemente aterrorizante em relação a ele... era como se um frio vento de novembro pudesse pensar. Não consigo palavras melhores para expressá-lo.

— Se ele falar mais uma só palavra, lavo as mãos disto tudo — disse LeBay, apontando um polegar calejado e chifrudo para mim.

— Ele não vai falar, ele não vai falar — garantiu Arnie, apressadamente. — Trezentos, foi o que disse?

— Sim, acho que foi...

— O preço dado foi 250! — falei bem alto.

Arnie pareceu aflito, temendo que o velho fosse dar para trás de novo, mas LeBay não queria arriscar-se. O peixe estava quase fora d'água agora.

— Acho que 250 tá bom — concedeu LeBay.

Ele olhou para mim novamente e vi que estávamos de acordo: ele não gostava de mim e eu não gostava dele.

Para meu crescente horror, Arnie puxou a carteira e começou a mexer no conteúdo. Houve silêncio entre nós três. LeBay era um mero espectador. Desviei o olhar para um garotinho que tentava se matar em um skate verde-vômito. Um cão latiu em algum lugar. Duas garotas com cara de estarem na oitava série passaram rindo muito e apertando uma pilha de livros contra os seios nascentes. Restava-me apenas uma esperança de que Arnie se visse fora daquilo: aquele dia era a véspera do dia do pagamento. Dado algum tempo, até mesmo 24 horas, aquela febre selvagem passaria. Arnie começava a me lembrar de Toad, de Toad Hall, pela sua falta de autocontrole e paixão sem limites por carros.

Quando voltei a olhar para eles, Arnie e LeBay olhavam para duas notas de cinco e seis de um dólar — aparentemente, tudo que ele tinha na carteira.

— Que tal um cheque? — sugeriu Arnie.

LeBay sorriu secamente e nada disse.

— É um cheque bom — protestou Arnie.

Claro que era. Havíamos passado todo o verão trabalhando para Carson Brothers, no alargamento da estrada I-376, a obra que, na opinião dos nativos da área de Pittsburgh, jamais seria terminada. Às vezes Arnie dizia que a Secretaria de Transportes da Pensilvânia tinha começado a licitar empresas para trabalhar na I-376 logo após o fim da Guerra Civil. Não que qualquer um de nós tivesse alguma queixa; muitos jovens trabalharam naquele verão em troca de salários de escravos, ou não trabalharam em absoluto. Estávamos fazendo um bom dinheiro, inclusive faturando algumas horas extras. Brad Jeffries, o capataz, se mostrara francamente duvidoso em aceitar um garoto como Arnie, mas por fim concordara em contratá-lo como sinaleiro; a garota que planejara contratar tinha engravidado e fugiu para se casar. Assim, Arnie começou trabalhando como sinaleiro em junho, mas aos poucos foi passando para o trabalho mais pesado, se sustentando basicamente com coragem e determinação. Era o primeiro emprego de verdade do garoto, e ele não queria estragar tudo. Brad ficou razoavelmente impressionado e, inclusive, o sol de verão contribuiu para amenizar um pouco as erupções cutâneas de Arnie. Talvez fosse o ultravioleta.

— Tenho certeza que o cheque é bom, filho — disse LeBay — mas tenho que receber em dinheiro. Cê entende.

Eu não sabia se Arnie entendera, mas eu entendia. Seria fácil demais sustar o pagamento de um cheque local se aquele Plymouth comido de ferrugem soltasse uma biela ou explodisse um pistão a caminho de casa.

— Pode ligar para o banco — disse Arnie, começando a desesperar-se.

— Não — disse LeBay, coçando o sovaco acima do escabroso colete. — Vai dar cinco e meia. Os bancos já fecharam há muito tempo.

— Fica como um sinal, então — disse Arnie, estendendo os dezesseis dólares.

Ele parecia positivamente louco. Talvez seja difícil acreditar que um cara quase com idade suficiente para votar ficasse tão apaixonado por uma lata velha anônima em quinze minutos. Eu mesmo achava difícil acreditar. Somente Roland D. LeBay parecia não ter dificuldades em entender, e imaginei que fosse porque ele, sendo tão velho, já teria visto de tudo. Foi só mais tarde que passei a crer que aquela estranha segurança poderia vir de outras fontes. De qualquer modo, se já havia corrido em suas veias algum leite de gentileza humana, há muito se transformara em coalhada azeda.

— Preciso ter um sinal de 10%, pelo menos — declarou LeBay. O peixe estava fora d'água; em mais um momento, iria para a cesta. — Se me der os 10%, reservo o carro por 24 horas.

— Dennis — pediu Arnie —, pode me emprestar nove pratas até amanhã?

Eu tinha doze na carteira e nenhum lugar em particular aonde ir. Dia após dia espalhando areia e cavando trincheiras para bueiros haviam feito maravilhas para me preparar para os treinos de futebol americano, mas eu não tinha mais nenhuma vida social. Ultimamente, nem mesmo vinha assaltando as muralhas do corpo de minha namorada chefe de torcida no estilo a que ela tinha se acostumado. Estava rico, mas solitário.

— Venha até aqui e veremos — falei.

LeBay franziu o cenho, mas sabia que não podia se livrar da minha intervenção, gostando ou não. Seus cabelos brancos encaracolados agitaram-se com a brisa leve. O velho manteve uma das mãos possessivamente sobre o capô do Plymouth.

Caminhei com Arnie até meu carro, um Duster 75, estacionado na esquina. Passei o braço pelos ombros dele. Por algum motivo, lembrei-me do dia chuvoso de outono que havíamos passado em seu quarto, quando não tínhamos mais que 6 anos — os desenhos animados tremeluzindo na tela em preto e branco de uma TV antiquíssima, enquanto coloríamos com velhos lápis de cera, guardados em uma lata de café amassada. A imagem me deixou triste e um pouco assustado. Compreendam, há dias em que 6 anos me parece uma idade ideal, e é por isso que ela só dura 7,5 segundos em tempo real.

— Você tem o dinheiro, Dennis? Eu pago amanhã de tarde.

— Sim, tenho — respondi —, mas, pelo amor de Deus, o que está fazendo, Arnie? Aquele velho safado tem aposentadoria por invalidez total, caramba? Ele não precisa de dinheiro, e você não é uma instituição de caridade.

— Não tô entendendo. Do que você tá falando?

— Ele tá ferrando você. Tá ferrando você pelo simples prazer da coisa. Se ele levasse o carro à Darnell's, não conseguiria nem 50 dólares pelas peças. Aquilo é um monte de merda!

— Não. Não é não.

Sem a pele ruim, meu amigo Arnie pareceria absolutamente normal. Contudo, Deus dá a todos pelo menos um traço bom, acho eu, e em Arnie eram os olhos. Por trás das lentes, que em geral os obscureciam, seus olhos mostravam um belo e inteligente cinza, a cor das nuvens em um nublado céu de outono. Podiam ser quase incomodamente agudos e perscrutadores quando surgisse algo que lhe interessasse, mas agora estavam distantes e sonhadores.

— Não é um monte de merda mesmo — insistiu ele.

Foi quando comecei realmente a compreender que ali havia mais do que a súbita decisão de Arnie em ter um carro. Ele nunca demonstrara o menor interesse por um, antes; contentava-se em rodar no meu, contribuindo para a gasolina, ou pedalava sua bicicleta de 3 marchas. E não era como se ele precisasse de um carro para sair à noite; que eu soubesse, Arnie jamais tivera um encontro com garotas na vida. Desta vez era algo diferente. Era amor ou coisa assim.

— Pelo menos — argumentei — peça pra ele ligar o motor pra você, Arnie. E levantar o capô. Tem uma poça de óleo debaixo do motor. Acho que o bloco pode estar rachado. Se quer saber, acho que...

— Pode emprestar os nove?

Os olhos dele estavam fixos nos meus. Desisti. Tirei minha carteira e entreguei-lhe os nove dólares.

— Obrigado, Dennis — disse ele.

— O funeral é seu, cara.

Ele nem ouviu. Juntou meus nove aos seus dezesseis e voltou para junto de LeBay, ao lado do carro. Estendeu-lhe o dinheiro e o velho o contou cuidadosamente, molhando o polegar.

— Só vou segurar por vinte e quatro horas, entendeu? — disse LeBay.

— Sim, senhor. Assim está ótimo — respondeu Arnie.

— Vou entrar em casa, preencher um recibo — disse o velho. — Como é mesmo o seu nome, soldado?

Arnie sorriu ligeiramente.

— Cunningham. Arnold Cunningham.

LeBay grunhiu e atravessou o gramado maltratado até a porta dos fundos. A porta externa era uma daquelas portas duplas de alumínio cafonas, com uma floreada letra no centro — um L maiúsculo, no caso. A porta bateu atrás dele.

— O cara é esquisito, Arnie. O cara é esquisito pra car...

Mas Arnie não estava mais ali. Sentara-se atrás do volante do carro. Em seu rosto havia a mesma expressão enérgica.

Dei a volta até a frente e achei o fecho do capô. Puxei-o, e o capô subiu com um grito enferrujado que me fez pensar nos efeitos sonoros ouvidos naqueles discos de casas mal-assombradas. Fragmentos metálicos caíram. A bateria era uma velha Allstate, e os terminais estavam tão cobertos de gosma de corrosão esverdeada que não se poderia dizer qual o positivo e o negativo. Puxei o filtro de ar e olhei sombriamente para um carburador de quatro difusores, tão negro como uma galeria de mina.

Baixei o capô e fui até onde Arnie ainda estava, agora deslizando a mão ao longo da borda do painel de instrumentos, por sobre o velocímetro, calibrado para uma marcação totalmente absurda de 190 quilômetros por hora. Algum dia os carros já andaram tão rápido?

— Acho que o bloco do motor está rachado, Arnie. Acho mesmo. Este carro é uma porcaria, meu amigo. Uma porcaria completa. Se você quiser mesmo um carango, por 250 podemos encontrar coisa muito melhor do que isto. Falando sério. *Muito* melhor.

— Ele tem 20 anos de idade — replicou Arnie. — Sabe que um carro é oficialmente uma antiguidade quando tem 20 anos de idade?

— Claro — respondi. — O ferro-velho atrás da Darnell's está repleto de antiguidades oficiais, sacou?

— Dennis...

A porta bateu. LeBay estava de volta. Não adiantava; não teria sentido continuar debatendo. Posso não ser o ser humano mais sensível do mundo, mas quando os sinais são fortes o bastante, consigo captá-los. Aquilo era algo que Arnie decidira que precisava possuir, e eu não iria convencê-lo a desistir. Acho que ninguém conseguiria fazê-lo.

Com um floreio, LeBay estendeu-lhe o recibo. Escrito em uma folha de um bloco comum, em uma caligrafia de velho aracnoide e ligeiramente trêmula, havia o seguinte: *Recebi de Arnold Cunningham, $25,00, como sinal e reserva por vinte e quatro horas de um Plymouth 1958, Christine.* Abaixo, ele assinara seu nome.

— O que é esse negócio de Christine? — perguntei, pensando ter lido errado ou ele poderia ter escrito mal.

LeBay estreitou os lábios e ergueu os ombros um pouco, como se esperasse que rissem dele... ou como se me desafiasse a isso.

— Christine — explicou — é como sempre chamei o carro.

— Christine — repetiu Arnie. — Gostei. E você, Dennis?

Agora ele falava em batizar a maldita coisa. Aquilo estava passando dos limites.

— O que acha, Dennis, você gostou?

— Não — respondi. — Se tem que dar um nome a isso, Arnie, por que não o chama de Problema?

Ele pareceu ter ficado magoado com isso, mas eu pouco me importava. Voltei para meu carro, a fim de esperá-lo, desejando que eu tivesse tomado um caminho diferente na volta para casa.

A Primeira Discussão

Just tell your hoodlum friends outside,
You ain't got time to take a ride!
(Yakety-yak!)
Don't talk back!
— The Coasters

Levei Arnie de carro até a casa dele e entrei com ele para comer um pedaço de bolo e tomar um copo de leite, antes de seguir para a minha. Foi uma decisão da qual me arrependi bem rápido.

Arnie morava na Laurel Street, situada em um bairro tranquilo e residencial no lado oeste de Libertyville. Para falar a verdade, quase toda a cidade de Libertyville é tranquila e residencial. Não é chique, como o subúrbio vizinho de Fox Chapel (onde a maioria das casas são grandes mansões como aquelas que costumamos ver todas as semanas em *Columbo*), mas também não é como Monroeville, com seus quilômetros de shopping centers, lojas de pneus baratos e sujos empórios de livros. Por aqui não temos nenhuma indústria pesada; trata-se, principalmente, de uma cidade-dormitório para a vizinha Universidade. Não é chique, mas pelo menos é *inteligente*.

Arnie tinha ficado calado e pensativo durante todo o caminho de casa; tentei puxar conversa, mas ele não se deixou ser puxado. Perguntei-lhe o que pretendia fazer com o carro.

— Consertá-lo — respondeu, ausente, voltando a se calar.

Bem, ele tinha habilidade suficiente; não questionava esse fato. Era bom com ferramentas, sabia ouvir e isolar o problema. Suas mãos eram sensíveis e ágeis com máquinas; somente quando estava perto de outras pessoas, em especial garotas, é que elas ficavam desajeitadas e inquietas, procurando estalar os nós dos dedos ou enfiar-se nos bolsos, ou algo ainda pior: se encaminhavam para o rosto e deslizavam pela acidentada paisagem das bochechas, queixo e testa, chamando a atenção para esses pontos.

Ele era capaz de consertar o carro, mas o dinheiro que ganhara neste verão estava reservado para a Universidade. Arnie nunca teve um carro antes, e eu não acho que ele faz ideia da maneira sinistra como carros velhos conseguem sugar dinheiro. Eles chupam grana, como um vampiro suga sangue. Arnie poderia evitar os custos da mão de obra na maioria dos casos, fazendo o trabalho ele mesmo, mas só o preço das peças de reposição acabaria com ele, antes de chegar ao fim.

Eu falei algumas dessas coisas para ele, mas Arnie preferiu me ignorar. Tinha o olhar ainda distante e sonhador. Eu não saberia dizer no que ele estava pensando.

Michael e Regina Cunningham estavam em casa — ela estava montando um quebra-cabeça ridículo que parte de uma série interminável (este trazia a imagem de mais ou menos seis mil rodas denteadas e engrenagens diferentes, sobre um fundo absolutamente branco, e me deixaria arrancando os cabelos em quinze minutos), e ele tocava flauta doce na sala.

Não demorou muito, comecei a desejar que tivesse desistido do bolo e do leite. Arnie contou a eles o que fizera, mostrou o recibo e os dois imediatamente subiram pelas paredes.

Você precisa entender que Michael e Regina eram gente da Universidade até o âmago. Queriam fazer o bem, e para eles isto significava protestar. Haviam protestado em favor da integração no início dos anos 60, passaram para o Vietnã e, quando isso passou, havia Nixon, questões de equilíbrio racial nas escolas (podiam citar capítulos e versículos do caso Alan Bakke até pegarmos no sono), violência policial e brutalidade paternal. Também gostavam de falar — toda aquela falação. Eles gostavam de falar quase tanto quanto de protestar. Pareciam sempre dispostos a participar de debates que viravam a noite sobre o programa espacial, ou de seminários sobre possíveis alternativas aos combustíveis fósseis. Só Deus sabe como conseguiam tempo para tantas "linhas diretas" — números de telefone para ajudar vítimas de estupro, viciados em drogas, "linhas diretas" para crianças fujonas que queriam conversar com um amigo, bem como o bom e velho DISQUE-AJUDA, para o qual os suicidas poderiam ligar e ouvir uma voz compreensiva dizendo não faça isso, cara, você tem um compromisso social com a Espaçonave Terra. Depois de vinte ou trinta anos lecionando em uma Universidade, o sujeito está pronto para matraquear assim como os cães de Pavlov estavam prontos para salivar quando ele tocava a campainha. Acredito que até dá para se gostar disso.

Regina (eles insistiam que eu os chamasse por seus primeiros nomes) tinha quarenta e cinco anos e era bonita de uma forma um tanto fria e semiaristocrática — isto é, conseguia parecer aristocrática mesmo quando usava jeans, o que fazia a maior parte do tempo. Sua área era inglês, mas, naturalmente, quando se atinge um nível universitário, isso nunca é bastante: é como dizer "América" se alguém lhe pergunta de onde você é. Ela tinha refinado e calibrado seu campo de atuação como o "blip" de uma tela de radar. Especializara-se em poetas ingleses antigos, tendo apresentado tese sobre Robert Herrick.

O negócio de Michael era História. Tinha uma aparência tão pesarosa e melancólica quanto a música que saía de sua flauta doce, embora o pesar e a melancolia não fossem uma parte normal de sua estrutura. Ele às vezes me fazia pensar no que Ringo Starr supostamente disse quando os Beatles vieram à América pela primeira vez, e um repórter, na entrevista coletiva, perguntou-lhe se ele era realmente tão triste quanto parecia. "Não", replicou Ringo, "é só o meu rosto". Michael era assim. Além do mais, seu rosto fino e os óculos grossos que usava combinavam para emprestar-lhe uma leve aparência de uma caricatura nada lisonjeira de professor. Seu cabelo começava a diminuir e ele usava um pequeno cavanhaque.

— Oi, Arnie — disse Regina, quando entramos. — Olá, Dennis.

Foi a última coisa cordial que ela nos disse naquela tarde.

Respondemos "Oi" e pegamos nosso bolo com leite. Sentamos na copa. O jantar estava cozinhando no forno e, lamento dizer, o cheiro era francamente repelente. Regina e Michael tinham andado flertando com o vegetarianismo durante algum tempo e, naquela noite, o aroma dava a impressão de que ela preparava uma boa e velha quiche de algas ou coisa assim. Esperei que não me convidassem para ficar.

A música da flauta cessou e Michael veio para a cozinha. Usava bermudas recortadas de uma calça jeans e tinha um ar de quem acaba de receber a notícia da morte de seu melhor amigo.

— Estão atrasados, rapazes — disse. — Algo errado?

Abriu a geladeira e começou a procurar alguma coisa lá dentro. Talvez o cheiro da quiche de algas também não lhe fosse tão agradável.

— Comprei um carro — disse Arnie, cortando outro pedaço de bolo.

— Você fez o quê? — exclamou a mãe imediatamente no outro aposento.

Ela se levantou depressa demais e houve um baque quando as coxas dela bateram forte contra a beira da mesa de jogo onde montava os quebra-cabeças. O baque foi seguido pelo ruído cascateado de peças caindo no chão. Foi quando comecei a pensar que teria sido melhor ter ido direto para casa.

Michael Cunningham tinha se virado da geladeira para olhar o filho, segurando uma maçã em uma das mãos e uma caixa de iogurte natural na outra.

— Você está brincando — disse, e por alguma absurda razão, pela primeira vez notei que seu cavanhaque, que usava desde mais ou menos 1970, estava ficando bem grisalho. — Arnie, você está brincando, não? Diga que é uma brincadeira.

Regina entrou, alta e semiaristocrática, além de infernalmente furiosa. Deu uma boa olhada de perto no rosto de Arnie e *soube* que ele não estava brincando.

— Você não pode comprar um carro — falou. — Do que você está falando, afinal? Só tem 17 anos!

Arnie olhou lentamente do pai parado ao lado da geladeira para a mãe parada na porta que levava à sala de estar. Havia uma expressão teimosa e decidida em seu rosto, algo que eu nunca vira antes, que eu me lembrasse. Pensei que, se usasse aquela expressão com mais frequência na escola, os colegas da oficina não teriam tanta vontade de abusar dele.

— Na verdade, você está errada — respondeu ele. — Posso comprar um carro sem qualquer problema. Claro, não poderia financiar o carro, mas uma compra em dinheiro não oferece problema algum. É claro, *registrar* um carro aos 17 anos é uma questão totalmente diferente. Para isso, eu precisaria de sua permissão.

Os dois o fitavam com surpresa, apreensão e raiva crescente. Quando percebi isso, experimentei uma profunda sensação de pânico no estômago. Apesar de todas as ideias liberais e o compromisso com os trabalhadores rurais, as esposas maltratadas, mães solteiras e tudo mais, eles manipulavam Arnie completamente. E Arnie se deixava manipular.

— Não vejo necessidade para se falar assim com sua mãe — Michael afirmou. Guardou o iogurte, ficou com a maçã e fechou lentamente a porta da geladeira. — Você é muito novo para ter um carro.

— Dennis tem um — disse Arnie prontamente.

— Bem, puxa! Como está ficando tarde! — falei. — Eu devia ir para casa! Devia ir para casa agora mesmo! Eu...

— O que os pais de Dennis decidiram e o que nós decidimos são coisas muito diferentes — disse Regina Cunningham. Eu jamais ouvira sua voz soar tão fria. Nunca. — E você não tinha o direito de fazer algo assim sem consultar seu pai e a mim sobre...

— *Consultar vocês?* — rugiu Arnie, de repente.

Ele derramou o leite. Havia enormes veias em seu pescoço, estiradas como cordas.

Regina recuou um passo, boquiaberta. Eu podia apostar que o filho-patinho-feio nunca lhe rugira em toda a sua vida. Michael simplesmente ficou ali, perplexo. Estavam tendo um gostinho do que eu já provara — por motivos que só ele saberia explicar, Arnie finalmente encontrou algo que realmente desejava. E que Deus tivesse piedade de quem ficasse em seu caminho.

— *Consultar* vocês? Eu sempre consultei vocês em cada droga de coisa que já fiz! Tudo era sempre uma reunião de comitê, e quando era algo que eu não queria fazer vocês venciam por dois contra um! Mas isto não é nenhuma reunião de comitê. Comprei um carro... *e é isso!*

— Certamente que não é nada *disso* — retrucou Regina.

Seus lábios tinham se estreitado e, estranhamente (ou talvez não), ela deixara de parecer apenas semiaristocrática; agora se parecia com a Rainha da Inglaterra ou de algum outro lugar, com jeans e tudo. Michael estaria fora do combate, dali em diante. Parecia tão surpreso e infeliz como eu e, por um instante, senti uma bruta pena do homem. Ele não podia nem ir para casa jantar para se livrar daquilo: já *estava* em casa. Ali se desenrolava uma crua luta pelo poder, entre a velha guarda e a jovem guarda, e aquilo seria decidido como essas coisas sempre são decididas: com uma monstruosa explosão de amargura e aspereza. Aparentemente,

Regina estava pronta para isso, mesmo que Michael não estivesse. Mas eu não queria ter nada a ver com aquilo. Levantei-me e caminhei para a porta.

— Você deixou que ele fizesse isso? — perguntou Regina. Olhou para mim com arrogância, como se nunca tivéssemos rido juntos, feito bolos juntos ou participado juntos de acampamentos familiares. — Dennis, estou surpresa com você.

Aquilo me atingiu. Eu sempre gostei da mãe de Arnie, porém nunca chegara a confiar inteiramente nela, pelo menos desde que acontecera algo, quando eu tinha uns 8 anos.

Eu e Arnie tínhamos ido de bicicleta até o centro da cidade para uma matinê no sábado. No caminho de volta, ele caiu da bicicleta quando derrapou, tentando não atropelar um cachorro, e machucou bastante a perna. Levei-o para casa de carona em minha bicicleta, e Regina o levou ao pronto-socorro, onde o médico lhe deu meia dúzia de pontos. Então, por algum motivo, depois que tudo terminou e ficou claro que Arnie ficaria perfeitamente bem, Regina se voltou contra mim e me deu uma bela surra verbal. Ela me deu uma bronca como se fosse o sargento-chefe. Ao terminar, eu tremia dos pés à cabeça e estava a ponto de chorar — que diabo, tinha apenas 8 anos e tinha visto um monte de sangue. Não posso recordar de cor e salteado todo o falatório, mas a sensação geral que ficou comigo era perturbadora. Que me lembre, ela começou me acusando de não ter tomado conta dele direito — como se Arnie fosse muito mais novo, e não quase da minha idade — e terminou dizendo (ou parecendo dizer) que aquilo deveria ter acontecido era comigo.

Agora a situação parecia se repetir — *Dennis, você não tomou conta dele direito* — e eu fiquei irado também. Minha desconfiança quanto a Regina talvez fosse apenas parte dessa ira e, para ser inteiramente sincero, talvez apenas a menor parte. Quando somos crianças (e, afinal de contas, não seriam os 17 anos apenas o limite extremo da infância?), tendemos a ficar ao lado de outras crianças. Você sabe, com um instinto forte e infalível, que, se não derrubarmos alguns muros e arrombarmos alguns portões, nossos pais — com a melhor das intenções — ficariam satisfeitos em nos manter para sempre no cercado para bebês.

Fiquei zangado, mas disfarcei o melhor que pude.

— Eu não *deixei* ele fazer nada — respondi. — Ele quis comprar e comprou. — Mais cedo, eu poderia ter contado que Arnie deixara apenas um sinal, mas não faria mais isso. Agora, eu tinha meus reforços. — Eu tentei convencê-lo a não comprar, na verdade.

— Duvido que tenha tentado o bastante — atacou Regina.

Ela poderia muito bem ter dito logo: *Você não me engana, Dennis, sei que os dois estão juntos nessa.* O rosto dela estava vermelho e os olhos atiravam faíscas. Regina tentava fazer com que eu me sentisse novamente um garoto de 8 anos, e estava indo bem. Mas eu lutei.

— Sabe, se você considerar todos os fatos, não foi uma coisa tão terrível assim. Ele comprou o carro por duzentos e cinquenta dólares e...

— Duzentos e cinquenta dólares? — explodiu Michael. — Que espécie de carro se consegue por duzentos e cinquenta dólares?

Seu incômodo desligamento prévio — se é que foi isso mesmo, e não um simples choque ao ouvir a tranquila voz do filho erguida em protesto — desaparecera. O preço do carro é que o despertara. E ele olhou para Arnie com um desprezo tão claro que me senti mal. Eu quero ter filhos um dia e, se os tiver, espero poder deixar aquela particular expressão fora do meu repertório.

Fiquei dizendo a mim mesmo para ficar frio, que aquilo não era da minha conta, que não havia motivos para me irritar... porém o bolo que comi estava no meio de meu estômago, em uma grande bola pegajosa, e minha pele estava quente. Os Cunningham tinham sido minha segunda família, desde que eu era garotinho, e podia sentir dentro de mim todos os estressantes sintomas físicos de uma disputa familiar.

— Dá para aprender muito sobre carros, ao se consertar uma lata velha — argumentei. De repente, soava para mim mesmo como uma imitação maluca de LeBay. — E vai ser necessário trabalhar muito para que fique pronto para ser legalizado. (Se é que vai ficar algum dia, pensei.) Pode-se encarar isso como... como um *hobby*.

— Eu encaro como loucura — disse Regina.

De súbito, eu só queria ir embora. Creio que, se as vibrações emocionais ali dentro não estivessem tão pesadas, até acharia graça naquilo. De alguma forma, eu havia passado a defender o carro de Arnie, quando na verdade achava que aquela ideia tinha sido ridícula desde o começo.

— Bom, tanto faz — murmurei —, mas me deixem fora disto. Vou para casa.

— Ótimo! — exclamou Regina, com aspereza.

— Já chega — disse Arnie, em voz inexpressiva. Levantou-se. — Vou dar o fora desta merda.

Regina engoliu a seco e Michael piscou, como se tivesse levado um tapa.

— O que foi que você *disse?* — bufou Regina. — O que foi que...?

— Não sei por que estão tão bravos — respondeu Arnie com uma voz misteriosa e controlada —, mas não vou ficar aqui ouvindo um monte de maluquices de vocês dois. Você quis que eu fizesse os cursos preparatórios da faculdade. Estou fazendo. — Ele olhou para a mãe. — Quis que eu entrasse para o clube de xadrez, em vez de ficar na banda da escola: muito bem, estou lá também. Consegui viver 17 anos sem envergonhá-la diante do clube de *bridge* ou ir parar na cadeia.

Os dois estavam olhando para ele, de olhos arregalados, como se uma das paredes da cozinha subitamente tivesse criado lábios e começado a falar.

Arnie os encarou com olhos estranhos, brancos e perigosos.

— Estou dizendo que vou ter esse carro. Uma única coisa.

— Arnie, o seguro... — começou Michael.

— Pare com isso! — gritou Regina.

Ela não queria começar a falar sobre os problemas específicos, porque esse seria o primeiro passo no caminho para uma possível aceitação. Sua única ideia era esmagar a rebelião rápida e completamente. Há momentos em que os adultos nos causam repugnância de maneiras que nem eles jamais compreenderão; acredito nisso, sabe. Passei por um desses momentos ali, e isso só fez com que me sentisse pior. Quando Regina gritou com o marido, eu a vi como sendo vulgar e assustada ao mesmo tempo. E, como gostava muito dela, desejei nunca tê-la visto destas formas.

Ainda assim, fiquei parado junto à porta, querendo ir embora, mas fascinado de forma doentia pelo que acontecia — a primeira grande discussão que eu já havia presenciado na família Cunningham, talvez a única discussão de qualquer tipo. Sem dúvida, aquilo era uma caretice de no mínimo dez pontos na escala Richter.

— É melhor você ir, Dennis, enquanto resolvemos isto — disse Regina, carrancuda.

— Certo — falei —, mas acho que estão fazendo tempestade num copo d'água. Esse carro... Regina... Michael... se vocês o vissem... talvez vá de zero a cinquenta em vinte minutos, se chegar a se mover...

— Dennis! *Vá embora!*

Eu fui.

Enquanto eu entrava no meu Duster, Arnie saía pela porta dos fundos, aparentemente querendo cumprir sua ameaça de ir embora. Os pais o seguiram, agora parecendo preocupados, além de furiosos. Eu podia entender um pouco o que eles sentiam. Fora tudo tão repentino como um ciclone, descendo de um límpido céu azul.

Liguei o carro e dei marcha a ré até a rua sossegada. Evidentemente, muita coisa acontecera desde que nós dois saímos do trabalho às quatro, duas horas atrás. Antes eu estava faminto a ponto de comer quase qualquer coisa (exceto quiche de algas). Agora, meu estômago estava tão embrulhado que por pouco não devolvia tudo que tinha sido engolido.

Quando fui embora, os três estavam parados na entrada para carros, em frente à garagem de dois automóveis (o Porsche de Michael e a perua Volvo de Regina estavam enfiados lá dentro — *eles têm seus carros,* pensei, com certa maldade; *estão pouco ligando),* ainda discutindo.

É isso aí, pensei, um tanto triste e aborrecido. *Eles o derrotarão, LeBay embolsará os vinte e cinco dólares de Arnie e aquele Plymouth 58 ficará em seu gramado por mais uns mil anos.* Os pais de Arnie já tinham feito isso com ele antes. Porque Arnie era um perdedor. Até Regina e Michael sabiam disso. Ele era inteligente, e quando se conseguia atravessar seu exterior tímido e desconfiado, ele era divertido, amável e... dócil, acho eu. Dócil, exatamente o termo que faltava.

Dócil, mas um perdedor.

Seus pais sabiam disso tão bem quanto os colegas de aula de mecânica, que gritavam com ele nos corredores e esfregavam os polegares em seus óculos. Os pais de Arnie sabiam que ele era um perdedor e o derrotariam. Foi o que pensei. Só que, desta vez, estava enganado.

A Manhã Seguinte

My poppa said "Son,
You're gonna drive me to drink
If you don't quit drivin that
Hot-rod Lincoln"
— Charlie Ryan

Na manhã seguinte, passei pela casa de Arnie às 6h30 e só encostei o carro diante da casa, não querendo entrar, mesmo sabendo que os pais dele ainda estariam dormindo — na noite anterior houvera vibrações negativas demais sendo atiradas naquela cozinha para que eu me sentisse tentado pelo costumeiro café com biscoitos, antes de ir trabalhar.

Arnie demorou quase cinco minutos para sair e comecei a me perguntar se ele não havia cumprido a ameaça de ir embora. Então a porta dos fundos se abriu e ele veio descendo pela entrada de carros, a marmita batendo em uma das pernas.

Ele entrou no carro, bateu a porta e disse:

— Dirija, James.

Esta era uma das piadinhas padronizadas de Arnie quando ele estava de bom humor.

Eu dirigi e olhei para ele cautelosamente, quase decidido a falar alguma coisa, mas então achei melhor esperar que ele começasse... se é que tinha alguma coisa para dizer.

Durante um longo tempo, pareceu que ele não tinha. Percorremos a maior parte do caminho para o trabalho sem qualquer conversa, nada a não ser o som da WMDY, a estação local de rock e soul. Arnie marcava o compasso distraidamente, batendo na perna.

Por fim, ele disse:

— Lamento que você tenha se envolvido naquilo na noite passada, cara.

— Está tudo bem, Arnie.

— Você nunca parou para pensar — disse ele, abruptamente — que os pais não passam de crianças supercrescidas até que os filhos os arrastem para a vida adulta? Geralmente esperneando e chorando?

Sacudi a cabeça.

— Vou lhe dizer o que penso — continuou ele. Estávamos agora chegando ao local da construção; o trailer da Carson Brothers ficava apenas duas rampas mais à frente. O trânsito, tão cedo, era leve e sonolento. O céu tinha uma doce cor de pêssego. — Acho que parte de ser pai é tentar matar os filhos.

— Isso parece bastante racional — respondi. — Os meus estão sempre querendo me matar. Ontem à noite, minha mãe se esgueirou com um travesseiro e tentou me sufocar. E na noite anterior foi meu pai correndo atrás de mim e da minha irmã com uma chave de fenda.

Eu estava brincando, mas me perguntei o que Michael e Regina diriam, se pudessem ouvir nossa conversa.

— Eu sei que parece meio louco em princípio — disse Arnie, imperturbável —, mas há muitas coisas que parecem loucas, antes que você pense bem nelas. Inveja do pênis. Conflitos edipianos. O sudário de Turim.

— Parece uma babaquice pra mim — respondi. — Você teve uma discussão com seus pais, só isso.

— Eu realmente acredito nisso, de qualquer maneira — disse Arnie, com ar pensativo. — Não que eles saibam o que estão fazendo; nisso eu não acredito mesmo. E sabe por quê?

— Diga.

— Porque assim que você tem um filho, você sabe que vai morrer com certeza. Quando temos um filho, vemos nossa própria sepultura.

— Sabe de uma coisa, Arnie?

— O quê?

— Acho que isso é macabro pra cacete.

Nós dois explodimos em gargalhadas.

— Não falei nesse sentido — replicou ele.

Paramos no estacionamento e desliguei o motor. Ficamos ali sentados por mais alguns momentos.

— Falei pra eles que ia pedir dispensa dos cursos preparatórios pra universidade — declarou Arnie. — Disse que ia me matricular no T. V. inteirinho.

T. V. era treinamento vocacional. O mesmo tipo de ensino que garotos dos reformatórios recebem, exceto, é claro, que eles não voltam para casa à noite. A rapaziada do reformatório faz parte do que se poderia chamar de programa de internato compulsório.

— Arnie... — comecei, sem saber bem como continuar. A forma como esta situação tinha explodido do nada ainda me deixava chocado. — Você ainda é menor, Arnie. Eles têm que assinar a sua matrícula...

— Claro, eu sei disso — respondeu Arnie. Sorriu para mim sem humor e, àquela claridade fria da manhã, pareceu ao mesmo tempo mais velho e muito, muito mais jovem... como um bebê cínico, de algum modo. — Eles têm o poder de cancelar todas as matérias da minha inscrição por mais um ano, se quiserem, e me matricular nas matérias que quiserem. Podem me inscrever em Economia Doméstica e Mundo da Moda. A lei diz que podem. Mas nenhuma lei diz que eles podem me obrigar a passar nessas matérias.

Isso me fez compreender — quero dizer, mostrou o quão longe ele tinha ido. Como era possível que aquela lata velha caindo aos pedaços passasse a significar tanto para ele tão *depressa?* Nos dias seguintes, essa pergunta voltou o tempo todo de maneiras diferentes, do jeito que eu sempre imaginei que um desgosto recente faria. Quando Arnie disse a Michael e Regina que iria ficar com o carro, ele estava falando sério. Ele tinha atacado diretamente o ponto onde as expectativas dos pais dele eram mais fortes, e o fizera com uma habilidade impiedosa que me surpreendeu. Não acho que táticas mais fracas funcionariam contra Regina, mas o fato de Arnie ter conseguido executar o plano me deixou assombrado. De fato, ele me surpreendera pra cacete. A questão crucial era que, se Arnie passasse seu último ano em T. V., a chance de entrar em uma universidade seria jogada pela janela. E, para Michael e Regina, isso era uma impossibilidade.

— Então eles simplesmente... desistiram? — Era quase a hora de bater o ponto de entrada, mas eu não poderia deixar o assunto morrer enquanto não soubesse tudo.

— Não foi assim tão fácil, não. Eu disse que encontraria um lugar para guardar o carro e que não tentaria submetê-lo a uma vistoria ou registro sem a aprovação deles.

— E você acha que vai conseguir isso?

Ele me lançou um sorriso soturno que era de alguma forma confiante e assustador ao mesmo tempo. Era o sorriso de um operador de escavadeira, baixando a pá de um Cat D-9, diante de um toco de árvore particularmente difícil.

— Vou conseguir — respondeu Arnie. — Quando eu estiver pronto, eu vou conseguir.

E sabem de uma coisa? Acreditei que ele conseguiria mesmo.

Arnie se Casa

I remember the day
When I chose her over all those other
junkers,
Thought I could tell
Under the coat of rust she was gold,
No clunker...

— The Beach Boys

Poderíamos ter feito mais duas horas de trabalho extra naquela noite de sexta-feira, mas não aceitamos. Recolhemos nossos cheques no escritório, fomos até a filial de Libertyville do Banco de Pittsburgh e os descontamos. Depositei a maior parte do meu na poupança, botei cinquenta dólares na conta corrente (simplesmente ter uma conta corrente fazia com que me sentisse perturbadoramente adulto — imagino que a sensação passe com o tempo) e fiquei só com vinte em dinheiro.

Arnie sacou o cheque inteiro em dinheiro vivo.

— Tome — disse ele, me estendendo uma nota de dez.

— Não — respondi. — Fique com ela, cara. Vai precisar de cada centavo se quiser consertar aquela banheira.

— Aceite — insistiu ele. — Eu pago minhas dívidas, Dennis.

— Guarde o dinheiro. Sério.

— Aceite — ele estendia a nota, inexoravelmente.

Eu peguei o dinheiro, mas o obriguei a ficar com o dólar de troco. Arnie não queria aceitar.

Enquanto atravessávamos a cidade em direção ao lote da casa de LeBay, Arnie ficou mais agitado, tocando o rádio alto demais, marcando um compasso improvisado primeiro batendo nas coxas, depois no painel. Foreigner começou a cantar *Dirty White Boy.*

— É a história da minha vida, Arnie, meu chapa — falei, e ele riu alto demais por tempo demais.

Agia como o homem na sala de espera enquanto a mulher dava à luz. Finalmente percebi que tinha medo que LeBay já tivesse vendido o carro para outra pessoa.

— Fique frio, Arnie — falei. — Ele está lá.

— Estou frio, estou frio — respondeu, me oferecendo um largo, brilhante e falso sorriso.

Naquele dia a pele dele estava pior do que nunca, e me perguntei (não pela primeira, nem pela última vez) como me sentiria sendo Arnie Cunningham, encurralado atrás daquele rosto gotejante, de segundo a segundo, minuto a minuto e...

— Bem, então pare de suar! Você está agindo como se fosse borrar as calças antes mesmo de chegarmos lá!

— Não estou — disse ele.

Batucou outro compasso nervoso no painel, justamente para me provar que não estava nervoso. *Dirty White Boy*, da banda Foreigner, foi substituída por *Jukebox Heroes*, também deles. Era um anoitecer de sexta-feira e o *Block Party Weekend* já começara na FM-104. Quando eu me lembro daquele ano, meu último ano escolar, tenho a sensação de que poderia medi-lo em blocos de canções de rock... e uma crescente e onírica sensação de terror.

— O que é isso? — perguntei. — O que há de mais nesse carro?

Ele ficou olhando para Libertyville Avenue sem dizer nada durante um tempão, e então desligou o rádio com um gesto rápido, cortando o voo dos Foreigner pela metade.

— Não sei muito bem — respondeu. — Talvez seja porque, pela primeira vez desde que fiz 11 anos e comecei a ficar com espinhas, eu vi uma coisa ainda mais feia do que eu. É isso que você queria que eu dissesse? Será que esse motivo permite que você coloque um rotulozinho bonito na situação?

— Ei, Arnie, qual é? — falei. — Sou eu, o Dennis, lembra de mim?

— Claro que lembro — replicou ele. — E ainda somos amigos, certo?

— Claro, até a última vez que conferi. Mas o que tem isso a ver com...

— E isso significa que não precisamos mentir um para o outro, ou pelo menos é isso que eu penso. Então eu preciso lhe dizer, talvez nem tudo seja brincadeira ou piada. Sei o que sou. Sou feio. Não faço amigos com facilidade. De certa forma... afugento as pessoas. Não é minha intenção, mas acontece. Sabe?

Assenti com certa relutância. Como ele dissera, éramos amigos e isso significava manter a falsidade num nível mínimo.

Ele assentiu de volta, com determinação.

— Outras pessoas — disse, e depois acrescentou cautelosamente —, você por exemplo, Dennis, nem sempre entendem o que isto significa. Quando a gente é feio, e os outros riem da gente, a maneira como vemos o mundo se modifica. É muito difícil manter o senso de humor. Entope as vias aéreas. Às vezes, é até difícil permanecer são.

— Bem, eu posso sacar isso, mas...

— Não — disse ele, calmo. — Você não pode sacar isso. Você acha que pode, mas não pode. Não de verdade. Mas você gosta de mim, Dennis...

— Eu amo você, cara — falei. — Sabe muito bem disso.

— Talvez você ame — respondeu ele —, e eu fico agradecido. Se você gosta de mim, é porque sabe que existe algo mais... alguma coisa por baixo das espinhas e da minha cara idiota...

— Sua cara não é idiota, Arnie — discordei. — Pode ser esquisita, mas não é idiota.

— Foda-se — disse ele, sorrindo.

— O senhor também, amigo.

— De qualquer modo, aquele carro é desse jeito. Há alguma coisa abaixo da superfície. Algo mais. Algo melhor. E eu vejo esse algo, é só.

— Vê mesmo?

— É, Dennis — disse ele, em voz baixa. — Eu vejo.

Virei na Main Street. Estávamos chegando à casa de LeBay. De repente, tive uma ideia completamente maligna. Imagine se o pai de Arnie tivesse convocado alguns de seus amigos ou alunos para ir à casa de LeBay comprar aquele carro, trapaceando o filho? Um tanto quanto maquiavélico, é verdade, mas a mente de Michael Cunningham era mais do que um pouco astuta. Sua especialidade era História Militar.

— Eu vi aquele carro e senti uma *atração* tão grande por ele... Não consigo explicar direito nem para mim mesmo, mas...

A voz se extinguiu, aqueles olhos cinzentos e sonhadores pareciam ver o futuro.

— Eu vi que poderia deixá-lo melhor — concluiu.

— Consertar, você quer dizer?

— Sim... bem, não. Essa palavra é impessoal demais. A gente conserta mesas, cadeiras, essas coisas. O cortador de grama, quando não quer funcionar. E carros ordinários.

Talvez ele tivesse visto que eu ergui as sobrancelhas. De qualquer modo, deu uma risada — uma risadinha defensiva.

— É, eu sei bem como isso soa estranho — disse. — Não gosto nem de dizer em voz alta, porque sei como soa, mas você é um amigo, Dennis. E isso significa o mínimo de falsidade. Não acredito que aquele carro seja ordinário. Não sei por que penso assim, mas... é o que penso.

Abri a boca para dizer algo de que poderia me arrepender mais tarde, algo sobre como ele deveria manter as coisas sob perspectiva, ou mesmo sobre como ele deveria evitar um comportamento obsessivo. Mas foi bem naquela hora que a gente virou a esquina e entrou na rua de LeBay.

Arnie encheu os pulmões numa inspiração áspera e dolorida.

Havia um retângulo de grama no jardim de LeBay que era ainda mais amarelado, mais pelado e mais feio do que o resto. Perto de uma das extremidades do retângulo havia uma mancha de óleo com aparência doentia que tinha se infiltrado no solo, matando tudo que um dia cresceu ali. Aquele pedaço retangular de chão era tão infernalmente nojento que eu quase acho que se você olhasse para ele por muito tempo ficaria cego.

Era o lugar onde o Plymouth 58 estivera no dia anterior.

O chão continuava lá, mas o Plymouth se fora.

— Arnie — falei, quando encostei o carro no meio fio —, vá com calma. Não saia por aí descontrolado, pelo amor de Deus!

Ele não prestou a menor atenção, e duvido que tivesse me ouvido. Seu rosto ficara lívido. As manchas que lhe cobriam o rosto se destacaram num relevo arroxeado. Arnie já tinha aberto a porta do meu Duster e começou a saltar do carro antes mesmo que eu tivesse parado.

— Arnie...

— Foi meu pai — disse ele, com raiva e desgosto. — Sinto o cheiro daquele filho da puta nisso aqui tudo!

E então saiu correndo pelo gramado até a porta de LeBay.

Saí do carro e me apressei em segui-lo, pensando que aquela merda louca não acabaria nunca. Mal podia acreditar que acabara de ouvir Arnie Cunningham chamar Michael de filho da puta.

Arnie erguia o punho para martelar a porta quando ela se abriu. Ali estava Roland D. LeBay em pessoa. Hoje estava usando uma camisa sobre o colete ortopédico. Olhou para o rosto enfurecido de Arnie com um sorriso benignamente cobiçoso.

— Olá, filho — disse.

— Onde está ela? — perguntou Arnie, fora de si. — A gente tinha um trato! Merda, a gente tinha um trato! Eu tenho um recibo!

— Fica frio — disse LeBay. Então me viu no primeiro degrau com as mãos enfiadas nos bolsos. — Qual é o problema do seu amigo, filho?

— O carro sumiu — falei. — É esse o problema dele.

— Quem comprou ele? — gritou Arnie.

Eu nunca tinha visto meu amigo tão enfurecido. Se ele tivesse uma arma naquele momento, acredito que teria colocado ela na cabeça de LeBay. Fiquei fascinado, mesmo sem querer. Era como se um coelho tivesse ficado subitamente carnívoro. Que Deus me perdoe, mas cheguei a me perguntar por um instante se Arnie não teria um tumor no cérebro.

— Quem comprou ele? — repetiu LeBay brandamente. — Até agora ninguém, filho. Bem, você deu um sinal pelo carro. Dei ré até a garagem, só isso. Coloquei o estepe e troquei o óleo.

O velho empertigou-se e então nos ofereceu um sorriso absurdamente magnânimo.

— Você é gente boa mesmo, cara — falei.

Arnie o encarou incerto, depois virou bruscamente a cabeça para a porta fechada da modesta garagem para um carro, ligada à casa por uma passagem coberta. Uma passagem que, como tudo mais na propriedade de LeBay, já vira melhores dias.

— Além disso, não quis deixar ela aqui fora depois que você me deu uma grana por ela — disse ele. — Já tive problemas com uma ou duas pessoas nesta rua. Uma noite, um moleque tacou uma pedra no meu carro. Ah, sim, tenho alguns vizinhos saídos diretamente da B. B.

— O que é isso? — perguntei.

— É a Brigada dos Babacas, filho.

Ele varreu o lado oposto da rua com um maligno olhar de atirador de elite, observando os carros certinhos e econômicos que agora tinham retornado do trabalho para casa, as crianças brincando de pique e pulando corda, as pessoas sentadas nas varandas de casa e bebericando à primeira brisa da noite fria.

— Eu queria saber quem jogou aquela pedra — disse ele baixinho. — Sim, senhor, eu gostaria de saber quem foi.

Arnie pigarreou.

— Desculpa por ter sido grosso com o senhor.

— Não se preocupe — respondeu LeBay animado. — Gosto de ver um sujeito defender o que é seu... ou quase seu. Trouxe o dinheiro, garoto?

— Sim, trouxe.

— Muito bem, entrem em casa. Você e seu amigo também. Vou passar Christine para o seu nome, e depois a gente toma um copo de cerveja pra comemorar.

— Não, obrigado — falei. — Vou ficar aqui fora, se não tiver problema.

— O que você achar melhor, filho — disse LeBay... e piscou o olho para mim.

Até hoje não sei bem o que aquela piscadela supostamente significou. Os dois entraram e a porta bateu, fechando-se atrás deles. O peixe caíra na rede e agora ia ser escamado.

Sentindo-me deprimido, atravessei a passagem coberta até a garagem e tentei abrir a porta. Ela deslizou para cima com facilidade e senti os mesmos odores de ontem, quando abri a porta do Plymouth: óleo, estofamento antigo, o calor acumulado de um longo verão.

Ancinhos e alguns velhos utensílios de jardim estavam alinhados ao longo de uma das paredes. Na outra havia uma mangueira velhíssima, uma bomba de bicicleta e um antigo saco de golfe cheio de tacos enferrujados. No centro, com o focinho virado para a porta, estava Christine, o carro de Arnie, parecendo ter um quilômetro de comprimento numa época em que até os Cadillacs pareciam espremidos e quadrados. O emaranhado de rachaduras na lateral do para-brisa capturou a luz e a transformou num prateado sujo. Algum garoto com uma pedra, como tinha dito LeBay — ou talvez um pequeno acidente a caminho de casa, voltando de uma reunião com os outros *VFW* (veteranos de guerras no estrangeiro), após uma noite bebendo uísque com cerveja e contando histórias da Batalha do Bulge ou de Pork Chop Hill. Os bons e velhos tempos, quando um homem podia ver a Europa, o Pacífico e o misterioso Oriente pela mira de uma bazuca. Quem poderia saber... e o que importava? De qualquer modo, não ia ser fácil encontrar uma peça de reposição para um para-brisa tão grande como aquele.

Não seria fácil nem barato.

Ah, Arnie! pensei. *Cara, você está cavando a própria cova.*

O pneu furado que LeBay tirara estava apoiado na parede. Fiquei de quatro e espiei embaixo do carro. Uma mancha de óleo nova começava a se formar ali, negra contra o fantasma marrom de outra mancha mais antiga e mais larga, que se infiltrara no cimento ao longo dos anos. Aquilo não diminuiu minha depressão. O bloco do motor estava rachado com certeza.

Dei a volta até o lado do motorista e, ao segurar a maçaneta, vi uma lata de lixo no canto mais distante da garagem. Uma enorme garrafa de plástico surgia no topo. As letras SAPPH eram visíveis acima da borda.

Grunhi. Ah, sim, ele tinha trocado o óleo mesmo. Uma demonstração de grandeza. Tirou o óleo velho — o que quer que ainda restasse dele — e despejou alguns litros de Sapphire Motor Oil. Isso é um troço que se consegue no Mammoth Mart pagando 3,50 dólares por cada latão de vinte litros reciclados. Roland D. LeBay era um verdadeiro príncipe, sem dúvida. Roland D. LeBay tinha um coração de mãe.

Abri a porta do carro e deslizei para detrás do volante. Agora, o cheiro na garagem não parecia tão pesado ou tão carregado com impressões de desuso e derrota. O volante era largo e vermelho — um volante confiante. Olhei de novo para aquele velocímetro espantoso, aquele velocímetro que fora calibrado em milhas não até o equivalente a 115 ou 130 quilômetros por hora, avançando até inacreditáveis 200 quilômetros por hora. Não havia a marcação por quilômetro, em pequenos números vermelhos, abaixo das milhas; quando aquele bebê rodara para fora da linha de montagem, a ideia do sistema métrico ainda não ocorrera a ninguém em Washington. Também não vi um grande 55 em vermelho no velocímetro. Naquele tempo, a gasolina custava 29,9 centavos cada 3,8 litros, talvez menos se em sua cidade houvesse uma guerra de preços. Os embargos árabes de petróleo e o limite de velocidade de 90 quilômetros por hora ainda levariam quinze anos para aparecer.

Os bons velhos tempos, pensei, e tive que sorrir um pouco. Tateei o lado esquerdo do assento e encontrei o pequeno console de botões que moviam o banco para a frente e para trás, para cima e para baixo (se ainda funcionava, claro). Mais poder para você, como se diz por aí. O carro tinha ar-condicionado de fábrica (que *certamente* não funcionava mais), *cruise control* e um enorme rádio com botões de apertar e um monte de cromados — tinha só AM, é claro. Em 1958, a FM era praticamente um deserto abandonado.

Segurei o volante com as duas mãos e algo aconteceu.

Mesmo hoje, depois de muito pensar, não, não tenho certeza do que aconteceu, exatamente. Uma visão, talvez — mas, se foi isso, certamente não foi grande coisa. Foi só que, por um momento, o estofamento rasgado parecia ter desaparecido. Agora estava inteiro, com um cheiro agradável de vinil... ou talvez aquele cheiro fosse de couro verdadeiro. As partes gastas da direção haviam sumido; o cromado piscava alegremente sob a luz do fim de tarde de verão que entrava pela porta da garagem.

Vamos dar uma volta, garotão, Christine parecia sussurrar, em meio ao quente silêncio da garagem de LeBay. *Vamos rodar por aí.*

Então, só por um instante, pareceu que *tudo* tinha mudado. Aquele horroroso emaranhado de rachaduras no para-brisa sumiu — ou parecia ter sumido. O pequeno trecho do gramado de LeBay que dava para ver dali não estava amarelado, ralo e maltratado, e sim um verde exuberante e farto, recentemente aparado. A calçada mais adiante havia sido cimentada recentemente, sem uma rachadura sequer à vista. Eu vi (ou achei que vi ou sonhei que vi) um Cadillac 57 à minha frente. Aquele garanhão da GM era de cor verde-hortelã, sem o menor salpico de ferrugem na lataria, com enormes pneus de faixa branca estilo gangster e calotas que refletiam mais que espelhos. Um Cadillac do tamanho de um barco, e por que não? A gasolina era quase tão barata como a água da torneira.

Vamos dar uma volta, garotão... Vamos rodar por aí.

Claro, por que não? Eu poderia ligar o motor e rumar para o centro da cidade, até a velha escola que ainda estava de pé — ela só pegaria fogo seis anos mais tarde, em 1964 —, e eu poderia ligar o rádio para ouvir Chuck Berry cantando *Maybelline* ou os Everlys em *Wake up little Susie*. Talvez Robin Luke gemendo *Susie Darling*. E então eu...

E então eu saí daquele carro o mais rápido que pude. A porta se abriu com um rangido enferrujado infernal e eu bati o cotovelo em uma das paredes da garagem. Empurrei a porta para que se fechasse (eu não queria nem tocar nela, para falar a verdade) e então fiquei lá parado, olhando para o Plymouth que, salvo algum milagre, logo pertenceria a meu amigo Arnie. Esfreguei o cotovelo machucado. Meu coração batia acelerado.

Nada. Não havia cromados nem estofamentos novos. Ao contrário, havia inúmeros amassados e pontos de ferrugem, faltava um farol dianteiro (detalhe que, na véspera, me passara despercebido) e a antena do rádio se inclinava em um ângulo esquisito. E aquele cheiro poeirento e sujo de velhice.

Decidi ali mesmo que não gostava do carro do meu amigo Arnie.

Saí da garagem, olhando constantemente para trás por sobre o ombro — sei lá por quê, mas não gostava daquele carro atrás de mim. Sei o quão ridículo isso pode parecer, mas era como eu me sentia. E lá estava o carro, com a grade do radiador amassada e enferrujada, nada sinistro ou estranho, apenas um velho automóvel Plymouth, com um adesivo de inspeção que caducou em 1º de junho de 1976, muito tempo atrás.

Arnie e LeBay saíam da casa. Arnie tinha na mão um pedaço de papel que deduzi ser seu recibo de compra. As mãos de LeBay estavam vazias — ele já fizera o dinheiro desaparecer.

— Espero que se divirta com ela — disse LeBay, fazendo-me pensar num gigolô muito velho enrolando um rapaz muito novo. Senti uma onda de aversão real por ele... ele com sua psoríase no crânio e seu suado colete ortopédico. — Acho que vai se divertir. Com o tempo.

Seus olhos um tanto remelentos encontraram os meus, fixaram-se neles por um segundo e depois deslizaram de volta a Arnie.

— Com o tempo — repetiu.

— Sim, senhor, tenho certeza disso — respondeu Arnie distraído. Foi em direção à garagem como um sonâmbulo e ficou parado, olhando seu carro.

— As chaves estão dentro — disse LeBay. — Vocês terão que levar ela daqui. Compreende, não?

— Ela vai ligar?

— Ligou ontem à noite pra mim — disse LeBay, mas seus olhos se voltaram para o horizonte. Depois, em um tom de quem lavou as mãos em todo aquele negócio, acrescentou: — Seu amigo aqui deve ter um cabo pra fazer chupeta no porta-malas.

Bem, para dizer a verdade eu *tinha* o cabo no porta-malas, porém não gostei muito de LeBay ter adivinhado isso. Não gostei que ele tivesse adivinhado, porque... Suspirei de leve. Porque não queria estar envolvido no relacionamento futuro de Arnie com a lata-velha que tinha comprado, mas podia perceber que seria arrastado para aquilo, passo a passo.

Arnie tinha saído inteiramente da conversa. Foi até a garagem e entrou no carro. A luz do sol do fim da tarde estava bem oblíqua e entrava bem na garagem, e eu pude ver a pequena nuvem de poeira que subiu quando Arnie se sentou e automaticamente sacudi o traseiro da calça. Por um instante, ele ficou apenas parado diante do volante, as mãos segurando-o frouxamente, e senti que minha apreensão tinha voltado. De certa forma, era como se o carro tivesse engolido Arnie. Disse a mim mesmo para parar com aquilo, que não havia nenhuma maldita razão para que continuasse agindo como uma menininha covarde da sétima série.

Então Arnie inclinou-se um pouco para a frente. O motor começou a dar partida, depois morreu. Eu me virei e lancei um olhar irritado e acusador para LeBay, porém ele voltara a estudar o céu, como que em busca de chuva.

Aquele motor não ia pegar, não ia pegar de jeito nenhum. Meu Duster estava em ótimo estado, mas os dois carros que eu tivera antes eram latas-velhas (latas-velhas *modificadas,* nenhum deles pertencia à mesma categoria de Christine), e eu tinha ficado bem familiarizado com aquele som nas manhãs frias de inverno, aquele lento e cansado giro, indicando que a bateria já merecia ir pro fundo do poço.

Rurr-rurr-rurr... rurr... rurrr... rurrr... rurr...

— Não se dê ao trabalho, Arnie — falei. — Não vai pegar nunca.

Ele nem mesmo ergueu a cabeça. Desligou e tornou a girar a chave na ignição. O motor girou com uma lentidão dolorosa e arrastada. Fui até LeBay.

— Você não podia ter deixado o carro ligado tempo suficiente para carregar um pouco a bateria, pelo menos? — perguntei.

LeBay me fitou com seus olhos remelentos e amarelados, sem nada dizer. Depois começou a olhar o céu de novo, procurando chuva.

— Ou talvez o carro nem mesmo ligou ontem. Talvez você tenha chamado uns dois amigos que vieram até aqui e o ajudaram a empurrar até a garagem. Isso se um velho escroto como você tem amigos.

Ele baixou os olhos para mim.

— Você não sabe tudo, filho — disse. — Ainda tá verdinho como uma fruta. Quando você tiver passado por duas guerras, como eu...

— Suas duas guerras que se fodam! — eu respondi deliberadamente e fui até a garagem, onde Arnie continuava tentando ligar o motor de seu carro. Pensei que seria mais fácil tentar beber o Atlântico com um canudinho ou ir até Marte em um balão de ar quente.

Rurr...................... rurr................................ rurr...

Logo os últimos *ohm* e *erg* seriam sugados daquela velha bateria da Sears, e então não haveria mais nada além do mais desanimador de todos os sons automotivos, geralmente ouvido em estradinhas encharcadas de chuva e autoestradas desertas: o clique estéril e seco do solenoide, seguido por um terrível som parecido com um estertor de morte.

Abri a porta do lado do motorista.

— Vou apanhar meus cabos — falei.

Ele ergueu os olhos.

— Acho que ela vai funcionar pra mim — respondeu.

Senti meus lábios se esticando num largo sorriso de dúvida.

— De qualquer modo, vou buscar os cabos.

— Certo, se que você quiser — Arnie respondeu com ar ausente. Então, em uma voz quase inaudível, acrescentou: — Vamos lá, Christine! O que me diz?

No mesmo instante, aquela voz despertou na minha cabeça e falou de novo: *Vamos dar uma volta, garotão... Vamos rodar por aí...* e eu estremeci.

Ele virou a chave de novo. Esperei o clique seco do solenoide e o estertor. No entanto, o que ouvi foi o lento giro do motor subitamente ganhando velocidade. O motor pegou, funcionou por um instante, depois morreu. Arnie girou a chave novamente. O motor girou mais rápido. Uma contraexplosão no motor soou alta como um cabeção de negro no espaço confinado da garagem. Dei um pulo de susto. Arnie não. Estava perdido no próprio mundo.

A essa altura, eu já teria praguejado umas duas vezes, apenas para dar força, para ajudar a máquina: *Vamos, filha da puta* sempre é uma boa pedida; *Vamos lá, sua escrota!* também tem seus méritos e, às vezes, basta um bom e saudável *porra*, *PEGA!* para dar conta do milagre. A maioria dos caras que conheço faria o mesmo; penso que isso é apenas uma das coisas que aprendemos com nossos pais.

O que nos fica da mãe, em geral, são conselhos práticos e sensatos: se você cortar as unhas dos pés duas vezes por mês, não ficará com tantos buracos nas meias; largue isso, menino, você não sabe por onde isso andou; coma as cenouras, porque faz bem — mas é com o pai que aprendemos a magia, os talismãs, as palavras de poder. Se o carro não pega, xingue-o... e se assegure de estar xingando no feminino. Se voltássemos sete gerações, provavelmente veríamos um de nossos tataravós xingando a maldita bosta da mula que parou na metade da ponte de pedágio, em algum lugar em Sussex ou em Praga.

Mas Arnie não xingou o carro. Murmurou baixinho:

— Vamos, boneca, o que me diz?

Girou a chave. O motor deu dois coices, soltou outra explosão pelo cano de escape e então pegou. Era um som horrível, como se quatro dos oito cilindros tivessem tirado folga naquele dia, mas o motor estivesse funcionando. Eu mal podia acreditar, mas não quis ficar por ali e discutir o caso com Arnie. A garagem estava se enchendo rapidamente de fumaça azul e vapores. Fui para fora.

— Tudo deu certo afinal, não foi? — disse LeBay. — E você não vai ter que arriscar sua preciosa bateria — ele cuspiu.

Não consegui pensar em nada para dizer. Sinceramente, fiquei um pouco envergonhado.

O carro saiu lentamente da garagem, parecendo tão absurdamente comprido que dava vontade de rir, chorar, ou qualquer coisa assim. Era difícil acreditar que pudesse ser tão grande. Parecia uma ilusão de ótica. E Arnie ficara ainda menor atrás do volante.

Ele baixou o vidro da janela e me chamou com um aceno. Era necessário gritar para que nossas vozes fossem ouvidas — era outro detalhe sobre Christine, a garota de Arnie: tinha uma voz extremamente alta e rouca e iria precisar de um silencioso novo com urgência. Isso se tivesse sobrado algo além de um monte de ferrugem no sistema de escape, para se instalar um silencioso. Desde que Arnie tomara posição ao volante, o pequeno contador na seção de automóveis de meu cérebro já totalizara despesas de cerca de seiscentos dólares — sem contar o para-brisa estilhaçado. Só Deus sabia quanto um vidro novo poderia custar.

— Vou levá-lo para a Darnell's! — gritou Arnie. — O anúncio no jornal diz que posso estacionar nas baias de trás por vinte dólares por semana!

— Arnie, vinte dólares por semana numa daquelas baias dos fundos é caro demais! — gritei em resposta.

Eis aí mais um assalto contra os jovens e inocentes. A Garagem de Darnell fica vizinha a quatro acres de devastação automobilística batizados com o nome falsamente feliz de *Darnell's Used Auto Parts* — Autopeças Usadas do Darnell. Eu andei por lá algumas vezes, uma vez para comprar um motor de arranque para o meu Duster, outra procurando um carburador recondicionado para o Mercury que foi meu primeiro carro. Will Darnell era um sujeito grande e gordo como um porco, que bebia muito e fumava longos e fétidos charutos, um atrás do outro, embora tivesse uma reputação de ser asmático. Ele declarava odiar quase todos os adolescentes donos de carro em Libertyville... embora isso não o impedisse de fazer negócios com eles e enrolá-los.

— Eu sei — berrou Arnie, mais alto que os urros do motor —, mas é só por uma semana ou duas, até eu encontrar um lugar mais barato. Não posso levá-lo pra casa assim, Dennis. Meus pais iam ter um ataque histérico!

Isso certamente era verdade. Abri a boca para dizer mais alguma coisa — talvez implorar que ele parasse com aquela loucura, antes que saísse completamente do controle. Então fechei a boca de novo. O negócio estava feito. Além disso, eu não queria mais competir com aquele cano de descarga barulhento ou ficar ali parado, puxando um monte de fumaça de carbono frito para os meus pulmões.

— Tudo bem — falei. — Vou seguindo você.

— Boa ideia — disse ele, sorridente. — Vou pela Walnut Street e a Basin Drive. Quero ficar fora das ruas principais.

— Certo.

— Obrigado, Dennis.

Passou o câmbio automático para *drive* de novo e o Plymouth saltou meio metro para a frente e o motor quase morreu. Arnie deu uma pisada forte no acelerador e Christine soltou um peido sujo. O Plymouth desceu lentamente pela entrada de carros de LeBay até a rua. Quando Arnie pisou no freio, somente uma das luzes de freio se acendeu. Meu contador automotivo mental impiedosamente somou mais cinco dólares.

Ele girou o volante para a esquerda e saiu para a rua. Os restos do silencioso arranharam ferruginosamente o ponto mais baixo da calçada. Arnie acelerou mais forte e o carro rugiu como um refugiado da corrida de destruição em Philly Plains. Do outro lado da rua, as pessoas se debruçavam nas varandas ou vinham até a porta para ver o que estava acontecendo.

Urrando e rosnando, Christine rodou pela rua a uns 15 quilômetros horários, expelindo nuvens espessas e fedorentas de fumaça azul de óleo queimado que ficavam suspensas no ar e então se diluíam lentamente no suave anoitecer de agosto.

No sinal, uns 40 metros adiante, o motor morreu. Um garoto passou pela sucata no seu Raleigh e seu grito insolente, debochado chegou até meus ouvidos:

— Taca no compactador, vovô!

O punho fechado de Arnie surgiu fora da janela. O dedo médio ergueu-se no ar num gesto obsceno para o guri. Mais uma novidade. Eu nunca tinha visto Arnie fazer aquilo para ninguém, em toda a minha vida.

O motor de arranque ganiu, o motor tossiu e pegou. Desta vez houve toda uma série de estampidos chacoalhantes. Era como se alguém tivesse aberto fogo com uma metralhadora em Laurel Drive, Libertyville, EUA. Eu grunhi.

Alguém logo chamaria os tiras, denunciando uma desordem na via pública, e eles enquadrariam Arnie por dirigir um veículo não registrado e não vistoriado — e provavelmente pela denúncia de desordem também. Isso não iria facilitar muito a situação de Arnie em casa.

Houve um tiro final ecoante — que desceu pela rua abaixo como a explosão de um obus de morteiro — e então o Plymouth virou à esquerda na Martin Street, que levava à Walnut, um quilômetro e meio mais adiante. O sol poente transformou a estragada lataria vermelha em ouro por um instante, enquanto ela saía de vista. Vi que Arnie tinha o cotovelo apoiado para fora da janela.

Eu me virei para LeBay, furioso novamente, pronto para recomeçar a esculachá-lo. Vou lhe dizer que me sentia mal no coração. Mas o que eu vi me fez parar imediatamente.

Roland D. LeBay estava chorando.

Era horrível e grotesco, e acima de tudo digno de pena. Quando eu tinha 9 anos, a gente tinha um gato chamado Capitão Beefheart, que foi atropelado por um caminhão de entregas. Nós o levamos ao veterinário — mamãe precisou dirigir devagar porque chorava e não conseguia ver direito — enquanto eu fiquei no banco traseiro, com Capitão Beefheart. Ele estava em uma caixa e eu fiquei lhe dizendo que o veterinário ia salvá-lo, que tudo ia ficar bem, mas mesmo um garotinho cabeça oca de 9 anos como eu podia ver que nunca mais as coisas ficariam bem para o Capitão Beefheart, porque algumas de suas tripas estavam para fora, havia sangue saindo de seu ânus, havia merda na caixa e no pelo, e ele estava morrendo. Tentei afagá-lo e ele me mordeu a mão, bem na pele sensível entre o polegar e o indicador. A dor foi ruim; aquela terrível sensação de pena foi pior. Eu nunca mais senti nada parecido desde então. Não que eu esteja reclamando, vocês entendem; não acho que as pessoas deveriam se sentir assim com muita frequência. Se você tiver muitos sentimentos desse tipo, acho que você acaba sendo levado para fazer cestas no hospício.

LeBay estava parado no gramado careca, não muito longe de onde aquela enorme mancha de óleo havia desfolhado tudo, estava com um enorme lenço de velho na mão e, de cabeça baixa, enxugava os olhos com ele. As lágrimas brilhavam gordurosas nas bochechas, mais parecidas com suor do que lágrimas verdadeiras. Seu pomo de adão subia e descia.

Virei a cabeça para não ter de vê-lo chorando e acabei encarando a garagem para um carro. Antes ela parecera entulhada — todas aquelas tralhas ao longo da parede, claro, porém principalmente por causa daquele imenso carro velho, com seus faróis dianteiros duplos, o para-brisa panorâmico e o capô de um acre. Agora, as tralhas encostadas à parede serviam apenas para acentuar o vazio essencial da garagem, escancarada como uma boca desdentada.

Aquilo era quase tão horrível quanto LeBay. No entanto, quando olhei de novo o velho filho da puta já tinha se controlado — bem, quase. Parara de enxugar os olhos e enfiara o lenço no bolso traseiro de suas calças de velho patenteadas. O rosto, contudo, continuava desolado. Muito desolado.

— Bem, é isso aí — comentou, em voz roufenha. — Me livrei dela, filho.

— Sr. LeBay, eu só queria que o meu amigo pudesse dizer a mesma coisa — repliquei. — Se você soubesse a briga que ele teve com os pais por causa daquela lata enferrujada...

— Fora daqui! — ordenou o velho. — Você parece uma maldita ovelha! É só béé, béé, béé, é tudo que eu escuto vindo da sua boca! Acho que aquele seu amigo sabe muito mais do que você. Vá ver se ele precisa de ajuda!

Desci o gramado até meu carro. Não queria ficar perto de LeBay, por nem mais um segundo.

— É só béé, béé, béé! — gritou ele, rabugento, atrás de mim, me lembrando aquela antiga canção dos Youngbloods: *Sou um cara de uma nota só, toco-a sempre que posso.* — Você não sabe metade do que pensa que sabe!

Entrei no meu carro e fui embora. Ao virar na Martin Street, olhei para trás uma vez e o vi parado no gramado, com o sol brilhando na cabeça calva.

E calhou de LeBay estar certo.

Eu não sabia metade do que imaginava saber.

Como Chegamos à Darnell's

I got a '34 wagon and we call it a woody,
You know she's not very cherry,
She's an oldy but a goody...
— Jan and Dean

Desci pela Martin até a Walnut e virei à direita, indo em direção a Basin Drive. Não demorei muito a alcançar Arnie. Ele estava parado junto ao meio-fio e a tampa do capô de Christine estava erguida. Um macaco de automóvel, tão velho que quase parecia ter sido usado um dia para trocar as rodas dos carroções Conestoga, estava encostado no para-choque traseiro torto. O pneu traseiro da direita estava murcho.

Encostei atrás dele, e mal tinha saído do carro quando uma mulher jovem saiu de casa e veio bamboleando na nossa direção, contornando uma boa coleção de objetos decorativos de plástico fincados no gramado (dois flamingos cor-de-rosa, quatro ou cinco patinhos enfileirados atrás da grande mãe pata e um poço dos desejos bastante apresentável, com flores de plástico brotando do balde de plástico). A mulher precisava urgentemente dos Vigilantes do Peso.

— Não podem deixar essa sucata aqui! — avisou com a boca cheia de chicletes. — Não podem deixar essa sucata parada diante da nossa casa, eu só espero que vocês saibam disso.

— Senhora, é só um pneu vazio — explicou Arnie. — Vou tirar o carro daqui assim que...

— Não pode deixar isso aí e eu espero que você saiba disso! — insistiu ela num tipo de lógica circular enlouquecedora. — Meu marido logo vai chegar e não quer nenhuma lata-velha em frente de casa.

— Não é uma lata-velha! — exclamou Arnie, e algo no tom de voz dele fez a mulher recuar um passo.

— Você não quer falar comigo assim nesse tom de voz, filho — disse insolente aquela obesa rainha do *be-bop*. — Não é preciso muita coisa para meu marido ficar furioso!

— Escute aqui — começou Arnie, naquela mesma voz morta e perigosa que tinha usado quando Michael e Regina começaram a atacá-lo. Segurei o ombro dele com força. Não precisávamos de mais confusão.

— Obrigado, madame — falei. — Vamos cuidar disso num instante. Vamos dar um jeito nele tão depressa que você vai achar que o carro foi uma alucinação.

— Acho bom — disse ela, e então apontou um polegar para o meu Duster. — E o *seu* carro está parado na frente da entrada da minha garagem.

Dei ré no meu Duster. Ela ficou olhando e depois sacolejou de volta para a casa, onde um garotinho e uma garotinha se espremiam na porta. Também eram gorduchos. Cada um deles comia um belo e nutritivo bolinho recheado.

— Que que foi, mãe? — perguntou o garotinho. — Que que foi com o carro daquele moço, mãe? Que que foi?

— Cale a boca! — ordenou a rainha do *be-bop,* empurrando as duas crianças para dentro. Sempre gostei de ver pais esclarecidos como aquela mulher; me enche de esperanças sobre o futuro.

Voltei até Arnie.

— Bem — falei, seguido da única gracinha em que consegui pensar —, só está murcho embaixo, Arnie. Certo?

Ele sorriu pálido.

— Estou com um probleminha, Dennis — disse.

Eu sabia qual era o problema: ele não tinha estepe. Arnie puxou a carteira outra vez — dava pena vê-lo fazendo aquilo — e olhou para dentro.

— Preciso comprar um pneu novo — continuou.

— É, acho que precisa. Um recauchutado...

— Nada de recauchutados. Não é assim que quero começar. — Fiquei calado, mas olhei para meu Duster. Tinha dois recauchutados nele e eu os achava ótimos.

— Quanto você acha que um Goodyear ou Firestone novo custaria, Dennis?

Dei de ombros e consultei o pequeno contador automotivo. Ele concluiu que Arnie talvez conseguisse um pneu preto simples por uns trinta e cinco dólares.

Ele puxou duas notas de vinte da carteira e as estendeu para mim.

— Se for mais, com imposto e tudo, eu pago a diferença.

Olhei para ele com tristeza.

— Quanto sobrou de seu pagamento desta semana, Arnie?

Seus olhos estreitaram-se, desviando-se dos meus.

— O bastante — respondeu.

Decidi tentar mais uma vez — vocês precisam se lembrar de que eu tinha apenas 17 anos e ainda acreditava ser possível mostrar aos outros qual era o melhor caminho a se tomar.

— Você não conseguiria entrar numa partida de pôquer de um níquel — falei. — Enfiou a porra do dinheiro inteiro neste carro. Puxar a carteira do bolso vai se tornar um gesto muito familiar para você, Arnie. Por favor, cara. Pense bem nisso!

Seus olhos pareciam de pedra. Era uma expressão que eu nunca vira antes no rosto dele e, embora talvez vocês me considerem o adolescente mais ingênuo da América, não conseguia me lembrar de tê-la visto em *qualquer outro* rosto. Senti uma mistura de surpresa e desalento — era como se descobrisse de repente que tentava ter uma conversa racional com um sujeito que calhava em ser lunático. Eu vi aquela expressão novamente depois, porém; e imagino que vocês também. Completamente fechado. É a expressão facial de um cara ao qual dizemos que a mulher que ele ama o anda corneando pelas costas.

— Não comece com isso, Dennis — disse ele.

Levantei as mãos, exasperado.

— Está bem! Está bem!

— E também não precisa ir atrás do maldito pneu, se não quiser. — Ainda aquela expressão pétrea, obstinada em seu rosto, e (Deus me perdoe, mas era verdade) burramente teimosa ainda estava no rosto dele — Eu dou um jeito!

Eu comecei a responder, e poderia ter dito algo bem ofensivo, mas então calhei de dar uma olhada para a esquerda. As duas criancinhas roliças estavam lá, na beirada do gramado. Estavam montadas em dois velocípedes idênticos, com os dedos manchados de chocolate. Elas nos observavam solenes.

— Não é nada de mais, cara — respondi. — Vou pegar o pneu.

— Só se você quiser mesmo ir, Dennis — disse ele. — Sei que já está ficando tarde.

— Tudo bem, cara — respondi.

— Moço? — chamou o garotinho, lambendo o chocolate dos dedos. — Mamãe disse que esse carro é um cocô.

— Isso mesmo — ecoou a garotinha. — Cocô-caca.

— Cocô-caca — disse Arnie. — Ora, isto é muito perceptivo, não é, crianças? Sua mãe é filósofa?

— Não — respondeu o garotinho. — Ela é Capricórnio. Eu sou Libra. Minha irmã é...

— Volto o mais rápido que puder — falei, desajeitado.

— Certo.

— Fique frio.

— Não se preocupe. Não vou socar ninguém.

Corri para meu carro. Enquanto me sentava detrás do volante, ouvi a garotinha perguntar a Arnie, bem alto:

— Por que a sua cara é melequenta assim, moço?

Dirigi uns dois quilômetros até JFK Drive que — segundo minha mãe, criada em Libertyville — fora o centro de uma das zonas mais desejáveis da cidade, por volta da época em que Kennedy fora assassinado em Dallas. Talvez rebatizar a Barnswallow Drive com o nome do presidente assassinado tivesse sido uma fonte de azar, porque, desde o começo da década de 60, a área nos arredores da rua tinha se degenerado numa faixa de subúrbio comercial. Havia um cinema drive-in, um McDonald's, um Burger King, um Arby's e o Big Twenty Lanes. Havia ainda uns oito ou dez postos de gasolina, uma vez que a JFK Drive leva à Pennsylvania Turnpike, autoestrada com pedágio.

Conseguir o pneu de Arnie deveria ter sido vapt-vupt, mas os dois primeiros postos onde parei eram do tipo self-service, que não vendiam nem óleo, tinham só gasolina e uma garota semirretardada numa cabine de vidro à prova de balas, dessas que ficam sentadas diante de um terminal com computador, lendo um exemplar do *National Enquirer* e mascando um bolo de chiclete grande o bastante para asfixiar uma mula do Missouri.

O terceiro era um posto Texaco que estava fazendo uma liquidação de pneus. Pude comprar para Arnie um pneu preto que serviria no Plymouth (eu não conseguia chamar o carro de Christine e nem pensar naquilo — nela? — com aquele nome), por apenas vinte e oito e cinquenta, mais impostos, porém só havia um sujeito trabalhando lá, e ele teve que colocar o pneu novo na roda de Arnie ao mesmo tempo que operava as bombas de gasolina. A operação durou mais de quarenta e cinco minutos. Eu me ofereci para encher os tanques em seu lugar, enquanto ele instalava o pneu, mas o sujeito disse que o patrão o mataria se soubesse disso.

Quando finalmente coloquei o pneu montado no porta-malas e paguei duas pratas ao cara pelo serviço, a luz do crepúsculo já tinha se transformado num anoitecer púrpura. A sombra de cada arbusto era longa e aveludada e, ao rodar devagar subindo a rua, vi a última luz do dia escorrendo quase horizontalmente através do espaço entulhado de lixo entre o Arby's e o boliche. Aquela luz, tanto ouro inundando a rua, chegava a ser terrível em sua estranha e inesperada beleza.

Fui surpreendido por um pânico sufocante que me subiu pela garganta como fogo seco. Foi a primeira vez que um sentimento como esse me atacou naquele ano — aquele longo e estranho ano —, mas não seria a última. Entretanto, é difícil explicar, ou mesmo defini-la. Tinha algo a ver com a percepção de que era 11 de agosto de 1978, de que no mês seguinte eu começaria meu último ano letivo no colégio e que, quando as aulas recomeçassem, aquilo significaria o final de uma longa e tranquila fase de minha vida. Eu me preparava para ser adulto e eu vi isso, de algum modo — vi o fato com certeza, pela primeira vez naquele maravilhoso porém antigo fluxo de luz dourada que inundava o beco entre o boliche e uma lanchonete de carne assada. Eu acho que entendi então que o que realmente assusta as pessoas sobre o processo de crescimento é que paramos de experimentar a máscara da vida e começamos a experimentar outra. Se a infância quer dizer aprender a viver, então ser adulto significa aprender a morrer.

O sentimento passou, mas no seu rastro eu me senti abalado e melancólico. Nenhum desses dois estados fazia parte do meu eu habitual.

Quando eu virei de novo na Basin Drive, estava me sentindo subitamente alheio aos problemas de Arnie e tentando lidar com os meus — a reflexão sobre o amadurecimento tinham levado naturalmente a reflexões monstruosas (pelo menos para mim) e bem desagradáveis, como universidade, viver fora de casa e tentar entrar para o time de futebol na State, disputando minha vaga com mais sessenta pessoas qualificadas em vez de apenas dez ou 12. Então, talvez vocês digam: "Grande coisa, Dennis, tenho algumas novidades para você: um bilhão de chineses vermelhos estão pouco se lixando se você entrar para o time titular sendo calouro na universidade." É verdade. Estou apenas querendo dizer que tais coisas pareciam reais de verdade para mim pela primeira vez... e assustadoras de verdade. Às vezes, a mente nos leva em viagens como essa, a gente querendo ou não.

Ver que o marido da rainha do *be-bop* já chegara em casa, e que ele e Arnie estavam parados quase nariz com nariz, parecendo dispostos a começar uma briga a qualquer segundo, não melhorou em nada o meu ânimo.

As duas criancinhas continuavam solenemente sentadas em seus velocípedes, os olhos saltando alternadamente entre Papai e Arnie, como espectadores de alguma partida de tênis apocalíptica em que o juiz dá um tiro no perdedor, feliz da vida. Pareciam esperar o momento de combustão quando Papai achataria meu esquelético amigo e dançaria sobre seu corpo quebrado.

Encostei o carro rapidamente e saí, quase correndo até eles.

— Cansei de falar com você! — rugiu Papai. — Tô lhe dizendo que quero isso fora daqui e quero agora mesmo! — O homem tinha um enorme nariz achatado cheio de veias arrebentadas. O rosto estava corado até a cor de tijolo novo e, acima da camisa de trabalho em sarja cinzenta, veias encordoadas sobressaíam no pescoço.

— Não vou sair dirigindo em cima do aro — disse Arnie. — Já lhe falei isso. Você não faria isso, se o carro fosse seu.

— Vou dirigir *você* em cima do aro, cara de pizza! — exclamou Papai, sem dúvida querendo mostrar a seus filhos como a gente grande resolve seus problemas no Mundo Real. — Não vai estacionar essa porcaria velha na frente da minha casa. Não me irrite, garoto, ou vai se machucar!

— Ninguém vai se machucar — falei. — Qual é, senhor?! Dá um tempo.

Os olhos de Arnie se voltaram agradecidos para mim e percebi o quanto ele estivera assustado — o quão assustado ele ainda estava. Sempre um pária, ele sabia que alguma coisa nele — só Deus sabia o quê — que fazia um certo tipo de sujeito querer acabar com ele. Devia estar com bastante certeza de que isso iria acontecer mais uma vez — mas desta vez ele não iria recuar.

O homem desviou o olhar para mim.

— Mais um — disse, como se estivesse admirado por existirem tantos babacas no mundo. — Querem que acabe com os dois? É isso que vocês querem? Acreditem em mim, eu consigo.

Sim, eu conhecia o tipo. Se fosse dez anos mais novo, teria sido um dos caras no colégio que achavam que era incrivelmente divertido derrubar os livros dos braços de Arnie, quando ele ia para uma das aulas, ou atirá-lo no chuveiro completamente vestido depois da educação física. Eles nunca mudavam, aqueles caras. Simplesmente ficavam mais velhos e desenvolviam câncer pulmonar por terem fumado tantos Luckies, ou morriam de uma embolia cerebral aos 53 ou coisa assim.

— Ninguém quer brigar com você — falei. — Ele está com um pneu furado, pelo amor de Deus! Você nunca teve um pneu furado?

— Ralph, eu quero esses dois fora daqui!

A esposa porcina estava parada na varanda. Sua voz era aguda e exaltada. Aquilo era ainda melhor que o *Phil Donahue Show.* Outros vizinhos tinham se aproximado para ver os acontecimentos e pensei mais uma vez, muito angustiado, que se já não tivessem chamado os tiras, alguém logo os chamaria.

— Nunca tive um pneu furado e depois deixei um pedaço de sucata parado na frente da casa de alguém durante três horas — disse Ralph, bem alto. Seus lábios estavam repuxados para trás e pude ver a saliva brilhando em seus dentes, à luz do sol poente.

— Foi uma hora — respondi em voz baixa —, se tanto.

— Não me venha com suas gracinhas, garoto — disse Ralph. Não estou interessado. E não gosto de vocês. Trabalho para viver. Volto cansado para casa e não tenho tempo para discussões. Quero que tirem isso daqui e *agora!*

— Tenho um estepe no porta-malas — falei. — Se pelo menos a gente pudesse colocá-lo...

— E se você pelo menos tivesse um pouco de decência ou cordialidade — começou Arnie, irritado.

Aquilo quase pôs tudo a perder. Se havia alguma coisa que o nosso camarada Ralph não ia admitir que fosse questionada diante dos filhos, era sua cordialidade. Ele deu um soco em Arnie. Não sei como a coisa teria terminado — com Arnie na cadeia, talvez, seu precioso carro apreendido —, mas de algum modo fui capaz de levantar a minha própria mão e agarrar a de Ralph pelo pulso. O encontro das duas provocou um nítido som de tapa à luz do crepúsculo.

A garotinha porquinha explodiu em lágrimas lamurientas.

O garotinho porcino ficou montado em seu velocípede, com o queixo quase batendo no peito.

Arnie, que sempre passava batido como um fantasma pela área de fumantes da escola, nem ao menos estremeceu. Ele na verdade parecia *querer* que aquilo acontecesse.

Ralph se voltou contra mim, os olhos esbugalhados de fúria.

— Muito bem, seu merdinha — disse. — Você primeiro!

Continuei segurando a mão, fazendo força.

— Qual é, cara? — falei, em voz baixa. — O pneu tá no meu porta-malas. Dá cinco minutos pra gente trocar e sair de sua vista. Por favor.

Pouco a pouco, a pressão necessária para segurar a mão dele foi diminuindo. Ele olhou para os filhos, a garotinha choramingando, o garotinho de olhos arregalados, e isso pareceu resolver o impasse.

— Cinco minutos — concordou. Olhou para Arnie. — Teve muita sorte por eu não chamar a polícia. Essa coisa não foi vistoriada e também está sem a placa de licença.

Esperei que Arnie dissesse alguma coisa inflamatória e acabasse de vez com a trégua, mas talvez ele não tivesse esquecido tudo o que sabia sobre prudência.

— Obrigado — disse. — Desculpa se eu me estressei muito.

Ralph grunhiu e enfiou a camisa de volta nas calças, com pequenos gestos selvagens. Olhou para os filhos de novo.

— Vão para casa! — rugiu. — O que estão fazendo aqui fora? Querem levar um chuta-bunda?

Céus, que família criativa, pensei. Pelo amor de Deus, não dê um chuta-bunda neles, Papai; os dois podem fazer cocô-caca nas calças.

As crianças voaram para junto da mãe, abandonando os velocípedes.

— Cinco minutos — repetiu Ralph, nos encarando malignamente. E mais tarde naquela noite, quando ele estivesse tomando algumas com os rapazes, poderia lhes contar como fizera sua parte em manter os limites da geração das drogas e do sexo. Sim senhor, rapazes, eu mandei eles tirarem a porra daquele lixo da frente da minha casa antes que eu lhes desse um chuta-bunda. E, podem acreditar, eles voaram como se tivessem fogo nos pés queimando os traseiros. E então ele acenderia um Lucky. Ou um Camel.

Pusemos o macaco de Arnie sob o para-choque. Arnie não tinha bombeado a alavanca mais do que três vezes quando o macaco se partiu em dois. Fez um som poeirento quando quebrou e a ferrugem esvoaçou. Arnie olhou para mim, com os olhos humildes e sofredores ao mesmo tempo.

— Não tem problema — falei. — A gente usa o meu.

Já era o começo da noite. Meu coração ainda batia acelerado e a boca estava amarga por causa do confronto com o Grande Chefão de Basin Drive, 119.

— Desculpa, Dennis — disse Arnie, em voz baixa. — Não vou te envolver nessas coisas de novo.

— Esqueça. Vamos colocar logo esse pneu.

Usamos o meu macaco para levantar o Plymouth (durante vários segundos terríveis, eu achei que o para-choque traseiro fosse simplesmente ser arrancado num rangido de metal podre), e retiramos o pneu estragado. Colocamos o novo, apertamos um pouco as porcas e então baixamos o carro. Foi um alívio imenso vê-lo novamente de pé sobre a rua; a maneira como aquele para-choque podre tinha se entortado sob o macaco tinha me assustado.

— Pronto — disse Arnie, encaixando a velha e amassada calota sobre as porcas.

Fiquei olhando para o Plymouth e, de repente, aquela sensação que eu experimentara na garagem de LeBay voltou. Foi quando eu olhei para o novo Firestone na traseira direita que isso aconteceu. A banda negra ainda conservava um dos adesivos do fabricante e as marcas de giz amarelo brilhantes do apressado balanceamento no posto de gasolina.

Eu tremi um pouco, mas seria impossível transmitir aquela sensação súbita de estranheza. Era como se eu tivesse visto uma serpente que estava quase pronta para se livrar da pele antiga, que já tinha desprendido uma parte dessa pele, revelando o que havia de novo e cintilante por baixo...

Ralph estava parado na varanda, olhando furiosamente para nós. Em uma das mãos, segurava um hambúrguer de pão de forma que pingava de gordura. A outra mão se fechava em torno de uma lata de cerveja.

— Bonitão ele, não é? — sussurrei para Arnie enquanto jogava o macaco quebrado no porta-malas do Plymouth.

— É a cara do Robert Redford — murmurou Arnie, em resposta, e começamos a rir como garotinhas, da maneira em que se ri às vezes no fim de uma longa situação tensa.

Arnie jogou o pneu velho dentro do porta-malas em cima do macaco, depois ficou rindo alto, com as mãos sobre a boca. Ele parecia um garoto que tinha sido pego atacando o pote de geleia. Pensar nisso me fez rir com vontade.

— Do que estão rindo, seus moleques? — rugiu Ralph. Ele desceu os degraus da varanda. — Hein? Querem rir com a cara virada do avesso? Posso mostrar como se faz, acreditem!

— Saia daqui *depressa* — falei para Arnie, e corri de volta para o meu Duster. Nada poderia conter as risadas agora, elas saíam naturalmente. Joguei-me no banco da frente e girei a chave, relinchando de rir. À minha frente, o Plymouth de Arnie ganhou vida com um rugido e uma espessa nuvem fedorenta de fumaça azul. Mesmo acima daquela barulheira, eu conseguia ouvir as risadas incontidas, um som que beirava a histeria.

Ralph veio correndo pelo gramado, ainda segurando o hambúrguer gorduroso e a lata de cerveja.

— *Do que vocês estão rindo, seus moleques? Hein?*

— *Seu... seu otário!*— gritou Arnie, triunfante, partindo entre uma chacoalhante fuzilaria de estouros. Pisei no acelerador e tive que desviar bruscamente para evitar Ralph, que aparentemente agora tinha intenção de matar alguém. Eu continuava rindo, porém não era mais um riso bom, se é que o foi em algum momento — era um som agudo e arquejante, quase como um grito.

— *Eu mato você, moleque!* — rugiu Ralph.

Pisei no acelerador de novo e desta vez quase bati na traseira de Arnie.

Mostrei o velho e bom dedo médio erguido para Ralph e depois gritei:

— *Enfia!*

Então ele veio atrás de nós. Tentou nos alcançar e, por alguns segundos, ele veio correndo forte na calçada e então parou, ofegando e rosnando.

— Que dia mais louco! — exclamei em voz alta, um pouco assustado pela qualidade trêmula e lacrimosa da minha voz. O gosto amargo me voltara à boca. — Que porra de dia mais louco!

A Garagem de Darnell na Hampton Street era um prédio longo com as laterais de folhas de zinco corrugado enferrujadas e um teto de zinco corrugado enferrujado. Na frente havia uma placa ensebada que dizia: POUPE SEU DINHEIRO! SEU CONHECIMENTO, NOSSAS FERRAMENTAS! Mais abaixo, em letras menores, lia-se: *Vagas Semanais, Mensais ou Anuais.*

O ferro-velho de automóveis ficava atrás da Darnell's. Era uma área com um quarteirão de comprimento cercada de tiras de zinco corrugado de um metro e meio de altura, que simbolizavam a atenção apática de Will Darnell com relação aos regulamentos do Conselho de Urbanização da Cidade. Não que o Conselho tivesse alguma chance de fazer Will Darnell andar na linha, e não apenas porque dois dos três membros do Conselho de Urbanização fossem amigos dele. Em Libertyville, Will Darnell conhecia todas as pessoas importantes. Era um daqueles camaradas que você encontraria em qualquer grande vilarejo ou pequena cidade, aqueles que estão silenciosamente metidos em vários negócios questionáveis.

Eu tinha ouvido falar que ele estava envolvido no animado tráfico de drogas entre os alunos do Colégio Libertyville e na Escola Darby. Também ficara sabendo que ele era conhecido entre os grandes bandidos de Pittsburgh e Filadélfia. Eu não acreditava nessa história — pelo menos, não acho que acreditava —, mas sabia que se você quisesse fogos de artifício, cabeça de negro ou rojões para o feriado de Quatro de Julho, Will Darnell era o cara a se procurar. Também escutei meu pai dizendo que doze anos atrás, quando eu era apenas um guri de 5 anos, Will fora acusado de ser um dos chefes de uma quadrilha de carros roubados, que se estendia da nossa região para o leste, até a cidade de Nova York e subia norte acima até Bangor, no Maine. No fim, as acusações foram retiradas. Mas meu pai também dizia que tinha certeza que Will Darnell devia estar atolado até as orelhas em outras trapaças, qualquer coisa desde roubo de carga de caminhões a antiguidades falsificadas.

Um bom lugar para se evitar, Dennis, dissera meu pai. Isto fora um ano antes, não muito tempo depois de eu ter adquirido minha primeira lata-velha e investido vinte dólares no aluguel de um dos boxes da Garagem Faça-Você-Mesmo, de Darnell, para tentar trocar o carburador, uma experiência que terminara em fracasso total.

Era um bom lugar para se evitar, mas lá estava eu, entrando de carro pelo portão principal, atrás de meu amigo Arnie, depois do escurecer, quando nada mais restava do dia senão uma mancha vermelha como uma fornalha no horizonte. Meus faróis iluminaram um número suficiente de autopeças descartadas, carcaças batidas e sucatas em geral para me deixar mais deprimido e cansado do que nunca. Lembrei que não tinha telefonado para casa e que meus pais certamente estariam se perguntando onde diabos eu estava.

Arnie rodou até uma imensa porta de garagem que tinha um cartaz ao lado dizendo BUZINE PARA ENTRAR. Havia uma luz fraca brotando de uma janela coberta de sujeira, ao lado da porta — havia alguém em casa —, e eu mal contive um impulso de me debruçar para fora do carro e dizer a Arnie para levar o Plymouth para passar a noite lá em casa. Tive uma visão de nós dois dando com Will Darnell e seus companheiros inventariando televisões coloridas contrabandeadas ou repintando Cadillacs roubados. Os garotos detetives chegam a Libertyville.

Arnie ficou quieto, sem buzinar ou fazer coisa alguma. Eu já estava a ponto de sair e lhe perguntar qual era o problema, quando ele veio andando até onde eu estava parado. Mesmo sob o último facho de luz, ele parecia profundamente constrangido.

— Você se importaria em buzinar para mim, Dennis? — pediu, humildemente. — Parece que a buzina de Christine não funciona.

— Claro.

— Obrigado.

Buzinei duas vezes e, após uma pausa, a enorme porta da garagem subiu chacoalhando. O próprio Will Darnell estava parado ali, com a pança projetada acima do cinto. Mandou Arnie entrar com um aceno impaciente.

Dei meia-volta no meu carro, parei de frente para a saída, e entrei também.

O interior era imenso, parecendo uma enorme câmara, e terrivelmente silencioso no fim do dia. Havia pelo menos umas sessenta baias oblíquas para carros, cada uma equipada com sua própria caixa de ferramentas aparafusada no piso para que os amadores com carros variados, mas sem ferramentas, pudessem fazer os reparos sozinhos. O teto era alto, cruzado por vigas nuas de metal.

Havia avisos pregados por toda parte: TODAS AS FERRAMENTAS DEVEM SER INSPECIONADAS ANTES DE SUA PARTIDA e MARQUE ANTECIPADAMENTE SUA HORA PARA O ELEVADOR e MANUAIS DE MOTORES DISTRIBUÍDOS POR ORDEM DE CHEGADA e OFENSAS E PALAVRÕES NÃO SERÃO TOLERADOS. Havia dúzias de outros; para qualquer lado que eu me virasse, um aviso parecia saltar em minha direção. Will Darnell era um homem de avisos.

— Baia 20! Baia 20! — gritou Darnell para Arnie, em sua voz irritável e resfolegante. — Pare lá e desligue o motor, antes que a gente morra sufocado!

"A gente" parecia ser um grupo de homens em uma enorme mesa de baralho no canto mais distante. Fichas de pôquer, cartas e garrafas de cerveja estavam espalhadas sobre a mesa. Eles observavam a nova aquisição de Arnie, com expressões que iam da aversão ao divertimento.

Arnie dirigiu o Plymouth para a baia vinte, estacionou e desligou o motor. Uma fumaceira azulada flutuava no imenso e cavernoso recinto.

Darnell se virou para mim. Ele vestia uma camisa branca que parecia uma vela de navio e calças marrons. Enormes rolos de gordura se projetavam do pescoço e caíam em babados abaixo do queixo.

— Garoto — disse ele, naquela mesma voz resfolegante —, se foi você quem vendeu aquela merda para ele, devia ter vergonha do que fez.

— Não fui eu que vendi. — Por alguma razão absurda, senti que precisava me justificar diante daquele porco gordo, de uma forma que não teria feito com meu pai. — Tentei convencê-lo a não fechar negócio.

— Devia ter sido mais convincente.

Ele foi até onde Arnie estava saindo do carro. Arnie bateu a porta; a ferrugem caiu em flocos do estribo daquele lado, em um fino chuvisco vermelho.

Com ou sem asma, Darnell caminhava com os movimentos graciosos e quase femininos do homem que é gordo há muito tempo e vê um longo futuro de gordura pela frente. E gritava para Arnie, antes mesmo que meu amigo tivesse se virado para ele, com ou sem asma. Acho que poderia se dizer que ele era um homem que não se deixava abater pela doença.

Como os caras na área de fumantes da escola, como Ralph em Basin Drive, ou como Buddy Repperton (vamos falar dele muito em breve, eu temo), ele decidiu imediatamente que não gostava de Arnie — era um caso de ódio à primeira vista.

— Muito bem, esta foi a última vez que ligou esse cu de ferro aqui dentro sem uma mangueira de exaustão no escapamento! — berrou ele. — Se eu pegar você fazendo isso, lhe ponho na rua, entendido?

— Está bem. — Arnie parecia pequeno, cansado e submisso. Qualquer que fosse a energia selvagem que o trouxe até aqui tinha desaparecido. Meu coração se partiu um pouco ao vê-lo daquele jeito. — Eu...

Darnell não o deixou continuar.

— Você quer uma mangueira de exaustão, ela custa dois e cinquenta a hora, se fizer uma reserva antecipada. E vou lhe dizer uma coisa agora mesmo que você vai querer entender muito bem, meu jovem amigo. Não tenho que aturar merda nenhuma de vocês, garotos. Não tenho. Este lugar é para caras trabalhadores que precisam manter os carros rodando para botar pão na mesa, não para garotinhos ricos da universidade que fazem rachas no Orange Belt. E eu não permito ninguém fumando aqui dentro. Se quiser uma tragada, tem que ir lá para trás, no depósito.

— Eu não fum...

— Não me interrompa, garoto. Não me interrompa e nem venha dar uma de espertinho — disse Darnell. Ele agora estava parado diante de Arnie. Sendo mais alto e mais largo, encobria inteiramente meu amigo.

Comecei a ficar bravo de novo. Eu podia realmente sentir meu corpo gemer de protesto contra a montanha-russa que minhas emoções viveram desde nossa chegada à casa de LeBay, quando vimos que o maldito carro não estava mais no gramado.

Adolescentes são uma classe oprimida; depois de alguns anos a gente acaba aprendendo a fazer papel de humilde na frente de opressores como Will Darnell. *Sim, senhor*; *não senhor*; *está bem*; *pode apostar.* Mas, Jesus, ele estava exagerando um pouco.

Agarrei repentinamente o braço de Darnell.

— Senhor?

Ele girou para me encarar. Eu percebo que quanto mais eu odeio um adulto, mais vontade eu tenho de tratá-lo por Senhor.

— O que é?

— Aqueles homens lá estão fumando. É melhor você mandar eles pararem. — Apontei para os sujeitos em volta da mesa de pôquer. Tinham dado as cartas para uma nova mão. A fumaça pairava acima da mesa, num nevoeiro azulado.

Darnell olhou para eles, depois olhou para mim. Seu rosto era muito solene.

— Está querendo ajudar seu amigo a ser expulso daqui, Júnior?

— Não — respondi. —Senhor.

— Então feche sua matraca!

Voltando-se para Arnie, ele pousou as mãos carnudas sobre os quadris largos e acolchoados.

— Conheço um babaquinha quando vejo um — disse ele —, e acho que estou vendo um agora mesmo. Você está em período de experiência, garoto. Vacile comigo uma só vez, e eu chuto você pra fora imediatamente, não importa o quanto você pagou adiantado!

Uma fúria cega subiu do estômago até a cabeça, onde ficou latejando. Por dentro, eu implorava a Arnie que mandasse aquele gordo imbecil pegar a mangueira de exaustão, enrolar e enfiar naquele rabo obeso o mais fundo que pudesse. Claro que os companheiros de pôquer de Darnell se meteriam, e nós provavelmente terminaríamos aquela maravilhosa noite no pronto-socorro do Hospital Comunitário de Libertyville, levando pontos na cabeça... mas quase valia a pena.

Arnie, pedi mentalmente, *mande ele se foder e vamos dar o fora daqui. Encare ele, Arnie! Não deixe que ele pise em você! Não seja um perdedor, Arnie. Se você enfrentou sua mãe, pode enfrentar esse filho da puta também. Só desta vez, não seja um perdedor!*

Arnie ficou calado por muito tempo, cabisbaixo, e então disse:

— Sim, senhor.

Foi tão baixo que era quase inaudível. Como se ele estivesse engasgado com as palavras.

— O que você disse?

Arnie ergueu a cabeça. O rosto estava mortalmente pálido. Os olhos estavam nadando em lágrimas. Não aguentei olhar para aquilo. Doía demais olhar aquilo. Eu me virei. Os jogadores de pôquer tinham parado de jogar para observar os acontecimentos que se desenrolavam no boxe 20.

— Eu disse "sim, senhor" — repetiu Arnie, com voz trêmula. Era como se tivesse assinado o nome numa confissão terrível. Olhei o carro de novo — o Plymouth 58 parado aqui dentro, quando deveria estar no ferro-velho dos fundos com o resto das carcaças inúteis e enferrujados de Darnell — e o odiei novamente pelo que estava fazendo a Arnie.

— Muito bem, caiam fora — disse Darnell. — Já fechamos.

Arnie saiu tropeçando cegamente. Teria ido em linha reta contra uma pilha de velhos pneus carecas se eu não o agarrasse pelo braço e o guiasse. Darnell seguiu na direção contrária, para a mesa de pôquer. Quando chegou lá, disse algo aos outros, em sua voz chiada. Todos rugiram risadas.

— Estou bem, Dennis — Arnie afirmou, como se eu tivesse perguntado. Os dentes estavam cerrados com força e o peito se movia em rápidas inspirações rasas. — Estou bem, me solte. Está tudo certo comigo.

Larguei seu braço. Cruzamos a porta e Darnell berrou para nós:

— E não me traga seus amigos vagabundos para cá ou eu o ponho para fora daqui!

Um dos outros acrescentou:

— E deixe suas drogas em casa!

Arnie se encolheu. Era meu amigo, porém eu o odiava quando se encolhia daquele jeito.

Escapamos para as trevas frescas. A porta chacoalhou quando foi arriada às nossas costas. Foi assim que levamos Christine para a Garagem de Darnell. Que momentos divertidos, não é?

Do Lado de Fora

I got me a car and I got me some gas,
Told everybody they could kiss my ass...
— Glenn Frey

Entramos no meu carro e saímos da garagem. De alguma forma já passava das nove da noite. Como o tempo voa quando a gente está se divertindo! Uma meia-lua se destacava no céu. O luar e as luzes alaranjadas do estacionamento do Monroeville Mall deram fim em qualquer estrela cadente que poderia ter aparecido.

Rodamos os dois ou três primeiros quarteirões em silêncio total. Então, de repente, Arnie desatou num pranto furioso. Eu achava que ele poderia chorar, mas a força daquilo me assustou. Parei no acostamento imediatamente.

— Arnie...

Desisti na hora. Ele ia chorar até que chegasse a hora de parar. As lágrimas e soluços vinham numa torrente aguda e amarga, e vinham sem moderação — Arnie já esgotara sua cota de moderação naquele dia. Inicialmente não pareceu ser mais do que uma reação; eu sentia mais ou menos a mesma coisa, só que minha raiva tinha subido para a cabeça, que latejava como um dente cariado, e para o estômago, que estava nauseantemente contraído.

Então, embora inicialmente eu achasse que não fosse nada além de uma espécie de reação ou uma catarse espontânea, talvez fosse isso mesmo, no começo. Mas após um ou dois minutos, percebi que era muito mais do que isso, que era muito mais profundo. Então, comecei a ouvir palavras entre os sons que ele emitia, eram poucas a princípio, depois sequências delas.

— *Eles me pagam!* — gritou ele, enroladamente, entre os soluços. — *Vou ferrar aquelas porras de filhos da puta, Dennis, vou fazer eles se arrependerem, os cretinos vão engolir... ENGOLIR... ENGOLIR!*

— Pare com isso — falei, assustado. — Arnie, já chega.

Mas para ele ainda não chegava. Começou a bater com os punhos no painel de instrumentos acolchoado de meu Duster, com força bastante para marcá-lo.

— *Eles me pagam, você vai ver!*

Sob a luz pálida da lua e de um poste próximo, seu rosto parecia devastado e feroz. Naquele momento, Arnie era como um estranho para mim. Estava longe, caminhando por algum dos frios lugares do universo que um Deus piadista reserva para pessoas como ele. Eu não o conhecia mais. Não queria conhecê-lo. Só podia ficar ali sentado impotente e esperando que o Arnie que eu conhecia voltasse. Após algum tempo, ele voltou.

As palavras histéricas confundiram-se novamente com soluços. O ódio se fora e ele apenas chorava. Era um choro profundo, ululante e desnorteado.

Fiquei parado detrás do volante do carro, sem saber o que eu deveria fazer, desejando estar em outro lugar, qualquer lugar, experimentando sapatos na Thom McAn's, preenchendo uma solicitação de crédito em uma loja barateira, parado diante de um banheiro público pago, com diarreia e sem um centavo no bolso. Qualquer lugar, cara. Não precisava ser Monte Carlo. Sobretudo, fiquei ali desejando ser mais velho. Desejando que ambos fôssemos mais velhos.

Isto, no entanto, era fugir da realidade. Eu sabia o que fazer. Relutantemente, contra minha vontade, deslizei no assento, passei os braços em torno dele e o abracei. Podia sentir seu rosto, quente e febril, esmagado contra meu peito. Ficamos assim por talvez uns cinco minutos. Depois o levei para casa. Então fui para casa também. Nenhum de nós dois comentou o assunto mais tarde, aquilo de abraçá-lo daquele jeito. Ninguém passou pela calçada e nos viu estacionados junto ao meio-fio. Acho que, se alguém tivesse aparecido, pensaria que éramos um casal de gays. Eu fiquei ali sentado, abraçando Arnie e transmitindo todo meu carinho de amigo, perguntando-me como era possível que eu tivesse acabado como o único amigo de Arnie

Cunningham, porque naquele momento, acreditem, eu não queria ser amigo dele.

Porém, de alguma forma, eu percebi naquele momento, embora de maneira muito vaga, que talvez Christine virasse amiga dele também. Não tinha muita certeza se gostava disso, embora naquele longo e louco dia a gente tivesse passado pelos mesmos apuros por causa do Plymouth.

Quando paramos junto à calçada em frente à sua casa, perguntei:

—Você vai ficar bem, cara?

Ele forçou um sorriso.

— Sim, tá tudo bem. — Me encarou com tristeza. — Sabe de uma coisa? Você deveria procurar uma nova caridade favorita. Fundo Cardíaco. Sociedade do Câncer. Qualquer coisa.

— Ah, vá se ferrar!

— Você sabe o que quero dizer.

— Se quer dizer que você é um chorão, qual a novidade?

A luz da varanda foi acesa. Michael e Regina saíram correndo de casa, provavelmente para ver se éramos nós ou a Polícia Estadual vindo lhes comunicar que seu filho único fora atropelado na autoestrada.

— Arnold? — chamou Regina, em voz estridente.

— Cai fora, Dennis — disse Arnie, sorrindo com um pouco mais de honestidade agora. — Você não precisa desta merda. — Saiu do carro e disse obedientemente: — Oi, mãe. Oi, pai.

— Por onde você andou? — perguntou Michael. — Você deixou sua mãe muito assustada, rapazinho!

Arnie tinha razão. Eu podia dispensar aquela cena. Dei uma olhada no espelho retrovisor, rapidamente, e o vi ali parado, parecendo solitário e vulnerável — e então os dois o abraçaram e o guiaram de volta ao ninho de 60 mil dólares, certamente utilizando com força total a mais recente doideira paternal que aprenderam — o Treinamento para Eficiência Paterna e sabe-se lá o que mais. Eles eram tão perfeitamente racionais quanto àquilo tudo, esse era o problema. Haviam desempenhado um papel tão fundamental para que Arnie ficasse assim, mas eram racionais demais para perceber isso.

Liguei o rádio na FM-104, onde continuava o *Block Party Weekend*, e peguei Bob Seger e a Silver Bullet Band cantando *Still the Same*. A coincidência era um pouco perfeita demais para o meu gosto, e eu sintonizei o jogo dos Phillies.

Os Phillies perdiam. Não tinha problema. Isso era normal.

Pesadelos

I'm a roadrunner, honey,
And you can't catch me.
Yes, I'm a roadrunner, honey,
And you can't keep up with me.
Come on over here and race,
Baby, baby, you'll see.
More over, honey! Stand back!
I'm gonna put some dirt in your eye!
— Bo Diddley

Quando cheguei em casa, papai e minha irmã estavam sentados na cozinha, comendo biscoitos de açúcar mascavo recheados de chocolate. Comecei imediatamente a sentir fome e lembrei que não tinha jantado.

— Por onde andou, chefe? — perguntou Elaine.

Nem levantou os olhos da revista que lia — *16, Creem* ou *Tiger Beat*, tanto faz. Ela me chamava de chefe desde que eu descobrira Bruce Springsteen, um ano antes, e me transformei num fanático. Ela fazia isso para me irritar.

Aos 14 anos, Elaine estava começando a deixar a infância para trás e a se transformar na beldade americana completa que ela acabou sendo — alta, cabelos escuros e olhos azuis. Mas no final daquele verão de 1978 ainda era uma criatura adolescente grupal. Começara com Donny e Marie Osmond aos 9 anos, apaixonando-se por John Travolta aos 11 (cometi o erro de chamá-lo de John Revolta um dia, e ela me arranhou tanto que quase precisei levar um ponto no rosto — acho que eu mereci, um pouco). Aos 12, ela gamou por Shaun. Depois foi Andy Gibb. Só ultimamente vinha demonstrando gostos mais sinistros: roqueiros do metal pesado como Deep Purple e um grupo novo, Styx.

— Eu estava ajudando Arnie a pegar o carro novo — falei, tanto para meu pai como para ela. Mais para ele, na verdade.

— Aquele babaquinha —Ellie suspirou e virou uma página da revista.

Eu senti um ímpeto súbito e incrivelmente forte de arrancar a revista das mãos dela, rasgá-la em duas e jogar-lhe os pedaços na cara. Isso serviu mais para me mostrar o quão estressante aquele dia tinha sido do que qualquer outro sinal. Na verdade, Elaine não achava Arnie um babaca; ela apenas aproveitava qualquer oportunidade para me irritar. Mas talvez eu tivesse ouvido Arnie ser chamado de babaquinha por vezes demais nas últimas horas. As lágrimas dele ainda secavam na minha camisa, pelo amor de Deus, e talvez eu também me sentisse um pouco babaquinha.

— O que o Kiss andou fazendo estes dias, minha cara? — perguntei-lhe docemente. — Você escreveu alguma carta de amor para Erik Estrada? "Oh, Erik, eu morro por você, meu coração sofre um infarto todas as vezes que penso nos seus lábios grossos e melosos espremendo os meus..."

— Você é um animal — disse ela friamente. — Um mero animal, e nada mais!

— E eu não sei nada de coisa nenhuma.

— Isso mesmo. — Ela pegou o biscoito recheado, a revista, e saiu apressada para a sala de estar.

— Não suje o chão com esse troço, Ellie — avisou meu pai, estragando um pouco a saída dramática.

Fui até a geladeira e catei umas fatias de mortadela e um tomate que não pareciam reservados a ninguém. Havia também meio pacote de queijo pasteurizado, mas meus exageros no consumo daquela porcaria na época da escola primária aparentemente tinham eliminado meu desejo por ela. Decidi pegar um litro de leite para acompanhar meu sanduíche e abri uma lata de sopa Campbell de picadinho.

— Ele conseguiu? — perguntou papai.

Meu pai é consultor tributário para a H&R Block. Também faz serviços de contabilidade como autônomo. Antigamente era contador em tempo integral para a maior firma de arquitetura de Pittsburgh, mas sofreu um ataque cardíaco e deixou o cargo. É um bom sujeito.

— Sim, conseguiu.

— E você achou tão ruim como antes?

— Pior ainda. Onde está mamãe?

— Na aula — disse ele.

Seus olhos encontraram os meus e quase começamos a dar risadinhas. Imediatamente desviamos os olhares em direções opostas, envergonhados — embora nem mesmo a vergonha sincera ajudasse muito. Minha mãe está com 43 anos e trabalha como técnica de higiene dental. Durante muito tempo não trabalhou no ramo, mas voltou quando papai teve o ataque cardíaco.

Quatro anos atrás, ela decidiu que era uma escritora desconhecida e começou a compor poemas sobre flores e a escrever contos sobre doces velhinhos no outono de suas vidas. De vez em quando ela resolvia ficar ousadamente realista e escrevia uma história sobre uma jovem tentada a "se arriscar" e que então decidia que seria muito melhor se ela "Se Guardasse para o Leito Nupcial". Naquele verão tinha se matriculado em um curso de redação criativa em Horlicks — onde Michael e Regina lecionavam, vocês se lembram —, e estava reunindo todos os seus temas e contos num livro que chamava de *Rascunhos de amor e beleza*.

Vocês podem estar comentando com seus botões (e parabéns pra vocês, se comentaram) que nada há de engraçado numa mulher que consegue manter um emprego, cuidar da família e, ao mesmo tempo, decidiu tentar algo novo, expandir um pouco os horizontes. E é claro que vocês têm razão. Também poderiam pensar que eu e meu pai tínhamos todos os motivos do mundo para nos envergonharmos, que não passávamos de uma dupla de porcos chauvinistas grunhindo em nossa cozinha e, mais uma vez, têm toda razão. Não quero discutir este ponto, embora eu possa afirmar que, se tivessem sido submetidos a leituras frequentes em voz alta de trechos dos *Rascunhos de amor e beleza*, como eu e papai — e também Elaine —, poderiam compreender um pouco melhor a origem de nossas risadinhas.

Bem, ela foi e é uma ótima mãe, e acho que também é uma grande esposa para o meu pai — pelo menos nunca o ouvi reclamando e ele também nunca passou toda a noite fora de casa, bebendo —, e tudo que eu posso alegar em nossa defesa é que nunca rimos na cara dela, nenhum de nós dois. É uma desculpa esfarrapada, eu sei, mas é melhor do que nada. Nós não a magoaríamos por nada do mundo.

Levei a mão à boca, tentando segurar o riso. Papai pareceu subitamente engasgado com seu biscoitão de açúcar mascavo. Eu não sei o que ele pensava, mas no meu caso eu estava com a mente entalada com um artigo mais ou menos recente intitulado "Jesus Tinha um Cão?".

Depois de um dia como aquele, isso era quase demais.

Fui até os armários acima da pia e peguei um copo para o leite. Quando olhei para trás, meu pai já se controlara e isso me ajudou a controlar-me também.

— Você parecia meio aborrecido quando chegou — disse ele. — Está tudo bem com Arnie, Dennis?

— Arnie está legal — respondi, despejando a sopa numa panela, que coloquei sobre o fogo. — Ele acabou de comprar um carro, e isso foi uma confusão, mas está legal.

Claro que Arnie não estava legal, mas há certas coisas que não conseguimos contar aos nossos pais, pouco importando o quão bem-sucedidos eles sejam na grande missão americana da paternidade.

— Às vezes as pessoas não conseguem enxergar certas coisas até que as vejam com os próprios olhos — disse ele.

— Bem, espero que ele veja logo — falei. — Deixou o carro na Darnell's a 20 por semana, porque os pais não o deixaram estacionar em casa.

— Vinte por semana? Apenas pela baia? Ou a baia mais ferramentas?

— Só a baia.

— Isto é um assalto!

— É — respondi, percebendo que meu pai não completou o comentário com uma oferta para que Arnie estacionasse o carro em nossa casa.

— Quer jogar uma rodada de *cribbage*?

— Pode ser — respondi.

— Anime-se, Dennis! Você não pode cometer os erros dos outros por eles.

— É mesmo.

Jogamos três ou quatro rodadas de *cribbage*, e ele ganhou todas — ele quase sempre ganha, a não ser que esteja muito cansado ou tenha bebido uns dois drinques. De qualquer modo, não me incomodo, porque as raras vezes em que eu o derroto ficam valendo mais. Jogamos *cribbage*, e mamãe apareceu depois de algum tempo, corada e com os olhos brilhantes, parecendo jovem demais para ser minha mãe, com o livro de contos e rascunhos apertado contra o busto. Beijou meu pai — não a bitoca de sempre, mas um beijo de verdade que, de repente, me fez perceber que eu deveria estar em outro lugar.

Ela me fez as mesmas perguntas sobre Arnie e o carro, um assunto que rapidamente começava a se tornar o tópico de conversação mais quente naquela casa desde que Sid, irmão da minha mãe, tinha ido à falência e pedido um empréstimo ao meu pai. Repeti a mesma história. Depois subi para meu quarto. Eu estava exausto, com a impressão de que meu pai e minha mãe tinham assuntos pessoais para resolver... embora esse fosse um tópico em que eu nunca pensava muito profundamente, como vocês certamente vão entender.

Elaine estava deitada na cama, ouvindo a mais nova coletânea de sucessos vendida num anúncio de TV. Pedi que baixasse um pouco o volume, porque eu queria dormir. Ela me estirou a língua. Eu não ia admitir aquilo, de maneira alguma. Entrei e fiz cócegas nela até que ela disse que ia vomitar. Eu respondi "vá em frente, vomite, a cama é sua", e fiz mais cócegas ainda. Ela então assumiu a expressão de "por favor, Dennis, não ria de mim, porque isto é *terrivelmente* importante", e ficou toda solene e me perguntou se era mesmo verdade que dava para botar fogo em peidos. Carolyn Shambliss, uma de suas amigas, afirmou que era possível, mas Carolyn mentia sobre quase *tudo.*

Eu mandei ela perguntar a Milton Dodd, o namoradinho com cara de otário dela. Então Elaine ficou furiosa e tentou me agredir, perguntando por que você sempre tem que ser tão *horroroso,* Dennis? Então eu disse que sim, que era verdade que dava pra botar fogo em peidos, mas aconselhei-a a não tentar. Então lhe dei um abraço (coisa que eu quase não fazia mais — eu passei a ficar constrangido desde que ela começou a ter seios, e as cócegas também, para ser sincero) e depois fui dormir.

Enquanto me despia, pensei: afinal, o dia não terminou tão ruim. Há gente por aqui que me considera um ser humano e considera Arnie também. Vou chamá-lo para vir amanhã ou no domingo, e vamos ficar de bobeira, talvez a gente assista ao jogo dos Phillies na TV, ou então jogue algum jogo de tabuleiro idiota como o Jogo da Vida ou Banco

Imobiliário, até mesmo aquele velho clássico, Detetive, e assim a gente vai se livrar dessa esquisitice toda. Vamos nos sentir decentes outra vez.

Fui para a cama com tudo resolvido na minha cabeça e deveria ter adormecido imediatamente, mas não consegui. Porque tudo não estava resolvido e eu sabia disso. As coisas têm um começo e, às vezes, não sabemos que diabos elas são.

Motores. Isso é mais uma coisa relacionada à adolescência. Há todos esses motores e, de algum modo, você acaba com a chave de ignição de alguns deles e dá a partida, mas não sabe que porra eles são, ou o que deveria fazer. Existem apenas dicas, mais nada. O lance das drogas é assim, e também o lance da bebida e o lance do sexo, e às vezes algumas outras coisas também — um emprego de verão que gera um novo interesse, uma viagem, um curso no colégio. Motores. Eles nos dão as chaves, algumas dicas e dizem: ligue o motor, veja o que ele faz, e às vezes o que ele faz é nos puxar para uma vida que é realmente boa e cheia de realizações, e às vezes o que ele faz é nos arrastar direto pela rodovia do inferno abaixo, deixando-nos mutilados e ensanguentados no acostamento.

Motores.

Grandões. Como os modelos 382 que costumavam colocar naqueles carros antigos. Como Christine.

Fiquei acordado no escuro, me virando de um lado para outro até o lençol ser puxado, ficar embolado e bagunçado, enquanto eu pensava em LeBay dizendo: *O nome dela é Christine.* De alguma forma, Arnie tinha pego isso. Quando éramos crianças, a gente teve patinetes e depois bicicletas, e eu batizava as minhas, mas Arnie nunca fez o mesmo — ele afirmava que nomes eram para gatos, cachorros e peixes. Só que isso fora antes, não agora. Agora ele chamava o Plymouth de Christine e, pior ainda, sempre o tratava no feminino.

Eu não gostava daquilo e não sabia por quê.

Até meu pai tinha comentado o assunto como se Arnie tivesse se casado, em vez de ter comprado uma lata velha. Não era por aí. De jeito nenhum. Ou era?

Pare o carro, Dennis. Volte... Quero olhar para ela outra vez.

Simples assim.

Não pensou nem um pouco no assunto, e isso não era típico de Arnie, que geralmente costumava considerar tudo cuidadosamente — sua vida o tinha tornado dolorosamente consciente do que acontecia a caras como ele, quando se precipitavam e faziam alguma coisa (Oh!) no calor do momento. Mas desta vez ele havia agido como um homem que conhece uma stripper, se mete num namoro tempestuoso para terminar com uma ressaca e arruma uma nova esposa na manhã de segunda-feira.

Aquilo tinha sido... bem... como amor à primeira vista.

Não importa, pensei. Começaremos tudo de novo. Vamos recomeçar amanhã. Teremos alguma perspectiva sobre isto.

Por fim, peguei no sono. E sonhei.

O giro uivante de um motor de arranque nas trevas.

Silêncio.

O arranque, uivando novamente.

O motor ligando, morrendo, depois pegando.

Um motor ligado nas trevas.

Então os faróis acesos, na luz alta, antigos faróis duplos, me empalando como um inseto no vidro.

Eu estava parado à porta da garagem de LeBay e Christine lá dentro — uma Christine nova, sem nenhum amassado ou salpico de ferrugem. O para-brisa incólume escurecia num azul polarizado no alto. Do rádio brotavam os sons rítmicos de Dale Hawkins cantando "Susie-Q" — uma voz de uma época morta, carregada de uma vitalidade estranhamente aterrorizante.

O motor murmurando palavras de poder através de dois silenciosos de fibra de vidro. E, de alguma forma, eu sabia que havia uma transmissão Hurst lá dentro, e coletores de escapamento Feully; o óleo Quaker State acabou de ser trocado — tinha uma cor cristalina de âmbar, o sangue vital automotivo.

Os limpadores de para-brisa começam a funcionar de repente, e isso é estranho, porque não há ninguém atrás do volante, o carro está vazio.

— Vamos lá, garotão. Vamos dar uma volta. Vamos rodar.

Sacudo a cabeça. Não quero entrar lá. Tenho medo de entrar lá. Não quero dar uma volta. De repente, o motor começa a acelerar e reduzir, acelerar e reduzir; é um som faminto, assustador, como um cão feroz numa coleira fraca... e eu quero sair dali... no entanto meus pés parecem pregados ao chão rachado da calçada.

—Última chance, garotão.

E antes que eu possa responder — ou mesmo pensar em uma resposta —, há o grito terrível da borracha beijando o concreto, e Christine se lança contra mim, a grade do radiador rosnando como uma boca aberta e cheia de dentes cromados, os faróis ofuscantes...

Gritei até acordar a mim mesmo na escuridão morta das duas da madrugada, assustado com o som de minha voz, o baque apressado de pés descalços correndo pelo corredor me assustando ainda mais. Tinha punhados duplos de lençol em cada mão. Arranquei completamente as cobertas, que estavam todas emboladas no meio da cama. Meu corpo estava escorregadio de suor.

Do corredor, Ellie gritou "O que foi isso?" em seu próprio terror.

A luz do meu quarto se acendeu e lá estava minha mãe em uma curta camisola que revelava mais do que ela normalmente se permitiria, exceto na mais extrema das emergências. Logo atrás dela, meu pai amarrava o cinto do roupão, fechado sobre absolutamente nada.

— O que foi, querido? — minha mãe perguntou. Os olhos dela estavam arregalados e assustados. Eu não conseguia me lembrar da última vez em que ela me chamara de "querido" daquele jeito — quando eu tinha 14 anos? 12? Talvez 10? Não sei dizer.

— Dennis? — meu pai indagou.

Então Elaine estava parada atrás e entre eles, tremendo.

— Voltem para a cama — falei. — Foi só um sonho. Nada mais.

— Nossa! — disse Elaine, tão chocada com a hora e a ocasião que chegou a me respeitar. — Deve ter sido um verdadeiro filme de horror. O que foi, Dennis?

— Sonhei que você tinha casado com Milton Dodd e os dois vieram morar comigo — respondi.

— Não provoque sua irmã — disse mamãe. — O que foi, Dennis?

— Não me lembro.

Fiquei subitamente consciente de que o lençol estava uma confusão, e que havia um tufo de pelos púbicos aparecendo. Ajeitei tudo depressa, entre pensamentos culpados de masturbação, polução noturna e sabe-se mais lá o que martelando minha cabeça. Um deslocamento total. Nos primeiros dois ou três vertiginosos momentos, eu nem mesmo tinha certeza se eu era grande ou pequeno — havia apenas aquela imagem terrível, sombria e dominadora do carro avançando um pouquinho a cada vez que o motor acelerava, recuando, avançando de novo, o capô vibrando acima do motor, a grade do radiador parecendo dentes de aço...

Última chance, garotão.

E então a mão da minha mãe, fria e seca, estava na minha testa, em busca de febre.

— Está tudo bem, mamãe — falei. — Não foi nada. Só um pesadelo.

— Mas você não se lembra...

— Não. Esqueci tudo agora.

— Fiquei assustada — disse ela, depois dando uma risadinha trêmula. — Acho que você só descobre o que realmente é o medo quando um dos seus filhos grita no escuro.

— Ui, que nojo, nem me fale nisso — disse Elaine.

— Vá para a cama, garotinha — disse meu pai, dando um tapinha na bunda dela.

Ela obedeceu, não parecendo muito satisfeita. Talvez, superado o medo inicial, ela esperasse que eu tivesse um ataque histérico. Isso lhe daria uma ótima fofoca para compartilhar com a turma do sutiã juvenil na aula de ginástica.

— Você está bem mesmo? — perguntou mamãe. — Dennis, querido? — Aquela palavra novamente, trazendo antigas lembranças de joelhos esfolados, ao cair de meu carrinho vermelho; seu rosto inclinado para minha cama era o mesmo que eu vira nos espasmos febris de todas aquelas doenças infantis — caxumba, catapora, um surto de escarlatina. Me fazendo sentir uma vontade absurda de chorar. Eu tinha vinte e dois centímetros e 31 quilos a mais que ela.

— Claro — respondi.

— Muito bem — disse ela. — Deixe a luz acesa. Às vezes ajuda.

E com um último olhar hesitante para o meu pai, ela saiu. Eu tinha agora um assunto para meditar: a ideia de que minha mãe já teve um pesadelo. Deve ser uma daquelas coisas que nunca nos ocorrem. Quaisquer que fossem seus pesadelos, nenhum deles foi registrado nos *Rascunhos de amor e beleza*.

Papai se sentou na beira da cama.

— Você não se lembra mesmo o que foi?

Balancei a cabeça.

— Deve ter sido horrível, para fazer você gritar daquele jeito, Dennis. — Seus olhos se fixavam nos meus, perguntando gravemente se haveria alguma coisa que ele deveria saber.

Eu quase contei — o carro, era o maldito carro de Arnie, Christine, a Rainha da Ferrugem, com 20 anos de idade, feia pra cacete. Quase contei. Porém, de alguma forma aquilo ficou engasgado na minha garganta, quase como se eu estivesse traindo meu amigo ao falar. O bom e velho Arnie, a quem um Deus com senso de humor decidira caprichar na feiura.

— Tudo bem — ele disse e beijou meu rosto. Pude sentir sua barba, aqueles pelinhos rígidos que só brotam à noite. Sentia também o cheiro do suor dele e sentia seu amor. Eu o abracei com força e ele me abraçou de volta.

E então todos eles tinham ido embora, e eu fiquei ali deitado com o abajur da cabeceira aceso, com medo de voltar a dormir. Peguei um livro e me deitei de novo, sabendo que meus pais estavam acordados no quarto deles no andar de baixo, imaginando se eu estaria metido em alguma confusão ou se eu teria metido outra pessoa — talvez a líder de torcida com corpo espetacular — em alguma confusão.

Decidi que dormir seria imposível. Ficaria lendo até o dia clarear e tiraria um cochilo na tarde do dia seguinte, de preferência na parte mais monótona do jogo de futebol. E pensando nisso, adormeci e acordei na manhã seguinte, com o livro que nem tinha sido aberto caído no chão ao lado da cama.

Primeiras Mudanças

If I had money I will tell you
what I'd do,
I would go downtown and buy
a Mercury or two,
I would buy me a Mercury,
And cruise up and down this road.
— The Steve Miller Band

Pensando que Arnie fosse aparecer naquele sábado, fiquei de bobeira pela casa — aparei a grama, limpei a garagem, até mesmo lavei todos os três carros. Mamãe observou com algum espanto toda aquela diligência e, à hora do almoço de cachorro-quente com salada de verduras, comentou que talvez eu devesse ter pesadelos com mais frequência.

Eu não queria telefonar para a casa de Arnie, não depois de todas aquelas coisas desagradáveis que tinha visto por lá ultimamente, mas quando começou o pré-jogo e ele não apareceu, juntei minha coragem e liguei. Regina atendeu e, embora estivesse fazendo uma boa encenação de "nada-mudou", achei que tinha detectado uma nova frieza em sua voz. Isso me entristeceu. Seu único filho fora seduzido por uma puta velha e pelancuda chamada Christine, e o velho camarada Dennis deve ter sido um cúmplice. Talvez ele tivesse, inclusive, cafetinado o negócio. Arnie não estava em casa, disse Regina. Estava na garagem de Darnell. Estava lá desde as nove da manhã.

— Oh! — respondi, sem jeito. — Oh, puxa, eu não sabia disso. — Soava como uma mentira e, pior ainda, me dava uma *sensação* de mentira.

— Não? — Regina respondeu, em sua nova voz fria. — Adeus, Dennis.

O fone emudeceu em minha mão. Fiquei olhando para ele durante um instante, depois o coloquei no gancho.

Papai se instalara diante da TV, com sua horrível bermuda púrpura, calçando sandálias de juta e com seis latas de cerveja no isopor a seu lado. Os Phillies estavam tendo um dia ótimo, dando uma bela surra no time de Atlanta. Mamãe saíra para visitar uma colega (acho que uma lia seus rascunhos e poemas para a outra, exaltando-se juntas). Elaine fora para a casa de sua amiga Della. Estava tudo quieto; lá fora, o sol brincava de pique com algumas nuvens brancas. Papai me passou uma cerveja, o que só faz quando se sente extraordinariamente bem-humorado.

Porém o sábado ainda parecia vazio. Fiquei pensando em Arnie, que não estava vendo o jogo ou aproveitando os raios do sol, nem ao menos aparando a grama em sua casa e ficando com os pés esverdeados. Arnie, nas sombras oleosas da Garagem Faça-Você-Mesmo de Will Darnell, às voltas com aquela silenciosa banheira enferrujada, enquanto homens gritavam e ferramentas caíam no cimento com um penetrante som metálico, o barulho de metralhadora da pistola de ar comprimido afrouxando velhos parafusos, a voz chiada e a tosse asmática de Will Darnell...

Que merda, será que eu estava *com ciúmes?* Era isso que eu estava sentindo?

No sétimo turno do jogo, levantei-me e caminhei para a saída.

— Aonde vai? — perguntou meu pai.

Isso mesmo, para onde eu ia? Para lá? Ficar vigiando Arnie, cacarejando à sua volta, ouvindo as implicâncias de Will Darnell? Procurando mais uma dose de sofrimento? Droga! Arnie já era um garoto grande.

— A lugar nenhum — respondi.

Achei um bolinho recheado na caixa do pão, cuidadosamente empurrado até o fundo. Peguei o bolinho com uma alegria sombria, sabendo o quanto Elaine ficaria enfurecida quando viesse procurá-lo durante um dos comerciais de *Saturday Night Live* e não encontrasse nada. — Lugar nenhum mesmo.

Voltei para a sala de estar. Sentei-me, filei outra cerveja do meu pai e comi o bolinho de Elaine, inclusive lambendo a embalagem de papelão. Ficamos vendo os Phillies acabarem com Atlanta. ("Deram uma surra neles, Denny", eu podia ouvir meu avô, falecido cinco anos antes, dizendo com sua voz esganiçada de velho, "uma surra pra valer!"), e não pensei mais em Arnie Cunningham.

Não muito.

Na tarde seguinte, ele apareceu em sua velha bicicleta de três marchas, enquanto eu e Elaine jogávamos croqué no gramado dos fundos. Ela insistia em me acusar de trapacear no jogo. Ela estava de mau humor. Sempre ficava assim quando ficava menstruada. Minha irmã sentia grande orgulho daquelas mestruações, que vinha tendo regularmente nos últimos 14 meses.

— Olá — disse Arnie, contornando um dos cantos da casa. — Vocês devem ser ou o Monstro da Lagoa Negra e a Noiva do Frankenstein, ou Dennis e Ellie.

— O que você acha, cara? — falei. — Pegue um taco.

— Não vou mais jogar — disse Elaine, jogando o taco no chão. — Ele rouba ainda mais do que você. *Homens!*

Depois que ela se foi, Arnie disse, em voz trêmula e afetada:

— É a primeira vez que ela me chama de homem, Dennis.

Caiu de joelhos, com uma expressão de adoração exaltada no rosto. Comecei a rir. Arnie sabia ser divertido quando queria. Aquele era um dos motivos pelos quais eu gostava tanto dele. Uma espécie de segredo, entende? Acho que ninguém mais percebia aquilo, além de mim. Certa vez, ouvi falar de um milionário que roubara um Rembrandt e o guardara em seu porão, onde ninguém mais podia vê-lo além dele. Eu podia entender esse sujeito. Não quero dizer que Arnie fosse um Rembrandt ou mesmo que tinha um senso de humor genial, mas eu compreendia a atração de saber sobre algo bom... algo que era bom, mas permanecia em segredo.

Divertimo-nos com o croqué por alguns momentos, não jogando para valer, mas dando umas tacadas violentas nas bolas de madeira um do outro. Finalmente, uma bola atravessou a cerca viva até o quintal dos Blackfords e, após eu ter rastejado até lá para recuperá-la, desistimos de jogar. Ficamos sentados nas cadeiras do quintal. Dentro em pouco, Jay Hawkins Miador, nosso gato substituto do Capitão Beefheart, deslizou furtivamente da porta, sem dúvida esperando encontrar algum esquilinho fofo que assassinaria lenta e maldosamente. Seus olhos verde-âmbar cintilaram à luz da tarde, agora nublada e quieta.

— Achei que você viria ver o jogo ontem — falei. — Foi uma boa partida.

— Estive no Darnell's — disse ele. — De qualquer modo, ouvi o jogo pelo rádio. — Sua voz elevou-se três oitavas e fez uma boa imitação de meu avô: — "Deram uma surra neles! Uma surra pra valer, Denny!"

Ri e concordei com a cabeça. Naquele dia, havia algo de diferente nele — talvez fosse apenas por causa da luz, que era forte o bastante, mas ainda assim sombria e crepuscular. Em primeiro lugar, Arnie parecia cansado, estava com olheiras, mas, ao mesmo tempo, a pele estava um pouco melhor do que ultimamente. Andou bebendo um monte de Cocas no trabalho, mesmo sabendo que não devia, é claro, mas foi incapaz de resistir à tentação de vez em quando. Seus problemas de pele tendiam a surgir em ciclos, como na maioria dos adolescentes, dependendo do estado de ânimo. No caso de Arnie, contudo, os ciclos geralmente iam de ruim para pior, e depois de volta ao ruim.

Talvez fosse apenas a luz.

— O que fez no carro? — perguntei.

— Não muita coisa. Troquei o óleo. Dei uma olhada no bloco do motor. Enfim, não está rachado, Dennis. LeBay ou outra pessoa deixou o plugue de drenagem aberto em algum ponto dos dutos de lubrificação, só isso. Um monte de óleo velho tinha vazado. Tive sorte em não fritar um pistão, ao dirigir sexta-feira à tarde.

— Como conseguiu um horário com o elevador hidráulico? Achei que precisava de uma reserva antecipada.

Seus olhos desviaram-se dos meus.

— Não houve problema — disse, mas havia um tom de enganação em sua voz. — Fiz uns dois favores para o Sr. Darnell.

Abri a boca para perguntar que tipo de favores, mas decidi que não queria saber. Provavelmente os "dois favores" se resumiriam a uma simples ida à Lanchonete Schirmer's, na esquina, a fim de trazer café e algum lanche para os frequentadores da garagem, ou então encaixotar as autopeças usadas para venda posterior. Porém, eu não queria me envolver com o lado Christine da vida de Arnie — e isso incluía saber como ele estava se dando bem (ou mal) na garagem de Darnell.

Havia ainda algo mais — uma sensação de perda. Eu não conseguia definir muito bem essa sensação naqueles dias, ou não queria fazê-lo. Hoje eu diria que era igual à forma como você se sente quando um amigo seu se apaixona e se casa com uma vaca arrogante e teimosa. Você não gosta da vaca e, em noventa e nove por cento dos casos, ela também não vai com a sua cara, e então você simplesmente fecha a porta daquele compartimento da sua antiga amizade. Depois disso, você pode deixar o assunto para lá... ou você descobre que o seu amigo está deixando você para lá, em geral com entusiástica aprovação da vaca.

— Vamos ao cinema — disse Arnie, inquieto.

— O que está passando?

— Bem, tem um daqueles filmes nojentos de Kung-fu no State Twin, que tal? *Hiii-iah!* — Ele fingiu dar um chute de caratê selvagem em Jay Hawkins Miador, e o gato saltou para longe como uma flecha.

— Parece bom. Bruce Lee?

— Não, um outro cara.

— E qual é o nome do filme?

— Não sei. Punhos Perigosos. Mãos Voadoras da Morte. Talvez seja Genitais em Fúria, sei lá. O que me diz? Quando voltarmos, podemos contar as partes mais nojentas para Ellie e fazê-la vomitar.

— Está bem — falei. — Se a gente ainda conseguir entrar por uma prata cada um.

— É, a gente consegue entrar até às três.

— Vamos lá.

Fomos. Acabou que era um filme do Chuck Norris, não era nada mal.

Na segunda-feira, voltamos à obra de extensão da Interestadual. Esqueci meu sonho. Aos poucos, percebi que não andava vendo Arnie com a mesma frequência de antes; mais uma vez, era a mesma maneira como você perde contato com um cara recém-casado. Além disso, meu negócio com a líder de torcida começou a esquentar naquela época. Meu negócio esquentando *mesmo* — mais de uma noite eu a deixei em casa após uma corrida de submarino no drive-in com minhas bolas latejando tanto que eu mal conseguia andar. Enquanto isso, Arnie passava a maior parte das suas noites na Darnell's.

Buddy Repperton

And I know, no matter what the cost,
Ooooh, that dual exhaust
Makes my motor cry,
My baby's got the Cadillac Walk.
— Moon Martin

Nossa última semana de trabalho em tempo integral antes do início das aulas foi a anterior ao Dia do Trabalho. Quando passei pela casa de Arnie para apanhá-lo aquela manhã, ele apareceu com um enorme hematoma negro-azulado num dos olhos e um arranhão feio na parte superior da face.

— O que aconteceu com você?

— Não quero falar sobre isso — respondeu ele, carrancudo. — Já tive que conversar tanto com os meus pais sobre isso que achei que eu ia morrer.

Atirou a marmita no banco de trás e mergulhou num silêncio sombrio que durou todo o trajeto até o trabalho. Alguns dos nossos colegas implicaram com ele por causa do olho roxo, mas Arnie apenas deu de ombros.

Eu não disse nada a caminho de casa; deixei o rádio tocar e fiquei quieto. E talvez eu jamais ouviria a história se não houvesse sido abordado por aquele ítalo-irlandês seboso chamado Gino, pouco antes de deixarmos a Main Street para trás.

Naquela época, Gino sempre me fazia desviar meu caminho — ele tinha o poder de atravessar o vidro fechado de um carro e interromper minha viagem. O Gino's Fine Italian Pizza fica na esquina da Main com a Basin Drive, e sempre que eu via aquele anúncio com a pizza sendo jogada para o ar, com todos aqueles i com pingos de trevos (o anúncio piscava à noite, olha só que onda), sentia o desvio funcionando novamente. Naquela noite minha mãe estaria no curso, o que significava que teríamos que comprar o jantar para viagem. Isso não me alegrava nem um pouco. Nem eu nem meu pai éramos bons cozinheiros, e Ellie seria capaz de queimar água.

— Vamos comer uma pizza — falei, entrando no estacionamento do Gino's. — O que me diz? Uma bem grande e gordurosa com cheiro de sovacos.

— Que nojo, Dennis!

— Sovacos *limpos* — emendei. — Vamos.

— Não, estou meio sem grana — Arnie respondeu desanimado.

— Eu pago. Você pode até pedir aquelas porras horríveis de enchovas na sua metade. E então, vamos?

— Dennis, acho que eu não...

— Com uma Pepsi — acrescentei.

— Pepsi acaba com a minha pele, você sabe disso.

— Sim, eu sei. Um copão bem *grande* de Pepsi, Arnie.

Seus olhos cinzentos iluminaram-se pela primeira vez no dia.

— Um copão bem *grande* — repetiu. — Pense bem. Você é malvado, Dennis, de verdade.

— Dois, se preferir — falei. Era uma grande maldade mesmo — como oferecer barras de chocolate à mulher gorda do circo.

— Dois — ele disse, apertando meu ombro. — Dois copões de Pepsi, Dennis! — Arnie começou a ter uma convulsão no assento, com as duas mãos apertadas na garganta e gritando: — Dois! Depressa! Dois! Depressa!

Eu ria tanto que quase bati na parede cinzenta de concreto, e enquanto saíamos do carro, pensei: por que ele não deveria beber dois refrigerantes? Sem dúvida andou afastado deles ultimamente. A pequena melhora que eu percebera em seu rosto, naquele domingo nublado de duas semanas atrás, agora era definitiva. Ele continuava exibindo uma profusão de caroços e crateras, mas nem tantos estavam — perdoem-me, mas preciso dizer — purgando. Arnie parecia melhor também em outros sentidos. Um verão inteiro trabalhando na estrada tinha bronzeado profundamente meu amigo e o deixara na melhor forma física que já tivera na vida. Assim, pensei que ele merecia sua Pepsi. Ao vencedor, os despojos.

A pizzaria Gino's é administrada por um sujeito italiano formidável chamado Pat Donahue. Na caixa registradora, ele tem um adesivo dizendo MÁFIA IRLANDESA, serve cerveja verde no Dia de São Patrício (no dia 17 de março, a gente nem pode chegar perto do Gino's, e uma das pedidas na jukebox é Rosemary Clooney cantando "Quando os Olhos Irlandeses Sorriem") e usa um chapéu-coco preto geralmente empurrado bem para trás.

A jukebox é um velho modelo Wurlitzer redonda, uma remanescente dos finais dos anos 40, e todos os discos — não apenas Rosemary Clooney — são bem pré-históricos. Talvez seja a última jukebox do país na qual se consegue ouvir três músicas por uma moeda de 25 centavos. Nas raras ocasiões em que fumo um baseado, é sobre o Gino's que fantasio — me vejo entrando lá, pedindo três pizzas caprichadas, uma garrafa de Pepsi e seis ou sete daqueles brownies de chocolate feitos em casa de Pat Donahue. Então me imagino apenas sentado ali e devorando tudo, enquanto uma torrente constante de sucessos dos Beach Boys e dos Rolling Stones é despejada pela jukebox.

Entramos, fizemos o pedido e ficamos sentados olhando os três pizzaiolos jogando a massa no ar e tornando a pegá-la. Estavam trocando gozações mordazes típicas italianas como : "Vi você ontem à noite na pista de dança do Shriners's, Howie, quem era aquela baranga que estava com seu irmão?". "Oh, *ela?* Era sua irmã."

Quero dizer, dá para ficar mais Velho Mundo do que isso?

Pessoas entravam e saíam, muitas delas alunos do meu colégio. Não ia demorar muito para que eu as visse pelos corredores novamente, e senti um retorno daquela forte nostalgia antecipada e daquela sensação de medo. Em minha cabeça eu ouvia o sinal disparando, mas de alguma forma aquele uivo prolongado soava como um alarme. *Lá vamos nós de novo, Dennis, última vez, porque depois deste ano terá que aprender a ser adulto.* Eu podia ouvir as portas dos armários batendo com força, ouvia o firme *ka-chonk ka-chonk ka-chonk* dos jogadores de linha do time de futebol americano atingindo os bonecos de treinamento, e também ouvia Marty Bellerman gritar exuberante: "Minha bunda e a sua cara, Pedersen! Lembre-se disso! Minha bunda e a sua cara! É mais fácil distinguir os gêmeos Bobbsey do que a minha bunda da sua cara!" O cheiro seco da poeira de giz na sala de aula, na aula de matemática. O som das máquinas de escrever, nas grandes salas de aulas de secretariado, no segundo andar. O Sr. Meecham, o diretor, fazendo os comunicados do fim do dia, em sua voz seca e meticulosa. O almoço ao ar livre, nas arquibancadas do campo quando o tempo estava bom. Uma nova safra de calouros, parecendo desajeitados e perdidos. E no final de tudo, a gente marcha pelo corredor vestindo aquele enorme roupão de banho púrpura e pronto. Acabou o ensino médio. Nós éramos soltos num mundo que não nos esperava.

— Você conhece Buddy Repperton, Dennis? — perguntou Arnie, me tirando do meu devaneio. Nossa pizza tinha chegado.

— Buddy o quê?

— Repperton.

O nome era familiar. Me dediquei ao meu lado da pizza e tentei ligar um rosto ao nome. Depois de algum tempo eu consegui me lembrar. Eu tive um desentendimento com ele quando eu era ainda um dos desajeitados calourinhos. Foi num baile de confraternização. A banda fazia uma pausa e eu entrei na fila de bebidas geladas para pegar um refrigerante. Repperton me deu um empurrão, dizendo que os calouros tinham que esperar até que todos os veteranos pegassem seus refrigerantes. Ele era então um veterano do segundo ano, um veterano grande, forte e malvado. Tinha um queixo comprido, um amontoado de cabelos negros e gordurosos, e olhos pequenos e juntos demais. Entretanto, aqueles olhos não eram totalmente burros, uma inteligência desagradável se escondia neles. Repperton era um daqueles caras que passam a maior parte do seu tempo no colégio se formando em "Área de Fumantes".

Eu tinha defendido a opinião herética de que ser veterano não queria dizer nada na fila de bebidas. Repperton me convidou para ir lá fora com ele. A esta altura a fila se desfizera e se reorganizara num daqueles cautelosos porém ansiosos círculos que geralmente prenunciam uma briga. Uma supervisora apareceu então, pondo um final naquilo. Repperton prometeu que me pegaria, mas nunca o fez. Aquele havia sido meu único contato com ele, exceto quando via seu nome de vez em quando na lista do castigo que circulava pelas salas de aula no final do dia. Tive a impressão de que ele foi suspenso umas duas vezes, além disso, e quando isso acontece geralmente é um bom sinal de que o sujeito não fazia parte da Liga de Jovens Cristãos.

Contei a Arnie sobre o meu único contato com Repperton e ele assentiu abatido. Tocou o roxo no olho, que agora adquiria uma horrível tonalidade esverdeada.

— Foi ele.

— Foi Repperton quem estragou sua cara?

— É.

Arnie contou que conhecia Repperton dos cursos de Mecânica. Uma das ironias da vida escolar de perseguições e evidentemente infeliz de Arnie era o fato de seus interesses e aptidões o levarem a ter contato direto com o tipo de gente que acreditava que era um dever surrar os Arnie Cunningham deste mundo.

Quando Arnie estava na segunda série do ensino médio, fazendo uma matéria chamada Fundamentos dos Motores (que costumava ser a velha e boa Mecânica de Automóveis 1, antes que a escola conseguisse um bom dinheiro para treinamento vocacional do governo federal), um garoto chamado Roger Gilman enchera Arnie de porradas. Sei que isso é vulgar pra cacete, mas não existe uma forma mais delicada e elegante de expor o fato. Gilman deu uma surra escrota nele. Foi uma sova tão séria que Arnie precisou faltar dois dias à escola — enquanto Gilman tirava uma semana de férias por cortesia da direção. Gilman agora estava preso, acusado de roubo de automóvel. Buddy Repperton fizera parte do círculo de amigos de Roger Gilman e mais ou menos herdara a liderança do grupo.

Para Arnie, frequentar as aulas na área das oficinas era como visitar uma zona desmilitarizada. Então, se conseguisse voltar vivo depois do sétimo tempo, correria de uma ponta a outra da escola, com o tabuleiro e peças de xadrez debaixo do braço, para uma reunião ou jogo no clube de xadrez.

Eu me lembro de quando fui a um torneio de xadrez da cidade, em Squirrel Hill, no ano passado, e vi algo que, para mim, simbolizava a vida escolar esquizofrênica do meu amigo. Lá estava ele, inclinado gravemente sobre seu tabuleiro, naquele profundo e palpável silêncio que é o que mais se escuta nessas ocasiões. Após uma longa e meditativa pausa, ele moveu a torre com a mão tão profundamente impregnada de graxa e óleo que nem mesmo sabão de mecânico conseguiria limpar.

Mas é claro que nem todos garotos das oficinas queriam ferrá-lo — havia muitos bons rapazes ali, porém muitos outros tinham seus próprios círculos de amizades mais sólidas, ou estavam permanentemente doidões. Aqueles que formavam grupinhos geralmente vinham da zona mais pobre de Libertyville (e nunca acredite se alguém lhe disser que os alunos do ensino médio não são isolados de acordo com a parte da cidade de onde vêm; porque é isso que acontece) e são tão sérios e calados que é possível cometer o erro de dispensá-los por achar que são burros. A maior parte deles parecia ser de refugiados de 1968, com os cabelos compridos amarrados em rabos de cavalo, os jeans e camisetas tingidos, mas em 1978 nenhum desses caras queria derrubar o governo; eles queriam crescer e virar mecânicos das autorizadas da GM.

E as oficinas dos colégios ainda são o destino final dos desajustados e durões, aqueles rapazes que mais pareciam ser prisioneiros do que alunos. Então, agora que Arnie tinha mencionado o nome de Repperton, pude pensar em vários caras que circulavam em torno dele, como um sistema planetário. A maioria deles já tinha seus 20 anos e continuava lutando para terminar os estudos. Don Vandenberg, Sandy Galton, Moochie Welch. O verdadeiro nome de Moochie era Peter, mas os outros o chamavam por esse apelido, que queria dizer "Parasita", porque era sempre visto fora dos shows de rock em Pittsburgh pedindo esmolas.

Buddy Repperton tinha arranjado um Camaro azul de dois anos atrás que havia capotado umas duas vezes lá na Rota 46, perto do Parque Estadual de Squantic Hills — ele o comprara de um dos amigos de pôquer de Darnell. O motor estava legal, porém a carroceria havia se arrebentado toda na capotagem. Repperton o levara para a garagem de Darnell uma semana após Arnie chegar com Christine, embora Buddy costumasse aparecer por lá ainda antes disso.

Nos primeiros dois dias, Repperton não parecera notar Arnie de maneira alguma, e Arnie, é claro, ficava muito feliz em não ser percebido. Entretanto, Repperton se dava bem com Darnell, parecendo não ter quaisquer dificuldades em conseguir algumas das ferramentas mais requisitadas que, em geral, só estavam disponíveis para quem fizesse reserva.

Então Repperton começara a implicar com Arnie. Quando voltava da máquina automática de Coca-Cola ou do banheiro, esbarrava e derrubava uma caixa cheia de ferramentas e acessórios por todo o chão da baia de Arnie. Ou então, se Arnie tivesse um café na prateleira, Repperton dava um jeito de atingi-lo com o cotovelo e derramá-lo. Depois soltava um "Bem... me descuuuulpa...!" igual ao Steve Martin, com um largo sorriso perverso no rosto. Darnell então berrava para Arnie recolher todas aquelas ferramentas e acessórios antes que algum deles caísse num ralo ou coisa assim.

Depois Repperton passou a desviar de caminho para dar um vigoroso tapa nas costas de Arnie, acompanhado por um estrondoso: "Como vai, Cara de Boceta?".

Arnie suportou aqueles ataques iniciais com o estoicismo do sujeito que já viu tudo aquilo antes, que já passou por tudo aquilo antes. Provavelmente, esperava uma de duas coisas: que Buddy Repperton se cansasse de amolá-lo ou que encontrasse alguma outra vítima para substituí-lo. Havia ainda uma terceira possibilidade, quase boa demais para acontecer — sempre havia a esperança de que Buddy fosse justamente preso por alguma coisa e desaparecesse da cena, como seu velho amigo Roger Gilman.

A coisa chegara às vias de fato no começo da tarde de sábado. Arnie estava lubrificando o carro, principalmente porque ainda não tinha juntado dinheiro suficiente para as centenas de outros reparos que o carro necessitava. Repperton aproximou-se, assobiando alegremente, com uma Coca e um saco de amendoins em uma das mãos, um macaco de mão na outra. Ao passar pela baia 20, golpeou com o macaco à altura da cintura e quebrou um dos faróis dianteiros de Christine.

— Ficou todo ferrado — Arnie me contou enquanto comíamos pizza. Ele continuou a história.

— Oh, puxa, veja só o que eu fiz! — Buddy Repperton dissera, com uma expressão exagerada de tragédia no rosto. — Bem... me descuuuul...

E isso foi tudo que ele conseguiu dizer. O ataque a Christine conseguiu aquilo que os ataques ao próprio Arnie não tinham conseguido: levar Arnie a retaliar. Deu a volta pela lateral do Plymouth, com os punhos cerrados, e atacou cegamente. Em um livro ou filme, ele provavelmente teria socado Repperton bem no botão de nocaute, derrubando-o no chão para uma contagem até dez.

Mas as coisas raramente funcionam assim na vida real. Arnie nem conseguiu chegar perto do queixo de Repperton. Em vez disso, ele acertou a mão de Repperton, derrubando o saco de amendoins no chão e derramando a Coca-Cola por todo o rosto e a camisa de Repperton.

— Muito bem, seu escrotinho de merda! — bradou Repperton. Parecia quase comicamente atordoado. — Vou virar seu traseiro pelo avesso! — Partiu para cima de Arnie empunhando o macaco. Vários dos outros homens se aproximaram correndo, e um deles disse a Repperton que largasse o macaco e brigasse sem vantagens. Repperton atirou o macaco para o lado e avançou.

— Darnell não tentou parar com tudo? — perguntei a Arnie.

— Ele não estava lá, Dennis. Desapareceu uns quinze minutos ou meia hora antes de começar. Como se *soubesse* o que ia acontecer.

Arnie contou que Repperton havia feito a maior parte do estrago logo de saída. Primeiro o olho preto; o arranhão no rosto (feito pelo anel de turma, comprado por Repperton em um de seus vários segundos anos no colégio) aconteceu logo em seguida.

— Além de outros hematomas sortidos — Arnie comentou.

— Que outros hematomas?

Estávamos sentados em uma das cabines do fundo. Arnie olhou em torno para ter certeza de que ninguém olhava para nós, e então ergueu a camiseta. Levei um susto quando vi aquilo. Um terrível pôr do sol em hematomas — amarelos, vermelhos, roxos, marrons — cobrindo o peito e o estômago de Arnie. Estavam apenas começando a esmaecer. Não consegui entender como ele conseguiu ir trabalhar depois de ser massacrado daquele jeito.

— Tem certeza de que ele não quebrou nenhuma das suas costelas, cara? — perguntei. Eu estava realmente horrorizado. O olho preto e o arranhão do rosto eram café pequeno perto daquela merda. Eu já tinha visto briguinhas no colégio, já andei metido em algumas, mas agora estava vendo as consequências de uma surra séria pela primeira vez na vida.

— Tenho bastante certeza — Arnie respondeu calmamente. — Eu tive sorte.

— Acho que teve.

Arnie não me contou muito mais, porém um garoto que eu conhecia, Randy Turner, estava lá na garagem e me contou o que aconteceu com mais detalhes depois que as aulas recomeçaram. Segundo ele, Arnie podia ter se machucado muito mais, porém ele contra-atacara Buddy com muito mais força e fúria do que Buddy esperara.

De fato, Randy contou, Arnie foi atrás de Buddy Repperton como se o diabo lhe tivesse explodido uma carga de pimenta vermelha em seu traseiro. Seus braços giravam como pás de moinho, os punhos estavam por todos os lados. Ele estava gritando, xingando e cuspindo. Tentei visualizar essa imagem e não consegui — em vez disso, via apenas Arnie socando meu painel de instrumentos, com força suficiente para amassar, gritando que eles pagariam.

Arnie fez Repperton recuar até o meio da garagem, fez o nariz dele sangrar (mais por puro acaso do que por boa pontaria), e acertou o pescoço de Buddy, fazendo-o tossir, engasgar e perder o interesse em liquidar meu amigo.

Buddy se virou, segurando a garganta e tentando vomitar, e Arnie acertou um pontapé no traseiro de Repperton com a bota com biqueira de aço, fazendo-o cair com de barriga no chão. Repperton ainda estava engasgado e segurando a garganta com uma das mãos, o nariz sangrando loucamente e (novamente, segundo Randy Turner) Arnie estava aparentemente se preparando para chutar o filho da puta até a morte, quando Will Darnell magicamente reapareceu, gritando em sua voz sibilante que parassem com aquela merda, parassem aquela merda, aquela *merda.*

— Arnie achou que a briga iria acontecer — falei a Randy. — Pensou que fosse uma armação.

Randy deu de ombros.

— Talvez. Pode ser. Mas certamente foi engraçado como Darnell apareceu quando Repperton realmente começou a perder.

Uns sete sujeitos agarraram Arnie e o arrastaram. Inicialmente ele lutou como um demônio para se libertar, gritando que o soltassem, gritando que se Repperton não pagasse o farol quebrado ele o mataria. Depois ele se acalmou, desnorteado e incapaz de entender como aquilo poderia ter acontecido: Repperton estava no chão e ele mesmo ainda estava de pé.

Repperton finalmente levantou-se, a camiseta branca suja de terra e graxa, o nariz ainda borbulhando sangue. Ele se lançou na direção de Arnie. Randy contou que pareceu ser um ataque bem meia-bomba, mais para manter as aparências. Alguns dos outros sujeitos o contiveram e o afastaram dali. Darnell veio até Arnie e mandou o garoto lhe entregar a chave da caixa de ferramentas e dar o fora.

— Jesus, Arnie! Por que não me ligou na tarde de sábado?

Arnie suspirou.

— Eu estava deprimido demais.

Terminamos nossa pizza e comprei uma terceira Pepsi para ele. Esse troço é um veneno para a pele, mas é ótimo para a depressão.

— Não sei se ele me mandou dar o fora só no sábado ou para sempre — comentou Arnie, quando voltávamos para casa. — O que você acha, Dennis? Será que ele me expulsou de lá pra sempre?

— Você disse que ele lhe pediu a chave da caixa de ferramentas.

— É, é, ele pediu. Nunca fui expulso de *nenhum lugar antes.*

Arnie parecia que ia chorar.

— Seja como for, aquele lugar é uma merda. E Will Darnell é um escroto.

— Acho que seria burrice tentar continuar lá — disse ele. — E mesmo que Darnell me deixe voltar, Repperton continua lá. Eu ia brigar com ele outra vez e...

Comecei a cantarolar baixinho o tema de *Rocky.*

— É, foda-se você e o seu cavalo — disse ele, sorrindo um pouco. — Eu *realmente* lutaria com ele. Só que Repperton poderá usar aquele macaco para ferrar Christine de novo, quando eu não estiver lá. Não acho que Darnell o impediria de fazer isso.

Eu não respondi e por isso Arnie talvez tenha ficado achando que eu concordava com ele, mas isso não era verdade. Eu não achava que a velha banheira enferrujada fosse o alvo principal. E se Repperton achasse que não seria capaz de completar a demolição do alvo principal sozinho, ele poderia dar um jeito com uma ajudinha dos amigos — Don Vandenberg, Moochie Welch e etc. Calcem suas botas, rapazes, temos muito o que pisotear esta noite.

Ocorreu-me que eles poderiam matá-lo. Não apenas "matar" figurativamente, mas *matá-lo* de verdade. Caras como eles às vezes faziam isso. As coisas simplesmente iam um pouco longe demais e um garoto acaba morto. A gente lê isso nos jornais às vezes.

— ... guardá-la?

— Hein? — eu não tinha acompanhado o que ele dizia. Mais adiante, a casa de Arnie estava à vista.

— Perguntei se você tem alguma ideia de onde eu poderia guardá-la.

O carro, o carro, o carro — era só nisso que ele falava. Arnie começava a soar como um disco arranhado. E, pior ainda, era sempre ela, ela, ela. Ele era inteligente o bastante para perceber a própria obsessão crescente por ela — aquilo, porra, aquilo —, mas não estava se tocando. Nem de longe.

— Arnie — falei. — Escute aqui, cara. Você tem coisas mais importantes com que se preocupar do que decidir onde vai guardar o carro. Quero saber onde *você* vai se guardar.

— Hein? De que está falando?

— Pergunto o que fará se Buddy e seus capangas decidirem mandar você pro hospital.

Seu rosto subitamente pareceu sábio — tão de repente que deu medo ver. Era um rosto sábio, impotente e paciente. Era um rosto que eu podia reconhecer, pois o vira nos noticiários quando tinha apenas 8 ou 9 anos — o rosto de todos aqueles soldados de pijamas negros que tinham feito o diabo com o mais bem equipado e organizado exército do mundo.

— Farei o que puder, Dennis — disse ele.

LeBay Falece

I've got no car and it's breaking my heart
But I've found a driver and that's a start...
— Lennon e McCartney

A versão cinematográfica de *Nos Tempos da Brilhantina* tinha acabado de estrear e eu levei a líder de torcida para vê-lo naquela noite. Eu achei o filme imbecil, mas ela adorou. Fiquei ali vendo aqueles adolescentes completamente irreais dançando e cantando (se eu quisesse adolescentes *realistas* — bem, mais ou menos — eu teria assistido *Sementes da Violência* em alguma sessão especial), e minha mente simplesmente divagou. E de repente tive uma ótima ideia, daquelas que só aparecem quando você não está mesmo pensando em nada em particular.

Pedi licença e fui até o saguão usar o telefone público. Liguei para a casa de Arnie, discando com rapidez e segurança. Eu tinha aquele número decorado desde que tinha uns 8 anos. Poderia ter esperado até o filme acabar, mas me parecia uma ideia tão boa que não pude esperar.

O próprio Arnie atendeu.

— Alô?

— Arnie, é o Dennis.

— Ah. Dennis.

Sua voz estava tão inexpressiva e estranha que me deixou um pouco assustado.

— Arnie, tá tudo bem?

— Hein? Claro. Pensei que você tivesse levado Roseanne ao cinema.

— É do cinema que estou ligando.

— Então o filme não deve ser tão legal assim — disse Arnie, com aquela voz ainda monótona, monótona e lúgubre.

— Roseanne está achando um barato.

Achei que isso fosse fazer Arnie rir, mas houve apenas um silêncio paciente.

— Escute — falei —, encontrei a resposta.

— Resposta?

— LeBay — respondi. — LeBay é a resposta.

— Le... — disse ele, numa voz estranha e aguda... para então se calar novamente. Eu estava começando a ficar mais do que um pouco assustado. Eu não sabia que ele era assim.

— Isso — insisti. — LeBay. LeBay tem uma garagem e eu pensei que ele seria capaz de comer um sanduíche de rato morto se a margem de lucro fosse alta o bastante. Se você o procurar oferecendo, digamos, umas 16 ou 17 pratas por semana...

— Muito engraçado, Dennis — a voz de Arnie estava fria e carregada de ódio.

— Arnie, o que...

Ele desligou.

Fiquei ali parado, olhando o fone e me perguntando qual fora o motivo daquilo. Alguma nova manobra dos pais dele? Ou então talvez ele tivesse voltado à garagem e descoberto um novo estrago no carro? Ou...

Uma súbita intuição — quase uma certeza — me atingiu. Recoloquei o fone no gancho e fui até o balcão da *bombonière* e perguntei se eles tinham o jornal daquele dia. A atendente finalmente o pescou e ficou ali soprando bolas de chiclete, enquanto eu folheava até o final do jornal, onde eles publicam os obituários. Acho que ela queria ter certeza de que eu não usaria o jornal para alguma estranha perversão, ou talvez o comesse.

Não havia nada — ou foi o que eu pensei a princípio. Então eu virei a página e vi a manchete. VETERANO DE LIBERTYVILLE MORRE AOS 71 ANOS. Havia uma foto de Roland D. LeBay em seu uniforme do Exército, parecendo vinte anos mais jovem e com um olhar muito mais brilhante do que nas vezes em que o vimos. A notícia do óbito era breve. LeBay falecera subitamente na tarde de sábado. Deixava um irmão, George, e uma irmã, Márcia. O funeral estava marcado para terça-feira às duas da tarde.

Subitamente.

Nos obituários sempre lemos: "após prolongada enfermidade", "após breve enfermidade" ou "subitamente". "Subitamente" pode significar qualquer coisa, desde embolia cerebral a uma eletrocussão na banheira. Lembrei de uma coisa que fiz com Ellie quando ela não passava de um bebê — tinha uns 3 anos, talvez. Eu quase a matei de susto com um boneco de molas daqueles que ficam escondidos numa caixa. A mão de Dennis, seu grande irmão mais velho, girava a pequena manivela que produzia música. Nada mal. Muito interessante. E de repente — *cabum!* De dentro da caixa saltou aquele sujeito de rosto risonho e feio nariz em gancho, quase lhe atingindo o olho. Ellie abriu um berreiro e disparou em busca da mãe, enquanto eu ficava lá, olhando mal-humorado para o boneco que balançava para a frente e para trás, sabendo que eu provavelmente levaria um belo esporro, sabendo que provavelmente *merecia* aquele esporro — eu sabia que o boneco iria assustá-la, pulando da música daquele jeito, de repente, com um terrível estouro.

Pulando tão subitamente.

Devolvi o jornal e fiquei ali, olhando apaticamente para os cartazes que anunciavam PRÓXIMA ATRAÇÃO e EM BREVE.

Tarde de sábado.

Subitamente.

Engraçado como as coisas acontecem às vezes. Minha ideia repentina tinha sido que talvez Arnie pudesse levar Christine de volta para o lugar de onde viera, talvez ele pudesse pagar LeBay por isso. Agora acontecia de LeBay estar morto. De fato, morrera no mesmo dia da briga de Arnie com Buddy Repperton — o mesmo dia em que Buddy estraçalhara o farol de Christine.

Tive imediatamente um retrato irracional de Buddy Repperton golpeando com aquele macaco — *e, exatamente no mesmo momento,* o olho de LeBay espirra sangue, ele capota de pernas para o ar e, subitamente, muito subitamente...

Pare com essa merda, Dennis, ralhei. *Pare com...*

Então, em algum lugar lá no fundo de minha mente, algum ponto perto do centro, uma voz sussurrou: *Vamos lá garotão, vamos rodar por aí* — e silenciou.

A garota atrás do balcão fez mais uma bola com o chiclete e disse:

— Cê tá perdendo o fim do filme. É a melhor parte.

— Ah, obrigado.

Comecei a voltar para a porta do cinema e fiz um desvio até o bebedouro. Minha garganta estava muito seca.

Antes que eu terminasse de beber, as portas se abriram e as pessoas começaram a sair. Além e acima das cabeças em movimento, pude ver os créditos subindo. Então Roseanne apareceu, olhando em volta à minha procura. Atraiu muitos olhares de admiração e os devolveu com simplicidade, naquele seu jeito sonhador e contido.

— Den-Den — disse ela, tomando meu braço. Ser chamado de Den-Den não é a pior coisa do mundo, ter os olhos arrancados por um atiçador em brasa ou uma perna amputada por uma motosserra deve ser muito pior, mas eu jamais gostei muito daquilo. — Onde você esteve? Perdeu o final do filme. E o fim é...

— ... a melhor parte — completei para ela. — Sinto muito. Recebi um chamado da natureza. Apareceu bem subitamente.

— Vou te contar tudinho, se me levar até o dique por um tempo — disse ela, apertando meu braço contra o lado macio do seio. — Se estiver querendo conversar, lógico.

— Foi um final feliz?

Ela sorriu para mim, os olhos grandes e doces, um pouco atordoados, como sempre. Segurou meu braço ainda mais forte contra o seio.

— Muito feliz — disse. — Gosto de finais felizes. E você?

— Adoro — respondi.

Eu deveria estar pensando na promessa dos seios dela, mas em vez disso percebi que estava pensando em Arnie.

Naquela noite sonhei novamente, mas desta vez Christine estava velha — não, não apenas velha; era antiquíssima, uma terrível carcaça de carro, algo que se esperaria ver em um baralho de Tarô: em vez do Homem Enforcado, o Carro da Morte. Algo que dava para acreditar que era tão velho quanto às pirâmides. O motor rugia, morria e expelia uma fedorenta fumaça azulada de óleo queimado.

Não estava vazio: Roland D. LeBay estava refestelado atrás do volante. Seus olhos abertos estavam vítreos e mortos. A cada vez que o motor pegava e a carroceria carcomida de ferrugem vibrava, Roland sacudia como uma boneca de trapos. Seu crânio descascado assentia, para a frente e para trás.

Então os pneus deram um grito terrível, o Plymouth saltou da garagem para cima de mim e, ao fazer isso, a ferrugem dissolveu-se, os vidros antigos e rachados ficaram cristalinos, os cromados cintilaram com frescor selvagem e os velhos pneus carecas subitamente floresceram em carnudos Firestones de banda branca, cada reentrância da banda de rolagem parecendo tão funda como o Grand Canyon.

Ela veio berrando na minha direção, os faróis despejando círculos brancos de ódio, e então ergui as mãos em um gesto estúpido e inútil de defesa, pensando: *Céus, a fúria interminável...*

Acordei.

Não gritei. Naquela noite, mantive o grito na garganta.

Com grande esforço.

Sentei-me na cama, uma poça fria de luar batia em um pedaço do lençol e pensei: *Falecido subitamente...*

Nessa noite, não consegui voltar a dormir tão depressa.

O Funeral

Eldorado fins, whitewalls and skirts,
Rides just like a little bit of heaven here on earth,
Well buddy when I die throw my body in the back
And drive me to the junkyard in my Cadillac.
— Bruce Springsteen

Brad Jeffries, o capataz da nossa turma de trabalho na estrada, estava na casa dos quarenta, era careca, atarracado, e permanentemente queimado de sol. Gostava muito de gritar — principalmente quando estávamos com os prazos atrasados —, mas era um sujeito bem decente. Fui procurá-lo na pausa do café para saber se Arnie tinha pedido algumas horas de folga ou a tarde inteira.

— Ele pediu duas horas para ir a um enterro — disse Brad. Tirou os óculos de aros metálicos e massageou os pontos vermelhos que tinham ficado nos lados do nariz. — Não me venha você *pedir* também... vou perder vocês dois no fim da semana, de qualquer jeito, e todos os imbecis vão ficar.

— Tenho que pedir, Brad.

— Por quê? Quem é esse cara? Cunningham disse que ele lhe vendeu um carro, só isso. Cristo, nunca pensei que alguém fosse ao enterro de um vendedor de carros usados, além da família.

— Não era um vendedor de carros usados, era só um cara. Arnie está com alguns problemas quanto a isso, Brad. Acho que eu devia ir com ele.

Brad suspirou.

— Certo. Certo, certo, certo. Pode tirar uma folga, de uma às três, como ele. Isso se você concordar em trabalhar durante a hora do almoço e ficar até as seis na quinta-feira.

— Claro. Obrigado, Brad.

— Vou bater o ponto de vocês como se fosse um dia normal — declarou Brad. — E se alguém da Penn-DOT, em Pittsburgh, descobrir, minha cabeça vai rolar.

— Ninguém descobrirá.

— Será uma pena perder vocês dois.

Pegou o jornal e procurou a parte esportiva. Vindo de Brad, aquilo era um elogio e tanto.

— Foi um bom verão para nós também.

— Fico feliz em saber que você acha isso, Dennis. Agora dê o fora daqui e me deixe ler o jornal.

Obedeci.

À uma hora peguei carona em uma motoniveladora até o barracão principal da construção. Arnie estava lá dentro, pendurando seu capacete amarelo e vestindo uma camisa limpa. Olhou para mim com espanto.

— Dennis! O que está fazendo aqui?

— Vim me aprontar para um enterro — falei. — Que nem você.

— Não — disse ele imediatamente. E foi mais aquela palavra do que tudo mais — os sábados que não passava mais em casa, a frieza de Michael e Regina ao telefone, a maneira como ele se comportara na ligação que fiz do cinema —, que me fez perceber o quanto Arnie tinha me isolado de sua vida e como aquilo acontecera da mesma forma como a morte de LeBay. Subitamente.

— Sim — falei. — Sonhei com o sujeito, Arnie. Está me ouvindo? *Eu sonhei* com ele. Vou ao enterro. Podemos ir juntos ou separados, mas eu vou também.

— Não estava brincando, estava?

— Quê?

— Quando ligou para mim, do cinema. Ainda não sabia que ele estava morto, sabia?

— Jesus Cristo! Você acha que eu ia brincar com uma coisa dessas?

— Não — respondeu ele, mas não imediatamente.

Só respondeu depois de refletir cuidadosamente. Via a possibilidade de todas as pessoas estarem contra ele agora. Will Darnell agira assim, bem como Buddy Repperton. Imagino que seu pai e sua mãe também. Contudo, não eram só eles, nem mesmo principalmente eles, porque nenhum era a causa primária. Era o carro.

— Você sonhou com ele?

— Sonhei.

Ele ficou parado, segurando a camisa limpa, pensando nisso.

— O jornal disse Cemitério de Libertyville Heights — comentei finalmente. — Vai pegar o ônibus ou prefere ir comigo?

— Vou com você.

— Boa ideia.

Nós nos posicionamos numa colina acima da cerimônia à beira da sepultura, não ousando nem querendo descer e nos juntar ao punhado de pessoas ali presentes. Ao todo, eram menos de uma dúzia, metade composta de sujeitos idosos vestindo uniformes que pareciam velhos e cuidadosamente preservados — quase se podia sentir o cheiro da naftalina. O caixão de LeBay estava preparado sobre a sepultura. Havia uma bandeira sobre ele. As palavras do pregador chegaram até nós, levadas pela brisa quente do fim de agosto: "O homem é como a relva, que cresce e depois é aparada; o homem é como a flor, que desabrocha na primavera e esmaece no verão; o homem é amor e ama o que desaparece."

Terminada a cerimônia, a bandeira foi removida e um homem aparentando mais de sessenta anos jogou um punhado de terra sobre o caixão. Pequenos fragmentos escorreram e caíram na cova abaixo. O noticiário do óbito dizia que ele deixara um irmão e uma irmã. Aquele devia ser o irmão; a semelhança não era espantosa, mas estava lá. Evidentemente, a irmã não comparecera; ali havia apenas homens em torno do buraco no chão.

Dois dos sujeitos da Legião Americana dobraram a bandeira da maneira militar e um deles a entregou ao irmão de LeBay. O pregador pediu ao Senhor para abençoá-los e guardá-los, que Seu rosto fulgurasse sobre eles e lhes desse paz. Em seguida, todos começaram a se dispersar. Olhei em torno, procurando Arnie, porém ele não estava mais ao meu lado. Tinha-se afastado um pouco. Estava parado sob uma árvore. Havia lágrimas no seu rosto.

— Você está bem, Arnie? — perguntei.

Eu tinha certeza absoluta que não tinha visto uma só maldita lágrima lá embaixo. Pensei que, se Roland D. LeBay soubesse que Arnie Cunningham seria o único a derramar lágrimas por ele, na minúscula cerimônia ao lado da sepultura, em um dos cemitérios mais desconhecidos do oeste da Pensilvânia, bem poderia ter descontado cinquenta pratas do preço de seu carro de merda. Afinal de contas, Arnie ainda estaria pagando cento e cinquenta a mais do que deveria.

Ele limpou o rosto com as palmas das mãos, em um gesto quase selvagem.

— Estou ótimo — disse. — Venha.

— Claro.

Pensei que ele queria dizer que era hora de irmos embora, porém Arnie não voltou para onde eu estacionara meu Duster, começando, em vez disso, a descer a colina. Comecei a lhe perguntar aonde ia, mas fechei a boca; eu o conhecia bem, sabia que pretendia falar com o irmão de LeBay.

O irmão estava parado com dois daqueles Legionários, conversando tranquilamente, com a bandeira debaixo do braço. Usava um terno que demonstrava ser de um homem que se aproxima da aposentadoria com renda insuficiente. Era de risca de giz azul, os fundilhos ligeiramente reluzentes pelo uso. A gravata estava com a ponta amarrotada e a camisa branca tinha um colarinho amarelado.

Ele nos viu chegando.

— Com licença — disse Arnie —, mas o senhor é o irmão do Sr. LeBay, não?

— Sim, sou eu mesmo.

Ele fitou Arnie de modo inquisitivo e, pensei, um tanto desconfiado.

Arnie estendeu a mão.

— Meu nome é Arnold Cunningham. Conheci seu irmão um pouco. Comprei um carro dele, não faz muito tempo.

Quando Arnie estendeu a mão, LeBay automaticamente começou a retribuir o gesto — entre homens americanos, o único gesto que parece ser mais arraigado do que o aperto de mão é conferir a braguilha para certificar-se de que o zíper foi fechado, após a saída de um toalete público. Entretanto, quando Arnie acrescentou que comprara um carro de LeBay, a mão vacilou no trajeto. Por um momento, pensei que o homem não apertaria, afinal, que ele recuaria com a própria mão, deixando a de Arnie flutuando no vazio.

Entretanto, ele não fez isso... pelo menos, não de todo. Apertou superficialmente a mão de Arnie e depois a soltou.

— Christine — disse ele, em voz inexpressiva. Sim, dava para perceber a semelhança familiar: na maneira como as sobrancelhas formavam uma prateleira acima dos olhos, na forma do queixo, nos olhos azul-claros. Este homem, no entanto, tinha o rosto mais suave, quase gentil; duvido que um dia fosse ficar com a aparência magra e maliciosa de Roland D. LeBay. — Na última carta que recebi de Rollie, ele me contou que a vendeu.

Deus meu, ele também usava o maldito pronome feminino. E *Rollie!* Era difícil imaginar LeBay, com sua careca descascada e o colete pestilento, sendo chamado de Rollie por alguém. Seu irmão, contudo, pronunciara o apelido na mesma voz seca e indiferente. Não havia amor naquela voz, pelo menos nenhum que eu pudesse captar.

LeBay prosseguiu:

— Meu irmão não escrevia com frequência, Sr. Cunningham, mas tinha uma tendência a se exultar. Gostaria de ter uma palavra mais delicada, mas não acho que ela exista... Na carta, Rollie se referiu a você como um "otário" e disse que tinha lhe aplicado o que considerava "um belo conto do vigário".

Fiquei de boca aberta. Virei-me para Arnie, quase esperando outro acesso de fúria. Sua expressão, porém, não tinha se alterado.

— Um conto do vigário — Arnie disse suavemente — é uma questão de opinião. Não acha, Sr. LeBay?

LeBay riu... com uma certa relutância, eu achei.

— Este é meu amigo. Estava comigo no dia em que comprei o carro.

Fui apresentado e apertei a mão de George LeBay.

Os soldados já tinham ido embora. Nós três, eu, Arnie e LeBay, nos entreolhamos constrangidos. LeBay passou a bandeira do irmão de uma das mãos para a outra.

— Há alguma coisa que eu possa fazer para você, Sr. Cunningham? — perguntou LeBay finalmente.

Arnie pigarreou.

— Eu estava pensando na garagem — disse por fim. — Sabe, estou consertando o carro, tentando deixá-lo em situação legal para rodar de novo. Mas meus pais não querem o carro lá em casa e eu estava me perguntando se...

— Não.

— ... eu poderia talvez alugar a garagem.

— Não, fora de questão. Na realidade, é...

— Eu pagaria vinte dólares por semana — disse Arnie. — Até vinte e cinco, se quiser.

Estremeci. Arnie se portava como um menino preso em areia movediça que decide divertir-se comendo alguns bombons com arsênico.

— Impossível. — LeBay parecia cada vez mais constrangido.

— Só a garagem — disse Arnie, sua calma começando a ruir. — Apenas a garagem onde o carro *estava antes.*

— Não é possível — disse LeBay. — Anunciei a casa nas agências Century 21, Libertyville Realty e Pittsburgh Homes hoje de manhã. Eles vão levar possíveis compradores...

— Claro, mais tarde, mas até lá...

— ... e eu não gostaria que você estivesse por lá. Você entende, não? — Ele se inclinou ligeiramente para Arnie. — Por favor, não me entenda mal. Não tenho nada contra adolescentes em geral... Se tivesse, provavelmente estaria agora em um asilo de loucos, porque dei aulas na escola de Paradise Falls, Ohio, durante quase quarenta anos, e você me parece um exemplo muito inteligente e eloquente do gênero adolescente. Mas tudo que quero fazer aqui, em Libertyville, é vender a casa e dividir qualquer que seja o produto obtido com minha irmã em Denver. Quero me ver livre daquela casa, Sr. Cunningham, e também me livrar da vida do meu irmão.

— Entendo — disse Arnie. — Faria muita diferença se eu lhe prometesse cuidar do lugar? Cortar a grama? Repintar as portas e janelas? Fazer pequenos reparos? Tenho muito jeito para essas coisas.

— Ele é realmente bom nisso — ajudei.

Seria bom se Arnie lembrasse, mais tarde, que eu estive ao seu lado... mesmo que eu não estivesse.

— Já contratei um homem para ficar de olho e cuidar da manutenção.

Aquilo soava plausível, mas eu soube, súbita e certamente, que era mentira. E Arnie sabia também, pensei.

— Está certo. Lamento pelo seu irmão. Ele parecia um... um homem de personalidade muito forte.

Quando Arnie disse isso, recordei o momento em que me virara e tinha visto LeBay com as grandes e gordurosas lágrimas no rosto. *Bem, aí está. Fiquei sem a minha máquina, filho.*

— Personalidade forte? — LeBay sorriu cinicamente. — Oh, sim. Ele era um filho da puta com uma personalidade bem forte. — Pareceu não notar o ar chocado de Arnie. — Com licença, senhores. Creio que o sol perturbou um pouco o meu estômago.

Começou a caminhar. Ficamos parados, não muito longe da sepultura, vendo-o afastar-se. LeBay parou subitamente e o rosto de Arnie iluminou-se, sem dúvida pensando que o homem mudara de ideia de repente. Por um momento, LeBay ficou parado sobre a grama, a cabeça baixa, na postura de quem reflete profundamente. Então tornou a caminhar para nós.

— Se quer um conselho, esqueça aquele carro — disse a Arnie. — Venda. Se ninguém quiser comprá-lo inteiro, venda as peças. E se ninguém se interessar assim mesmo, largue no ferro-velho. Faça isso o mais rápido possível. Como quem se livra de um vício. Creio que você seria mais feliz.

Ficou olhando para Arnie, esperando que ele dissesse alguma coisa, mas não houve resposta. Meu amigo apenas o encarou fixamente. Seus olhos tinham aquela peculiar tonalidade ardósia que representava que Arnie estava completamente decidido. LeBay entendeu e assentiu. Parecia triste e um pouco indisposto.

— Bom dia, senhores.

Arnie suspirou.

— Bem, acho que é isso.

Olhou com algum ressentimento para LeBay, que se afastava.

— É — concordei, tentando soar mais infeliz do que me sentia.

Era o sonho. Eu não gostava da ideia de Christine ficar novamente naquela garagem. Era parecido demais com meu sonho.

Em silêncio, começamos a caminhar de volta para meu carro. LeBay piscou para mim. Os dois LeBays tinham piscado para mim. Tomei uma decisão súbita e impulsiva— só Deus sabe o quão diferente as coisas poderiam ter sido se eu não tivesse seguido meu impulso.

— Ei, cara — falei. — Tenho que dar uma mijada. Me dá um ou dois minutos, certo?

— Certo — Arnie respondeu, mal erguendo os olhos.

Continuou caminhando, com as mãos enfiadas nos bolsos e os olhos cravados no chão. Caminhei para a esquerda, onde um pequeno e discreto aviso, com uma flecha ainda menor, indicava o trajeto para os toaletes. Entretanto, depois de subir o primeiro lance, ficando fora da vista de Arnie, dobrei para a direita e corri para o pátio do estacionamento. Alcancei George LeBay quando ele se sentava lentamente detrás do volante de um diminuto Chevette com um adesivo Hertz colado no para-brisa.

— Sr. LeBay! — chamei, arquejante. — Sr. LeBay! — Ele ergueu os olhos, curioso. — Desculpe-me — falei. — Lamento incomodá-lo novamente.

— Não tem importância — respondeu ele —, mas continuo firme no que disse a seu amigo. Não posso deixá-lo guardar o carro na garagem.

— Faz muito bem — concordei.

Suas espessas sobrancelhas se elevaram.

— Aquele carro — continuei —, aquele Fury, não gosto dele.

Ele continuou a olhar para mim, sem dizer nada.

— Não acho que seja bom para Arnie. Talvez porque... eu não sei como dizer...

— Ciúmes? — perguntou ele, baixinho. — O tempo que seu amigo passava com você agora é dedicado a... Christine?

— Bem, certo — falei. — Somos amigos há muito tempo... Só que... bem, não acho que seja só isso.

— Não?

— Não. — Olhei em torno para ver se Arnie estava por perto e, nesse meio tempo, consegui organizar os pensamentos. — Por que disse a ele para se livrar do carro e esquecê-lo? Por que disse que era como um vício?

Ele ficou calado, e eu temi que não tivesse nada a dizer — pelo menos, não a mim. Então, quase baixo demais para eu ouvir, perguntou:

— Tem certeza de que isto é problema seu, filho?

— Não sei. — De repente, parecia muito importante fitá-lo nos olhos. — Mas eu me preocupo com Arnie, sabe? Não quero vê-lo sofrer. Aquele carro já lhe trouxe problemas. Não quero que as coisas piorem.

— Venha a meu hotel esta noite. Fica junto à saída da 376 para a Western Avenue. Acha que consegue encontrar?

— Eu asfaltei as laterais da rampa — falei, estendendo as mãos. — Ainda tenho as bolhas.

Sorri, mas ele não correspondeu ao sorriso.

— Rainbow Motel. Há dois ao pé daquela saída. O meu é o mais barato.

— Obrigado — falei, desajeitadamente. — Olha, obrigado mesmo...

— Talvez não seja da sua conta, da minha, nem da de ninguém — disse LeBay em sua voz macia de professor, tão diferente do grasnar selvagem do irmão morto (porém, de certo modo, tão estranhamente similar).

(e este é o melhor cheiro do mundo... excetuando talvez o de uma boceta)

— Mas posso lhe dizer uma coisa agora mesmo — continuou. — Meu irmão não era um bom homem. Em minha opinião, a única coisa que ele realmente amou na vida foi esse Plymouth Fury que seu amigo comprou. Portanto, o assunto deve ser entre eles, apenas entre eles, não importando o que você me diga ou o que eu diga a você.

Ele sorriu para mim. Não era um sorriso agradável e, naquele instante, pareceu-me ver Roland D. LeBay espiando através de seus olhos. Fiquei arrepiado.

— Filho, você talvez ainda seja jovem demais para ver sabedoria nas palavras de alguém além de si mesmo, mas eu lhe digo isto: o inimigo é o amor. — Assentiu lentamente para mim. — Exatamente. Os poetas se enganam com o amor, de maneira contínua e às vezes deliberadamente. O amor é o velho carniceiro. O amor não é cego. O amor é um canibal com visão extremamente apurada. O amor é como os insetos: sempre faminto.

— E o que ele come? — perguntei, sem saber que iria perguntar qualquer coisa. Cada parte minha, exceto a boca, considerava toda aquela conversa insana.

— A amizade — disse George LeBay. — Ele come a amizade. Se fosse você, Dennis, eu me prepararia agora para o pior.

Fechou a porta do Chevette com um *pluft*! macio e ligou seu motor de máquina de costura. O carro afastou-se, deixando-me parado no final do piso asfaltado. De repente, lembrei que Arnie tinha que me ver voltando dos banheiros, e então saí dali o mais depressa que pude.

Enquanto me afastava, refleti que os coveiros, enterradores, engenheiros perpétuos ou fosse lá que nome tivessem nos dias atuais, naquele momento deviam estar baixando o caixão de LeBay à sepultura. A terra atirada por George LeBay no final da cerimônia estaria espalhada sobre a tampa, como uma mão vencedora no pôquer. Tentei afastar a imagem, porém outra ainda pior a substituiu: Roland D. LeBay, dentro do ataúde forrado de seda, vestindo seu melhor terno e sua melhor roupa de baixo — *sem* o nauseabundo e encardido colete ortopédico, naturalmente.

LeBay estava debaixo da terra, LeBay estava em seu caixão, com as mãos cruzadas sobre o peito... e por que eu tinha tanta certeza que ele teria no rosto um largo e debochado sorriso?

Um Histórico de Família

Can't you hear it out in Needham?
Route 128 down by the powerlines...
It's so cold here in the dark,
It's so exciting in the dark...
— Jonathan Richmond and the Modern Lovers

O Rainbow Motel era bem ruim, mesmo. Tinha apenas um andar, a pavimentação do pátio de estacionamento estava rachada e duas das letras no anúncio de néon estavam apagadas. Era exatamente o tipo de lugar onde se espera encontrar um idoso professor de inglês. Sei o quanto isto pode parecer deprimente, porém é verdade. E, no dia seguinte, ele devolveria seu carro à Agência Hertz, no aeroporto, para depois tomar o avião de volta para casa, em Paradise Falls, Ohio.

O Rainbow Motel parecia uma enfermaria geriátrica. Havia vários grupos sentados do lado de fora de seus quartos, nas espreguiçadeiras de jardim que a gerência fornecia para esse fim, com os joelhos ossudos cruzados, as meias brancas puxadas para cima, sobre as canelas peludas. Todos os homens tinham uma aparência de alpinistas envelhecidos, magricelas e rijos. Em sua maioria, as mulheres desabrochavam com a macia gordura dos pós-cinquenta, uma gordura sem esperanças de desaparecer. Desde então, comecei a perceber a existência de hotéis que parecem ser ocupados apenas por pessoas com mais de 50 anos, como se eles ficassem sabendo desses lugares através de uma Linha de Informações para Velhinhos Legais. Traga a sua Histerectomia e Próstata Dilatada para o Rainbow Motel Não Muito Digno de Novela. Sem Televisão, mas Temos Dedos Mágicos, Apenas 25 Centavos a Injeção. Não vi qualquer pessoa jovem no exterior das unidades e, de um lado, o enferrujado equipamento do *playground* permanecia vazio, os balanços lançando compridas sombras imóveis no chão. Em cima, um arco-íris de néon arqueava-se sobre o anúncio. Zumbia como um punhado de moscas presas em uma garrafa.

LeBay estava sentado do lado de fora da Unidade 14, com um copo na mão. Fui até lá e apertei sua mão.

— Quer um refrigerante? — perguntou ele. — No escritório há uma máquina automática.

— Não, obrigado — respondi.

Peguei uma das espreguiçadeiras que vi diante de uma unidade vazia e me sentei ao lado dele.

— Então, deixe-me contar o que eu puder — disse ele, em sua voz culta e suave. — Sou 11 anos mais novo que Rollie, um homem que ainda está aprendendo a envelhecer.

Remexi-me desajeitadamente no assento e não disse nada.

— Éramos quatro — disse ele. — Rollie era o mais velho, eu, o mais novo. Nosso irmão Drew morreu na França, em 1944. Ele e Rollie fizeram carreira no Exército. Fomos criados aqui, em Libertyville. Só que, naquela época, Libertyville era muito, muito menor, entende, apenas uma vila. Pequena o bastante para ter os certos e os errados. Nós éramos dos errados. Éramos uma família pobre. Gente sem iniciativa. Do lado errado dos trilhos. Escolha o clichê.

Ele deu uma risadinha contida e serviu mais refrigerante no copo.

— Na verdade, só consigo me lembrar de uma coisa constante sobre a infância de Rollie, afinal, ele estava no quinto ano quando nasci, mas é algo de que me lembro perfeitamente.

— O que é?

— Sua raiva — disse LeBay. — Rollie estava sempre furioso. Tinha raiva de ir à escola com roupas de segunda mão, tinha raiva porque nosso pai era um bêbado que não conseguia manter um emprego fixo em nenhuma das metalúrgicas, tinha raiva porque nossa mãe não conseguiu fazer com que nosso pai deixasse de beber. Ficava com raiva também das três crianças menores — Drew, Márcia e eu —, pois tornávamos a pobreza insuperável.

Ele estendeu o braço para mim e arregaçou a manga da camisa, a fim de mostrar-me os tendões murchos e aparentes de seu braço de velho, que se esticavam logo abaixo da superfície da pele reluzente e esticada. Uma cicatriz estendia-se do cotovelo até o pulso, onde finalmente se desfazia.

— Isto foi um presente de Rollie — disse. — Eu tinha 3 anos e ele, 14. Eu brincava com alguns blocos de madeira pintados, que faziam o papel de carros e caminhões no quintal da frente, quando ele apareceu, a caminho da escola. Imagino que eu estivesse em seu caminho. Ele me empurrou, seguiu até a calçada e então voltou, para me empurrar de novo. Caí com o braço sobre uma das estacas pontiagudas da cerca que contornava um punhado de ervas daninhas e girassóis que minha mãe insistia em chamar de "jardim". Sangrei o bastante para assustá-los até as lágrimas, todos eles exceto Rollie, que se limitou a ficar gritando: "De agora em diante, fique fora do meu caminho, seu moleque ranhoso, fique fora do meu caminho, ouviu?"

Fascinado, contemplei a antiga cicatriz que agora parecia um trilho, porque o pequeno e rechonchudo braço de 3 anos, no decorrer dos anos, se transformara naquele outro, um braço de um velho, magro e reluzente, para o qual, então, eu olhava. Um ferimento que fora uma feia cratera expelindo sangue, em algum momento de 1921, alongara-se pouco a pouco naquela prateada progressão de marcas, como degraus de uma escada de mão. O ferimento se fechara, mas a cicatriz... se espalhara.

Um calafrio terrível e sem esperança se retorceu dentro de mim. Lembrei-me de Arnie, esmurrando o painel de instrumentos do meu carro, Arnie gritando roucamente que ia fazê-los pagar, que eles pagariam, eles pagariam.

George LeBay olhava para mim. Não sei o que viu em meu rosto, mas baixou a manga lentamente e, quando a abotoou com firmeza sobre a cicatriz, foi como se tivesse fechado as cortinas sobre um passado quase insuportável.

Ele bebericou mais refrigerante.

— Quando meu pai chegou em casa aquela noite, depois de uma das bebedeiras que chamava de "caçar um emprego", e ouviu o que Rollie tinha feito, quase lhe arrancou a pele com uma bruta surra. Rollie, entretanto, não se desculpava. Chorava, mas não se arrependia. — LeBay sorriu de leve. — Por fim, aterrorizada, minha mãe gritou que meu pai parasse com aquilo, antes que o matasse. As lágrimas rolavam pelo rosto de Rollie, mas ainda assim ele não se retratava. "Ele estava em meu caminho", dizia, por entre as lágrimas. "E se ficar no meu caminho outra vez, faço a mesma coisa de novo e ninguém vai me impedir, nem mesmo você, seu maldito velho bêbado!" Então meu pai lhe bateu no rosto, fazendo seu nariz sangrar, e Rollie caiu no chão, com o sangue escorrendo por entre os dedos. Minha mãe gritava, Márcia chorava, Drew estava encolhido em um canto e eu berrava desesperado, amparando o braço enfaixado. Pois Rollie continuava dizendo: "Eu faria de novo, seu bêbado-bêbado-maldito--velho-bêbado!"

Sobre nós, as estrelas começavam a despontar. Uma mulher idosa saiu de uma unidade mais abaixo, apanhou uma mala surrada em um Ford e a levou para seus aposentos. Um rádio tocava em algum lugar. Não estava sintonizado nos sons de rock da FM-104.

— É daquela fúria inesgotável de que me lembro melhor — repetiu LeBay, com voz macia. — Na escola, ele brigava com qualquer um que zombasse de suas roupas ou o corte de cabelo. Ele brigava com qualquer um que ele *suspeitasse* que estava zombando dele. Era suspenso repetidamente. Por fim, saiu da escola e entrou para o Exército.

"Os anos 20 não foram uma boa época para se estar no Exército. Não havia dignidade, promoções, divisas e condecorações. Não havia nobreza. Ele vagou de base em base, primeiro no Sul, depois no Sudoeste. Recebíamos uma carta mais ou menos a cada três meses. Ele continuava furioso. Enfurecia-se contra os que chamava de 'bostas'. Tudo acontecia por culpa dos 'bostas'. Os bostas não lhe davam a promoção que merecia, os bostas tinham cancelado uma licença, os bostas não conseguiam achar o próprio traseiro com as duas mãos e uma lanterna. Em duas ocasiões, pelo menos, os bostas o puseram atrás das grades.

"O Exército o aguentou, porque ele era um excelente mecânico, conseguia manter rodando os velhos e decrépitos veículos que eram tudo que o Congresso permitia que tivessem."

Perturbado, percebi que estava pensando em Arnie novamente — Arnie, que era tão hábil com as mãos.

LeBay inclinou-se para a frente.

— Mas o talento era apenas outra fonte para a cólera de Rollie, meu rapaz. Uma cólera que só terminou quando ele comprou aquele carro, que agora é do seu amigo.

— O que quer dizer?

LeBay deu uma risadinha seca.

— Rollie consertou caminhões de carga do Exército, carros dos figurões do Exército, veículos para suprimento de armas do Exército. Consertou escavadeiras e manteve rodando os automóveis oficiais, com cuspe e arame. Certa vez, quando um congressista apareceu para visitar Fort Arnold, a oeste do Texas, e teve um problema com seu carro, o oficial-comandante de Rollie, que estava louco para causar boa impressão, ordenou-lhe que consertasse o luxuoso Bentley do sujeito. Oh, claro, recebemos uma carta de quatro páginas sobre aquele "bosta" em particular, uma arenga de quatro páginas, destilando o ódio e o veneno de Rollie. Era de admirar que as palavras não queimassem o papel.

"Todos aqueles veículos... e Rollie nunca teve um carro seu, até depois da Segunda Guerra Mundial. Mesmo então, o único que pôde adquirir foi um velho Chevrolet que andava mal e estava corroído pela ferrugem. Nos anos 20 e 30 nunca havia dinheiro suficiente, e durante os anos de guerra ele estava ocupado demais tentando sobreviver.

"Rollie ficou na oficina mecânica por todos aqueles anos e consertou milhares de veículos para os bostas, sem nunca ter um que fosse todo seu. Era como estar de novo em Libertyville. Nem mesmo o velho Chevrolet conseguia amenizar essa sensação, nem o velho Hudson Hornet usado que ele comprou, um ano depois de casado."

— Casado?

— Ele não lhe contou isso, contou? — disse LeBay. — Rollie ficava satisfeito em passar horas relembrando suas experiências no Exército, as experiências na guerra e os intermináveis confrontos com os bostas, enquanto você e seu amigo aguentassem ouvi-lo, sem pegar no sono... e ele com a mão em seu bolso, apalpando-lhe a carteira o tempo todo. Mas ele não se daria ao trabalho de falar sobre Verônica ou Rita.

— Quem foram elas?

— Verônica foi sua esposa — disse LeBay. — Casaram-se em 1951, pouco antes de Rollie partir para a Coreia. Poderia ter ficado nos Estados Unidos, sabe. Estava casado, a mulher esperava um filho e ele se aproximava da meia-idade. No entanto, preferiu ir.

LeBay contemplou pensativo os brinquedos sem uso do playground.

— Foi bigamia, entenda. Em 1951, ele tinha 44 anos e já era casado. Casado com o Exército. E com os bostas.

LeBay tornou a se calar. O silêncio dele tinha algo mórbido.

— O senhor está bem? — perguntei por fim.

— Estou — disse ele. — Estava apenas pensando. Pensando mal dos mortos. — Olhou para mim com calma, exceto nos olhos, que pareciam sombrios e magoados. — Sabe, meu rapaz, tudo isso me dói muito. Como disse que se chamava? Não quero ficar aqui sentado, contando todas estas tristes e velhas cantigas para alguém que não posso chamar pelo primeiro nome. Seria Donald?

— Dennis — falei. — Escute, Sr. LeBay...

— Dói mais do que eu poderia imaginar — prosseguiu ele. — No entanto, já que começamos, vamos terminar, não? Só vi Verônica duas vezes. Ela era da Virgínia Ocidental. Perto de Wheeling. Era o que se poderia chamar caipira sulista, e não muito inteligente. Rollie foi capaz de dominá-la e não ignorá-la, e aparentemente era isso que queria. Mesmo assim, acredito que ela o amava, pelo menos até acontecer aquela coisa horrível com Rita. Quanto a Rollie, não acredito que tenha realmente se casado com uma mulher. Ele se casou com uma espécie de... muro das lamentações.

"As cartas que nos mandava... bem, você deve lembrar que ele deixou a escola muito cedo. Aquelas cartas mal escritas significavam um tremendo esforço para meu irmão. Eram a sua ponte suspensa, sua novela, sua sinfonia, seu grande esforço. Não creio que as escrevesse para livrar-se do veneno que tinha no coração. Acho que as escrevia para espalhá-lo.

"Então, depois que arranjou Verônica, as cartas pararam. Ele agora contava com um par de ouvidos cativos, não precisava mais se preocupar conosco. Acho que deve ter escrito para ela nos dois anos que ficou na Coreia. Em todo esse período, recebi apenas uma carta e acho que Márcia recebeu duas. Ele não ficou feliz com o nascimento da filha, no começo de 1952; houve apenas um comentário azedo sobre ter mais uma boca para alimentar e a queixa de que 'os bostas o exploraram um pouco mais'."

— Ele nunca foi promovido? — perguntei.

No ano anterior, eu tinha visto parte de um longo programa de TV, um daqueles romances filmados, chamado *Uma Vez Águia.* No dia seguinte, encontrei o livro em edição *pocket* no mercado, e comprei, esperando uma boa novela de guerra. Acabei lendo sobre guerra e paz e aprendi algumas ideias novas sobre as Forças Armadas. Uma delas era que o velho trem das promoções passava a andar bem mais rápido nos tempos de guerra. Era difícil entender como LeBay tinha ficado no Exército desde o início da década de 20, atravessando duas guerras e ainda fosse pé preto quando Ike se tornou presidente.

LeBay riu.

— Ele era como Prewitt, em *A Um Passo da Eternidade*. Ele era promovido e depois era rebaixado por alguma coisa: insubordinação, insolência ou embriaguez. Já contei que ele passou algum tempo preso? Uma das vezes foi quando urinou na tigela do ponche, no Clube dos Oficiais em Fort Dix, antes de uma reunião. Ele pegou só dez dias por este desacato; eles devem ter acreditado que aquilo não passou de uma brincadeira de bêbado, do tipo que os próprios oficiais provavelmente fizeram nas fraternidades universitárias... eles não faziam, não *faziam* a menor ideia do ódio e do desprezo mortal que estavam por trás daquele gesto. Mas eu imagino que, a essa altura, Verônica já poderia ter contado a eles.

Olhei para meu relógio. Nove e quinze da noite. LeBay já estava falando há quase uma hora.

— Meu irmão voltou da Coreia em 1953 e viu a filha pela primeira vez. Fiquei sabendo que ele olhou para ela por um ou dois minutos, e em seguida devolveu-a à esposa e foi fuçar o velho Chevrolet pelo resto do dia... entediado, Dennis?

— Não — respondi, e era verdade.

— Durante todos aqueles anos, a única coisa que Rollie realmente queria era ter um carro novo em folha. Não um Cadillac ou um Lincoln; ele não queria se juntar à classe superior, aos oficiais, aos bostas. Meu irmão queria um Plymouth novo, talvez um Ford ou um Dodge.

"Verônica escrevia de vez em quando, contando que eles passavam a maior parte de seus domingos indo a concessionárias de carros, onde quer que Rollie estivesse servindo. Ela e o bebê acomodavam-se no velho Hornet de Rollie e Verônica lia livrinhos de histórias para Rita, enquanto Rollie andava por pátios empoeirados, um atrás do outro, falando com vendedor após vendedor, conversando sobre compressão e cavalos de força, cabeçotes e relação de engrenagens... Às vezes, penso na garotinha crescendo com o fundo musical daquelas flâmulas açoitadas pela ventania ardente daquelas cidadezinhas do Exército e não sei se devo rir ou chorar."

Meus pensamentos voltaram novamente para Arnie.

— O senhor diria que ele estava obcecado?

— Sim, eu diria exatamente isso. Rollie começou a dar dinheiro a Verônica para ela guardar. Além de sua impossibilidade de ser promovido a um posto além de suboficial, meu irmão tinha um problema com a bebida. Não era um alcoólatra, mas mergulhava em bebedeiras periódicas a cada seis ou oito meses. E, terminada a bebedeira, lá se fora o dinheiro que conseguira economizar. Nunca tinha certeza de onde o gastara.

"Ele esperava que Verônica acabasse com isso. Era um dos motivos pelos quais casara com ela. Quando a bebedeira começava, Rollie exigia que ela lhe entregasse o dinheiro. Ameaçou-a com uma faca uma vez, colocando-a na garganta. Fiquei sabendo disso por minha irmã, que volta e meia falava com ela ao telefone. Verônica não entregou o dinheiro que, naquela época, 1955, chegava a cerca de oitocentos dólares. 'Lembre-se do carro, meu bem', disse ela, com a ponta da faca encostada ao pescoço. 'Se gastar o dinheiro em bebida, nunca terá aquele carro novo'."

— Ela devia amá-lo — falei.

— É possível. Porém, não assuma romanticamente que o amor de Verônica mudou Rollie de algum modo. A água pode furar a pedra, mas somente após centenas de anos. Pessoas são mortais.

Ele pareceu debater consigo mesmo se deveria falar mais alguma coisa com essa mensagem, mas decidiu não fazê-lo. O lapso me pareceu peculiar.

— De qualquer modo, Rollie nunca deixou uma marca nelas — disse ele. — Lembre-se ainda de que ele estava bêbado quando encostou a faca na garganta da esposa. Hoje em dia, há um terrível falatório nas escolas sobre drogas, e não sou contra isso, porque acho obsceno pensar em crianças de 15 e 16 anos andando por aí doidonas, mas continuo acreditando que o álcool ainda é a mais vulgar, a mais perigosa droga que já se inventou... e é legal.

"Quando meu irmão finalmente deixou o Exército, em 1957, Verônica tinha guardado pouco mais de mil e duzentos dólares. Somando-se a isso, havia uma polpuda pensão de invalidez pelo problema que ele teve nas costas. Rollie moveu céus e terras por essa pensão e venceu, segundo disse.

"Assim, finalmente havia dinheiro. Compraram a casa que você e seu amigo visitaram; mas, antes mesmo que fosse considerada a ideia de uma moradia, naturalmente havia o carro. O carro era sempre o mais importante. As visitas às concessionárias atingiram o auge. Por fim, ele escolheu Christine. Recebi uma longa carta a respeito. Era um cupê esporte Fury ano 1958, ele me forneceu todos os detalhes e números em sua carta. Não me lembro deles, mas garanto que seu amigo seria capaz de citar as estatísticas vitais de Christine de cor e salteado."

— Suas medidas — falei.

LeBay sorriu, sem o menor humor.

— Exato, suas medidas. Lembro que Rollie contou na carta que o preço de tabela era um pouco menos de 3 mil dólares, mas que ele deu uma "judeuzada" neles, foi assim que ele colocou, até chegar a 2.100 dólares entregando o carro velho. Ele fez o pedido, pagou dez por cento como entrada e, quando o carro chegou, saldou o resto da dívida em dinheiro vivo... notas de dez e de vinte dólares.

"No ano seguinte, Rita, que então estava com seis anos, sufocou até a morte."

Saltei na cadeira e quase a derrubei. Aquela voz macia de professor era como uma canção de ninar, e eu estava cansado. Estava quase dormindo. A última frase fora como um balde de água fria em meu rosto.

— Sim, foi exatamente isso — disse ele, vendo meu ar assustado e questionador. — Eles tinham passado o dia inteiro "motorando". Foi isso que substituiu as expedições de caça ao carro. "Motorar." Foi a palavra que ele escolheu para as excursões. Pegou-a numa daquelas canções de *rock and roll* que estava sempre escutando. Todos os domingos os três saíam "motorando". Havia bolsas para lixo nos assentos traseiro e dianteiro. A garota não podia deixar cair nada no piso. Não podia fazer nenhuma sujeira. Ela aprendera bem a lição. Ela...

LeBay recaiu novamente naquele silêncio pensativo e peculiar, para então prosseguir.

— Rollie mantinha os cinzeiros limpos. Sempre. Era um fumante inveterado, mas batia a cinza do cigarro para fora da janela, em vez de dentro do cinzeiro. Quando terminava de fumar, apagava a guimba e a jogava também pela janela. Se andasse com alguém que usasse o cinzeiro, assim que terminava o passeio, esvaziava o cinzeiro e o limpava com um lenço de papel. Lavava o carro duas vezes por semana e encerava duas vezes ao ano. Ele próprio o consertava, alugando tempo em uma garagem local.

Perguntei-me se a garagem não seria a Darnell's.

— Naquele domingo em particular, eles pararam numa barraca de beira de estrada para comer alguns hambúrgueres a caminho de casa. Sabe como é, não havia nenhum McDonald's naqueles tempos, apenas barracas à beira da estrada. E o que aconteceu foi... bastante simples, imagino...

Novamente aquele silêncio, como se ele procurasse decidir sobre o que devia contar-me ou como separar de suas especulações o que realmente sabia.

— Ela se engasgou com um pedaço de carne — disse ele por fim. — Quando a menina começou a sufocar e levou as mãos à garganta, Rollie parou o carro e desceu com ela. Então bateu nas costas dela, tentando soltar a coisa que a sufocava. Claro, hoje existe um novo método, a Manobra de Heimlich, que funciona bastante bem em situações semelhantes.

— Realmente, uma jovem professora-assistente salvou um menino que se engasgou na cantina da minha escola, ainda no ano passado, usando a Manobra de Heimlich. Só que, naquele tempo...

— Minha sobrinha morreu à beira da estrada. Acho que foi uma maneira imunda e assustadora de se morrer.

Sua voz retomara aquela sonolenta cadência professoral, porém eu não sentia mais sono. Em absoluto.

— Ele tentou salvá-la. Acredito nisso. E também acredito que foi somente a má sorte que a fez morrer. Rollie passou um longo tempo num ambiente brutal, e não creio que amasse muito a filha, se é que a amava. Porém, em questões mortais, algumas vezes a falta de amor pode ser uma graça salvadora. Por vezes, o necessário é apenas a brutalidade.

— Mas não daquela vez — falei.

— Por fim, ele a virou de cabeça para baixo, segurando-a pelos tornozelos. Ele a socou na barriga, tentando fazê-la vomitar. Acho que tentaria uma traqueotomia com seu canivete, se tivesse alguma ideia de como fazê-lo. Só que, evidentemente, ele não tinha. Ela morreu.

"Márcia, o marido e os filhos foram ao funeral. Eu também. Aquela foi nossa última reunião familiar. Lembro-me de ter pensado que ele venderia o carro. Estranhamente, fiquei um tanto desapontado. O carro tinha aparecido tanto, nas cartas de Verônica e nas poucas escritas por Rollie, que eu já o considerava quase um membro da família deles. Entretanto, Rollie não o vendeu. Foram nele à Igreja Metodista de Libertyville, e Christine estava polida... reluzente... e detestável. Estava *detestável.* — LeBay se virou e olhou para mim. — Você acredita nisso, Dennis?"

Tive que engolir em seco, antes de poder responder.

— Sim, eu acredito — respondi.

LeBay assentiu soturnamente.

— Verônica estava no banco do passageiro, como uma boneca de cera. O que quer que ela tivesse sido, o que quer que houvesse em seu íntimo, desaparecera. Rollie tivera o carro, ela tivera a filha. Não se limitou a chorar a perda. Morreu.

Fiquei quieto, tentando imaginar — procurando pensar no que faria, se fosse eu. Minha filha começa a engasgar e sufoca no banco traseiro de meu carro, depois morre à beira da estrada. Eu trocaria de carro? Por quê? Não havia sido o *carro* que a matara, mas sim aquilo que a sufocara, um pedaço de hambúrguer e pão obstruindo a traqueia. Então, por que me desfazer do carro? Além do pequeno fato de que não poderia mais olhar para ele, nem mesmo pensar nele sem horror e tristeza. Se eu me livraria do carro? Cara, um urso caga na floresta?

— Você falou com ele sobre isso?

— Claro que sim. Márcia estava comigo. Foi depois da cerimônia. O irmão de Verônica tinha vindo de Glory, na Virgínia Ocidental, e a levou para casa, após o serviço fúnebre; ela estava em uma espécie de torpor profundo, afinal.

"Ficamos sozinhos com ele, eu e Márcia. Aquela foi a verdadeira reunião. Perguntei a ele se pretendia se desfazer do carro. Este tinha ficado estacionado logo atrás do carro fúnebre que trouxe a filha dele para o cemitério, o mesmo cemitério em que Rollie foi sepultado hoje. Era vermelho e branco... a Chrysler nunca vendeu o Plymouth Fury 1958 naquelas cores; Rollie tinha encomendado aquela pintura. Estávamos a uns 15 metros dele, e tive uma estranha sensação... a mais estranha *necessidade*... de afastar-me ainda mais, como se ele pudesse nos escutar."

— O que você disse?

— Perguntei-lhe se ia vender o carro. Em seu rosto surgiu aquela dura e obstinada expressão que eu conhecia tão bem, desde os tempos de criança. Era a mesma expressão que ele tinha quando me empurrou na cerca. A expressão que tinha exibido ao chamar meu pai de bêbado, mesmo depois de ele ter-lhe feito o nariz sangrar. Rollie respondeu: "Eu seria louco se o vendesse, George. Christine só tem um ano de uso e rodou somente 18 mil quilômetros. Você sabe que a gente nunca consegue o preço justo ao vender, até que o carro tenha mais de três anos."

— Respondi: "Se isto significa uma questão de dinheiro para você, Rollie, alguém roubou o que restou de seu coração e colocou uma pedra no lugar. Quer que sua esposa veja esse carro todo dia? Que ela *ande* nele? Deus do céu, homem!"

"A tal expressão não se modificou. Não até ele olhar o carro, estacionado ao sol... junto ao carro funerário. Foi o único momento em que suas feições se suavizaram. Lembro-me de ter me perguntado se ele algum dia olhara para Rita daquele jeito. Acredito que não. Não tinha essa capacidade.

LeBay ficou calado por um instante, antes de continuar.

— Márcia disse para ele a mesma coisa. Sempre o temera, mas naquele dia estava mais brava do que com medo... ela recebera as cartas de Verônica, lembre-se, ela sabia o quanto a cunhada amava a filhinha. Disse a ele que, quando alguém morre, a gente queima o colchão onde a pessoa dormia, a gente doa as roupas dela ao Exército da Salvação, faz o que for necessário, você encerra aquela vida do jeito que for possível, para que os vivos possam seguir em frente. Ela lhe disse que Verônica nunca mais poderia seguir em frente, enquanto o carro onde a filha morrera continuasse na garagem.

"Com aquele seu jeito sarcástico e hediondo, Rollie perguntou se ela queria que ele encharcasse seu carro de gasolina e acendesse um fósforo, só porque sua filha morrera sufocada. Minha irmã começou a chorar e respondeu que era uma excelente ideia. Por fim, tomei-a pelo braço e a levei dali. Não houve mais como conversar com Rollie sobre o assunto, naquele momento ou depois. O carro era dele e ele podia ficar repetindo que ficaria com o Fury por pelo menos três anos, antes de trocá-lo, podia falar em quilometragem até ficar roxo, mas o simples fato era que ele queria ficar com o carro porque queria ficar com o carro.

"Márcia e a família voltaram de ônibus para Denver e, que eu saiba, ela nunca mais tornou a ver Rollie e nem lhe escreveu. Não foi ao enterro de Verônica."

A esposa dele. Primeiro a filha, depois a esposa. De certa forma, eu sabia que fora exatamente assim. Bangue-bangue. Uma dormência subiu das minhas pernas até a boca do estômago.

— Ela morreu seis meses depois. Em janeiro de 1959.

— Mas não teve nada a ver com o carro — falei. — Nada a ver com o carro, certo?

— Teve tudo a ver com o carro — ele respondeu suavemente.

Eu não queria ouvir mais aquilo, pensei. Mas é claro que eu iria ouvir. Porque meu amigo era o dono daquele carro agora e porque o carro ocupava um espaço na vida dele muito maior do que o normal.

— Depois que Rita morreu, Verônica entrou em depressão. Ela simplesmente nunca se recuperou. Tinha alguns amigos em Libertyville, e eles tentaram ajudá-la... ajudá-la a encontrar seu caminho novamente, como se diz. Porém, ela não conseguiu encontrá-lo. De maneira alguma.

"Fora isso, tudo ia muito bem. Pela primeira vez na vida, meu irmão tinha bastante dinheiro. Tinha a pensão do Exército, a pensão de invalidez, e arranjou um emprego de vigia noturno na fábrica de pneus que ficava no lado oeste da cidade. Fui de carro até lá, depois do enterro, mas não existe mais."

— Ela faliu, faz uns 12 anos — comentei. — Eu ainda era criança. Agora tem uma lanchonete de comida chinesa por lá.

— Eles conseguiam pagar duas prestações da casa por mês. E, é claro, não tinham mais nenhuma filhinha com que se preocupar. Para Verônica, no entanto, nunca houve a mínima possibilidade, o menor impulso para a recuperação.

"Ela planejou e executou o suicídio com incrível sangue-frio, pelo que eu consegui descobrir. Se houvesse manuais para aspirantes ao suicídio, ela deveria ser incluída como exemplo a ser imitado. Foi à loja Western Auto, aqui na cidade, a mesma onde comprei minha primeira bicicleta, há muitos e muitos anos, e comprou seis metros de mangueira de borracha. Enfiou uma ponta no cano de descarga de Christine e colocou a outra em uma das janelas traseiras. Nunca tirara carteira de motorista, mas sabia como ligar o motor. De fato, era tudo que precisava saber.

Apertei os lábios, molhei-os com a ponta da língua e ouvi minha voz, pouco mais que um grasnar rouco:

— Acho que vou querer aquele refrigerante agora.

— Você seria gentil o bastante para trazer um para mim também? — Pediu. — Refrigerantes me mantém acordado, sempre foi assim, mas acho que, de qualquer modo, vou ficar acordado a maior parte desta noite.

Eu desconfiei da mesma coisa. Fui apanhar os refrigerantes no escritório do hotel e, na volta, parei no meio do estacionamento. Ele era apenas uma sombra mais escura diante do quarto, as meias brancas reluzindo como pequenos fantasmas. Pensei: *Talvez o carro seja amaldiçoado. Talvez seja isso. Parece uma perfeita história de fantasmas. Há uma placa de trânsito mais adiante... próxima parada, Além da Imaginação!*

Bem, era ridículo, não?

Claro que era. Recomecei a caminhar. Nem carros nem pessoas podiam ser amaldiçoados, isso era coisa de filmes de terror, muito interessante para uma noite de sábado no drive-in, mas muito, muito distante dos fatos cotidianos que formam a realidade.

Entreguei a ele sua lata de refrigerante e ouvi o resto da história, que poderia ser resumida em uma linha: e ele viveu infeliz para sempre. Agora sozinho, Roland D. LeBay ficou com sua pequena casa e o terreno, e ficou com o Plymouth 1958. Em 1965, largou o quepe de vigia e o relógio de ponto. Mais ou menos na mesma época, abandonou os penosos esforços em manter Christine com aparência e funcionamento de carro novo, deixando-a abandonada, da mesma forma que alguém pode deixar um relógio parar.

— Quer dizer que o carro ficou estacionado lá fora? — perguntei. — Desde 1965? Durante 13 anos?

— Não. Ele o deixou na garagem, claro — disse LeBay. — Os vizinhos jamais admitiriam um carro simplesmente apodrecendo no gramado de alguém. No campo, talvez, mas não no subúrbio dos Estados Unidos.

— Certo, mas estava lá fora quando nós...

— Eu sei. Ele deixou o carro no gramado com um aviso À VENDA pregado na janela. Fiz perguntas a respeito. Estava curioso, então perguntei. Na Legião. A maioria dos antigos companheiros tinha perdido o contato com Rollie, mas um deles contou que vira o carro no gramado, pela primeira vez, em maio deste ano.

Eu ia dizer algo, mas me calei. Uma terrível ideia me viera à cabeça, uma ideia que consistia simplesmente nisto: *Era muito conveniente.* Conveniente demais. Christine ficara naquela garagem escura durante anos — quatro, oito, doze, talvez mais. Então — meses antes de eu e Arnie passarmos por lá, de Arnie vê-lo — Roland LeBay subitamente o tirara da garagem e pregara nele um aviso de À VENDA.

Mais tarde — muito mais tarde — consultei edições antigas dos jornais de Pittsburgh e do *Keystone,* o jornal de Libertyville. LeBay nunca anunciara o Fury, pelo menos nos jornais, que é geralmente onde se anuncia um carro à venda. Ele apenas o largou em sua rua do subúrbio — nem mesmo era uma rua principal — e esperou que o comprador aparecesse.

Naquele momento, não formulei completamente o resto do pensamento — pelo menos, não de qualquer modo lógico e racional —, mas já tivera suficiente daquilo para sentir uma repetição daquela fria e perturbadora sensação de medo. Era como se ele soubesse que um comprador estava a caminho. Se não em maio, então em junho. Ou julho. Ou agosto. De algum modo, em breve.

Não, tal pensamento não me veio de maneira lógica ou racional. Em vez disso, o que imaginei foi um quadro inteiramente visceral: uma planta carnívora, à beira de um pântano, com suas verdes mandíbulas abertas, esperando que algum inseto pousasse nelas.

O inseto *exato.*

— Lembro-me de ter pensado que ele talvez tivesse desistido do carro por medo de não ser aprovado no exame de motorista — falei por fim. — Depois que o cara fica muito velho, eles exigem que ele refaça a prova a cada um ou dois anos. A renovação da carteira deixa de ser automática.

LeBay assentiu.

— Parece coisa do Rollie — comentou. — Porém...

— O quê?

— Li em algum lugar, e não me lembro quem disse ou escreveu isso, que existem "épocas" na existência humana. Que quando a "época da máquina a vapor" chegou, uns doze homens inventaram máquinas a vapor. Talvez apenas um deles tenha conseguido a patente ou o crédito nos livros de História, porém, de repente, lá estavam todas aquelas pessoas trabalhando em uma única ideia. Como explicar o fato? Apenas que é a época da máquina a vapor.

LeBay tomou um gole de seu refrigerante e olhou para o céu.

— Chegou a Guerra Civil e então, imediatamente, era a "época do navio couraçado". Depois veio a "época da metralhadora". A seguinte que conhecemos foi a "época da eletricidade", seguida pela "época do sem-fio". Finalmente, a "época da bomba atômica". Como se todas essas ideias não viessem de indivíduos, mas de alguma grande onda de inteligência que flui permanentemente... alguma onda de inteligência que reside fora da humanidade.

Ele me encarou.

— Essa ideia me assusta e tenho pensado muito nisso, Dennis. Parece haver qualquer coisa... bem, decididamente não cristã a respeito.

— E, para seu irmão, chegou a "época de vender Christine"?

— É possível. No livro de Eclesiastes diz que há um tempo para tudo: tempo para plantar e tempo para colher, tempo para a guerra e tempo para a paz, tempo de abandonar a funda e tempo de juntar pedras. Um negativo para cada positivo. Portanto, se houve uma "época de Christine" na vida de Rollie, deve ter havido também uma época de abandonar Christine.

— Se foi assim, ele teria sabido. Rollie era um animal, e os animais ouvem perfeitamente seus instintos.

— Também é possível que ele finalmente tenha se cansado dela — concluiu LeBay.

Concordei que podia ser isso, principalmente porque me sentia ansioso para encerrar o assunto, embora a explicação não me deixasse plenamente satisfeito. George LeBay não tinha visto aquele carro no dia em que Arnie gritou para eu dar a ré. Mas eu vi. O 58 não parecia um carro que tinha ficado repousando tranquilamente em uma garagem. Estava sujo de poeira e amassado, com o para-brisa rachado, um para-choque entortado. Parecia um cadáver que tinha sido desenterrado e deixado apodrecer ao sol.

Pensei em Verônica LeBay e estremeci.

Como se lesse meus pensamentos — parte deles, pelo menos —, LeBay disse:

— Sei muito pouco sobre como meu irmão viveu ou se sentiu durante seus últimos anos de vida, mas tenho certeza de uma coisa, Dennis: quando ele achou, em 1965, ou seja lá quando foi, que era a hora de abandonar o carro, ele o abandonou. E quando achou que era a hora de colocá-lo à venda, ele o colocou à venda.

LeBay fez uma pausa.

— Acho que não tenho mais nada para dizer... exceto que eu acredito, sinceramente, que seu amigo seria mais feliz se desfazendo daquele carro. Olhei bem para ele, o seu amigo. Não me pareceu um jovem particularmente feliz atualmente. Estou enganado?

Considerei a pergunta cuidadosamente. Não, felicidade não era e nunca fora algo que se aplicasse a Arnie. No entanto, ele pelo menos parecera contente até ter começado a coisa toda com o Plymouth. Antes, era como se... tivesse alcançado um *modus vivendi* com a vida. Não era um cara completamente feliz, mas dava para o gasto.

— Não — respondi. — Não está.

— Não acredito que o carro do meu irmão o fará feliz. Acho mesmo que será o oposto. — E, como se tivesse lido meus pensamentos alguns minutos antes, ele prosseguiu: — Não acredito em maldições, sabe? Muito menos em fantasmas ou qualquer coisa precisamente sobrenatural. Mas acredito que as emoções e eventos tenham uma certa... ressonância prolongada. Talvez as emoções possam até ser transmitidas, sob dadas circunstâncias, caso essas circunstâncias sejam suficientemente peculiares... da maneira como uma caixa de leite absorve o sabor de certos alimentos muito condimentados que foram deixados destampados na geladeira. Bem, pode ser apenas uma fantasia ridícula de minha parte. Talvez eu me sentisse melhor sabendo que o carro em que minha sobrinha foi asfixiada e onde minha cunhada suicidou-se tivesse sido prensado em um cubo de metal sem valor. Talvez tudo que eu sinto seja uma sensação de decoro ultrajado.

— Sr. LeBay, o senhor disse que contratou alguém para cuidar da casa de seu irmão, até que ela seja vendida. É verdade?

Ele se ajeitou um pouco no assento.

— Não, não é. Menti por impulso. Não gostei da ideia de ver aquele carro de volta àquela garagem... como se houvesse reencontrado o caminho de casa. Se existem emoções e sentimentos que permanecem vivos, eles estarão lá, assim como na própria Christine. — Então, rapidamente, ele se emendou: — No *próprio* carro.

Não muito tempo depois, me despedi e segui meus faróis para casa, através da noite, refletindo sobre tudo que LeBay me dissera. Perguntei-me se, para Arnie, faria alguma diferença contar que uma pessoa tinha sofrido um acidente fatal em seu carro e outra realmente morrera dentro dele. Eu sabia muito bem que não adiantaria; à sua maneira, Arnie podia ser tão obstinado quanto o próprio Roland LeBay. A encantadora cena com seus pais, a respeito do carro, demonstrara isso perfeitamente. O fato de ele continuar cursando Mecânica de Motores, no Colégio de Libertyville, indicava a mesma coisa.

Pensei em LeBay dizendo: *Não gostei da ideia de ver aquele carro de volta àquela garagem... como se houvesse reencontrado o caminho de casa.*

Ele também dissera que o irmão costumava levar o carro a uma garagem, a fim de consertá-lo. Atualmente, em Libertyville havia apenas a Will Darnell's como oficina faça-você-mesmo. Poderia ter existido outra, nos anos 50, mas eu acreditava que não. No fundo, achava que Arnie estava consertando Christine no lugar em que ela já tinha sido consertada.

Tinha sido. Essa era a frase correta. Graças à briga com Buddy Repperton, Arnie tinha medo de deixar o carro lá por mais tempo. Assim, talvez aquela via para o passado de Christine também estivesse bloqueada.

E, naturalmente, não havia maldições. Mesmo a ideia de LeBay sobre emoções que permanecem era completamente absurda. Ele próprio nem devia acreditar nisso. Mostrou uma velha cicatriz e usou a palavra vingança. Sem dúvida, aquilo era bem mais próximo da verdade do que qualquer babaquice sobrenatural. É claro.

Não, eu tinha 17 anos, iria para a universidade no ano seguinte e não acreditava em coisas tais como maldições e emoções que perduram, azedando o leite derramado dos sonhos. De modo algum, acreditava no poder do passado de estender suas horrendas mãos mortas para os vivos.

Só que agora estou um pouco mais velho.

Mais Tarde, Naquela Noite

As I was motorvating over the hill
I saw Maybelline in a Coupe de Ville.
Cadillac rollin down the open road,
But nothin outrun my V8 Ford...
— Chuck Berry

Minha mãe e Elaine já tinham ido dormir, mas meu pai estava acordado, assistindo ao noticiário das 23 horas na TV.

— Onde você estava, Dennis? — perguntou.

— Jogando boliche — respondi.

A mentira veio natural e instintivamente a meus lábios. Não queria que meu pai soubesse de nada daquilo. Por mais peculiar que fosse, não era peculiar o bastante para ser mais do que moderadamente interessante. Pelo menos, foi assim que racionalizei.

— Arnie telefonou — disse ele. — Pediu que você ligasse, se voltasse antes das onze e meia, mais ou menos.

Olhei para o meu relógio. Eram só onze e vinte. Mas eu já não tinha aturado o bastante de Arnie e seus problemas por um dia?

— E então?

— Então o quê?

— Não vai telefonar para ele?

Suspirei.

— É, acho que vou.

Fui até a cozinha, preparei um sanduíche de frango frio, enchi um copo de Ponche Havaiano — um troço nojento, mas eu adoro — e disquei para a casa de Arnie. Ele mesmo atendeu, ao segundo toque. Parecia alegre e excitado.

— Dennis! Onde foi que esteve?

— Jogando boliche — falei.

— Escute, voltei à garagem de Darnell esta noite, sabe? E... escute só, Dennis... ele chutou Repperton! Repperton saiu e eu posso ficar!

Aquela sensação de pavor informe no meu estômago de novo. Larguei o sanduíche. De repente, não queria mais.

— Arnie, acha que continuar lá é mesmo uma boa ideia?

— O que quer dizer com isso? Repperton se foi. Não *acha* que é uma boa ideia?

Pensei em Darnell mandando Arnie desligar o carro, antes que poluísse sua garagem imunda. Darnell dizendo a Arnie que não iria aturar merda nenhuma de moleques como ele. Pensei na maneira envergonhada como ele desviara os olhos, ao contar que conseguira hora no elevador, para trocar seu óleo, fazendo "uns favores". Tive a impressão de que Darnell talvez achasse divertido transformá-lo em seu pajem de estimação. Sem dúvida isso também divertiria bastante os *habitués* e seus companheiros de pôquer. Arnie buscava café, Arnie buscava rosquinhas, Arnie trocava os rolos de papel higiênico da privada e enchia o toalheiro com toalhas de papel. *Ei, Will, quem é o quatro olhos rondando lá pelo banheiro?... Oh, aquele? O nome dele é Cunningham. Os velhos dele dão aula na universidade. Ele está aqui fazendo uma merda de curso de pós-graduação.* E eles ririam. Arnie se transformaria na piada local da oficina de Darnell, em Hampton Street.

Pensei isso tudo, mas não disse nada. Achei que Arnie poderia muito bem decidir se estava caminhando pela água ou pisoteando na merda. Aquilo não podia durar muito — ele era esperto demais. Bem, assim eu esperava. Arnie era feio, mas não era burro.

— Repperton ser mandado embora me parece uma ótima ideia — respondi. — É só que eu achei que a oficina de Darnell fosse uma medida temporária. Quero dizer, vinte por semana, Arnie, é muita grana, sem falar no aluguel de ferramentas, do elevador e tudo o mais.

— Por isso pensei que seria tão bom alugar a garagem do Sr. LeBay — disse ele. — Achei que, mesmo pagando 25 por semana, seria melhor para mim.

— Bem, você que sabe. Se puser um anúncio no jornal, procurando vaga em uma garagem, aposto que...

— Não, não, me deixe terminar — Arnie me interrompeu. Ele ainda estava empolgado. — Quando fui lá esta tarde, Darnell me chamou de lado imediatamente. Disse que lamentava que Repperton tivesse me incomodado. Disse também que tinha me julgado mal.

— Darnell disse isso?

Acho que acreditei, mas não confiei muito.

— Exato. Perguntou se eu gostaria de trabalhar para ele, em meio turno. Dez, talvez vinte horas por semana, depois das aulas. Separando peças, lubrificando o elevador, coisas assim. E posso ficar com o boxe por dez dólares semanais e metade do preço pelas ferramentas e pelo elevador. O que você acha disso?

Pensei que era bom demais pra cacete para ser verdade.

— Abre teu olho, Arnie.

— O quê?

— Meu pai diz que ele é um vigarista.

— Não vi nenhum sinal disso. Acho que é tudo conversa, Dennis. Darnell tem uma boca grande, mas é só isso.

— Estou apenas dizendo para você ficar esperto. — Passei o fone para o outro ouvido e bebi um pouco de Ponche Havaiano. — Fique de olhos bem abertos e caia fora rapidinho se a barra começar a ficar pesada demais.

— Está falando de alguma coisa específica?

Pensei nas vagas histórias sobre drogas e nas mais específicas sobre carros roubados.

— Não — respondi. — Eu só não confio nele.

— Bem... — disse Arnie, hesitante, deixando a voz morrer, e então voltando ao assunto original: Christine. Com ele, o tema sempre voltava a Christine. — De qualquer modo, vai ser legal, muito legal para mim, Dennis, se der certo. Christine... está realmente mal. Consegui fazer algumas coisas nela, mas para cada uma que faço aparecem mais quatro. Algumas coisas ainda não sei consertar, mas vou aprender.

— Hum-hum — falei, dando uma dentada no sanduíche.

Após minha conversa com George LeBay, meu entusiasmo pelo assunto Christine, a garota favorita de Arnie, caíra de zero para valores negativos.

— Ela precisa de um realinhamento nos pneus dianteiros... Merda, ela precisa de uma suspensão dianteira inteira nova, e novas sapatas de freios... de trocar os anéis dos pistões... Acho que vou tentar retificar os pistões... mas não vou conseguir nada disso com meu estojo de ferramentas Craftsman, de 54 pratas. Entende o que quero dizer, Dennis?

Era como se ele estivesse implorando pela minha aprovação. Com um vazio no estômago, eu me lembrei de repente de um ex-colega nosso da escola: Freddy Darlington era o seu nome. Fred não era nenhum super-herói, mas era um cara legal, com um bom senso de humor. Então conheceu uma vadia de Penn Hills — estou querendo dizer uma puta de verdade, uma que ficava mais do que feliz em dar para todos, liberar geral, escolha o eufemismo. Tinha uma cara malvada e burra que me lembrava a traseira de um caminhão Mack e não parava de mastigar chicletes. O cheiro de tutti-frutti pairava em torno dela como uma nuvem constante. Ficou grávida mais ou menos na época em que Freddy lhe botou as mãos. De certa forma, sempre imaginei que ele se apaixonou por ela porque tinha sido a primeira garota a deixá-lo ir até o fim. O que aconteceu foi que ele largou a escola, arranjou emprego num depósito, a princesa teve o bebê e Freddy apareceu com ela na festa que houve depois do baile de formatura do ensino fundamental, em dezembro passado, querendo que tudo parecesse estar igual, quando nada mais estava igual; e lá está ela, olhando para todos nós, os rapazes, com aqueles olhos mortos e desdenhosos, a mandíbula subindo e descendo como a de uma vaca ruminando algo particularmente saboroso; e todos nós já sabíamos das novidades; ela está de volta à pista de boliche, de volta à cantina de Libertyville, de volta ao Gino's, ela está na rua circulando enquanto Freddy trabalha, ela voltou ao trabalho duro, dando para todos e liberando geral. Sei que se diz por aí que um pau duro não tem consciência, mas eu lhe digo agora que certas bocetas têm dentes, e então, ao olhar para Freddy, que parecia dez anos mais velho, tive vontade de chorar. Depois, quando Freddy falou sobre ela, foi naquele mesmo tom suplicante que eu pescava na voz de Arnie, ao telefone em meu ouvido naquele exato momento... *Vocês gostaram mesmo dela, não foi, caras? Ela não é legal, caras? Não me saí tão mal, hein, caras? Quero dizer, talvez seja apenas um pesadelo e logo estarei acordado, certo? Certo? Certo?*

— É claro que entendo — falei ao telefone. — Tem razão, Arnie.

Toda aquela horrível e nojenta história de Freddy Darlington tinha passado pela minha cabeça em no máximo uns dois segundos.

— Ótimo — Arnie respondeu, aliviado.

— Apenas fique de olho aberto, cara. E isto vale dobrado para quando voltar às aulas. Fique longe de Buddy Repperton.

— Certo. Pode apostar que sim.

— Arnie...

— O quê?

Fiz uma pausa. Queria perguntar-lhe se Darnell tinha falado alguma coisa sobre Christine ter estado antes em sua oficina, se a reconhecera. Além disso, eu queria lhe contar o que acontecera à Sra. LeBay e à sua filhinha, Rita. Só que não pude. Ele adivinharia imediatamente de onde a informação tinha vindo. E, em seu estado de tanta sensibilidade em relação ao maldito carro, poderia muito bem pensar que eu estivesse agindo pelas suas costas e, de certo modo, fora isso mesmo. Contar tudo a ele talvez significasse o fim de nossa amizade.

Eu já me enchera de Christine, mas ainda me preocupava com Arnie. Isto significava que aquela porta deveria ser fechada para sempre. Nada mais de andar me esgueirando e fazendo perguntas. Nada mais de sermões.

— Nada — respondi. — Ia apenas dizer que você parece que achou um lar para sua banheira enferrujada. Parabéns.

— Está comendo alguma coisa, Dennis?

— Sim, um sanduíche de frango. Por quê?

— Porque você está mastigando em meu ouvido. É nojento demais.

Comecei a mastigar o mais ruidosamente que pude. Arnie fez barulhos de vômito. Começamos a rir e aquilo foi bom — era como nos velhos tempos, antes de seu casamento com aquela porra de carro idiota.

— Você é um escroto, Dennis.

— Isso mesmo. Aprendi com você.

— Vai se ferrar — disse ele e desligou.

Terminei o sanduíche e o Ponche Havaiano, lavei o prato e o copo e voltei para a sala disposto a tomar uma ducha e ir para a cama. Estava exausto.

Em algum momento durante minha conversa telefônica, eu ouvi a TV sendo desligada, o que me fez supor que papai tivesse subido. Não tinha. Continuava ali, em sua poltrona reclinável, com a camisa aberta. Percebi, com algum constrangimento, como os pelos de seu peito estavam ficando grisalhos, e também como a luz do abajur, ao lado dele, penetrava através de seus cabelos e mostrava o rosado do couro cabeludo. Ficando ralo ali em cima. Meu pai não era mais uma criança. Com maior desconforto ainda, refleti que em mais cinco anos, à época em que, teoricamente, eu terminaria a faculdade, ele estaria com 50 anos e ficando calvo, o estereótipo do contador. Cinquenta anos em cinco, se antes não caísse duro, com outro ataque cardíaco. O primeiro não tinha sido grave — nenhuma cicatriz miocardiana, respondeu ele certa vez quando lhe perguntei. Porém, ele não tentara dizer que um segundo ataque seria improvável. Eu sabia dessa possibilidade, mamãe sabia e ele também. Somente Ellie ainda o considerava invulnerável — mas eu não tinha percebido uma pergunta nos olhos dela, uma ou duas vezes? Eu tinha quase certeza disso.

Falecido subitamente.

Senti os cabelos se eriçarem em minha cabeça. *Subitamente.* Endireitando-se na escrivaninha, apertando o peito. *Subitamente.* Deixando cair a raquete na quadra de tênis. Ninguém gosta de ter tais pensamentos sobre o próprio pai, mas às vezes eles aparecem. Deus sabe que sim.

— Não pude deixar de ouvir um pedaço da conversa — ele revelou.

— É mesmo? — Respondi, cauteloso.

— Arnie Cunningham está se metendo em problemas, Dennis?

— Eu... eu não tenho certeza — falei, lentamente.

Porque, afinal de contas, o que eu tinha de sólido? Rumores, nada mais.

— Quer conversar sobre isso?

— Agora não, pai, se você não se importa.

— Está bem — disse ele. — No entanto, se... como você disse ao telefone, se a barra ficar muito pesada, pelo amor de Deus, você vai me contar o que estiver acontecendo?

— Certo, vou.

— Muito bem.

Fui em direção à escada e estava quase lá quando ele me deteve, ao dizer:

— Fiz a contabilidade de Will Darnell e suas declarações de imposto de renda durante quase quinze anos, sabe.

Virei-me para ele, francamente surpreso.

— Não. Eu não sabia.

Meu pai sorriu. Era um sorriso que eu nunca tinha visto, um que eu imaginava que mamãe vira apenas algumas vezes e minha irmã provavelmente nunca. Dava para se achar que era um sorriso do tipo sonolento, em princípio, mas se você olhasse melhor, veria que nada tinha de sonolento — era cínico, durão e totalmente consciente.

— Pode manter segredo sobre uma coisa, Dennis?

— Sim — falei. — Acho que posso.

— Não apenas ache que pode.

— Está bem. Eu posso.

— Melhor. Fiz a contabilidade de Darnell até 1975 e então ele contratou Bill Upshaw, lá de Monroelville.

Meu pai me olhou atentamente.

— Eu não diria que Bill Upshaw é um vigarista, mas posso dizer que seus escrúpulos são transparentes o bastante para que seja possível ler um jornal através deles. E, no ano passado, ele comprou uma casa em Sewickely, no estilo Tudor inglês, por 300 mil dólares. Pagamento à vista.

Indicou nossa casa com um curto aceno do braço direito e o deixou cair de novo em seu colo. Ele e mamãe a tinham comprado no ano antes de eu nascer, por 62 mil dólares — agora devia valer uns 150 mil —, e só recentemente tinham conseguido pagar a última prestação ao banco. Fizemos uma festinha no quintal, no fim do verão passado. Papai acendeu a churrasqueira, espetou o pequeno papel rosa na ponta do espeto mais comprido e cada um de nós teve a chance de segurá-lo sobre as brasas, até ele desaparecer por completo.

— Nada de Tudor inglês por aqui, hein, Dennis? — comentou.

— Esta casa é legal — falei.

Recuei e sentei-me no sofá.

— Eu e Darnell nos separamos amistosamente — prosseguiu meu pai —, não que eu gostasse muito dele, no lado pessoal. Sempre achei que era um canalha.

Concordei de leve com a cabeça, porque gostei daquilo; expressava minha intuição sobre Will Darnell melhor do que qualquer palavrão.

— Mas há uma enorme diferença entre um relacionamento pessoal e um relacionamento profissional. É melhor aprender isso bem depressa neste ramo de negócios, ou então você desiste e resolve vender escovas e vassouras de porta em porta. Nosso relacionamento profissional era bom, enquanto durou... e não durou muito. Então decidi acabar com aquilo.

— Não compreendo.

— O dinheiro continuava aparecendo — disse ele. — Grandes quantidades de dinheiro, sem uma origem clara. A pedido de Darnell, investi em duas sociedades anônimas, Aquecimento Solar Pensilvânia e Gráfica Nova York, que pareciam ser as empresas "laranja" mais falsas que eu já vira antes. Finalmente fui conversar com ele, porque queria botar todas as cartas na mesa. Falei que a minha opinião profissional era que se ele fosse auditado pelo Imposto de Renda ou pelos rapazes do Estado da Pensilvânia, era bem provável que ele tivesse que dar muitas explicações, e que logo eu estaria sabendo demais para lhe ser útil.

— O que ele disse?

— Começou a "dançar" — respondeu meu pai, ainda mostrando aquele sorriso sonolento e cínico. — Na minha profissão, a gente fica familiarizado com os passos da dança por volta dos 38 anos, mais ou menos... quero dizer, quando se é bom no ramo. E eu não sou dos piores. A dança começa com o sujeito perguntando se estamos satisfeitos com o trabalho, se o pagamento é suficiente. Se respondemos que gostamos do trabalho mas, sem dúvida, podíamos estar ganhando mais, o sujeito nos encoraja a contar o que nos está pesando nas costas: a casa, o carro, o colégio dos filhos, talvez uma esposa que goste de roupas um pouco mais elegantes do que o orçamento doméstico permite... Entendeu?

— Uma sondagem, certo?

— É mais como se estivesse apalpando — disse ele, e então riu. — Pois bem, essa dança é complicada como um minueto. Há todos os tipos de manobras, de passos e pausas. Depois que o sujeito descobre quais são os fardos financeiros de que você gostaria de se livrar, ele começa a perguntar que tipo de coisas gostaria de ter. Um Cadillac, uma casa de verão nas Catskills ou Poconos, talvez um barco.

Levei um susto ao escutar isso, porque eu sabia o quanto meu pai sonhava com um barco — era a coisa que ele mais desejava no mundo naqueles dias; iria com ele umas duas vezes a algumas marinas ao longo do lago Rei George e do lago Passeeonkee, em tardes ensolaradas de verão. Ele perguntaria o preço dos iates menores e eu veria uma expressão de desejo em seus olhos. Agora, começava a entender. Estavam fora do nosso alcance. Sua vida talvez tivesse tomado um rumo diferente se ele não tivesse que se preocupar com a universidade dos filhos, por exemplo.

— E você disse não? — perguntei.

Meu pai deu de ombros.

— Eu deixei claro desde bem cedo que não queria dançar. Primeiro porque isso significaria me envolver mais com ele em um nível pessoal e, como disse, eu achava que ele era um vigarista. Em segundo lugar, porque esses caras são fundamentalmente burros em relação a números; e é por isso que muitos deles foram presos por sonegação de impostos. Eles acham que dá para esconder rendimentos ilegais. Têm certeza disso. — Papai riu. — Eles todos têm essa ideia mística de que dá para se lavar dinheiro como se lava roupa, quando o máximo que se pode fazer é um malabarismo, até que isso desmorone e caia em nossa cabeça.

— Esses foram os motivos?

— Dois dos três motivos. — Papai olhou nos meus olhos. — Não sou nenhuma porra de vigarista, Dennis.

Houve um momento de comunicação elétrica entre nós — ainda agora, quatro anos mais tarde, fico arrepiado ao pensar nisso, mesmo que não tenha certeza de que consiga lhes transmitir a sensação. Não era o fato de ele estar me tratando como igual naquela noite, pela primeira vez; nem porque estivesse me mostrando o ansioso cavaleiro errante, ainda escondido dentro do homem certinho que lutava pela vida em um mundo sujo e desonesto. Acho que era o fato de que eu podia senti-lo como *realidade,* alguém que existia muito antes de minha chegada ao palco, uma pessoa que teve sua porção de sofrimento. Nesse momento, acho que poderia tê-lo imaginado fazendo amor com minha mãe, ambos suados e esforçando-se pelo final — e não ficaria envergonhado.

Então ele baixou os olhos, esboçou um sorriso defensivo e fez aquela voz seca e vigorosa de Nixon, uma imitação em que era muito bom:

— Vocês merecem saber se seu pai é um vigarista. Bem, eu não sou um vigarista, podia ter aceitado o dinheiro, mas isso... *ha-rrrã...* teria sido errado.

Ri alto demais, um escape de tensão — senti o momento passando e, embora parte de mim não quisesse que passasse, a outra parte queria; era intenso demais. Acho que meu pai sentiu o mesmo.

— Shh! Você vai acabar acordando sua mãe e ela nos dará uma bronca por estarmos acordados a esta hora.

— É, desculpa. Pai, você sabe no que ele está metido? Darnell?

— Naquele tempo eu não sabia. E nem queria saber, porque então eu seria uma parte daquilo. Tinha minhas ideias e ouvi algumas coisas. Carros roubados, imagino. Não que Darnell os tenha levado para aquela garagem da Hampton Street; ele não é um sujeito completamente burro e só um idiota que caga onde come. Talvez esteja também envolvido em roubo de carga.

— Armas e coisas assim? — perguntei, com uma voz um pouco rouca.

— Nada tão romântico. Se eu tivesse que adivinhar, diria que são principalmente cigarros... cigarros e bebidas, os dois velhos carros-chefe. Contrabando de fogos de artifício também. Talvez um carregamento de fornos de micro-ondas ou televisões coloridas, de vez em quando, se o risco for baixo. O suficiente para mantê-lo ocupado durante tantos anos.

Papai me olhou com ar grave.

— Ele soube apostar bem, mas também teve sorte por muito tempo, Dennis. Bem, talvez ele não precisasse muito de sorte nesta cidade. Se fosse só em Lybertyville, acho que ele poderia continuar com esse jogo para sempre ou, pelo menos, até cair morto de ataque do coração, mas os rapazes dos impostos estaduais são cações, e os federais são os grandes tubarões-brancos. Ele teve sorte, mas qualquer dia desses os caras vão cair em cima dele como a Grande Muralha da China.

— Você... você escutou alguma coisa?

— Nem um sussurro. Nem teria como escutar. Mas eu gosto muito de Arnie Cunningham, e sei que você anda preocupado com essa história do carro.

— Certo. Ele está... bem, ele não está agindo de maneira saudável com essa história, pai. Tudo para Arnie é o carro, o carro, o carro.

— Gente que nunca teve muito tende a agir assim — meu pai afirmou. — Às vezes é um carro, em outras uma namorada, uma carreira ou instrumento musical, quando não é uma obsessão doentia por alguma celebridade. Tive um colega alto e feio, que a gente chamava de Cegonha. Com Cegonha, foram os modelos de trens. Ele foi apaixonado por trenzinhos desde a terceira série, e a coleção dele era quase a oitava maravilha do mundo. Ele foi jubilado de Brown no segundo semestre do ano de calouro. Estava com notas péssimas e teve que escolher entre a universidade e os trens Lionel. Cegonha preferiu os trens.

— O que aconteceu com ele?

— Matou-se em 1961 — papai falou e se levantou. — Quero dizer que pessoas decentes às vezes podem ficar cegas, e nem sempre por culpa delas. Talvez Darnell acabe esquecendo Arnie. Passará a vê-lo só como mais outro cara qualquer, fuçando debaixo do carro. Porém, se Darnell tentar usá-lo, fique de olho nele, Dennis. Não deixe que ele seja puxado para a dança.

— Está bem, vou tentar, mas talvez não possa fazer grande coisa.

— Hum-hum. Sei disso muito bem. Vai subir?

— Claro.

Subimos e, mesmo cansado como estava, fiquei muito tempo acordado. Aquele tinha sido um dia movimentado. Lá fora, um vento noturno agitava suavemente um galho contra o lado da casa e, muito distante, no centro da cidade, ouvi garotos cantando pneus no asfalto — um som que, noite adentro, parecia o gargalhar desesperado de uma mulher histérica.

Christine e Darnell

He said he heard about a couple
living in the USA.,
He said they traded in their baby
for a Chevrolet:
Let's talk about the future now,
We've put the past away...
— Elvis Costello

Entre os dias de trabalho nas obras da estrada e as noites de trabalho em Christine, Arnie não andava vendo muito os pais. O relacionamento deles tinha ficado bem tenso e abrasivo. O lar dos Cunningham, que sempre fora agradável e relaxante no passado, agora era um campo armado. Essa é uma situação que faz muita gente lembrar de sua adolescência, imagino; talvez gente demais. O filho ou filha é egoísta o bastante para se considerar a primeira pessoa do mundo a descobrir alguma coisa em particular (geralmente é uma garota, mas nem sempre tem que ser assim), e os pais são assustados e burros demais para soltar o cabresto. Pecados dos dois lados. Algumas vezes, isso se torna doloroso e ultrajante — nenhuma guerra é tão suja e amarga como uma guerra civil. Essa situação era particularmente penosa no caso de Arnie porque a divergência aconteceu muito tarde, e os pais já estavam acostumados demais a não encarar questionamentos. Não seria injusto afirmar que haviam programado a vida do filho.

Então, quando Regina e Michael propuseram um fim de semana de quatro dias em sua casa do lago, no norte do estado de Nova York, antes da volta às aulas, Arnie concordou, mesmo que desejasse ardentemente ter aqueles últimos quatro dias para trabalhar em Christine. Com cada vez mais frequência, no trabalho, ele me contava como ia "mostrar a eles", ia transformar Christine em um carrão de verdade e "mostrar a todos eles". Já estava planejando restaurar o vermelho brilhante e marfim original do Plymouth, depois de terminado o trabalho na carroceria.

Mas ele foi com os pais, determinado a ser obediente e agradável durante aqueles quatro dias inteiros e divertir-se com eles — ou pelo menos fingir bem. Apareci em sua casa, na véspera da partida, e fiquei aliviado ao perceber que Regina e Michael me tinham absolvido de culpa no assunto do carro de Arnie (que ainda não tinham nem mesmo visto). Aparentemente, haviam decidido que aquilo era uma obsessão particular. Por mim, tudo bem.

Regina estava ocupada, fazendo as malas. Ajudei Arnie e Michael a amarrar a canoa Oldtown no teto do Scout. Terminado o trabalho, Michael sugeriu ao filho — com o ar de um rei poderoso, que concedia um favor quase inacreditável a dois de seus súditos favoritos — que ele entrasse e pegasse algumas cervejas para nós.

Fingindo a expressão e o tom de admirada gratidão, Arnie respondeu que seria formidável. Ao afastar-se, piscou o olho para mim.

Michael se apoiou no Scout e acendeu um cigarro.

— Será que ele vai se cansar dessa história do carro, Dennis?

— Não sei — respondi.

— Quer me fazer um favor?

— Claro, se eu puder — respondi cauteloso.

Tinha certeza de que ele me pediria para ir falar com Arnie, bancar o conselheiro e tentar convencê-lo a "parar com aquilo". No entanto, ele disse:

— Se tiver uma chance, vá até a Darnell's enquanto estivermos fora e veja quanto progresso ele anda fazendo. Fiquei interessado.

— Por que esse interesse?

Mal fiz a pergunta, pensei imediatamente que tinha sido bem rude, mas era tarde demais.

— Porque quero que ele tenha sucesso — Michael respondeu simplesmente e olhou para mim. — Oh, Regina continua absolutamente contra. Se Arnie tiver um carro, significa que está crescendo. E, se está crescendo, isso significa... bem, uma porção de coisas — terminou ele, desajeitadamente. — Mas eu não me oponho tanto assim. Não daria para me caracterizar como completamente contra, de qualquer maneira, pelo menos não mais. Claro, a princípio, ele me pegou de surpresa....

Tive visões de uma lata-velha estacionada diante de nossa casa até Arnie ir para a universidade... Isso ou ele se asfixiando até a morte com os gases do escapamento qualquer noite dessas.

A lembrança de Verônica LeBay surgiu em minha cabeça, espontaneamente.

— Mas agora... — Michael deu de ombros, olhou para a porta entre a garagem e a cozinha, deixou o cigarro cair e o esmagou com o sapato. — Ele está claramente empenhado. Sua noção de respeito por si próprio está em risco. Eu gostaria de vê-lo colocar o carro para andar, pelo menos.

Talvez ele tenha percebido algo na minha expressão, porque, ao prosseguir, soava defensivo.

— Não esqueci inteiramente o que significa ser jovem — afirmou. — Sei que um carro é importante para um garoto da idade do Arnie. Regina não consegue ver isso tão claramente. Ela sempre foi buscada. Nunca encarou os problemas de ser aquele que busca a namorada. Eu lembro bem que um carro é importante... se um rapaz algum dia quiser sair com garotas.

Então era isso que ele pensava que estava acontecendo. Via Christine como um meio para um fim, e não como o próprio fim. Perguntei-me o que pensaria se lhe contasse que Arnie não tinha nem pensado no que iria acontecer depois que pusesse aquele Fury rodando e legalizado. Perguntei-me se isso iria deixá-lo mais ou menos preocupado.

Ouvimos o baque da porta da cozinha ao se fechar.

— Você poderia dar uma olhada?

— Acho que sim — respondi. — Se você quiser.

— Obrigado.

Arnie voltou com as cervejas.

— Obrigado pelo quê? — perguntou a Michael.

O tom de voz era leve e bem humorado, mas seus olhos dardejavam entre mim e o pai dele rapidamente, cautelosos. Percebi de novo que a pele dele estava ficando muito mais limpa, e que seu rosto parecia estar mais forte. Pela primeira vez, os conceitos *Arnie* e *namoradas* não me pareceram mutuamente exclusivos. Ocorreu-me que Arnie tinha um rosto quase atraente, não como o de um salva-vidas rei do baile de queixo quadrado, mas de um modo interessante e pensativo. Ele jamais seria o tipo de Roseanne, mas...

— Pela ajuda com a canoa — explicou Michael, com naturalidade.

— Ah.

Bebemos nossas cervejas e depois fui para casa. No dia seguinte, o feliz trio partiu para Nova York, presumidamente a fim de redescobrir a união familiar, perdida durante o último terço daquele verão.

Um dia antes da volta deles, fui de carro até a garagem de Darnell — tanto para satisfazer minha curiosidade quanto a de Michael Cunningham.

A garagem ficava à frente do pátio de carros velhos, que ocupava o quarteirão inteiro. Ela parecia tão atraente à luz do dia como tinha parecido na noite em que trouxemos Christine — tinha todo o encanto de uma ratazana morta.

Estacionei em uma vaga diante da loja de acessórios que também pertencia a Darnell — muito bem provida de peças, como coletores de escapamento Feully, transmissão Hurst e supercompressores Ram-Jett (para todos aqueles trabalhadores que precisavam manter seus velhos carros rodando para botar comida na mesa, sem dúvida), para não mencionar uma vasta seleção de pneus mutantes gigantescos e uma imensa variedade de calotas giratórias. Olhar a vitrine da loja de acessórios para alta velocidade de Darnell era como observar uma louca Disneylândia automotiva. Saí do carro e atravessei o asfalto em direção à garagem e aos sons estrepitosos de ferramentas, gritos, o matraquear de metralhadoras das ferramentas pneumáticas. Um sujeito de aparência desleixada, com uma jaqueta de couro bem gasta, estava fuçando numa velha motocicleta, junto a um dos boxes da garagem, desmontando o carburador ou o colocando de volta no lugar. Havia uma cicatriz de acidente de moto no lado esquerdo do rosto. As costas da jaqueta do sujeito exibiam uma caveira usando uma boina verde e o lema charmoso MATE TODOS ELES E DEIXE DEUS SEPARAR OS BONS DOS MAUS.

O cara me olhou com olhos injetados de sangue, como um lunático Rasputin, em seguida voltando a atenção ao que estava fazendo. Ele tinha ferramentas dispostas à sua volta como instrumentos cirúrgicos, e todas traziam gravadas as palavras DARNELL'S GARAGE.

Lá dentro, o mundo se enchia do barulho ecoante e evocativo de ferramentas e do som de homens trabalhando nos carros, e urrando ofensas para aquele em que trabalhavam. Sempre palavrões e sempre do gênero feminino: "Vamos, sua filha da puta", "Afrouxe, sua escrota", "Venha cá, Rick, e me ajude a tirar fora esta racha".

Procurei por Darnell, mas não o vi em parte alguma. Ninguém prestou muita atenção em mim, e então caminhei até o boxe vinte como se tivesse todo o direito de estar ali. Era lá que estava Christine, agora de focinho para fora. No boxe à direita, dois caras gordos vestindo camisas da liga de boliche estavam colocando uma cobertura de lona sobre a caçamba de uma picape, que já vira dias melhores. O boxe do outro lado estava deserto.

Quando me aproximei de Christine, senti que aquele arrepio voltava. Não havia motivos para a sensação, mas era impossível controlá-la — e, sem pensar, movi-me um pouco para a esquerda, em direção ao boxe vazio. Não queria ficar na frente de Christine.

Meu primeiro pensamento foi de que a pele de Arnie havia melhorado simultaneamente a de Christine. O segundo foi que ele estava fazendo as melhorias de forma curiosamente aleatória... quando, geralmente, meu amigo costumava ser muito metódico.

A antena torta e partida fora substituída por uma nova e retilínea, que cintilava à luz das lâmpadas fluorescentes. Metade da grade do radiador do Fury havia sido trocada; a outra metade continuava amassada e salpicada de ferrugem. Havia também algo mais...

Andei ao longo do lado direito do carro, até o para-choque traseiro, com o cenho franzido.

Bem, era no outro lado, deve ser isso, pensei.

Assim, dei a volta pelo outro lado, mas também não estava lá.

Fiquei em pé junto à parede dos fundos, ainda de cenho franzido, procurando lembrar. Estava absolutamente certo de que quando vira aquele carro no gramado de LeBay, com um aviso À VENDA colado ao para-brisa, havia um amassado enferrujado, de bom tamanho, em um dos lados do veículo, perto da traseira — a espécie de marca de batida funda que meu avô sempre chamava de "coice de mula". Quando estávamos dirigindo na rodovia e passávamos por um carro com um amassado fundo em alguma parte da lataria, vovô então sempre dizia: "Ei, Denny, olha só aquilo! A mula acertou um coice!" Meu avô era do tipo que sempre tinha uma frase pronta para tudo.

Comecei a pensar que tinha imaginado aquilo e balancei a cabeça de leve. Isso era um pensamento desleixado. O amassado estivera lá, eu me lembrava perfeitamente dele. Só porque não estava agora não significava que nunca estivera antes. Sem dúvida, Arnie fizera uma lanternagem no local, uma lanternagem boa para caramba, para fazê-lo desaparecer.

Exceto que...

Bem, não havia o menor *sinal* de que ele tivesse feito qualquer conserto ali. No lugar não havia tinta base, nenhuma massa cinzenta para nivelar a superfície da lataria, nada de tinta descascando. Apenas o vermelho opaco e o branco sujo de Christine.

No entanto, já houve um maldito *amassado ali!* Um amassado fundo e coberto por um ninho de ferrugem, em um dos dois lados do carro.

De qualquer modo, ele agora desaparecera.

Fiquei ali parado, em meio à barulheira ensurdecedora de ferramentas e máquinas, me sentindo muito solitário e, de repente, muito assustado. Estava tudo errado, estava tudo louco. Arnie tinha substituído a antena do rádio, enquanto o cano de descarga praticamente estava arrastando no chão. Tinha trocado metade da grade dianteira, mas não a outra parte. Tinha me falado em trocar toda a suspensão da frente, mas, dentro do carro, tinha arrancado fora o rasgado e empoeirado estofamento do banco de trás e colocado outro, novo e brilhante. O estofamento do banco dianteiro continuava destruído e empoeirado, com uma mola espetada para fora, no banco do passageiro.

Não gostei daquilo nem um pouco. Era insano, e não parecia nada com Arnie.

Algo me veio à mente, uma lembrança fugaz e, sem parar para pensar, dei alguns passos para trás e olhei para o carro inteiro — não só uma coisinha aqui e outra ali, mas tudo. Então eu entendi: a ideia se completou e o arrepio voltou.

Aquela noite em que a gente trouxe Christine para a garagem. O pneu furado. A troca. Eu olhei para o pneu novo no carro velho e pensei que era como se um pouquinho daquela velhice toda tivesse sido raspada, que o automóvel novo — novo e reluzente, recém-saído da linha de montagem, em um ano no qual Ike ainda era presidente e Batista continuava mandando em Cuba — estivesse surgindo pelo "furo".

O que eu via agora era mais ou menos isso... só que, em vez de um mero pneu novo, havia todos os tipos de coisas — a antena, a grade do radiador cintilando pela metade, uma luz de freio vermelha escura, aquele estofamento novo no banco de trás.

Por sua vez, isto trouxe mais uma lembrança da infância. Eu e Arnie frequentávamos a Escola Bíblica de Férias durante uma quinzena a cada verão e, todos os dias, a professora contava uma história da Bíblia, sem contar o final. Então ela dava a cada garoto uma folha em branco de "papel mágico". Quando a gente passava a borda de uma moeda ou o lado do lápis sobre o papel, de sua brancura ia gradualmente emergindo uma ilustração — a pomba trazendo o ramo de oliveira para Noé, as muralhas de Jericó desmoronando, coisas milagrosas assim. Aquilo nos deixava fascinados, vendo as ilustrações irem surgindo pouco a pouco. A princípio, apenas linhas flutuando no vazio... depois, essas linhas se ligavam a outras... ganhavam coerência... ganhavam *significado*.

Olhei para a Christine de Arnie com horror crescente, tentando afugentar a sensação de que, nela, via algo terrivelmente similar àquelas mágicas ilustrações de milagres.

Eu queria olhar debaixo do capô.

De repente, parecia muito importante que eu olhasse debaixo do capô.

Dei a volta na frente do carro (não queria ficar diante dele; não havia um bom motivo para não fazê-lo, eu simplesmente não queria) e procurei a trava sob o capô. Não consegui achá-la. Então me toquei de que devia estar dentro do carro.

Comecei a dar a volta, quando vi outra coisa, algo que me deixou apavorado. Eu podia estar enganado sobre o coice de mula, acho. Sabia que não estava, mas pelo menos *tecnicamente*.

Só que isto era completamente diferente.

A teia de aranha das rachaduras no para-brisa diminuíra.

Eu tinha *certeza* de que estava menor.

Minha mente voltou até aquele dia, um mês atrás, quando eu fui até a garagem de LeBay para dar uma olhada no carro, enquanto Arnie entrava na casa para fechar negócio com o velho. O lado esquerdo inteiro do para-brisa era uma imensa teia de aranha de rachaduras que radiavam de uma fenda central em ziguezague, provavelmente causada por uma pedra na estrada.

Agora, a teia de aranha parecia menor e mais simples — daquele lado dava para ver dentro do carro, o que não dava para fazer antes, eu tinha certeza *(é só uma ilusão de ótica, só isso*, minha mente sussurrou).

No entanto, eu *tinha* que estar enganado — porque isso era impossível. Dá para se substituir um para-brisa, isso não é problema, basta ter dinheiro. No entanto, fazer uma teia de aranha de rachaduras *encolher*...

Ri um pouco. Era um som trêmulo, e um dos sujeitos que mexiam na picape olhou para mim com curiosidade, em seguida comentando algo com o companheiro. Era um som trêmulo, mas talvez fosse melhor do que som nenhum. *Claro* que era por causa da luz, nada mais. Eu tinha visto o carro pela primeira vez com o sol brilhando em cheio sobre o para-brisa estilhaçado e o vira pela segunda vez sob as sombras da garagem de LeBay. Agora eu o via sob a luz fluorescente daquelas lâmpadas lá no alto. Três iluminações diferentes, e, somando tudo, resultava em uma ilusão de ótica.

Ainda assim, eu queria olhar debaixo do capô. Mais do que nunca.

Cheguei até o lado do motorista e puxei a porta. Ela não se abriu. Estava trancada. Claro que estava: eu podia ver que todos os quatro pinos das portas estavam pressionados. Arnie não deixaria o carro aberto ali para que alguém pudesse entrar e ficar fuçando em tudo. Talvez Repperton não estivesse mais lá, mas a espécie *sordidus* é comum como uma erva daninha. Tornei a rir — o velho e tolo Dennis —, mas agora meu riso soou ainda mais agudo e trêmulo. Eu começava a sentir-me aéreo, como às vezes me sentia de manhã após ter fumado maconha demais.

Trancar as portas do Fury era uma atitude muito natural, claro. Exceto que, ao dar a volta ao carro pela primeira vez, achei que tinha notado que todos os pinos estavam levantados. Recuei lentamente de novo, olhando para o carro. Estava ali parado, pouco mais que uma carcaça enferrujada. Eu não pensava em nada específico — tenho certeza disso —, exceto, talvez, que era como se Christine soubesse que eu queria entrar e puxar a trava do capô.

Então, porque ele não queria que eu entrasse, o carro trancou as próprias portas?

Essa era uma ideia muito engraçada. Tão engraçada que ri de novo (várias pessoas agora olhavam para mim, daquele jeito como os outros sempre olham para quem ri sem qualquer motivo aparente quando está sozinho).

Alguém pôs a mão enorme no meu ombro e me fez girar. Era Darnell, com um toco apagado de charuto enfiado no canto da boca. A ponta estava molhada, e era bem nojenta. Ele usava óculos com lentes até a metade, e os olhos detrás delas eram friamente especulativos.

— O que cê tá fazendo, garoto? — perguntou. — Isso aí não é propriedade sua.

Os caras da picape nos olhavam avidamente. Um deles cutucou o outro e sussurrou algo.

— É de um amigo meu — respondi. — A gente trouxe junto. Talvez você se lembre de mim. Eu era o garoto com o enorme tumor na ponta do nariz e o...

— Não tô nem aí se vocês trouxeram o carro para cá em um skate — disse ele. — Não lhe pertence. Guarde suas piadas sem graça e dê o fora, garoto. Fora.

Meu pai estava certo — ele era um canalha. E eu ficaria mais do que feliz em dar o fora dali; podia pensar em seis mil lugares, pelo menos, onde preferiria estar naquela antevéspera do fim das férias de verão. O próprio Buraco Negro de Calcutá seria uma melhoria. Não muito grande, talvez, mas uma melhoria mesmo assim. No entanto, o carro me perturbava. Um monte de coisinhas que, somadas, formavam uma baita comichão que precisava ser coçada. *Fique de olho nele,* meu pai dissera, e fora um bom conselho. O problema é que eu não conseguia acreditar no que os meus olhos viam.

— Meu nome é Dennis Guilder — falei. — Meu pai já foi seu contador, não foi?

Ele me encarou por um longo tempo, sem demonstrar qualquer expressão em seus frios olhinhos de porco, e subitamente eu tive certeza que ele iria dizer que tava cagando para quem fosse meu pai, que era melhor eu dar o fora dali e deixar que aqueles homens continuassem consertando seus carros para poderem continuar pondo pão em suas mesas. *Et cetera.*

Então Darnell sorriu, mas o sorriso nem tocou seus olhos.

— Você é o filho de Kenny Guilder?

— Isso mesmo.

Ele deu um tapinha no capô do carro de Arnie com a mão gorda e pálida — havia dois anéis nos dedos e um deles parecia um diamante de verdade. No entanto, o que um garoto como eu poderia saber?

— Então você é um cara honesto. Se for o filho de Kenny.

Por um segundo, pensei que ele ia pedir minha identidade.

Os dois sujeitos do lado voltaram a trabalhar na picape depois de, aparentemente, concluir que nada mais de interessante iria acontecer.

— Vamos até o escritório, conversar um pouco — Darnell chamou.

Ele se virou e começou a caminhar, sem ao menos olhar para trás. Não havia dúvida de que eu o seguiria. Caminhava como um barco de velas enfunadas, a camisa branca esvoaçando, e a circunferência dos quadris e costas era impressionante, inverossímil. Pessoas muito gordas sempre me afetam assim, com uma sensação de improbabilidade bem clara, como se eu estivesse olhando para uma ilusão de ótica muito bem-feita. De qualquer maneira, eu venho de uma longa linha de pessoas magras. Para minha família, sou um peso pesado.

Darnell fez uma pausa aqui e ali, a caminho de seu escritório, que tinha uma parede envidraçada que dava para o interior da garagem. Ele me lembrava um pouco o deus Moloch, que a gente estudou na aula de Origens da Literatura — era o deus que supostamente era capaz de ver tudo com seu único olho vermelho. Darnell gritou para um sujeito colocar o silencioso no cano de descarga, antes que ele o expulsasse dali; gritou para outro indivíduo algo sobre como "as costas de Nicky estavam ruins de novo" (isto provocou uma série de gargalhadas ferozes e ruidosas nos dois); berrou para outro que juntasse aquelas merdas de latas de Pepsi-Cola, será que ele tinha nascido em um depósito de lixo? Aparentemente, Will Darnell desconhecia completamente o que minha mãe sempre chamou de "um tom normal de voz".

Eu hesitei por um momento, mas depois o segui. Acho que a curiosidade matou o gato.

O escritório dele era em estilo Carburador Primitivo Americano, idêntico a todos os outros escritórios de garagem imundos de costa a costa, em um país que corre sobre borracha e lanternas de farol. Havia um calendário sebento com uma deusa loura em short curtíssimo e blusa aberta, subindo em uma cerca, no campo. Havia placas ilegíveis de meia dúzia de companhias que vendiam peças para carros. Pilhas de livros de contabilidade. Uma antiga máquina de somar. Havia uma foto — que Deus nos perdoe! — de Will Darnell usando um fez e montado em uma motocicleta miniatura, que parecia quase amassada sob seu corpo volumoso. Havia ainda o cheiro de charutos velhos e de suor.

Darnell sentou-se em uma cadeira giratória, com braços de madeira. A almofada gemeu debaixo dele, com um som cansado, mas conformado. Ele se reclinou. Tirou um fósforo da cabeça oca de um jóquei negro de cerâmica. Depois o riscou em uma tira de lixa que cobria uma beirada da mesa e acendeu com ele o toco de charuto. Tossiu, funda e demoradamente, o peito largo e flácido sacudindo-se para cima e para baixo. Diretamente atrás dele, pregado à parede, havia um quadro do Garfield. "Quer uma viagem para a Cidade de Dentes Frouxos?", perguntava Garfield sobre uma pata fechada em punho. Aquilo parecia uma perfeita síntese de Will Darnell: O Canalha Residente.

— Quer uma Pepsi, garoto?

— Não, obrigado — falei.

Sentei-me reto na cadeira com encosto, diante dele. Darnell olhou para mim — novamente aquele olhar frio e calculista — e então acenou com a cabeça.

— Como vai seu pai, Dennis? Continua firme e forte?

— Vai muito bem. Quando contei que Arnie tinha trazido o carro para cá, ele logo se lembrou do senhor. Disse que Bill Upshaw é que faz sua contabilidade agora.

— Hum-hum. Um bom homem. Um bom homem. Não tanto quanto seu pai, mas bom.

Concordei com a cabeça. Um silêncio caiu entre nós, e comecei a sentir-me inquieto. Will Darnell não parecia pouco à vontade, não olhava para nada em particular. Aquele frio olhar de apreciação nunca mudava.

— Seu amiguinho mandou você aqui para descobrir se Repperton foi embora mesmo? — perguntou ele, tão repentinamente que levei um susto.

— Não — respondi. — De jeito nenhum.

— Bem, diga a ele que Repperton foi embora mesmo — prosseguiu Darnell, ignorando o que eu acabara de dizer. — Babaca espertinho. Sempre digo a eles, quando vêm com seu lixo para cá: andem na linha ou caiam fora. Ele trabalhava para mim, fazendo um pouquinho disto e um pouquinho daquilo, mas talvez tenha pensado que era dono da chave de ouro para a privada ou coisa assim. *Moleque* babaca espertinho.

Ele começou a tossir novamente e demorou muito até que parasse. Era um som doentio. Eu começava a sentir claustrofobia, confinado naquele escritório, mesmo com a janela dando vista para a garagem.

— Arnie é um bom rapaz — disse Darnell finalmente, ainda me avaliando com os olhos. Mesmo quando tossia, a expressão não mudava. — Ele está dando conta do recado.

Dando conta de que recado? Eu quis perguntar, mas não tive coragem.

Darnell acabou contando. Olhar frio à parte, aparentemente ele estava se sentindo bem expansivo.

— Ele limpa o chão, recolhe a tralha dos boxes no fim do dia, mantém as ferramentas inventariadas, junto com Jimmy Sykes... Preciso ter muito cuidado com as ferramentas por aqui, Dennis. Elas têm mania de fugir quando viro as costas. — Ele riu e sua risada transformou-se em um chiado. — Botei o Arnie para fazer desmanche também, lá nos fundos. O garoto tem boas mãos. Boas mãos e mau gosto para carros. Há anos não vejo uma porcaria pior do que aquele 58.

— Acho que Arnie o encara como um hobby — comentei.

— Claro — disse Darnell, expansivamente. — Claro que sim. Enquanto ele não quiser ficar tirando onda com aquele troço aqui dentro. Como aquele imbecil, aquele Repperton. Bem, acho que não há muita chance disso acontecer ainda por algum tempo, hein?

— Acho que não. Aquele carro está bem estragado.

— Que merda ele está fazendo com aquilo? — perguntou Darnell. Inclinou-se para a frente, subitamente, os ombros enormes subindo até a linha dos cabelos. Franziu as sobrancelhas e os olhos desapareceram, exceto por dois pequenos brilhos gêmeos. — Que merda ele está aprontando? Estive metido neste ramo a vida inteira e *nunca* vi ninguém consertar um carro daquele jeito maluco, como ele está fazendo. Uma piada? Uma brincadeira?

— Não estou entendendo — falei, embora estivesse, e perfeitamente bem.

— Então vou lhe explicar — replicou Darnell. — Ele trouxe o carro para cá e, no começo, fez tudo o que eu esperava que fizesse. Porra, ele não tem grana saindo pelo rabo, certo? Se tivesse, não estaria aqui. Trocou o óleo. Mudou o filtro. Engraxou, lubrificou, um dia vi que ele arranjou dois Firestones novos para a frente, para combinar com os dois na traseira.

Dois na traseira? Eu me perguntei, e então concluí que ele simplesmente comprou três pneus novos para combinar com o novo original que eu arranjei, na noite em que estávamos trazendo Christine para a garagem.

— Então, um belo dia chego aqui e vejo que ele substituiu os limpadores de para-brisa — continuou Darnell. — Não é lá muito estranho, exceto pelo fato de que o carro não irá a lugar nenhum, com chuva ou com sol, durante muito tempo. Depois, uma antena nova para o rádio, e pensei: ele vai ficar ouvindo o rádio enquanto trabalha, arriando a bateria. Agora, ele botou uma capa nova no banco e metade da grade do radiador. Então o que é isso? Uma brincadeira?

— Não sei — respondi. — Ele comprou as peças com você?

— Não — disse Darnell, parecendo ofendido. — Não sei onde conseguiu. Aquela grade... não tem nem sinal de ferrugem! Ele deve ter encomendado em algum lugar. Da Custom Chrysler, em Nova Jersey, ou outro lugar assim. Só que... e a outra metade? Enfiada no rabo? Nunca ouvi falar de uma grade para radiador que chegasse em duas partes.

— Não sei mesmo. Honestamente.

Ele esmagou o toco do charuto.

— E não me venha dizer que não está curioso. Vi como você olhava para o carro.

Dei de ombros.

— Arnie não fala muito sobre ele — respondi.

— Oh, não, aposto que não fala. É um filho da puta de boca fechada. Mas é um batalhador. Aquele Repperton apertou o botão errado, quando se meteu com Cunningham. Se trabalhar legal este outono, posso lhe arranjar um emprego fixo no inverno. Jimmy Sykes é um bom garoto, mas não muito chegado ao departamento cerebral. — Seus olhos me avaliaram. — Acha que ele é bom trabalhador, Dennis?

— Arnie é legal.

— Tenho um monte de "ferros" no fogo — comentou ele. — Um monte. Alugo caminhões-plataforma para sujeitos que precisam transportar seus carrões envenenados até Filadélfia. Recolho os calhambeques depois das corridas. Estou sempre precisando de gente nesse negócio. Bem, gente de confiança.

Comecei a ter a suspeita desagradável de que estava sendo convidado para dançar. Levantei-me apressado, quase derrubando a cadeira.

— Tenho mesmo que ir andando — falei. — E... Sr. Darnell... ficaria muito agradecido se não dissesse a Arnie que estive aqui. Ele é... um pouco sensível em relação ao carro. Para ser sincero, o pai dele estava curioso e queria saber como ele estava se saindo.

— Ele teve que aturar merda em casa, né? — O olho direito de Darnell se fechou astutamente em algo que não era bem uma piscadela. — Os pais dele engolem alguns quilos de laxante e depois ficam em cima dele, de pernas bem abertas, não é?

— É, bem... você sabe como é.

— Pode apostar que sei.

Ele se levantou em um movimento suave e bateu em minhas costas, com força o bastante para me fazer cambalear. Com ou sem respiração chiada e tosse, ele era um sujeito forte.

— Não direi nada — prometeu, caminhando comigo até a porta.

Sua mão continuava em meu ombro, o que me deixava nervoso e também um pouco enojado.

— Vou lhe dizer outra coisa que me incomoda — falou. — Devo ver uns cem mil carros por ano, aqui... bem, não tantos, mas entende o que quero dizer, e tenho um olho bom para isso. Sabe, eu podia jurar que já tinha visto aquele antes. Quando não estava tão ferrado. Onde foi que o garoto o conseguiu?

— Com um homem chamado Roland LeBay — respondi, pensando no irmão de LeBay me contando que Roland fazia a manutenção por conta própria em alguma garagem do tipo faça-você-mesmo. — Ele morreu.

Darnell parou imediatamente.

— LeBay? *Rollie* LeBay?

— É, isso mesmo.

— Do Exército? Reformado?

— Exato.

— Jesus Cristo, claro! Ele trazia o carro aqui, com a regularidade de um relógio, por uns seis, talvez oito anos. Depois parou de vir. Há muito tempo. Que filho da puta ele era. Se a gente despejasse água fervendo por aquela garganta de puteiro abaixo, ele mijaria cubos de gelo. Não se dava bem com ninguém. — Darnell apertou meu ombro com mais força. — Seu amigo Cunningham sabe que a mulher de LeBay se suicidou naquele carro?

— É mesmo? — exclamei, fingindo surpresa.

Eu não queria que ele soubesse que eu fiquei suficientemente interessado a ponto de procurar o irmão de LeBay, após o funeral. Temia que Darnell pudesse repetir a informação para Arnie — completa, com a fonte.

Darnell me contou a história toda. Primeiro a filha, depois a mãe.

— Não — falei, quando ele terminou. — Tenho certeza de que Arnie não sabe disso. Você vai lhe contar?

Aquele olhar avaliador novamente.

— Você vai?

— Não — respondi. — Não vejo motivo.

— Nem eu. — Ele abriu a porta, e o fedor de graxa da garagem parecia quase doce, depois da fumaça de charuto no escritório.

— Aquele filho da puta do LeBay, quem diria! Espero que esteja marchando "direita-volver-esquerda-volver" e "meia-volta-volver" lá no inferno. — Sua boca se encurvou perversamente por um instante e depois ele olhou na direção do boxe 20, onde repousava Christine com sua velha pintura enferrujada, a antena e metade da grade do radiador reluzindo de novas.

— Essa *vaca* aqui outra vez — continuou ele, e então olhou para mim. — Bem, dizem que vaso ruim não quebra, não é?

— É, acho que dizem — respondi.

— Até logo, garoto — disse, enfiando um novo charuto na boca. — Diga oi ao seu pai por mim.

— Eu direi.

— E diga a Cunningham para ficar de olho naquele moleque do Repperton. Tenho a impressão de que ele é do tipo rancoroso.

— Eu também — falei.

Saí da garagem, parando uma vez a fim de olhar para trás — porém, vista da claridade, Christine era pouco mais do que uma sombra entre sombras. *Vaso ruim não quebra*, tinha dito Darnell. Fui para casa com aquela frase na cabeça.

Desgraças do Futebol

Learn to work the saxophone,
I play just what I feel,
Drink Scotch whiskey
All night long,
And die behind the wheel...
— Steely Dan

As aulas recomeçaram, e nada de importante aconteceu por uma semana ou duas. Arnie não descobriu que eu estivera na garagem, e eu fiquei feliz por isso. Não acho que ele iria receber bem a notícia. Darnell ficou de boca fechada, como prometera (provavelmente tinha seus próprios motivos). Telefonei para Michael certa tarde depois das aulas, sabendo que Arnie já teria ido para a garagem, e contei que ele tinha consertado algumas coisas no carro, mas que este ainda estava longe de poder andar legalmente pelas ruas. Comentei minha impressão de que seu filho apenas procurava distrair-se na garagem. Michael acolheu as notícias com um misto de alívio e surpresa. Isto encerrou a questão... por algum tempo.

O próprio Arnie aparecia e sumia de vez em quando da minha vista, como algo que você vê no canto do olho. Ele estava sempre pelos corredores, nós fazíamos três matérias juntos, e às vezes ele aparecia lá em casa depois das aulas ou nos fins de semana. Havia ocasiões em que parecia que nada tinha mudado. Porém, Arnie ficava mais tempo na Darnell's do que em minha casa, e nas noites de sexta-feira ele ia para Philly Plains — a pista de *stock car* —, com Jimmy Sykes, o empregado meio idiota de Darnell. Eles cuidavam de carros das classes *sportster* e *charger*, na maioria Camaros e Mustangs, todos sem vidros e equipados com santantônios especiais. Arnie e Jimmy Sykes os levavam nos caminhões-plataforma de Darnell e voltavam com sucata nova para o cemitério de automóveis.

Foi mais ou menos nessa época que Arnie machucou as costas. Não era um machucado sério — ou assim ele dizia —, mas minha mãe percebeu que havia algo errado com ele, quase imediatamente. Arnie apareceu um domingo para ver o jogo dos Phillies, que pareciam estar a caminho de uma glória moderada naquele ano, e se levantou durante o terceiro *inning* para pegar suco de laranja para nós. Mamãe estava sentada no sofá com papai, lendo um livro. Ergueu os olhos quando Arnie retornava e disse:

— Você está mancando, Arnie.

Pensei ter visto uma expressão inesperada e surpreendente no rosto dele, por um segundo ou dois — um olhar furtivo, quase culpado. Talvez eu estivesse enganado. Se realmente *aconteceu,* um segundo depois havia desaparecido.

— Acho que dei um mau jeito nas costas na pista de Plains, ontem à noite — respondeu, me entregando o suco de laranja. — Jimmy Sykes deixou morrer o último dos carros batidos bem quando estava quase na plataforma do caminhão. Eu vi o carro descer a rampa e então levamos umas duas horas tentando fazer o motor pegar de novo. Então eu dei uma empurrada. Acho que não devia ter feito isso.

Parecia uma explicação muito elaborada para um simples mancar, mas eu poderia estar enganado quanto a isso também.

— Precisa ter mais cuidado com suas costas — disse mamãe severamente. — O Senhor...

— Podemos ver o jogo agora, mãe? — falei.

— ... só lhes deu essas — concluiu ela.

— Sim, Sra. Guilder — respondeu Arnie obediente.

Elaine entrou na sala.

— Ainda tem suco ou os dois cabeçudos beberam tudo?

— Qual é, dá um tempo! — gritei. Houve uma jogada disputada na segunda base, e eu perdi tudo.

— Não grite com sua irmã, Dennis — murmurou papai, das profundezas da revista *The Hobbyist* que estava lendo.

— Sobrou bastante, Ellie — Arnie respondeu à minha irmã.

— Às vezes, Arnie — retrucou Elaine —, você parece um ser quase humano.

Ela foi para a cozinha.

— Quase humano, Dennis! — sussurrou Arnie, aparentemente à beira de lágrimas de gratidão. — Você ouviu isso? Quase *humaaaano!*

Talvez seja apenas a visão em retrospecto — ou a imaginação — que me faça achar o humor dele forçado, irreal, apenas uma fachada. Seja essa memória falsa ou real, o assunto das costas foi encerrado, embora volta e meia ele mancasse durante aquele outono.

Pessoalmente, eu andava muito ocupado. Eu e a líder de torcida terminamos, mas em geral sempre encontrava alguém para uma volta nas noites de sábado... se não estivesse cansado demais por causa dos treinos constantes de futebol.

O treinador Puffer não era um canalha como Will Darnell, mas também não era nenhuma flor; como metade dos treinadores colegiais das cidades pequenas da América, ele baseava suas técnicas de treinamento nas técnicas do falecido Vince Lombardi, cujo lema principal era que ganhar não era tudo, era *a única coisa.* Vocês ficariam surpresos com a quantidade de gente que caía nessa babaquice, mesmo sendo esperto demais para isso. O verão que passei trabalhando para Carson Brothers tinha me deixado em excelente forma, e eu achei que poderia ter uma temporada fácil — se aquela tivesse sido uma temporada vitoriosa. Porém, por volta da época da briga feia que eu e Arnie tivemos com Buddy Repperton perto da área de fumantes atrás da oficina — e acho que isso foi durante a terceira semana de aula —, já estava bem claro que não teríamos uma temporada de vitórias. Isso tornou extremamente difícil a convivência com o treinador Puffer, porque em seus dez anos no Colégio Libertyville ele *jamais* tivera uma temporada de derrotas. Aquele foi o ano em que Puffer teve que aprender uma lição amarga sobre a humildade. Foi duro para ele... e para nós também.

Nosso primeiro jogo, fora de casa contra os Tigers de Luneburg, foi em 9 de setembro. Bem, Luneburg não passa de um vilarejo. É uma merdinha de escola rural no extremo oeste de nosso distrito, e durante meus anos no Libertyville o grito de guerra costumeiro, após a atrapalhada defesa de Luneburg nos ter permitido mais um *touchdown,* era: *CONTEM-COMO-É-TER-BOSTA-DE-VACA-NO-SEU-PÉ!* Seguido por um estrondoso e sarcástico aplauso: *HUUURRRAAAA, LUUUUNEBURG!*

Fazia vinte anos que Luneburg não conseguia derrotar um time de Libertyville, mas nesse ano eles se levantaram e nos esmagaram completamente. Eu jogava do lado esquerdo e, por volta do intervalo, estava moralmente convencido de que eu teria marcas de travas de chuteiras nas costas pelo resto da vida. O placar então era 17 a 3. Terminou em 30 a 10. A torcida de Luneburg delirava. Eles derrubaram as traves do gol, como se aquele tivesse sido a final do Campeonato Regional, e carregaram os jogadores nos ombros para fora do campo.

Nossa torcida, que viera em ônibus fretados especialmente para a ocasião, ficou encolhida nas arquibancadas de visitantes, parecendo perdida sob o forte calor do começo de setembro. No vestiário, atordoado e pálido, o treinador Puffer sugeriu que ficássemos de joelho e rezássemos, pedindo orientação para as semanas seguintes. Percebi então que o sofrimento não terminara, mas que tinha apenas começado.

Nós nos ajoelhamos, doloridos, feridos e cansados, querendo apenas entrar no chuveiro e começar a lavar aquele cheiro de derrota dos nossos corpos, e escutamos Puffer explicar a situação a Deus em uma conclusão de dez minutos, encerrada com a promessa de que faríamos a nossa parte, se Ele fizesse a Dele.

Na semana seguinte, treinamos três horas por dia (em vez dos costumeiros noventa minutos a duas horas), sob o sol escaldante. À noite, eu caía na cama e sonhava com seus berros: *"Acerte essa droga! Acerte! Acerte!"* Eu corria desesperadamente, até começar a sentir que minhas pernas sofreriam uma decomposição espontânea (provavelmente no mesmo instante em que meus pulmões explodissem em chamas). Lenny Barongg, um de nossos *tailbacks,* teve um caso leve de insolação e, por misericórdia— para ele, pelo menos —, foi dispensado pelo resto da semana.

Eu só via Arnie quando ele aparecia para jantar comigo, meus pais e Ellie nas noites de quinta ou sexta-feira. Às vezes aparecia para ver um ou dois jogos conosco, nas tardes de domingo, mas, fora essas ocasiões, eu o perdi de vista quase completamente. Naquela época, eu andava ocupado demais arrastando minhas dores e sofrimentos até as salas de aula, treinando e voltando para casa, para fazer os deveres.

Voltando às minhas desgraças do futebol, acho que o pior de tudo era a maneira como as pessoas olhavam para mim, Lenny e o resto do time pelos corredores. A maior parte desse negócio de "espírito de colégio" é um monte de babaquices inventadas pelos administradores de escolas que se lembram de como se divertiam nas partidas de futebol das tardes de sábado de suas juventudes, mas se esquecem convenientemente que boa parte da diversão resultava de estarem bêbados, tarados ou ambos. Se você fizesse uma manifestação a favor da legalização da maconha, veria um pouco desse espírito de colégio. No entanto, em se tratando de futebol, basquete ou atletismo, a maioria dos alunos está pouco se lixando. Estão todos ocupados demais tentando entrar para a universidade, entre as pernas de uma garota ou em encrencas. Tudo seguia como sempre.

De qualquer maneira, você se acostuma a ser vencedor; você começa a achar que é algo que vem de graça. Libertyville formou equipes vencedoras por muito tempo; a última vez em que o colégio registrou uma temporada perdida — pelo menos, antes do meu último ano por lá — fora doze anos antes, em 1966. Assim, na semana após a derrota para Luneburg, embora não houvesse choro nem ranger de dentes, havia olhares magoados e confusos nos corredores e algumas vaias no habitual treino com torcida das tardes de sexta-feira, no final do sétimo tempo. As vaias deixaram o treinador quase roxo e ele convidou aqueles "maus-perdedores e amigos-das-boas-horas" a aparecerem na tarde de sábado para ver a recuperação do século.

Não sei se os maus-perdedores e os amigos-das-boas-horas apareceram ou não, mas eu estava lá. Jogávamos em casa e nossos adversários eram os Bears de Ridge Rock. Ridge Rock é uma cidade de mineração e, embora os garotos que frequentam o Colégio de Ridge Rock sejam caipiras, não são caipiras molengas. São caipiras durões, ferozes e decididos. No ano anterior, o time de futebol de Libertyville os vencera por pouco, na disputa do título regional, e um dos comentaristas esportivos locais comentara que a vitória não acontecera porque o time de Libertyville era melhor, mas porque tinha mais gente para recrutar. Isso fez o treinador arrancar os cabelos também, posso lhe dizer.

De qualquer modo, aquele foi o ano dos Bears. Passaram por cima da gente como um rolo compressor. Fred Dann saiu do jogo com uma concussão, no primeiro tempo. No segundo, Norman Aleppo foi levado para o Hospital Comunitário de Libertyville com um braço quebrado. E, no último tempo, os Bears marcaram três *touchdowns* consecutivos, dois deles como *punt returns.* O placar final foi de 40-6. Deixando de lado a falsa modéstia, eu confesso que marquei os seis pontos. Entretanto, não deixo o realismo de fora com a modéstia: eu tive sorte.

Então... mais uma semana de inferno no campo de treinamento. Mais uma semana do treinador gritando: *"Acerte essa droga."* Certo dia, treinamos durante quase quatro horas, e quando Lenny sugeriu ao treinador que seria ótimo termos algum tempo de sobra para os deveres de casa, cheguei a pensar — apenas por um instante — que Puffer ia surrá-lo com o cinto. Ele começou a jogar o chaveiro de uma das mãos para a outra constantemente, me lembrando do Capitão Queeg, no filme *A Nave da Revolta.* Eu acredito que a maneira como você perde indica muito melhor seu caráter do que a forma como você vence. Puffer, que nunca tinha perdido duas vezes seguidas em sua carreira de treinador, reagia com uma fúria cega e inútil, como um tigre enjaulado sendo provocado por crianças cruéis.

Na tarde da sexta-feira seguinte — que seria 22 de setembro —, foi cancelado o costumeiro treino de torcida dos últimos quinze minutos do sétimo tempo. Nenhum dos jogadores se incomodou; ficar ali parado sendo apresentado por doze líderes de torcida saltitantes, pela zilionésima vez, era bem tedioso. Isso fora um mau presságio, de qualquer maneira. Nessa noite, fomos convidados pelo treinador a voltar ao ginásio onde assistimos a um filme por duas horas, testemunhando nossa humilhação infligida pelos Tigers e Bears, nos jogos filmados. Talvez aquilo tivesse a finalidade de levantar nosso moral, porém só me deixou mais deprimido.

Nessa noite, antes de nosso segundo jogo do ano em casa, tive um sonho singular. Não foi bem um pesadelo, não como aquele em que eu acordara a casa com meus gritos, claro, mas ainda assim foi... desconfortável. Estávamos jogando contra o Philadelphia City Dragons, e soprava um vento forte. Os sons dos gritos da torcida, a voz estridente e distorcida de Chubby McCarthy brotando do alto-falante, quando anunciava os *downs* e *yards* do jogo, o próprio som dos jogadores atingindo uns aos outros, tudo tinha um toque fantástico que ecoava naquele vento firme e constante.

Nas arquibancadas, os rostos apareciam amarelados e estranhamente sombreados, como máscaras chinesas. As líderes de torcida dançavam e cabriolavam como autômatos desajeitados. O céu era de um cinza esquisito, cheio de nuvens. Estávamos apanhando feio. O treinador gritava suas ordens, mas ninguém conseguia ouvi-lo. Os Dragons fugiam correndo e a bola estava sempre com eles. Lenny Barongg parecia estar jogando com uma dor terrível: tinha a boca repuxada para baixo, em um arco trêmulo, como uma máscara de tragédia.

Fui atingido, derrubado e pisoteado. Fiquei caído, muito atrás da linha de formação dos jogadores, tremendo, tentando recuperar a respiração. Olhei para cima e lá, parada no meio da pista de atletismo, atrás das arquibancadas dos visitantes, estava Christine. Novamente se mostrava reluzente e nova em folha, como se tivesse deixado o salão da concessionária apenas uma hora antes.

Arnie estava sentado no teto do carro, as pernas cruzadas como Buda, me olhando inexpressivamente. Gritou alguma coisa para mim, porém o ruído do vento quase me impediu de escutar. Tive a impressão de ouvir algo assim: *Não se preocupe, Dennis! Vamos cuidar de tudo. Então fique calmo! Está tudo sob controle!*

Iriam cuidar do quê? Foi o que me perguntei, caído no campo de jogo do sonho (que, por algum motivo, meu eu onírico transformara em um gramado artificial), lutando para recuperar o fôlego, o suporte atlético penetrando cruelmente na junção das coxas, logo abaixo dos testículos. *Cuidariam de quê?*

De quê?

Não houve resposta. Apenas o brilho malévolo dos faróis amarelos de Christine, e Arnie sentado tranquilamente, de pernas cruzadas sobre a capota, naquele vento forte e barulhento.

No dia seguinte, saímos e lutamos novamente pelo bom e velho Colégio de Libertyville. Não foi tão ruim como em meu sonho — ninguém saiu ferido naquele sábado e, por um breve momento do terceiro quarto, até pareceu que teríamos uma chance —, mas então o *quarterback* do Philadelphia City Dragons deu sorte com uns dois passes longos — quando as coisas começam a dar errado, *tudo* dá errado — e perdemos de novo.

Depois do jogo, o treinador Puffer limitou-se a ficar sentado no banco. Não olhou para nenhum de nós. Restavam onze jogos em nosso calendário, mas ele já era um homem derrotado.

Entra Leigh, Sai Buddy

I'm not braggin, babe, so don't put me down,
But I've got the fastest set of wheels in town,
When someone comes up to me he don't even try
Cause if she had a set of wings, man,
I know she could fly,
She's my little deuce coupe,
You don't know what I got…

— The Beach Boys

Tenho absoluta certeza de que foi na terça-feira seguinte à nossa derrota diante dos Philadelphia City Dragons que as coisas começaram a se agitar de novo. Era o dia 26 de setembro.

Eu e Arnie assistimos a três aulas juntos, sendo uma delas Tópicos da História Americana, um curso em blocos no quarto tempo. Nas primeiras nove semanas, o professor fora o Sr. Thompson, chefe do departamento. O tema dessas semanas era Duzentos Anos de Crescimento e Crise. Arnie dizia que aquela era a aula do boing boing, porque ficava justamente antes da hora do almoço, e os estômagos da gente pareciam ter coisas mais interessantes para fazer.

Quando a aula daquele dia acabou, uma garota se aproximou de Arnie e perguntou se ele tinha o dever de casa de Inglês. Ele tinha. Folheou o caderno cuidadosamente e, enquanto isso, ela o observava seriamente com olhos azul-escuros, nunca os desviando do rosto dele. Tinha cabelos louro-escuros, cor de mel fresco — não do tipo refinado, mas daquele que sai direto da colmeia —, presos para trás com uma fita azul que combinava com os olhos. Ao vê-la, meu estômago deu uma reviravolta de felicidade. Enquanto ela copiava o trabalho, Arnie olhou para ela.

Aquela não era a primeira vez que eu via Leigh Cabot, é claro; ela havia sido transferida de uma cidade em Massachusetts para Libertyville três semanas atrás, de modo que já ficara conhecida. Alguém me contara que seu pai trabalhava para a 3M, o pessoal que fabrica a fita adesiva Scotch.

Não era a primeira vez também que eu reparava nela, porque Leigh Cabot era — nos termos mais simples — uma linda garota. Eu tinha percebido que, nas obras de ficção, os escritores sempre inventam um pequeno defeito aqui ou ali nas mulheres e garotas que criam, talvez por pensarem que a beleza real seja um estereótipo, ou por acharem que uma ou duas falhas tornam a mulher mais real. Assim, a heroína é bonita, com exceção do lábio inferior um pouco longo demais, ou apesar de ter o nariz ligeiramente pontudo. Talvez não tenha peitos grandes. Sempre há alguma coisa.

Mas Leigh era simplesmente bonita, sem senões. Tinha a pele clara e perfeita, em geral com um toque de cor perfeitamente natural. Tinha mais ou menos um metro e setenta, alta para uma garota, mas não alta demais. O corpo dela era adorável — seios bonitos e firmes, uma cinturinha que quase se poderia contornar com as mãos (pelo menos, dava vontade de tentar), quadris bem-feitos, pernas bem-torneadas. Rosto bonito, corpo sexy e suave — artisticamente sem graça, imagino, sem o lábio inferior demasiado longo, o nariz pontudo, um calombo ou buraco em algum lugar errado (nem ao menos um gracioso dentinho torto — ela devia ter tido um excelente ortodontista também), mas o caso é que ela não era *nada* sem graça quando a gente a contemplava.

Alguns caras já tinham dado em cima dela, mas haviam sido delicadamente afastados. Imaginava-se que, provavelmente, Leigh Cabot estava com dor de cotovelo por causa de algum sujeito de Andover Braintree, ou seja lá de onde viera, mas que, com o tempo, ela ficaria bem. Ela estava matriculada em duas das matérias que eu cursava com Arnie, de modo que eu estava apenas esperando a hora certa antes de tentar me aproximar.

Agora, observando enquanto eles olhavam furtivamente um para o outro, enquanto Arnie procurara o dever e enquanto ela o anotava cuidadosamente, eu me perguntei se chegaria a ter alguma chance. Então ri comigo mesmo. Arnie Cunningham, o bom e velho Cara de Pizza, e Leigh Cabot. Era totalmente ridículo. Era...

Então o sorriso interior meio que secou. Percebi pela terceira e definitiva vez que a pele dele estava se curando sozinha com uma rapidez quase chocante. As manchas tinham desaparecido. Algumas ainda tinham deixado pequenas marcas em baixo-relevo no rosto dele, é verdade, mas, quando o sujeito tem feições fortes, aquelas pequenas marcas não atrapalham muito. De uma maneira meio louca, até parecem dar mais caráter.

Leigh e Arnie se estudaram disfarçadamente e eu estudei Arnie disfarçadamente, perguntando-me quando e como aquele milagre tinha acontecido. A luz do sol entrava forte pelas janelas da sala do Sr. Thompson, delineando claramente as linhas do rosto de meu amigo. Ele parecia... mais velho. Como se tivesse vencido as equimoses e a acne, não apenas lavando o rosto regularmente ou aplicando algum creme especial, mas conseguindo de alguma forma adiantar o relógio em três anos. Também estava usando o cabelo de modo diferente — agora era mais curto, e as costeletas que cismara de usar, desde que pôde começar a cultivá-las (uns dezoito meses atrás), tinham desaparecido.

Eu me lembrei daquela tarde encoberta, quando tínhamos ido ver o filme de kung fu de Chuck Norris. Decidi que tinha sido a primeira vez em que eu notara alguma melhora. Mais ou menos na época em que ele comprou o carro. Sim, devia ser isso. Adolescentes do mundo, alegrem-se! Resolvam os dolorosos problemas de acne para sempre! Comprem um carro velho e ele fará com que...

O sorriso interior, que tinha reaparecido, de repente azedou.

Comprem um carro velho e ele fará... o quê? Será que ele irá modificar suas cabeças, suas maneiras de pensar, desta forma alterando o metabolismo? Liberando o eu real? Tive a sensação de ouvir Stukey James, nosso antigo professor de Matemática, sussurrando em minha cabeça seu insistente refrão: *Se seguirmos esta linha de raciocínio até o amargo fim, senhoras e senhores, aonde isso nos levará?*

Certo, aonde?

— Obrigada, Arnie — disse Leigh, em sua voz doce e clara.

Ela dobrou a folha de papel com o dever dentro do caderno.

— Tudo bem — ele respondeu.

Os olhos dos dois se encontraram — agora entreolhavam-se, em vez de se observarem furtivamente —, e até eu pude sentir a fagulha saltar.

— Vejo você no sexto tempo — disse ela.

Depois se afastou, os quadris balançando suavemente sob uma saia verde de tricô, os cabelos oscilando contra as costas do suéter.

— O que você tem com ela no sexto tempo? — perguntei.

Eu tinha um tempo de estudo, monitorado pela poderosa Srta. Raypach, que todos nós chamávamos de Srta. Rat-Pack, ou bando-de--ratos, só que nunca na frente dela, pode acreditar.

— Cálculo — respondeu ele, naquela voz sonhadora e melosa, tão diferente da voz normal, que me fez rir. Arnie olhou para mim, de cenho franzido.

— Tá rindo do quê, Dennis?

— Cal-cu-luuuu — respondi.

Revirei os olhos, bati as mãos e ri mais alto. Ele fingiu que ia me esmurrar.

— É bom tomar cuidado, Guilder — falou.

— Cai fora, cara de batata!

— Eles botam você pra jogar e olha só o que acontece com a porra do time de futebol!

O Sr. Hodder, que ensina aos calouros os mais primorosos detalhes da gramática (e também como masturbar-se, como dizem alguns espertinhos), ia passando por nós nesse exato momento e franziu a testa de maneira impressionante para Arnie.

— Manere a linguagem nos corredores! — ralhou, e seguiu em frente, com uma pasta em uma das mãos e um hambúrguer do refeitório na outra.

Arnie ficou vermelho como uma beterraba; isso sempre acontecia quando um professor falava com ele (era uma reação tão automática que, quando estávamos no primário, ele acabava de castigo por coisas que não fizera, apenas porque *parecia* culpado). Acho que isso tem alguma coisa a ver com a maneira como foi criado por Regina e Michael — eu sou legal, você é legal, eu sou uma pessoa, você é uma pessoa, nós nos respeitamos profundamente, e quando alguém fizer algo errado sentiremos uma reação alérgica de culpa. Tudo parte de uma criação liberal na América, eu acho.

— Manere a linguagem, Cunningham — falei. — Cê tá metido num monte de *probrema.*

Ele começou a rir também. Caminhamos pelo corredor cheio de ecos. As pessoas caminhavam depressa de um lado para outro ou se encostavam nos armários, comendo. Não se devia comer pelos corredores, mas muitos não ligavam para isso.

— Trouxe seu almoço? — perguntei.

— Trouxe. Num saco de papel.

— Vá pegar. Vamos comer lá fora, nas arquibancadas.

— Você ainda não se encheu daquele campo de futebol? — perguntou Arnie. — Se ficasse muito mais tempo deitado de barriga, no sábado passado, acho que um dos zeladores teria plantado você.

— Não ligo. Vamos jogar fora de casa essa semana. Além do mais, quero sair daqui.

— Certo. Encontro você lá fora.

Arnie afastou-se e rumei para meu armário, a fim de pegar meu almoço. Havia trazido quatro sanduíches, para começar. Desde que o treinador iniciara suas sessões-maratona de treinamento, eu vivia faminto.

Andei pelo corredor pensando em Leigh Cabot, e em como muita gente ficaria chocada se aqueles dois começassem a sair. A sociedade nos colégios é muito conservadora, sabe. Nada de grandes sermões, mas é conservadora sim. As garotas sempre usam as modas mais loucas, os rapazes às vezes deixam o cabelo chegar até o traseiro, todos fumam uma maconhazinha ou cheiram um pouco de coca, mas tudo não passa de um verniz exterior, um muro que você levanta enquanto tenta descobrir o que está realmente acontecendo na sua vida. É como um espelho, usado para refletir a luz do sol de volta nos olhos de pais e professores, para confundi-los antes que eles nos deixem ainda mais confusos do que já estamos. No fundo, a maioria dos estudantes do segundo grau é quase tão careta quanto um bando de banqueiros republicanos em uma reunião social da igreja. Algumas garotas podem ter todos os discos do Black Sabbath, mas se o Ozzy Osbourne aparecer na escola e convidar uma delas para sair, a garota (e todas as suas amigas) seria capaz de morrer de rir da simples ideia.

Agora que estava sem espinhas, Arnie tinha uma boa aparência — de fato era melhor do que boa. Porém, nenhuma garota que frequentasse a escola enquanto ele ainda tinha o rosto no seu pior estado aceitaria sair com ele, eu concluí. Elas não o viam como ele realmente era agora, viam apenas a lembrança do que Arnie havia sido. Com Leigh, no entanto, era diferente. Sendo uma aluna transferida, não fazia ideia de como a aparência dele tinha sido horrível em seus três primeiros anos no Ginásio de Libertyville. Bem, poderia ter uma noção se folheasse o *Libertonian* do ano anterior e visse a foto de Arnie no clube de xadrez, mas, curiosamente, aquela mesma tendência republicana certamente a faria passar por cima do detalhe. *O que é agora é para sempre* — pergunte a qualquer banqueiro republicano e ele lhe dirá que é assim mesmo que o mundo deve ser governado.

Estudantes secundaristas e banqueiros republicanos... Quando se é criança, acredita-se que é um fato natural que tudo muda constantemente. Quando adulto, o indivíduo acredita que é um fato natural que tudo irá mudar, não importando o quanto você se esforce para manter o *status quo* (os próprios banqueiros republicanos sabem disso — podem não gostar, mas sabem). Apenas quando se é adolescente é que se fala o tempo todo em mudanças, mas acreditando, no fundo do coração, que elas nunca acontecem realmente.

Saí com minha gigantesca sacola de lanche na mão e atravessei o estacionamento numa diagonal a caminho do prédio das oficinas. É uma longa estrutura do tipo de um celeiro, com laterais metálicas corrugadas e pintadas de azul — com um projeto não muito diferente da garagem de Will Darnell, porém muito mais limpa. Ali dentro ficam as oficinas de marcenaria, as oficinas mecânicas e o departamento de artes gráficas. Supostamente a área de fumantes fica nos fundos, mas nos dias de bom tempo, durante a folga para o almoço, em geral se vê alunos das oficinas alinhados em ambos os lados do prédio, com suas botas de motoqueiros ou sapatos estilo cubano apoiados na parede, fumando e conversando com as namoradas. Ou apalpando-as.

Nesse dia, não havia uma alma no lado direito das oficinas, e isso deveria ter me alertado que algo estava acontecendo, mas não foi o caso. Eu estava concentrado em meus próprios e divertidos pensamentos sobre Arnie e Leigh, bem como na psicologia do Estudante Moderno das Escolas Americanas.

A verdadeira área de fumantes — a área "designada" para fumantes — fica em um pequeno beco sem saída, atrás da oficina. Além das oficinas, a cerca de 50 metros, fica o campo de futebol, dominado pelo grande placar eletrônico, com o slogan ACABEM COM ELES, TERRIERS enfeitando sua parte superior.

Havia um grupo de pessoas pouco além da área de fumantes, umas vinte ou trinta, amontoadas num círculo estreito. Esse tipo de aglomeração geralmente significa uma briga ou o que Arnie costuma chamar de "empurra-empurra" — dois sujeitos, que não estão muito a fim de brigar e ficam empurrando um ao outro, esmurrando-se nos ombros com força, assim tentando proteger as respectivas reputações de machos.

Dei uma olhada nessa direção, mas sem grande interesse. Não queria assistir a uma briga, e sim comer meu almoço e descobrir o que estava acontecendo entre Arnie e Leigh Cabot. Se existisse algo entre os dois, por menor que fosse, isso talvez o livrasse daquela obsessão por Christine. Uma coisa era certa: Leigh Cabot não tinha qualquer ferrugem na lataria.

Então uma garota berrou, e alguma outra pessoa bradou:

— Ei, não! Largue isso, cara!

Aquilo não soava muito normal. Mudei de rumo para ver o que estava acontecendo. Abri caminho por entre o grupo apertado e vi Arnie no círculo, de pé, com as mãos erguidas à frente. Parecia assustado e pálido, mas não em pânico. Um pouco à sua esquerda estava o seu saco de almoço, completamente esmagado no chão. No meio do saco, havia a impressão de uma sola de tênis. De pé diante de Arnie, de jeans e uma camiseta justa que agarrava cada músculo e saliência do tórax, estava Buddy Repperton. Buddy tinha um canivete de mola na mão direita e o movia lentamente de trás para a frente, diante do rosto, como um mágico fazendo passes místicos.

Buddy era alto e de ombros largos. Tinha cabelos longos e negros. Prendia-os num rabo de cavalo, com uma tira de couro cru. Seu rosto era grosseiro, burro e maldoso. Ele estava sorrindo só um pouco. O que senti foi uma mistura covarde de angústia e medo frio. Ele não parecia *apenas* burro e maldoso; ele parecia louco.

— Eu disse que ia pegar você, cara — falou suavemente para Arnie.

Inclinou o canivete e golpeou de leve no ar, na direção de Arnie, que recuou um pouco, estremecido. O canivete automático tinha cabo de marfim, com um pequeno botão cromado que o fazia saltar para fora ou recolher-se no punho. A lâmina parecia ter uns 20 centímetros de comprimento — não era um canivete coisa nenhuma, mas uma porra de uma baioneta.

— Ei, Buddy, marca ele! — gritou Dan Vandenberg alegremente.

Senti a boca seca. Olhei para o garoto perto de mim, algum calouro careta que eu não conhecia. Ele parecia completamente hipnotizado, de olhos arregalados.

— Ei — falei. Como não olhava para mim, cutuquei-o nas costelas com o cotovelo. — *Ei!*

Ele saltou e olhou para mim aterrorizado.

— Vá chamar o Sr. Casey. Está almoçando na oficina de marcenaria. Vá agora mesmo!

Repperton olhou para mim, depois para Arnie.

— Vamos, Cunningham — desafiou. — O que me diz, não está querendo briga?

— Largue o canivete primeiro, seu bosta — disse Arnie.

A voz era perfeitamente calma. Bosta. Onde é que eu ouvira aquilo antes? Não tinha sido George LeBay? Sim, isso. Também escutara a palavra na boca do irmão dele.

Aparentemente, Repperton não gostou muito da palavra. Ficou vermelho de raiva e se aproximou de Arnie. Arnie continuou circulando, se afastando. Pensei que alguma coisa estava para acontecer ali, bem depressa — talvez uma coisa daquelas que exigem suturas e deixam cicatrizes.

— Vá chamar Casey, *já*! — falei para o calouro meio nerd.

Ele foi, mas pensei que, sem dúvida, tudo já teria se acabado antes do Sr. Casey chegar... a menos que eu pudesse retardar um pouco as coisas.

— Largue esse canivete, Repperton — falei.

Seus olhos se voltaram novamente para mim.

— Ora vejam só — replicou. — É o amigo do Cara de Boceta. Quer me fazer largar?

— Você tem um canivete, e ele não — falei. — Para mim isso faz de você uma porra de merdinha covarde.

O vermelho no rosto de Buddy aumentou. Agora sua concentração se rompera. Ele olhou para Arnie, depois para mim. Arnie me lançou um olhar de pura gratidão e moveu-se um pouco mais para perto de Repperton. Não gostei daquilo.

— Largue o canivete! — gritou alguém para Repperton.

Logo depois, alguém mais gritou também: "*Larga* a faca!" Então todos começaram a cantar: "*Larga* a faca, *larga* a faca, *larga* a faca!"

Repperton pareceu não gostar. Não se importava de ser o alvo das atenções, mas aquele era o tipo errado de atenção. Seu olhar começou a saltar nervosamente, primeiro para Arnie, depois para mim, em seguida para os outros. Uma mecha de cabelo lhe caiu na testa e ele a jogou para trás.

Quando tornou a olhar para mim, esbocei um movimento como se fosse avançar para ele. O canivete girou agora em minha direção e Arnie se moveu — moveu-se mais depressa do que eu poderia acreditar. Foi uma cutelada com a mão direita, em um golpe de caratê meio fajuto, mas eficiente. Atingiu com força o pulso de Repperton e derrubou-lhe o canivete da mão, fazendo-o cair com um som metálico no chão sujo. Repperton abaixou-se, tentando recuperá-lo. Arnie cronometrou o movimento seguinte com precisão mortal e, quando a mão de Repperton chegou ao asfalto, pisou em cima dela. Com toda a força. Repperton gritou.

Don Vandenberg entrou rapidamente em cena. Com um tranco brutal, atirou Arnie ao chão. Mal pensando no que fazia, entrei no círculo e chutei o traseiro de Vandenberg com toda a força que tinha — levantei o pé, em vez de arrastá-lo; chutei-o como chutaria uma bola.

Vandenberg, um cara alto e magro, que naquela época teria uns 19 ou 20 anos, começou a gritar e saltitar, segurando os fundilhos. Esqueceu a sua ideia de ajudar Buddy, deixando de ser um fator determinante na luta. Acho espantoso eu não ter aleijado Vanderberg com aquele chute. Jamais chutei alguém ou alguma coisa com tanta força e, meus amigos, podem ter certeza de que me senti ótimo.

De repente, um braço passou em torno de meu pescoço e havia uma mão entre minhas pernas. Percebi o que ia acontecer, apenas um segundo tarde demais para poder evitar o pior. Meus colhões foram apertados com firmeza e a dor espraiou-se em um berro de pura agonia, subindo das virilhas para o estômago, depois descendo até as pernas, tornando-as tão frouxas e vacilantes que, quando o braço largou meu pescoço, eu simplesmente arriei como um trapo no piso cimentado da área de fumantes.

— Gostou disso, cara de pica? — perguntou-me um sujeito atarracado e de dentes estragados. Ele usava um daqueles pequenos e delicados óculos com aros de arame, óculos que pareciam absurdos em seu rosto grande e pesadão. Era Moochie Welch, outro amigo de Buddy.

De repente, o círculo de espectadores derreteu e ouvi uma voz de homem gritando:

— Afastem-se! Afastem-se *agora!* Vamos, rapazes, andando! Andando, droga, estou mandando!

Era o Sr. Casey. Finalmente, Sr. Casey.

Buddy Repperton recolheu seu canivete de mola do chão. Fez a lâmina sumir e guardou a arma no bolso traseiro da calça com um único gesto rápido. Tinha a mão arranhada e sangrando e parecia que ia inchar. Filho da puta miserável, eu torci para que aquela mão inchasse como as luvas do Pato Donald nas histórias em quadrinhos.

Moochie Welch afastou-se de mim, olhou na direção de onde vinha a voz do Sr. Casey e tocou delicadamente o canto da boca com o polegar.

— Fica pra mais tarde, cara de pica — disse.

Don Vandenberg agora dançava mais devagar, mas ainda esfregava a parte afetada. Lágrimas de dor escorriam-lhe pelo rosto. Então, Arnie estava ao meu lado, passando um braço ao redor de meu corpo, me ajudando a levantar. Havia bastante sujeira na camisa por causa da queda que Vandenberg lhe deu. Vi tocos de cigarros amassados contra os joelhos de sua calça jeans.

— Você está bem, Dennis? O que foi que ele fez com você?

— Deu uma apertada no meu saco. Vou ficar bem.

Pelo menos, era o que eu esperava. Se você é homem e já levou uma bela porrada nos colhões (e que homem não passou por isso?), sabe o que estou dizendo. Se for mulher, não sabe — não pode saber. A agonia inicial é apenas o começo; ela desaparece, substituída por uma dolorida e latejante sensação de pressão que se enrola no fundo do estômago. Uma sensação que diz: *Ei, você! É bom estar aqui, rondando o fundo do seu estômago, e fazendo com que você tenha vontade de vomitar o almoço e borrar as calças ao mesmo tempo! Acho que vou ficar por aqui algum tempo, certo? Que tal uma meia hora ou coisa assim? Legal!* Levar um apertão nos colhões não é um dos momentos mais excitantes da vida.

O Sr. Casey abriu caminho entre os espectadores que se dispersavam e percebeu a situação. Não era um sujeito grande, como o treinador Puffer, nem mesmo parecia forte. Era de altura e idade medianas, e começava a ficar careca. Os óculos enormes, de armação de chifre, davam um ar conservador a seu rosto. Gostava de camisas brancas e simples — sem gravata — e usava uma delas agora. Não era um sujeito grande, mas era respeitado. Ninguém se metia com ele, porque o Sr. Casey não tinha medo dos garotos, aquele medo que tantos professores sentem bem no fundo. E os garotos sabiam disso. Buddy e Don sabiam. Moochie também. Isso se refletia na maneira como baixaram os olhos e moveram os pés inquietamente.

— Caiam fora — ordenou rispidamente o Sr. Casey aos poucos espectadores restantes. Eles começaram a afastar-se. Moochie Welch decidiu ser esperto e acompanhá-los.

— Você não, Peter — disse o Sr. Casey.

— Ah, Sr. Casey, eu num tava fazendo nada — disse Moochie.

— Nem eu — emendou Don. — Por que você tá sempre perseguindo a gente?

O Sr. Casey aproximou-se de onde eu ainda estava me apoiando em Arnie.

— Tudo bem com você, Dennis?

Eu estava finalmente começando a me recuperar — o que não aconteceria se uma de minhas coxas não tivesse bloqueado parcialmente a mão de Moochie. Fiz que sim com a cabeça.

O Sr. Casey foi até onde Buddy Repperton, Moochie Welch e Don Vandenberg esperavam, numa fileira zangada. Não era uma piada de Don, ele falara por todos eles. De fato, sentiam-se perseguidos.

— Muito bonito isso, não é? — disse finalmente o Sr. Casey. — Três contra dois. É assim que você gosta de brincar, Buddy? A vantagem não parece ter sido grande o suficiente.

Buddy ergueu o olhar, encarou Casey de maneira maligna e enfurecida, depois tornou a baixá-lo.

— Foram eles que começaram. Esses dois.

— Não é verdade... — começou Arnie.

— Cale a boca, cara de boceta — disse Buddy.

Ia acrescentar algo, mas antes que pudesse começar, o Sr. Casey o agarrou e o atirou contra a parede dos fundos da oficina. Ali havia um pequeno aviso: FUMAR SOMENTE AQUI. O Sr. Casey começou a bater Buddy Repperton contra aquele aviso e, a cada vez que o fazia, o aviso balançava, como uma dramática marcação. Sacudia Repperton da maneira como eu ou vocês sacudiríamos uma grande boneca de retalhos. Acho que tinha músculos em algum lugar, de verdade.

— Quer fechar sua boca grande — disse ele, tornando a bater Buddy contra o aviso. — Vai *calar* essa boca ou vou ter de *limpá-la!* Porque não tenho que ouvir essas coisas ditas por *você,* Buddy!

Por fim, ele largou a camisa de Repperton, agora fora da calça, mostrando sua barriga branca e sem bronzeamento. O Sr. Casey olhou para Arnie.

— O que estava dizendo? — perguntou.

— Passei pela área de fumantes quando ia para as arquibancadas, onde ia comer meu almoço — disse Arnie. — Repperton estava aqui, fumando com seus amigos. Ele veio, arrancou o saco da minha mão e o pisoteou. Esmagou. — Ele pareceu prestes a dizer algo mais, pensou um pouco e engoliu. — Foi isso que começou a briga.

Mas eu não ia deixar isso barato assim. Não sou dedo-duro nem delator, não em circunstâncias normais, mas Repperton parecia ter decidido que era necessário mais do que uma boa surra para compensar a expulsão da Darnell's. Poderia ter feito um buraco nos intestinos de Arnie, talvez até o matasse.

— Sr. Casey — falei.

Ele olhou para mim. Atrás dele, os olhos verdes de Buddy brilharam de forma maligna na minha direção — era um aviso. *Fique de boca fechada, isto é entre nós.* Até um ano antes, uma noção distorcida de orgulho poderia ter me obrigado a entrar no jogo e não ir em frente. Agora era diferente.

— O que é, Dennis?

— Ele está atrás de Arnie desde o verão. Tem um canivete e parecia decidido a usá-lo.

Arnie olhava para mim, os olhos cinzentos opacos e herméticos. Lembrei-me de quando ele chamou Repperton de bosta — a palavra de LeBay — e senti um arrepio nas costas.

— Seu fodido mentiroso! — gritou Repperton dramaticamente. — Não tenho canivete nenhum!

Casey olhou para ele em silêncio. Vandenberg e Welch agora pareciam muito pouco à vontade — assustados. A possível punição deles por aquela pequena briga tinha progredido da detenção, a que estavam acostumados, e da suspensão, que já haviam experimentado, até os limites extremos da expulsão.

Bastava que eu dissesse mais uma palavra. Pensei a respeito. Quase não falei. No entanto, Arnie estava envolvido e ele era meu amigo. Além do mais, eu não apenas *achava* que ele podia usar aquele canivete — eu *sabia*. Falei.

— É um canivete de mola.

Agora os olhos de Repperton não brilhavam apenas; eles fulguravam, prometendo o inferno, a danação e um longo período de inatividade em uma cama hospitalar com braços e pernas suspensos.

— É mentira dele, Sr. Casey — disse em voz rouca. — Ele está mentindo, juro por Deus.

O Sr. Casey não disse nada. Virou-se lentamente para Arnie.

— Cunningham — perguntou —, Repperton puxou um canivete para você?

A princípio, parecia que ele não ia responder. Depois, em uma voz tão baixa que mais lembrava um suspiro, soltou:

— Puxou.

O olhar cáustico de Repperton agora foi para nós dois.

Casey se virou para Moochie Welch e Don Vandenberg. Percebi imediatamente uma mudança em seu método de resolver a situação. Começara a mover-se lenta e cautelosamente, como se testasse o chão debaixo dos pés com cuidado, antes de dar mais um passo. O próprio Sr. Casey já havia sentido as consequências.

— Havia um canivete na briga? — perguntou a eles.

Moochie e Vandenberg olharam para os pés e não responderam. O gesto já era resposta suficiente.

— Vire os bolsos pelo avesso, Buddy — disse o Sr. Casey.

— Não vou virar porra nenhuma! — exclamou Buddy, em voz esganiçada. — Não pode me obrigar!

— Se está querendo dizer que não tenho autoridade, está errado — disse o Sr. Casey. — Se está querendo dizer que não posso virar seus bolsos pelo avesso eu mesmo, se quiser, está errado de novo. Mas...

— Muito bem, tente, tente! — gritou Buddy para ele. — Jogo você através dessa parede, seu carequinha fodido!

Meu estômago se contorcia descontroladamente. Eu odiava situações como aquela, horríveis cenas de confrontação — e nunca tinha visto uma pior.

O Sr. Casey, no entanto, tinha a situação sob controle e não se desviava do curso.

— Mas não farei isso — concluiu ele. — Você mesmo é que vai virar seus bolsos pelo avesso.

— Sem a menor porra de chance! — Buddy retrucou.

Estava de pé contra a parede dos fundos da oficina, de modo que o volume no bolso da calça não aparecia. A frente da camisa pendia em duas abas amarrotadas sobre a frente do jeans. Seus olhos se moviam para todos os lados, como os de um animal acuado.

O Sr. Casey se virou para Moochie e Don Vandenberg.

— Vocês dois vão para o escritório e fiquem lá até eu chegar — disse. — Não ousem ir para outro lugar, já estão com problemas de sobra.

Os dois começaram a se afastar lentamente, muito juntos, como se fosse para se protegerem. Moochie arriscou um olhar para trás. No prédio principal soou o sinal. Todos começaram a voltar, alguns deles nos lançando olhares curiosos. Tínhamos perdido o almoço, mas eu não me importava. Não sentia mais fome.

O Sr. Casey tornou a concentrar sua atenção em Buddy.

— Você está dentro do colégio agora — ele disse — e deve agradecer a Deus por isso, porque se você está realmente com um canivete e o sacou, isso é agressão à mão armada. Podem lhe mandar para a prisão por causa disso.

— Prove, pode provar — Buddy gritou.

Suas bochechas flamejavam, a respiração saía em pequenos e rápidos arquejos nervosos.

— Se não virar seus bolsos para fora imediatamente, vou lhe dar uma ordem de dispensa. Depois vou chamar os tiras e, no minuto em que puser os pés fora do portão principal, eles o agarrarão. Percebe em que enrascada se meteu? — Olhou severamente para Buddy. — Nós cuidamos dos nossos próprios assuntos aqui — continuou —, mas se me forçar a preencher uma ordem de dispensa, seu traseiro pertencerá a eles, Buddy. Se não tiver um canivete em seu poder, é claro que estará tudo bem com você, mas se tiver e eles o encontrarem...

Houve um momento de silêncio. Nós quatro estávamos imóveis. Achei que ele não cederia, preferindo aceitar a dispensa e tentar enterrar o canivete, rapidamente, em algum lugar. Então deve ter percebido que os tiras o procurariam e terminariam encontrando, porque o puxou do bolso traseiro e o jogou no piso cimentado. O canivete caiu sobre o botão. A lâmina saltou e cintilou maldosamente ao sol da tarde: 20 centímetros de aço cromado!

Arnie olhou para ela e passou o dorso da mão sobre a boca.

— Vá para o escritório, Buddy — disse tranquilamente o Sr. Casey —, e fique me esperando.

— O escritório que se foda! — gritou Buddy. Sua voz era aguda e histérica de raiva. O cabelo tornara a cair sobre a testa e ele o jogou para trás. — Eu vou é dar o fora desta porra de chiqueiro!

— Sim, tudo bem, ótimo — disse o Sr. Casey.

A inflexão e a empolgação da voz dele seriam os mesmos se Buddy tivesse lhe oferecido uma xícara de café. Compreendi então que Buddy estava acabado no Colégio de Libertyville. Nada de suspensão ou três dias de férias: seus pais receberiam pelo correio o inflexível formulário azul de expulsão, explicando por que ele fora expulso e informando sobre seus direitos e opções legais.

Buddy olhou para mim e Arnie. Então sorriu.

— Vocês me pagam — disse. — Ainda vamos acertar as contas. Vão desejar nunca terem nascido, seus merdas.

Chutou o canivete e ele deslizou, girando e cintilando. A arma parou a alguma distância e Buddy afastou-se, as travas nos saltos das botas de motoqueiro clicando e arranhando.

O Sr. Casey se voltou para nós. Seu rosto parecia triste e cansado.

— Eu lamento — disse.

— Está tudo bem — replicou Arnie.

— Vocês querem cartões de dispensa? Posso preenchê-los para os dois, se acharem melhor ficar em casa o resto do dia.

Olhei para Arnie, que sacudia a camisa para limpá-la. Ele abanou a cabeça.

— Não é preciso, está tudo bem — falei.

— Certo. Vou lhes dar uma justificativa de atraso.

Fomos à sala do Sr. Casey e ele preencheu cartões de justificativa de atraso para nossa aula seguinte, por acaso uma daquelas que cursamos juntos — Física Avançada. Quando entramos no laboratório de Física, um monte de gente olhou curiosamente para nós e ouvimos alguns cochichos.

A lista de ausência da tarde circulou no final do sexto período. Dei uma olhada e vi os nomes de Repperton, Vandenberg e Welch, cada um deles com um (S) após o nome. Pensei que eu e Arnie seríamos chamados ao gabinete no fim das aulas para contar o que tinha acontecido à Sra. Lothrop, a coordenadora de disciplina. Não fomos.

Procurei Arnie depois das aulas, achando que iríamos juntos de carro para casa, para podermos comentar o caso, mas me enganei quanto a isso também. Ele já se mandara para a Garagem de Darnell, para trabalhar em Christine.

Christine outra Vez na Rua

I got a 1966 cherry-red Mustang Ford
She got a 380 horsepower overload,
You know she's way too powerful
To be crawling on these Interstate roads.
— Chuck Berry

Não tive uma chance de falar com Arnie até depois do jogo de futebol do sábado seguinte. Também foi a primeira vez em que Christine saiu para a rua, desde o dia em que ele a comprara.

O time foi para Hidden Hills, a uns 25 quilômetros de distância, na excursão em ônibus escolar mais silenciosa que já vi. Era como se fôssemos levados para a guilhotina, e não para um jogo de futebol. Nem mesmo o fato de que a contagem de vitórias deles (1-2) era só um pouco melhor do que a nossa ajudava a levantar o moral. Puffer, o treinador, ia no banco atrás do motorista, pálido e silencioso, como se estivesse de ressaca.

Em geral, a viagem para um jogo fora de casa era uma combinação de caravana e circo. Um segundo ônibus, lotado com as líderes de torcidas, a banda e todos os estudantes do Ginásio de Libertyville que se alistassem como "torcedores" ("torcedores", meu Deus do céu! Só acredita nisso quem fez segundo grau) rodava atrás do ônibus do time. Após os dois ônibus, havia uma fila de quinze ou vinte carros, em sua maioria repletos de adolescentes, quase todos os veículos com ACABEM COM ELES, TERRIERS colado nos para-choques, buzinando, piscando os faróis, fazendo todas aquelas coisas que vocês ainda devem lembrar do seu tempo de escola.

Naquela viagem, contudo, havia apenas o ônibus das chefes de torcida/banda (que nem estava cheio — em um ano de vitórias, se você não se inscrevesse para o ônibus até a terça-feira, não teria lugar) e três ou quatro carros atrás dele. Os amigos dos bons tempos já tinham se mandado. Eu ia sentado no ônibus do time, perto de Lenny Barongg, me perguntando sombriamente se não me arrancariam o suporte atlético naquela tarde e ignorando por completo que um dos poucos carros atrás de nós era Christine.

Só a vi quando descemos do ônibus, no estacionamento do Colégio de Hidden Hills. A banda deles já estava no campo e ouvíamos claramente a batida do bumbo, estranhamente amplificada pelo céu nublado e sombrio. Aquele seria o primeiro sábado realmente bom para futebol — frio, de céu fechado e outonal.

Já foi surpreendente ver Christine estacionada ao lado do ônibus da banda, mas quando Arnie saiu por um lado e Leigh Cabot pelo outro fiquei literalmente atordoado — e mais do que um pouco enciumado. Ela vestia calças compridas justas de lã marrom e um pulôver branco de malha, os cabelos louros derramando-se lindamente sobre os ombros.

— Arnie! — chamei. — Ei, cara!

— Oi, Dennis — respondeu, um pouco tímido.

Eu percebia que alguns jogadores saindo do ônibus também estavam surpresos: ali estava Cunningham Cara de Pizza com a fascinante transferida de Massachusetts. Como, em nome de Deus, *aquilo* acontecera?

— Tudo bem?

— Bem — disse ele. — Conhece Leigh Cabot?

— Sim, da sala de aulas — falei. — Oi, Leigh.

— Oi, Dennis. Vocês vão vencer hoje?

Baixei a voz para um sussurro.

— O jogo já foi combinado. Podem apostar que nem loucos.

Arnie enrubesceu um pouco ao ouvir-me, mas Leigh levou a mão à boca e deu uma risadinha.

— Vamos tentar, mas eu não sei — continuei.

— A gente vai torcer até a vitória — disse Arnie. — Já posso até ver nos jornais de amanhã: Guilder Alça Voo, Quebra Recorde de *Touchdowns* da Associação.

— Guilder Levado para o Hospital com Traumatismo Craniano é mais provável — repliquei. — Quantos caras vieram? Dez? Quinze?

— Vai sobrar mais lugar nas arquibancadas para quem veio — disse Leigh.

Ela tomou o braço de Arnie, deixando-o surpreso e satisfeito, acho. Eu já gostava dela. Ela poderia ter sido uma vaca ou mentalmente nula — tenho a impressão de que muitas garotas realmente bonitas são uma coisa ou outra —, mas ela não era nada disso.

— Como vai a banheira? — perguntei, aproximando-me do carro.

— Não está tão mal assim — Arnie me seguiu, tentando não sorrir demais.

O trabalho tinha progredido e já havia muita coisa feita no Fury, de modo que não parecia mais tão louco e confuso. A outra metade da grade antiga e enferrujada do radiador fora substituída, e desaparecera por completo o ninho de rachaduras no para-brisa.

— Você trocou o para-brisa — comentei.

Arnie assentiu.

— E o capô.

O capô estava límpido, novo em folha, formando um chocante contraste com as laterais pontilhadas de ferrugem. Era um vermelho vivo de carro de bombeiros. Aparência brilhante. Arnie o tocou possessivamente e o toque se transformou em carícia.

— A-ham. Eu mesmo o coloquei.

Alguma coisa nisso me incomodou. Ele tinha feito *tudo* sozinho, não foi?

— Você disse que ia transformá-lo em peça de exposição — falei. — Acho que estou começando a acreditar.

Dei a volta, até o lado do motorista. A forração lateral das portas e do piso continuava suja e gasta, mas o estofamento do banco dianteiro tinha sido substituído, assim como o do traseiro.

— Vai ficar muito bonito — disse Leigh, mas havia uma nota de desânimo em sua voz; não soava mais naturalmente brilhante e efervescente, como tinha feito quando estávamos falando sobre o jogo; e isso fez com que eu desse uma olhada nela. Um olhar apenas foi suficiente. Ela não gostava de Christine. Percebi o fato assim mesmo, completa e absolutamente, como se houvesse captado uma das ondas cerebrais de Leigh no ar. Ela tentaria gostar do carro porque gostava de Arnie. Mas... não iria jamais gostar de Christine *de verdade*.

— Então você a legalizou — comentei.

— Bem... — Arnie pareceu pouco à vontade. — Ainda não. Completamente.

— Como assim?

— A buzina não funciona e, às vezes, as lanternas traseiras apagam quando piso no freio. Tem algum fusível ruim, mas até agora ainda não descobri onde.

Olhei para o para-brisa novo. Havia um adesivo de inspeção novo nele. Arnie seguiu meu olhar e conseguiu parecer constrangido e um pouco agressivo ao mesmo tempo.

— Will me deu o adesivo — explicou. — Ele sabe que o carro está noventa por cento pronto.

Além disso, pensei, *você tinha que sair com a gatinha, certo?*

— Não é perigoso, é? — indagou Leigh, dirigindo a pergunta a algum ponto entre Arnie e eu. Ela franzira o cenho um pouco; acho que percebeu uma súbita corrente fria entre Arnie e eu.

— Não — respondi. — Acho que não. Quando você anda com Arnie dirigindo, está andando com o próprio Jesus Lerdinho em pessoa.

Isso desfez a estranha tensão que se formara. Ouvimos um guincho dissonante de metais vindo do campo, seguido pela voz do instrutor da banda perfeitamente nítida sob o céu carregado:

— *De novo, por favor! Isto é Rodgers e Hammerstein, não rock and ro-ool! De novo, por favor!*

Nós três nos entreolhamos. Eu e Arnie começamos a rir e, após um momento, Leigh se juntou a nós. Olhando para ela, senti aquela pontada de ciúmes de novo. Eu não queria além do melhor para meu amigo Arnie, porém ela era realmente demais — 17 anos, quase 18, fascinante, perfeita, saudável, viva para tudo em seu mundo. Roseanne era bonita à sua maneira, porém Leigh a fazia parecer um bicho-preguiça tirando um cochilo.

Foi então que comecei a querê-la? Que comecei a querer a namorada do meu melhor amigo? Sim, acho que foi. Mas eu juro que nunca teria passado uma cantada nela se as coisas tivessem acontecido de modo diferente. Mas não acredito que as coisas estavam destinadas a ter acontecido de modo diferente. Ou talvez eu precise acreditar nisso.

— É melhor a gente ir andando, Arnie, ou não vamos conseguir um bom lugar nas arquibancadas dos visitantes — disse Leigh, com um tom de sarcasmo feminino.

Ele sorriu. Ela ainda segurava o braço de Arnie de leve, o que o deixava bem perplexo. Por que não? Se fosse comigo, se tivesse minha primeira experiência com uma garota daquelas, uma menina tão bonita como Leigh, já estaria 80 por cento apaixonado por ela. Desejei a ele o melhor com ela. Acho que quero que vocês acreditem nisso, mesmo que não acreditem em mais nada do que vou contar daqui em diante. Se alguém merecia um pouco de felicidade, era Arnie.

O resto do time tinha ido para os vestiários dos visitantes, nos fundos do ginásio da escola, e agora a cabeça de Puffer apareceu na porta.

— Você acha que poderia nos dar a graça da sua presença, Sr. Guilder? — gritou ele. — Sei que estou pedindo muito, e espero que me perdoe, se tiver algo mais importante a fazer. Caso contrário, poderia arrastar seu rabo até o vestiário?

Murmurei para Arnie e Leigh:

— Isto é Rodgers e Hammerstein, não *rock and ro-ool* — e corri na direção do prédio.

Caminhei para os vestiários — Puffer tinha voltado para dentro — e Arnie e Leigh afastaram-se para as arquibancadas. Na metade do caminho até as portas, parei e voltei até Christine. Atrasado ou não, me aproximei dela em um círculo: aquela absurda incapacidade de caminhar ao passar na frente do carro ainda persistia.

Na traseira, vi uma placa de concessionária da Pensilvânia presa com uma mola. Dobrei-a para baixo e vi uma fita adesiva fosca, com os dizeres: ESTA PLACA É DE PROPRIEDADE DA GARAGEM DARNELL, LIBERTYVILLE, PA.

Deixei a placa ser puxada de volta pela mola e me levantei, de cenho franzido. Então Darnell dera a Arnie um adesivo de inspeção, quando o carro ainda estava longe de ter condições de trafegar; ele lhe emprestara uma placa de concessionária, para que pudesse usar o carro para trazer Leigh ao jogo. Além do mais, deixara de ser "Darnell" para Arnie, que hoje o chamara de "Will". Interessante, mas não muito confortador.

Perguntei-me se Arnie era idiota o bastante para pensar que os Will Darnell do mundo algum dia fizeram favores pela bondade de seus corações. Esperei que não fosse, mas não tinha certeza. Eu não tinha mais certeza de muita coisa sobre Arnie. Ele mudara demais nas últimas semanas.

Nós nos surpreendemos completamente e vencemos o jogo — como se viu mais tarde, foi um dos dois únicos jogos que ganhamos em toda a temporada... não que eu estivesse no time quando ela terminou.

Não tínhamos direito algum de vencer: entramos em campo já nos sentindo perdedores e perdemos o lançamento. Os Hillmen (nome idiota para um time, mas o que há de tão inteligente em ser conhecido como os Terriers, se você parar para pensar!) avançaram 40 jardas nas duas primeiras jogadas, penetrando em nossa linha de defesa como faca quente na manteiga. Então, em sua terceira jogada, o zagueiro deles deixou a bola escapar. Gary Tardiff a agarrou e disparou 60 jardas para marcar, com um enorme sorriso aberto no rosto.

Os Hillmen e seu treinador perderam a compostura, protestando que a bola estava impedida na linha do jogo, mas os árbitros discordaram e passamos à frente com 6-0. Do meu lugar no banco, eu podia ver as arquibancadas dos visitantes do lado oposto e percebi que os poucos torcedores do Libertyville estavam ficando alucinados. Acho que tinham todo o direito, afinal era a primeira vez que estávamos na frente em uma partida, em toda a temporada. Arnie e Leigh sacudiam bandeirolas dos Terriers. Acenei para eles. Leigh me viu, acenou de volta e depois cutucou Arnie. Ele acenou também. Pareciam estar ficando muito íntimos, lá em cima, o que me fez sorrir.

Quanto ao jogo, não olhamos mais para trás após aqueles pontos obtidos por pura sorte. Havíamos conseguido para nós essa coisa mística, o ímpeto — talvez pela única vez no ano. Não quebrei o recorde de *touchdowns* da Associação, conforme Arnie previra, mas fiz pontos três vezes, uma delas em uma corrida de 90 metros, a mais longa que já fizera. Chegado o intervalo, o placar era de 17-0, e o treinador se tornara um novo homem. Ele previa uma grande virada à nossa frente, a maior arrancada na história da Associação. Claro está que era um sonho louco, como se viu depois, porém ele tinha motivos para ficar eufórico naquele dia, e me senti bem por ele, assim como me senti bem por causa do fato de Arnie e Leigh estarem se conhecendo tão bem tão facilmente.

O segundo tempo não foi tão bom: nossa defesa voltou à postura derrotada dos nossos três primeiros jogos, mas não chegamos a correr risco de perder. Vencemos por 27-18.

O treinador me tirou de campo na metade do último quarto, colocando Brian McNally, que me substituiria no ano seguinte — na verdade, ainda mais cedo do que isso, como se viu depois. Tomei uma ducha, troquei de roupa e saí bem quando o aviso dos dois últimos minutos de jogo soou.

O estacionamento estava cheio de carros, mas vazio de gente. Um barulho ensurdecedor veio do campo, quando a torcida dos Hillmen incentivou o time a fazer o impossível naqueles dois últimos minutos de jogo. De longe, tudo me parecia tão sem importância quanto realmente era.

Caminhei em direção a Christine.

Lá estava ela, com sua lateral pontilhada de ferrugem, o capô novo e as barbatanas traseiras que pareciam ter mil quilômetros de comprimento. Um dinossauro dos sombrios dias do *bop* dos anos 50, quando todos os milionários do petróleo eram do Texas e o dólar ianque chutava o rabo do iene japonês, em vez de ser o contrário. De volta aos tempos em que Carl Perkins cantava sobre calças três quartos cor-de-rosa e Johnny Horton cantava sobre dançar a noite inteira no piso de madeira dura de uma espelunca, e o maior ídolo dos adolescentes no país era Edd "Kookie" Byrnes.

Toquei Christine. Tentei acariciá-la, como Arnie fizera. Queria gostar daquele carro por causa de Arnie, como Leigh havia feito. Certamente, se alguém seria capaz de se forçar a gostar dele, esse alguém era eu. Leigh conhecia Arnie há apenas um mês. Eu o conhecera a vida inteira.

Passei a mão pela superfície enferrujada, e pensei em George LeBay, Verônica e Rita LeBay e, em algum momento no caminho, a mão que deveria acariciar fechou-se em um punho e subitamente eu bati no flanco de Christine o mais forte que pude, forte o bastante para machucar minha mão e me fazer dar uma risadinha defensiva, me perguntando o que diabos eu achava que estava fazendo.

Ouvi o som de flocos de ferrugem caindo da lataria no asfalto.

O som de um bumbo, vindo do campo de futebol, como um gigantesco coração batendo.

O som do meu próprio coração batendo.

Tentei abrir a porta da frente.

Estava trancada.

Lambi os lábios e percebi que estava assustado.

Era quase como se — aquilo era engraçado, era hilariante —, era quase como se o carro não gostasse de mim, como se desconfiasse de que eu queria me meter entre ele e Arnie, e que a razão pela qual eu não queria andar na frente dele fosse...

Eu ri de novo, mas então me lembrei de meu sonho e fiquei sério. Aquilo era parecido demais com o sonho para que eu ficasse sossegado. Não era Chubby McCarthy gritando pelo rádio, claro, não em Hidden Hills, mas o resto da situação trouxe uma sensação desagradável e fantástica de *déjà vu* — o som dos gritos da torcida, o som do contato dos corpos acolchoados, o vento sibilando por entre as árvores que pareciam recortadas sob um céu encoberto.

O motor aceleraria. O carro saltaria para a frente, recuando, avançando, recuando. E então os pneus iriam cantar quando rugissem diretamente para mim...

Afastei o pensamento. Era hora de parar de me entulhar com toda aquela merda idiota. Era a hora, mais do que chegada a hora de controlar minha imaginação. Aquilo ali era um carro, não uma "ela", mas um "isso", não realmente Christine, mas apenas um Plymouth Fury 1958, que saíra de uma linha de montagem em Detroit, juntamente com mais uns 400 mil outros.

Isso funcionou... pelo menos temporariamente. Só para demonstrar que não estava nem um pouco assustado, me ajoelhei e olhei debaixo do carro. O que vi ali era ainda mais louco do que a maneira estranha em que o Plymouth estava sendo reconstruído por cima. Havia três amortecedores novos, mas o quarto era uma ruína escura e suja de graxa, parecendo estar ali desde sempre. O cano de descarga era tão novo que ainda reluzia como prata, mas o silencioso tinha uma aparência de meia-idade, pelo menos, enquanto o coletor de escapamento se mostrava em péssimo estado. Ao olhar para este último, pensei nos gases de escape que poderiam vazar para dentro do carro, e isso me fez novamente recordar Verônica LeBay. Porque gases do cano de descarga podem matar.

Eles...

— Dennis, o que está fazendo?

Acho que eu estava mais angustiado do que imaginava, porque me levantei como uma flecha, com o coração disparando no peito. Era Arnie. Ele parecia frio e irritado.

Porque eu estava dando uma olhada no carro? Por que isso o deixou tão furioso? Uma boa pergunta. No entanto, tinha deixado, era óbvio.

— Estava dando uma olhada na sua máquina envenenada — falei, tentando parecer relaxado. — Cadê a Leigh?

— Foi ao banheiro — respondeu ele, dispensando a garota. Os olhos cinzentos permaneciam fixos em meu rosto. — Dennis, você é o melhor amigo que eu tenho, o melhor que eu já tive. Acho que me salvou de uma visita ao hospital no outro dia, quando Repperton puxou aquela faca e sei disso. Mas não faça as coisas pelas minhas costas, Dennis. Nunca mais faça isso.

Do campo de futebol veio um tremendo rugido — os Hillmen tinham acabado de fazer os pontos finais do jogo, com menos de trinta segundos restando.

— Arnie, não sei de que diabos você está falando — respondi, mas me sentia culpado. Culpado por como eu tinha me sentido ao ser apresentado a Leigh, avaliando-a, desejando-a um pouquinho — desejando a garota que Arnie queria tão obviamente. Mas... fazer algo pelas costas dele? Era isso que eu estivera fazendo?

Acho que ele poderia ter encarado assim. Eu sabia que seu irracional — interesse, obsessão, seja lá o que for —, sua *coisa* irracional pelo carro era o quarto trancado na casa de nossa amizade, o lugar em que eu não poderia entrar sem atrair todo tipo de problemas. E, se ele não me surpreendera tentando arrombar a porta, pelo menos me apanhara espiando pelo buraco da fechadura.

— Acho que você sabe *exatamente* do que estou falando — retrucou e eu percebi com um espanto cansado que ele não estava só um pouco bravo, mas enfurecido. — Você, meu pai, minha mãe, estão todos me espionando "para o meu próprio bem", é por isso, não é? Eles mandaram você à Garagem de Darnell para bisbilhotar, não foi?

— Ei, Arnie, espere um pouco...

— Cara, você achou que eu não ia descobrir? Eu não falei nada antes... porque somos amigos. Mas eu não sei, Dennis. Tem que haver um limite, e acho que estou marcando esse limite agora. Por que não deixa meu carro em paz e para de se meter onde não foi chamado?

— Em primeiro lugar — respondi —, não foram seu pai *e* sua mãe. Michael me chamou de lado e pediu que desse uma espiada no que você já tinha feito com o carro. Concordei porque também estava curioso. Seu pai sempre foi muito legal comigo. O que mais eu poderia dizer?

— Você poderia ter dito "não".

— Você não entende, Arnie. Ele está do seu lado. Sua mãe ainda espera que tudo isto dê em nada, foi isso que percebi, mas Michael realmente tem esperanças que você ponha o carro para rodar. Ele me disse isso.

— Claro, era a melhor maneira de convencer você. — Arnie estava quase escarnecendo. — Na verdade, ele quer é garantir que eu continue sendo o garotinho deles. É nisso que estão interessados. Não querem que eu cresça, porque então teriam que encarar a própria velhice.

— Está exagerando, cara.

— Talvez você ache isso. Talvez o fato de vir de uma família mais ou menos normal deixe você meio frouxo, Dennis. Eles me ofereceram um carro novo para quando eu me formasse, sabia? Eu só precisava desistir de Christine, tirar A em todas as matérias e concordar em fazer faculdade em Horlicks... onde os dois poderiam ficar de olho em mim por mais quatro anos.

Fiquei sem saber o que dizer. Aquilo era pura estupidez, claro.

— Então fique fora disso, Dennis. Só estou dizendo isso. Vai ser melhor para nós dois.

— Eu não contei nada pra ele, de qualquer maneira — repliquei. — Falei apenas que você estava consertando umas coisas aqui e ali. Ele pareceu meio aliviado.

— É, aposto que sim!

— Eu não fazia a menor ideia de que o carro estava tão perto de poder rodar. Mas ainda faltam algumas coisas. Dei uma olhada embaixo dele e vi que o coletor de escapamento está em péssimo estado. Espero que esteja dirigindo com os vidros abertos.

— Não venha me dizer como dirigir! Entendo mais sobre carros do que você jamais vai entender!

Foi quando comecei a me irritar com ele. Não gostava daquilo — não queria discutir com Arnie, especialmente agora, quando Leigh chegaria a qualquer momento —, mas pude sentir que havia alguém no andar de cima da cabeça dele, acionando os botões vermelhos, um por um.

— Isso provavelmente é verdade — comentei, controlando a voz —, mas não sei bem o quanto você entende de gente, Arnie. Will Darnell lhe deu um adesivo de licença inadequado. Se você for pego, Arnie, ele poderá perder o certificado de inspeção estadual. Ele também arranjou uma placa de concessionária. Por que Darnell fez isso, Arnie?

Pela primeira vez, Arnie ficou na defensiva.

— Eu já lhe disse. Ele sabe que estou trabalhando bem.

— Não seja imbecil! Aquele cara não daria uma muleta a um caranguejo aleijado se não ganhasse alguma coisa com isso, e você sabe muito bem.

— Pelo amor de Deus, Dennis, dá para acabar com isso?

— Escute aqui, cara — falei, dando um passo na direção dele. — Estou pouco me lixando se você tem um carro. Só não quero que se ferre por causa dele. Sinceramente.

Ele me olhou, incerto.

— E outra coisa: por que estamos aqui gritando um com o outro? — acrescentei. — Só porque olhei embaixo do carro, para ver que o cano de descarga está pendurado?

Mas eu não estava fazendo só isso. Era uma parte, sim... Mas não tudo. E acho que nós dois sabíamos disso.

No campo de futebol, o tiro final soou com um "bangue" monótono. Uma chuva leve tinha começado a cair e estava esfriando. A gente se virou para o som do tiro e vimos Leigh vindo em nossa direção, trazendo sua bandeirola e a de Arnie. Ela acenou. Acenamos de volta.

— Dennis, eu posso cuidar de mim mesmo — ele avisou.

— Tudo bem — respondi simplesmente. — Espero que possa mesmo.

De repente, senti vontade de lhe perguntar até que ponto ia a amizade dele com Darnell. Foi uma pergunta que não pude fazer, porque iria começar uma discussão ainda mais amarga. Certas coisas seriam ditas, mas talvez nunca mais pudessem ser consertadas.

— Eu posso — repetiu.

Tocou o carro e a expressão dura dos olhos se suavizou.

Experimentei uma mistura de alívio e angústia — alívio porque acabamos não brigando, afinal; tínhamos conseguido evitar dizer qualquer coisa irreparável. Mas também me parecia que não havia apenas um quarto que estava fechado em nossa amizade, mas toda uma porra de andar. Ele rejeitou totalmente o que eu tinha para dizer e deixou bem claras as condições para que nossa amizade continuasse: tudo estaria bem desde que eu fizesse as coisas do jeito dele.

Esta também era a atitude dos pais dele, se ao menos ele pudesse perceber isso. De qualquer modo, ele devia ter aprendido aquilo em algum lugar.

Leigh nos alcançou, com gotas de chuva cintilando em seu cabelo. Estava corada, os olhos brilhantes com boa saúde e empolgação. Exalava uma sexualidade ingênua e inexperiente que me deixou com a cabeça meio leve. Não que eu fosse o objeto principal de sua atenção: era Arnie.

— Como foi que terminou? — perguntou ele.

— Vinte e sete a dezoito — disse ela, depois acrescentando animada: — Nós *destruímos* eles. Onde vocês dois estavam?

— Só falando de carros — respondi, e Arnie me lançou um olhar divertido — pelo menos o senso de humor dele não havia desaparecido junto com o senso comum. E achei que houvesse algum motivo de esperança na maneira como ele olhava para ela. Estava se apaixonando por Leigh, da cabeça aos pés. No momento, ainda era uma aproximação lenta, mas certamente iria se acelerar se as coisas fossem dando certo. A pele de Arnie tinha se recuperado completamente e sua aparência era muito boa, mesmo que de um jeito intelectual, quatro-olhos. Não era o tipo de pessoa com quem você esperaria que Leigh Cabot fosse querer estar; era de esperar que ela se pendurasse no braço da versão escolar americana do deus Apolo.

As pessoas agora voltavam passando pelo campo, nossos jogadores e os deles, nossa torcida e a deles.

— Apenas falando de carros — repetiu Leigh, zombando de leve.

Ergueu o rosto para Arnie e sorriu. Ele sorriu de volta, um sorriso melado e abobado, que encheu meu coração de alegria. Eu sabia, só de olhar para ele, que quando Leigh sorria daquele jeito, Christine era o assunto mais remoto em sua mente: era rebaixada ao seu lugar apropriado, isto é, um meio de transporte.

Achava aquilo ótimo.

Nas Arquibancadas

O Lord, won't you buy me a Mercedes-Benz?
My friends all drive Porsches,
I must make amends...
— Janis Joplin

Nas primeiras duas semanas de outubro, vi Arnie e Leigh várias vezes pelos corredores, primeiro encostados nos seus armários, o dele ou o dela, conversando antes do toque final do dia; depois de mãos dadas; em seguida, saindo da escola abraçados. Tinha acontecido. No jargão escolar, eles estavam "saindo juntos". Eu achei que era mais do que isso. Achei que estavam apaixonados.

Eu não tinha mais visto Christine desde o dia em que vencemos Hidden Hills. Aparentemente, ela retornara à Darnell's para mais reparos — talvez isso fizesse parte do acordo entre Arnie e Darnell, quando este lhe emprestara a placa de concessionária e o adesivo ilegal aquele dia. Não vi o Fury, mas vi Leigh e Arnie muitas vezes... e também ouvi muito a respeito dos dois. Eram um assunto quente nas fofocas da escola. As garotas queriam saber o que Leigh *vira* nele, afinal; os rapazes, sempre mais práticos e prosaicos, queriam apenas saber se meu amigo fracote já tinha conseguido "se dar bem" com a garota. Eu não me preocupava com nenhuma das duas coisas, mas de tempos em tempos me perguntava o que Regina e Michael achavam do caso extremo de primeiro amor do filho.

Numa segunda-feira de meados de outubro, eu e Arnie almoçamos juntos nas arquibancadas, perto do campo de futebol, como havíamos planejado fazer naquele dia em que Buddy Repperton exibira sua faca. Aliás, Repperton realmente fora expulso por causa daquilo. Moochie e Don saíram com três dias de suspensão. No momento, se comportavam como bons meninos. E, nesse ínterim não-tão-doce, o time de futebol sofrera mais duas derrotas. Nossa relação de vitórias e derrotas era agora de 1-5, e o treinador tinha recaído num rabugento silêncio.

Meu saco de almoço não estava tão bem abastecido como no dia de Repperton e da faca; o único ponto positivo que eu via em nossa contagem de 1-5 era que agora nos mantínhamos tão atrás dos Ridge Rock Bears (cuja contagem era de 5-0-1) que só conseguiríamos fazer alguma coisa na Associação se o ônibus da equipe deles despencasse por um abismo.

Estávamos sentados sob o brando sol de outubro — a época dos fantasmas feitos de lençóis, as máscaras de borracha e fantasias compradas no Woolworth não estava longe —, mastigando e falando pouco. Arnie tinha um ovo cozido recheado e o trocou por um de meus sanduíches de bolo de carne frio. Os pais sabem muito pouco sobre as vidas secretas dos filhos, eu acho. Desde o primeiro ano, todas as segundas-feiras Regina Cunningham colocava um ovo cozido recheado na lancheira de Arnie, e todos os dias seguintes a um jantar de bolo de carne (que geralmente aconteciam aos domingos), eu tinha uma fatia daquele bolo de carne no meu sanduíche. Acontece que sempre detestei bolo de carne e Arnie sempre detestou aqueles ovos recheados, embora eu nunca tivesse visto meu amigo rejeitar um ovo preparado de outro modo. Muitas e muitas vezes me perguntei o que pensariam nossas mães se soubessem que parte ínfima das centenas de ovos recheados e dúzias de sanduíches de bolo de carne frio postos em nossas respectivas lancheiras tinham sido realmente comidos por aqueles a quem eram destinados.

Comi meus biscoitos e Arnie seus doces de figo em barra. Ele me olhou para certificar-se de que eu estava olhando e então enfiou todas as seis barras de doce de figo na boca, ao mesmo tempo, começando a mastigá-las. Suas bochechas se incharam grotescamente.

— Ah, Jesus, que troço nojento! — exclamei.

— Ung-un-guut-ung — replicou Arnie.

Comecei a espetar meus dedos em suas costelas, onde ele sempre sentira muitas cócegas, gritando:

— Vou tocar piano nas costelas! Ouviu bem, Arnie? Vou tocar piano nas suas costelas!

Ele começou a rir, espirrando pequenos pedaços de doce meio mastigado. Sei o quanto isto pode parecer irritante, mas era bem divertido.

— Para, "Dennif"! — disse ele, com a boca ainda cheia de doce.

— O que foi? Não consigo entender você, seu bárbaro de merda! — Eu continuava a fazer-lhe cócegas, no estilo que chamávamos "tocar piano" quando éramos crianças (por algum motivo hoje perdido nas areias do tempo), enquanto ele ficava se torcendo, retorcendo e rindo.

Engoliu tudo o que tinha na boca e depois arrotou.

— Você é um nojento, Cunningham! — exclamei.

— Eu sei. — Ele parecia realmente satisfeito com aquilo. Talvez estivesse mesmo; que eu soubesse, nunca tinha feito aquele truque das seis barras de uma vez diante de mais ninguém. Se cometesse a atrocidade na frente dos pais, acho que Regina pariria um gatinho e Michael possivelmente teria um derrame cerebral.

— Quantas barras você já conseguiu enfiar na boca? — perguntei.

— Uma vez já botei doze ao mesmo tempo — disse ele —, mas pensei que fosse sufocar.

Eu ri com vontade.

— Já fez a demonstração para Leigh?

— Estou guardando para o baile de formatura — disse. — Vou tocar um pouco de piano nas costelas dela também.

Rimos à beça com isso e percebi o quanto eu sentia falta de Arnie às vezes — e eu tinha o futebol, o conselho de estudantes, uma nova namorada que (assim esperava) concordaria em me masturbar antes que terminasse a temporada do drive-in. Tinha poucas esperanças de que ela fizesse mais do que isso: a garota parecia encantada demais consigo mesma. De qualquer modo, era divertido tentar.

Mesmo com tanta coisa acontecendo, eu ainda sentia falta de Arnie. Primeiro houve Christine, agora havia Leigh e Christine. Nesta ordem, eu esperava.

— Onde está ela hoje? — perguntei.

— Doente — informou ele. — Ficou menstruada e parece que dói muito.

Ergui as sobrancelhas mentalmente. Se ela discutia seus problemas femininos com ele, é porque já estavam ficando muito íntimos.

— Como foi que você a convidou para ir ao jogo de futebol naquele dia? — Indaguei — Quando jogamos em Hidden Hill?

Ele riu.

— O único jogo de futebol a que já fui, desde o segundo ano. Demos sorte a você, Dennis.

— Você simplesmente ligou e chamou?

— Quase não consegui ligar. Foi o meu primeiro encontro. — Ele me olhou envergonhado. — Não acho que dormi mais que umas duas horas na noite anterior. Depois que eu liguei e ela disse que iria comigo, fiquei em pânico, achando que iria fazer papel de idiota ou que Buddy Repperton ia aparecer e querer brigar, ou que alguma outra coisa iria acontecer.

— Você parecia ter tudo sob controle.

— É mesmo? — Ele ficou satisfeito. — Hum, é bom ouvir isso, mas a verdade é que estava apavorado. Ela já tinha conversado comigo nos corredores, sabe como é, me perguntava sobre os deveres de casa e coisas assim. Entrou para o clube de xadrez, mesmo não sendo muito boa... Agora está ficando melhor. Estou ensinando como se joga.

Aposto que sim, seu malandro, pensei, não ousando dizer em voz alta. Ainda me lembrava de como Arnie se voltara contra mim naquele dia do jogo em Hidden Hills. Por outro lado, eu queria ouvir aquilo, estava morrendo de curiosidade. Conquistar uma garota fascinante como Leigh Cabot tinha sido um belo golpe.

— Então, depois de algum tempo, comecei a pensar que ela poderia estar interessada em mim — prosseguiu Arnie. — Provavelmente eu levei mais tempo para deixar a ficha cair do que algum outro cara... caras como você, Dennis.

— Lógico, sou um conquistador — respondi. — Aquilo que James Brown costumava chamar de máquina de sexo.

— Bem, você não é nenhuma máquina de sexo, mas entende de garotas — disse Arnie, muito sério. — Você as compreende. Sempre tive medo delas e nunca sabia o que dizer. E ainda não sei, acho. Leigh é diferente.

"Eu tinha medo de convidá-la para sair. — Ele continuou e pareceu considerar a questão. — Quero dizer, Leigh é uma garota bonita, muito bonita mesmo. Você não acha, Dennis?"

— Acho. Até onde eu sei, é a mais bonita da escola.

Ele sorriu satisfeito.

— Eu também acho... mas pensei que só achasse isso porque a amo.

Olhei para meu amigo, esperando que não se metesse em problemas maiores do que poderia controlar. A esta altura, naturalmente, eu ainda não tinha ideia do significado da palavra problema.

— De qualquer maneira, ouvi dois caras conversando outro dia, no laboratório de Química, Lenny Barongg e Ned Stroughman. Ned contava a Lenny que tinha convidado Leigh para sair e que ela disse não, de maneira delicada... como se talvez fosse aceitar um segundo convite. Quando imaginei que ela poderia estar namorando Ned na primavera, comecei a ficar com muito ciúme. É ridículo. Ela disse não e eu fiquei com ciúmes. Você entende o que quero dizer?

Sorri e assenti. Lá fora, no campo, as líderes de torcida ensaiavam novas rotinas. Não achei que fossem de grande ajuda para o nosso time, mas era agradável assistir. Suas sombras acumulavam-se em torno dos pés sobre a grama verde, à luz brilhante do meio-dia.

— Outra coisa que eu percebi foi que Ned não parecia com raiva... nem envergonhado ou... rejeitado, ou nada assim. Ele a convidou, levou um fora e foi tudo. Decidi que também podia fazer aquilo. Mas então, quando liguei para a casa dela, suava pelo corpo todo. Cara, foi sinistro! Fiquei imaginando Leigh rindo de mim e dizendo qualquer coisa como *"Eu, sair com você, seu merdinha? Deve estar sonhando! Ainda não estou tão desesperada!"*.

— É — concordei. — Não sei como ela não disse isso.

Ele me esmurrou o estômago.

— Vou tocar piano em suas tripas, Dennis! Vou fazer você vomitar!

— Pare com isso — falei. — E depois?

Arnie deu de ombros.

— Não há muito mais para contar. A mãe dela atendeu, quando liguei para lá, e disse que ia chamá-la. Ouvi o barulho do fone sendo colocado em cima da mesa e quase desliguei. — Arnie exibiu dois dedos, afastados entre si por menos de um centímetro. — Faltou isto para que eu desligasse. Sem brincadeira!

— Conheço a sensação — falei, e conhecia mesmo; você sempre se preocupa com as risadas e com o desprezo um mínimo que seja, pouco importando se você é do time de futebol ou um nanico quatro-olhos espinhento; mas não acho que eu poderia entender até que *grau* Arnie deve ter sentido isso. O gesto exigira uma coragem fenomenal. É uma coisa boba, um encontro, mas em nossa sociedade existem todos os tipos de forças negativas girando atrás de um conceito tão simples — quero dizer, há caras que se formam no ensino médio e *nunca* reuniram coragem bastante para convidar uma garota para um encontro. *Nem uma só vez,* em todos os três anos. E não são só um ou dois garotos, mas montes deles. Como também há bandos de garotas tristonhas que nunca foram convidadas. É uma forma escrota de resolver as coisas, quando você para pra pensar. Muita gente se machuca. Eu podia imaginar perfeitamente o terror puro de Arnie, esperando que Leigh viesse atender o telefone; a sensação de assombro mortal diante da ideia de que não pretendia convidar uma garota qualquer, porém a *garota mais bonita da escola.*

— Ela atendeu — continuou Arnie. — Disse "Alô?" e, cara, eu não conseguia falar nada! Tentei, mas nada saía da garganta além de um fraco assovio de ar. Então ela insistiu: "Alô, quem está falando?", como se fosse uma espécie de trote, sabe como é. Fiquei pensando: isto é ridículo! Se eu consegui conversar com ela no corredor, então deveria ser capaz de falar com ela pelo maldito telefone. Tudo que Leigh pode dizer é não, quero dizer, não vai me *dar um tiro,* nada disso, se eu a convidar para sair. Então falei "oi, aqui é Arnie Cunningham". Ela respondeu "oi", e blablablá, bobagem, bobagem, bobagem, até eu perceber que nem mesmo, droga, sabia para onde convidá-la. E logo ficaríamos sem assunto, ela ia desligar... Foi quando lhe disse a primeira coisa que me passou pela cabeça: perguntei se queria ir comigo ao jogo de futebol no sábado. Ela disse que adoraria ir, foi bem assim, como se só estivesse esperando que eu a convidasse, você saca?

— Vai ver, ela estava mesmo esperando que você a convidasse.

— Hum... Talvez sim. — Arnie considerou a questão, concentrado.

O sinal tocou, significando cinco minutos para o quinto tempo. Eu e Arnie nos levantamos. As líderes de torcida correram para fora do campo, com seus saiotes agitando-se provocativamente.

Descemos as arquibancadas, jogamos os sacos vazios do almoço em um dos barris de lixo, pintados com as cores da escola — laranja e preto, por falar em Dia das Bruxas — e caminhamos para a escola.

Arnie ainda sorria, recordando a maneira como tudo havia acontecido naquela primeira vez com Leigh.

— Convidá-la para ir ao jogo foi puro desespero.

— Muito obrigado — repliquei. — É isso o que recebo por ter que fazer das tripas coração todas as tarde de sábado, hein?

— Você entende o que eu quero dizer. Então, depois que ela concordou em ir comigo, pensei numa coisa horrível e liguei para você, lembra-se?

Eu lembrei de repente. Ele telefonou para saber se a gente ia jogar em casa ou fora, tendo parecido absurdamente arrasado quando lhe falei que seria em Hidden Hills.

— Pois lá estava eu, prestes a sair com a garota mais bonita da escola, doidão por ela, e então fico sabendo que o jogo ia ser fora, e o meu carro estava na garagem de Will.

— Podiam ter ido de ônibus.

— Eu sei disso agora, mas não sabia na hora. O ônibus costuma estar sempre lotado uma semana antes do jogo. Não podia imaginar que tanta gente fosse deixar de ir às partidas quando o time começasse a perder.

— Não me lembre disso — pedi.

— Então apelei para Will. Sabia que Christine aguentaria a viagem, mas ainda não tinha a papelada legal para a rua. Resumindo, eu estava desesperado.

O quão desesperado?, perguntei-me, fria e repentinamente.

— Ele foi muito legal comigo. Disse que compreendia o quanto aquilo era importante e, se... — Arnie fez uma pausa, parecendo considerar. — Bem, essa foi a história do grande encontro — terminou desajeitadamente.

E se...

Bem, não era da minha conta.

Fique de olho nele, meu pai tinha dito.

Empurrei esse pensamento também.

Passávamos agora pela área de fumantes, deserta, exceto por três caras e duas garotas terminando de fumar apressadamente um baseado. Usavam o artifício de uma carteirinha de fósforos, dobrada como clipe para segurar a minúscula guimba, e o odor evocativo da maconha, tão similar ao aroma das folhas de outono queimadas lentamente, entrou por minhas narinas.

— Tem visto Buddy Repperton? — perguntei.

— Não e nem quero — respondeu ele. — E você?

Eu o vi apenas uma vez, quando ele apareceu no posto de gasolina Vandenberg's Happy Gas, na Rota 22, em Monroeville. O posto tinha uma bomba apenas, pertencia ao pai de Vandenberg e vivia à beira da falência, desde o embargo do petróleo árabe em 73. Buddy não me vira — eu estava só passando.

— Não cheguei a falar com ele.

— Quer dizer que ele sabe falar? — perguntou Arnie com um sarcasmo que não lhe era costumeiro. — Mas que bosta ele é!

Levei um susto. Aquela palavra novamente. Considerei a questão, disse a mim mesmo *que diabo*, e então perguntei-lhe onde tinha aprendido aquele termo em particular.

— Lembra do dia que comprei o carro? — perguntou. — Não o dia em que dei o dinheiro de entrada, mas aquele em que paguei o restante.

— Claro.

— Entrei com LeBay enquanto você esperava lá fora. Havia uma cozinha minúscula, com uma toalha de xadrez vermelho na mesa. A gente se sentou e ele me ofereceu uma cerveja. Achei que devia aceitar. Eu queria o carro e não queria, sabe, ofendê-lo de alguma maneira. Assim, cada um bebeu uma cerveja, enquanto ele começava com aquela interminável... como a chamaria? Acho que lenga-lenga. Aquela lenga-lenga sobre todos os bostas estarem contra ele. Era o nome que usava, Dennis. Os bostas. Disse que eram os bostas que o forçavam a vender o carro.

— O que queria dizer com isso?

— Acho que ele queria dizer que era velho demais para dirigir, mas não se expressou assim. Era tudo culpa deles. Dos bostas. Os bostas queriam que ele fizesse exame de direção a cada dois anos e um outro de vista todo ano. Era o exame de vista que o preocupava. E ele falou que eles não gostavam dele, naquela rua, ninguém gostava. Então alguém deu uma pedrada no carro.

“Eu entendi aquilo tudo. Mas não entendi por quê... — Arnie fez uma pausa diante da porta, esquecendo que já estávamos atrasados para a aula. Tinha as mãos enfiadas nos bolsos traseiros do jeans e franzia o cenho. — Não entendi por que ele deixou Christine ficar parada, arruinada daquele jeito, Dennis. Do jeito que estava quando eu comprei. Na maior parte do tempo, ele falava dela como se realmente a amasse... você talvez pense que isso fazia parte da conversa fiada para me vender o carro, mas não era. Então, já no fim, quando ele contava o dinheiro, deu uma espécie de resmungo: 'Essa merda de carro, sei lá por que raios você quer ele, garoto. É o ás de espadas.' Eu respondi alguma coisa do tipo que eu poderia consertar o carro muito bem. E ele retrucou: 'Tudo isso e ainda mais. Se os bostas deixarem.'"

Entramos. O Sr. Lehereux, professor de Francês, rumava apressadamente para algum lugar, a careca reluzindo sob as luzes fluorescentes.

— Estão atrasados, garotos — disse ele em uma voz ofegante que me lembrou o coelho branco de *Alice no País das Maravilhas.*

Nós nos apressamos, até ele sair de vista, e então a gente andou devagar de novo.

— Quando Buddy Repperton me perseguiu daquele jeito — disse Arnie —, confesso que fiquei com medo de verdade. — Ele baixou a voz, sorrindo, mas sério. — Quase mijei nas calças, se você quer saber. Enfim, acho que usei a palavra de LeBay sem perceber. No caso de Repperton ela se aplica, não acha?

— Acho.

— Preciso ir agora — disse Arnie. — Cálculos primeiro, depois Mecânica de Motores III. Acho que aprendi a matéria inteira do curso trabalhando em Christine nos últimos dois meses, de qualquer jeito.

Arnie apressou-se e fiquei no corredor, parado por um minuto, vendo-o se afastar. Eu tinha agora um período de estudo livre com a Srta. Ratpack no sexto tempo das segundas-feiras, e achei que podia me esgueirar para o fundo da sala sem ser visto. Já tinha feito isso antes. Além disso, os alunos do último ano podiam fazer qualquer bobagem sem serem punidos, como eu ia aprendendo rapidamente.

Fiquei ali, tentando afastar uma sensação de medo que jamais seria tão amorfa, tão pouco concreta outra vez. Havia algo errado, alguma coisa estava fora do lugar, não combinando. Senti um calafrio, que nem todo aquele brilhante sol de outubro, que entrava por todas as janelas da escola, conseguia desfazer. As coisas eram as mesmas de sempre, mas estavam se preparando para mudar — eu sentia.

Fiquei ali, tentando começar a andar, dizer a mim mesmo que o calafrio não passava de medo pelo meu próprio futuro, e que eram as mudanças que me inquietavam. Talvez fosse isso, em parte. Mas não era tudo. *Essa merda de carro, sei lá por que raios você quer ele, garoto. É o ás de espadas.* Vi o Sr. Lehereux, que voltava dos escritórios, e comecei a me mexer.

Acho que todos nós temos uma espécie de retroescavadeira atrás da cabeça, e nos momentos de estresse ou problemas, você pode ativá-la e simplesmente empurrar tudo isso para uma grande fenda no solo de nossa mente consciente. Se livrar daquilo. Enterrar. Só que essa fenda desce até o subconsciente e, às vezes, em sonhos, os cadáveres acordam e andam. Sonhei com Christine de novo naquela noite. Desta vez, Arnie estava ao volante e o cadáver em decomposição de Roland D. LeBay balançava obscenamente no banco do passageiro, enquanto o carro rugia para fora da garagem e vinha contra mim, me prendendo com os círculos selvagens de seus faróis.

Acordei com o travesseiro apertado contra a boca, para sufocar os gritos.

O Acidente

Tach it up, tach it up,
Buddy, gonna shut you down.
— The Beach Boys

Essa foi a última vez que eu conversei com Arnie — que conversei com ele de verdade — até o feriado de Ação de Graças, porque eu me machuquei no sábado seguinte. Foi o dia em que jogamos contra os Ridge Rock Bears de novo e dessa vez perdemos pelo placar verdadeiramente espetacular de 46-3. Entretanto, eu não estava mais lá quando o jogo acabou. Aos sete minutos do terceiro quarto, eu vi uma abertura, recebi um passe e estava me preparando para correr quando fui atingido simultaneamente por três dos jogadores da linha de defesa do Bears. Houve um instante de dor horrenda — um clarão ofuscante como se eu estivesse no ponto zero de uma explosão nuclear. Depois houve muita escuridão. As coisas continuaram escuras por um tempo bem longo, embora não parecesse tanto assim. Fiquei inconsciente por cerca de cinquenta horas e, ao acordar no fim da tarde de segunda-feira, 23 de outubro, estava no Hospital Comunitário de Libertyville. Meu pai e minha mãe estavam lá. Ellie também, parecendo pálida e cansada. Havia olheiras marrons escuras sob seus olhos e fiquei absurdamente comovido; minha irmã ainda tinha forças para chorar por mim, apesar de todos os doces que eu roubava da caixa de pão depois que ela ia dormir, apesar daquela vez, quando ela tinha 12 anos, em que eu lhe dei um saquinho de fertilizante, depois que ela passou uma semana se olhando de perfil no espelho, vestindo sua camiseta mais apertada, para ver se os peitos estavam crescendo (Ellie irrompeu em lágrimas e mamãe ficou super irritada comigo por quase duas semanas), e apesar de todas as provocações e as irritantes brincadeirinhas fraternas do tipo "eu sou melhor do que você".

Arnie não estava lá quando acordei, mas logo se juntou à minha família; ele e Leigh tinham ficado na sala de espera. Naquela noite, meu tio e minha tia de Albany deram as caras e o resto da semana foi um desfile constante de parentes e amigos — o time de futebol inteiro apareceu, inclusive o treinador Puffer, que parecia ter envelhecido vinte anos. Acho que ele acabou descobrindo que existem coisas piores do que uma temporada de derrotas. Foi o treinador que me deu a notícia de que eu nunca mais poderia jogar futebol, e eu não sei o que ele esperava — que eu me debulhasse em lágrimas ou talvez tivesse um ataque histérico, considerando a expressão tensa no rosto dele. Mas eu não tive lá reação alguma, interna ou externamente. Eu estava simplesmente feliz de estar vivo e de saber que voltaria a andar eventualmente.

Se eu tivesse sido atingido só uma vez, sem dúvida teria me levantado num instante, pronto para outra. Mas o corpo humano não foi feito para ser esmagado por três ângulos diferentes ao mesmo tempo. Minhas duas pernas estavam quebradas, a esquerda em dois lugares. Meu braço direito havia girado para trás do meu corpo quando caí, de modo que eu tinha recebido uma feia fratura em "galho-verde" no antebraço. Mas tudo isso era só a cobertura do bolo. Também traumatismo craniano, além de algo que o médico responsável pelo meu caso chamava o tempo todo de "acidente na porção inferior da coluna", que parecia significar que eu tinha escapado por uma fração de centímetro de ficar paralisado da cintura para baixo pelo resto da vida.

Recebi muitos visitantes, muitas flores, muitos cartões. De certo modo, tudo isso era muito agradável — como estar vivo para ajudar a celebrar o próprio velório.

Mas eu também tive muitas dores e muitas noites sem dormir; um de meus braços ficou suspenso acima do corpo através de pesos e roldanas, assim como uma das pernas (as duas coçavam o tempo todo, sob o gesso) e também tive que usar uma carapaça temporária de gesso — conhecida como "molde compressor" — em torno da parte inferior do torso. Além do mais, havia a perspectiva de uma longa permanência no hospital e viagens intermináveis de cadeira de rodas àquela câmara de horrores tão inocentemente intitulada Ala de Fisioterapia.

Oh, e mais uma coisa — eu tinha um monte de tempo.

Eu lia o jornal. Fazia perguntas aos meus visitantes. E várias vezes, conforme as coisas se desenrolavam, e minhas suspeitas começaram a se descontrolar, me perguntei se não poderia estar ficando louco.

Fiquei no hospital até o Natal, e quando voltei para casa, aquelas suspeitas já tinham quase assumido sua forma final. Estava achando cada vez mais difícil negar essa forma monstruosa, e eu sabia muitíssimo bem que não estava ficando louco. De certa forma, teria até sido melhor — mais reconfortante — se eu pudesse ter acreditado nisso. Àquela altura eu estava terrivelmente assustado e mais do que meio apaixonado pela garota do meu melhor amigo.

Tempo para pensar... tempo demais.

Tempo para me xingar cem vezes, por causa da maneira como eu pensava em Leigh. Tempo para contemplar o teto do meu quarto e desejar jamais ter ouvido falar de Arnie Cunningham... de Leigh Cabot... ou de Christine.

PARTE II

ARNIE – CANÇÕES DE AMOR PARA ADOLESCENTES

A Segunda Discussão

The Dealer came to me and I said,
"Trade in your Fo'd,
And I'll put you in a car that'll
Eat up the road!
Just tell me what you want and
Sign that line,
I'll have it brought down to you
In an hour's time."
I'm gonna get me a car
And I'll be headed on down the road;
Then I won't have to worry about
That broken-down, ragged Ford.
— Chuck Berry

O Plymouth 1958 de Arnie Cunningham foi legalizado na tarde de 19 de novembro de 1978. Arnie encerrou o processo, que tinha começado realmente na noite em que ele e Dennis Guilder trocaram aquele primeiro pneu arriado, com o pagamento de uma taxa de licenciamento no valor de 8,50 dólares, uma taxa rodoviária municipal de 2 dólares (que também permitia que ele estacionasse de graça diante dos parquímetros do centro da cidade) e 15 dólares por uma placa de registro. No Departamento de Veículos Motorizados de Monroeville, Arnie recebeu a chapa da Pensilvânia HY-6241-J.

Ele voltou do DVM para Libertyville num carro emprestado por Will Darnell e saiu da Garagem Faça-Você-Mesmo de Darnell ao volante de Christine. Ele a levou para casa.

Os pais dele chegaram juntos da Universidade Horlicks, cerca de uma hora depois. A briga começou quase imediatamente.

— Vocês viram? — perguntou Arnie, falando com os dois, mas principalmente com o pai. — Acabei de emplacar esta tarde.

Sentia-se orgulhoso; tinha motivo para tanto. Christine acabara de ser lavada e encerada e reluzia ao sol do fim da tarde de outono. Ainda tinha bastante ferrugem, mas parecia mil vezes melhor do que naquele dia em que Arnie a comprou. Os estribos, assim como o capô e a traseira, estavam novos em folha. O interior se apresentava impecável, imaculadamente limpo. Os vidros e cromados cintilavam.

— Sim, eu... — começou Michael.

— É claro que vimos! — explodiu Regina. Preparava um drinque, que mexia com um misturador de coquetel em um copo de cristal, formando furiosos círculos no sentido anti-horário. — Quase batemos nele. Não quero aquilo estacionado aqui. A casa vai parecer um depósito de carros usados!

— Mamãe! — exclamou Arnie, surpreso e magoado.

Olhou para o pai, mas Michael se afastara para preparar um drinque, ou talvez tivesse decidido que iria precisar de um.

— Mas parece mesmo — disse Regina Cunningham. Seu rosto estava um pouco mais pálido que de costume. O ruge nas faces se destacava quase como uma maquiagem de palhaço. Mandou para dentro metade de seu gim com tônica em um só gole, fazendo uma careta como quem sente o gosto de um remédio amargo. — Leve de volta para onde estava. Não quero esse carro aqui e não o terei aqui, Arnie. É a palavra final.

— Levar de volta? — disse Arnie, agora não só magoado, como também irritado. — Mas que maravilha! Lá ele me custa vinte pratas por semana!

— Está lhe custando muito mais do que isso — Regina retrucou. Terminou de beber o drinque e pousou o copo. Virou-se e encarou o filho. — Dei uma olhada no seu talão de cheques outro dia...

— Você fez *o quê?* — Arnie arregalou os olhos.

Ela enrubesceu ligeiramente, mas não baixou os olhos. Michael voltou e parou na porta, olhando infeliz para a mulher e o filho.

— Eu queria saber quanto você andou gastando nesse maldito carro — Regina explicou. — Isso é tão anormal? Você tem que ir para a universidade ano que vem. Pelo que eu sei, não estão distribuindo bolsas de estudo universitárias na Pensilvânia.

— Então você simplesmente entrou no meu quarto e revirou tudo, até encontrar meu talão de cheques? — Arnie exclamou. Seus olhos cinzentos estavam endurecidos de ódio. — Talvez estivesse procurando por maconha também. Ou revistas pornográficas. Quem sabe manchas de esperma nos lençóis?

Regina ficou boquiaberta. Ela já esperava mágoa ou raiva dele, mas não aquela fúria total e descontrolada.

— Arnie! — rugiu Michael.

— Bem, e por que não? — gritou Arnie, em resposta. — Pensei que fosse problema *meu!* Deus sabe quantas vezes vocês ficaram repetindo que era *minha* responsabilidade!

— Estou muito decepcionada que você pense assim, Arnold — disse Regina. — Decepcionada e magoada. Você está se comportando como...

— Não venha me dizer como me comporto! Como acha que me sinto? Trabalhei pra caramba para conseguir emplacar o carro, trabalhei nele mais de dois meses e meio, mas quando o trago para casa, a primeira coisa que ouço de você é para tirá-lo da entrada. Como é que deveria me sentir? Feliz?

— Não há motivo para falar assim com sua mãe — disse Michael. Apesar das palavras, o tom era desajeitadamente conciliatório. — Ou para empregar esse tipo de linguagem.

Regina estendeu o copo para o marido.

— Faça mais um drinque. Há uma garrafa fechada de gim na despensa.

— Pai, fique aqui — disse Arnie. — Por favor. Vamos resolver isto!

Michael Cunningham olhou para a esposa, depois para o filho e em seguida novamente para ela. Havia fogo nos olhares dos dois. Ele se retirou para a cozinha, apertando o copo de Regina.

Regina se virou implacável para o filho. A porta esteve trancada desde o fim do último verão, e talvez ela percebesse que aquela era a última chance para chutá-la novamente.

— Em julho, você tinha quase 4 mil dólares no banco — disse. — Cerca de três quartos de todo o dinheiro que conseguiu desde a nona série, mais os juros...

— Oh, você andou controlando, não andou? — disse Arnie. Sentou-se de repente, encarando a mãe. Seu tom era de surpresa ofendida. — Mãe, por que você simplesmente não pegou o maldito dinheiro e colocou em uma conta em seu nome?

— Porque até recentemente — Regina respondeu — você parecia compreender qual era a finalidade do dinheiro. Nos últimos dois meses, foi tudo carro-carro-carro e, mais recentemente, garota-garota-garota. Como se você tivesse enlouquecido nos dois assuntos.

— Bom, obrigado. Estou sempre precisando de uma opinião isenta sobre como estou tocando a minha vida!

— Este julho, você tinha quase 4 mil dólares. Para sua *educação,* Arnie. Para sua *educação.* Agora tem só pouco mais de dois mil e oitocentos. Pode reclamar de eu ter bisbilhoado o quanto quiser, e admito que dói um pouco, mas aí estão os fatos. Em dois meses, você torrou mil e duzentos dólares. Talvez seja por isso que não suporto ver aquele carro. Você deveria compreender isso. Para mim, isso parece...

— Escuta...

— ... com uma enorme nota de dólar voando.

— Posso lhe dizer duas coisas?

— Não, não acho que possa, Arnie — disse ela, de maneira definitiva. — Realmente, não acho que possa.

Michael voltou com o copo de Regina, cheio de gim até a metade. Acrescentou água tônica no bar e entregou a ela. Regina bebeu, tornando a fazer aquela careta de gosto ruim. Arnie ficou sentado na poltrona, perto da TV, olhando pensativamente para a mãe.

— E você dá aula numa universidade! — exclamou. — Dá aula numa universidade e é essa a sua atitude? "Tenho dito. Vocês agora se limitem a ficar de boca fechada." Ótimo. Tenho pena dos seus alunos.

— Veja lá o que diz, Arnie! — disse ela, apontando-lhe um dedo. — Veja lá como fala!

— Posso dizer duas coisas ou não?

— Vá em frente. Mas não vai fazer qualquer diferença.

Michael pigarreou.

— Reg, acho que Arnie tem razão, essa não é uma atitude construt...

Ela se voltou para o marido como um gato.

— E nem uma palavra você também!

Michael emudeceu.

— A primeira coisa é o seguinte — Arnie começou. — Se você examinou minha poupança um pouco mais atentamente, e tenho certeza disso, deve ter percebido que o total baixou de uma só vez em 2 mil e duzentos dólares na primeira semana de setembro. Tive que comprar uma suspensão dianteira inteira nova para Christine.

— Você fala como se estivesse orgulhoso do que fez! — exclamou Regina, irritada.

— É claro que estou. — Arnie fixou os olhos nos dela. — Eu mesmo instalei a suspensão inteira, sem a ajuda de ninguém. E eu fiz um ótimo trabalho. Ninguém seria capaz... — aqui sua voz pareceu vacilar momentaneamente, mas depois se firmou. — Ninguém seria capaz de distingui-la da original. Enfim, o que quero dizer é que o total daquele dinheiro aumentou em 600 dólares a partir daí. Porque Will Darnell gostou do meu trabalho e me contratou. Se eu puder acrescentar 600 dólares à poupança a cada dois meses, e posso conseguir mais, se Will me botar para ir a Albany, onde ele compra seus carros usados, eu terei 4 mil e seiscentos dólares quando me formar. E se eu trabalhar em horário integral no próximo verão, vou entrar na universidade com quase 7 mil dólares. E você poderá creditar isso tudo a esse carro que tanto odeia.

— Isso de nada lhe adiantará se não conseguir uma boa universidade — Regina contra-atacou, mudando de abordagem habilidosamente, como fazia tantas vezes nas reuniões do departamento quando alguém ousava questionar uma de suas opiniões... algo que não era muito frequente. Ela não fazia concessões, simplesmente mudava o tema. — Suas notas pioraram.

— Não o suficiente para fazer diferença — disse Arnie.

— O que quer dizer com "Não o suficiente para fazer diferença"? Você teve um conceito deficiente em Cálculo! Recebemos o cartão vermelho há uma semana!

Aqueles cartões vermelhos, às vezes conhecidos como cartões de bomba pelos estudantes, eram enviados na metade de cada período aos estudantes com nota média 75 ou menos, durante as primeiras cinco semanas do trimestre.

— Aquilo foi baseado numa prova só — disse Arnie tranquilo. — O Sr. Fenderson é famoso por dar tão poucas provas na primeira metade do trimestre que qualquer um pode levar para casa um cartão vermelho com um F, porque não entendeu um único conceito básico, e acabar com um A, abrangendo todo o ano letivo. Eu poderia ter explicado isso tudo, se tivessem me perguntado. Só que não perguntaram. Aliás, foi só o terceiro cartão vermelho que recebi, desde que comecei o ensino médio. Minha média geral continua sendo 93 e vocês dois sabem o quanto isso é bom e...

— Mas vai cair! — exclamou Regina estridente, dando um passo na direção do filho. — É essa maldita obsessão por esse carro! Você arranjou uma namorada; eu acho isso ótimo, excelente, formidável! Mas essa coisa com o carro é insana! Até mesmo Dennis diz...

Arnie ficou de pé tão depressa, tão próximo dela, que Regina recuou um passo, sua fúria suplantada momentaneamente pela dele.

— Deixe Dennis fora disto — disse Arnie, numa voz mortalmente baixa. — Isto é assunto nosso!

— Está bem — Regina respondeu, mudando de abordagem novamente. — O simples fato é que suas notas vão baixar. Eu sei disso, seu pai sabe disso, e o cartão vermelho em Matemática é mais uma indicação.

Arnie sorriu confiantemente e Regina pareceu ressabiada.

— Bem, escuta só isso — falou Arnie. — Você me deixa ficar com o carro aqui até o fim do período das provas. Se eu tiver alguma nota abaixo de C, prometo vendê-lo a Darnell. Ele vai aceitar; sabe que pode conseguir mil pratas pelo carro, no estado em que está agora. E o valor só tende a subir.

Arnie refletiu um pouco.

— Farei ainda melhor — disse. — Se eu não estiver no quadro de honra do semestre, também me livrarei dele. Isto significa que estou apostando meu carro que vou conseguir um B em Cálculo, não apenas pelo trimestre, mas por todo o semestre. O que me diz?

— Não — respondeu Regina prontamente.

Lançou ao marido um olhar de: *Não se meta nisto.* Michael, que tinha aberto a boca, fechou-a prontamente.

— Por que não? — perguntou Arnie, com enganadora suavidade.

— Porque é um truque, você sabe muito bem! — gritou Regina, agora com fúria total e incontida. — E não vou mais ficar aqui debatendo essa bobagem e ouvindo suas insolências! Eu... eu troquei suas fraldas sujas! Já falei que quero aquele carro longe daqui, vá dirigindo, se quiser, mas não o deixe aqui, onde eu tenho que vê-lo! É isso! Acabou!

— O que acha disso, pai? — perguntou Arnie, encarando Michael.

Michael abriu a boca de novo para falar.

— Ele acha a mesma coisa que eu — disse Regina.

Arnie a fitou novamente. Os olhos de ambos encontraram-se, a mesma tonalidade de cinza.

— Nada do que eu disser vai importar, né?

— Acho que isto já foi longe demais e...

Ela começou a dar meia-volta, a boca ainda rígida e decidida, os olhos estranhamente confusos. Arnie pegou seu braço, pouco acima do cotovelo.

— Nada vai importar, não é? Porque quando você decide algo, não quer ver, não quer ouvir nem quer *pensar*.

— Arnie, pare! — gritou Michael.

Arnie encarou a mãe, que lhe encarou de volta. Os olhos de ambos estavam gélidos, travados uns nos outros.

— Vou lhe dizer por que você não quer nem ver o carro — continuou Arnie, naquela mesma voz suave. — Não é por causa do dinheiro, porque o carro me conectou a um trabalho no qual sou bom e que vai me fazer ganhar dinheiro. Você sabe disso. Não são as minhas notas, também. Elas não estão piores do que sempre foram. E você sabe disso também. É porque você não suporta a ideia de não me ter sob seu controle absoluto, como você controla seu departamento, como controla *ele!* — Arnie apontou para Michael, que tinha uma expressão irritada, culpada e infeliz ao mesmo tempo. — Do jeito que sempre me controlou!

O rosto de Arnie agora estava vermelho, as mãos cerradas em punhos ao lado do corpo.

— Toda aquela babaquice liberal sobre a família decidir as coisas em conjunto, discutir os assuntos em conjunto, resolver os problemas em conjunto. Mas na realidade sempre foi *você* quem escolheu minhas roupas para o colégio, meus sapatos para o colégio, com quem eu podia brincar e com quem não podia, *você* decidia onde passaríamos as férias, *você* dizia a ele quando trocar de carro e por qual modelo. Bem, isto é uma coisa que você não pode controlar, e então ficou com um ódio filho da puta, não é mesmo?

Ela lhe deu um tapa no rosto. O som foi como um tiro de revólver na sala de estar. Lá fora, o crepúsculo tinha descido e os carros passavam indistintos, os faróis semelhantes a olhos amarelos. Christine estava estacionada na entrada asfaltada dos Cunningham, como já estivera uma vez no gramado de Roland D. LeBay, só que agora com uma aparência consideravelmente melhor — ela parecia legal, e acima de toda aquela feia e indigna discussão familiar. Ela tinha, talvez, subido de vida.

Abruptamente, surpreendentemente, Regina Cunningham começou a chorar. Aquilo era um fenômeno semelhante à chuva no deserto, uma coisa que Arnie só vira quatro ou cinco vezes em toda a sua vida — e, em nenhuma delas, ele tinha sido o culpado das lágrimas.

As lágrimas da mãe eram assustadoras — ele contou a Dennis, mais tarde — pelo simples fato de existirem. Já seria o bastante, mas havia mais: as lágrimas a faziam parecer mais velha num golpe terrível, como se Regina tivesse dado um salto quântico dos 45 para os 60 anos no espaço de segundos. O duro brilho cinzento do seu olhar tinha ficado borrado e frágil e, subitamente, as lágrimas lhe corriam pelo rosto, estragando a maquiagem.

Ela tateou na borda da lareira à procura de seu drinque e os dedos colidiram contra o copo, que caiu e espatifou-se. Uma espécie de incrédulo silêncio pairou entre os três, um espanto por as coisas terem chegado a tal extremo.

E, de alguma forma, mesmo por entre a fraqueza das lágrimas, ela conseguiu dizer:

— Não aceitarei aquele carro em nossa garagem ou na entrada, Arnold.

— Eu não aceitaria que ele ficasse aqui, mãe — Arnie respondeu friamente.

Caminhou até a porta, depois se virou e olhou para eles.

— Obrigado. Por serem tão compreensivos. Muito obrigado a vocês dois.

Então saiu.

Arnie e Michael

Ever since you've been gone
I walk around with sunglasses on
But I know I will just be fine
As long as I can make my jet black
Caddy shine.
— Moon Martin

Michael alcançou Arnie na entrada para carros, a caminho de Christine. Pôs a mão no ombro do filho. Arnie sacudiu o ombro para libertar-se e continuou revirando o bolso, em busca das chaves do carro.

— Arnie, por favor.

Arnie deu uma rápida meia-volta. Por um momento, esteve prestes a tornar a escuridão daquela noite completa, dando um soco no pai. Então, parte da tensão em seu corpo diminuiu e ele se encostou no carro, tocando-o com a mão esquerda, acariciando-o, parecendo tirar forças dele.

— Está bem — disse. — O que você quer?

Michael abriu a boca e então pareceu inseguro de como continuar. Um ar de impotência — teria sido engraçado, se não tivesse sido tão horrível — tomou conta de seu rosto. Ele parecia ter envelhecido, ter ficado grisalho e exausto.

— Arnie — disse ele, parecendo forçar as palavras a saírem contra algum enorme peso inerte que se opunha. — Eu sinto muito, Arnie.

— É — respondeu Arnie, virando-se e abrindo a porta do motorista. Um cheiro agradável de carro bem cuidado escapou do interior. — Pude ver pelo jeito como você me defendeu.

— Por favor — disse Michael. — Isto é muito difícil para mim. Mais do que possa imaginar.

Algo em sua voz fez com que Arnie se virasse. Havia desespero e infelicidade no olhar de seu pai.

— Não disse que queria defender você — Michael explicou. — Também vejo o lado dela, sabe. E vi a maneira como você se impôs a ela, determinado a conseguir o que queria, a todo custo...

Arnie deu uma risada malévola.

— Igual a ela, em outras palavras.

— Sua mãe está passando pela grande mudança de vida — Michael disse baixinho. — Tem sido extremamente difícil para ela.

Arnie piscou os olhos, inicialmente sem nem entender direito o que tinha escutado. Era como se, de repente, seu pai lhe tivesse dito algo na "língua do pê"; aquilo parecia ter tanta importância para o assunto em questão quanto o resultado dos últimos jogos de beisebol.

— C-como?

— A mudança, a menopausa. Ela anda assustada, tem bebido demais e, às vezes, sente dores físicas. Não com muita frequência — acrescentou, vendo a expressão alarmada no rosto de Arnie —, mas já foi ao médico, e agora sabemos que é só a menopausa mesmo. Mas ela está passando por um grande tumulto emocional. Você é filho único dela e, da maneira como sua mãe está agora, ela só consegue pensar que quer o melhor para você, não importando o preço.

— Ela quer. E isso não é nenhuma novidade. Ela *sempre* quis que tudo fosse do jeito dela.

— Ela realmente acha que a coisa certa para você é sempre aquilo que ela achar certo para você, sem dúvida. — Michael admitiu. — Mas por que acha que você mesmo é tão diferente? Ou melhor? Você estava procurando briga, e ela sabia disso. E eu também.

— Foi ela quem começou e...

— Não, foi você quem começou, quando trouxe o carro para casa, mesmo sabendo a opinião dela. Sua mãe também está certa em outro ponto: você mudou, Arnie. Desde aquele primeiro dia, quando chegou em casa com Dennis e anunciou que tinha comprado um carro. Foi quando tudo começou. Você acha que isso não a incomodou? Que não me incomodou também? Que o nosso filho começasse a demonstrar traços de personalidade que nem mesmo sabíamos que existiam?

— Ah, qual é, pai! Isso é um pouco...

— Nós nunca vemos você, está sempre trabalhando no carro ou com Leigh.

— Você está começando a soar que nem ela.

Michael subitamente sorriu — mas era um sorriso tristonho.

— Você está errado quanto a isso. Mais errado seria impossível. *Sua mãe* soa como ela mesma e *você* soa como ela, mas eu soo apenas como o cara encarregado de uma força de paz idiota das Nações Unidas que está prestes a levar um tiro no rabo.

Arnie se apoiou mais ainda no carro; sua mão tornou a encontrar a lataria e começou a acariciá-la, acariciá-la.

— Tudo bem — disse. — Acho que entendo o que quer dizer. Não sei por que você quer deixá-la manobrar você assim desse jeito, mas tudo bem.

O sorriso triste e humilhado permaneceu, parecendo o sorriso de um cão que perseguiu uma marmota por um longo tempo num dia quente de verão.

— Talvez algumas coisas se tornem uma maneira de viver. E talvez existam compensações que você não consiga entender, nem eu consiga explicar. Como... bem, eu amo sua mãe, sabe.

Arnie deu de ombros.

— Então... e agora?

— Podemos dar uma volta de carro?

Arnie pareceu surpreso, depois feliz.

— Claro. Vamos lá. Algum lugar em particular?

— O aeroporto.

Arnie ergueu as sobrancelhas.

— O aeroporto? Por quê?

— Eu conto no caminho.

— E quanto à Regina?

— Sua mãe foi para a cama — disse Michael, baixo.

Arnie teve o decoro de enrubescer ligeiramente.

Arnie dirigiu bem e com firmeza. Os novos faróis selados de Christine rasgavam a escuridão precoce com um túnel de luz clara e profunda. Arnie passou pela casa dos Guilder, depois dobrou à esquerda na Elm Street, no sinal de pare. Em seguida, rumou para a JFK Drive. A rota I-376 os levou à I-287, e então seguiram na direção do aeroporto. O trânsito era leve. O motor ronronava macio pelos novos canos de descarga. O painel de instrumentos emitia um místico brilho verde.

Arnie ligou o rádio e sintonizou WDIL, a estação em AM de Pittsburgh, que só tocava músicas antigas. Gene Chandler cantava *The Duke of Earl.*

— Esta coisa roda como um sonho — Michael Cunningham comentou, parecendo admirado.

— Obrigado — Arnie respondeu, sorrindo.

Michael respirou fundo.

— Tem cheiro de *novo.*

— Muita coisa é nova. Estas capas de banco me custaram oitenta pratas. Parte do dinheiro que fez Regina encher o saco. Fui à biblioteca, peguei um monte de livros e tentei copiar tudo o melhor que pude. Mas não foi tão fácil como parece.

— Por que não?

— Bem, em primeiro lugar, o Plymouth Fury 58 não era lá o que as pessoas consideravam um carro clássico, então ninguém escreveu muito sobre ele, nem mesmo nos volumes retrospectivos sobre carros: *Carro Americano, Automóveis Americanos Clássicos, Automóveis dos Anos 50,* coisas assim. O Pontiac 58 foi um clássico, foi só o segundo ano em que a Pontiac fabricou o modelo Bonneville. O T-Bird 58, com barbatanas em forma de orelha de coelho, aquele foi o último grande Thunderbird, eu acho, e...

— Eu não fazia ideia de que você entendia tanto de carros antigos — Michael afirmou. — Há quanto tempo se interessa pelo assunto, Arnie?

Ele deu de ombros vagamente.

— De qualquer maneira, LeBay havia feito um encomenda pessoal, diretamente a Detroit. A Plymouth não oferecia um modelo Fury em vermelho e branco... e eu tentei restaurar o carro mais da maneira em que LeBay o tinha do que à maneira como foi feito em Detroit. Então estou trabalhando sem muita referência externa.

— Por que deseja restaurá-lo da maneira em que LeBay o tinha?

Novamente, aquele vago encolher de ombros.

— Sei lá. Simplesmente me pareceu a coisa mais correta a se fazer.

— Bem, acho que você está fazendo um ótimo trabalho.

— Obrigado.

Michael inclinou-se e observou o painel.

— O que você está olhando? — perguntou Arnie, um pouco irritado.

— Caramba — disse Michael. — Nunca vi *isso* antes!

— O quê? — Arnie baixou os olhos. — Oh, o odômetro...

— Está rodando para trás, não é?

O odômetro estava de fato girando para trás, naquele momento, o entardecer de 1º de novembro, indicava 127.200 quilômetros e uns trocados. Enquanto Michael observava, o indicador dos décimos de quilômetro girou de .2 para .1, depois para .0. Quando voltou a .9, o número de quilômetros diminuiu em mais um.

Michael riu.

— Taí uma coisa que você deixou passar, filho.

Arnie sorriu — um pequeno sorriso.

— É mesmo — disse. —Will disse que deve haver algum fio cruzado por aí. Acho que não vou mexer nisso. É meio legal, ter um odômetro que anda para trás.

— Ele é preciso?

— Como?

— Bem, se você for de nossa casa à Praça da Estação, ele subtrairia 8 quilômetros do total?

— Ah, entendi — Arnie respondeu. — Não, ele não é nada preciso. Volta 2 ou 3 quilômetros para cada quilômetro real. Às vezes mais. Mais cedo ou mais tarde o cabo do velocímetro vai arrebentar, e quando eu o trocar, o problema se resolverá sozinho.

Michael já tinha passado por um ou dois cabos de velocímetro partidos e olhou para o ponteiro, esperando ver o tremular característico que indicava que havia algum problema. O ponteiro, entretanto, permanecia completamente imóvel, pouco acima de 40. O velocímetro parecia normal; apenas o odômetro tinha enlouquecido. Será que Arnie acreditava realmente que os mesmos cabos serviam para o velocímetro e o odômetro? Certamente que não.

Michael riu e comentou:

— Isso é esquisito, filho.

— Por que o aeroporto? — perguntou Arnie.

— Vou lhe dar um tíquete de trinta dias de estacionamento — Michael explicou. — Cinco dólares. Mais barato do que a garagem de Darnell, e você poderá sair com o carro sempre que quiser. O aeroporto é uma parada regular no trajeto do ônibus. É o ponto final, na verdade.

— Caramba, é a coisa mais louca que já ouvi! — Arnie gritou. Embicou o carro para fazer retorno no recuo de uma sombria loja de lavagem a seco. — Vou ter que andar 30 quilômetros de ônibus até o aeroporto para pegar meu carro quando quiser? É uma sinuca de bico! Não! De jeito nenhum!

Ia dizer mais alguma coisa, quando foi subitamente agarrado pelo pescoço.

— Escute aqui — Michael interrompeu. — Sou seu pai, então me ouça! Sua mãe tinha razão, Arnie. Você ficou irracional, mais do que irracional, nos dois últimos meses. Você ficou foi bem estranho!

— Me larga — exclamou Arnie, lutando para se libertar.

Michael não o largou, mas afrouxou a pressão.

— Vou lhe dar um pouco de perspectiva — disse. — Sim, o aeroporto fica bem longe, mas os mesmos 25 centavos que o levam à garagem de Darnell o levarão até lá. Há garagens mais próximas, porém há mais casos de roubo e vandalismo na cidade. O aeroporto, ao contrário, é perfeitamente seguro.

— Nenhum estacionamento público é seguro.

— Em segundo lugar, é mais barato que uma garagem no centro da cidade e *muito* mais barato do que na Darnell's.

— Essa não é a questão e você sabe muito bem!

— Talvez esteja certo — disse Michael —, mas também está esquecendo algo, Arnie. A questão real.

— Bem, suponhamos que você me diga qual é essa questão real.

— Certo, eu direi. — Michael fez uma ligeira pausa, olhando fixamente para o filho. Ao falar, sua voz era baixa e contida, quase tão melodiosa como sua flauta. — Juntamente com qualquer noção do que é razoável, você parece ter perdido inteiramente o senso de perspectiva. Está quase com 18 anos, em seu último ano em uma escola pública. Acho que já decidiu não ir para Horlicks; estive vendo as brochuras de universidades que levou para casa...

— Isso mesmo, não vou para Horlicks — disse Arnie, agora um pouco mais calmo. — Não depois de tudo isto. Você não pode imaginar o quanto eu quero ir para longe daqui. Bem, talvez imagine.

— Sim, eu imagino. E talvez seja o melhor. Melhor do que essses constantes atritos entre você e sua mãe. Tudo que lhe peço é que não conte a ela por enquanto, que espere até enviar os documentos de matrícula à universidade.

Arnie deu de ombros, sem nada prometer.

— Você vai levar o carro para lá, isto é, se ainda estiver rodando...

— Ele estará rodando.

— ... e *se* for uma universidade que deixe os calouros estacionarem os carros no *campus.*

Arnie se virou para o pai, tão surpreso que esqueceu da raiva que sentia. Surpreso e apreensivo. Aquela era uma possibilidade que ainda não havia considerado.

— Não vou para uma universidade que não me deixe levar meu carro — respondeu.

Seu tom era de paciente recitação, o tipo de voz que um professor de crianças excepcionais usaria em aula.

— Viu só? — exclamou Michael. — Ela tem razão. Basear sua escolha de universidade nas regras sobre calouros e carros é totalmente irracional. Você ficou obcecado por este carro.

— Não esperava que você entendesse.

Michael apertou os lábios por um momento.

— De qualquer modo, que diferença faz ir até o aeroporto para buscar o carro quando quiser sair com Leigh? Claro, é um inconveniente, mas não tão grande assim. Significa que você só o usará se houver necessidade, poupando o dinheiro da gasolina. Sua mãe poderá ter uma pequena vitória, não terá que olhar para ele — Michael fez uma pausa e exibiu o sorriso tristonho novamente. — Nós dois sabemos que ela não encara isto como dinheiro jogado fora, realmente. Para ela, este é o seu primeiro passo decisivo para se afastar dela... de nós. Acho que sua mãe... oh, droga, que sei eu?

Ele parou, olhando o filho. Arnie olhou de volta, pensativo.

— Leve o carro para a universidade com você; mesmo que você escolha uma que não deixa os calouros terem carros no campus, sempre há outros meios de se locomover...

— Como estacionar no aeroporto?

— Sim, como estacionar no aeroporto. Quando você vier para casa nos fins de semana, Regina ficará tão contente em vê-lo que nem mencionará o carro. Droga, ela provavelmente até vai lhe ajudar a lavar e encerar o carro, só para saber como você está. Dez meses. Então tudo terminará. Podemos ter paz na família novamente. Vamos, Arnie. Dirija.

Arnie afastou-se da frente da lavanderia e voltou ao tráfego.

— Esta coisa está no seguro? — perguntou Michael, abruptamente.

Arnie riu.

— Está brincando? Se você não tiver um seguro de responsabilidade legal e um acidente acontecer, os tiras acabam com você. Sem o seguro, a culpa é sempre sua, mesmo que o outro carro caia do céu em cima do seu teto. É um dos meios que os bostas encontraram para manter os adolescentes fora das ruas, na Pensilvânia.

Michael pensou em dizer a ele que um número despropositado de acidentes fatais na Pensilvânia — quarenta e um por cento — envolvia motoristas adolescentes. Regina lera a estatística para ele, parte de um artigo no suplemento dominical de um jornal, enunciando o número em lentos tons apocalípticos — *"Quarenta e um* por cento!" — pouco depois de Arnie ter comprado o carro. Porém, Michael concluiu que o filho não iria querer ouvir aquilo, não em seu estado de espírito atual.

— Só o seguro de responsabilidade legal?

Estavam passando sob uma placa que dizia FAIXA ESQUERDA PARA O AEROPORTO. Arnie ligou o pisca-alerta e mudou de faixa. Michael pareceu relaxar um pouco.

— Só se pode fazer o seguro de colisões depois dos 21 anos; essas bostas de companhias de seguros são ricas como Midas, mas não lhe dão cobertura a não ser que as probabilidades sejam *escandalosamente* favoráveis a elas. — Havia um tom amargo e de alguma forma quase rabugento na voz de Arnie que Michael jamais ouvira antes. Por mais que não tivesse dito nada, ele também estava espantado e um pouco consternado pela escolha de palavras do filho. Imaginava que ele usasse esse tipo de linguagem com os amigos (pelo menos, foi o que comentou mais tarde com Dennis Guilder, parecendo ignorar completamente que, até o último ano do segundo grau, o próprio Dennis tinha sido o único amigo de Arnie), mas o fato é que jamais a usara diante dos pais.

— Seu histórico de motorista e o fato de você ter feito ou não autoescola não têm nada a ver com isso — Arnie prosseguiu. — Não se pode ter o seguro contra colisões porque as merdas das tabelas atuariais deles dizem que não. Você pode fazer o seguro aos 21 anos, desde que esteja disposto a gastar uma fortuna. Em geral, as prestações das apólices acabam sendo mais altas do que o valor de mercado do carro até o motorista fazer 23 anos, mais ou menos, a não ser que ele seja casado. Oh, os bostas pensaram em tudo direitinho! Eles sabem como encurralar a gente, de verdade!

Adiante, as luzes do aeroporto brilhavam, as pistas contornadas por místicas linhas paralelas de luz azul.

— Se alguém um dia me perguntar qual a forma mais baixa de vida humana, vou responder que é um agente de seguros.

— Você parece ter estudado muito o assunto — comentou Michael. Não ousou dizer mais nada, pois Arnie parecia apenas esperar um novo acesso de ódio.

— Andei perguntando em cinco companhias diferentes. Apesar do que mamãe insinuou, não sinto a menor vontade de jogar meu dinheiro fora.

— E responsabilidade legal foi o máximo que conseguiu?

— É isso mesmo. Seiscentos e cinquenta dólares por ano.

Michael assobiou.

— Isso mesmo — Arnie concordou.

Outro sinal reluzente avisava que as duas faixas da esquerda eram para estacionar, as da direita para partidas. Diante da entrada do estacionamento o caminho se dividia novamente. À direita havia um portão automático onde você pegava um tíquete para estacionamento rotativo. Do lado esquerdo, ficava a cabina envidraçada onde estava o atendente do estacionamento, assistindo a uma pequena TV em preto e branco e fumando um cigarro.

Arnie suspirou.

— Talvez você tenha razão. Talvez esta seja a melhor solução, toda do avesso.

— Claro que é — Michael concordou, aliviado. Arnie se parecia de novo com o velho Arnie, e aquele brilho duro desaparecera dos olhos dele, finalmente. — Dez meses, só isso.

— Certo.

Dirigiu até a cabine. O atendente, um rapaz com um suéter preto e laranja do colégio com o escudo do Libertyville nos bolsos, abriu a janela de vidro e inclinou-se para fora.

— O que vai ser? — perguntou.

— Eu queria um tíquete de trinta dias — Arnie respondeu, enfiando a mão no bolso para tirar a carteira.

Michael pousou a mão sobre a dele.

— Esse é por minha conta — disse.

Arnie puxou a mão com delicadeza, mas firmemente, e tirou a carteira.

— O carro é meu — respondeu. — Eu pago minhas próprias contas.

— Eu só queria... — começou Michael.

— Eu sei — disse Arnie —, mas estou falando sério.

Michael suspirou.

— Eu sei que está. Você e sua mãe também. Tudo vai ficar bem, se você fizer do meu jeito.

Os lábios de Arnie tremeram momentaneamente, depois sorriram.

— Bem... certo — disse ele.

Os dois se entreolharam e começaram a rir.

No exato momento em que eles riram, o motor de Christine morreu. Até então, a máquina viera funcionando com perfeição discreta. Agora, simplesmente parou; as luzes do óleo e amperagem se acenderam.

Michael ergueu as sobrancelhas.

— O que foi?

— Não sei — Arnie respondeu, franzindo o cenho. — Nunca fez isso antes.

Girou a chave e o motor pegou imediatamente.

— Acho que não foi nada — comentou Michael.

— Vou dar uma olhada na regulagem no fim da semana — Arnie murmurou.

Arnie acelerou e ouviu atentamente. E, naquele instante, Michael achou que Arnie não lembrava em nada o seu filho. Parecia uma outra pessoa, alguém muito mais velho e endurecido. Sentiu uma leve porém muito dolorosa pontada de medo no peito.

— Ei, vocês vão querer o tíquete ou preferem ficar aí a noite inteira discutindo a regulagem? — perguntou o rapaz do estacionamento.

Arnie o achou vagamente familiar, como acontece com aquelas pessoas que se vê pelos corredores da escola, mas com as quais não se tem mais nenhuma ligação.

— Ah, sim, desculpe.

Arnie entregou-lhe uma nota de 5 dólares e o encarregado lhe deu um tíquete mensal.

— Fundo do pátio — indicou o rapaz. — Não esqueça de revalidar o tíquete cinco dias antes do fim do mês, se quiser ter a mesma vaga de novo.

— Certo.

Arnie dirigiu para os fundos do pátio, a sombra de Christine crescendo e encolhendo conforme passavam sob os postes de lâmpadas de sódio. Encontrou uma vaga e entrou de ré. Quando desligou o motor, fez uma careta e levou a mão às costas.

— Isso ainda o incomoda? — perguntou Michael.

— Só um pouquinho — respondeu Arnie. — Tinha quase sumido, mas voltou ontem. Devo ter levantado algum peso sem querer. Não se esqueça de trancar a porta.

Os dois saíram e trancaram o carro. Uma vez fora, Michael se sentiu muito melhor — como se estivesse mais ligado ao filho e, provavelmente o que era ainda mais importante, com a impressão de que não tinha sido tão grande o seu papel de bobo impotente com uma carapuça de sininhos naquela discussão que tinha acontecido em casa. Fora do carro, surgia a sensação de que algo poderia ser salvo daquela noite — talvez muita coisa.

— Vamos ver o quão rápido é esse ônibus — disse Arnie.

Juntos começaram a cruzar o pátio de estacionamento em direção ao terminal, como dois companheiros.

No caminho até o aeroporto, Michael tinha formado uma opinião sobre Christine. Ficara impressionado com o trabalho de restauração feito por Arnie, mas não gostava do carro em si — sentia uma antipatia intensa. Considerou que era ridículo se sentir daquela forma em relação a um objeto inanimado, porém a antipatia estava ali, forte e indiscutível, como um caroço em sua garganta.

Era impossível isolar a fonte do antagonismo. Aquele carro provocara problemas amargos na família, e ele supôs que talvez fosse esse o motivo... porém não era tudo. Michael não gostara do *jeito* que Arnie assumia na direção: um tanto arrogante e petulante ao mesmo tempo, como um pequeno rei. A maneira impotente como reclamara do seguro... seu uso daquela palavra feia e contundente — "bostas" —, inclusive a maneira como o carro tinha morrido quando tinham rido juntos.

Havia ainda o cheiro. Não era perceptível logo de início, mas estava lá. Não o cheiro das novas capas, porque esse era bastante agradável. Tratava-se de um odor sutil, amargo e quase (mas não inteiramente) secreto. Um odor antigo. *Bem*, disse Michael para si mesmo, *o carro é velho, por que diabos se poderia esperar um cheiro de novo?* E isto fazia um sentido indiscutível. Apesar do trabalho de restauração realmente fantástico que Arnie realizara, o Fury tinha 20 anos de idade. Aquele cheiro acre e mofado poderia se originar da forração velha do porta-malas ou dos tapetes podres por debaixo dos novos. Talvez se originasse do estofamento original, sob as novas capas. Só um cheiro de idade.

No entanto, aquele cheiro subjacente, difuso e vagamente enjoativo o preocupava. Parecia ir e vir em ondas, às vezes bastante perceptível, outras totalmente indetectável. Não parecia ter uma origem específica. Nos piores momentos, o fedor era como o de um cadáver putrefato de algum pequeno animal — um gato, um camundongo, talvez um esquilo — que tivesse invadido o porta-malas ou rastejado para dentro da estrutura, e lá tivesse morrido.

Michael estava orgulhoso com o que seu filho realizara... e muito satisfeito em sair do carro dele.

Sandy

First I walked past the Stop and Shop,
Then I drove past the Stop and Shop.
I liked that much better when I drove
Past the Stop and Shop,
Cause I had the radio on.

— Jonathan Richmond and the Modern Lovers

O atendente do estacionamento naquela noite — de fato, em todas as noites, das seis da tarde às dez da noite — era um jovem chamado Sandy Galton, o único membro do bando de amigos íntimos de Buddy Repperton que não estava presente na área de fumantes no dia em que Buddy fora expulso do colégio. Arnie não o reconheceu, mas Galton reconheceu Arnie.

Fora da escola e sem o menor interesse em tomar as providências necessárias para sua readmissão no início do semestre da primavera, em janeiro, Buddy Repperton tinha ido trabalhar no posto de gasolina administrado pelo pai de Don Vandenberg. Em suas poucas semanas de serviço ali, ele já havia iniciado vários golpes bem típicos — como dar troco a menos aos clientes apressados demais para conferir, praticar o truque da recauchutagem (que consiste em cobrar do cliente o preço de um pneu novo, mas instalar um recauchutado, embolsando a diferença de 15 a 60 dólares), praticar o truque semelhante das peças usadas, além de vender adesivos de inspeção a garotos do colégio e da Universidade de Horlicks, garotos desesperados para manter suas sucatas mortais na estrada.

O posto ficava aberto vinte e quatro horas por dia, e Buddy Repperton trabalhava no último turno, das nove da noite às cinco da manhã. Por volta de onze da noite, Moochie Welch e Sandy Galton às vezes apareciam lá, no velho e maltratado Mustang de Sandy. Richie Trelawney costumava ir em seu Firebird, e Don, naturalmente, chegava e saía toda hora, quando não estava de bobeira na escola. Por volta da meia-noite de qualquer dia da semana, havia sempre uns seis ou oito caras no escritório, bebendo cerveja em xícaras sujas, passando uma garrafa de Texas Driver de Buddy, fumando um baseado ou um pouco de haxixe, peidando, contando piadas sujas, trocando mentiras sobre quantas bocetas estavam comendo e talvez ajudando Buddy a mexer em qualquer carro que estivesse no elevador hidráulico.

Durante uma daquelas reuniõezinhas de fim de noite, no começo de novembro, Sandy comentou que Arnie Cunningham estava estacionando sua máquina na área de longos períodos do estacionamento. De fato, Cunningham tinha comprado um tíquete de trinta dias.

Buddy, cujo comportamento normal durante aquelas reuniões noturnas era retraído e emburrado, subitamente baixou a cadeira de plástico barato de volta sobre as quatro pernas e colocou sua garrafa de Driver no armário dos limpadores de para-brisa com um baque.

— O que foi que você disse? — perguntou. — Cunningham? O velho Cara de Boceta?

— Aham — disse Sandy, surpreso e um tanto apreensivo. — Ele mesmo.

— Tem certeza? O cara que fez eles me chutarem da escola?

Sandy olhou para ele cada vez mais alarmado.

— É. Por quê?

— E ele comprou um tíquete de trinta dias, o que significa que vai deixar o carro nas vagas de mensalista.

— É. Talvez os pais dele não quisessem que ele deixasse o carro em...

A voz de Sandy extinguiu-se. Buddy Repperton começou a sorrir. Não era uma visão agradável, não apenas porque os dentes já estivessem começando a apodrecer. Era como se algum terrível mecanismo tivesse acabado de ganhar vida e começasse a funcionar, ganhando velocidade.

Buddy olhou em torno, de Sandy para Don e Moochie Welch e Richie Trelawney. Eles olharam de volta, interessados e um pouco assustados.

— O Cara de Boceta — disse ele em tom suave, e impressionado. — O velho Cara de Boceta já legalizou sua máquina e seus pais caretas fizeram ele estacionar no aeroporto...

Ele riu.

Moochie e Don trocaram um olhar que, de alguma forma, era tanto apreensivo quanto empolgado.

Buddy inclinou-se para eles, de cotovelos nos joelhos dos jeans.

— Ouçam — começou.

Arnie e Leigh

Riding along in my automobile,
My baby beside me at the wheel,
I stole a kiss at the turn of a mile,
My curiosity running wild –
Cruisin and playin the radio,
With no particular place to go.
— Chuck Berry

O rádio do carro tocava a estação WDIL e Dion cantava "Runaround Sue" em sua voz forte, a plenos pulmões, mas nenhum dos dois estava escutando.

As mãos de Arnie tinham deslizado por sob a camiseta de Leigh, encontrando a glória macia dos seios dela, coroados por mamilos endurecidos e empinados pelo tesão. A respiração dela estava rápida e ofegante. E, pela primeira vez, a mão de Leigh estava onde ele queria, onde ele *precisava* que estivesse, no colo dele, onde a mão apertava, e se mexia, sem experiência, mas com desejo suficiente para compensar.

Ele a beijou e a boca de Leigh se abriu completamente, e a língua estava lá, e o beijo foi como inalar o límpido aroma/sabor de uma floresta tropical. Ele podia sentir a excitação e o tesão vindos dela como uma aura.

Arnie se inclinou em direção a ela, *se contorceu* em direção a ela, tudo de si e por um momento pôde sentir Leigh respondendo com uma paixão pura e límpida.

Então ela não estava mais lá.

Arnie ficou ali sentado, confuso e atordoado, um pouco à direita do volante, quando a luz do teto de Christine se acendeu. Foi rápido; a porta do passageiro se fechou solidamente, e a luz se apagou novamente.

Ele ficou sentado por mais alguns segundos, sem saber direito o que tinha acontecido, momentaneamente sem nem saber direito onde estava. Seu corpo estava em total ebulição — um confuso amontoado de emoções e reações físicas aleatórias que eram meio maravilhosas e meio terríveis. Suas glândulas doíam; o pênis estava duro como ferro e os testículos latejavam surdamente. Ele podia sentir a adrenalina turbilhonando velozmente no sangue, para cima, para baixo, por todos os lados.

Cerrou o punho e bateu com força na perna. Então, deslizando pelo assento, abriu a porta e foi atrás dela.

Leigh estava de pé bem na borda do dique, olhando para a escuridão. Dentro de um retângulo brilhante, no meio daquelas trevas, Sylvester Stallone caminhava pela noite vestido como um jovem líder trabalhista dos anos 30. Mais uma vez Arnie tinha aquela sensação de estar vivendo em algum sonho maravilhoso que poderia se transformar num pesadelo a qualquer momento... talvez isso já estivesse acontecendo.

Leigh estava perto demais da borda do dique; Arnie pegou o braço dela e a puxou delicadamente para trás. O solo ali era seco e esfarelava fácil. Não havia grade nem mureta. Se a terra da borda cedesse, Leigh cairia junto, em alguma parte das moradias suburbanas espalhadas frouxamente em torno do Liberty Hill Drive-In.

O dique era um local de encontro dos namorados desde tempos imemoriais. Ficava no final de Stanson Road, um longo e serpenteante trecho de duas pistas asfaltadas, que primeiro se curvara para fora da cidade e depois formava uma curva apertada, acabando sem saída em Libertyville Heights, onde um dia houve uma fazenda.

Era 4 de novembro, e a chuva que começara no início daquela noite de sábado transformara-se em granizo bem leve. Eles tinham o dique e a vista grátis (embora silenciosa) do drive-in só para si mesmos. Arnie a conduziu de volta ao carro — ela voltou de boa vontade —, achando que eram gotas de chuva no rosto dela. Foi somente no interior, ao brilho esverdeado e fantasmagórico das luzes do painel, que Arnie pôde ver claramente que ela estava chorando.

— O que foi? — perguntou ele. — O que há de errado?

Ela sacudiu a cabeça e chorou mais forte.

— Eu fiz... foi alguma coisa que você não queria fazer? — Engolindo em seco, obrigou-se a perguntar: — Me tocar daquele jeito?

Ela balançou a cabeça novamente, mas Arnie não tinha certeza do significado. Ele a abraçou, desajeitado e preocupado. No fundo da mente, pensava no granizo, na viagem de volta ladeira abaixo, e no fato de que ainda não tinha pneus de neve em Christine.

— Nunca fiz isso para nenhum rapaz — ela explicou encostada no ombro dele. — Foi a primeira vez que toquei... você sabe. Fiz porque queria. Porque queria, só isso.

— Então o que foi?

— Não posso... aqui...

As palavras saíram lenta e dolorosamente, uma de cada vez, com uma relutância horrível.

— No Aterro? — Arnie indagou, olhou em torno, pensando estupidamente que Leigh talvez acreditasse de verdade que só tinham ido ali para verem o filme de graça.

— Neste carro! — Leigh gritou, de repente. — Não posso fazer amor com você neste carro!

— Hein? — Ele a encarou, paralisado. — Do que você está falando? Por que não?

— Porque... porque... eu não sei! — Ela se esforçou para dizer mais alguma coisa, mas explodiu em novas lágrimas.

Arnie abraçou-a novamente, até que ela se acalmou.

— É só que eu não sei quem você ama mais — Leigh explicou, quando o choro permitiu.

— Isso é... — Arnie parou, balançou a cabeça e sorriu. — Leigh, isso é loucura.

— É mesmo? — ela perguntou, observando o rosto do namorado. — Com quem você passa mais tempo? Comigo... ou com ela?

— Está falando de Christine? — Ele olhou em volta, sorrindo aquele sorriso curioso que ela poderia achar adorável ou terrivelmente odioso, às vezes as duas coisas ao mesmo tempo.

— Estou — disse Leigh, numa voz sem entonação. Baixou os olhos para as mãos que jaziam imóveis sobre as calças compridas de lã azul. — Acho que é meio ridículo.

— Eu passo muito mais tempo com você — Arnie afirmou. Balançou a cabeça. — Isso é maluquice. Bem, talvez seja o normal... talvez só pareça maluquice para mim porque eu nunca tive uma namorada antes — Arnie estendeu a mão e tocou os cabelos de Leigh onde cascateavam sobre um dos ombros do casaco aberto. Por baixo, a camiseta dizia DÊ-ME LIBERTYVILLE OU DÊ-ME A MORTE, e os mamilos dela se destacavam sob o algodão fino de modo tão sensual que Arnie se sentiu um pouco delirante.

— Pensei que garotas sentissem ciúmes de outras garotas. Não de carros.

Leigh riu rapidamente.

— Tem razão. Deve ser porque você nunca teve uma namorada. Carros *são* garotas. Não sabia?

— Ah, fala sério...

— Então por que você não batizou isto aqui de Christopher?

Repentinamente, Leigh deu um tapa forte no banco. Arnie estremeceu.

— Fala sério, Leigh. Não faça isso.

— Não gosta que eu bata na sua garota? — perguntou ela, com súbito e inesperado veneno. Então percebeu o olhar magoado. — Desculpa, Arnie.

— De verdade? — disse ele, olhando para ela inexpressivamente. — Parece que ninguém gosta de meu carro hoje em dia: você, meu pai, minha mãe, nem mesmo Dennis. Trabalhei que nem um maluco, e ninguém se importa com isso!

— Eu me importo — disse ela suavemente. — Com o *trabalho* que deu.

— Sei — Arnie respondeu, sombrio. A paixão e o calor tinham desaparecido. Sentia frio agora e o estômago um pouco enjoado. — Escute, é melhor irmos andando. Não tenho pneus para neve. Seus pais vão achar muito esquisito nós dois irmos jogar boliche e depois ficarmos presos na Stanson Road.

Leigh riu baixinho.

— Eles não sabem onde a Stanson Road termina.

Arnie ergueu uma sobrancelha para ela, parte do bom humor retornando.

— Isto é o que *você* pensa — disse.

Arnie dirigiu lentamente na descida, e Christine se saiu muito bem na estrada íngreme e serpenteante com um "passo" firme. O punhado de estrelas na terra formado por Libertyville e Monroeville foi crescendo e se aproximando, acabando por perder qualquer padrão visual. Leigh observava com tristeza, sentindo que a melhor parte de uma noite potencialmente espetacular tinha de algum modo se perdido. Estava irritada, confusa — insatisfeita, foi o que supôs. Havia uma dor surda em seus seios. Leigh não sabia se tinha pretendido deixá-lo ir "até o fim", digamos assim, mas depois que as coisas chegaram a um certo ponto, nada mais correu como ela esperava... tudo porque havia aberto a maldita bocona.

Seu corpo estava uma confusão, assim como seus pensamentos. Várias vezes, durante a silenciosa volta para casa, ela abriu a boca, para tentar esclarecer como se sentia... para fechá-la de novo, receando ser interpretada erroneamente, pois ela mesma não sabia ao certo como se sentia.

Não tinha ciúmes de Christine... e tinha, ao mesmo tempo. Quanto a isso, Arnie não dissera a verdade. Leigh sabia muito bem quanto tempo que ele gastava mexendo no carro, mas seria isso tão errado assim? Arnie era habilidoso com as mãos, gostava de trabalhar no carro, que funcionava bem como um relógio... exceto por aquele detalhe esquisito do odômetro que andava para trás.

Carros são garotas, ela tinha dito, sem pensar muito no que dizia; simplesmente lhe escapara da boca. Evidentemente, nem sempre era verdade, porque não pensava no sedã da família como tendo um gênero em particular; era só um Ford.

Mas...

Esqueça, livre-se de todas essas babaquices de magia. A verdade era muito mais brutal, muito mais louca, não era? Ela não conseguia fazer amor com ele, não conseguia tocá-lo daquele jeito íntimo, muito menos pensar em fazê-lo chegar ao clímax daquela maneira (ou da outra, a maneira real — tinha pensado nisso inúmeras vezes enquanto estava deitada na cama estreita, sentindo uma nova e quase incrível excitação assaltá-la), dentro do carro.

Não dentro do carro.

Porque a parte mais louca era que Leigh sentia que Christine os *vigiava.* Que ela tinha ciúmes deles, que os desaprovava, talvez até os odiava. Porque havia ocasiões (como agora, enquanto Arnie dirigia o

Plymouth tão suave e delicadamente sobre as camadas de granizo que iam se formando) em que ela sentia que eles dois — Arnie e Christine — estavam fundidos numa perturbadora paródia do ato amoroso. Porque Leigh não se sentia *andando* em Christine; quando entrava no carro para ir com Arnie a algum lugar, sentia-se *engolida* por Christine. E o ato de beijá-lo, de fazer amor com ele, parecia uma perversão pior que o voyeurismo ou exibicionismo — era como fazer amor dentro do corpo de sua rival.

E a parte realmente louca era que Leigh odiava Christine.

Odiava-a e a temia. Leigh passara a ter uma vaga aversão a caminhar diante da nova grade do radiador ou logo atrás do porta-malas. Pensava vagamente no freio de mão se soltando ou da marcha saindo bruscamente do ponto morto, por algum motivo. Pensamentos que nunca teve em relação ao sedã da família.

Mas o sentimento mais forte era não querer fazer nada no carro... ou mesmo ir nele a algum lugar, se pudesse evitar. De algum modo, Arnie ficava diferente quando estava dentro do carro, transformava-se em uma pessoa que ela não conhecia mais. Adorava o toque das mãos dele em seu corpo — nos seios e coxas (ainda não permitira que ele tocasse o seu centro, mas desejava as mãos de Arnie lá; achava que, se ele a tocasse lá, ela certamente se derreteria). O contato dele sempre lhe trazia um sabor de excitação à boca, uma sensação de que cada sentido estava vivo e deliciosamente sincronizado. No carro, porém, essas sensações pareciam enfraquecidas... talvez porque, no carro, Arnie fosse menos honestamente apaixonado e, de certo modo, mais lascivo.

Leigh abriu a boca de novo quando viraram na rua dela, querendo explicar um pouco daquilo, mas novamente não saiu nada. E por que sairia? Não havia nada para explicar realmente — era tudo muito vago. Vapores nebulosos. Bem... havia uma coisa — mas isto não poderia contar a ele, porque o magoaria demais. E Leigh não queira magoá-lo, pois achava que estava começando a amá-lo.

Mas essa coisa estava lá.

O cheiro — um cheiro forte e pútrido sob o aroma dos estofamentos novos e do fluido de limpeza que ele usara nos tapetes do piso. Estava lá, fraco, mas terrivelmente desagradável. Quase nauseante.

Como se, alguma vez, qualquer coisa tivesse rastejado para dentro do carro e morrido lá dentro.

Ele lhe deu um beijo de boa noite à porta de casa, o granizo cintilando prateado no cone de luz amarela despejado pela lâmpada da entrada aos pés dos degraus da varanda. Brilhava no louro escuro dos cabelos dela como joias. Arnie teria gostado de beijá-la de verdade, mas como os pais dela poderiam estar vigiando da sala de estar — e provavelmente estavam, de fato — ele foi obrigado a beijar Leigh quase formalmente, como se beijaria uma prima querida.

— Desculpa — disse ela. — Eu fui ridícula.

— Não — Arnie respondeu, obviamente querendo dizer sim.

— É só que — e a mente de Leigh lhe forneceu algo que era um híbrido curioso de verdade e mentira — não parecia certo fazer isto no carro. Em *nenhum* carro. Quero que a gente fique juntos, mas não estacionados no escuro, no fim de uma estrada sem saída. Você entende?

— Claro — respondeu. — Entendo perfeitamente o que quer dizer.

Lá em cima, no dique, dentro do carro, ele tinha ficado um pouco bravo com ela... bem, para ser franco, tinha ficado enfurecido. Agora, no entanto, junto à porta de casa, achou que podia entender — e ficar chocado por ter querido lhe negar qualquer coisa ou lhe contrariar de qualquer maneira.

Ela o abraçou, passando os braços pelo pescoço. O casaco continuava aberto e Arnie pôde sentir o peso suave e enlouquecedor dos seios.

— Eu te amo — disse Leigh, pela primeira vez, em seguida entrando em casa, deixando-o momentaneamente parado na entrada, agradavelmente atordoado e muito mais calorento do que deveria estar em meio ao granizo tagarela do fim do outono.

A ideia de que os Cabot poderiam achar estranho que ele continuasse parado à sua porta por muito mais tempo, sob o granizo, finalmente abriu caminho em seu cérebro entorpecido. Arnie deu meia-volta e foi embora pela entrada de carros, entre o pulsar e o tamborilar do granizo, estalando os dedos e sorrindo. Estava andando na montanha-russa agora, aquela que era a melhor de todas, a que só deixam a gente andar uma vez.

Perto do ponto em que o caminho de concreto se unia à calçada, ele parou, com o sorriso desaparecendo do rosto. Christine estava junto ao meio-fio, com pequenas gotas de granizo derretido perolando seu vidro, borrando as luzes vermelhas de alerta do painel. Distraidamente ele se perguntou qual seria a origem daquele termo em particular — *luzes de alerta;* uma expressão estressante. Em seguida, isso tudo foi apagado por uma consideração mais importante: Arnie tinha deixado Christine com o motor ligado e ela tinha morrido. Era a segunda vez que acontecia.

— Fiação molhada — murmurou para si mesmo. — Só isso.

Não podiam ser as velas; ele tinha instalado um novo conjunto inteiro na garagem de Will, há apenas dois dias. Oito Champions novas e...

Com quem você passa mais tempo? Comigo... ou com ela?

O sorriso retornou, mas agora era apreensivo. Bem, ele passava mais tempo às voltas com carros *em geral* — claro. Isto porque trabalhava para Will. Mas era ridículo imaginar que...

Você mentiu para ela. Essa é a verdade, não é?

Não, respondeu para si mesmo, nervoso. *Não acho que poderia ser dito que eu menti para ela...*

Não? Então que nome dá a isso?

Pela primeira e única vez, desde que levara Leigh ao jogo de futebol em Hidden Hills, Arnie tinha lhe contado uma enorme mentira. Porque a verdade era que ele passava mais tempo com Christine, e odiava ter que estacioná-la naquela área de mensalistas do estacionamento do aeroporto, exposta ao vento e à chuva, e em breve à neve...

Mentira para Leigh.

Ele passava mais tempo com Christine.

E isso era...

Era...

— Errado — resmungou, e a palavra quase se perdeu entre o pegajoso e misterioso som do granizo caindo.

Arnie ficou parado na calçada, olhando o carro desligado, um viajante do tempo maravilhosamente ressuscitado, vindo da era de Buddy Holly, de Khruschev e de Laika, a cadela espacial. E odiou aquele carro de repente. Não sabia bem o quê, mas ele lhe tinha feito algo. Alguma coisa.

As luzes de alerta, borradas até virarem olhos vermelhos em forma de bolas de futebol, pela umidade no para-brisa, pareciam zombar dele e censurá-lo ao mesmo tempo.

Arnie abriu a porta do motorista, sentou-se ao volante e fechou a porta. Cerrou os olhos. A paz fluiu por ele e as coisas pareceram fazer sentido de novo. Sim, mentira para ela, mas fora uma pequena mentira. Uma mentirinha insignificante. Não, uma mentira *absolutamente* sem importância.

Estendeu a mão sem abrir os olhos e tocou o retângulo de couro no qual as chaves estavam presas — velho e surrado, com as iniciais R.D.L. gravadas a fogo. Arnie não sentira necessidade de um novo chaveiro ou de um pedaço de couro com suas próprias iniciais.

Entretanto, havia algo peculiar sobre a etiqueta de couro presa às chaves, não havia? Sim. Algo bem peculiar mesmo.

Quando contou o dinheiro sobre a mesa da cozinha de LeBay e este lhe deslizou as chaves por cima da toalha de oleado xadrez vermelha e branca, o retângulo de couro estava puído, arranhado e encardido pela idade, as iniciais quase apagadas pelo tempo e pela constante fricção contra as moedas no bolso do velho e o próprio tecido do bolso.

Agora, as iniciais surgiam vivas e nítidas novamente. Tinham sido renovadas.

Como a mentira, no entanto, aquilo não tinha importância alguma. Sentado no interior da casca metálica da carroceria de Christine, Arnie teve uma forte sensação de que aquilo era verdade.

Ele *sabia* que era. Muito sem importância, tudo aquilo.

Girou a chave. O motor de arranque gemeu, mas por um longo tempo o motor não pegou. Fiação molhada. Claro que era isso.

— Por favor — sussurrou. — Está tudo bem, não se preocupe, está tudo igual.

O motor deu a ignição e não pegou. O motor de arranque ficou ganindo sem parar. O granizo estalava friamente sobre o vidro. Era seguro ali dentro, seco e aquecido. Se o motor pegasse.

— Vamos lá — sussurrou Arnie. — Vamos, Christine. Vamos, querida.

O motor deu ignição novamente e pegou. As luzes de alerta piscaram e apagaram. A luz DIN tornou a pulsar fracamente enquanto o motor gaguejava apagando de vez depois, quando o ritmo do motor se transformou num zunido firme.

O aquecedor soprou ar quente suavemente em torno de suas pernas, negando o frio invernal do exterior.

Parecia a Arnie que havia coisas que Leigh não poderia entender, coisas que ela jamais entenderia. Porque ela não o conhecera antes. As espinhas. Os gritos de *"Ei, Cara de Pizza!"*. A necessidade de falar, a necessidade de se aproximar de outras pessoas e a incapacidade. A impotência. Leigh parecia não ser capaz de compreender o simples fato de que, não fosse por Christine, ele jamais teria encontrado coragem para lhe telefonar, mesmo que Leigh andasse por aí com QUERO SAIR COM ARNIE CUNNINGHAM tatuado na testa. Ela não podia compreender que, às vezes, ele se sentia como se fosse trinta anos mais velho — não, cinquenta anos mais velho! — e não um adolescente, de maneira alguma, mas um veterano terrivelmente ferido, voltando de uma guerra não declarada.

Arnie acariciou o volante. Os olhos de gato verdes no painel brilhavam reconfortantemente para ele.

— Está bem — disse ele. Quase suspirou. Colocou a alavanca de câmbio no D maiúsculo e ligou o rádio. Dee Dee Sharp cantando *Mashed Potato Time* — nonsense místico nas ondas de rádio brotando das trevas.

Saiu com o carro, planejando ir para o aeroporto, onde estacionaria o carro e pegaria o ônibus de volta à cidade. Foi o que fez, mas não em tempo de pegar o ônibus das 23 horas, como queria. Em vez disso, pegou o da meia-noite e, só quando já estava na cama, recordando os beijos cálidos de Leigh, em vez de pensar na forma como Christine não queria pegar, foi que lhe ocorreu que naquela noite, após deixar a casa dos Cabot e antes de chegar ao aeroporto, Arnie tinha perdido uma hora. Era algo tão óbvio que ele se sentiu como o homem que, após revirar a casa de alto a baixo, procurando uma carta importantíssima, acaba descobrindo que esteve com ela na outra mão o tempo todo. Óbvio... e um tanto assustador.

Onde ele esteve?

Tinha uma vaga noção de afastar-se do meio-fio, em frente à casa de Leigh, e então apenas...

... apenas rodar.

Exatamente. Rodar. Só isso. Nada de mais.

Rodando sobre o gelo cada vez mais espesso, rodando por ruas vazias e encouraçadas de branco, rodando sem pneus de neve (porém, Christine, "pisando" com segurança incrível, jamais derrapou em retas ou curvas, parecendo encontrar o caminho mais seguro como que por magia, avançando com tal solidez que dava a impressão de correr sobre trilhos), rodando com o rádio ligado, ouvindo uma corrente constante de músicas antigas que pareciam consistir exclusivamente em nomes de garotas: "Peggy Sue", "Carol", "Barbara-Ann", "Susie Darlin".

Arnie tinha uma vaga impressão de que, em um determinado momento, tinha ficado um pouco assustado e apertou um dos botões cromados do conversor de banda de rádio que instalara, mas em vez da FM-104 e do programa *Block Party Weekend,* a WDIL apareceu de novo, só que agora o disc jockey soava assustadoramente como Allan Fred, e a voz que se seguiu era a de Screamin' Jay Hawkins, rouca e cantando: *"Lancei um feitiço em vocêêê... porque você é miiiiinha..."*

Por fim, lá estava o aeroporto, com suas luzes do mau tempo pulsando sequencialmente, como um batimento cardíaco visível. O que quer que o rádio estivesse tocando sumiu num emaranhado de estática sem sentido, e ele o desligou. Ao sair do carro, experimentou um tipo incompreensível e suado de alívio.

Agora ele jazia na cama, querendo dormir, mas sem conseguir. O granizo tinha se coalhado em gordos esguichos de neve.

Algo estava errado.

Algo havia sido iniciado e algo estava errado. Arnie não podia nem mentir para si mesmo e dizer que não sabia o que era. O carro — Christine —, várias pessoas tinham comentado como a restauração estava linda. Arnie a levou para a escola e os colegas da aula de Mecânica de Motores se apertaram em volta, eles se enfiaram embaixo dela para dar uma olhada no novo sistema de escapamento, os novos amortecedores, a lanternagem. Mergulharam até a cintura no compartimento do motor, verificando as correias e o radiador, que se apresentava miraculosamente livre de corrosão e da gosma esverdeada, que era o resíduo de anos de fluido anticongelante, examinando o dínamo e os pistões cintilantes bem encaixados em seus cilindros. Até o filtro de ar era novo, com o número 318 pintado sobre o topo, inclinado para trás para indicar velocidade.

Sim, ele se tornara uma espécie de herói para os colegas de oficina, recebendo todos os comentários e cumprimentos com o necessário sorriso autodepreciativo. Mas mesmo então, já não estava ali a confusão, em algum lugar bem no fundo? Claro.

Porque ele não conseguia se lembrar do que tinha feito ou não em Christine.

O tempo gasto trabalhando nela na Darnell's agora não passava de um borrão, como havia sido sua corrida para o aeroporto horas antes, naquela noite. Podia recordar que começara a lanternagem na traseira enferrujada do carro, mas não se lembrava de tê-la terminado. Lembrava de ter pintado o capô — cobrindo o para-brisa e o para-lama com fita protetora e vestindo a máscara branca no galpão de pintura dos fundos —, mas era impossível lembrar quando trocara as molas. Nem ao menos onde as conseguira. A única coisa que conseguia lembrar com certeza era que tinha ficado sentado atrás do volante por longos períodos, atordoado de felicidade... sentindo a mesma coisa que sentiu quando Leigh sussurrou "Eu te amo", antes de desaparecer dentro de casa. Sentado ali muito tempo depois que a maioria dos sujeitos que consertavam seus carros na Darnell's tinha ido para casa jantar. Sentado ali, às vezes ligando o rádio para ouvir as velharias da WDIL.

Talvez o para-brisa fosse o pior de tudo.

Tinha certeza absoluta de que não comprara um para-brisa novo para Christine. Se tivesse comprado um daqueles envolventes cheios de onda, sua conta bancária estaria muito mais desfalcada. E também não haveria um recibo? Já tinha procurado por ele na pasta rotulada COISAS DO CARRO que guardava no quarto. Mas ele não encontrou nada e tinha procurado de maneira pouco convincente.

Dennis tinha dito algo — que o emaranhado das rachaduras parecia menor, menos sério. Então, naquele dia em Hidden Hills, simplesmente... desaparecera! O para-brisa se mostrava cristalino, imaculado.

Mas *quando* isso aconteceu? Como aconteceu?

Ele não sabia.

Adormeceu finalmente e teve sonhos desagradáveis, embolando as cobertas, enquanto o vento empurrou as nuvens para longe e as estrelas outonais brilharam friamente para a terra.

Visão Noturna

Take you for a ride in my car-car,
Take you for a ride in my car-car.
Take you for a ride,
Take you for a ride,
Take you for a ride in my car-car.
— Woody Guthrie

Era um sonho — ela tinha certeza, até quase o final, de que tinha sido um sonho.

No sonho, ela despertava de um sonho com Arnie, fazendo amor com ele, não no carro, mas em uma sala azul muito legal, completamente vazia exceto por um fofo tapete azul escuro e algumas almofadas espalhadas, forradas de cetim azul-claro... Leigh acordou desse sonho em seu quarto, nas primeiras horas da madrugada de domingo.

Podia ouvir um carro lá fora. Foi até a janela e olhou para baixo.

Christine estava junto ao meio-fio. Ela tinha o motor ligado — Leigh podia ver os tufos de fumaça escapando dos canos de descarga —, mas estava completamente vazia. No sonho, ela pensava que Arnie pudesse estar em frente à porta de casa, embora ainda não tivesse batido. Ela tinha que descer, e depressa. Seu pai ficaria furioso se acordasse e encontrasse Arnie ali tão tarde da noite.

Leigh, contudo, não se moveu. Olhou para o carro e pensou no quanto o odiava — e temia.

E o carro também a odiava.

Rivais, pensou, e o pensamento — naquele sonho — não era de ciúme feroz e intenso, e sim desesperado e assustado. Lá estava, junto ao meio-fio, lá estava ele — lá estava *ela* — estacionada diante da casa de Leigh, na trincheira escura da madrugada, esperando por ela. Esperando por Leigh. *Venha aqui para baixo, querida. Venha! Vamos passear por aí e conversaremos sobre quem precisa mais dele, quem se preocupa mais com ele e quem será melhor para ele, a longo prazo. Venha... Não está com medo, está?*

Leigh estava aterrorizada.

Não é justo, ela é mais velha, conhece os truques, vai seduzi-lo...

— Vá embora! — Leigh sussurrou ferozmente no sonho, e bateu de leve na vidraça com os nós dos dedos. O vidro era frio ao toque — podia ver as pequeninas marcas em forma de meia-lua deixadas pelos nós dos dedos no gelo. Era espantoso como certos sonhos podem ser tão reais.

No entanto, *tinha* que ser um sonho. Tinha que ser, porque o carro a ouvira. Mal as palavras tinham deixado a boca de Leigh e os limpadores de para-brisa começaram a mover-se repentinamente, atirando a neve molhada que tinha grudado no vidro com movimentos carregados de desprezo. Então ele — ou ela — se afastou suavemente do meio-fio e seguiu rua abaixo.

Sem ninguém na direção.

Leigh tinha certeza disso... tanta certeza quanto se pode ter num sonho. A janela do passageiro estava polvilhada de neve, mas não tinha ficado opaca. Leigh pôde ver o interior e não havia ninguém ao volante. Portanto, é claro, tinha que ser um sonho.

Voltou para a cama (para a qual jamais levara um amante; como Arnie, ela nunca tivera um amante) pensando em um Natal muito distante — talvez uns doze, ou mesmo quatorze anos atrás. Ela não devia ter mais de 4 anos na época. Tinha ido com a mãe a uma das grandes lojas de departamentos de Boston, talvez a Filene's...

Pousou a cabeça no travesseiro e adormeceu (no sonho) de olhos abertos, olhando o leve vislumbre da luz da alvorada na janela e então — nos sonhos tudo pode acontecer — viu o departamento de brinquedos da Filene's no outro lado da janela: lantejoulas, brilhos, luzes.

Procuravam um brinquedo para Bruce, único sobrinho de seus pais. Em alguma parte, um Papai Noel da loja de departamentos ria nos alto-falantes e o som amplificado não era alegre, mas de certo modo agourento, como o riso de um maníaco que aparecia na noite empunhando um cutelo em vez de presentes.

Leigh estendeu a mão para um dos brinquedos nas prateleiras, apontou e disse para a mãe que queria ganhar *aquilo* de Papai Noel.

Não, meu bem. Papai Noel não pode lhe dar isso. É um brinquedo de menino.

Mas eu quero!

Papai Noel vai trazer uma linda boneca, talvez até uma Barbie...

Quero esse!

Só os duendes meninos fazem esses, Lee-Lee querida. Para os meninos. As duendes meninas boazinhas fazem lindas bonecas...

Eu não quero BONECA! Eu não quero BARBIE! Eu... quero... AQUILO!

Se você vai fazer má-criação, Leigh, vou ter que levar você para casa. Estou falando sério, agora mesmo!

Ela se submeteu, e o Natal lhe trouxe não apenas a Barbie Malibu, mas também o Ken Malibu e ela tinha gostado deles, (pelo menos supunha que tinha), mas não se esquecera do carro de corrida Remco vermelho, naquela superfície de verdes montanhas pintadas, correndo sem ser puxado ao longo de uma estrada tão perfeita que havia até mesmo pequenas muretas de metal — uma estrada cuja ilusão essencial era desfeita apenas pela sua circularidade sem razão. Oh, mas como aquele carro corria depressa — e seu vermelho brilhante era mágico para os olhos e a mente? Sem dúvida. E a ilusão essencial do carro também era mágica. Aquela ilusão era de alguma forma tão cativante, que tinha conquistado o coração de Leigh. A ilusão, naturalmente, era que o carro dirigia a si mesmo. Leigh sabia que na realidade um empregado da loja o controlava, de uma cabina à direita, apertando botões em um aparelho quadrado de controle remoto. Sua mãe lhe explicara isso e assim devia ser, mas seus olhos negavam aquilo.

O coração negava também.

Ela ficou ali fascinada, as mãozinhas enluvadas sobre o gradil da área de exibição, olhando o carro que corria e corria, movendo-se depressa, dirigindo a si mesmo, até que a mãe a puxou dali suavemente.

E, acima de tudo, provocando vibrações nas decorações penduradas no teto, a risada sinistra do Papai Noel da loja de departamentos.

Leigh dormiu mais profundamente, com sonhos e lembranças lentamente desaparecendo e, lá fora, a luz do dia rastejava como leite frio, iluminando uma rua vazia e silenciosa em sua manhã de domingo. A primeira nevada do outono estava imaculada, exceto pela marca de pneus no meio-fio diante da residência dos Cabot. Marca que depois se alongava suavemente, em direção à esquina, no final daquele quarteirão suburbano.

Leigh não acordou até quase as dez horas (sua mãe, que não acreditava em dorminhocos, finalmente a chamara para descer e tomar seu café antes que chegasse a hora do almoço) e, a esta altura, o dia já esquentara, chegando a quase 16 graus — no oeste da Pensilvânia, o começo de novembro é mais ou menos tão caprichoso como o começo de abril. Assim, às dez da manhã a neve já se derretera. E as marcas haviam desaparecido.

Buddy Visita o Aeroporto

We shut'em up and then we shut'em down.
— Bruce Springsteen

Uma noite, uns dez dias depois, quando perus de cartolina e cornucópias de papel começavam a aparecer nas janelas das escolas primárias, um Camaro azul, de traseira tão levantada que o nariz quase parecia roçar o chão, deslizou pela área de mensalistas do estacionamento do aeroporto.

Sandy Galton olhou nervosamente pela abertura de sua cabine de vidro. Do lado do motorista do Chevrolet, o rosto sorridente e feliz de Buddy Repperton olhava para ele. Buddy tinha o rosto coberto pela barba rala de uma semana e seus olhos exibiam um brilho maníaco que era mais cocaína do que alegria do Dia de Ação de Graças — ele e os rapazes tinham conseguido um belo grama de pó naquela noite. Tudo considerado, Buddy estava muito parecido com um Clint Eastwood depravado.

— Como vão suas "coisas", Sandy? — perguntou Buddy.

A gracinha foi devidamente acompanhada de risadas vindas do Camaro. Don Vandenberg, Moochie Welch e Richie Trelawney estavam com Buddy e, somando a cocaína e as seis garrafas de Texas Driver que Buddy tinha conseguido, sentiam-se os reis do mundo. Tinham vindo fazer umas sacanagens com o Plymouth de Arnie Cunningham.

— Escutem aqui, caras, se vocês forem apanhados, eu perco o meu emprego — disse Sandy, nervosamente.

Era o único deles que estava sóbrio, e lamentava ter comentado que Cunningham estava estacionando a banheira ali. Felizmente, ainda não tinha percebido que ainda por cima poderia ir parar na cadeia.

— Se você ou qualquer membro da Missão de Merda Impossível forem apanhados, o chefão negará qualquer envolvimento no negócio — declarou Moochie no banco traseiro, e houve mais risadas.

Sandy olhou em volta, procurando outros carros — testemunhas —, porém faltava mais de uma hora até que os aviões começassem a chegar, e o estacionamento estava tão deserto quanto as montanhas da lua. O tempo esfriara muito. Um vento cortante como navalha uivava pelas pistas de pouso, piando miseramente como corujas por entre as fileiras de carros vazios. Acima dele e à esquerda, o cartaz da "Apco" batia furiosa e incessantemente de um lado para outro.

— Pode rir, seu retardado — Sandy retrucou. — Eu nunca vi vocês por aqui, só isso. Se forem apanhados, vou dizer que estava cagando.

— Porra, que bebezinho! — exclamou Buddy. Pareceu triste. — Nunca achei que fosse tão covarde, Sandy. Honestamente.

— Au! Au! — latiu Richie, e houve novo coro de risos. — Role de costas e finja-se de morto para o papai, Sandy!

Sandy enrubesceu.

— Não dou a mínima — disse —, mas tomem cuidado.

— Vamos tomar, cara — disse Buddy, com sinceridade. Ele tinha reservado uma sétima garrafa de Texas Driver e uma dose caprichada de coca. Estendeu as duas coisas para Sandy: — Toma aí. Divirta-se.

Sandy sorriu a contragosto.

— Beleza — comentou, depois acrescentando só para mostrar que não era um frouxo: — Façam um bom trabalho.

O sorriso de Buddy endureceu-se, ficou metálico. A luz desapareceu de seus olhos e eles ficaram opacos, mortiços e assustadores.

— Oh, nós faremos — disse. — Se faremos!

O Camaro entrou no estacionamento. Por um momento, Sandy pôde acompanhar seu progresso em direção ao fundo pela luz das lanternas traseiras, mas depois Buddy os apagou. O som do motor, borbulhando pelos silenciosos gêmeos, foi trazido momentaneamente pelo vento, mas depois até isso sumiu também.

Sandy despejou a cocaína sobre o balcão ao lado da TV portátil e cheirou com uma nota enrolada de um dólar. Em seguida, passou para o Texas Driver. Sabia que, se fosse pego bêbado no trabalho, teriam motivo para demiti-lo, mas não se incomodou muito. Ficar bêbado era muito melhor do que ficar sobressaltado, sempre olhando em volta procurando um dos dois carros cinzentos da Segurança do Aeroporto, com medo de que descobrissem os amigos dele.

O vento soprava a seu favor e ele pôde ouvir — ouvir demais.

O tilintar de vidros sendo quebrados, risadas abafadas, uma ruidosa pancada metálica.

Mais vidros quebrados.

Uma pausa.

Vozes baixas chegando até ele pelo vento frio. Não conseguiu distinguir palavras individuais, estavam distorcidas.

De repente, uma perfeita metralhada de golpes. Sandy estremeceu ao ouvir aquilo. Mais barulho de vidros quebrados na escuridão e um tilintar de metal caindo no piso — cromados ou alguma coisa assim, ele supôs. Desejou que Buddy tivesse trazido mais coca. A coca era uma coisa que alegrava e, com certeza, estava precisando muito se alegrar naquele momento, porque tudo indicava que algo bem feio estava acontecendo no lado mais distante do estacionamento.

Então uma voz mais alta, urgente e autoritária, com certeza de Buddy falou:

— Faça aqui!

Um protesto abafado.

Novamente Buddy:

— Não liguem para isso! No painel de instrumentos, eu disse!

Outro murmúrio.

— Estou *cagando* para isso! — era a voz de Buddy de novo.

Por algum motivo, aquilo provocou mais risadas.

Agora suando, a despeito do frio cortante, Sandy fechou repentinamente a vidraça de sua janela e ligou a TV. Bebeu um grande gole, fazendo uma careta para o gosto forte da mistura de suco de frutas e vinho barato. Sandy não gostava daquilo, mas Texas Driver era o que *todos eles* bebiam quando não estavam bebendo cerveja Iron City, e o que ele poderia fazer? Dar mostras de que era melhor do que os outros, ou algo assim? Isso acabaria com ele, mais cedo ou mais tarde. Buddy detestava gente frouxa.

Sandy bebeu e começou a sentir-se um pouco melhor — ou pelo menos um pouco mais bêbado. Quando um dos carros da Segurança do

Aeroporto *realmente* passou, ele mal estremeceu. O tira ergueu a mão para ele. Sandy retribuiu com a maior naturalidade possível.

Uns quinze minutos depois de ter ido para os fundos do pátio, o Camaro azul reapareceu, agora na faixa de saída. Buddy estava sentado tranquilo e relaxado atrás do volante, com uma garrafa de Texas Driver quase vazia apoiada na virilha. Sorria, e, inquieto, Sandy reparou que os olhos dele estavam muito vermelhos e esquisitos. Aquilo não era só do vinho, nem era só da coca. Era burrice foder com Buddy; e Cunningham logo iria descobrir isso.

— Tudo resolvido, meu camarada — Buddy anunciou.

— Ótimo — disse Sandy, forçando um sorriso.

Sentia-se meio enjoado. Não gostava nem desgostava de Cunningham e nem era uma pessoa particularmente imaginativa, mas podia adivinhar bem como Arnie iria se sentir quando visse o que tinha resultado de todo o seu cuidadoso trabalho de restauração daquele Plymouth vermelho e branco. Ainda assim, era assunto de Buddy, não seu.

— Ótimo — repetiu.

— Não perca as cuecas, cara — disse Richie e riu.

— Claro — respondeu Sandy.

Ele ficou feliz por eles estarem indo embora. Talvez ele não fosse mais passar tanto tempo no posto de gasolina Vandenberg's Happy Gas depois daquela noite. Talvez não quisesse mais. Aquele negócio era merda pesada. Uma merda pesada demais, até. Estava pensando em se matricular em alguns cursos noturnos. Ele teria que desistir deste emprego, mas isso também não seria lá tão ruim — era uma merda de emprego, chato pra cacete.

Buddy ainda olhava para ele com aquele seu sorriso cruel e drogado, e Sandy tomou um longo gole de Texas Driver. Quase se engasgou. Por um momento, visualizou a si mesmo vomitando no rosto de Buddy, e sua apreensão beirou o terror.

— Se os tiras se meterem no assunto — Buddy falou —, você não sabe de nada, não viu nada, sacou? Como você mesmo disse, saiu pra cagar por volta das nove e meia.

— Certo, Buddy.

— Todos usamos luvas. Não deixamos nenhuma impressão digital.

— Certo.

— Fique calmo, Sandy — disse Buddy suavemente.

— Está legal.

O Camaro começou a rodar novamente. Sandy levantou a cancela com o botão manual. O carro avançou pela pista de saída do aeroporto num passo tranquilo.

Alguém latiu "Au! Au!" e o som chegou até Sandy trazido pelo vento.

Perturbado, ele se acomodou para assistir televisão.

Pouco antes da chegada dos viajantes do voo de Cleveland das 10h40, ele despejou o resto do Driver pela janela, no chão fora da cabine. Não queria mais.

Christine Nocauteada

Transfusion, transfusion,
Oh I'm never-never-never gonna speed again,
Pass the blood to me, Bud.
— "Nervous" Norvus

No dia seguinte, Arnie e Leigh foram juntos ao aeroporto pegar Christine depois das aulas. Planejavam uma ida a Pittsburgh para as primeiras compras de Natal e estavam empolgados em fazê-las juntos — parecia de alguma forma incrivelmente adulto.

Arnie estava de bom humor no ônibus, criando pequenas historinhas fantasiosas sobre os colegas de viagem e fazendo Leigh rir, apesar da menstruação, que geralmente era depressiva e quase sempre dolorosa. A senhora gorda que calçava sapatos de homem era uma freira degenerada, dizia ele. O garoto com chapéu de vaqueiro era um golpista. E assim por diante. Ela entrou no espírito da coisa, mas não era tão boa quanto ele. Era incrível como ele tinha saído da concha... como havia *desabrochado*. Realmente era a única palavra para o fato. Ela experimentava a satisfação presunçosa de um garimpeiro que farejou a presença de ouro — e acertou na mosca. Leigh o amava e tinha bons motivos para fazê-lo.

Saltaram juntos do ônibus no ponto final e atravessaram a estrada até o estacionamento de mãos dadas.

— Isto não é tão ruim — comentou Leigh. Era a primeira vez que vinha buscar Christine com ele. — Vinte e cinco minutos da escola até aqui.

— É, não é ruim — concordou ele. — Isso mantém a paz na minha família, que é o que importa. Falando sério, quando a minha mãe chegou em casa naquela noite e viu Christine na entrada, ficou completamente louca.

Leigh riu e o vento jogou seu cabelo para trás. A temperatura tinha subido um pouco, após o frio da noite anterior, mas ainda assim era baixa. Leigh estava contente. Sem uma certa friagem no ar, as compras não pareciam ser natalinas de verdade. Já era ruim que as decorações em Pittsburgh estivessem incompletas. Mas isso não era ruim, era bom. E, de repente, ela ficou feliz com tudo, em especial por estar viva. E amando.

Leigh havia pensado nisso, na maneira como o amava. Já tinha se apaixonado antes e, uma vez, em Massachusetts, achou que *poderia* estar amando, mas agora, com Arnie, não havia dúvidas. Ele a preocupava algumas vezes — aquele interesse pelo carro parecia quase obsessivo —, mas até mesmo a preocupação ocasional dela representava um papel nos sentimentos, que eram mais intensos do que tudo que já conhecera antes. E parte dessa preocupação, ela admitia, era egoísmo — em apenas algumas semanas, ela já tinha começado a refazê-lo... *a completá-lo.*

Passaram por entre os carros, em direção à área de vagas mensais do estacionamento. Acima deles, um jato descia, em sua aproximação final, e o trovejar dos motores espalhava-se em grandes ondas achatadas de som. Arnie dizia algo, mas o barulho do avião abafou completamente sua voz após as primeiras palavras — algo sobre o jantar do Dia de Ação de Graças —, e Leigh se virou para olhá-lo, secretamente divertida pela boca que continuava a se mover silenciosamente.

Então, de repente, a boca de Arnie parou de se mover. Ele parou de andar. Os olhos se arregalaram... e pareceram esbugalhados. A boca começou a se *torcer* e de repente a mão que segurava a dela se apertou impiedosamente, esmagando-lhe dolorosamente os ossos dos dedos.

— Arnie...

O rugido do jato estava diminuindo, mas ele parecia não tê-la escutado. A mão se cerrou ainda mais forte. A boca estava fechada agora, formando uma horrenda careta de surpresa e terror. Leigh pensou: *Ele está tendo um ataque do coração... um derrame... alguma coisa!*

— Arnie, o que foi? — gritou ela. — Arnie... *aaaaaai uaaaau, está doendo!*

Por um momento insuportável, a pressão naquela mão que, até agora há pouco, ele segurara tão de leve e tão carinhosamente, aumentou até que os ossos pareciam estar prestes a se estilhaçar e quebrar. A cor do rosto dele desaparecera, e a pele assumira a cor acinzentada de uma lápide.

Ele disse apenas uma palavra — "Christine!" — e, de repente, soltou a mão de Leigh. Saiu correndo, batendo com a perna no para-choque de um Cadillac, girando enquanto corria, quase caindo, equilibrando-se e recomeçando a correr.

Leigh percebeu finalmente que era algo relacionado ao carro — o carro, o carro, sempre o maldito carro — e em seu peito surgiu uma fúria amarga, total e desesperadora. Pela primeira vez, perguntou-se se seria possível amá-lo, e se Arnie permitiria esse amor.

Sua fúria terminou no instante em que olhou realmente... e viu.

Arnie correu para o que restava de seu carro, com os braços e as mãos erguidos para a frente, parando tão de repente diante do Plymouth que o gesto pareceu uma aterrorizada forma de defesa: a clássica pose cinematográfica da vítima ao ser atropelada, um instante antes da colisão fatal.

Ele ficou assim por um momento, como se quisesse parar o carro ou o mundo inteiro. Então, baixou os braços. Seu pomo de adão subiu e desceu duas vezes enquanto ele lutava para engolir algo — um gemido ou um grito — e em seguida a garganta pareceu travar completamente, com todos os músculos salientando-se, todas as veias ressaltadas, todos os tendões surgindo em perfeito relevo. Era a garganta de um homem tentando erguer um piano.

Leigh caminhou lentamente até ele. Sua mão ainda latejava, e no dia seguinte estaria inchada e praticamente inútil, mas no momento ela a esquecera. O coração da garota procurou Arnie e pareceu encontrá-lo. Leigh experimentou e partilhou a angústia que ele sentia — ou pelo menos foi o que lhe pareceu. Só mais tarde compreendeu o quanto Arnie tinha se isolado dela naquele dia, o tamanho da parcela de sofrimento que ele tinha sentido sozinho, a quantidade de ódio que tinha ocultado.

— Quem fez isso, Arnie? — exclamou, com a voz falhando pela tristeza solidária.

Não, ela não gostava daquele carro, mas ao vê-lo reduzido àquele estado, Leigh compreendeu perfeitamente o quanto Arnie tinha se dedicado, e não odiou mais o Plymouth — ou, pelo menos, foi o que ela achou.

Arnie não respondeu. Ficou olhando para Christine, com os olhos ardentes, a cabeça ligeiramente abaixada.

O para-brisa tinha sido perfurado em dois lugares; punhados de fragmentos de vidro temperado estavam espalhados sobre as capas cortadas dos bancos como falsos diamantes. Metade do para-choque dianteiro tinha sido arrancada e estava caída no chão, perto de um emaranhado de fios negros, como tentáculos de polvo. Três das quatro janelas laterais também tinham sido quebradas. Havia furos na lataria em ambos os lados do carro, na altura da cintura, formando linhas ondulantes e serrilhadas, como se tivessem usado algum instrumento pesado e perfurante — como a extremidade aguda de uma chave de roda. A porta do lado do passageiro estava escancarada e Leigh viu que todos os vidros do painel estavam quebrados. Tufos e pedaços do estofado dos bancos espalhavam-se por toda parte. A agulha do velocímetro estava caída no tapete do lado do motorista.

Arnie andou lentamente em volta do carro, observando tudo isso. Leigh falou com ele duas vezes, mas Arnie não respondeu. Agora a cor de chumbo do rosto dele era interrompida por duas violentas manchas vermelhas que lhe ardiam nas bochechas. Arnie pegou no chão a forma tentacular, e Leigh percebeu que era a tampa do distribuidor — o pai dela tinha lhe mostrado a peça um dia, enquanto estava mexendo em seu carro.

Arnie olhou o componente por um instante, como se estivesse examinando algum espécime zoológico exótico, para em seguida atirá-lo ao chão. O vidro quebrado estava esmigalhado sob os sapatos dos dois. Leigh falou com ele de novo. Ele não respondeu e, agora, além de uma pena terrível dele, ela começou a sentir medo também. Mais tarde, contou a Dennis Guilder que parecia — pelo menos naquele momento — perfeitamente possível que Arnie tivesse enlouquecido.

Ele chutou uma peça cromada para fora do caminho. A peça foi bater no alambrado nos fundos do estacionamento com um leve tilintar. As lanternas traseiras tinham sido quebradas e mais pareciam joias falsas, desta vez rubis, desta vez polvilhando o piso e não os assentos do carro.

— Arnie... — Leigh tentou mais uma vez.

Ele parou. Olhava pelo buraco feito na janela do motorista. Um horrível som grave partiu de seu peito, um som selvagem. Olhando por sobre o ombro dele, Leigh viu o que tinha acontecido e, de repente, sentiu uma louca necessidade de rir, de chorar e desmaiar, tudo ao mesmo tempo. No painel de instrumentos... ela não percebera, de início. Em meio à destruição geral, não percebera o que havia no painel. E se perguntou, com o vômito subindo de repente em sua garganta, quem poderia ser tão baixo, tão absolutamente ignóbil para fazer tal coisa, para...

— Os bostas! — exclamou Arnie, e a voz não parecia a dele. Estava aguda e estridente e rachando de fúria.

Leigh se virou e vomitou, apoiando-se às cegas no carro mais próximo de Christine, vendo pontos brancos diante dos olhos pequeninos, pontos que se expandiam como arroz cozido. Pensou vagamente na feira do condado — a cada ano, empurravam um carro sucateado numa plataforma, deixavam uma marreta ao lado e você podia dar três marretadas por 25 centavos. A ideia era acabar com o carro, mas não fazer... fazer...

— *Seus bostas* malditos! — bradou Arnie. — Vou pegar vocês! Vou pegar vocês, nem que seja a última coisa que faça! Nem que seja a *última* porra de coisa que eu faça!

Leigh vomitou novamente e, por um terrível momento, percebeu que desejava nunca ter conhecido Arnie Cunningham.

Arnie e Regina

Would you like to go riding
In my Buick '59?
I said, would you like to go riding
In my Buick '59?
It's got two carburetors
And a supercharger up in the side.
— The Medallions

Naquela noite, ele chegou em casa às quinze para meia-noite. As roupas que vestira pensando na viagem de compras em Pittsburgh estavam manchadas de graxa e de suor. As mãos pareciam ainda mais sujas e havia um corte raso em saca-rolha no dorso da esquerda, como uma marca feita a ferro. O rosto estava abatido e atordoado. Havia olheiras fundas.

Sentada à mesa, a mãe tinha um jogo de paciência disposto diante dela. Estava esperando que Arnie chegasse e, ao mesmo tempo, temendo profundamente aquele momento. A jovem — que dera a Regina a impressão de ser uma boa moça, embora talvez não suficientemente boa para seu filho — soara como se tivesse chorado.

Alarmada, Regina desligara o mais rápido possível e em seguida telefonara para a Garagem de Darnell. Leigh tinha lhe contado que Arnie pedira um caminhão-reboque por telefone e partira para a garagem junto com o motorista. Colocara-a em um táxi, ignorando seus protestos. O telefonema de Regina tocara duas vezes e então uma voz sibilante, desagradável, tinha atendido.

— Aqui é da Darnell's.

Regina havia desligado, pensando que seria um erro falar com Arnie enquanto ele estivesse lá — tudo indicava que ela e Mike já haviam cometido erros suficientes em relação a Arnie e o carro. Seria melhor esperar até que ele voltasse para casa. Diria o que fosse preciso, mas frente a frente.

Foi o que disse agora.

— Eu sinto muito, Arnie.

Teria sido melhor se Mike estivesse ali também. No entanto, ele viajara para Kansas City, onde haveria um simpósio sobre o Comércio e Início do Livre Empreendimento na Idade Média. Só chegaria no domingo, a menos que isto o trouxesse mais cedo para casa. Regina achava que era provável. Percebia — não sem algum arrependimento — que ela mesma talvez estivesse apenas despertando para a total gravidade daquela situação.

— Sente muito — ecoou Arnie, em voz apática, inexpressiva.

— Sim. Eu, isto é, *nós*...

Regina não conseguiu continuar. Havia algo terrível na imobilidade da expressão dele. Os olhos estavam vazios. Só conseguiu olhar para o filho e sacudir a cabeça, com os olhos ardendo, o gosto odioso de lágrimas no nariz e na garganta. Regina detestava chorar. Determinada, uma de duas filhas de uma família católica composta por um pai severo operário de construção civil, a mãe exausta e mais sete irmãos, completamente decidida a ir para uma universidade, embora o pai acreditasse que a única coisa que as moças aprendiam por lá era como deixar de ser virgem e abandonar a igreja, Regina tinha experimentado uma razoável porção de lágrimas — e mais. E, se a própria família a considerava durona às vezes, era por não compreender que, quando você atravessa o inferno, sai assado pelo fogo. E que, se alguém precisa se queimar para abrir o próprio caminho, esse alguém vai sempre querer esse próprio caminho.

— Quer saber de alguma coisa? — perguntou Arnie.

Ela sacudiu a cabeça, ainda sentindo a ardência quente e viscosa das lágrimas sob as pálpebras.

— Você me faria rir se eu não estivesse tão cansado. Você poderia bem ter estado lá batendo no carro com uma chave de roda, junto com os sujeitos que fizeram aquilo. Provavelmente agora está mais feliz do que eles.

— Arnie, não é justo!

— É justo *sim*! — rugiu ele, os olhos repentinamente queimando com um fogo terrível. Pela primeira vez na vida, Regina teve medo do filho. — Foi ideia sua tirar o carro da entrada da casa! Foi ideia dele levar o carro para o estacionamento do aeroporto! De quem você acha que é a culpa aqui? Sim, de quem você acha? Você acha que aquilo aconteceria se o carro estivesse aqui? Hein?

Deu um passo para ela, os punhos cerrados ao lado do corpo. Regina teve que lutar para não recuar.

— Será que não podemos conversar sobre isto, Arnie? — perguntou. — Como dois seres humanos racionais?

— Um deles cagou no painel do meu carro — replicou Arnie friamente. — O que há de racional nisso, mamãe?

Ela acreditara sinceramente que conseguiria controlar as lágrimas. No entanto, aquela notícia — a notícia de uma fúria tão estúpida e irracional — as trouxe de volta. Então chorou. Chorou de angústia pelo que seu filho tinha visto. Baixando a cabeça, chorou de perplexidade, de dor e de medo.

Em toda a sua vida de mãe, Regina se sentira secretamente superior àquelas mulheres que tinham filhos mais velhos do que Arnie. Quando ele estava com um ano, aquelas outras mães lhe diziam, sacudindo sombriamente a cabeça, que esperasse até ele fazer cinco — era quando começavam os problemas, quando eles tinham idade suficiente para dizer "merda" diante dos avós e brincar com fósforos quando ficavam sozinhos. Arnold, no entanto, um bom menino quando tinha um ano, continuou um anjo aos cinco. Então as outras mães reviravam os olhos e diziam-lhe que esperasse até ele ter dez. Em seguida, até ele fazer 15, que era quando tudo ficava realmente complicado, com aquela história de drogas, concertos de rock e garotas que permitiam tudo, além de — que Deus nos perdoe — roubar calotas de automóveis e pegar aquelas... bem, doenças.

Durante todo esse tempo, ela continuava sorrindo para si mesma porque tudo funcionava de acordo com o plano, tudo funcionava da maneira como ela queria que a própria infância tivesse sido. Seu filho tinha pais amorosos, que o apoiavam e se preocupavam com ele, pais que lhe davam tudo (dentro do razoável), que o enviariam com prazer para a universidade que o filho escolhesse (desde que fosse boa), assim encerrando satisfatoriamente o jogo/negócio/vocação da paternidade. Se alguém lhe sugerisse que Arnie tinha poucos amigos e frequentemente era objeto de menosprezo pelos outros, Regina apontaria orgulhosamente que *ela* frequentara uma escola paroquial num bairro violento, onde as calcinhas de algodão das meninas às vezes eram arrancadas de brincadeira e depois incendiadas com isqueiros Zippo gravados com a imagem de Jesus crucificado. E se sugerissem que suas atitudes na criação do filho diferiam apenas em termos de objetivos materiais das atitudes do pai odiado, ela ficaria furiosa e apontaria para seu excelente filho como defesa final.

No entanto, o filho excelente agora estava diante dela, pálido, exausto e sujo de graxa até os cotovelos, parecendo apresentar a mesma espécie de raiva que havia sido a marca registrada do avô, até mesmo se *parecendo* com ele. Parecia que tudo tinha desmoronado.

— Arnie, vamos conversar sobre o que pode ser feito sobre isso amanhã de manhã — disse ela, tentando recompor-se e conter as lágrimas. — Vamos conversar de manhã.

— Não, a não ser que você acorde bem cedo — respondeu ele, parecendo perder o interesse. — Vou subir, dormir umas quatro horas e depois voltar à garagem.

— Para quê?

Ele deixou escapar uma risada de louco e bateu os braços nas luzes fluorescentes da cozinha, como se fosse voar.

— O que você acha? Tenho um monte de trabalho pra fazer! Muito mais do que poderia imaginar.

— Não... você tem aula amanhã... Eu o proíbo, Arnie, está absolutamente proi...

Ele se virou para encará-la, estudou-a, e Regina encolheu-se. Aquilo era como algum horrendo pesadelo que ia continuar para sempre.

— Eu vou às aulas — disse. — Vou levar umas roupas limpas na mochila e até mesmo tomo uma ducha, para que meu cheiro não incomode ninguém na sala. Então, quando as aulas terminarem, voltarei à garagem. Há muito trabalho a fazer, mas eu o farei... Sei que posso... Vai comer um bom pedaço das minhas economias. Além disso, tenho que continuar executando o serviço que venho fazendo para Will.

— Seus deveres de casa... seus estudos!

— Oh, isso... — Arnie esboçou um sorriso frio e mecânico como um boneco de corda. — Vão ser sacrificados, claro. Não vou mentir para você. Aliás, também não posso mais lhe prometer uma média de noventa e três. Posso tirar Cs. Talvez alguns Bs.

— Não... Você precisa pensar na universidade!

Ele voltou até a mesa, mancando de novo, mancando bastante. Plantou as mãos sobre a superfície, diante dela, depois se inclinou lentamente. Regina pensou: *Um estranho... meu filho é um estranho para mim. Será realmente culpa minha? Será? Porque só quis o melhor para ele? Será possível? Oh, Deus, por favor, torne isto um pesadelo, faça-me acordar com o rosto molhado de lágrimas, porque foi tão real!*

— Neste exato momento — disse ele com suavidade, os olhos fixos nos dela —, as únicas coisas que me interessam são Christine, Leigh e ficar bem com Will Darnell, para que eu consiga consertar o carro de novo. Estou cagando para a universidade. E se você ficar insistindo, pulo fora do colégio. Se nada mais der certo, acho que isto vai fazer você calar a boca de vez.

— Você não pode — disse ela, sem afastar os olhos. — Você compreende isso, Arnold. Talvez eu mereça sua... sua crueldade... mas lutei contra esta sua tendência autodestrutiva com todas as forças. Portanto, não me venha com essa de largar os estudos.

— Mas eu vou fazer isso mesmo — respondeu ele. — Não se iluda pensando que eu não farei. Em fevereiro, completo 18 anos e poderei fazer o que eu quiser, se você não ficar fora disto de agora em diante. Você me entendeu?

— Vá dormir — disse ela, lacrimosa. — Vá dormir, você está me magoando.

— É mesmo? — Ele riu de maneira chocante. — Dói, né? Eu sei.

Ele se foi então, caminhando devagar, o corpo pendendo ligeiramente para a esquerda quando mancava. Pouco depois, Regina ouvia o ruído surdo e cansado dos sapatos dele nos degraus — outro som terrivelmente que lhe lembrava a infância, quando pensava consigo mesma: *O ogro está indo dormir.*

Ela teve novo acesso de lágrimas, se levantou desajeitada e saiu pela porta dos fundos para chorar sozinha. Conseguiu se controlar — um conforto fraco, mas melhor do que nada — e ergueu os olhos para a lua crescente, que se quadruplicou através da lente das lágrimas. Tudo havia mudado e tinha sido com a velocidade de um ciclone. O filho a odiava;

vira isso no rosto dele — não era um chilique, uma irritação temporária, uma crise transitória da adolescência. Ele a *odiava,* e não era assim que as coisas deveriam acontecer com o menino excelente dela, de maneira alguma.

De maneira *alguma*.

Regina permaneceu na varanda e chorou até as lágrimas acabarem, até os soluços se tornarem arquejos ocasionais. O frio envolveu-lhe os tornozelos nus acima dos chinelos e a mordeu com vontade através do casaco caseiro. Foi para dentro e subiu até o andar de cima. Parou ao lado da porta do quarto de Arnie, indecisa, por quase um minuto, antes de entrar.

Arnie adormecera sobre a colcha. Ainda estava com as calças. Parecia mais inconsciente do que adormecido, o rosto parecendo terrivelmente envelhecido. Uma ilusão de ótica povoada pela luz que vinha do corredor e penetrava no quarto por sobre seu ombro, criou a impressão momentânea de que o cabelo dele rareava, que a boca aberta no sono estava desdentada. Um ligeiro guincho de horror manifestou-se através da mão tapando a boca, e ela se aproximou rapidamente do filho.

Sua sombra, que estivera sobre a cama, moveu-se com ela, e Regina viu que era somente Arnie, que a impressão de envelhecimento tinha sido apenas provocada pela luz e pela própria confusão exausta.

Olhou para o rádio-relógio e viu que estava marcado para as 4h30 da manhã. Pensou em desligar o alarme, chegou mesmo a estender o braço mas, no fim, não conseguiu.

Em vez disso, foi para seu quarto, sentou-se junto à mesinha do telefone e pegou o fone. Segurou-o por um momento, decidindo. Se telefonasse para Mike, no meio da noite, ele pensaria que...

Que alguma coisa terrível tinha acontecido?

Regina deu uma risadinha. Bem, e não tinha *mesmo?* Claro que tinha. E ainda estava acontecendo.

Discou o número do Ramada Inn, em Kansas City, onde seu marido se hospedara, vagamente consciente de que aquela era a primeira vez que, desde que deixara a suja e sombria casa de três andares em Rocksburg, trocando-a pela universidade, vinte e sete anos atrás, estava pedindo ajuda.

Leigh Faz uma Visita

I don't want to cause no fuss,
But can I buy your magic bus?
I don't care how much I pay,
I'm gonna drive that bus to my bay-by.
I want it... I want it... I want it...
(You can't have it...)
— The Who

Ela se manteve calma durante a maior parte da história, sentada em uma das duas cadeiras para visitantes do quarto do hospital, os joelhos firmemente unidos e os tornozelos cruzados, caprichosamente vestida com uma suéter de lã multicolorida e uma saia marrom de veludo. Só no final é que começou a chorar e não conseguia encontrar um lenço. Dennis Guilder estendeu-lhe a caixa de lenços de papel que estava na mesinha junto à cama.

— Fique tranquila, Leigh — disse ele.

— Eu não con-con-sigo! Arnie não veio mais me ver e... na escola parece tão cansado... e você di-disse que ele não esteve aqui...

— Ele virá, se precisar de mim — disse Dennis.

— Vocês tão cheios dessas ba-baquices m-ma-ch-chis-tas! — soluçou ela, e então pareceu comicamente surpresa com o que tinha dito.

As lágrimas haviam feito traços na pintura leve que usava. Ela e Dennis entreolharam-se por um momento, depois riram. No entanto, foi uma risada breve, nada de muito confortante.

— O Tagarela o viu? — perguntou Dennis.

— Quem?

— O Tagarela. É como Lenny Barongg chama o Sr. Vickers. O nosso orientador.

— Ah! Sim, acho que sim. Arnie foi chamado ao escritório de orientação anteontem, segunda-feira. Mas não comentou nada e não tive coragem de perguntar. Ele não se abre. Ficou tão estranho.

Dennis assentiu. Embora achando que Leigh não percebesse — estava mergulhada em seus próprios problemas e confusões —, ele experimentava uma sensação de impotência e um terrível receio por Arnie. Pelos relatos que acabaram chegando até seu quarto nos últimos dias, Arnie parecia estar à beira de um colapso nervoso; o relato de Leigh era apenas o mais recente e mais detalhado. Dennis jamais quis estar *lá fora* tanto quanto queria agora. Claro, poderia ligar para Vickers e lhe perguntar se havia alguma coisa que pudesse fazer. Também podia ligar para Arnie... mas, pelo que Leigh tinha contado, Arnie agora estava sempre na escola, na garagem de Darnell ou dormindo. O pai dele tinha voltado mais cedo para casa de algum tipo de convenção. E houve outra briga, segundo Leigh tinha contado. Embora Arnie não tivesse dito isso diretamente, Leigh contou que achava que ele tinha chegado bem perto de abandonar a casa dos pais.

Dennis não queria falar com Arnie enquanto ele estivesse na Garagem de Darnell.

— O que posso fazer? — perguntou ela. — O que você faria, se estivesse em meu lugar?

— Esperaria — respondeu Dennis. — Não sei mais o que você poderia fazer.

— Só que isso é o mais difícil — respondeu ela, em uma voz tão baixa que era quase inaudível. Suas mãos amassavam e desamassavam o lenço de papel, picando-o, pontilhando sua saia marrom de pedacinhos. — Meus pais querem que eu pare de sair com ele... que eu termine com ele. Eles temem... que Repperton e aqueles outros caras façam mais alguma coisa.

— Você tem bastante certeza de que foram Buddy e seus amigos, hein?

— É claro. Todo mundo tem. O Sr. Cunningham chamou a polícia, mesmo que Arnie tenha pedido para não fazer isso. Arnie falou que acertaria as coisas do próprio jeito e isso deixou os dois assustados. Eu também fiquei assustada. A polícia pegou Buddy Repperton e um de seus amigos, que chamam de Moochie... sabe de quem estou falando?

— Sei.

— Pegaram ainda o rapaz que trabalha à noite no aeroporto, no estacionamento. Parece que se chama Galton...

— Sandy. Sandy Galton.

— Pensaram que ele também poderia estar envolvido, que talvez tivesse deixado eles entrarem.

— Sim... Sandy anda com eles — disse Dennis —, mas não é tão degenerado quanto os outros. Vou lhe dizer uma coisa, Leigh, se Arnie não conversou com você, certamente alguém mais conversou.

— Primeiro foi a Sra. Cunningham, depois o pai dele. Acho que um não sabia que o outro havia falado comigo. Eles estão...

— Aborrecidos — sugeriu Dennis.

Ela balançou a cabeça.

— É mais do que isto. Os dois parecem que acabaram de ser... espancados, ou coisa assim. Não consigo lá ter muita pena *dela*, ela só quer fazer as coisas do jeito dela, mas eu poderia chorar pelo Sr. Cunningham. Ele me pareceu tão... tão... — A voz dela se extinguiu, depois tornou a ganhar volume. — Quando fui lá ontem à tarde, depois das aulas, a Sra. Cunningham... ela me pediu para chamá-la de Regina, mas não consigo...

Dennis sorriu.

— Você consegue? — perguntou Leigh.

— Bem, sim... mas tenho muito mais prática.

Leigh sorriu pela primeira vez em sua visita.

— Talvez isso *fizesse* diferença. De qualquer maneira, quando fui lá encontrei a Sra. Cunningham, mas seu marido ainda estava na escola... na Universidade, quero dizer.

— Entendo.

— Ela tirou a semana de folga... o que restou da semana. Comentou que não se sentia em condições de retornar, inclusive nos três dias antes da Ação de Graças.

— Como ela estava?

— Estilhaçada — disse Leigh, e pegou outro lenço de papel. Começou a destruir as bordas. — Parecia dez anos mais velha do que quando eu a conheci, há um mês.

— E ele? Michael?

— Mais velho, porém mais seguro — disse Leigh, hesitante. — Como se isto tudo, de algum modo... de algum modo o pusesse em movimento.

Dennis ficou calado. Já conhecia Michael Cunningham há treze anos e nunca o vira "em movimento". Era Regina que sempre tomava a frente de tudo, com Michael trotando atrás, preparando os drinques nas reuniões (em sua maioria, reuniões de membros da faculdade) oferecidas pelos Cunningham. Ele tocava flauta, ficava melancólico... mas nem com um grande esforço de imaginação Dennis poderia dizer que já o vira "em movimento".

O triunfo final, dissera certa vez o pai de Dennis, junto à janela, vendo Regina levar Arnie pela mão, saindo da casa dos Guilder ao encontro de Michael, que os esperava atrás no carro. Naquela época, Arnie e Dennis deviam ter uns 7 anos. *O maternalismo supremo. Eu me pergunto se ela fará o pobre-diabo esperar no carro, depois que Arnie se casar. Ou talvez ela possa...*

A mãe de Dennis lhe franzira o cenho e o fizera calar-se, indicando o filho com os olhos, em um gesto de criancinhas-têm-orelhas-grandes. Dennis nunca esquecera o gesto e nem o que seu pai comentara. Aos 7 anos, não entendera bem aquilo, mas mesmo nessa idade sabia perfeitamente o que significava "pobre-diabo". E, mesmo aos 7, entendera vagamente por que seu pai achava que Michael Cunningham fosse um. Sentira pena de Michael... e esse sentimento tinha continuado, mais fraco e mais forte, até o presente.

— Ele chegou quando ela terminava a história *dela* — prosseguiu Leigh. — Eles me chamaram para ficar para o jantar, Arnie estava comendo na Darnell's, mas eu disse que precisava voltar para casa. Assim, o Sr. Cunningham me ofereceu uma carona e eu ouvi o lado dele a caminho de casa.

— E eles estão em lados diferentes?

— Não exatamente, mas... foi o Sr. Cunningham que chamou a polícia, por exemplo. Arnie não queria, e a Sra. Cunningham... Regina não conseguiu fazê-lo.

Dennis perguntou cauteloso:

— Ele está realmente tentando reconstruir o carro, né?

— Está — sussurrou ela, para então explodir, estridente: — Só que isso não é tudo! Arnie está profundamente metido com aquele tal Darnell, eu sei que está! Ontem, durante o período de estudo, ele me contou que ia colocar uma dianteira nova no carro hoje à tarde e à noite.

Então perguntei se não iria ser caro pacas, mas ele respondeu que não me preocupasse, que o crédito dele era bom e...

— Mais devagar.

Ela estava chorando novamente.

— Que o crédito dele era bom, porque ele e alguém chamado Jimmy Sykes iam fazer alguns favores para Will, na sexta e no sábado. Foi o que ele disse. E... bem, não acredito que esses favores para aquele filho da mãe sejam legais!

— O que ele disse à polícia quando o interrogaram sobre Christine?

— Falou que a encontrou... daquela maneira. Perguntaram se ele tinha alguma ideia de quem tinha feito aquilo e Arnie disse que não. Perguntaram se não era verdade que tivera uma briga com Buddy Repperton, que Repperton o ameaçara com uma faca e fora expulso por causa disso. Arnie contou que Repperton lhe arrancara a sacola do almoço da mão e a pisoteara, mas que então o Sr. Casey aparecera, separando a briga. Perguntaram se Repperton não tinha dito que ele pagaria por aquilo. Arnie respondeu que talvez tivesse falado algo assim, mas que falar era fácil.

Dennis estava calado, olhando para o cinzento céu de novembro pela janela, considerando o que ouvia. Aquilo tudo era sinistro. Se Leigh tinha contado exatamente como fora a entrevista com a polícia, Arnie não contara uma só mentira... mas manipulara os fatos, de maneira a transformar a confusão na área de fumantes num simples empurra-empurra.

Sim, aquilo tudo era muito sinistro.

— Você sabe o que Arnie poderia estar fazendo para esse tal de Darnell? — perguntou Leigh.

— Não — respondeu Dennis.

No entanto, tinha algumas suspeitas. Um pequeno gravador interno se ligou e ele ouviu seu pai dizendo: *Ouvi algumas coisas... carros roubados... cigarros e bebidas... contrabando de fogos de artifício... teve sorte por muito tempo, Dennis.*

Ele olhou para o rosto de Leigh, muito pálido, com a pintura manchada pelas lágrimas. Ela tentava se agarrar a Arnie o máximo que podia. Talvez estivesse prendendo algo sobre ser forte, algo que, com sua aparência, não teria aprendido de outra forma, por pelo menos mais uns dez anos. Entretanto, isso não facilitava as coisas, não as consertava necessariamente. De súbito, ocorreu-lhe quase ao acaso que percebera a melhora da pele de Arnie mais de um mês antes de ele se dar bem com Leigh... mas depois de se dar bem com Christine.

— Vou falar com ele — prometeu.

— Ótimo — disse ela. Levantou-se. — Eu... eu não quero que tudo seja como era antes, Dennis. Sei que nunca mais será. No entanto, ainda o amo e... bem, eu só queria que lhe dissesse isso.

— Certo, eu direi.

Os dois ficaram envergonhados e nenhum deles conseguiu dizer nada por um longo momento. Dennis pensava que aquele devia ser o momento, como numa canção de música country, em que surge o Melhor Amigo. E uma parte dele que era desprezível e baixa (e também devassa) não era nada contrária a isso. Nem um pouco. Continuava ainda sentindo uma fortíssima atração por ela, mais do que sentira por qualquer outra garota, em muito tempo. Talvez em toda a sua vida. Deixe Arnie contrabandear rojões e morteiros para Burlington, que se fodesse com seu carro! Nesse meio tempo, ele e Leigh se conheceriam melhor. Um pouco de ajuda e conforto. Sabe como é.

E Dennis teve uma impressão bem naquele momento desajeitado, depois da declaração de amor de Leigh por Arnie, que ele poderia conseguir: ela estava vulnerável. Talvez estivesse aprendendo a ser forte, mas aquela não era uma escola que se frequenta voluntariamente. Ele poderia dizer alguma coisa — a coisa certa, talvez apenas *chegue aqui* — e ela se aproximaria, sentaria na beira da cama, eles conversariam mais um pouco, talvez sobre coisas mais agradáveis, e talvez ele a beijasse. Leigh tinha uma boca adorável e cheia, sensual, feita para beijar e ser beijada. Uma vez para confortá-la. Duas pela amizade. A terceira englobaria tudo. Sim, um certo instinto, que até aquele dia tinha sido bem confiável, dizia que isso poderia ser feito.

Entretanto, Dennis não disse nenhuma das coisas que poderiam ter iniciado aqueles eventos, e Leigh também não. Arnie estava entre eles e, quase com certeza, estaria sempre. Arnie e sua dama. Se a coisa não fosse tão ridiculamente assustadora, ele teria achado graça.

— Quando é que vão deixar você sair? — perguntou ela.

— Para aterrorizar o povo novamente? — perguntou ele, começando a rir.

Após um momento, ela começou a rir também.

— É, alguma coisa assim — disse, tornando a rir. — Oh, sinto muito — acrescentou.

— Não sinta — disse Dennis. — As pessoas riram de mim a vida inteira. Já estou acostumado. Disseram que estou preso aqui até janeiro, mas vou enganá-los. Vou voltar para casa no Natal. Tenho dado um duro ferrado na câmara de tortura.

— Câmara de tortura?

— A fisioterapia. Minhas costas já estão bem melhores. Os outros ossos estão bem ocupados se consertando... às vezes a coceira é insuportável. Tenho devorado um montão de frutos de roseira. O Dr. Arroway diz que isso não passa de conversa fiada, mas o treinador Puffer jura que fazem efeito e confere a jarra cada vez que me visita.

— E ele vem sempre? O treinador?

— É, vem sim. Está quase me fazendo acreditar nessa história de que os frutos de roseira ajudam os ossos a se consolidarem mais depressa. — Dennis fez uma pausa. — Claro que eu nunca mais vou jogar futebol. Vou usar muletas durante algum tempo e depois, com sorte, serei promovido a uma bengala. O meu velho camarada Dr. Arroway me disse que vou mancar por uns dois anos. Ou talvez para sempre.

— Sinto muito — disse ela, em voz baixa. — Lamento que tenha acontecido logo com um cara tão legal como você, Dennis, mas parte disso é egoísmo meu. Eu fico me perguntando se tudo isso que aconteceu, todas essas coisas horríveis que aconteceram com Arnie, se elas teriam acontecido se você estivesse por perto.

— Isso mesmo — disse Dennis, rolando os olhos dramaticamente. — Jogue a culpa em mim!

Mas Leigh não sorriu.

— Comecei a me preocupar com a sanidade dele, sabia? É a única coisa que não contei aos meus pais ou aos pais dele. Mas eu acho que a mãe dele... que ela talvez... Bem, não sei o que Arnie disse a ela naquela noite, depois que encontramos o carro destruído, mas... tenho a impressão de que os dois realmente se agrediram.

Dennis assentiu.

— Mas isto é tudo tão... tão louco! Os pais dele quiseram comprar um bom carro usado para ele, para substituir Christine, mas Arnie recusou. Então o Sr. Cunningham me contou, enquanto me levava para casa, que se ofereceu para comprar um carro novo para Arnie... usaria alguns títulos que guarda desde 1955. Arnie recusou novamente, dizendo que não poderia aceitar um presente desses. O Sr. Cunningham respondeu que entendia, que o carro não tinha que ser um presente, que Arnie poderia lhe pagar aos poucos, podia até pagar juros, se fizesse questão... Você entende aonde quero chegar, Dennis?

— Entendo — respondeu Dennis. — Não pode ser um carro qualquer. Tem que ser *aquele* carro. Christine.

— Mas para mim, isso parece obsessivo. Arnie descobriu uma coisa e se fixou nela. Não é isso que é a obsessão? Tenho medo e, às vezes, sinto ódio... mas não é dele que tenho medo. Não é ele quem eu odeio. É aquela droga... não, aquela *porra* de carro. Aquela vaca da Christine.

O rosto de Leigh ficou vermelho. Ela estreitou os olhos. Os cantos de sua boca penderam. De repente, seu rosto deixara de ser bonito, nem mesmo era atraente; a luz naquele rosto era impiedosa, se transformando em algo que era feio, mas ao mesmo tempo impressionante, desejável. Pela primeira vez, Dennis percebeu por que chamavam isso de monstro — o monstro de olhos verdes.

— Sabe o que eu queria que acontecesse? — perguntou Leigh. — Eu queria que alguém, numa noite dessas, levasse a preciosa porra da Christine por engano para os ferros-velhos de Philly Plains. — Os olhos dela cintilaram maldosamente. — E, no dia seguinte, que aquele guindaste com o enorme imã redondo erguesse o carro e o colocasse no compressor. Depois, que alguém apertasse o botão, e então só sobraria um cubinho de metal amassado de 90 centímetros de lado. Então tudo isso teria terminado, não acha?

Dennis não respondeu e, após um momento, quase pôde ver o monstro girar, envolver-se em sua cauda escamosa e desaparecer do rosto dela. Os ombros de Leigh caíram.

— Acho que isso tudo soou bem horrível, não foi? Como se eu dissesse que eu queria que aqueles caras tivessem terminado o trabalho.

— Sei como você se sente, Leigh.

— Sabe mesmo? — desafiou ela.

Dennis pensou na expressão de Arnie enquanto ele esmurrava o painel do carro. Aquela luz maníaca que lhe surgia nos olhos quando estava perto de Christine. Pensou na vez em que sentara ao volante, na garagem de LeBay e no tipo de visão que tivera.

Por último, ele pensou no sonho: faróis se aproximando dele, em meio ao agudo grito feminino de borracha queimando.

— Sei — respondeu. — Acho que sei.

Os dois se entreolharam no quarto do hospital.

Dia de Ação de Graças

Two-three hours passed us by,
Altitude dropped to 505,
Fuel consumption way too thin,
Let's get home before we run out of gas.
Now you can't catch me –
No, baby, you can't catch me –
'Cause if you get too close,
I'm gone like a cooool breeze.
— Chuck Berry

No hospital, eles serviram o almoço do Dia de Ação de Graças em turnos, das onze da manhã até uma da tarde. Dennis recebeu ao meio-dia e quinze: três fatias cuidadosas de carne branca de peito de peru, uma concha cuidadosa de molho ferrugem, uma concha de purê de batata, no formato e tamanho exato de uma bola de beisebol (faltando apenas as costuras vermelhas, pensou ele, com humor azedo), uma pequena concha de abóbora congelada, de uma cor laranja arrogante e fluorescente, e um potinho de plástico contendo geleia de *cranberry*. A sobremesa era sorvete. Um pequeno cartão azul repousava no canto da bandeja. Agora que já conhecia bem os métodos do hospital — uma vez que você recebe tratamento para escaras no traseiro, Dennis descobriu, você passa a conhecer mais sobre os métodos do hospital do que gostaria — ele perguntou à atendente voluntária que veio buscar a bandeja, o que os pacientes com cartões amarelos e vermelhos receberam para o jantar de Ação de Graças. Os cartões amarelos ganharam duas fatias de peru, nenhum molho, batatas, nada de abóbora, e gelatina de sobremesa. Os cartões vermelhos receberam apenas uma fatia de carne branca em forma de purê e batatas. E tiveram que receber a comida na boca, na maioria dos casos.

Dennis achava aquilo tudo muito deprimente. Era fácil demais imaginar a mãe trazendo um enorme e belo peru de pele crocante para a mesa da sala de jantar por volta de quatro da tarde, o pai afiando a faca de trinchar, a irmã, corada pela pompa e o excitamento, com uma fita vermelha de veludo no cabelo, enchendo um bom copo de vinho tinto para cada um deles. Era fácil também imaginar os deliciosos aromas e as risadas quando se sentavam para comer.

Fácil de imaginar... mas provavelmente um erro.

De fato, aquele era o Dia de Ação de Graças mais deprimente de sua vida. Dennis acabou adormecendo numa soneca incomum no início da tarde (não teve fisioterapia por causa do feriado) e teve um sonho perturbador, no qual várias atendentes voluntárias percorriam o CTI aplicando decalques de perus nos aparelhos de suporte vital e nas bolsas de soro.

A mãe, o pai e a irmã fizeram uma visita de uma hora pela manhã e, pela primeira vez, Dennis percebeu em Ellie uma certa ansiedade para ir embora dali. Tinham sido convidados pelos Callison para um leve *brunch* de Ação de Graças; Lou Callison, um dos três filhos do casal, tinha 14 anos e era "gatinho". O irmão hospitalizado tinha se tornado tedioso. Não haviam descoberto uma forma rara e trágica de câncer espalhando-se pelos ossos. Ele também não ficaria paralítico para o resto da vida. Ele não era assunto para um filme meloso de TV.

Telefonaram para ele da casa dos Callison por volta do meio-dia e meia. O pai lhe pareceu um pouco bêbado — Dennis imaginou que estivesse no segundo bloody mary e talvez recebendo alguns olhares desaprovadores de mamãe. O próprio Dennis tinha acabado de terminar o almoço de Ação de Graças tipo cartão azul aprovado pelo nutricionista — o primeiro almoço de ação de graças que tinha conseguido comer em quinze minutos — e fez um bom trabalho em soar animado, não querendo estragar a diversão deles. Ellie falou rapidamente ao telefone, um pouco risonha e gritona demais. Talvez tivesse sido a conversa com Ellie que o cansara o suficiente para precisar de uma soneca.

Dennis acabou adormecendo (e teve o sonho perturbador) por volta das duas da tarde. O hospital estava invulgarmente quieto naquele dia, funcionando com o mínimo de pessoal necessário. A costumeira tagarelice das TVs e rádios dos outros quartos emudecera. A atendente voluntária que havia recolhido a bandeja lhe deu um sorriso largo e disse que esperava que ele tivesse gostado do "almoço especial". Dennis garantiu que tinha gostado. Afinal de contas, era Dia de Ação de Graças para ela também.

E então ele sonhou, um sonho que se desfez e tornou-se sono sombrio. Quando acordou, eram quase cinco da tarde e Arnie Cunningham estava sentado na mesma cadeira de plástico duro que sua namorada havia ocupado ainda no dia anterior.

Dennis não ficou nem um pouco surpreso em vê-lo ali; simplesmente assumiu que era um novo sonho.

— Oi, Arnie — disse. — Como vão as coisas?

— Tudo legal — respondeu Arnie —, mas você parece que ainda está dormindo, Dennis. Quer alguns cascudos? Isso vai acordar você.

Havia um saco de papel pardo no colo dele, e a mente sonolenta de Dennis pensou: *Pegou o almoço afinal. Talvez Repperton não tivesse pisoteado tanto assim.* Tentou se sentar na cama, sentiu dor nas costas e usou o painel de controle para deixá-la quase em posição de sentado. O motor gemeu.

— Céus, é você mesmo!

— Esperava Ghidrah, o Monstro de Três Cabeças? — respondeu Arnie amistosamente.

— Eu estava dormindo. Acho que pensei que ainda estava. — Dennis esfregou a testa com força, como para se livrar do sono. — Feliz Dia de Ação de Graças, Arnie.

— Com certeza — disse Arnie. —Para você também. Eles lhe deram peru e tudo mais para comer?

Dennis riu.

— Ganhei uma coisa parecida com aquelas comidinhas que vieram no restaurante de brinquedo da Ellie, quando ela tinha uns 7 anos. Lembra?

Arnie colocou as mãos em concha ao redor da boca e fez barulho de vômito.

— Claro que lembro. Nojento!

— Fico feliz por você ter vindo — disse Dennis e, por um instante, esteve perigosamente à beira das lágrimas.

Talvez não tivesse percebido de verdade o quão deprimido estivera. Redobrou a determinação de estar em casa no Natal. Se ainda estivesse no hospital no Natal, certamente se suicidaria.

— Seus velhos não vieram?

— É claro que vieram — disse Dennis —, e vão voltar à noite, pelo menos mamãe e papai, mas não é a mesma coisa. Você sabe.

— A-ham. Bem, eu trouxe umas coisas. Disse à senhora lá embaixo que era o seu roupão de banho. — Arnie deu uma risadinha.

— O que *é* isso? — perguntou Dennis, indicando o saco.

Viu que não era só um saco de almoço, mas uma sacola de compras.

— Ah, eu ataquei a geladeira depois que comemos o pássaro — disse Arnie. — Meus pais saíram para visitar amigos da Universidade, como fazem todo ano na tarde do Dia da Ação de Graças. Só voltarão lá pelas oito da noite.

Enquanto falava, foi tirando coisas da sacola. Dennis ficou olhando, espantado. Dois castiçais de estanho. Duas velas. Arnie enfiou as velas nos castiçais, acendeu-as usando uma caixinha de fósforos com propaganda da Garagem de Darnell e desligou a luz da cabeceira. Em seguida, quatro sanduíches grosseiramente embrulhados em papel encerado.

— Pelo que eu me lembro — disse ele —, você sempre dizia que devorar uns dois sanduíches de peru, por volta de onze e meia da noite de sexta-feira, era melhor do que o almoço de Ação de Graças. Porque não havia mais pressão.

— É — assentiu Dennis. — Sanduíches em frente da TV. Carson ou algum filme antigo. Bem, mas... sério, Arnie, você não precisava...

— Droga, faz umas três semanas que não venho lhe ver. Foi bom ter chegado enquanto você dormia, porque do contrário teria me fuzilado. — Passou dois sanduíches para Dennis. — Seus favoritos, acho. De carne branca com maionese e Pão Maravilha.

Dennis deu uma risadinha, depois riu com vontade, então gargalhou. Arnie percebia que aquele esforço lhe doía nas costas, mas ele não conseguia parar de rir. Pão Maravilha, uma marca de pão de forma branco, tinha sido um dos maiores segredos comuns entre Dennis e Arnie quando crianças. As mães de ambos eram muito severas no quesito pão; Regina comprava pães diet, com ocasionais incursões à Terra do Centeio Moído na Pedra. A mãe de Dennis preferia broa de milho e pão preto de centeio. Arnie e Dennis comiam o que recebiam, mas ambos eram apreciadores secretos do Pão Maravilha e mais de uma vez fizeram uma vaquinha para comprar um Maravilha e um pote de mostarda francesa, em vez de doces e balas. Então enfiavam-se na garagem da casa de Arnie (ou na casa na árvore de Dennis, infelizmente demolida por um vendaval há quase nove anos) e lá ficavam comendo sanduíches de mostarda e lendo histórias em quadrinhos de Riquinho, até o pão terminar.

Arnie se juntou às risadas e, para Dennis, aquela foi a melhor parte do Dia de Ação de Graças.

Dennis estava sem colegas de quarto há quase dez dias, portanto eles tinham o aposento semiparticular só para si. Arnie fechou a porta e tirou seis latas de cerveja da sacola parda.

— As maravilhas não terminam? — disse Dennis e teve que rir novamente, com o trocadilho involuntário.

— Não — disse Arnie. — Acho que nunca vão terminar. — Fez um brinde acima das velas, com a lata de cerveja. — *Prosit*?

— Vida eterna! — respondeu Dennis.

Os dois beberam.

Após terminarem os enormes sanduíches de peru, Arnie retirou da sacola aparentemente sem fundo dois potes plásticos para torta e retirou as tampas. Em cada um havia uma fatia de torta de maçã caseira.

— Não, cara, não posso — disse Dennis. — Vou explodir.

— Coma! — ordenou Arnie.

— Eu realmente não posso — disse Dennis, pegando o recipiente e um garfo de plástico. Terminou a fatia de torta em quatro grandes mordidas e depois arrotou. Virou o resto da segunda cerveja e arrotou de novo. — Em Portugal, isto é um cumprimento ao cozinheiro — disse, com a cabeça zumbindo agradavelmente devido à cerveja.

— Se você diz... — respondeu Arnie, com um sorriso.

Levantou-se, ligou a luz fluorescente da cabeceira e apagou as velas. No exterior, uma chuva constante começara a bater nas janelas; ela parecia e soava fria. E, para Dennis, parte do caloroso espírito de amizade e da verdadeira Ação de Graças pareceu se extinguir com as velas.

— Vou odiar você amanhã — disse Dennis. — Aposto como vou ficar uma hora sentado naquela privada. E isso me dói as costas.

— Lembra-se daquela vez em que Elaine teve uma crise de peidos? — perguntou Arnie, e os dois riram. — Implicamos com ela até sua mãe acabar com a gente.

— Não fediam, mas eram bem barulhentos — disse Dennis, sorrindo.

— Como tiros de revólver — concordou Arnie.

Os dois riram um pouco — mas era uma espécie de risada triste, se é que isso existe. Muita água passara debaixo da ponte. A ideia de que o acesso de gases de Ellie acontecera sete anos atrás era, de certa forma, mais perturbadora do que divertida. Havia um bafo de mortalidade na percepção de que sete anos podiam significar o passado, com uma facilidade tão grande.

A conversa morreu um pouco, ambos perdidos em seus pensamentos. Por fim, Dennis disse:

— Leigh apareceu ontem. Me contou sobre Christine. Sinto muito cara. De verdade.

Arnie ergueu os olhos e seu ar de melancolia pensativa foi trocado por um sorriso animado, em que Dennis mal podia acreditar.

— Sim — concordou Arnie. — Foi terrível, mas eu exagerei um pouco na reação.

— Qualquer um faria o mesmo — respondeu Dennis, ciente de que estava repentinamente vigilante, odiando-se por isso, mas incapaz de evitar.

A parte da amizade terminara. Era algo que estivera ali, aquecendo e enchendo o quarto, mas que agora simplesmente se desfizera, como a coisa delicada e efêmera que era. Agora os dois apenas se estudavam. Os olhos animados de Arnie estavam também opacos e — Dennis podia jurar — também vigilantes.

— Certo. Peguei pesado com minha mãe. Com Leigh também, acho. Foi o choque de ver aquele trabalho todo... aquele trabalho todo descendo pelo ralo. — Ele meneou a cabeça. — Más notícias.

— E vai dar para fazer alguma coisa com o carro?

Arnie se animou imediatamente — se animou de verdade desta vez, Dennis pôde sentir.

— É claro! Aliás, já fiz. Você nem acreditaria, Dennis, se tivesse visto como o carro estava naquele estacionamento. Antigamente eles faziam carros durões, não era como agora, quando tudo que parece metal é, na verdade, plástico reluzente. Aquele carro é um maldito tanque de guerra, cara. O pior foram os vidros. E também os pneus, claro. Eles rasgaram os pneus.

— E quanto ao motor?

— Nem chegaram perto — disse Arnie prontamente, e foi a primeira mentira. Quando ele e Leigh encontraram Christine naquela tarde, a tampa do distribuidor estava caída no chão. Leigh reconhecera a peça e havia contado a Dennis. E Dennis se perguntava o que mais eles teriam feito debaixo do capô. O radiador? Se alguém usou uma chave de roda para abrir buracos na lataria, não poderia usá-la também para furar o radiador em alguns lugares? E quanto às velas? Ao regulador de voltagem? O carburador?

Por que está mentindo para mim, Arnie?

— O que está fazendo no carro agora? — perguntou Dennis.

— Gastando dinheiro com ele, o que mais? — respondeu Arnie, e seu riso agora foi quase uma risada genuína. Dennis poderia até aceitá-la como tal, se não tivesse ouvido uma ou duas risadas de verdade durante a ceia de Ação de Graças proporcionada pelo amigo. — Pneus novos, vidros novos, algum trabalho de lanternagem e então ficará novo em folha.

Novo em folha. No entanto, Leigh tinha contado que os dois se depararam com algo que não passava de uma carcaça esmagada, um ferro-velho de feira, três-marretadas-por-vinte-e-cinco-centavos.

Por que está mentindo?

Por um gélido instante, ele se perguntou se Arnie talvez não teria ficado um pouco maluco — mas não, não era essa a impressão que ele passava. A impressão que Arnie dava era de... furtividade. Astúcia. Então, pela primeira vez a ideia louca lhe ocorreu, o pensamento de que talvez Arnie estivesse mentindo apenas pela metade, procurando estabelecer um fundamento de plausibilidade para... para o quê? Um caso de regeneração espontânea? Bem, isso era bem louco, né?

Não era?

Era mesmo, Dennis pensou, a menos que você tivesse calhado de ver uma massa de rachaduras num para-brisa aparentemente *encolhendo* entre uma visita e outra.

Apenas uma ilusão de ótica, um truque da luz. Foi o que você pensou daquela vez, e tinha razão.

Mas uma ilusão de ótica não explicava a maneira aleatória como Arnie tinha reconstruído Christine, nem o emaranhado de partes novas misturadas com as velhas. Não explicava a sensação esquisita que Dennis teve ao se sentar ao volante de Christine, na garagem de LeBay. Ou a sensação, depois que o pneu novo foi colocado a caminho da Darnell's, de que ele olhava para o retrato de um carro velho com uma foto do carro novo diretamente abaixo dele, e que haviam recortado um buraco no retrato do carro velho, no lugar onde estivera um dos pneus.

E nada explicaria a mentira de Arnie agora... ou como ele observava Dennis de maneira cuidadosa e pensativa, para ver se a mentira colaria. Então ele sorriu... um grande, tranquilo e aliviado sorriso.

— Bem, isso é ótimo — falou.

A expressão cuidadosa e calculista de Arnie durou mais um momento. Depois ele deu um sorriso estilo "puxa vida", enquanto encolhia os ombros.

— Tive sorte — disse. — Quando penso nas coisas que eles poderiam ter feito... Açúcar no tanque de gasolina, melado no carburador... foram burros. Sorte minha.

— Repperton e seus amiguinhos? — perguntou Dennis calmamente.

A expressão de desconfiança, tão sombria e estranha a Arnie, tornou a aparecer e desaparecer. Agora ele parecia taciturno. Taciturno e vacilante. Deu a impressão de que ia falar, mas em vez disso suspirou.

— É — assentiu. — Quem mais?

— Mas você não deu queixa.

— Meu pai deu.

— Foi o que Leigh me disse.

— O que mais ela lhe contou? — perguntou Arnie bruscamente.

— Nada, e nem perguntei — respondeu Dennis, estendendo a mão. — Assunto seu, Arnie. Paz.

— Claro. — Arnie riu um pouco e depois passou a mão pelo rosto. — Ainda não superei aquilo. Droga! Acho que nunca vou superar, Dennis. Chegar ao estacionamento com Leigh, me sentindo o dono do mundo, e ver...

— Será que eles não vão fazer de novo, depois que você consertar o carro?

O rosto de Arnie ficou imóvel e gélido.

— Eles não vão fazer de novo — disse.

Seus olhos cinzentos eram como o gelo de março e, de repente, Dennis ficou muito feliz em não ser Buddy Repperton.

— O que quer dizer com isso?

— Que vou estacionar o carro em casa, isso que eu quero dizer — explicou e, novamente, seu rosto mostrou aquela ampla, jovial careta esquisita. — O que você acha?

— Não acho nada — replicou Dennis. A imagem do gelo permaneceu. Agora era uma sensação de gelo fino estalando incomodamente debaixo de seus pés. E, abaixo do gelo, água negra e fria. — Sei lá, Arnie. Você parece ter certeza demais de que Buddy desistiu.

— Eu espero que ele encare isso como um empate — declarou Arnie tranquilo. — A gente provocou a expulsão dele do colégio...

— *Ele* é que provocou a própria expulsão! — exclamou Dennis, acalorado. — Puxou um canivete... porra, aquilo nem era canivete, mas uma droga de baioneta!

— Só estou falando como ele verá a coisa — disse Arnie, para então estender a mão e acrescentar, rindo: — Paz.

— É, tudo bem.

— A gente provocou a expulsão dele ou, mais precisamente, eu provoquei. Ele e a turma dele espancaram Christine. Agora estamos quites. Fim.

— É, se ele pensar assim.

— Acho que vai — disse Arnie. — Os tiras interrogaram ele, Moochie Welch e Richie Trelawney. Assustaram eles. E quase fizeram Sandy Galton confessar, acho. — Os lábios de Arnie se encresparam. — Aquele babaca chorão!

Aquilo era tão inusitado em Arnie — no velho Arnie — que Dennis se sentou na cama sem pensar, estremeceu com a dor nas costas e tornou a se deitar rapidamente.

— Nossa, cara, parece até que você queria que Sandy ficasse calado.

— Não dou a mínima para o que ele ou qualquer um daqueles bostas façam — disse Arnie. Então, com uma voz estranha, acrescentou: — Não importa mais, de qualquer maneira...

Dennis perguntou:

— Você está bem, Arnie?

E por um instante um olhar de tristeza desesperada passou pelo rosto de Arnie — algo mais do que tristeza. Ele parecia atormentado e perseguido. Dennis concluiu mais tarde (é muito fácil perceber essas coisas mais tarde, bem mais tarde), que era a expressão de alguém tão desnorteado, enredado e cansado de lutar que nem sabe mais direito o que faz.

Então essa expressão, como aquela outra de suspeita sombria, desapareceu.

— Claro — respondeu. — Estou ótimo. Só que você não é o único com dor nas costas. Lembra-se de quando dei um mau jeito em Philly Plains?

Dennis assentiu.

— Olha só isto.

Levantando-se, Arnie puxou a camisa para fora das calças. Algo pareceu dançar em seu olhar. Algo girando e pulando em negras profundezas.

Ergueu a camisa. Não era uma coisa antiquada, como o de LeBay. Também estava mais limpo — uma caprichada tira de Lycra aparentemente sem costuras, com uns trinta centímetros de largura. Entretanto, pensou Dennis, um colete era um colete. Arnie estava se aproximando demais de LeBay.

— Me machuquei de novo levando Christine de volta para a garagem — disse Arnie. — Nem lembro como me machuquei, de tão perturbado que estava. Acho que foi quando prendi o cabo do reboque, mas não tenho certeza. No começo não estava tão ruim, mas depois piorou. O Dr. Mascia receitou... Dennis, você está legal?

Com um esforço que pareceu fantástico, Dennis manteve a voz sob controle. Alterou o rosto, formando uma expressão que parecia levemente com agradável interesse... e aquela coisa continuava dançando nos olhos de Arnie, dançando e dançando.

— Você vai melhorar — falou Dennis.

— Claro, eu acho — respondeu Arnie, tornando a enfiar a camisa dentro das calças, em torno do colete para as costas. — Eu só tenho que tomar cuidado ao levantar peso, para que não aconteça de novo.

Sorriu para Dennis.

— Se ainda houvesse alistamento obrigatório, isso me livraria do Exército — comentou.

Mais uma vez, Dennis evitou qualquer movimento que pudesse ser interpretado como surpresa, mas colocou os braços debaixo das cobertas. Ao ver aquele colete para as costas, tão semelhante ao de LeBay, ficara com ambos arrepiados.

E os olhos de Arnie! Eram como águas escuras, por baixo do fino gelo de março. Águas escuras e alegria, dançando lá no fundo deles, como o cadáver decomposto e retorcido de um afogado.

— Olha — disse Arnie animadamente. — Tenho que ir andando. Espero que você não tenha achado que eu iria ficar de bobeira num lugar horrível como este a noite inteira.

— Este é o Arnie, sempre solicitado — disse Dennis. — Falando sério, cara, obrigado. Você alegrou um dia sombrio.

Por um estranho instante, ele pensou que Arnie fosse chorar. Aquela coisa dançante no fundo dos olhos havia desaparecido e seu amigo estava ali — realmente ali. Arnie sorriu sincero.

— Lembre só uma coisa, Dennis: ninguém está sentindo sua falta. Ninguém mesmo.

— Vai tomar banho — disse Dennis, em tom solene.

Arnie fez um gesto obsceno com o dedo.

As formalidades agora estavam completas — Arnie podia ir embora. Recolheu sua sacola parda de compras, consideravelmente desinflada, castiçais e latas vazias de cerveja, que tilintaram no interior.

Dennis teve uma súbita inspiração. Bateu com os nós dos dedos no gesso em torno da perna.

— Assina aqui, Arnie, por favor?

— Eu já assinei, não foi?

— Sim, mas apagou. Assina outra vez?

Arnie deu de ombros.

— Tem uma caneta?

Dennis lhe entregou uma caneta que tirou da gaveta da mesa de cabeceira. Sorridente, Arnie inclinou-se sobre o gesso, erguido em um ângulo acima da cama através de uma série de pesos e roldanas, encontrou espaço em branco no meio do emaranhado de nomes e frases e rabiscou:

Para Dennis Guilder, o
maior mané do mundo
Arnie Cunningham

Deu um tapinha no gesso, após terminar, e devolveu a caneta.

— Tudo certo?

— Legal — disse Dennis. — Obrigado. Fica frio, Arnie.

— Sabe como é. Feliz Dia de Ação de Graças.

— Pra você também.

Arnie saiu. Mais tarde, os pais de Dennis apareceram. Aparentemente exausta por toda a diversão daquele dia, Ellie tinha ido dormir. A caminho de casa, os Guilder comentaram como Dennis parecera retraído.

— Ele estava bem deprimido mesmo — disse Guilder. — Feriados num hospital não são nada divertidos.

Quanto a Dennis, naquela noite, ele passou um bom tempo pensando e examinando as duas assinaturas. Arnie já tinha mesmo assinado o gesso antes, mas isso tinha acontecido quando ele ainda estava com as duas pernas completamente engessadas. Na primeira vez Arnie assinou o gesso da perna direita, que estava suspensa naquela visita. Esta noite, tinha assinado a esquerda.

Dennis tocou a campainha, chamando uma enfermeira, e usou todo o seu charme para convencê-la a baixar a perna esquerda, de modo a poder comparar as duas assinaturas lado a lado. Um pedaço do gesso da perna direita havia sido cortado e tirariam tudo dentro de uma semana ou dez dias. A assinatura de Arnie não tinha se apagado — essa tinha sido uma das mentiras *de Dennis* —, mas quase foi cortada.

Arnie não escrevera uma mensagem na perna direita, apenas assinara. Com algum esforço (e um pouco de dor), Dennis e a enfermeira conseguiram manobrar-lhe as pernas, deixando-as perto o suficiente uma da outra para que ele estudasse as duas assinaturas lado a lado.

Com uma voz tão seca e falha que ele mal conseguiu reconhecer como sua, ele perguntou à enfermeira:

— Acha que são parecidas?

— Não — disse ela. — Já ouvi falar de cheques com assinaturas falsificadas, mas nunca em gessos. É alguma brincadeira?

— Claro — Dennis sentiu algo gélido subir do estômago para o peito. — É brincadeira.

Olhou para as assinaturas. Olhou para ambas, lado a lado, e sentiu aquele frio crescente se espalhando por todo o seu corpo, baixando sua temperatura, deixando os cabelos da nuca eriçados:

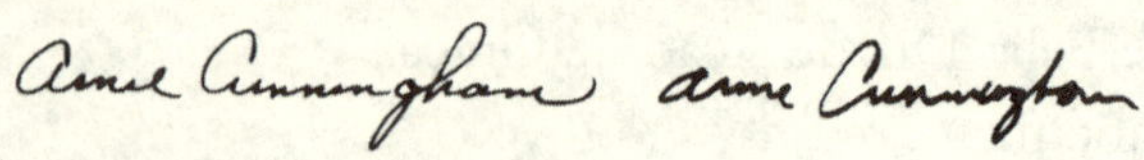

Elas não eram nada parecidas.

Mais tarde, naquela noite de Ação de Graças, um vento frio surgiu, primeiro em rajadas, depois num sopro constante. O disco luminoso da lua se erguia num céu negro. As últimas folhas marrons e secas do outono foram arrancadas das árvores e depois atiradas nas sarjetas. Faziam o barulho de ossos rolando.

O inverno chegara a Libertyville.

Moochie Welch

The night was dark, the sky was blue,
and down the alley an ice-wagon flew.
Door banged open,
Somebody screamed,
You oughtta heard just what I seen.
— Bo Diddley

A quinta-feira depois da do Dia de Ação de Graças foi o último dia de novembro, a noite em que Jackson Browne tocou no Centro Cívico de Pittsburgh para uma plateia lotada. Moochie Welch foi com Richie Trelawney e Nickey Billingham, mas se separou deles antes mesmo de o show começar. Ele estava mendigando por trocados e, fosse porque o iminente concerto de Browne tivesse gerado vibrações de paz e amor, ou por causa de sua personalidade cativante (sendo um romântico, Moochie gostava de acreditar na última hipótese), ele teve uma noite extraordinariamente boa. Conseguira juntar quase trinta dólares em trocados. Distribuíra as moedas por todos os seus bolsos e tilintava como um cofrinho de criança. Pedir carona para casa também havia sido incrivelmente fácil, com todo aquele tráfego que saía do Centro Cívico. O concerto acabou às 11h40 da noite e Moochie estava de volta em Libertyville pouco depois de uma e quinze da madrugada.

Sua última carona havia sido com um cara que voltava para Prestonville pela Rota 63. O sujeito o deixara na rampa 376 da JFK Drive. Moochie decidiu andar até o posto de gasolina Vandenberg's Happy Gas para encontrar Buddy. Ele tinha um carro e para Moochie — que morava longe, em Kingsfield Pike — isso significava não ter que ir para casa andando. Era muito difícil conseguir carona quando se estava na roça — e Kingsfield Pike ficava no fim do mundo. Encontrar Buddy significava que ele só chegaria em casa bem depois do amanhecer mas, em tempo frio, uma carona garantida não é coisa que se despreze. E Buddy podia ter uma garrafa.

Moochie já tinha caminhado uns 400 metros desde a rampa de saída 376 naquele frio de um só dígito, com as chapas de ferro das botas clicando na calçada deserta, a sombra diminuindo e crescendo sob a fantasmagórica luz alaranjada dos postes, tendo ainda mais de um quilômetro a percorrer, quando avistou o carro estacionado junto ao meio-fio, pouco adiante. A fumaça do escapamento se contorcia saindo dos dois canos de descarga "m", flutuando no ar perfeitamente imóvel, antes de se desmanchar preguiçosamente em camadas superpostas. A grade do radiador, metal cromado reluzente marcado com toques de luz laranja, olhava para ele como uma boca sorridente e idiota. Moochie reconheceu o carro. Era um Plymouth de duas cores. À luz das lâmpadas da rua, os dois tons pareciam ser marfim e sangue seco. Era Christine.

Moochie parou e um espanto burro o inundou — não era medo, pelo menos não naquele momento. Não podia ser Christine, isso era impossível — eles tinham feito uma dúzia de furos no radiador do carro do Cara de Boceta, despejaram uma garrafa quase cheia de Texas Driver no carburador, e Buddy despejou um saco de três quilos de açúcar no tanque de gasolina, usando as mãos de Moochie como um funil. E aquilo fora apenas o começo. Buddy demonstrara uma criatividade furiosa na hora de destruir o carro do Cara de Boceta, o que tinha deixado Moochie deliciado e apreensivo ao mesmo tempo. Considerando todo o estrago, aquele carro não poderia se mover por esforço próprio nem em seis meses, talvez nunca mais. Portanto, não podia ser Christine o que estava ali. Devia ser outro Fury 58.

Exceto que era Christine. Moochie sabia disso.

Moochie ficou ali parado na calçada deserta, naquela madrugada; as orelhas dormentes surgindo por sob os cabelos compridos, a respiração congelando no ar.

O carro estava junto ao meio-fio, virado para ele, o motor ronronando macio. Era impossível dizer quem estaria ao volante, isso se houvesse alguém. O carro estava parado diretamente abaixo de um poste, e o globo alaranjado brilhava através do para-brisa imaculado, como uma abóbora esculpida de Dia das Bruxas à prova d'água vista bem no fundo de um rio escuro.

Moochie começou a ficar com medo.

Passou a língua sobre os lábios secos e olhou em torno. À sua esquerda ficava a JFK Drive, com seis pistas de largura e parecendo o leito seco de um rio, àquela hora morta da madrugada. À direita havia uma loja fotográfica, com letras alaranjadas delineadas em vermelho, soletrando KODAK através da vitrine.

Moochie olhou para o carro de novo. Ele permanecia lá, com o motor ligado.

Ele abriu a boca para falar, mas não emitiu som algum. Experimentou de novo e conseguiu um grasnido.

— Ei, Cunningham.

O carro continuou parado, parecendo pensar. A fumaça se encaracolava. O motor roncava, grunhia, girando em ponto morto alimentado pela gasolina boa.

— É você, Cunningham?

Deu mais um passo. Uma das chapas de metal da bota raspou no cimento. Seu coração batia forte no pescoço. Olhou em volta pela rua mais uma vez; certamente apareceria outro carro, a JFK Drive não podia estar inteiramente deserta, mesmo à 1h25 da madrugada, podia? Entretanto, não havia carros, apenas o monótono clarão alaranjado dos postes.

Moochie pigarreou.

— Você não está puto, está?

Os faróis duplos se iluminaram subitamente, cercando Moochie numa luz branca inclemente. O Fury disparou em direção a ele, arrancando forte, os pneus deixando marcas negras de borracha no asfalto. Largou com uma potência tão súbita que a retaguarda pareceu afundar, como as patas traseiras de um cão preparando-se para o salto — um cão ou uma loba. As rodas do lado da calçada subiram no meio-fio e o carro atacou Moochie daquela maneira — as rodas do lado esquerdo mais baixas, as do lado direito rodando sobre a calçada. O chassi raspou e gritou, despejando um jato de faíscas num vórtice.

Moochie gritou e tentou sair da frente. A ponta do para-choque de Christine raspou de leve na batata da perna esquerda e arrancou um pedaço de carne. O líquido quente desceu pela perna e empoçou-se no sapato. O calor do próprio sangue o fez perceber, de um modo confuso, o quanto a noite estava fria.

Ele se chocou de quadril contra a porta da loja de fotografias, escapando por pouco da vitrine. Mais 30 centímetros para a esquerda e afundaria através do vidro, aterrissando sobre uma pilha de Nikons e Polaroids.

Ouviu o motor do carro acelerando subitamente. Aquele grito sobrenatural do chassi batendo no cimento de novo. Moochie olhou em volta, ofegando forte. Christine dava ré na sarjeta e, quando passou por ele, Moochie viu. Ele viu.

Não havia ninguém ao volante.

O pânico começou a latejar em sua cabeça. Moochie deu no pé. Correu para a JFK Drive, disparando para o outro lado. Havia um beco lá, entre um mercado e uma lavanderia. Estreito demais para o carro. Se pudesse chegar lá...

As moedas tilintaram loucamente nos bolsos das calças e nos cinco ou seis bolsos do casaco militar de lona. Moedas de 25, dez e cinco centavos. Um tilintante carrilhão de prata. Corria tanto que os joelhos quase batiam no queixo. As botas ferradas de engenheiro martelavam o asfalto. A própria sombra o perseguia.

Em algum lugar atrás dele, o carro acelerou de novo, reduziu, acelerou de novo, reduziu, e então o motor começou a berrar. Os pneus uivaram e Christine disparou contra Moochie Welch por trás, cruzando as faixas da JFK Drive em ângulo reto. Moochie gritou, mas nem ouviu o próprio grito, porque o carro ainda queimava borracha, ainda se berrava como uma mulher insanamente furiosa e homicida, e aquele berro encheu o mundo.

A sombra de Moochie não o perseguia mais. Agora estava à sua frente e alongando-se. Na vitrine da lavanderia, ele viu enormes olhos amarelos surgindo.

Não estava nem perto.

No último instante possível, Moochie tentou gingar para a esquerda, mas Christine gingou junto, como se tivesse lido seu último e desesperado pensamento. O Plymouth o atingiu em cheio, ainda acelerando, partindo a espinha dele e arrancando as botas de engenheiro de seus pés. Voou 12 metros, acertando a parede lateral de tijolos do pequeno mercado, novamente escapando por pouco de um mergulho através da vitrine.

A força do impacto foi grande o bastante para fazê-lo ricochetear de novo para a rua, deixando na parede uma mancha de sangue, como tinta num mata-borrão. Uma foto da mancha surgiria no dia seguinte, na primeira página do *Keystone* de Libertyville.

Christine deu marcha a ré, cantando pneus ao derrapar na freada, e rugiu para frente de novo. Moochie jazia perto do meio-fio, tentando levantar-se. Ele não conseguiu se levantar. Nada parecia funcionar. Todos os sinais estavam misturados.

A intensa luz branca o cobriu.

— Não — sussurrou, através da boca cheia de dentes quebrados. — N...

O carro rugiu para a frente e sobre ele. Moedas voaram para todos os lados. Moochie foi puxado, rolando primeiro para a frente, depois para trás, quando Christine tornou a recuar para a rua. O carro ficou ali, o motor acelerando e caindo para um zumbido preguiçoso, depois tornando a acelerar. Ficou ali, como que pensando.

Então voltou a atacá-lo. Atingiu-o, subiu na calçada, derrapou um pouco e então recuou, sacolejando na marcha a ré.

Arremeteu para a frente. E para trás. E para a frente.

Os faróis dianteiros brilharam mais. Os canos de escape expeliram uma quente fumaça azulada.

A coisa na rua não parecia mais um ser humano; agora tinha a aparência de um monte de trapos espalhados.

O carro deu marcha a ré uma última vez, derrapou fazendo um semicírculo e acelerou, rugindo sobre a trouxa sangrenta na rua de novo, em seguida descendo a estrada com o rugido do motor, ainda crescendo para a rotação máxima, ecoando nas paredes dos prédios adormecidos, mas não inteiramente adormecidos agora. Havia luzes começando a brilhar, pessoas que moravam sobre suas lojas chegavam às janelas querendo ver o que provocava toda aquela barulheira e se houvera algum acidente.

Um dos faróis de Christine ficara estilhaçado. O outro piscava sem cessar, manchado com uma fina camada do sangue de Moochie. A grade do radiador estava amassada para dentro e as mossas feitas nela aproximavam-se em tamanho e formato ao torso de Moochie, com toda a horrenda perfeição de uma máscara mortuária. Havia sangue espalhado sobre o capô, uma mancha que aumentava de tamanho à medida que aumentava a velocidade. A descarga apresentava um som ruidoso, ensurdecedor; um dos dois silenciosos de Christine fora destruído.

Dentro do carro, no painel de instrumentos, o odômetro continuava girando ao contrário, como se de algum modo Christine recuasse no tempo, escapando não apenas do cenário do atropelamento e fuga, mas na verdade do *fato* do atropelamento e fuga.

O silencioso foi a primeira coisa.

De repente, aquele som ruidoso, ensurdecedor, diminuiu e normalizou-se.

Os leques de sangue sobre o capô começaram a recuar para a dianteira do carro, a despeito do vento — como um filme rodando ao contrário.

O farol vacilante de repente passou a brilhar com firmeza e, 200 metros adiante, o farol apagado voltou a brilhar também. Com um tilintar insignificante — não mais do que o som do sapato de um garotinho quebrando a fina camada de gelo formada sobre uma poça lamacenta —, o vidro se reestruturou do nada.

Houve um oco *punk punk punk* brotando da dianteira do carro, o som de metal amassado, aquele som que ouvimos às vezes quando esmagamos uma lata de cerveja. Só que, em vez de amassar-se, a grade dianteira de Christine estava se desamassando — um lanterneiro veterano, com cinquenta anos de experiência em seu trabalho, não teria feito aquele reparo com mais perícia e capricho.

Christine dobrou na Hampton Street antes mesmo que a primeira das pessoas acordadas pelo cantar dos pneus tivesse alcançado os restos de Moochie. O sangue desaparecera. Tinha chegado à frente do capô e ali desaparecera. Os arranhões não existiam mais. Quando o carro rodou silenciosamente até a porta da garagem, com seu aviso BUZINE PARA ENTRAR, houve um *punk* final, e então o último amassado — no para-lama dianteiro esquerdo, o local onde Christine tinha acertado a batata da perna de Moochie — se desamassou e ficou perfeito.

Christine estava nova em folha.

O carro parou diante da grande porta da garagem, no meio do edifício escuro e silencioso. Havia uma pequena caixa de plástico, presa no para-sol do lado do motorista. Era uma geringonça que Will Darnell dera a Arnie, quando o garoto começou a transportar cigarros e bebida para o Estado de Nova York para ele — talvez fosse a versão de Darnell da chave de ouro para o banheiro.

No ar parado, o aparelho que abria o portão zumbiu brevemente e a porta da garagem chacoalhou obedientemente para cima. Outro circuito foi completado pela porta que subia e algumas luzes se acenderam dentro do prédio, brilhando fracamente.

O botão dos faróis subitamente se apertou no painel e as luzes de Christine se apagaram. O carro rodou para o interior e sussurrou sobre o concreto manchado de óleo até o boxe 20. Atrás dele, a porta, que fora programada para uma espera de trinta segundos, tornou a descer. O circuito das luzes foi interrompido e a garagem voltou à escuridão.

Na ignição de Christine, as chaves oscilantes giraram subitamente para a esquerda. O motor morreu. A etiqueta de couro com as iniciais RDL marcadas balançou de um lado para outro, em arcos decrescentes... até finalmente ficar imóvel.

Christine ficou no escuro, e o único som na Garagem Faça-Você-Mesmo de Darnell era o lento palpitar de seu motor esfriando.

O Dia Seguinte

I got a '69 Chevy with a 396,
Feully heads and a Hurst on the floor,
She's waiting tonight
Down in the parkin-lot
Outside the 7-11 store...
— Bruce Springsteen

Arnie Cunningham não foi à aula no dia seguinte. Disse que achava que ia ficar gripado. No começo da noite, contudo, disse aos pais que se sentia melhor o bastante para ir até a Garagem de Darnell e trabalhar um pouco em Christine.

Regina protestou — embora não tenha dito isso abertamente, ela achou que Arnie tinha uma aparência cadavérica. O rosto dele estava agora inteiramente livre da acne e das manchas, mas houve um lado ruim: ele estava pálido demais e tinha olheiras profundas, como se não andasse dormindo bem. Além disso, ainda mancava. Apreensiva, ela se perguntou se o filho não estaria usando algum tipo de droga, se talvez não tivesse machucado as costas mais do que tinha contado e começado a tomar pílulas para poder continuar trabalhando no maldito carro. Então descartou a ideia. Por mais obcecado que pudesse estar com o carro, Arnie não seria tão burro.

— Eu estou ótimo, mamãe — disse ele.

— Não me parece nada ótimo. E mal tocou em seu jantar.

— Comerei alguma coisa mais tarde.

— E suas costas, como estão? Você não está levantando peso demais, está?

— Não, mamãe.

Era mentira. Suas costas tinham doído horrivelmente o dia inteiro. Estava atravessando a pior fase, desde o machucado original em Philly

Plains. *(Ah, foi lá que começou?* sussurrou a mente. *é mesmo? tem certeza?)* Arnie tirou o colete por algum tempo e sofreu um ataque de dor latejante insuportável nas costas. Ele vestiu o colete novamente, após apenas quinze minutos, apertando-o mais do que nunca. Agora, as costas estavam um pouquinho melhor. Ele sabia por quê. Era porque ia vê-la. Era por isso.

Regina olhou para ele, preocupada e desnorteada. Pela primeira vez na vida, simplesmente não sabia como agir. Arnie estava além do seu controle agora. E saber isso lhe provocava um sentimento horrível de desespero que às vezes se esgueirava até ela e lhe enchia o cérebro de um frio horrível, vazio e podre. Nestas ocasiões, Regina era tomada por uma depressão tão completa que mal poderia acreditar, fazendo-a se perguntar para que exatamente ela tinha vivido — para ver seu filho se apaixonando por uma garota e por um carro em um só golpe horrendo? Fora para isso? Para que pudesse ver, ao fitar seus olhos cinzentos, precisamente o quanto se tornara odiosa para ele? Fora para isso? E aquilo não tinha nada a ver com a garota, tinha? Não. Na mente de Regina, tudo sempre acabava voltando ao carro. Seu descanso tinha se tornado irregular e desconfortável e, pela primeira vez desde seu aborto espontâneo, quase vinte anos antes, começou a considerar uma consulta com o Dr. Mascia, para ver se ele lhe daria alguma pílula para o estresse, a depressão e a insônia resultante. Ela pensava em Arnie, nas longas noites insones, nos erros que jamais poderiam ser corrigidos; pensava em como o tempo conseguia deslocar o equilíbrio do poder em seu eixo, e em como a velhice às vezes a espiava através do espelho da penteadeira, como a mão de um cadáver surgindo na terra erodida.

— Vai voltar cedo? — perguntou, sabendo que aquele era o último recurso dos pais verdadeiramente impotentes, e odiou fazê-lo, incapaz de mudar aquela situação.

— Claro — respondeu ele, mas Regina não acreditou muito, a julgar pelo tom da resposta.

— Arnie, eu gostaria que você ficasse em casa. Sinceramente, você não me parece nada bem.

— Vou ficar bem — disse ele. — Eu tenho que ficar bem. Preciso levar algumas peças de carro até Jamesburg amanhã, para Will.

— Não se estiver doente — disse ela. — São quase 250 quilômetros.

— Não se preocupe — ele beijou o rosto da mãe, aquele beijo-no-rosto desapaixonado dos conhecidos que se encontram em um coquetel. Arnie estava abrindo a porta da cozinha para sair, quando Regina perguntou:

— Você conhecia o rapaz que foi atropelado ontem à noite, na Kennedy Drive?

Ele se virou para encarar a mãe, com o rosto inexpressivo.

— O quê?

— O jornal disse que ele frequentava a Libertyville.

— Oh, o atropelamento e fuga... É disso que você está falando.

— É.

— A gente fez uma matéria juntos, quando eu era calouro — disse Arnie. — Eu acho. Não, eu não o conhecia de verdade, mãe.

— Ah — assentiu ela, satisfeita. — Que bom. O jornal falou que havia resíduos de droga em seu organismo. Você nunca tomaria drogas, não é, Arnie?

Arnie sorriu gentilmente para o rosto pálido e vigilante da mãe.

— Não, mamãe.

— E se suas costas começarem a doer... quero dizer, se *realmente* começarem a doer... você vá ver o Dr. Mascia, está bem? Você não compraria nada de um... traficante de drogas, não é mesmo?

— Não, mãe — repetiu ele, e saiu.

Havia nevado de novo. Outro degelo derretera a maior parte da neve, mas desta vez ela não tinha desaparecido por completo, apenas recuando para as sombras, onde formava uma orla branca debaixo das sebes, na base das árvores, no toldo da garagem. Porém, apesar da neve ao redor — ou talvez por isso mesmo —, o gramado da casa parecia estranhamente verde quando Arnie saiu para o crepúsculo, e o pai dele parecia um estranho refugiado do verão, enquanto recolhia as últimas folhas do outono.

Arnie ergueu a mão brevemente para ele e fez como se fosse passar por Michael sem falar. Seu pai o chamou. Ele se aproximou com relutância. Não queria atrasar-se para seu ônibus.

Seu pai também envelhecera com as tempestades que haviam ocorrido por causa de Christine, embora outras coisas certamente tivessem acontecido. Candidatara-se à cátedra do Departamento de História, em Horlicks, no fim do verão passado, e fora solenemente rejeitado. Além do mais, durante seu checkup anual de outubro, o médico apontara um problema incipiente de flebite — flebite, que quase matara Nixon; flebite, um problema de gente idosa. E, conforme o outono passado se transformou em mais um inverno cinzento no oeste da Pensilvânia, Michael Cunningham parecia mais sombrio do que nunca.

— Oi, pai. Escuta, tenho que correr se quiser pegar o...

Michael ergueu os olhos da pequena pilha de folhas castanhas congeladas que conseguira reunir. O pôr do sol banhou as partes planas de seu rosto e pareceu fazê-las sangrar. Arnie recuou involuntariamente, um tanto chocado. O rosto de seu pai parecia selvagem.

— Arnold — começou. — Onde você esteve ontem à noite? — perguntou.

— Quê? — ofegou Arnie, depois fechando a boca lentamente. — Ora, aqui. Aqui em casa, pai. Você sabe disso.

— A noite inteira?

— É claro. Fui para a cama às dez horas. Estava acabado. Por quê?

— Porque recebi um telefonema da polícia hoje — disse Michael. — Sobre o rapaz que foi atropelado na JFK Drive, ontem à noite.

— Moochie Welch — disse Arnie.

Encarou o pai com olhos calmos que estavam cercados por sérias olheiras e bem fundos nas órbitas. Se o filho ficara chocado com a aparência do pai, da mesma forma o pai ficara perplexo diante daquela do filho. Para Michael, as órbitas do rapaz quase pareciam os buracos vazios de uma caveira sob a luz que morria.

— O sobrenome era Welch, sim.

— Faz sentido eles ligarem. Eu acho. Mamãe sabe... que ele poderia ter sido um dos caras que arrebentaram Christine?

— Não ficou sabendo por mim.

— Eu também não contei. Seria bom se ela não ficasse sabendo — afirmou Arnie.

— Ela poderá descobrir, no fim — disse Michael. — De fato, sua mãe certamente vai descobrir. Ela é uma mulher extremamente inteligente, caso você nunca tenha notado. Mas ela não ficará sabendo por mim.

Arnie assentiu, depois sorriu sem vontade.

— Onde estive ontem à noite? Sua confiança é tocante, papai.

Michael enrubesceu, mas não baixou os olhos.

— Talvez se você tivesse se visto nestes últimos dois meses como nós pudemos ver — falou —, compreenderia por que eu lhe perguntei isso.

— E o que diabos isso significa?

— Você sabe muito bem. Nem adianta mais ficarmos discutindo. Nós sempre damos voltas e mais voltas e acabamos no mesmo lugar. Sua vida está se desintegrando ao seu redor e você fica aí parado, perguntando sobre o que estou falando!

Arnie riu. Era um som duro, cheio de desprezo. Michael pareceu encolher-se um pouco ao ouvi-lo.

— Mamãe perguntou se eu usava drogas. Talvez você também queira verificar. — Arnie fez um gesto de arregaçar as mangas do casaco. — Quer ver se tem marcas de picadas?

— Não preciso perguntar se você usa drogas — disse Michael. — Você está usando só uma, e já é o suficiente. É aquele maldito carro.

Arnie se virou para ir embora, mas Michael o puxou de volta.

— Tire a mão do meu braço.

Michael deixou a mão cair.

— Eu só queria que você ficasse ciente — disse ele. — Acredito que você mataria alguém tanto quanto acreditaria que você seria capaz de caminhar sobre a piscina dos Symond. Mas a polícia irá interrogá-lo, Arnie, e as pessoas podem ficar surpresas quando a polícia aparece de repente. Para eles, a surpresa parece culpa.

— Tudo isto porque algum bêbado atropelou aquele bosta do Welch?

— Não foi bem assim — disse Michael. — Fiquei sabendo por esse tal Junkins, que me ligou. Quem quer que tenha matado Welch o atropelou, depois deu marcha a ré, atropelou de novo, deu ré, atropelou mais uma vez e deu ré *de novo* e...

— Chega! — exclamou Arnie.

De repente ele parecia enjoado e amedrontado. Michael experimentou a mesma sensação que Dennis sentira no dia de Ação de Graças: que em meio àquela infelicidade cansada, o verdadeiro Arnie estava subitamente perto da superfície, talvez quase alcançável.

— Foi... incrivelmente brutal — comentou Michael. — Foi o que Junkins me disse. Veja bem, não parece em nada um acidente. Parece um assassinato.

— Assassinato — murmurou Arnie atordoado. — Não, eu nunca...

— O quê? — perguntou Michael bruscamente. Agarrou o casaco de Arnie novamente. — O que você disse?

Arnie olhou para o pai. Seu rosto parecia uma máscara novamente.

— Nunca pensei que pudesse ser isso — disse ele. — Era o que eu ia dizer.

— Eu só queria que você ficasse sabendo — explicou Michael. — Eles vão procurar alguém com um motivo, por menor que seja. Sabem o que aconteceu com seu carro, e sabem que esse Welch poderia estar envolvido nisso, ou que você pode *pensar* que ele estava envolvido. Junkins poderá aparecer para falar com você.

— Eu não tenho nada a esconder.

— Não, claro que não tem — concordou Michael. — Você vai perder seu ônibus.

— É — disse Arnie. — Tenho que ir. — Mas ele ficou ali um pouco mais, olhando o pai. Michael subitamente se viu lembrando do nono aniversário de Arnie. Ele e o filho tinham ido ao pequeno zoológico em Philly Plains, almoçado juntos e terminado o dia jogando 18 buracos no campo de minigolfe coberto perto da Estrada Basin. O local pegou fogo em 1975. Regina não pôde ir, tinha ficado em casa, com um ataque de bronquite. Pai e filho se divertiram muito. Para Michael, aquele fora o melhor aniversário do filho, aquele que simbolizou, acima de todos, o melhor ponto da doce e despreocupada infância de Arnie como menino americano. Tinham ido ao zoológico e voltado para casa e nada de mais tinha acontecido, exceto que haviam se divertido — ele e o filho, um filho que fora e continuava sendo tão querido.

Michael passou a língua nos lábios e disse:

— Venda Christine, Arnie, por que não? Quando a restauração estiver completa, venda logo. Pode conseguir um bom dinheiro. Uns 2... talvez até 3 mil dólares.

De novo, aquela expressão assustada e cansada pareceu surgir no rosto de Arnie, mas Michael não podia afirmar com certeza. O pôr do sol tinha se desfeito numa amarga linha alaranjada no horizonte ocidental, e o pequeno jardim estava no escuro. E então a expressão — se é que existiu — desapareceu.

— Não, eu não poderia fazer isso, papai — disse Arnie docemente, como se falasse a uma criança. — Não poderia fazer isso agora. Já investi muito em Christine. Demais.

Então ele se foi, atravessando o jardim até a calçada, se juntando às outras sombras, e apenas o som de seus passos voltava, logo desaparecendo também.

Investiu muito em Christine? É mesmo? Exatamente o quê, Arnie? O que investiu nesse carro?

Michael baixou os olhos para as folhas, depois observou seu jardim. Por baixo da sebe e no toldo da garagem, a neve cintilava na escuridão que ia chegando, lívida e teimosamente aguardando reforços. À espera do inverno.

Regina e Michael

She's real fine, my 409,
My four-speed, dual-quad, Positraction 409.
— The Beach Boys

Regina estava cansada — ela se cansava com mais facilidade naqueles dias —, e eles foram para a cama juntos às nove, muito antes de Arnie chegar. Fizeram amor, um ato sem alegria e mais por obrigação (ultimamente eles faziam amor com frequência, quase sempre como obrigação e sem alegria, deixando Michael com a desagradável sensação de que a esposa passara a usar seu pênis como uma pílula para dormir), e enquanto estavam deitados nas camas geminadas após o ato, Michael perguntou casualmente:

— Dormiu bem a noite passada?

— Muito bem — respondeu ela candidamente, e ele soube que mentia.

— Ótimo.

— Levantei por volta das onze e Arnie parecia inquieto — disse Michael, ainda mantendo o tom casual. Ele estava profundamente apreensivo agora. Havia algo no rosto do filho naquela noite, algo que não conseguira interpretar por causa das malditas sombras. Talvez não fosse nada, absolutamente nada, mas aquilo brilhava em sua mente como uma droga de anúncio em néon que não se desligava. Seu filho pareceu culpado ou assustado? Ou será que foi só a luz? A menos que resolvesse a charada, o sono demoraria muito a chegar — e talvez nem chegasse.

— Eu me levantei por volta de uma da madrugada — disse Regina, apressando-se a acrescentar: — Só para ir ao banheiro. Dei uma olhada em Arnie. — Riu, um tanto melancólica. — Velhos hábitos custam a morrer, não?

— É, acho que custam — concordou Michael.

— Ele dormia profundamente. Eu gostaria que ele usasse pijamas, no tempo frio.

— Estava de cuecas?

— Estava.

Michael se reclinou, imensamente aliviado e bastante envergonhado de si mesmo. Mas era melhor saber... com certeza. Era muito fácil dizer a Arnie que ele era tão capaz de cometer um homicídio quanto caminhar sobre a água. Mas a mente, aquele demônio perverso — a mente pode conceber qualquer coisa, e parece sentir uma perversa alegria nisso. Entrelaçando as mãos atrás da cabeça e encarando a escuridão, Michael pensou que talvez fosse justamente essa a peculiar maldição dos vivos. Em nossas mentes, uma esposa pode transar alegremente com seu melhor amigo, um grande amigo pode tramar contra nós e planejar trair-nos, um filho pode assassinar alguém com um carro.

Era melhor ficar envergonhado e botar aquele demônio para dormir.

Arnie estava em casa a uma da madrugada. Era improvável que Regina tivesse se enganado com a hora, por causa do rádio-relógio digital sobre a cômoda do quarto do casal — ele marcava as horas em números enormes, azuis e indiscutíveis. O filho estava ali a uma hora da madrugada, e Welch havia sido atropelado a 5 quilômetros de distância, 25 minutos depois. Era impossível crer que Arnie pudesse vestir-se, sair (sem Regina perceber, pois certamente ficara acordada, atenta ao filho), ir até a Darnell's, pegar Christine e dirigi-la até o local em que Moochie Welch fora assassinado. Fisicamente impossível.

Não que ele jamais tivesse acreditado nisso.

O demônio mental estava satisfeito. Michael rolou para o lado direito, dormiu e sonhou que jogava golfe com seu filho de 9 anos, em uma sucessão de pequenos gramados artificiais, onde giravam moinhos de vento e pequenos lagos os esperavam... Sonhou ainda que os dois estavam sozinhos, inteiramente sós no mundo, porque a mãe de seu filho morrera de parto — algo muito triste, as pessoas ainda comentavam como Michael ficara inconsolável —, mas quando voltassem para casa, ela seria só deles dois, pai e filho, eles comeriam macarrão diretamente da panela como dois solteirões desleixados, e, depois de lavar os pratos, os dois se sentariam à mesa da cozinha, oculta sob jornais espalhados, e construiriam modelos de carros com inofensivos motores plásticos.

Michael Cunningham sorria em seu sonho. Ao lado dele, na outra cama, Regina não sorria. Permanecia acordada, esperando o ruído da porta denunciando que seu filho voltara do mundo exterior.

Quando ouvisse a porta se abrindo e fechando... quando ouvisse os passos dele nos degraus... então seria capaz de dormir.

Talvez.

Junkins

I think you better slow down and drive
With me, baby…
You say what?
Hush up and mind my own bidness?
But baby, you are my bidness!
You gooood bidness, baby,
And I love good bidness!
What kind of car am I drivin?
I'm drive a '48 Cadillac
With Thunderbird wings,
I tell you, baby, she's a moving thing,
Ride on, Josephine, ride on…
— Ellas McDaniel

Junkins apareceu na Darnell's mais ou menos às 20h45 daquela noite. Arnie tinha acabado de encerrar seu trabalho em Christine por aquele dia. Tinha substituído a antena do rádio que Repperton e seu bando arrancaram e, durante os últimos quinze minutos, ficara sentado ao volante, ouvindo *Friday Night Cavalcade of Gold* na WDIL.

Ele só tinha pretendido ligar o rádio e mover o ponteiro no mostrador do começo ao fim, para se certificar de que instalara a antena devidamente e de que não havia estática. Mas tinha se deparado com o forte sinal da WDIL e ficou ali sentado, olhando fixamente para a frente através do para-brisa, com os olhos cinzentos pensativos e distantes. Enquanto isso, Bobby Fuller cantava *I Fought the Law*, Frankie Lymon e os Teenagers cantavam *Why Do Fools Fall in Love?*, Eddie Cochran cantava *C'mon Everybody* e Buddy Holly cantava *Rave On*… Não havia comerciais na WDIL nas noites de sexta-feira, nem disc jockeys. Apenas os sons, a música. Fora das paradas, mas ainda dentro dos nossos corações. De vez em quando, uma suave voz feminina interrompia para dizer o que Arnie já sabia — que estava ouvindo a WDIL-Pittsburgh, o som da Rádio *Blue Suede*.

Arnie permaneceu ao volante, sonhando, com as luzes de alerta vermelhas brilhando no painel, tamborilando de leve com os dedos. A antena estava ótima. Sim, tinha feito um bom trabalho. Como Will dissera: ele levava jeito para aquilo. Bastava olhar para Christine; ela era a prova. Tinha parecido um monte de ferro-velho largado no gramado de LeBay, mas ele a ressuscitara. Mais tarde, parecera outro monte de ferro-velho, no estacionamento do aeroporto, e Arnie a ressuscitou de novo. Ele tinha...

Fique louco... fique louco e me diga... Me diga... para não ficar sozinho...

Ele tinha o quê?

Substituído a antena, claro. E tinha corrigido alguns dos amassados, também, ele podia se lembrar disso. Entretanto, não havia encomendado nenhum vidro de para-brisa (embora ele houvesse sido trocado), não encomendara nenhuma capa nova para os assentos (mas também haviam sido trocadas), e tinha olhado de perto sob o capô apenas uma vez, antes de fechá-lo com força, horrorizado com o estrago que eles fizeram no motor.

Mas agora o radiador estava intacto, o bloco do motor limpo e brilhante, os pistões se moviam livres e desimpedidos. E Christine ronronava como uma gata.

Entretanto, havia os sonhos.

Ele sonhara com LeBay ao volante de Christine, LeBay vestindo um uniforme do Exército, salpicado e sujo de manchas cinza-azuladas do bolor da sepultura. A carne dele se desanimou e deu no pé. Ossos brancos e reluzentes apareciam em alguns lugares. As órbitas onde antes ficavam os olhos de LeBay estavam vazias e escuras (mas havia algo se retorcendo lá no fundo, sim, havia algo). E então os faróis dianteiros de Christine se acenderam e alguém estava ali iluminado, espetado como um inseto em um quadrado de cartolina branca. Alguém familiar.

Moochie Welch?

Talvez. Mas quando Christine subitamente disparou para a frente, com os pneus cantando, Arnie teve a impressão de que o rosto aterrorizado lá fora na rua se derretia como sebo, se transformando mesmo enquanto o Plymouth avançava: ora era o rosto de Repperton, depois o de Sandy Galton ou a cara pesada de lua de Will Darnell.

Fosse quem fosse, saltara para o lado, mas LeBay engatou a ré, manobrando o câmbio com negros dedos apodrecidos — uma aliança de casamento pendurada em um deles, tão frouxa como um laço atirado sobre o galho de uma árvore morta —, e então passou a marcha para *drive* de novo enquanto a figura corria para o outro lado da rua. E conforme Christine arremetia novamente, a figura virou a cabeça, lançando um olhar aterrorizado para trás, e Arnie viu o rosto de sua mãe... depois o de Dennis Guilder... o de Leigh, os olhos arregalados sob uma nuvem flutuante de cabelos louro-escuros... e finalmente o seu próprio, com a boca torcida, gritando *Não! Não! Não!*

Sobrepondo-se a tudo, inclusive ao trovejar pesado do cano de descarga (alguma coisa lá embaixo tinha se danificado com certeza), estava a voz apodrecida e triunfante de LeBay, vinda de uma laringe deteriorada, passando por lábios que já tinham sido repuxados sobre os dentes, e tatuados com uma delicada teia de fungos verde-escuros, a voz vitoriosa e estridente de LeBay:

Tome isto, seu bosta! Prove só o gostinho!

Houve então o baque pesado e mortal do para-lama de Christine atingindo carne, o brilho dos óculos que voavam para o alto, no ar noturno, girando e girando... até Arnie acordar em seu quarto, aninhado em uma bola trêmula, agarrado ao travesseiro. Faltavam quinze para as duas da madrugada e sua primeira sensação foi de grande e incrível alívio, o alívio de estar vivo. Ele estava vivo, LeBay estava morto e Christine estava salva. As únicas três coisas no mundo que importavam.

Oh, mas como foi que machucou as costas, Arnie?

Alguma voz interior, maliciosa e insinuante, fazendo uma pergunta que ele temia responder.

Eu me machuquei em Philly Plains, dizia a todos. *Um dos carros batidos começou a descer pela rampa do reboque e eu o empurrei para cima de novo — não pensei no que estava fazendo, apenas fiz. Machuquei feio algum músculo.* E foi isso que ele falou. E um dos carros ferrados *tinha* começado a escorregar, e Arnie *tinha* empurrado aquela sucata de volta para cima, mas não foi assim que ele machucou as costas, foi? Não.

Naquela noite, depois que ele e Leigh encontraram Christine demolida no estacionamento, sobre quatro pneus rasgados... naquela noite na Darnell's, depois que todos saíram... ele sintonizara o rádio do escritório de Will nas velhas canções da WDIL... Will agora confiava nele, não é? Arnie estava contrabandeando cigarros através da divisa estadual até Nova York, contrabandeando fogos de artifício até Burlington e por duas vezes tinha entregado alguma coisa embalada em pacotes achatados de papel pardo, em Wheeling, onde um cara jovem num velho Dodge Challenger lhe deu outro pacote ligeiramente maior, também embrulhado em papel pardo. Arnie achou que talvez estivesse trocando cocaína por dinheiro, mas não quis ter certeza.

Arnie dirigia uma banheira naquelas viagens, o carro particular de Will, um Imperial 1966 tão negro como a meia-noite na Pérsia. Era muito silencioso e o porta-malas tinha fundo falso. Se você se mantivesse abaixo do limite de velocidade, não era problema algum. Por que seria? O importante é que agora ele tinha as chaves da garagem. Podia entrar depois que todos tivessem ido embora. Como havia feito naquela noite. Então sintonizara a WDIL... e tinha... tinha...

Machucado as costas de algum modo.

O que ele andou fazendo para machucá-las?

Uma frase estranha lhe chegou em resposta, flutuando de seu subconsciente: *É apenas um probleminha engraçado.*

Ele queria mesmo saber? Não. De fato, havia momentos em que Arnie nem mesmo queria o carro. Houve vezes em que sentiu que seria melhor se ele simplesmente... bem, vendesse o carro ao ferro-velho. Não que fosse fazê-lo ou mesmo pudesse fazê-lo. Era só que, às vezes (como tinha acontecido no suado e trêmulo instante que se seguiu ao sonho da noite passada, por exemplo), Arnie achava que, se desse um fim no carro, seria... mais feliz.

Subitamente, o rádio cuspiu um jato quase felino de estática.

— Não se preocupe — sussurrou Arnie.

Passou a mão lentamente pelo painel, adorando aquele contato. Sim, o carro às vezes o assustava. Também achava que o pai tinha razão: Christine modificara sua vida até certo ponto. Mas Arnie poderia mandá-la ao ferro-velho tanto quanto poderia se suicidar.

A estática sumiu. As Marvelettes cantavam *Please Mr. Postman.*

Então uma voz disse em seu ouvido:

— Arnold Cunningham?

Arnie levou um susto e desligou o rádio. Virou-se. Um homenzinho bem arrumado estava debruçado na janela de Christine. Tinha olhos castanho-escuros e o rosto corado — devido ao frio do lado de fora, Arnie suspeitou.

— Sim?

— Rudolph Junkins. Polícia Estadual, Divisão de Detetives — Junkins enfiou a mão pela janela aberta.

Arnie a observou por um momento. Então seu pai estava certo.

Ofereceu ao homem seu sorriso mais encantador, apertou-lhe a mão com firmeza e disse:

— Não atire, seu guarda, estou desarmado.

Junkins devolveu-lhe o sorriso, mas Arnie percebeu que os olhos dele permaneciam sérios, explorando o carro de uma maneira rápida e minuciosa que não lhe agradou. Nem um pouco.

— Caramba! Pelo que os policiais locais me falaram, fiquei com a impressão de que os caras que estragaram seu carango tinham realmente acabado com ele. Certamente que não parece ser o caso.

Arnie deu de ombros e saiu do carro. As noites de sexta-feira eram de pouco movimento na garagem, o próprio Will raramente aparecia, e não estava lá agora. Do outro lado, no boxe dez, um sujeito chamado Gabbs colocava um silencioso novo em seu antigo Valiant e, no canto mais distante da garagem, havia o "brrr" periódico de uma chave de ar comprimido, enquanto um cara colocava pneus de neve em seu carro. Fora aqueles dois, ele e Junkins tinham toda a garagem para si mesmos.

— Não estava tão ruim quanto parecia — disse Arnie. Concluiu que aquele homenzinho sorridente poderia ser extremamente inteligente. Como um prolongamento natural do pensamento, pousou a mão tranquilamente sobre o teto de Christine e imediatamente se sentiu melhor. Podia enfrentar o cara, fosse ele inteligente ou não. Afinal, por que se preocupar. — Não houve dano estrutural.

— É mesmo? Ouvi dizer que fizeram buracos na carroceria, usando um instrumento perfurante. — Enquanto falava, Junkins olhava atentamente para os flancos de Christine. — Não consigo ver os remendos de jeito nenhum. Você deve ser um gênio na lanternagem, Arnie. Do jeito como minha mulher dirige, talvez eu devesse contratar seus serviços permanentemente.

Sorriu de modo tranquilizador, mas seus olhos continuavam examinando o carro de alto a baixo. Pousavam por um instante no rosto de Arnie, e então voltavam de novo ao carro. Arnie estava gostando cada vez menos daquilo.

— Sou bom, mas não sou Deus — disse Arnie. — Dá pra ver os consertos se você procurar bem. — Apontou para uma minúscula ondulação na traseira. — Ali também — apontou para outra ondulação. — Tive sorte de encontrar algumas peças originais da Plymouth lá em Ruggles. Troquei a porta traseira deste lado inteira. Vê como a cor da tinta não é exatamente igual? — acrescentou, batendo na porta com os nós dos dedos.

— Não — disse Junkins. — Eu poderia ser capaz de ver a diferença com um microscópio, Arnie, mas me parece perfeitamente idêntico.

Ele também bateu na porta com os nós dos dedos. Arnie franziu o cenho.

— Um trabalho infernal — comentou Junkins. Caminhou até a frente do carro. — Um trabalho *infernal*, Arnie. Merece parabéns.

— Obrigado. — Arnie observou enquanto Junkins, posando de admirador sincero, usava os olhos castanhos aguçados para descobrir amassados suspeitos, pintura descascando, talvez uma mancha de sangue ou um punhado de cabelos emaranhados. Procurando sinais de Moochie Welch. Arnie teve uma certeza súbita de que era justamente isso que o bosta estava fazendo. — O que posso fazer pelo senhor exatamente, detetive Junkins?

Junkins riu.

— Cara, quanta formalidade! Não aguento isso! Me chame de Rudy, está bem?

— Claro — Arnie concordou sorrindo. — Em que posso ajudá-lo, Rudy?

— Sabe, é curioso — Junkins comentou, agachando-se para olhar os faróis do lado do motorista. Bateu em um deles pensativamente com os nós dos dedos e então, aparentemente distraído, passou o indicador pela cobertura metálica semicircular do farol. Seu sobretudo se embolou por um instante no piso de cimento manchado de óleo, e então ele se levantou. — Quando recebemos denúncias de qualquer coisa deste tipo... a destruição do seu carro, quero dizer...

— Ah, ei, eles não *destruíram* mesmo — disse Arnie. Começava a se sentir como se estivesse numa corda bamba, e voltou a tocar Christine. A solidez do carro, sua *realidade,* confortaram-no mais uma vez. — Eles bem que tentaram, sabe, mas não fizeram um trabalho muito bom.

— Certo. Acho que não estou atualizado nas últimas gírias. — Junkins riu. — De qualquer modo, quando o caso veio a mim, o que acha que eu disse? "Onde estão as fotografias?" Foi o que perguntei. Imaginei que fosse um descuido, sabe? Então telefonei para a Delegacia de Polícia de Libertyville e me disseram que *não havia* fotografias.

— Claro — respondeu Arnie. — Um cara da minha idade consegue fazer só o seguro de responsabilidade legal e, mesmo assim, com franquia de setecentos dólares. Se eu tivesse seguro contra danos, teria tirado um monte de fotos. Mas como eu não tinha, por que tiraria? Certamente que não ia querer nenhuma delas para meu álbum de recordações.

— Tem razão — disse Junkins e caminhou despreocupado até a traseira do carro, enquanto os olhos procuravam vidros quebrados, arranhões, traços de culpa. — Mas você sabe o que mais eu achei curioso? Você nem deu queixa do crime! — Ergueu os olhos escuros e questionadores para Arnie, encarando-o de perto, e então esboçou um pequeno e falso sorriso de perplexidade. — Nem deu queixa! "Hein", falei, "o filho da mãe! E quem deu queixa?" O pai do cara, eles me disseram. — Junkins balançou a cabeça. — Não entendi, Arnie, não me importo em dizer. Um sujeito se mata restaurando um carro velho até que ele valha uns dois, talvez 5 mil dólares, e então aparecem alguns caras e arrebentam o carro todinho...

— Eu já disse que...

Rudy Junkins ergueu a mão e sorriu de forma apaziguadora. Por um segundo bizarro, Arnie pensou que ele fosse dizer "Paz", como Dennis fazia às vezes quando a situação ficava um pouco pesada.

— Desculpe. Danificaram um pouco o carro.

— Certo — disse Arnie.

— De qualquer modo, segundo a sua namorada, um dos marginais... bem, defecou no painel. Era de se imaginar que você tivesse ficado furioso com isso. Era de se imaginar que você fosse dar queixa disso.

O sorriso desapareceu completamente e Junkins encarou Arnie com seriedade, quase rispidez.

Os olhos cinzentos e frios de Arnie se fixaram nos olhos castanhos de Junkins.

— Merda sai com água — declarou ele finalmente. — Quer saber de uma coisa, Sr. Rudy? Você quer que eu lhe diga uma coisa?

— Claro, filho.

— Quando eu tinha um ano e meio, peguei um garfo e risquei uma escrivaninha antiga que minha mãe comprou depois de cinco anos economizando. Economizando de seu dinheiro para despesas pessoais, foi o que me disse. Acho que arranhei completamente a escrivaninha num tempo bem curto. É claro que eu não me lembro de nada, mas ela me contou que simplesmente se sentou no chão e ficou aos prantos. — Arnie sorriu um pouco. — Até este ano, nunca consegui imaginar minha mãe agindo dessa forma. Agora eu acho que posso. Talvez eu esteja amadurecendo um pouco, o que você acha?

Junkins acendeu um cigarro.

— Não estou entendendo a que ponto você quer chegar, Arnie. Se é que há algum.

— Minha mãe falou que preferia que eu precisasse de fraldas até os 3 anos, a me ver fazendo aquilo. Porque, disse ela, merda sai com água. — Arnie sorriu. — A gente dá descarga e ela se vai.

— Que nem Moochie Welch se foi? — perguntou Junkins.

— Não sei nada sobre isso.

— Não?

— Não.

— Palavra de escoteiro? — perguntou Junkins.

A pergunta era engraçada, mas os olhos de Junkins não eram, eles sondavam Arnie em busca da menor falha, de um piscar crucial.

Mais abaixo, no corredor, o sujeito que estava colocando pneus de inverno deixou uma ferramenta cair no concreto. Ela fez um som musical ao cair e o sujeito entoou, quase como um coro:

— Ah, vá se foder, sua puta!

Junkins e Arnie deram uma olhada rápida naquela direção e o momento se desfez.

— Claro, palavra de escoteiro — respondeu Arnie. — Olha, entendo que você tenha que fazer isto, é o seu trabalho...

— Claro que é o meu trabalho — Junkins concordou falando baixo. — O garoto foi atropelado três vezes, para a frente e para trás. Virou carne. Eles o rasparam com uma pá.

— Fala sério! — Arnie exclamou, sentindo-se mal.

Seu estômago girou lentamente.

— O que foi? Não é isso que se faz com merda? Raspar com uma pá?

— *Não tive nada a ver com aquilo!* — Arnie gritou, e o homem em frente, que estava às voltas com seu silencioso, olhou para eles sobressaltado. Arnie baixou a voz. — Sinto muito. Só queria que você me deixasse em paz. Você sabe muito bem que eu não tive nada a ver com aquilo. Já examinou o carro inteiro. Se Christine tivesse atropelado aquele cara tantas vezes e com tanta força, estaria toda arrebentada. Eu sei disso só de ver na TV. E quando fazia a matéria Mecânica de Automóveis II, há dois anos, o Sr. Smolnack explicou que, em sua opinião, os dois melhores meios para destruir a frente de um carro seriam atropelar um cervo ou uma pessoa. Claro que era piada, mas não era brincadeira... se entende o que quero dizer.

Arnie engoliu em seco e ouviu um "clique" em sua garganta, que estava realmente seca.

— Sem dúvida — disse Junkins. — Seu carro me parece estar muito bem. Você é que não está, filho. Parece um sonâmbulo. Parece absolutamente fodido. Desculpe a linguagem. — Ele jogou o cigarro fora. — Sabe de uma coisa, Arnie?

— O quê?

— Acho que você mente mais depressa do que um cavalo pode trotar. — Junkins bateu no capô de Christine. — Talvez eu devesse dizer mais depressa do que um Plymouth pode correr.

Arnie olhou para ele, a mão pousada no espelho externo, do lado do passageiro. Não disse nada.

— Não acho que esteja mentindo quanto a matar o garoto Welch, mas acho que está mentindo sobre o que eles fizeram com seu carro; sua namorada disse que eles o arrebentaram todinho e ela é muito mais convincente do que você. Chorou enquanto me contava. Disse que havia vidro quebrado por todos os lados... Por falar nisto, onde comprou os vidros novos?

— No McConnell's — respondeu Arnie prontamente. — Em Pittsburgh.

— Ainda tem o recibo?

— Joguei fora.

— Bem, mas eles devem se lembrar de você. Um pedido grande desses...

— É possível — disse Arnie —, mas em seu lugar não contaria muito com isso, Rudy. Eles são os maiores especialistas em vidros para automóveis a oeste de Nova York e a leste de Chicago. Cobrem uma boa área. Fazem um monte de negócios, muitos deles para carros velhos.

— Ainda assim, devem ter a papelada.

— Paguei em dinheiro.

— Bem, seu nome deve estar no pedido.

— Não — respondeu Arnie e sorriu um sorriso invernal. — Veio para a Garagem de Darnell. Desta forma, consigo um desconto de dez por cento.

— Você cobriu todas as brechas, não?

— Tenente Junkins...

— Está mentindo também sobre o vidro, embora eu não faça a menor ideia da droga do motivo.

— O senhor seria capaz de achar que Cristo estava mentindo na Cruz — respondeu Arnie, irritado. — Desde quando é crime comprar vidros novos, se alguém quebrar nossas janelas? Ou pagar em dinheiro? Ou conseguir um desconto?

— Desde nunca — disse Junkins.

— Então me deixe em paz.

— O mais importante é que desconfio que você esteja mentindo ao dizer que não sabe nada sobre o que aconteceu a Welch. Você sabe de alguma coisa. E eu gostaria de descobrir o quê.

— Não sei de nada — insistiu Arnie.

— E quanto a...

— Não tenho mais nada a lhe dizer — cortou Arnie. — Sinto muito.

— Está bem — disse Junkins, desistindo tão rapidamente que Arnie ficou imediatamente desconfiado. O policial remexeu no paletó que usava por baixo do sobretudo e tirou a carteira. Arnie viu que ele usava uma arma em um coldre de ombro e desconfiou de que Junkins pretendia fazê-lo ver a arma. Pegou um cartão e o estendeu, dizendo:

— Posso ser encontrado em qualquer destes números, caso queira falar comigo. Sobre qualquer coisa. Qualquer coisa mesmo.

Arnie guardou o cartão no bolso da camisa.

Junkins deu mais uma lenta passada em torno de Christine.

— Que trabalho de restauração infernal! — repetiu. Encarou Arnie. — Por que você não deu queixa?

Arnie deixou escapar um suspiro baixo e trêmulo.

— Porque pensei que aquilo seria o fim — declarou. — Achei que eles se dariam por satisfeitos.

— Entendo — disse Junkins. — Imaginei que pudesse ser isso. Boa noite, filho.

— Boa noite.

Junkins começou a se afastar, depois se virou e voltou.

— Pense no que lhe disse — falou. — Você está realmente com uma aparência infernal, entendeu? Tem uma bela garota. Ela está preocupada com você, ficou chateada com o que aconteceu ao carro. Seu pai também está preocupado com você. Pude perceber isso ao telefone. Pense bem no que eu lhe falei e ligue para mim, filho. Dormirá melhor depois.

Arnie sentiu algo tremendo por trás dos lábios, algo pequeno e lacrimoso, algo que doía. Os olhos castanhos de Junkins eram gentis. Arnie abriu a boca — só Deus sabe o que teria dito —, mas então uma monstruosa pontada de dor o atingiu nas costas, fazendo o rapaz se endireitar subitamente. Teve também o efeito de um tapa em um histérico. Ele se sentiu mais calmo, de cabeça limpa novamente.

— Boa noite — repetiu. — Boa noite, Rudy.

Junkins ficou olhando para ele por mais um momento, preocupado, antes de ir embora.

Arnie começou a tremer de cima a baixo. O tremor começou em suas mãos, se espalhou pelos braços até os cotovelos e, de repente, estava em todas as partes. Tateou cegamente em busca da maçaneta, conseguiu encontrá-la afinal, e deslizou para o interior de Christine, para os reconfortantes cheiros de carro e de estofamento novos. Virou a chave, as luzes do painel se acenderam e ele tateou procurando o botão do rádio.

Ao fazê-lo, seu olhar caiu no chaveiro oscilante de couro marcado com as letras RDL, e o sonho lhe voltou à mente com uma terrível e súbita intensidade: o cadáver putrefato sentado onde ele se sentava agora, as órbitas vazias olhando pelo para-brisa, os ossos dos dedos agarrando o volante, o sorriso vazio dos dentes da caveira enquanto Christine arremetia contra Moochie Welch, enquanto o rádio, sintonizado na WDIL, tocava *Last Kiss*, por J. Frank Wilson e os Cavaliers.

De repente ficou enjoado a ponto de querer vomitar. A náusea esvoaçava no estômago e no fundo da garganta. Arnie escorregou para fora do carro e correu para o banheiro, as pisadas latejando loucamente nos ouvidos. Foi bem a tempo: vomitou repetidamente, até não sobrar mais nada dentro dele senão saliva amarga. Havia luzes dançando diante de seus olhos. Os ouvidos zumbiam e os músculos abdominais latejavam cansados.

Olhou para seu rosto pálido e espectral no espelho manchado, para os círculos escuros em torno dos olhos e a mecha solta de cabelo caída sobre a testa. Junkins estava certo. Tinha uma aparência infernal.

Mas todas as espinhas tinham desaparecido.

Ele riu como louco. Não desistiria de Christine por nada do mundo. Era a única coisa que jamais faria. Ele...

De repente, tinha que vomitar de novo, mas nada havia para vomitar, somente aquelas contrações secas que torturavam e comprimiam, aquele sabor elétrico de saliva na boca outra vez.

Precisava falar com Leigh. Subitamente ele tinha que falar com ela.

Entrou no escritório de Will, onde o único barulho vinha do relógio na parede anunciando novos minutos. Discou o número dos Cabot de cor, mas precisou tentar duas vezes, de tanto que seus dedos tremiam.

A própria Leigh atendeu, com voz sonolenta.

— Arnie?

— Preciso falar com você. Preciso ver você.

— São quase dez da noite, Arnie. Acabei de sair do chuveiro e vim para a cama... Estava quase dormindo...

— Por favor — Arnie pediu e fechou os olhos.

— Amanhã — Leigh respondeu. — Não dá para ser agora, meus pais não me deixariam sair tão tarde...

— São apenas dez horas. E hoje é sexta-feira.

— Eles não querem mesmo que eu saia com você, Arnie. Gostaram de você no começo, meu pai ainda gosta... mas os dois acham que você ficou meio assustador. — Houve uma longa, longa pausa da parte de Leigh. — Eu também acho isso — completou ela, finalmente.

— Isto significa que você não quer mais me ver? — ele perguntou entorpecido.

Seu estômago doía, as costas doíam, tudo doía.

— Não. — Agora o mais leve tom de censura surgiu na voz dela. — Eu estava com a impressão de que *você* não queria me ver... não na escola, e à noite você está sempre na garagem. Trabalhando no carro.

— Já está tudo pronto. — disse ele. E então, com um monstruoso esforço: — É sobre o carro que eu queria... *aiii, droga*! — Arnie agarrou as costas no lugar onde houve outra intensa pontada de dor, mas só conseguiu um punhado de colete ortopédico.

— Arnie? — ela estava alarmada. — Está tudo bem com você?

— Sim, está. Senti uma pontada nas costas.

— O que é que ia dizer?

— Amanhã — disse ele. — Vamos até a Baskin-Robbins tomar um sorvete, e talvez fazer algumas compras de Natal e ir jantar, e eu lhe deixo em casa por volta das sete. E não estarei esquisito. Prometo.

Ela riu um pouco e Arnie sentiu um imenso alívio. Era como um bálsamo.

— Seu bobão!

— Isto quer dizer que aceita?

— Sim, quer dizer que aceito. — Leigh fez uma pausa, depois continuou baixinho: — Falei que meus pais não querem que eu fique vendo você muitas vezes. Não disse que eu concordava com isso.

— Obrigado — disse ele, lutando para manter a voz firme. — Obrigado por isso.

— Sobre o que você queria falar comigo?

Christine. Quero falar com você sobre ela — e sobre meus sonhos. E sobre por que estou com uma aparência infernal. E por que agora estou sempre querendo ouvir a WDIL, sobre o que fiz naquela noite, depois que todos se foram... a noite em que machuquei minhas costas. Oh, Leigh, eu quero...

Outro golpe de dor lhe subiu pelas costas, como garras de gato.

— Acho que acabamos de falar nisso — respondeu.

— Bem. — Uma ligeira e calorosa pausa. — Ótimo.

— Leigh?

— Hum?

— Vamos ter mais tempo agora. Prometo. Todo o tempo que você quiser — Para si mesmo ele disse: *Porque agora, com Dennis no hospital, você é tudo que me resta, tudo que resta entre eu... eu e...*

— Está bem — disse Leigh.

— Eu te amo.

— Tchau, Arnie.

Diga o mesmo!, ele quis gritar, de repente. *Diga o mesmo, preciso que você diga!*

Mas ele ouviu apenas o clique do telefone.

Ficou sentado à mesa de Will por muito tempo, de cabeça baixa, tentando se controlar. Leigh não precisava repetir que o amava sempre que ele lhe dissesse isso, precisava? Ele não precisava tanto assim que ela assegurasse o que sentia. Ou precisava?

Arnie se levantou e foi até a porta. Ela iria sair com ele no dia seguinte, isso que importava. Fariam as compras de Natal que tinham planejado no dia em que aqueles bostas tinham destroçado Christine, eles iriam passear e conversar, iriam se divertir muito. Leigh iria dizer que o amava.

— Ela vai dizer — Arnie sussurrou, parado à porta, mas, na metade do caminho, do lado esquerdo da garagem, Christine estava parada como uma muda e estúpida negação, com a grade do radiador projetada para a frente como se caçasse alguma coisa.

Então a voz sussurrou do fundo de sua consciência, a voz sombria e questionadora: *Como foi que machucou as costas? Como foi que machucou as costas? Como foi que machucou as costas, Arnie?*

Arnie fugia daquela pergunta. Ele tinha medo da resposta.

Leigh e Christine

My baby drove up in a brand-new Cadillac,
She said, "Hey, come here, Daddy,
I ain't never comin back!"
Baby, baby, won't you hear my plea?
Come on, sugar, come on back to me!
She said, "Balls to you, big daddy,
I ain't never comin back!"
— The Clash

Era um dia cinzento e ameaçava nevar, mas Arnie estivera certo nos dois casos — eles tinham se divertido e ele não estava esquisito. A Sra. Cabot estava em casa quando Arnie chegou lá, e a recepção inicial foi fria. Mas levou um bom tempo — talvez uns vinte minutos —, para Leigh descer, usando uma suéter cor de caramelo que ficava adoravelmente justa na altura dos seios, e calças novas cor de uva que se colavam adoravelmente a seus quadris. Esse atraso inexplicável, da parte de uma garota que era quase sempre pontual, só poderia ser de propósito. Arnie perguntou mais tarde e Leigh negou, com uma inocência que talvez tivesse olhos um pouco arregalados demais, mas que, de qualquer maneira, tinha cumprido sua missão.

Arnie podia ser encantador quando queria e jogou o máximo de charme possível na Sra. Cabot. Antes que Leigh finalmente aparecesse descendo a escada, o cabelo balançando em um rabo de cavalo, sua mãe já tinha derretido. Tinha trazido uma Pepsi-Cola para Arnie e escutava extasiada enquanto Arnie a presenteava com casos do clube de xadrez.

— É a única atividade extracurricular *civilizada* de que já ouvi falar — ela disse a Leigh, sorrindo de maneira aprovadora para ele.

— CHAAAAAtoo! — trombeteou Leigh.

Ela passou um braço pela cintura de Arnie e o beijou sonoramente na bochecha.

— Leigh *Cabot!*

— Desculpe, mamãe, mas ele fica muito fofo de batom, não acha? Espere um minuto, Arnie, eu tenho um lenço de papel. *Não arranhe* a marca.

Revirou a bolsa à procura do lenço. Arnie olhou para a Sra. Cabot e revirou os olhos. Natalie Cabot levou a mão à boca e deu uma risadinha. A *reconciliação* entre ela e Arnie estava completa.

Arnie e Leigh foram à sorveteria Baskin-Robbins, onde um constrangimento inicial, um resto da conversa telefônica da noite anterior, finalmente se desfez. Arnie tinha um medo vago de que Christine não rodaria bem ou que Leigh encontraria algo desagradável para dizer sobre Christine; ela jamais gostara de andar naquele carro. As duas preocupações foram desnecessárias. Christine funcionou como um ótimo relógio suíço, e as únicas coisas que Leigh teve a dizer sobre o carro estavam carregadas de alegria e admiração.

— Eu jamais teria acreditado — comentou, quando saíram do pequeno estacionamento da sorveteria e se juntaram ao fluxo do trânsito, em direção ao Monroeville Mall. — Você deve ter trabalhado neste carro como uma mula!

— Ele não estava tão ruim quanto provavelmente lhe pareceu — disse Arnie. — Quer ouvir música?

— Claro, por que não?

Arnie ligou o rádio: Os *Silhouettes* cantavam *Get a Job* com seus doobedoo be do.

Leigh fez uma careta.

— DIL, eca. Posso mudar?

— À vontade.

Leigh sintonizou uma estação de rock de Pittsburgh e pegou Billy Joel. "Talvez você tenha razão", Billy admitia animado, "Eu posso estar maluco". Em seguida Billy dizia a Virgínia, sua namorada, que as garotas católicas começavam muito tarde — era o programa *Block Party Weekend. Agora,* pensou Arnie. *Agora ela vai começar a engasgar... ratear... qualquer coisa.* Mas Christine simplesmente seguiu em frente.

O shopping estava lotado de consumidores agitados, mas bem dispostos; a derradeira confusão frenética e frequentemente desagradável de Natal só aconteceria dali a duas semanas. O espírito natalino era recente o bastante para ser novidade, e ainda era possível apreciar os enfeites cintilantes estendidos pelos largos corredores do shopping sem se sentir incomodado. O retinir constante dos sinos dos Papais Noéis do Exército da Salvação ainda não tinha se transformado num aborrecimento carregado de culpa; eles ainda entoavam boas-novas e boa vontade em vez da monótona e metálica cantoria de *Os pobres não têm Natal, os pobres não têm Natal, os pobres não têm Natal,* que Arnie tinha a impressão de ouvir sempre conforme o Natal se aproximava e tanto as balconistas quanto os Papais Noéis do Exército da Salvação ficavam mais estressados e de olhos mais fundos.

Caminharam de mãos dadas até que a quantidade de compras tornou tudo impossível. Então Arnie reclamou bem-humorado sobre como Leigh o transformara em burro de carga. Enquanto iam para o andar de baixo, para uma livraria onde Arnie queria procurar um livro sobre fabricação de brinquedos para o pai de Dennis Guilder, Leigh percebeu que começara a nevar. Ficaram um instante diante da janela da escadaria envidraçada, olhando a neve como crianças. Arnie segurou a mão dela e Leigh olhou para ele, sorrindo. Ele podia sentir o perfume de sua pele, limpa e com leve cheiro de sabonete; podia sentir a fragrância de seus cabelos. Ele inclinou a cabeça um pouco para frente; Leigh moveu a dela um pouquinho na direção dele. Beijaram-se de leve e ele lhe apertou a mão. Mais tarde, depois da visita à livraria, permaneceram acima do rinque no centro do shopping, observando os patinadores que deslizavam, evoluíam e faziam piruetas ao som de músicas natalinas.

Foi um dia muito bom até o momento em que Leigh Cabot quase morreu.

Ela teria morrido, com quase toda certeza, se não fosse o cara pedindo carona. Eles estavam voltando para casa, e um crepúsculo prematuro de dezembro há muito se transformado em trevas nevadas. Firme sobre as rodas como sempre, Christine ronronava com facilidade sobre os 10 centímetros de neve nova e solta.

Arnie tinha reservado uma mesa para um jantar antecipado na British Lion Steak House, o único restaurante realmente bom de Libertyville, mas o tempo voara e os dois acabaram concordado em comprar um lanche rápido para viagem no McDonald's da JFK Drive. Leigh prometera à mãe que estaria em casa às oito e meia, porque os Cabots iriam "receber amigos" e, quando deixaram o shopping, já eram quinze para as oito.

— É até melhor — disse Arnie. — De qualquer modo, estou quase falido mesmo.

Os faróis iluminaram o caronista que esperava no cruzamento da Rota 17 com a JFK Drive, faltando ainda 8 quilômetros para Libertyville. Seus cabelos negros batiam nos ombros, estavam salpicados de neve, e havia uma mochila entre seus pés.

Conforme eles se aproximaram, o cara ergueu um cartaz pintado com letras em tinta luminosa que diziam: LIBERTYVILLE, PA. Quando chegaram mais perto, ele virou o cartaz. Do outro lado estava escrito: UNIVERSITÁRIO NÃO PSICOPATA.

Leigh começou a rir.

— Vamos dar uma carona pra ele, Arnie.

— Quando eles se dão ao trabalho de anunciar a condição de não psicopata — disse Arnie — é aí que a gente tem de ter mais cuidado. Mas tudo bem. — Arnie desviou para o acostamento. Naquela noite, ele seria capaz de tentar pegar a Lua com um cesto de vime se ela assim lhe pedisse.

Christine rodou macio até a lateral da estrada, e os pneus quase não escorregaram. Mas quando eles pararam, a estática explodiu no rádio, que até então estivera tocando um rock pesado. Quando a estática diminuiu, lá estava Big Bopper cantando *Chantilly Lace*.

— O que aconteceu com o *Block Party Weekend?* — perguntou Leigh enquanto o carona corria até eles.

— Não sei — respondeu Arnie, embora soubesse.

Aquilo já tinha acontecido antes. Às vezes o rádio de Christine só sintonizava a WDIL, sem importar se os botões fossem apertados ou o quanto se mexesse no conversor FM sob o painel; era a WDIL ou nada.

Arnie subitamente decidiu que parar para o carona tinha sido um erro.

Mas agora já era tarde demais para mudar de ideia, o sujeito tinha aberto uma das portas traseiras de Christine, jogado a mochila para dentro e entrado depois dela. Uma rajada de ar frio e de neve entrou com ele.

— Poxa, cara, obrigado! — Ele suspirou. — Meus dedos das mãos e dos pés já se mandaram pra Miami Beach faz uns vinte minutos. Devem ter ido para algum outro lugar mesmo, porque eu certamente não os sinto mais.

— Agradeça à minha senhora — Arnie respondeu, lacônico.

— Obrigado, madame — disse o carona, levando galantemente os dedos à aba de um chapéu invisível.

— Não há de quê — Leigh sorriu. — Feliz Natal.

— O mesmo para vocês — disse o carona —, embora pareça que isso nem exista quando se fica em pé lá fora, tentando pegar uma carona numa noite assim. O pessoal passa voando e depois desaparece. *Voom* — Ele olhou em volta apreciativamente. — Um belo carro, cara. Um carrão dos infernos!

— Obrigado — respondeu Arnie.

— Você mesmo que restaurou?

— É.

Leigh olhava para Arnie, perplexa. O humor extrovertido que tinha durado até agora há pouco fora substituído por um laconismo que não era comum. No rádio, Big Bopper acabava de cantar e foi seguido por Richie Valens, com "La Bamba".

O carona sacudiu a cabeça e riu.

— Primeiro Big Bopper, depois Richie Valens. Deve ser a noite dos mortos no rádio. A boa e velha WDIL.

— O que quer dizer? — perguntou Leigh.

Arnie desligou o rádio.

— Eles morreram num desastre de avião. Com Buddy Holly.

— Ah! — exclamou Leigh, baixinho.

Talvez o caronista também tivesse sentido a mudança no humor de Arnie: o rapaz permaneceu calado e meditativo no banco de trás. Lá fora a neve começava a cair mais rápido e mais forte. A primeira boa tempestade da estação tinha chegado.

Por fim, os arcos dourados da lanchonete reluziram em meio à neve.

— Quer que eu vá lá, Arnie? — perguntou Leigh.

Arnie havia estado calado que nem uma pedra, rejeitando com meros grunhidos as tentativas de Leigh de manter uma conversa.

— Eu vou — ele respondeu e entrou no pátio. — O que vai querer?

— Só um hambúrguer e batata frita, por favor.

Antes, Leigh estava com vontade de encarar uma refeição completa; Big Mac, milk-shake e até mesmo os cookies, mas seu apetite parecia ter se reduzido a zero.

Arnie estacionou. À luz amarelada que vinha do interior do prédio baixo de tijolos, o rosto dele parecia sofrer de icterícia, de alguma forma doente. Virou-se para trás, apoiando o braço no encosto.

— Quer que traga alguma coisa pra você? — perguntou ao carona.

— Não, obrigado — disse o rapaz. — Os velhos me esperam para o jantar. Não posso desapontar minha mãe. Ela mata um carneiro gordo cada vez que venho em c...

A batida da porta cortou sua palavra final. Arnie já se afastava, dirigindo-se apressadamente para a porta de entrada da lanchonete, as botas chutando pequenos jatos de neve recém-caída.

— Ele é sempre animado assim? — perguntou o carona. — Ou fica mal humorado de vez em quando?

— Ele é muito doce — respondeu Leigh com firmeza.

Ela estava subitamente nervosa. Arnie desligara o motor e levara as chaves, deixando-a sozinha com o estranho no banco traseiro. Podia vê-lo pelo espelho retrovisor e, de repente, aqueles compridos cabelos negros, emaranhados pelo vento, o chumaço de barba e os olhos escuros o deixaram parecido com Charles Manson, algo selvagem.

— Onde é que você estuda? — perguntou ela.

Os dedos dela estavam beliscando as calças, e Leigh se obrigou a parar.

— Pitt — disse o carona, e nada mais.

Os olhares dos dois se encontraram no espelho e Leigh desviou rapidamente para o colo. Calças cor de uva. Ela as escolhera porque, certa vez, Arnie tinha dito que gostava delas — talvez por serem as mais apertadas que tinha, ainda mais justas do que suas Levi's. Subitamente ela desejou estar vestindo outra coisa, algo que não pudesse ser considerado provocante nem por algum exagero da imaginação: um saco de cereais, talvez. Tentou sorrir — era uma ideia engraçada, sem dúvida, um saco de cereais, dava vontade de rir, ha-ha-ho-ho, e bater nos joelhos — só que nenhum sorriso lhe veio aos lábios. Não conseguia afastar aquela imagem da mente: Arnie a deixara sozinha com o estranho (por castigo? tinha sido ideia dela recolhê-lo) e agora estava assustada.

— Vibrações negativas — disse o carona de repente, fazendo-a prender a respiração.

As palavras dele eram átonas e conclusivas. Pelo vidro da janela, Leigh podia ver Arnie de pé, o quinto ou sexto da fila. Ainda demoraria um pouco até chegar ao balcão. Percebeu que estava imaginando o caronista subitamente agarrando sua garganta com as mãos enluvadas. Claro que poderia alcançar a buzina... mas a buzina tocaria? Leigh duvidou disso, sem nenhuma razão sã. Ficou pensando que poderia alcançar a buzina e tocá-la 99 vezes, sem problemas. Entretanto, na centésima, estaria sendo estrangulada por aquele caronista por quem intercedera — e a buzina não tocaria. Porque... porque Christine não gostava dela. De fato, achava que Christine a odiava profundamente. Simples assim. Louco, mas simples.

— Co... como disse? — Olhou para trás pelo espelho retrovisor e ficou imensamente aliviada ao perceber que o sujeito nem olhava para ela; estava dando uma olhada no carro. Tocou o forro do banco com a palma da mão, depois esfregou de leve a forração do teto com as pontas dos dedos.

— Vibrações negativas — disse ele e balançou a cabeça. — Não sei por que, mas estou captando vibrações negativas nesse carro.

— É mesmo? — perguntou ela, esperando que a voz soasse neutra.

— Hum-hum. Fiquei preso num elevador uma vez, quando ainda era criança. Desde esse dia, eu tenho ataques de claustrofobia. Nunca tive nenhum ataque num carro antes, mas, cara, estou tendo um agora. Dos piores. Acho que dava pra acender um fósforo na minha língua, de tão seca que a minha boca está.

Ele deu uma risada, breve e constrangida.

— Se já não fosse tão tarde, eu sairia daqui e ia andando. Sem ofensa a você ou ao carro de seu cara — acrescentou depressa.

Quando Leigh olhou pelo retrovisor, os olhos dele nada tinham de selvagem, estavam apenas nervosos. Aparentemente o caronista não estava brincando a respeito da claustrofobia, e Leigh não o achava mais nem um pouco parecido com Charlie Manson. Perguntou-se por que fora tão idiota... só que agora sabia como e por quê. Sabia perfeitamente bem.

Era o carro. Ela ficou absolutamente bem o dia inteiro rodando em Christine, mas agora o nervosismo e a antipatia anteriores haviam retornado. Ela apenas tinha transferido esses sentimentos ao carona, porque... bem, porque é normal ficar assustado e nervoso por causa de algum cara que você catou na estrada, mas era loucura ter medo de um carro, uma construção inanimada de aço, vidro, plástico e cromado. Aquilo não era apenas um pouco excêntrico, era *loucura*.

— Não está sentindo um cheiro? — perguntou ele, de repente.

— Um cheiro?

— Um cheiro ruim.

— Não, não sinto cheiro nenhum. — Os dedos dela agora beliscavam a barra da suéter, arrancando fiapos de lã. O coração batia desagradavelmente no peito. — Deve ser parte do seu treco de claustrofobia.

— Hum... acho que sim.

Só que ela *sentia* o cheiro. Por sob os novos e agradáveis cheiros de couro e estofamento, havia um leve odor: algo assim como ovos podres. Um leve cheiro... que se demorava no ar.

— Você se importa se eu abrir a janela um pouquinho?

— Se você quiser.

Leigh precisou esforçar-se um pouco para manter a voz firme, com naturalidade. De súbito, em sua mente surgiu a foto do jornal da manhã de ontem, uma foto de Moochie Welch tirada do anuário escolar. Na legenda, estava escrito: *Peter Welch, vítima de incidente fatal de atropelamento e fuga que, segundo a polícia, pode ter sido assassinato.*

O carona baixou o vidro de sua janela uns 7 centímetros e penetrou uma brusca rajada de ar frio no carro, levando o cheiro embora. No interior do McDonald's, Arnie chegara ao balcão e fazia o pedido. Ao olhar para ele, Leigh experimentou uma tão estranha onda de amor e medo que a mistura a deixou nauseada — e, pela segunda ou terceira vez ultimamente, ela desejou que tivesse se interessado por Dennis primeiro, Dennis que parecia tão seguro e sensato...

Leigh procurou pensar em outra coisa.

— Me avise se o frio incomodar — disse o carona, em tom de desculpa. — Sei que sou meio esquisito. — Deu um suspiro. — Às vezes acho que nunca devia ter desistido das drogas, sabe?

Leigh sorriu.

Arnie caminhava para eles, segurando um saco branco de papel, derrapou um pouco na neve e então entrou no carro.

— Aqui dentro está frio como uma geladeira — grunhiu.

— Desculpe, cara — disse o carona, tornando a subir o vidro.

Leigh esperou para ver se aquele cheiro voltaria, mas agora só conseguia sentir o odor do couro, do estofamento dos bancos e o vago perfume da loção de barba de Arnie.

— Aqui está, Leigh. — Entregou-lhe um hambúrguer, batatas fritas e uma Coca pequena.

Tinha comprado um Big Mac para si mesmo.

— Queria agradecer a carona, cara — disse o rapaz, do banco traseiro. — Pode me deixar na esquina da JFK com a Center, se não for problema.

— Está bem — respondeu Arnie lacônico, ligando o motor.

A neve caía ainda mais pesada agora e o vento começou a uivar. Pela primeira vez, Leigh sentiu Christine derrapar um pouco ao tentar pegar tração na rua larga, agora quase deserta. Estavam a menos de quinze minutos de casa.

Com o cheiro ausente, Leigh descobriu que seu apetite voltara. Devorou metade do hambúrguer, bebeu um pouco de Coca e conteve um arroto com as costas da mão. A esquina da Center com a JFK, marcada com um monumento de guerra, surgiu à esquerda, e Arnie encostou, pisando levemente nos freios para que Christine não derrapasse.

— Tenha um bom fim de semana — disse Arnie. Ele agora soava como seu eu normal de novo. Divertida, Leigh concluiu que tudo que ele precisava era comer alguma coisa.

— O mesmo para vocês dois — disse o carona. — E um Feliz Natal.

— Para você também — disse Leigh.

Deu outra dentada no hambúrguer, mastigou, engoliu... e o sentiu alojar-se a meio caminho em sua garganta. De repente, não conseguia mais respirar.

O caronista estava saindo. O ruído da porta abrindo era muito alto. O som do clique do ferrolho foi como o tambor da fechadura de uma caixa-forte retornando ao lugar. O som do vento assemelhou-se ao apito de uma fábrica.

(isto é idiota eu sei mas não consigo, Arnie, não consigo respirar)

Estou engasgada!, ela tentou dizer, mas emitiu apenas um som gorgolejante e vago que, tinha certeza, o vento havia encoberto. Apertou a mão em torno da garganta e a sentiu inchada e latejando contra os dedos. Quis gritar. Sem fôlego para gritar, sem fôlego

(Arnie, não consigo)

algum, e conseguia *sentir* a coisa ali, uma pelota quente de hambúrguer e pão. Tentou tossir, mas não saiu. As luzes do painel, circulares, de um verde brilhante

(gato como os olhos de um gato meu Deus, não consigo RESPIRAR)

vigiando-a...

(Deus não consigo RESPIRAR não consigo RESPIRAR não consigo)

Seu peito começou a latejar, buscando ar. Leigh tentou tossir novamente para livrar-se da pelota semimastigada de pão e hambúrguer na garganta, mas era impossível. Agora o ruído do vento era maior do que o mundo, maior do que qualquer outro som que já ouvira, e finalmente os olhos de Arnie se desviavam do caronista para ela; ele se virava em câmara lenta, os olhos se arregalando quase comicamente. Até mesmo sua voz parecia alta demais, como um trovão, a voz de Zeus, falando a algum pobre mortal, vinda de trás de um maciço de nuvens carregadas:

— *LEIGH... VOCÊ ESTÁ... QUE DIABO?... ELA ESTÁ SUFOCANDO! OH MEU DEUS, ELA ESTÁ...*

Fez um gesto na direção dela em câmera lenta, mas então recuou as mãos, imobilizado pelo pânico.

(Ah me ajude me ajude pelo amor de Deus faça alguma coisa estou morrendo ah meu Deus do Céu vou morrer engasgada com um hambúrguer do Mcdonald's Arnie por que você não ME AJUDA?) e é claro que ela sabia por que, ele recuava porque Christine não *queria* que ela recebesse qualquer socorro, era assim que Christine iria se livrar dela, era assim que Christine se livrava de qualquer outra mulher, da concorrência, e agora os instrumentos do painel eram *realmente* olhos, enormes olhos frios observando Leigh se engasgar até a morte, olhos que ela só conseguia ver através de um crescente emaranhado de pontos negros, pontos que explodiram e se espalharam quando

(mamãe oh céus estou morrendo agora e ELA ME VÊ ELA ESTÁ VIVA VIVA VIVA OH MEU DEUS DO CÉU CHRISTINE ESTÁ VIVA)

Arnie se moveu para ela outra vez. Agora ela começava a se remexer no banco, seu peito subindo e descendo espasmodicamente enquanto as mãos agarravam a garganta. Os olhos estavam esbugalhados. Os lábios começaram a azular. Arnie lhe batia inutilmente nas costas e gritava algo. Agarrou-a pelo ombro, parecendo querer puxá-la para fora do carro, quando então, de repente, estremeceu e endireitou o corpo, as mãos indo involuntariamente para a base das próprias costas.

Leigh se contorceu e convulsionou. O bloqueio em sua garganta parecia imenso, quente e pulsante. Tentou tossir a pelota de novo, agora mais fracamente. O volume continuou entalado. O uivo do vento começava a diminuir, tudo começava a desaparecer, mas sua necessidade de ar não parecia mais tão horrível. Talvez estivesse morrendo e, de repente, isto não parecia tão ruim. Nada era tão ruim, exceto aqueles olhos verdes que a vigiavam do painel. Não eram mais frios. Agora flamejavam de ódio e triunfo.

(ó Deus eu me arrependo sinceramente de ter-Vos ofendido eu me arrependo de ofender-Vos este é meu ato meu ato de de)

Arnie se esticou a partir do lado do motorista. A porta de Leigh se abriu subitamente e ela caiu de lado para um frio brutal e cortante. O ar a reviveu parcialmente, fez com que a luta pela respiração se tornasse de novo importante, mas a obstrução persistia... não cedia.

De muito longe, a voz de Arnie trovejava severamente, era a voz de Zeus: *QUEQUECÊTÁ FAZENDO? TIRAS MÃOS DELA*!

Braços em volta dela. Braços fortes. O vento em seu rosto. A neve redemoinhando em seus olhos

(ó Deus ouça-me como pecadora este é meu ato de contrição eu me arrependo sinceramente de ter-Vos ofendido OH! OUUU! o que você está FAZENDO minhas costelas doem o que o que você)

e de repente havia braços em torno dela, apertando, e duas mãos duras se juntavam em um nó logo abaixo de seus seios, no plexo solar. E também de repente um polegar se ergueu, o polegar de um carona pedindo uma corrida, com a diferença de que o polegar se enfiou dolorosamente contra seu esterno, no meio do peito. Ao mesmo tempo, a pressão dos braços aumentou brutalmente. Ela se sentiu presa

(Ohhhhhhh você está quebrando minhas COSTELAS)

num gigantesco abraço de urso. O diafragma dela inteiro pareceu empurrar e algo lhe voou para fora da boca com a força de um projétil. Algo que foi cair sobre a neve: uma pelota molhada de pão e carne.

— Solte ela! — gritava Arnie, enquanto saía de detrás do volante e dava a volta por trás de Christine até onde o carona segurava o corpo flácido de Leigh, como uma marionete gigante. — Solte ela, você a está matando!

Leigh começou a respirar em profundos e entrecortados haustos. Sua garganta e os pulmões pareciam queimar em rios de fogo a cada vez que aspirava o frio e maravilhoso ar. Percebia vagamente que soluçava.

O brutal abraço de urso relaxou a pressão e as mãos a soltaram.

— Você está bem, garota? Está...

Então Arnie passou por ela, avançando para o caronista. O rapaz se virou para Arnie, com os compridos cabelos flutuando ao vento, e Arnie o esmurrou na boca. O carona foi atirado para trás, suas botas escorregaram na neve e ele caiu de costas. A neve recente, fina e seca como açúcar revoou em torno dele.

Arnie avançou, de punhos fechados, olhos semicerrados.

Ela inspirou convulsivamente outra vez — ah, doía, era como ser esfaqueada — e gritou:

— *O que está fazendo, Arnie? Pare com isso!*

Arnie se virou para ela, atônito.

— Hein? Leigh?

— *Ele salvou minha vida, por que está batendo nele?*

O esforço foi grande demais e os pontos negros começaram novamente a dançar diante dos olhos. Ela poderia ter se recostado contra o carro, mas não queria chegar perto dele, não queria tocá-lo. O painel. Alguma coisa tinha acontecido ao painel. Alguma coisa

(olhos eles se transformaram em olhos)

sobre a qual ela não queria pensar.

Cambaleando, procurou um poste de luz e agarrou-se a ele como bêbada, de cabeça baixa e arfando. Um braço macio e vacilante se envolveu em sua cintura.

— Leigh... meu bem, você está bem?

Virando ligeiramente a cabeça, ela viu o rosto assustado e infeliz de Arnie. Não se contendo mais, irrompeu em lágrimas.

O caronista aproximou-se deles com cautela, enxugando a boca ensanguentada na manga do casaco.

— Obrigada — disse Leigh, entre respirações ásperas e arquejantes. A dor diminuía um pouquinho agora e o frio vento cortante refrescava seu rosto esbraseado. — Eu estava sufocando. Acho que... Acho que teria morrido se você não tivesse...

Era esforço demais. Os pontos negros voltaram, todos os sons se extinguiram no interior de um estranho túnel de vento. Baixando a cabeça, ela esperou que aquilo passasse.

— É a Manobra de Heimlich — explicou o caronista. — A gente tem que aprender quando trabalha no refeitório. Na universidade. Fazem a gente praticar num boneco de borracha. Daisy Mae, é o nome. Eu pratiquei, mas você não faz a menor ideia se a coisa... sabe como é, vai ou não funcionar em uma pessoa de verdade. — A voz dele estava trêmula, passando do grave para o agudo e retornando ao grave, como a de um garoto entrando na puberdade. Uma voz que parecia querer rir ou chorar, qualquer coisa, e, mesmo em meio à luz incerta, e à neve que caía forte, Leigh pôde ver o quanto o rosto dele estava pálido. — Nunca pensei que um dia fosse botar em prática a Manobra de Heimlich. E funcionou que foi uma beleza. Viu como aquela droga de pedaço de carne voou longe?

O carona enxugou a boca e olhou inexpressivo para a fina espuma de sangue na palma da mão.

— Sinto muito pelo soco — disse Arnie. Parecia estar perto das lágrimas. — Eu estava apenas... apenas...

— Certo, cara, eu entendo. — Ele bateu no ombro de Arnie. — Não foi nada. Você está bem, garota?

— Estou — disse Leigh.

A respiração se normalizava. As batidas do coração ficavam mais ritmadas. Apenas as pernas estavam ruins, era como se fossem de borracha pura. *Meu Deus,* pensou ela. *Eu poderia estar morta agora. Se não tivéssemos dado carona a esse sujeito e se nós quase não...* Leigh percebeu que tinha sorte por estar viva. Esse clichê a atingiu violentamente, com um poder estúpido e inegável que quase a fez desmaiar. Leigh começou a chorar mais forte. Quando Arnie a levou de volta ao carro, Leigh o acompanhou com a cabeça em seu ombro.

— Bem — disse o caronista, hesitante —, acho que vou indo.

— Espere — disse Leigh. — Qual é seu nome? Você salvou minha vida, eu queria saber como se chama.

— Barry Gottfried — respondeu. — Às suas ordens.

— Novamente ele levantou a aba de um chapéu imaginário.

— Leigh Cabot — disse ela. — Este é Arnie Cunningham. Obrigada de novo.

— Com certeza — acrescentou Arnie, mas Leigh não percebeu um agradecimento real na voz dele, apenas aquele tremor. Ele a ajudou a entrar no carro e, subitamente, o cheiro a envolveu, atacou-a: nem um pouco fraco desta vez, era muito mais do que um vago odor subjacente. Era um cheiro de podridão e decomposição forte e nauseante. Leigh sentiu um medo louco invadindo o cérebro e pensou: *É o cheiro da fúria dela...*

O mundo deslizou de lado diante dela. Leigh se inclinou para fora do carro e vomitou.

Então tudo à sua volta ficou cinzento por um momento.

— Tem certeza de que está bem? — perguntou Arnie, pelo que parecia ser a centésima vez. Seria também uma das últimas, percebeu Leigh com certo alívio. Ela se sentia cansada, muito cansada. Havia uma dor persistente e latejante em seu peito e outra nas têmporas.

— Agora estou bem.

— Bom. Bom.

Arnie se movia irresoluto, como se quisesse ir, mas sem certeza de que o momento era apropriado; talvez ainda não, pelo menos até que repetisse aquela pergunta aparentemente eterna mais uma vez. Estavam parados diante da casa dos Cabot. Retângulos de luz amarelada se filtravam das janelas e jaziam perfeitos sobre a neve recente e sem marcas. Christine estava estacionada junto ao meio-fio, com as luzes de sinalização acesas.

— Você me assustou quando desmaiou daquele jeito — disse Arnie.

— Não desmaiei... Apenas fiquei tonta por alguns minutos.

— Bem, você me assustou. Eu te amo, sabe.

Ela o olhou com ar grave.

— Ama mesmo?

— É claro que amo! Leigh, você sabe disso!

Ela respirou fundo. Estava cansada, mas aquilo tinha que ser dito e dito agora mesmo. Porque, se não falasse agora, o que havia acontecido pareceria absolutamente ridículo pela manhã — talvez mais do que ridículo; pela manhã aquela ideia provavelmente pareceria loucura. Um fedor que ia e vinha, como o "odor pútrido" em uma história gótica de horror? Instrumentos do painel que se transformavam em olhos? E, acima de tudo, aquela insana sensação de que o carro realmente tentara matá-la?

Na manhã seguinte, até mesmo o fato de que quase morrera engasgada não seria nada além de uma vaga dor no peito e a convicção de que aquilo não tinha sido nada, realmente, não foi tão perigoso assim.

Exceto que tudo aquilo era verdade, e Arnie sabia disso — sim, parte dele sabia —, e tinha que ser dito agora.

— Sim, eu acho que você me ama — disse ela, lentamente. Olhou para ele com firmeza. — Só que não vou mais a lugar algum com você neste carro. E, se você realmente me ama, vai se livrar dele.

A expressão de choque no rosto de Arnie foi tão intensa e repentina que era como se ela tivesse lhe dado um tapa.

— Do que... do que você está falando, Leigh?

Aquela expressão de tapa teria sido causada pelo choque? Ou parte dela seria culpa?

— Você ouviu o que eu disse. Não acho que você vai se livrar do carro, não sei nem se você seria capaz disso, mas se quiser ir comigo a algum lugar, Arnie, a gente vai de ônibus. Ou de carona. Ou voando. Mas eu nunca mais vou andar no seu carro. É uma armadilha mortal.

Pronto. Ela disse, tinha desabafado.

Agora o choque no rosto dele estava se transformando em raiva — a raiva cega e obstinada que Leigh vira em seu rosto tantas vezes ultimamente. Não só causada por coisas grandes, mas também pelas pequenas — uma mulher atravessando a rua com o sinal de trânsito amarelo, um guarda que detinha o tráfego pouco antes da vez de ele passar —, mas ela percebeu agora com toda a força de uma revelação mística que a raiva dele, tão corrosiva e tão diferente do resto da personalidade de Arnie, estava sempre associada ao carro. A Christine.

— "Se você me ama, vai se livrar dele" — repetiu Arnie. — Sabe quem você parece?

— Não, Arnie.

— Com minha mãe. É com ela que você parece.

— Desculpa. — Ela não ia cair nessa armadilha, e muito menos se defenderia com palavras ou encerraria tudo simplesmente entrando em casa. Ela poderia ter sido capaz disso se não sentisse algo por ele, mas sentia. Suas impressões iniciais — de que por trás da timidez calada, Arnie Cunningham era bom, decente e gentil (talvez sexy também) — não tinham mudado muito. Era aquele carro, só isso. Essa era a mudança. Era como testemunhar uma mente forte cedendo lentamente diante da influência de uma maligna e corrosiva droga viciante.

Arnie passou as mãos pelos cabelos polvilhados de neve, um gesto característico de perplexidade e raiva.

— Você se engasgou feio no carro, certo, posso entender que você não se sinta muito bem quanto a isso. Mas foi o *hambúrguer,* Leigh, só isso. Ou talvez nem mesmo isso. Talvez você estivesse tentando falar enquanto mastigava, ou inspirou justamente no instante errado, alguma coisa assim. Poderia até culpar o Ronald McDonald. As pessoas se engasgam com a comida de vez em quando, nada mais. Às vezes elas morrem. Você não morreu. Graças a Deus por não ter morrido. Mas, culpar o meu carro...!

Sim, tudo soava perfeitamente plausível. E *era* plausível. Exceto que havia algo por trás dos olhos cinzentos de Arnie. Algo frenético que não era precisamente uma mentira, mas... racionalização? Um afastamento voluntário da verdade?

— Arnie — disse ela —, estou cansada, meu peito dói e eu estou com dor de cabeça. Acho que só tenho forças para dizer isso uma vez apenas. Você vai me escutar?

— Se for sobre Christine, está desperdiçando seu fôlego — disse ele, e aquela expressão obstinada, inflexível estava novamente em seu rosto. — É loucura culpá-la e você sabe bem disso.

— Sim, eu sei que é loucura, e eu sei que estou desperdiçando meu tempo — respondeu Leigh. — Mas eu estou pedindo pra você me ouvir.

— Vou ouvir.

Ela respirou fundo, ignorando a pontada no peito. Olhou para Christine, cujo motor ligado deixava escapar uma pluma de vapor branco por entre a neve spessa que caía, depois desviou os olhos apressadamente. Agora eram as lanternas que se assemelhavam a olhos: os olhos amarelos de um lince.

— Quando me engasguei... quando estava sufocando... o painel de instrumentos... as luzes dele mudaram. Elas *mudaram.* Eram... não, não vou chegar a tanto, mas *pareciam olhos.*

Ele riu, um latido curto no ar frio. Na casa, uma cortina foi puxada de lado, alguém espiou para fora e a cortina voltou ao lugar.

— Se aquele carona... o tal do Gottfried... se ele não estivesse lá, eu teria morrido, Arnie. Eu teria *morrido.* — Leigh perscrutou os olhos dele e seguiu em frente. *Uma vez,* ela disse para si mesma. *Só preciso dizer isto uma vez.* — Você me disse que trabalhou na cantina do Colégio Libertyville durante três anos. Eu vi o pôster da Manobra de Heimlich pregado à porta da cozinha. Você também deve ter visto. Mas você não tentou usá-la em mim, Arnie. Estava se preparando para bater nas minhas costas. Isso não funciona. Eu trabalhei num restaurante em Massachusetts, e a primeira coisa que eles ensinam, antes mesmo de ensinarem a Manobra de Heimlich, é que *bater nas costas de uma vítima de engasgo não funciona.*

— E o que você quer dizer com isso? — perguntou ele, em voz baixa, quase sem fôlego.

Leigh não respondeu, apenas olhou para ele. Arnie devolveu o olhar só por um momento, e então seus olhos — enfurecidos, confusos, quase acossados — se desviaram.

— As pessoas esquecem as coisas, Leigh. Tem razão, eu deveria ter aplicado a Manobra. Mas se você também fez o curso, sabe que pode usá-la em si mesma. — Ele entrelaçou as mãos, formando um punho cerrado, com um polegar para fora, o qual pressionou no diafragma como demonstração. — É só que no calor do momento, a gente esquece...

— Sim, a gente esquece. E você parece esquecer muita coisa quando está nesse carro. Como, por exemplo, como ser Arnie Cunningham.

Arnie estava balançando a cabeça.

— Você precisa de tempo para pensar bem nisso, Leigh. Precisa de...

— Isso é exatamente o que eu não preciso! — exclamou ela, com uma ferocidade que ela não acreditaria que ainda tinha. — Eu nunca tive uma experiência sobrenatural na vida, nem mesmo *acreditava* nessas coisas, mas agora eu me pergunto exatamente o que está acontecendo, o que há com você. Aquelas luzes pareciam *olhos,* Arnie. E mais tarde... depois de tudo... havia um cheiro. Um cheiro horrível de podre.

Arnie encolheu-se.

— Você sabe do que estou falando.

— Não. Eu não faço a menor ideia.

— Você acabou de pular como se o diabo tivesse puxado sua orelha.

— Está imaginando coisas, Leigh — disse ele irritado. — Um monte de coisas.

— O cheiro estava *lá*. E há outras coisas também. Às vezes seu rádio só pega aquelas estações de músicas antigas...

Outra centelha nos olhos dele e uma ligeira contração no canto esquerdo da boca.

— E algumas vezes, quando a gente está se beijando, o carro morre, como se não gostasse disso. *Como se o carro não gostasse disso, Arnie.*

— Você está chateada — disse ele, com uma sombria falta de emoção.

— Sim, *estou* chateada — respondeu Leigh, começando a chorar. — *Você* não está? — As lágrimas escorreram lentamente pelas bochechas. *Acho que isto é o fim para nós dois, Arnie; eu amei você, mas acho que acabou. Eu realmente acho que acabou, e isso me deixa tão triste, tão magoada.* — A sua relação com seus pais transformou-se em um... campo de batalha, você anda contrabandeando Deus sabe lá o que para Nova York e Vermont, a mando de Will Darnell, aquele porco gordo e aquele carro... aquele carro...

Ela não conseguiu mais dizer nada. Sua voz se dissolveu. Leigh deixou os pacotes caírem e se abaixou às cegas para pegá-los. Exausta e aos prantos, só conseguiu espalhá-los ainda mais. Arnie abaixou-se para ajudá-la e Leigh o empurrou com força.

— Deixe meus pacotes em paz! Eu mesma pego!

Ele se levantou, com o rosto pálido e tenso. Tinha uma expressão de fúria imóvel, mas os olhos... ah, para Leigh, seus olhos pareciam perdidos.

— Tudo bem — disse ele, a voz enrouquecida agora por suas próprias lágrimas. — Ótimo. Você pode montar e cavalgar com todos aqueles outros bostas. Estou pouco me fodendo. — Arnie inspirou trêmulo, e um soluço magoado e solitário brotou da garganta, antes que pudesse cobrir brutalmente a boca com a mão enluvada.

Ele começou a andar de costas em direção ao carro; estendeu a mão para trás cegamente procurando o Plymouth, e Christine estava lá.

— Desde que você saiba que está louca! Completamente fora de si! Então vão brincar! Não preciso de *nenhum* de vocês!

Sua voz se elevou a um grito agudo, em diabólica harmonia com o vento:

— *Não preciso de vocês, então fodam-se!*

Arnie correu para o lado do motorista, seus pés escorregaram e ele agarrou Christine. Ela estava lá e não o deixou cair. Arnie entrou no carro, acelerou, os faróis dianteiros se acenderam num intenso clarão branco, e o Fury foi embora, com os pneus traseiros criando uma neblina de neve.

Agora as lágrimas vieram muitas e fortes enquanto ela olhava as luzes traseiras indo embora, tornando-se pontos vermelhos e desaparecendo quando o carro dobrou a esquina. Seus pacotes jaziam espalhados no chão.

Então, de repente, sua mãe estava ali, absurdamente vestida em uma capa de chuva aberta, com botas de borracha verdes e a camisola de flanela azul.

— O que há de errado, meu bem?

— Nada — soluçou Leigh.

Quase morri engasgada, senti o cheiro de algo que podia ter vindo de uma sepultura recém-aberta e eu acho que... sim, eu acho que de alguma forma, aquele carro está vivo... mais vivo a cada dia. Acho que ele é como alguma espécie de vampiro horrível, só que ele está se alimentando da mente de Arnie. Da mente e do espírito.

— Nada, não houve nada de errado. Eu briguei com Arnie, só isso. Me ajuda a pegar minhas coisas, por favor?

As duas recolheram os embrulhos de Leigh e entraram. A porta se fechou atrás delas e a noite pertenceu ao vento e à neve que caía rapidamente. Pela manhã, haveria uma camada de mais de 20 centímetros.

Arnie ficou rodando até depois da meia-noite, e não tinha lembrança do que aconteceu depois. A neve tinha enchido as ruas, agora desertas e fantasmagóricas. Não era uma noite para o Grande Automóvel Americano. Mesmo assim, Christine se movia através da crescente tempestade com surpreendente facilidade e firmeza, mesmo sem os pneus para neve. De vez em quando, a silhueta pré-histórica de um removedor de neve surgia na bruma e logo desaparecia.

O rádio estava ligado. Só dava a WDIL em todo o dial. Transmitia o noticiário. Eisenhower predissera, na convenção AFL/CIO,* um futuro em que os trabalhadores e os administradores marchariam harmoniosamente para um destino conjunto. Dave Beck negara que o Sindicato dos Caminhoneiros fosse uma fachada para negócios escusos. O astro do Rock Eddie Cochran havia perdido a vida em um acidente automobilístico quando seguia para o Aeroporto de Heathrow, em Londres; uma cirurgia de emergência de três horas não conseguira salvar sua vida. Os russos agitavam seus ICBM, os mísseis balísticos intercontinentais. A estação WDIL tocava músicas antigas durante toda a semana, mas nos fins de semana eles se mostravam realmente dedicados. Poxa, noticiário dos anos 50! Aquilo era

(nunca ouvi nada assim antes)

realmente uma ideia bacana. Aquilo era

(totalmente insano)

bem bacana

A meteorologia prometia mais neve.

E então, música novamente: Bobby Darin cantando *Splish-Splash*, Ernie K-Doe cantando *Mother in Law*, os gêmeos Kalin cantando *When*. Os limpadores de para-brisa marcavam o ritmo.

Arnie olhou para a direita e lá estava Roland D. LeBay, no banco do passageiro.

Roland D. LeBay, com suas calças verdes e uma desbotada camisa de sarja do Exército, olhando através das órbitas escuras. Um besouro se limpava dentro de uma delas.

Você tem de fazê-los pagar, disse Roland D. Lebay. *Tem de fazer esses bostas pagarem, Cunningham. Cada um dos porras de bostas!*

— Sim — sussurrou Arnie. Christine zumbia pela noite, cortando a neve com rodas firmes, seguras. — Sim, isso é verdade.

E os limpadores de para-brisa assentiram, para a frente e para trás, de um lado para outro.

---

* Federação Americana do Trabalho e Congresso das Organizações Industriais (N. da T.)

Agora, este Breve Interlúdio

Drive that old Chrysler to Mexico, boy.
— Z. Z. Top

No Colégio Libertyville, o treinador Puffer deu lugar ao treinador Jones e o futebol deu lugar ao basquete. Entretanto, nada mudou de verdade: os cestinhas do Colégio Libertyville não se saíam muito melhor do que os guerreiros do gramado — o único era Lenny Barongg, um craque de três esportes, sendo o basquete o principal deles. Lenny lutou obstinadamente para ter o bom ano que era necessário para conseguir a bolsa de estudos de atletismo em Marquette que ele tanto queria.

Sandy Galton sumiu da cidade de repente. Um dia estava lá, no outro sumira. Sua mãe, uma alcoólatra de 45 anos, que não parecia ter menos do que 60, não ficou muito preocupada. E nem o irmão mais novo dele, que vendia mais bagulho do que qualquer outro garoto da Escola Gornick. No Colégio Libertyville, corria o romântico boato de que ele tinha se mandado para o México. Havia outro boato, menos romântico, circulando também: que Buddy Repperton tinha pressionado Sandy sobre alguma coisa, e ele achou que era mais seguro sair de circulação.

As férias de Natal se aproximavam e o ambiente escolar ficou mais inquieto e ruidoso, como sempre acontecia antes de uma folga mais longa. A média geral de notas do corpo estudantil sofreu sua costumeira queda pré-natalina. Relatórios sobre livros eram entregues com atraso e frequentemente apresentavam uma semelhança suspeita com o texto das orelhas (afinal, quantos estudantes de inglês do segundo ano estarão aptos para avaliar *O Apanhador no Campo de Centeio,* "este flamejante clássico da adolescência pós-guerra"?). Os trabalhos coletivos eram deixados pela metade ou nem eram feitos, a percentagem de castigos por beijos e carícias nos corredores disparava, os flagras de consumo de maconha aumentavam vertiginosamente, enquanto os alunos do Colégio Libertyville se permitiam um pouco de animação pré-natalina. Assim, boa parte dos estudantes estava por cima; a taxa de ausência de professores estava lá em cima, como também estavam por cima as decorações de Natal, pelos corredores e salas de aula.

Leigh Cabot não estava por cima. Levou bomba numa prova pela primeira vez na carreira estudantil, recebendo um D numa prova de datilografia. Ela não conseguia estudar, sua mente divagava até Christine, repetidamente — ao painel verde que se tornara detestável, olhos de gato malignos que a observavam enquanto ela morria sufocada.

Mas para a maioria dos alunos, a última semana de aulas antes das férias de Natal era um período tranquilo, quando eram perdoadas infrações que seriam punidas em outra época, quando professores durões às vezes pegavam leve nas notas de uma prova em que todos tinham ido mal, quando garotas que haviam sido inimigas ferrenhas faziam as pazes, e quando rapazes que repetidamente se envolviam em brigas, por insultos reais ou imaginários, faziam o mesmo. Porém, talvez o maior indicativo da temporada de bons fluídos fosse simplesmente o fato de que a Srta. Ratpack, a Medusa da Sala de Estudos 23, tivesse sido vista sorrindo... não apenas uma, mas várias vezes.

No hospital, Dennis Guilder estava moderadamente por cima — havia trocado os gessos de tração que o prendiam ao leito por outros que lhe permitiam caminhar. A fisioterapia não era mais a tortura que havia sido. Ele balançava pelos corredores que tinham sido decorados com festões e enfeitados com desenhos natalinos feitos pelas crianças das primeiras séries, as muletas batucando no chão, às vezes em compasso com as alegres canções de Natal transmitidas pelos alto-falantes nas paredes.

Era uma *caesura,* uma trégua, um interlúdio, um período de calmaria. Durante seus aparentemente intermináveis passeios pelos corredores, para baixo e para cima, Dennis refletia na possibilidade de que as coisas poderiam estar piores — muito, muito piores.

E, em muito breve, elas estariam.

Buddy e Christine

Well it's out there in the distance
And it's creeping up on me
I ain't got no resistance
Ain't nothing gonna set me free.
Even a man with one eye could see
Something bad is gonna happen to me...
— The Inmates

Na terça-feira, 12 de dezembro, os Terriers perderam de 54 a 48 para os Buccaneers, no ginásio do Colégio Libertyville. A maioria dos torcedores saiu para as gélidas trevas da noite não muito decepcionados: todos os cronistas esportivos da região de Pittsburgh tinham previsto outra derrota para os Terriers. O resultado mal poderia ser encarado como um percalço. E Lenny Barongg era um motivo de orgulho para a torcida dos Terriers: tinha marcado, sozinho, impressionantes 34 pontos, estabelecendo um novo recorde para a escola.

Buddy Repperton, contudo, *estava* decepcionado.

Por causa disto, Richie Trelawney também fazia o possível para demonstrar sua decepção. Assim como Bobby Stanton, no banco traseiro.

Nos poucos meses após sua expulsão do colégio, Buddy parecia ter envelhecido. Em parte por conta da barba. Ele agora se parecia menos com Clint Eastwood e mais com a versão de um ator jovem e alcoólatra para o Capitão Ahab. Buddy andou bebendo muito nas últimas semanas e tinha pesadelos tão terríveis que mal podia se lembrar deles. Acordava suado e trêmulo, com a sensação de ter escapado por pouco de um terror sombrio que se movia silenciosamente.

A bebida tinha cortado os sonhos, porém. Ela os cortou bem pelas porras dos joelhos. Isso aí, porra. Noites de trabalho e dias de sono, era só isso.

Ele baixou o vidro da janela do Camaro gasto e amassado, capturando o ar frio, e jogou fora uma garrafa vazia. Olhando por sobre o ombro, disse:

— Outro coquetel Molotov, cavalinhos.

— Isso aí, Buddy — disse Bobby Stanton respeitosamente, colocando outra garrafa de Texas Driver na mão de Buddy.

Buddy os tinha presenteado com uma caixa da bebida — suficiente para paralisar toda a Marinha egípcia, dissera ele — depois do jogo.

Ele desrosqueou a tampinha, dirigindo momentaneamente com os cotovelos, e engoliu metade da garrafa. Entregou-a a Richie, deixando escapar um longo e sonoro arroto. Os faróis do Camaro iluminavam a Rota 46, que seguia para noroeste tão reta como um barbante pela Pensilvânia rural. Campos cobertos de neve se estendiam sonhadores de cada lado da estrada, cintilando em um bilhão de pontos de luz que imitavam as estrelas no negro céu de inverno. Ele se dirigia — de um modo um tanto casual e meio bêbado — para as Squantic Hills. Algum outro destino poderia lhe surgir num capricho nesse meio tempo, mas, caso contrário, aquelas colinas eram um lugar bom e reservado para ficarem doidões em paz.

Richie passou a garrafa para Bobby, que tomou um bom gole, embora detestasse o sabor de Texas Driver. Acreditava que, quando ficasse um pouco mais embriagado, não daria mais a mínima para o gosto. Ele poderia até ficar de ressaca e vomitar tudo no dia seguinte, mas o amanhã estava a mil anos de distância. Bobby ficava entusiasmado apenas em estar com eles; era somente um calouro, ao passo que Buddy Repperton, com sua reputação quase mística de arrogância e maldade, era uma figura que ele encarava com uma mistura de medo e respeito.

— Porras de palhaços — disse Buddy com voz pastosa. — Que bando de porras de palhaços! Vocês chamam àquilo de jogo de basquete?

— São todos um monte de retardados — concordou Richie. — Menos o Barongg. Trinta e quatro pontos! Não é para qualquer um!

— Odeio aquele crioulo escroto — disse Buddy, lançando um longo e calculista olhar embriagado a Richie. — Quer virar amiguinho daquele macaco?

— Claro que não, Buddy — disse Richie prontamente.

— Ainda bem. Vou "Baronggar" ele.

— O que você quer primeiro? — perguntou Bobby repentinamente, no banco traseiro. — As boas ou as más notícias?

— Primeiro as más — disse Buddy. Estava em sua terceira garrafa de Driver e não sentia qualquer dor, somente uma raiva ofendida. Ele tinha se esquecido, pelo menos no momento, que tinha sido expulso do colégio. Concentrava-se apenas no fato de que o velho time da escola, aquela cambada de cretinos retardados de merda, decepcionara-o. — Sempre as más primeiro.

O Camaro rodava para noroeste a mais de 100 por hora sobre o asfalto de duas faixas, que era uma fita de tinta preta cortando um piso branco montanhoso. O terreno começava a elevar-se ligeiramente à medida que se aproximavam das Squantic Hills.

— Bem, as más notícias são que um milhão de marcianos acabaram de aterrissar em Nova York — disse Bobby. — Agora quer ouvir as boas?

— Não tem boas notícias — disse Buddy, em voz lenta e pesarosa. Richie gostaria de dizer ao garoto que não se tentava alegrar Buddy quando ele estava desse jeito, porque isso só piorava a situação. Era melhor deixar que a depressão acabasse sozinha.

Buddy andava assim desde que Moochie Welch, aquele nerdzinho pedinte quatro-olhos, foi atropelado por algum psicopata na JFK Drive.

— As boas notícias são que eles comem negros e mijam gasolina — disse Bobby, explodindo em uma gargalhada. Riu por algum tempo, até perceber que ninguém estava rindo junto. Então ele se calou rapidinho. Erguendo o olhar, viu os olhos injetados de Buddy olhando para ele acima dos fiapos mais altos da barba, e aquele olhar avermelhado e perscrutador, flutuando no espelho retrovisor, provocou-lhe um desagradável calafrio de medo. Ocorreu-lhe então que talvez se tivesse calado um ou dois minutos tarde demais.

Atrás deles, a talvez uns 5 quilômetros de distância, um par de faróis cintilava como insignificantes fagulhas amarelas na noite.

— Você acha isso engraçado? — perguntou Buddy. — Você conta uma porra de piada racista dessas e acha que é *engraçada*? Você é uma porra de um intolerante, sabia?

Bobby ficou de boca aberta.

— Bem, mas você disse...

— Eu disse que não gosto do *Barongg.* Em geral, eu acho que os crioulos são tão bons quanto os brancos.

Buddy considerou a ideia.

— Bem, quase tão bons.

— Mas...

— É melhor você ficar esperto ou vai voltar andando para casa — grunhiu Buddy. — Com uma hérnia. Depois vai poder escrever EU ODEIO NEGROS na porra de cinta de hérnia.

— Ah! — sussurrou Bobby, com voz assustada. Era como estender o braço para acender uma lâmpada e receber a chicotada de um choque elétrico. — Desculpa.

— Me dê essa garrafa e feche a matraca.

Bobby passou a garrafa de Driver para a frente de maneira diligente. Sua mão tremia.

Buddy matou a garrafa. Passaram por uma placa que dizia: PARQUE ESTADUAL SQUANTIC HILLS — 5 KM. O lago que ficava no centro do parque estadual era uma área de praia muito procurada no verão, mas o parque ficava fechado de novembro a abril. A estrada que serpenteava através do parque até o Lago Squantic, no entanto, era mantida limpa de neve para manobras de treinamento periódicas da Guarda Nacional e acampamentos dos Escoteiros Exploradores, e Buddy descobrira uma entrada lateral que contornava o portão principal e depois se unia à estrada do parque. Ele gostava de invadir o silencioso e invernal parque estadual para rodar com seu carro e beber.

Atrás deles, as fagulhas gêmeas ao longe tinham aumentado para círculos — dois faróis agora a 1,5 km.

— Passa outro coquetel Molotov, sua porra de porco racista.

Bobby estendeu-lhe uma garrafa nova e permaneceu prudentemente calado.

Buddy virou fundo, arrotou e depois passou a garrafa para Richie.

— Não, obrigado, cara.

— Ou você bebe, ou vai acabar com ela enfiada no rabo.

— Certo, está bem — disse Richie, desejando ardentemente ter ficado em casa naquela noite. Ele bebeu.

O Camaro seguia em frente, seus faróis varando a noite. Buddy olhou pelo retrovisor e avistou o outro carro, que agora se aproximava depressa. Deu uma olhada no velocímetro e viu que estava fazendo cento e poucos. O carro mais atrás devia estar perto dos cento e dez. Buddy sentiu alguma coisa — uma curiosa espécie de retorno aos sonhos que não conseguia lembrar muito bem. Um dedo frio parecia pressionar seu coração de leve.

Adiante a estrada se bifurcava, a Rota 46 seguindo para leste, em direção a New Stanton, e a outra estrada rumando em direção ao norte, para o Parque Estadual Squantic Hills. Uma enorme placa laranja alertava: FECHADA NOS MESES DE INVERNO.

Quase sem reduzir, Buddy guinou para a esquerda e disparou montanha acima. A neve na estrada que levava ao parque não tinha sido muito bem raspada, e as árvores frondosas tinham impedido que o sol da tarde tivesse ajudado a derretê-la. O Camaro derrapou um pouco, antes de recuperar a tração. No banco de trás, Bobby Stanton deixou escapar um som baixo e apreensivo.

Buddy ergueu os olhos para o retrovisor, esperando ver o outro carro continuar pela 46 — afinal de contas, não havia nada naquela estrada além de um beco sem saída para a maioria dos motoristas — mas, em vez disso, o carro virou no desvio ainda mais rápido do que ele, e agora vinha não muito distante, a menos de 150 metros. Seus faróis eram quatro cintilantes círculos brancos, que iluminavam o interior do Camaro.

Bobby e Richie se viraram para olhar.

— Que porra é essa? — murmurou Richie.

Buddy sabia. De repente ele sabia. Era o carro que tinha atropelado Moochie. Ah, sim, era ele. O psicopata que apagara Moochie estava atrás do volante daquele carro — e agora estava atrás dele, Buddy.

Pisou fundo no acelerador e o Camaro começou a voar. A agulha do velocímetro subiu para 110, movendo-se gradualmente para perto de 125. As árvores passavam por eles como borrões, escuros garranchos na noite. As luzes atrás deles não se distanciaram; na verdade, até estavam se aproximando. Os faróis duplos se fundiram em dois enormes olhos brancos.

— Cara, quer diminuir um pouco? — pediu Richie. Estendeu a mão para seu cinto de segurança, agora francamente amedrontado. — Se a gente capotar nessa velocidade...

Buddy não respondeu. Inclinou-se sobre o volante, alternando olhares para a estrada à frente com outros para o espelho retrovisor, onde aquelas luzes continuavam crescendo.

— A estrada faz uma curva mais adiante — disse Bobby em voz rouca. E a curva se aproximou, os *guardrails* refletindo nos cromados a luz dos faróis do Camaro. Ele gritou: — *Buddy! Olhe a curva! Olhe a curva!*

Buddy reduziu para a segunda marcha e o motor do Camaro urrou seu protesto. A agulha do tacômetro marcou 6 mil rotações por minuto, dançou brevemente na linha vermelha de 7 mil e depois caiu para um nível mais normal. Os canos de descarga do Camaro pipocaram como metralhadoras. Buddy girou o volante e o carro flutuou na curva fechada. As rodas traseiras deslizaram sobre a superfície de neve dura. No último instante possível, Buddy subiu de marcha novamente, pisando firme no acelerador e deixando o corpo balançar livremente, enquanto a roda traseira esquerda do Camaro se chocava contra os bancos de gelo, escavando um buraco na neve do tamanho de um caixão, antes de saltar fora. O carro deslizou para o outro lado. Buddy deixou o carro deslizar e depois pisou fundo no acelerador novamente. Por um instante, pensou que o carro não responderia, que a derrapagem continuaria e simplesmente continuariam escorregando de lado estrada acima, a 120 por hora, até chegarem a um trecho nu, onde capotariam.

O Camaro, no entanto, conseguiu se endireitar.

— Pelo amor de Deus, Buddy, diminua! — uivou Richie.

Buddy debruçou-se sobre o volante, sorrindo por entre a barba, arregalando os olhos injetados. A garrafa de Driver estava presa entre suas pernas. *Vamos! Vamos, seu louco assassino filho da puta! Vamos ver se consegue fazer isso sem capotar!*

Um momento mais tarde, os faróis reapareceram mais perto do que nunca e o sorriso insano de Buddy vacilou e desapareceu. Pela primeira vez, sentiu um formigamento doentio subindo pelas pernas até as virilhas. Medo — medo de verdade — o envolveu por completo.

Bobby ficara olhando para trás enquanto o carro os perseguia pela curva, e agora se virou para a frente, o rosto atônito, incrédulo.

— Ele nem derrapou — disse. — É impossível! Isso é...

— Buddy, quem é? — perguntou Richie.

Estendeu o braço para tocar o cotovelo de Buddy, e a mão de Richie foi empurrada com tal força que os nós dos dedos se chocaram contra a janela.

— Não vai querer me tocar — sussurrou Buddy. A estrada se desenrolava reta à frente dele, não mais asfalto escuro, mas neve branca, compacta e traiçoeira. O Camaro rodava sobre aquela superfície escorregadia a mais de 140 por hora. Só dava para ver o telhado e a bola de pingue-pongue laranja espetada na antena de rádio entre a neve que chegava até a altura do peito nas margens. — Você não quer me tocar, Richie. Não a esta velocidade!

— Será que é... — a voz de Richie vacilou e ele não pôde continuar.

Buddy lhe deu uma olhada rápida E, ao ver o medo nos olhinhos avermelhados de Buddy, o terror de Richie lhe subiu à garganta, quente e viscoso como óleo.

— Sim — respondeu Buddy. — Acho que é.

Lá em cima não havia casas; já se encontravam em terras do Estado. Nada ali em cima, exceto as altas margens nevadas e o escuro entrelaçamento das árvores.

— Ele vai bater na gente! — guinchou Bobby no assento traseiro. Sua voz era estridente como a de uma velha. Entre seus pés, as garrafas remanescentes de Texas Driver chocalharam furiosamente em sua caixa de papelão. — Buddy! Ele vai bater na gente!

O carro atrás deles chegara a um metro e meio do para-choque traseiro do Camaro; os faróis altos inundavam o carro perseguido com luz suficiente para ler as letrinhas de um contrato. No momento seguinte houve um baque surdo.

O Camaro perdeu a tração na estrada, enquanto o outro carro ficava um pouco para trás. Buddy teve a sensação de que flutuavam repentinamente e soube que estavam por um fio de entrar numa derrapagem violenta e giratória, com a frente e a traseira trocando de lugar rapidamente, até que eles se chocassem contra algo e capotassem.

Uma gota de suor, quente e ardente como uma lágrima, escorreu para dentro de um olho.

Pouco a pouco, o Camaro se endireitou de novo.

Quando sentiu que recuperara o controle, Buddy deixou o pé direito comprimir suavemente o acelerador até o fundo. Se fosse Cunningham naquela banheira enferrujada 58 — ah! aquilo não fizera parte dos sonhos de que mal conseguia se lembrar? —, o Camaro o deixaria para trás.

O motor agora berrava. A agulha do tacômetro voltara a beirar a linha vermelha, em 7 mil rotações por minuto. O velocímetro passara a marca dos 160 e as margens geladas e altas de neve desfilavam por eles em fantasmagórico silêncio. A estrada à frente parecia uma tomada em primeira pessoa num filme insanamente acelerado.

— Oh, meu Deus — balbuciava Bobby —, oh, meu Deus, por favor, não deixe que eu morra, oh, meu Deus, por favor...

Ele não estava lá na noite que arrebentamos o carro do Cara de Boceta, pensou Buddy. *Ele nem sabe o que está acontecendo. Pobre filho da puta azarado.* Ele não tinha pena realmente de Bobby, mas, se ele conseguisse ter pena de alguém, seria daquele pobre calouro com merda na cabeça. À sua direita, Richie Trelawney estava sentado rigidamente e pálido como uma lápide, os olhos parecendo ocupar o rosto inteiro. Richie sabia bem o que estava acontecendo.

Atrás o carro se aproximou num sussurro, com os faróis inchando no espelho retrovisor.

Ele não pode estar se aproximando!, gritou a mente de Buddy. *Não pode!* No entanto, o carro atrás dele chegava cada vez mais perto, e Buddy pressentiu que estava chegando para matar. Sua mente correu como um rato engaiolado, à procura de uma saída, e não havia nenhuma. O vão na margem esquerda, coberta de neve, que marcava a pequena estrada lateral que ele geralmente usava para contornar o portão e entrar no parque estadual, já tinha passado. Buddy estava ficando sem tempo, espaço e opções.

Houve outro baque macio e, novamente, o Camaro perdeu o controle — agora a mais de 165 quilômetros por hora. *Sem esperanças, cara*, pensou Buddy fatalisticamente. Tirou as duas mãos do volante e agarrou o cinto de segurança. Pela primeira vez na vida, Buddy o fechou em torno da cintura.

Ao mesmo tempo, no assento traseiro, Bobby Stanton gritava em um guincho do mais puro pânico:

— *O portão, cara! Oh, meu Deus, Buddy, é o portããããããã...*

O Camaro tinha superado uma última colina íngreme. O lado oposto descia até um ponto em que a estrada se dividia em duas, formando a entrada e saída do parque estadual. Entre as duas vias, havia uma pequena guarita em uma ilha de concreto — durante o verão, uma senhora ficava ali sentada em uma cadeira de praia, recebendo um dólar de cada carro que entrava no parque.

Agora a guarita estava inundada com uma luz espectral enquanto os dois carros corriam na direção dela, o Camaro adernando constantemente para bombordo conforme a derrapagem piorava.

— *Foda-se, Cara de Boceta!* — gritou Buddy. — *Fodam-se você e o cavalo que está montando!*

Buddy girou completamente o volante, segurando-o pela caveira entalhada que continha um dado vermelho boiando no álcool.

Bobby gritou de novo. Richie Trelawney cobriu o rosto com as mãos e seu último pensamento na Terra foi uma constante repetição de *Cuidado com vidro quebrado cuidado com vidro quebrado cuidado com vidro quebrado...*

O Camaro deu um giro de 180 graus, e agora os faróis do carro perseguidor brilharam diretamente neles, e Buddy começou a gritar, porque era realmente o carro de Cara de Boceta, seria impossível confundir aquela grade de radiador, ela parecia ter pelo menos um quilômetro de largura, *só que não havia ninguém ao volante. O carro estava absolutamente vazio.*

Nos últimos dois segundos antes do impacto, os faróis de Christine se desviaram para o que agora era a esquerda do carro de Buddy. O Fury disparou para a via de entrada, tão firme e certeiro como uma bala passando pelo cano de um rifle. Chocou-se contra a cancela de madeira que foi lançada, girando e girando pela noite escura, com os refletores amarelos redondos cintilando.

O Camaro de Buddy Repperton se chocou de traseira na ilha de concreto onde ficava a guarita. A beirada de concreto de 20 centímetros de altura arrancou todas as partes que ficavam debaixo do carro, deixando os retorcidos destroços de canos de descarga e do silencioso sobre a neve como uma escultura esquisita. A traseira do Camaro primeiro foi encolhida como uma sanfona, e em seguida foi demolida. Bobby Stanton foi demolido junto. Buddy percebeu vagamente alguma coisa batendo em suas costas, como um balde de água morna. Era o sangue de Bobby Stanton.

O Camaro girou no ar no sentido do comprimento, como um projétil mutilado numa confusão de fragmentos voadores e chapas estilhaçadas, um farol ainda brilhando insano. Fez uma volta de 360 graus completos, para então cair com um baque estrondoso de tremer as vidraças, e capotou uma vez. A antepara do motor se soltou e o motor deslizou para trás, em um ângulo que esmagou Richie Trelawney da cintura para baixo. Houve uma repentina explosão de fogo no tanque de gasolina rompido quando o Camaro finalmente parou.

Buddy Repperton estava vivo. Havia sido cortado em vários lugares por vidros esvoaçantes — uma orelha fora decepada com precisão cirúrgica, deixando um buraco vermelho no lado esquerdo da cabeça — e uma das pernas estava quebrada, mas ele continuava vivo. Seu cinto de segurança o salvara. Pressionou a trava e o cinto se abriu. O crepitar do fogo parecia papel sendo amassado. Ele podia sentir o calor ardente.

Tentou abrir a porta, mas ela estava emperrada.

Ofegando asperamente, se jogou pelo espaço vazio onde ficava o para-brisa...

... e lá estava Christine.

Ela estava a uns 40 metros de distância, encarando Buddy do final de uma longa e torta marca de derrapagem. O ruído do motor era como o ofegar lento de um gigantesco animal.

Buddy passou a língua pelos lábios. Algo em seu lado esquerdo repuxava e apunhalava a cada respiração. Havia alguma coisa quebrada ali também. Costelas.

O motor de Christine acelerava e diminuía, acelerava e diminuía. Fracamente, como se fizesse parte de um pesadelo de lunático, ele pôde ouvir Elvis Presley cantando *Jailhouse Rock.*

Pontos laranja-rosados de luz na neve. O ruído retumbante do fogo. Aquilo ia explodir. Ia...

Explodiu. O tanque de gasolina do Camaro foi pelos ares com um barulho estrondoso. Buddy sentiu uma rude mão empurrá-lo pelas costas e voou pelos ares, aterrissando na neve sobre o lado ferido. A jaqueta estava em chamas. Grunhiu e rolou sobre a neve para apagá-lo. Depois tentou se ajoelhar. Atrás dele, o Camaro era uma pira flamejante na noite.

O motor de Christine acelerava e diminuía, acelerava e diminuía, agora mais depressa, com maior urgência.

Buddy finalmente conseguiu ficar de quatro. Encarou o Plymouth de Cunningham através das mechas de cabelo suadas que lhe caíam sobre os olhos. O capô tinha se amassado quando o carro atravessou a cancela, e do radiador pingava uma mistura de água e anticongelante que fumegava sobre a neve como uma pegada recente de animal.

Buddy passou a língua nos lábios novamente. Estavam secos como a pele de um lagarto. Suas costas estavam quentes, como se ele estivesse moderadamente queimado de sol; podia sentir o cheiro de roupa queimada, mas, em meio àquele choque extremo, não percebia que tanto a parca quanto as duas camisas por baixo dela tinham sido destruídas pelo fogo.

— Escute — disse, mal percebendo que falava. — Ei, escute...

O motor de Christine rugiu e ela avançou para ele, a traseira rabeando, enquanto os pneus dançavam sobre a neve pulverizada. O capô amassado era como uma boca congelada num rosnado.

Buddy esperou de quatro, resistindo ao incontrolável desejo de saltar e sair correndo imediatamente, resistindo o máximo que pôde ao pânico selvagem que destruía seu autocontrole. Ninguém no carro. Uma pessoa mais imaginativa do que ele talvez tivesse enlouquecido.

No último segundo possível, ele rolou para a esquerda, gritando quando as extremidades pontiagudas do osso na perna quebrada rasparam uma na outra. Sentiu algo como uma bala passar por ele a centímetros de distância, e a fumaça quente e fétida do cano de escape foi cuspida em seu rosto por um momento, e então a neve ficou vermelha quando as lanternas traseiras de Christine passaram.

O Plymouth deu meia-volta, derrapando, e voltou ao ataque.

— Não! — gritou Buddy. A dor lhe atacou o peito. — Não! Não! N...!

Saltou, com os reflexos cegos assumindo o controle e, desta vez, a bala passou mais perto, arrancando couro de um sapato e deixando seu pé esquerdo instantaneamente entorpecido. Ele se virou alucinadamente sobre as mãos e os joelhos, como uma criancinha brincando no chão.

O sangue que lhe escorria da boca agora se misturava ao muco que escorria livremente do nariz; uma das costelas partidas tinha perfurado um pulmão. O sangue corria pela face, brotando do buraco na cabeça onde ficava a orelha. O ar congelado saía em jatos pelo nariz. A respiração saía em sibilantes soluços.

Christine fez uma pausa.

Vapor branco subia do cano de descarga; o motor latejava e ronronava. O para-brisa era um vazio negro.

Atrás de Buddy, os restos do Camaro expeliam chamas oleosas para o céu. Um vento afiado como navalha as sacudia e abanava. Bobby Stanton estava sentado no inferno do banco traseiro, com a cabeça inclinada para o lado, com um sorriso congelado no rosto carbonizado.

Brincando comigo, pensou Buddy. *Brincando comigo, é isso que ele tá fazendo. Como um gato com um rato.*

— Por favor! — Buddy coaxou. Os faróis dianteiros eram cegantes, transformando o sangue que lhe escorria pelo rosto e dos lados da boca numa substância negra de inseto. — Por favor... eu... vou dizer a ele que sinto muito... vou me arrastar diante dele sobre as porras dos joelhos e das mãos, se é isso o que você quer... mas, por favor... por fa...

O motor rugiu. Christine saltou contra ele como um destino mortal vindo de uma era sombria. Buddy gritou e se jogou para o lado de novo. Desta vez, o para-choque quebrou sua canela, quebrou sua outra perna e o jogou para a ribanceira que se erguia dos lados da estrada do parque. Ele se chocou contra ela e esparramou-se como um saco vazio.

Christine virou mais uma vez para ele, mas Buddy tinha visto uma chance, uma mínima chance. Começou a subir desesperadamente o barranco, cavando na neve com mãos nuas que já não sentiam nada, escavando com os pés, ignorando as tremendas rajadas de dor nas pernas fraturadas. Agora sua respiração vinha em pequenos gritos conforme os faróis ficavam mais brilhantes e o rugido do motor mais alto; cada monte de neve lançava sua própria sombra negra e deformada — e Buddy podia senti-lo, podia senti-lo atrás de si, como algum horrível tigre devorador de homens...

Houve um som de esmagamento e um ruído metálico. Buddy gritou quando um de seus pés foi enterrado na neve pelo para-choque de Christine. Arrancou-o da neve, deixando o sapato cravado no fundo.

Rindo, balbuciando e chorando, Buddy chegou ao topo da ribanceira de neve, amontoada ali por algum limpa-neves da Guarda Nacional, dias antes, vacilou no ponto mais alto, girando os braços para manter o equilíbrio e escapando por pouco de rolar de volta para baixo.

Virou-se para encarar Christine. O Plymouth tinha dado a ré na estrada e agora arremetia de novo, os pneus traseiros patinando, escavando a neve. Chocou-se contra o monte de neve, uns 30 centímetros abaixo do ponto onde Buddy se empoleirara, fazendo-o balançar e provocando uma pequena avalanche de neve. O choque amassou o capô ainda mais, mas Buddy não foi tocado. Christine deu ré de novo, através de uma bruma de neve espumante, o motor agora parecendo rugir de raiva frustrada.

Buddy gritou em triunfo e mostrou o dedo médio para ela.

— *Foda-se! Foda-se! Foda-se!* — Um spray de sangue e saliva voou dos lábios. A cada respiração arquejante, a dor parecia mergulhar mais fundo em seu lado esquerdo, entorpecente e paralisante.

Christine rugiu para a frente e colidiu com o monte de neve novamente.

Desta vez uma boa parte da rampa, afrouxada pela primeira arremetida do carro, começou a deslizar para baixo, sepultando o franzido e rosnante focinho de Christine. Buddy quase veio abaixo também. Salvou-se apenas ao se arrastar rapidamente para trás, deslizando sobre o traseiro, puxando com as mãos que se cravavam na neve como ganchos sangrentas. As pernas estavam em agonia agora, e ele ficou de lado, arquejando como um peixe na praia.

Christine atacou novamente.

— Saia *daqui!* — gritou Buddy. — *Saia daqui, sua* maldita PUTA!

Ela atingiu o monte de neve outra vez, e desta vez caiu neve suficiente para cobrir o capô até o para-brisa. Os limpadores entraram em ação, formando arcos de um lado para o outro, atirando a neve que derretia para longe.

Christine deu ré novamente, e Buddy percebeu que mais um impacto faria com que ele deslizasse até o capô do carro junto com a neve derrubada. Ele se deixou cair para trás e foi rolando até o lado mais distante do monte de neve, gritando a cada vez que suas costelas quebradas batiam no chão. Ele finalmente parou na neve solta, olhando para o céu escuro, as estrelas frias. Seus dentes começaram a bater incontrolavelmente. Calafrios lhe percorreram todo o corpo.

Christine não atacou novamente, mas ele podia ouvir o murmúrio suave do motor. Não atacava, mas esperava.

Buddy olhou para a silhueta do monte de neve contra o céu. Atrás do monte, o clarão do Camaro incendiado começara a diminuir um pouco. Quanto tempo se passara desde a colisão? Ele não sabia. Será que alguém poderia avistar o fogo e vir salvá-lo? Ele também não sabia.

Ele percebeu duas coisas simultaneamente: que o sangue lhe escorria da boca — numa quantidade assustadora — e que estava sentindo muito frio. Ele iria morrer de frio se não aparecesse alguém.

Assustado de novo, Buddy lutou e se contorceu até conseguir ficar sentado. Tentava decidir se rastejaria até a estrada para vigiar o carro — era pior ficar ali, sem vê-lo —, quando olhou para o alto do monte outra vez. Sua respiração engasgou e depois parou.

Havia um homem parado ali.

Só que não era um homem de forma alguma, era um cadáver. Um cadáver apodrecido de calças verdes. Não tinha camisa, mas um colete ortopédico manchado com fungos cinzentos envolvia seu torso enegrecido. Ossos brancos reluziam através da pele esticada do rosto.

— Acabou pra você, seu bosta — sussurrou a aparição iluminada pelas estrelas.

Buddy perdeu o que lhe restava de controle e começou a gritar histericamente, os olhos esbugalhados, os cabelos compridos se arrepiando num grotesco capacete em torno do rosto sangrento e sujo de fuligem, conforme as raízes de cada fio se enrijeceram e eriçaram. O sangue escorria pela boca de Buddy numa torrente, encharcando a gola do casaco; ele tentou derrapar para trás, agarrando-se mais uma vez à neve com as mãos e escorregando de bunda, quando a coisa veio na direção dele. Uma coisa sem olhos. Os olhos haviam desaparecido, comidos no seu rosto por Deus sabe lá que criaturas retorcidas. *E ele podia sentir o cheiro daquilo, ah Deus, ele sentia o cheiro e era um fedor de tomates podres, um fedor de morte.*

O cadáver de Roland D. LeBay estendeu as mãos apodrecidas para Buddy Repperton e sorriu.

Buddy gritou. Buddy uivou. E de repente enrijeceu, seus lábios formando um O de finalidade perfeita, formando um bico como se Buddy quisesse beijar o horror que cambaleava até ele. As mãos da coisa atacaram e arranharam o lado esquerdo do casaco esfarrapado acima do coração, que tinha sido finalmente perfurado pelo toco afiado de uma costela quebrada. Caiu para trás, os pés chutando e abrindo sulcos na neve, a última respiração exalada em um longo jato branco da boca frouxa... como a descarga de um automóvel.

No monte de neve, a coisa que ele tinha visto tremeluziu e desapareceu. Não havia pegadas.

Do outro lado, o motor de Christine acelerou até soltar um urro triunfante que atingiu as sombrias montanhas nevadas das Squantic Hills e depois ecoou de volta.

Na margem oposta do Lago Squantic, a uns 15 quilômetros dali em linha reta, um jovem que saíra para fazer uma corrida de esqui pelas montanhas, à luz das estrelas, ouviu o som e parou de repente, com as mãos imobilizadas nos bastões e a cabeça inclinada para o lado.

De repente, a pele de suas costas ficou inteiramente arrepiada, como se um ganso tivesse acabado de passar sobre sua sepultura. E, por mais que ele soubesse que aquilo era apenas um carro em algum lugar na outra margem — os sons iam longe aqui em cima nas calmas noites de inverno —, seu primeiro pensamento foi que algo pré-histórico havia despertado e perseguido a presa até o fim: um grande lobo — ou, talvez, um tigre-dentes-de-sabre.

O som não se repetiu, e ele seguiu seu caminho.

Darnell Cogita

Baby, lemme ride in your automobile,
Hey, babe, lemme ride in your automobile!
Tell me, sweet baby,
Tell me: Just how do you feel?
— Chester Burnett

Will Darnell ficou na garagem até depois de meia-noite na noite em que Buddy Repperton e seus amigos se encontraram com Christine nas Squantic Hills. Seu enfisema andou particularmente ruim nesse dia, e quando ficava ruim assim, Darnell tinha medo de se deitar, embora geralmente ele dormisse como uma pedra.

O médico tinha dito que era muito pouco provável que ele sufocasse até a morte enquanto dormia, mas com a idade chegando e o enfisema lentamente aumentando a pressão em seus pulmões, Will tinha cada vez mais medo. O fato de seu medo ser irracional não mudava nada. Embora ele já não entrasse numa igreja de qualquer religião desde os 12 anos de idade — há quarenta e nove anos —, havia ficado morbidamente interessado nas circunstâncias que cercavam a morte do Papa João Paulo I, dez semanas antes. João Paulo havia morrido na cama, onde fora encontrado pela manhã. Com o corpo já enrijecendo, provavelmente. Aquela era a parte que mais assombrava Will: *já enrijecendo, provavelmente.*

Estacionou na garagem às 9h30 da noite, dirigindo seu Chrysler Imperial 1966 — o último carro que pretendia possuir. Mais ou menos a essa mesma hora, Buddy Repperton percebia as fagulhas gêmeas de faróis distantes no espelho retrovisor.

O patrimônio de Will já devia passar de 2 milhões de dólares, porém o dinheiro não lhe dava mais tanto prazer, se é que já lhe deu algum dia. O dinheiro nem parecia mais completamente real. Nada parecia, exceto o enfisema. Aquilo era horrivelmente real, e Will ficava grato por qualquer coisa que lhe afastasse a mente do assunto.

O problema de Arnie Cunningham, agora — *isso* afastara sua mente do enfisema. Ele supôs que esse fosse o motivo pelo qual deixara Cunningham ficar por ali, quando todos os seus instintos mais fortes o aconselhavam a expulsar o garoto da garagem porque ele era perigoso de alguma forma. Havia alguma coisa acontecendo com Cunningham e o seu 58 restaurado. Alguma coisa bem peculiar.

O garoto não estava ali naquela noite. Ele e todo o clube de xadrez do Colégio Libertyville estavam na Filadélfia, onde ficariam durante os três dias do Torneio de Outono dos Estados do Norte. Cunningham tinha rido disso: estava muito diferente daquele garoto espinhento e de olhos grandes que Buddy Repperton atacara, o garoto que Will tinha imediatamente (e erroneamente) classificado como um molenga chorão e talvez um maldito veado, ainda por cima.

Por exemplo, ele se tornara cínico.

Ontem à tarde, no escritório de Will, Cunningham lhe contou, enquanto fumavam charutos (o garoto aprendera a gostar deles e Will duvidava que seus pais soubessem), que faltara a tantas reuniões do clube de xadrez que, segundo o regulamento, não era mais um membro. Slawson, o conselheiro estudantil, sabia disso, mas ignorava convenientemente o fato até o final do Torneio dos Estados do Norte.

— Já perdi mais reuniões do que qualquer outro, mas eu também jogo melhor do que qualquer outro, e o bosta sabe... — Arnie estremeceu e levou as duas mãos à parte inferior das costas por um momento.

— Devia procurar um médico para dar uma olhada nisso — falou Will.

Arnie piscou, de repente parecendo ser muito mais velho do que quase 18 anos.

— Não preciso de nada além de uma boa trepada cristã para estirar as vértebras.

— Então você vai a Filadélfia?

Will ficara desapontado, mesmo que já fosse a hora de Cunningham tirar uma folga; isso significava que teria de utilizar Jimmy Sykes nas próximas duas noites — e Jimmy não distinguia seu traseiro de um sorvete.

— Claro. Não vou perder três dias de holofotes — disse Arnie. Ele percebeu a cara azeda de Will, e sorriu. — Não se preocupe, cara. Tão perto assim do Natal, todos os seus fregueses estarão comprando brinquedos para os filhos, em vez de jogos de velas e carburadores. Este lugar vai continuar morto até o ano que vem, e você sabe disso.

Aquilo era verdade, sem dúvida, mas Will não precisava que um moleque ranhento lhe apontasse o fato.

— Você quer ir a Albany para mim, depois que voltar? — perguntou. Arnie o estudou cuidadosamente.

— Quando?

— Este fim de semana.

— No sábado?

— É.

— E qual é a parada?

— Você vai levar meu Chrysler até Albany, essa é a porra da parada. Henry Buck tem 14 carros usados limpos, e quer se livrar deles. Henry *disse* que estão limpos. Você vai dar uma olhada neles. Vou lhe dar um cheque em branco. Se eles parecerem bons, feche o negócio. Se parecerem furada, mande ele trepar com uma rosquinha.

— E o que eu vou levar comigo?

Will o encarou por um longo tempo.

— Está ficando com medo, Cunningham?

— Não. — Arnie esmagou o charuto meio fumado no cinzeiro. Olhou para Will na defensiva. — Talvez eu simplesmente ache que os riscos estão cada vez maiores a cada serviço que eu faço. É coca?

— Vou mandar o Jimmy fazer o serviço — Will retrucou bruscamente.

— Só me diz o que é.

— Duzentos pacotes de Winstons.

— Tudo bem.

— Tem certeza? Fácil assim?

Arnie riu.

— Será uma folga do xadrez.

Will estacionou o Chrysler na baia mais próxima do escritório, aquela que tinha SR. DARNELL — NÃO BLOQUEIE! pintado dentro das linhas. Saiu e bateu a porta, arquejante, respirando com dificuldade. O enfisema estava sentado em cima do peito dele, e naquela noite parecia ter levado o irmão junto. Não, ele não se deitaria, não importava o que aquele doutor de merda tivesse falado.

Jimmy Sykes manejava apático o vassourão. Era alto e desengonçado, com 25 anos. Seu leve retardo mental fazia com que parecesse uns oito anos mais novo. Ele tinha começado a pentear os cabelos no estilo *ducktail*, dos anos 50, imitando Cunningham, que ele praticamente idolatrava. Excetuando-se os baixos *uissht, uissht* das cerdas da vassoura no concreto manchado de óleo, o lugar estava silencioso. E vazio.

— Estamos com a casa cheia esta noite, né, Jimmy? — Will comentou com voz arquejante.

Jimmy olhou em torno.

— Não, Sr. Darnell. Ninguém apareceu desde que o Sr. Hatch levou o Fairlane, e isso foi há meia hora.

— Tava só brincando — disse Will, novamente desejando que Cunningham estivesse ali. Era impossível conversar com Jimmy, exceto num nível literal de vovó-viu-a-uva. Ainda assim, talvez o convidasse para uma xícara de café com um trago de Courvoisier, para completar. Fariam um trio. Ele, Jimmy e o enfisema. Ou então um quarteto, já que o enfisema trouxera o irmão naquela noite. — O que me diz de... de...

Interrompeu-se subitamente, notando que a baia 20 estava vazia. Christine se fora.

— Arnie esteve aqui? — perguntou.

— Arnie? — repetiu Jimmy, piscando idiotamente.

— Arnie, Arnie Cunningham — disse Will impaciente. — Quantos Arnies você conhece? O carro dele não está aqui.

Jimmy olhou a baia vinte.

— Ah, é mesmo.

Will sorriu.

— O craque foi eliminado no torneio de xadrez de craques, hein?

— É mesmo? — perguntou Jimmy. — Puxa, isso é ruim, né?

Will conteve o ímpeto de agarrar Jimmy, sacudi-lo e dar-lhe uns tapas. Bem, não ia ficar irritado, aquilo só deixava a respiração mais difícil e acabaria tendo de encher os pulmões com aquela coisa de gosto horrível do inalador.

— Bem, o que foi que ele disse, Jimmy? O que ele disse quando você o viu?

Mas Will soube, subita e seguramente, que Jimmy não tinha visto Arnie.

Jimmy finalmente entendeu o que Will estava querendo dizer.

— Ah, eu não vi o Arnie. Só vi Christine saindo pelo portão, sabe. Rapaz, que carrão bonito, né? Ele consertou tudo como se fosse mágica.

— Exato — concordou Will. — Como se fosse mágica. — Era uma palavra que já tinha lhe ocorrido antes com relação a Christine. De repente, mudou de ideia quanto a convidar Jimmy para um café com *brandy*. Ainda olhando para a baia 20, falou: — Pode ir para casa agora, Jimmy.

— Ah, puxa, Sr. Darnell, o senhor disse que eu poderia trabalhar seis horas esta noite. E as seis horas só terminam às dez.

— Eu bato seu cartão às dez.

Os olhos embaçados de Jimmy iluminaram-se ao ouvir aquela inesperada, quase inédita generosidade.

— Bate mesmo?

— É, bato, bato. Seja bonzinho e dê o fora Jimmy, está bem?

— Agora mesmo — disse Jimmy, pensando que, pela primeira vez naqueles cinco ou seis anos em que trabalhava para Will (ele tinha dificuldade em lembrar quantos anos eram, embora a mãe dele tomasse conta disso, da mesma forma como tomava conta dos documentos de impostos dele), o velho ogro tinha entrado no espírito natalino. Como naquele filme sobre os três fantasmas. Invocando seu próprio espírito natalino, Jimmy exclamou: — Positivo e operante, amigão!

Will estremeceu e caminhou com dificuldade até o escritório. Ligou a máquina de café e sentou-se atrás da escrivaninha, observando enquanto Jimmy guardava a vassoura, apagava a maioria das luzes fluorescentes do teto e pegava o pesado casaco.

Will se reclinou e pensou.

Afinal de contas, foi o cérebro que o manteve vivo durante todos aqueles anos, vivo e sempre um passo à frente; ele nunca foi bonito, foi gordo durante a vida adulta inteira, e a saúde sempre foi péssima. Um surto de escarlatina na infância, numa primavera, foi seguida por um caso brando de pólio que o deixou com apenas uns setenta por cento da capacidade do braço direito. Durante a juventude, tinha suportado uma praga de furúnculos. Quando Will tinha 43 anos, o médico descobriu um grande tumor esponjoso debaixo de um braço. Não era maligno, mas a remoção cirúrgica manteve Darnell na cama por quase um verão inteiro e, como resultado, ele teve escaras. Um ano mais tarde, uma pneumonia dupla quase o matou. Agora havia um princípio de diabetes e o enfisema. Apesar de tudo, seu cérebro sempre permaneceu excelente e alerta, e o cérebro sempre o manteve um passo à frente.

Então ele se reclinou e pensou em Arnie. Will supunha que uma das coisas que o tinham impressionado favoravelmente em Cunningham, após ele ter enfrentado Repperton naquele dia, era uma certa similaridade com o Will Darnell adolescente, de muitos anos antes. É lógico que Cunningham nada tinha de doente, mas era espinhento, hostilizado e solitário. Todas essas coisas também foram verdade para o jovem Will Darnell.

Cunningham também tinha cérebro.

Cérebro e aquele carro. Aquele carro estranho.

— Boa noite, Sr. Darnell — disse Jimmy. Ficou parado à porta por um instante e então acrescentou, hesitante: — Feliz Natal.

Will ergueu a mão em um aceno de despedida. Jimmy saiu. Will ergueu o corpo volumoso da cadeira, pegou a garrafa de Courvoiser no arquivo e a colocou ao lado da máquina de café. Depois se sentou de novo. Em sua mente desenrolava-se um rascunho de cronologia.

Agosto: Cunningham aparece com uma sucata de um Plymouth 58 e o deixa na baia 20. O carro parece familiar, como bem deveria. É o Plymouth de Rollie LeBay. E Arnie não sabe — nem precisa saber — que há muito tempo Rollie LeBay também havia feito viagens ocasionais a Albany, Burlington ou Portsmouth para Will Darnell... só que naquela época remota Will tinha um Cadillac 54. Carros de transporte diferentes, mas o mesmo fundo falso no porta-malas, com um compartimento secreto para os fogos de artifício, cigarros, bebidas e maconha. Naqueles dias, Will nunca ouvira falar em cocaína. Ele supunha que apenas os músicos de jazz de Nova York conhecessem aquilo.

Fins de agosto: Repperton e Cunningham brigam e Darnell expulsa Repperton. Está farto dele, da fanfarronice permanente, daquela pose de galo do terreiro. Repperton anda quebrando as regras e, embora faça todas as viagens para Nova York e para a Nova Inglaterra de que Will precisa, ele é descuidado e o descuido é perigoso. Ele tem uma tendência a ultrapassar o limite de velocidade e já recebeu multas por isso. Bastaria um tira curioso para colocar todos eles num tribunal. Darnell não tem medo de ser preso — não em Libertyville —, mas isso faria mal à sua imagem. Houve uma época em que ele pouco ligava para as aparências, mas agora está mais velho.

Will levantou-se, serviu-se de café e misturou uma dose de *brandy.* Fez uma pausa, pensou mais um pouco e serviu mais uma dose. Sentou-se, tirou um charuto do bolso da camisa, contemplou-o e o acendeu. Foda-se, enfisema. Tome isto.

Com a fragrante fumaça elevando-se em torno dele e com o bom café quente com *brandy* à sua frente, Darnell olhou para sua sombria e silenciosa garagem e pensou mais um pouco.

Setembro: O garoto pede que ele consiga um adesivo de inspeção e empreste uma placa de concessionária para poder levar a namorada a um jogo de futebol. Darnell concorda — diabo, antigamente ele *vendia* um adesivo de inspeção por sete dólares e nem mesmo dava uma olhada no carro que o usaria. Além do mais, o carro do garoto parece ótimo. Meio inacabado, talvez, e ainda bem barulhento, mas, tudo considerado, está muito bom. Cunningham está fazendo um verdadeiro trabalho de restauração.

E isso é estranho pra cacete, considerando-se que *ninguém nunca o viu trabalhando realmente no carro.*

Bem, é verdade que ele fez pequenos reparos. Trocou lâmpadas dos faroletes. Mudou pneus. O garoto não é nenhum ignorante no que se refere a carros. Will se sentou nesta mesma cadeira um dia e viu o rapaz trocar a forração do assento traseiro. Mas ninguém o viu trabalhando no sistema de escapamento do carro, que estava completamente estragado quando ele trouxe o 58 para cá pela primeira vez no fim do verão passado. E ninguém o viu fazendo a lanternagem tampouco, embora a lataria do Fury, que estivera sofrendo de câncer avançado quando o garoto o trouxe para cá, agora estivesse como nova.

Darnell conhecia a opinião de Jimmy Sykes, porque tinha lhe perguntado uma vez. Jimmy achava que Arnie fazia o trabalho mais sério à noite, depois que todos iam embora.

— E haja noites de trabalho pesado... — comentou Darnell em voz alta.

De repente, sentiu um calafrio que nem mesmo o café com *brandy* conseguiu dissipar. É, haja noites de trabalho pesado. Devem ter sido pesadas mesmo. Porque tudo que o garoto parecia fazer durante o dia era ficar ouvindo rock antigo da WDIL. Além disso, ele simplesmente ficava fazendo pequenos consertos sem importância.

"Acho que ele faz as coisas grandes à noite", tinha dito Jimmy, com a mesma fé ingênua de uma criança explicando como Papai Noel desce pela chaminé ou como a fada dos dentes coloca uma moeda de 25 centavos debaixo do travesseiro. Will não acreditava em Papai Noel e nem na fada dos dentes, e não acreditava que Arnie restaurasse Christine à noite.

Outros dois fatos lhe rolaram incomodamente pela mente, como bolas de bilhar procurando uma caçapa.

Ele sabia que Arnie andara dirigindo o carro no pátio dos fundos frequentemente antes que fosse legalizado, esse era um dos fatos. O garoto ficava apenas rodando lentamente, indo e vindo pelas estreitas vielas entre os milhares de carros sucateados no pátio dos fundos com um quarteirão de comprimento. Rodando a 10 quilômetros por hora, indo e vindo, indo e vindo, após o anoitecer, depois que todos tinham ido para casa, dando a volta no grande guindaste com o eletroímã redondo e a grande caixa do compactador de carros. Rodando. Na única vez em que Darnelll lhe perguntou a respeito, Arnie explicou que estava verificando uma trepidação na direção. Mas o garoto mentia mal pra cacete. Ninguém jamais verificou uma trepidação rodando a dez por hora.

Era isso que Cunningham fazia depois que todo mundo ia para casa. Aquele fora o seu trabalho noturno. Rodar nos fundos da garagem, abrindo caminho por entre o ferro-velho, os faróis tremeluzindo vacilantes em seus encaixes comidos pela ferrugem.

Também havia o caso do odômetro. Ele girava para trás. Cunningham lhe apontara aquilo com um sorrisinho malandro. O instrumento rodava ao contrário numa taxa extremamente rápida. Arnie contou que tinha calculado que o odômetro recuava cerca de cinco quilômetros para cada quilômetro realmente rodado. Will ficara francamente espantado. Já ouvira falar em diminuir a marcação do odômetro no negócio de carros usados, e ele próprio já tinha feito muito disso (além de encher transmissões com serragem para sufocar gemidos de morte e despejar caixas de aveia em radiadores em estado terminal, a fim de vedar temporariamente os vazamentos), mas nunca vira um odômetro rodar para trás espontaneamente. Ele acharia que isso era impossível. Arnie tinha apenas sorrido um sorrisinho engraçado, e tinha chamado isso de defeito.

Era um defeito, mesmo, pensava Will. Um defeito dos diabos.

Os dois pensamentos se chocaram preguiçosamente e rolaram em direções diferentes.

Rapaz, que carrão bonito, né? Ele consertou tudo como se fosse mágica.

Will não acreditava em Papai Noel nem na fada dos dentes, mas estava perfeitamente disposto a reconhecer que havia coisas estranhas no mundo. Um homem prático reconheceria o fato e até se aproveitaria dele se pudesse. Um amigo seu que morava em Los Angeles afirmava ter visto o fantasma da esposa antes do grande terremoto de 1967, e Will não tinha nenhum motivo em particular para duvidar disso (por outro lado, ele duvidaria completamente se o amigo tivesse qualquer coisa a ganhar com isso). Quent Youngerman, outro amigo, alegara ter visto o pai, morto há muito tempo, parado ao pé de seu leito de hospital, depois que ele, Quent, um operário de construções, sofrera uma terrível queda do quarto andar de um prédio em construção na Wood Street.

Will tinha ouvido histórias assim com alguma frequência durante a vida inteira, como todas as pessoas certamente ouviam. E como a maioria das pessoas inteligentes provavelmente fazia, ele as guardara numa espécie de arquivo aberto, não acreditando nem desacreditando, a não ser que o contador da história fosse um excêntrico óbvio. Ele as punha naquele arquivo aberto porque ninguém sabia de onde as pessoas vinham quando nasciam, e ninguém sabia para onde as pessoas iam quando morriam, e nenhum pastor evangélico ou Testemunha de Jeová, nenhum Papa ou Cientologista do mundo o convenceria do contrário.

Só porque algumas pessoas viajavam muito nesse assunto não queria dizer que soubessem alguma coisa. Will colocava coisas como essas naquele arquivo aberto porque nada realmente inexplicável jamais lhe acontecera.

Exceto, talvez, alguma coisa como o que estava acontecendo agora.

Novembro: Repperton e seus bons amigos dão uma surra do cacete no carro de Cunningham no aeroporto. Quando o Plymouth chegou rebocado, parece que um gigante havia cagado nele inteiro. Darnell olhou para o carro e pensou: *Não vai rodar nunca mais. Já era; nunca mais vai rodar nem um centímetro sequer.*

No fim daquele mês, aquele rapaz Welch foi assassinado na estrada JFK.

Dezembro: Um detetive da Polícia Estadual vem fuçar por ali. Junkins. Ele vem fuçar um dia e fala com Cunningham. Depois vem fuçar num dia em que Cunningham não está lá, e quer saber se o garoto está mentindo sobre a extensão dos danos causados no Plymouth por Repperton e seu bando de babacas (bando que inclui o falecido e não pranteado Peter "Moochie" Welch). *Por que está falando comigo*? inquiriu Darnell, arquejando e tossindo através de uma nuvem de fumaça do charuto. *Fale com ele, a porra do Plymouth é dele, não meu. Eu apenas administro este lugar para que o Zé Povinho mantenha seu carro rodando e continue botando comida na mesa da família.*

Junkins ouve o discurso pacientemente. Sabe que Darnell está fazendo muito mais do que apenas administrando uma garagem faça-você-mesmo e um ferro-velho. Mas Darnell *sabe* que ele sabe, então está tudo bem.

Junkins acende um cigarro e diz: *Vim falar com você porque já falei com o garoto e ele não me contou. Durante alguns momentos eu achei que ele queria se abrir comigo; tive a impressão de que ele está com muito medo de alguma coisa. Então ele se fechou e não me disse mais nada.*

Darnell diz: *Se você acha que Arnie atropelou o Welch, pode falar logo.*

Junkins responde: *Eu não acho isso. Os pais dele disseram que ele estava em casa dormindo, e não tive a impressão de que estivessem mentindo para protegê-lo. Mas Welch foi um dos caras que arrebentaram o carro, temos absoluta certeza disso, e eu tenho certeza de que ele está men-*

tindo sobre o tamanho do estrago, e não sei o porquê disso, e isso está me deixando louco.

Só lamento, respondeu Darnell, sem a menor solidariedade.

Junkins pergunta: *Qual foi o tamanho do estrago, Sr. Darnell? Me diga* você.

Darnell então diz sua primeira e única mentira durante a entrevista com Junkins: *Eu realmente não reparei.*

É claro que Darnell reparou, e ele sabe por que Arnie está mentindo sobre o estrago, tentando minimizá-lo, e este tira também saberia o motivo, se não fosse tão óbvio que ele estava pisoteando o fato em vez de vê-lo. Cunningham está mentindo porque o estrago foi *horrível,* o estrago foi muito pior do que este tira pode imaginar, aqueles moleques não deram uma simples amassada no 58 de Cunningham, eles o *mataram.* Cunningham está mentindo porque, embora ninguém tivesse visto o garoto fazendo qualquer coisa que fosse durante a semana após Christine chegar rebocada à baia 20, *o carro estava basicamente novo em folha — ainda melhor do que estivera antes.*

Cunningham mentiu para o tira porque a verdade era inacreditável.

— Inacreditável — repetiu Darnell em voz alta, e bebeu o resto do café. Olhou para o telefone, estendeu o braço para ele, mas depois desistiu. Tinha uma ligação a fazer, mas era melhor terminar de pensar bem naquilo primeiro — organizar bem as ideias.

Ele próprio era o único (além de Cunningham, é claro) que poderia avaliar como era inacreditável o que tinha acontecido: a completa e total regeneração do carro. Jimmy tinha o miolo mole demais e os outros sujeitos iam e vinham, nenhum deles era freguês regular. Houve, porém, comentários sobre o trabalho espetacular que Cunningham havia feito; vários caras que tinham consertado seus carros naquela semana de novembro usaram a palavra incrível, e vários deles pareceram apreensivos. Johnny Pomberton, que comprava e vendia caminhões usados, naquela semana estava tentando botar uma lata velha que tinha comprado em condições de rodar. Johnny entendia de automóveis e caminhões melhor do que qualquer um em Libertyville, talvez em toda a Pensilvânia. Comentara com Will, franca e diretamente, que não podia acreditar naquilo. *É como vodu,* Johnny Pomberton tinha dito, dando em seguida uma risada sem graça. Will tinha apenas ficado sentado aparentando certo interesse de forma educada. Após um ou dois segundos, o velho balançou a cabeça e se afastou.

Sentado no escritório e contemplando a garagem, sinistramente silenciosa na temporada de pouco movimento que acontecia todos os anos nas semanas antes do Natal, Will refletiu (não pela primeira vez) que a maioria das pessoas aceitaria qualquer coisa desde que acontecesse diante dos próprios olhos. Em um sentido bastante real, não existia o sobrenatural ou o anormal: o que acontecia acontecia, e ponto final.

Jimmy Sykes: *Como se fosse mágica.*

Junkins: *Ele está mentindo a respeito, mas raios me partam se eu souber por quê.*

Will puxou a gaveta de sua mesa, espremendo a pança, e encontrou o caderno de notas de 1978. Folheou-a até achar o lembrete, em sua própria letra garatujada: *Cunningham. Torneio de xadrez. Philly Sheraton 11-13 dez.*

Ligou para o serviço de lista, conseguiu o número do hotel e fez a chamada. Não ficou muito surpreso ao sentir os batimentos cardíacos acelerando quando o telefone tocou e o recepcionista atendeu.

Como se fosse mágica.

— Alô, Filadélfia Sheraton.

— Alô — disse Will. — Vocês estão realizando um torneio de xadrez aí, e...

— Torneio dos Estados do Norte, sim senhor — interrompeu o atendente. Soou veloz e quase insuportavelmente jovem.

— Estou ligando de Libertyville, Pensilvânia — disse Will. — Acredito que vocês estão hospedando um aluno do colégio Libertyville chamado Arnold Cunningham. É um dos garotos do torneio de xadrez. Eu queria falar com ele, se ele estiver.

— Só um momento, senhor, vou ver.

Clunk. Will foi posto em espera. Recostou-se na cadeira reclinável e ficou sentado assim pelo que lhe pareceu ser muito tempo, embora o ponteiro vermelho dos segundos no relógio do escritório só tivesse dado uma volta. Ele não vai estar lá e, se estiver, eu como a minha...

— Alô?

A voz era jovem, cautelosamente curiosa e indiscutivelmente de Cunningham. Will Darnell sentiu uma reviravolta peculiar na barriga, mas nada se revelou em sua voz, era velho demais para isso.

— Oi, Cunningham — disse. — É Darnell.

— Will?

— É.

— O que você anda aprontando, Will?

— Como vai você, garoto?

— Ganhei ontem e empatei hoje. Um jogo babaca. Não consegui prestar atenção. O que há?

Sim, era Cunningham — ele mesmo, sem sombra de dúvida.

Era mais fácil que Will fosse pego com as calças na mão do que ele ligar para alguém sem um bom pretexto de cobertura. Ele indagou suavemente:

— Tem um lápis aí, garoto?

— Claro.

— Tem uma loja na North Broad Street, United Auto Parts. Você acha que poderia passar por lá e ver o que eles têm de pneus?

— Recauchutados? — perguntou Arnie.

— De primeira.

— Claro, posso passar sim. Estarei livre amanhã do meio-dia às três da tarde.

— Ótimo. Procure por Roy Mustungerra e diga meu nome.

— Soletre isso.

Will soletrou.

— Só isso?

— É... exceto que eu espero que você leve uma surra no xadrez.

— Sem chance — disse Cunningham, e riu. Will despediu-se e desligou.

Era Cunningham, não havia a menor dúvida quanto a isso. Cunningham estava na Filadélfia esta noite — e Filadélfia ficava a quase 500 quilômetros de distância.

A quem ele poderia ter dado chaves extras?

Aquele garoto Guilder.

Claro! Só que aquele garoto Guilder estava no hospital.

A namorada.

Bem, ela não tinha carteira de motorista, nem mesmo um protocolo. Arnie tinha lhe dito isso.

Alguém mais.

Não havia mais *ninguém.* Ninguém mais era íntimo de Cunningham, além do próprio Will — e Will sabia muito bem que ele nunca lhe dera uma duplicata das chaves.

Como se fosse mágica.

Merda!

Will se reclinou novamente na cadeira e acendeu outro charuto. Enquanto fumava, com a ponta caprichosamente cortada caída no cinzeiro, ele ergueu os olhos para a fumaça que se erguia para o teto e repensou a situação. Não chegou a conclusão alguma. Cunningham estava na Filadélfia e tinha ido no ônibus da escola, mas seu carro se fora. Jimmy Sykes o vira saindo, mas sem ver quem o dirigia. Agora, o que significava tudo aquilo? Qual era o resultado ao se somar todos os fatos?

Aos poucos, sua mente sintonizou outros canais. Will pensou nos próprios dias de segundo grau, quando foi o protagonista na peça do segundo ano. Ele interpretou o pastor que é levado ao suicídio pelo desejo sexual que sentia por Sadie Thompson, a jovem que ele se dedicou a salvar. Ele foi o astro do show. O único momento de glória dele numa carreira de estudante secundário desprovida de triunfos esportivos ou acadêmicos, talvez até o ponto alto de sua juventude. O pai de Will era um bêbado, sua mãe uma escrava, o único irmão um vagabundo cujo momento de glória acontecera em algum lugar da Alemanha, o único aplauso que ouviu foi o firme martelar constante dos canhões alemães.

Will pensou em sua única namorada, uma loura pálida chamada Wanda Haskins, cujas bochechas brancas eram pontilhadas de sardas que se tornavam dolorosamente profusas sob o sol de agosto. Certamente eles teriam se casado — Wanda foi uma das quatro garotas com quem Will Darnell realmente trepou (ele excluía as prostitutas dessa conta). Sem dúvida, era a única que chegara a amar (sempre supondo que isso existisse — e, assim como os eventos sobrenaturais dos quais ele ouvia falar às vezes mas que jamais testemunhara, Darnell podia duvidar de sua existência, mas não podia negá-la), mas o pai dela era do

Exército e Wanda era uma filhote do Exército. Aos 15 anos — talvez apenas um ano antes da mística transição do equilíbrio de poder das mãos dos velhos para as dos jovens —, ela e a família se mudaram para Wichita, o que significou o fim do romance.

Havia um certo batom que ela usava que, naquele verão tão distante de 1934, tivera um sabor de framboesas frescas para um Will Darnell que ainda era bastante esguio, e de olhos límpidos, ambicioso e jovem. Aquele sabor fazia a mão esquerda de Will avançar para a base ereta e entusiástica do pênis no meio da noite... e, mesmo antes de Wanda Haskins consentir, os dois haviam dançado aquela doce e especial dança nos sonhos de Will Darnell. Naquela cama estreita de criança, curta demais para as pernas em crescimento, eles tinham dançado.

E agora pensando naquela dança, Will parou de pensar e começou a sonhar e, parando de sonhar, começou a dançar novamente.

Despertou de um sono que não tinha se aprofundado solidamente umas três horas depois; acordou com o barulho da enorme porta da garagem se abrindo e também pela claridade da luz interna acima da porta — não uma fluorescente, mas uma lâmpada escandalosa de 200 watts — se acendendo.

Will fez a cadeira voltar rapidamente à posição normal. Seus sapatos bateram contra o tapete embaixo da escrivaninha (com o nome BARDAHL escrito nele, em letras salientes de borracha) e foi o choque do formigamento nos pés, mais do qualquer outra coisa, que o despertou completamente.

Christine atravessou lentamente a garagem em direção à baia 20, onde entrou.

Naquele momento, ainda não inteiramente convencido de que estava acordado, Will a observou com uma curiosa falta de emoção que talvez só aconteça àqueles convocados diretamente dos sonhos. Ele se sentou ereto atrás da mesa, os braços gordos como presuntos plantados sobre seu sujo e rabiscado mata-borrão — e observou o carro.

O motor acelerou uma, duas vezes. O novo cano de escape reluzente cuspiu fumaça azul.

Então o motor parou.

Will continuou sentado, sem se mover.

A porta dele estava fechada, mas havia um interfone, sempre ligado, entre o escritório e a comprida garagem que parecia um celeiro. Era o mesmo interfone pelo qual ele ouvira o início da luta entre Cunningham e Repperton disputando o título, no agosto passado. E pelo interfone ele agora ouvia o estalar constante do metal enquanto o motor esfriava. Não ouviu mais nada.

Ninguém saiu de Christine, porque não havia ninguém para sair.

Will colocava coisas como essas naquele arquivo aberto porque nada realmente inexplicável jamais lhe acontecera... exceto, talvez, alguma coisa como o que acontecia agora.

Ele vira Christine cruzar o cimento até a baia 20, a porta automática sacolejando ao se fechar contra a fria noite de dezembro do exterior. Examinando o caso mais tarde, peritos poderiam dizer: A *testemunha cochilou e depois adormeceu, ele admite isso, e que estava sonhando... o que alega ter visto evidentemente nada mais era do que uma extensão de seu sonho, um estímulo externo provocando uma faixa subjetiva de imagens provenientes do sonho...*

Sim, eles poderiam dizer isso, assim como Will poderia sonhar que dançava com uma Wanda Haskins de 15 anos de idade... mas na realidade era um homem pragmático com 61 anos, um homem que, havia muito, tinha se livrado de todas as noções românticas.

E ele tinha *visto* o 58 de Cunningham deslizar pela garagem vazia, o volante se movendo por conta própria enquanto o carro ia até a baia de sempre. Ele tinha *visto* os faróis se apagando, e ouvira o motor de 8 cilindros se desligando.

Agora, sentindo-se estranhamente assustado, Will Darnell se levantou, hesitou, foi até a porta do escritório, hesitou novamente, e então a abriu. Ele saiu e passou pelas filas de carros estacionados obliquamente até a baia 20. Suas pisadas ecoavam atrás dele e depois morriam num mistério.

Parou ao lado do carro, com a bela carroceria em dois tons, vermelho e branco. O trabalho de pintura era cuidadoso, limpo e perfeito, sem a menor mácula de um mínimo defeito ou o mais leve toque de ferrugem. O vidro estava imaculado e intacto, não apresentando nem mesmo um minúsculo lascado feito por um uma pedrinha que voasse ao acaso.

O único som agora era o lento pingar da neve derretida nos para-choques traseiro e dianteiro.

Will tocou o capô. Estava quente.

Experimentou a porta do motorista, que se abriu livremente. O cheiro que veio do interior foi um agradável odor de couro novo, plástico novo e cromados novos — exceto que parecia haver um outro cheiro mais desagradável sob aquele. Um cheiro de terra. Will inspirou fundo, mas não conseguiu identificá-lo. Pensou rapidamente em nabos velhos nos tonéis de vegetais que seu pai tinha no porão, e seu nariz se franziu.

Darnell se inclinou para dentro do carro. Não havia chaves na ignição. O odômetro marcava 52.107,8.

De repente, a fenda vazia de ignição instalada no painel girou, a fenda negra indo por conta própria de ACC para START. O motor quente pegou imediatamente e rugiu com firmeza, cheio de potência satisfeita de alta octanagem.

O coração de Will cambaleou no peito. A respiração parou. Ofegando e tossindo ruidosamente em busca de ar, voltou rapidamente ao escritório para encontrar o inalador sobressalente que tinha em uma gaveta da mesa. Sua respiração, fraca e impotente, soava como vento de inverno passando pela fresta de uma porta. Seu rosto tinha a cor de cera velha de vela. Os dedos pegaram a carne mole do pescoço e a puxaram inquietos.

O motor de Christine parou novamente.

Não houve mais nenhum som além dos tiques e dos cliques do metal esfriando.

Will encontrou o inalador, enfiou-o fundo na garganta, apertou o gatilho e inspirou. Pouco a pouco, se livrou da sensação de que havia um carrinho de mão carregado de blocos de cimento sobre seu peito. Ele se sentou na cadeira giratória e ouviu agradecido o saudável e esperado rangido de protesto das molas. Cobriu o rosto momentaneamente com as mãos gordas.

Nada realmente inexplicável... até agora.

Ele vira.

Ninguém estava dirigindo aquele carro. Ele chegou à garagem vazio, cheirando a algo parecido com nabos apodrecendo.

Ainda assim, a despeito de seu terror, a mente de Will começou a trabalhar e ele se perguntou como poderia usar o que sabia em seu próprio benefício.

Rompendo Conexões

Well mister, I want a yellow convertible,
Four-door DeVille,
With a Continental spare and wire-chrome wheels.
I want power steering,
And power brakes;
I want a powerful motor with a jet offtake…
I want a shortwave radio,
I want TV and a phone,
You know I gotta talk to my baby
When I'm riding along.
— Chuck Berry

Os destroços carbonizados do Camaro de Buddy Repperton foram encontrados no final da tarde da quarta-feira por um guarda florestal. Uma senhora idosa, que morava com o marido na cidadezinha de Upper Squantic, telefonara para o posto dos guardas que ficava na parte do parque que dava para o lago. A senhora sofria de um caso sério de artrite e às vezes não conseguia dormir. Na noite passada, ela achou que tinha visto chamas vindo de perto do portão sul. A que horas? Ela calculou que foi por volta das 10h15, porque ela estava vendo o Filme da Noite de Terça-feira, na CBS, e o filme ainda não passara da metade.

Na quinta-feira, uma foto do carro queimado apareceu na primeira página do *Keystone* de Libertyville, abaixo de uma manchete que dizia: TRÊS MORTOS EM ACIDENTE DE CARRO NO PARQUE ESTADUAL DE SQUANTIC HILLS. Um membro da Polícia Estadual foi citado afirmando que: "A bebida provavelmente foi um fator" — uma forma oficialmente obscura de dizer que os restos estilhaçados de mais de meia dúzia de garrafas contendo uma mistura de uísque e vinho, vendida sob o nome de Texas Driver, haviam sido encontrados no local do acidente.

A notícia atingiu o Colégio Libertyville com uma força particularmente intensa; os jovens sempre sentem uma dificuldade enorme em aceitar informações desagradáveis sobre a própria mortalidade. E a temporada de festas de fim de ano talvez tornasse o golpe ainda mais duro.

Arnie Cunningham ficou terrivelmente deprimido com o fato. Deprimido e assustado. Primeiro, Moochie; agora, Buddy, Richie Trelawney e Bobby Stanton. Bobby Stanton, um calourinho de merda de quem Arnie nunca tinha ouvido falar — o que um garotinho de merda como esse estava fazendo com gente como Buddy Repperton e Richie Trelawney? Ele não sabia que isso era como entrar numa cova de tigres, com nada além de uma pistolinha de água como proteção? Achou inexplicavelmente difícil aceitar a versão dos boatos, que dizia simplesmente que Buddy e seus amigos tinham ficado embriagados durante o jogo de basquete e depois saíram de carro, rodando e bebendo até encontrarem o amargo fim.

Arnie não conseguia livrar-se da sensação de que, de certa forma, estava envolvido naquilo.

Leigh havia parado de falar com ele desde a discussão. Ele não lhe telefonara — em parte por orgulho, parte por vergonha e também por estar esperando que ela ligasse primeiro, e que tudo voltasse a ser como era... antes.

Antes do quê?, sussurrava sua mente. *Bem, antes de ela ter quase morrido sufocada no seu carro, para começar. Antes de você tentar agredir o cara que salvou a vida dela.*

Mas ela queria que ele vendesse Christine. E isso era simplesmente impossível... não era? Como Arnie poderia fazer isso, depois de ter investido tanto tempo, esforço e sangue — sim, era verdade —, até mesmo lágrimas?

Era uma conversa velha e Arnie não queria mais pensar nisso. O sinal tocou, encerrando as aulas daquela quinta-feira interminável, e ele saiu para o estacionamento dos estudantes — praticamente correu para lá — e quase mergulhou em Christine.

Ficou quieto, sentado ao volante, e inspirou de forma longa e estremecida, observando os primeiros flocos de neve de uma nevasca vespertina girando e deslizando sobre o capô reluzente. Procurou suas chaves, tirou-as do bolso e ligou Christine. O motor murmurou confiante e Arnie saiu da vaga, os pneus girando e esmagando a neve compactada. Teria que colocar os pneus para neve, ele pensou, mas a verdade era que Christine parecia não precisar deles. Ela possuía a melhor tração de todos os carros que já dirigira.

Arnie tateou o botão do rádio e sintonizou a WDIL. Sheb Wooley cantava "The Purple People Eater". Aquilo finalmente conseguiu lhe colocar um sorriso no rosto.

Simplesmente estar ao volante de Christine, no controle, já fazia com que tudo parecesse melhor. Fazia com que tudo parecesse administrável. Ouvir que Repperton, Trelawney e o bostinha tinham morrido daquele jeito fora um choque terrível, sem dúvida. Após todos os sentimentos ruins do verão passado e daquele outono, era natural que ele se sentisse um tanto culpado. Mas a verdade simples é que Arnie estivera na Filadélfia. Não teve nada a ver com aquilo; era impossível.

Ele apenas estava chateado com as coisas em geral. Dennis estava no hospital. Leigh se comportava de maneira estúpida — como se o carro tivesse criado mãos e empurrado aquele pedaço de hambúrguer garganta abaixo, pelo amor de Deus! E ele abandonou o clube de xadrez hoje.

Talvez a pior parte disso tenha sido a maneira como o Sr. Slawson, o conselheiro estudantil, aceitou a decisão sem ao menos tentar fazê-lo mudar de ideia. Arnie tinha lhe passado um monte de conversa fiada sobre como ele andava sem tempo naqueles dias e como simplesmente teria que cortar algumas atividades; o Sr. Slawson se limitou a concordar, dizendo *O.k., Arnie, estaremos aqui mesmo na Sala 30, caso você mude de ideia.* O Sr. Slawson olhou para Arnie com seus olhos azuis desbotados, aumentados pelas lentes espessas dos óculos até ficarem com o tamanho de ovos cozidos repulsivos, e havia algo neles — seria censura?

Talvez tenha sido isso. Entretanto, o sujeito nem mesmo *tentara* persuadi-lo a ficar. Devia, pelo menos, *tentar,* porque Arnie era o melhor jogador que o clube de xadrez do Colégio Libertyville tinha a oferecer, e Slawson sabia disso. Se ele tivesse tentado, talvez Arnie tivesse mudado de ideia. A verdade é que ele tinha um pouco mais de tempo agora que Christine estava... estava...

O quê?

... bem, consertada de novo. Se o Sr. Slawson tivesse dito algo como: *Ei, Arnie, não seja precipitado, vamos refletir um pouco, nós realmente precisamos de você*. Se o Sr. Slawson tivesse dito qualquer coisa desse tipo, puxa, ele poderia ter reconsiderado. Mas não, Slawson não fez nada disso. Apenas veio com aquele papo de "estaremos aqui mesmo na Sala 30, caso você mude de ideia..." e blá-blá e nhe-nhe-nhem, aquela porra de bosta, igual a todos os outros. Não foi culpa dele se o Colégio Libertyville fora derrotado nas semifinais. Ele ganhara quatro jogos nas fases anteriores e teria vencido nas finais, se tivesse tido uma chance. Foram aqueles dois bostas Barry Qualson e Mike Hicks que tinham posto tudo a perder; os dois jogavam xadrez como se achassem talvez que Ruy Lopez era alguma marca nova de refrigerante ou coisa assim...

Ele desembrulhou um chiclete, enfiou-o dobrado na boca, fez uma bolinha com a embalagem e a jogou com pontaria precisa no saco de lixo pendurado no cinzeiro de Christine. "Bem no traseiro do vagabundinho", murmurou e então sorriu. Era um sorriso duro, sem saliva. Mais acima, seus olhos se moveram incansavelmente de um lado para outro, observando com desconfiança um mundo cheio de motoristas loucos, pedestres idiotas e imbecilidade generalizada.

Arnie rodou sem rumo por Libertyville, os pensamentos continuando a fluir dessa forma suavemente paranoica e amargamente reconfortante. O rádio despejou um fluxo sistemático de velhas canções clássicas, e hoje todas pareciam ser instrumentais — "Rebel Rouser", "Wild Weekend", "Telstar", a batida de selva de Sandy Nelson em "Teen Beat", e "Rumble" de Linc Wray, o maior de todos eles. Suas costas o incomodavam, mas não muito. A nevasca se intensificou brevemente se tornando uma nuvem de neve cinza-escura. Ele acendeu os faróis e, com a mesma rapidez, a nevasca diminuiu e as nuvens se abriram, lançando faixas de sol invernal do fim da tarde, distantes e gelidamente belas.

Arnie rodava.

Ele despertou de seus pensamentos — agora sobre como Repperton talvez tivesse chegado a um fim perfeitamente adequado, afinal — e ficou chocado ao perceber que eram quase 6h15, e escurecera. A pizzaria Gino's aproximava-se pela esquerda, com seus pequenos trevos de néon verde cintilando no escuro. Arnie estacionou junto à calçada e saiu. Começou a atravessar a rua, mas então percebeu que deixara as chaves de Christine na ignição.

Inclinou-se para pegá-las... e subitamente o cheiro o assaltou, o cheiro de que Leigh lhe falara, o mesmo que ele negara.

Estava aqui agora, como se tivesse surgido quando ele saiu do carro — um cheiro forte de carne apodrecida, que lhe encheu os olhos de água e lhe fechou a garganta. Arrancou as chaves e recuou, trêmulo, olhando para Christine com algo semelhante a horror.

Havia um cheiro, Arnie. Um cheiro horrível de podre... Você sabe do que estou falando.

Não, eu não faço a menor ideia... está imaginando coisas, Leigh.

Bem, se Leigh imaginava coisas, ele também.

Arnie se virou de repente e atravessou a rua até o Gino's correndo, como se o demônio o perseguisse.

Lá dentro, ele pediu uma pizza que não queria realmente, trocou algumas moedas de 25 centavos por outras de dez e entrou na cabine telefônica, ao lado da *jukebox*. Esta tocava uma música nova que Arnie nunca ouvira antes.

Ligou primeiro para casa. Seu pai atendeu com uma voz estranhamente apática — Arnie nunca ouvira Michael falar daquele jeito —, e ele ficou ainda mais apreensivo. Seu pai soava como o Sr. Slawson. Aquela tarde e começo de noite da quinta-feira estava ganhando tons rubros de pesadelo. Do outro lado das paredes envidraçadas da cabine, rostos estranhos passavam sonhadores à deriva, como balões soltos, nos quais alguém desenhara rostos humanos grosseiramente. Deus trabalhando com um pincel atômico.

Bostas, pensou, incoerentemente. *Todos um bando de bostas!*

— Alô, pai — disse vacilante. — Olha, eu... é, eu meio que perdi a noção do tempo aqui. Desculpa.

— Não tem problema — respondeu Michael. Sua voz estava completamente vazia de emoção e Arnie sentiu a própria preocupação aprofundar-se até algo semelhante ao medo. — Onde está você, na garagem?

— Não... é, no Gino's. Pizzaria Gino's. Pai, você está bem? Sua voz está esquisita.

— Estou ótimo — respondeu Michael. — Acabei de jogar seu jantar no triturador de lixo, sua mãe está chorando lá em cima de novo, e você está comendo uma pizza. Estou ótimo. Aproveitando seu carro, Arnie?

A garganta de Arnie funcionou, mas não emitiu som algum.

— Pai — conseguiu finalmente dizer. — Não acho que isso é muito justo.

— Acho que não estou mais muito interessado no que você considera justo ou não — Michael respondeu. — Talvez no começo você tivesse alguma justificativa para o seu comportamento. Mas nesse último mês você se tornou alguém que eu não compreendo nem um pouco, e está acontecendo alguma coisa que eu compreendo ainda menos. Sua mãe também não compreende, mas ela sente isso, e ela está sofrendo muito. Sei que ela própria provocou uma parte desse sofrimento, mas duvido que isso modifique a qualidade da mágoa.

— Papai, eu só perdi a noção do tempo! — exclamou Arnie. — Pare de fazer tanto drama por isso!

— Você estava rodando por aí?

— Estava, mas...

— Eu percebi que é quando você faz isso que você geralmente perde a noção do tempo.— disse Michael. — Virá para casa esta noite?

— Sim, vou mais cedo — disse Arnie. Passou a língua pelos lábios. — Vou apenas dar uma passada na garagem, porque tenho algumas informações que Will me pediu para conseguir enquanto eu estive na Filadélfia e...

— Perdão, mas também não estou muito interessado nisso — respondeu Michael em voz ainda polida, assustadoramente apática.

— Ah — murmurou Arnie. Estava muito assustado agora, quase tremendo.

— Arnie?

— Diga — sussurrou Arnie.

— O que *está* acontecendo?

— Eu não sei o que quer dizer.

— Fale sério. Aquele detetive foi me ver no meu escritório. Foi falar com Regina também. Ele a aborreceu muito. Não acho que essa fosse a intenção dele, mas...

— O que foi dessa vez? — perguntou Arnie enfurecido. — Aquele escroto, o que foi dessa vez? Eu vou...

— Vai o quê?

— Nada. — Arnie engoliu algo que tinha o gosto de um bolo de poeira. — O que foi dessa vez?

— Repperton — disse seu pai. — Repperton e aqueles outros dois rapazes. O que você achou que fosse? A situação geopolítica no Brasil?

— O que aconteceu a Repperton foi um *acidente* — Arnie afirmou. — Pelo amor de Deus, por que ele queria falar com você e mamãe sobre algo que foi um *acidente?*

— Eu não sei. — Michael Cunningham fez uma pausa. — E você?

— Como eu iria saber? — gritou Arnie. — Eu estava na Filadélfia, como eu saberia qualquer coisa sobre isso? Estava jogando xadrez, não... não... não fazendo outra coisa — terminou ele ridiculamente.

— Uma vez mais, Arnie — disse Michael Cunningham. — Está acontecendo alguma coisa?

Arnie pensou no cheiro, naquele fedor intenso de podre. Leigh engasgada, apertando a garganta, ficando azulada. Ele tinha tentado bater nas costas dela porque é isso que se faz quando alguém se engasga, não existia isso de Manobra de Heimlich porque ainda não tinha sido inventada e, por outro lado, era como deveria terminar, só que não dentro do carro... na beira da estrada... em seus braços...

Ele fechou os olhos e o mundo inteiro pareceu se inclinar e girar de forma nauseante.

— Arnie?

— *Não está acontecendo nada* — disse ele através dos dentes trincados, sem abrir os olhos. — Nada além de um monte de gente enchendo meu saco porque finalmente consegui algo só meu, e consegui sozinho.

— Muito bem — disse seu pai naquela voz sem brilho que novamente era terrivelmente parecida com a do Sr. Slawson. — Estou aqui, se você quiser falar sobre isso. Sempre estive, embora eu não tenha deixado isso tão claro como deveria. Não esqueça de beijar sua mãe quando voltar, Arnie.

— Claro, claro. Escute, Mic...

Clique.

Arnie ficou parado na cabine, ouvindo estupidamente o som de absolutamente nada. Seu pai desligara. Não houve nem mesmo o som para discar, porque aquela era uma porra... de merda... de cabine telefônica. Enfiou a mão no bolso e espalhou as moedas sobre a pequena prateleira metálica onde poderia vê-las. Pegou uma de dez centavos, quase a deixou cair e por fim a introduziu na fenda. Sentia-se enjoado e com calor. Tinha a sensação de que havia sido rejeitado com muita eficiência.

Discou o número de Leigh de memória.

A Sra. Cabot atendeu e reconheceu a voz dele imediatamente. A agradável e um tanto sexy voz telefônica dela, no estilo venha-cá-seu-fascinante-estranho, se tornou instantaneamente dura. Arnie tivera uma última chance com *ela*, era o que aquela voz lhe dizia, e tinha estragado tudo.

— Leigh não quer falar com você e nem quer vê-lo — disse ela.

— Por favor, Sra. Cabot, se eu pudesse pelo menos...

— Acho que você já fez o suficiente — respondeu friamente a mãe de Leigh. — Ela voltou para casa chorando naquela noite, e tem sofrido crises de choro desde então. Passou por algum tipo de... experiência com você, da última vez que saíram juntos, e só peço a Deus que não tenha sido o que imaginei. Eu...

Arnie sentiu uma risada histérica borbulhando dentro dele. Leigh quase morrera engasgada com um hambúrguer... e sua mãe receava que ele tivesse tentado violentá-la.

— Sra. Cabot, eu tenho que falar com ela!

— Temo que isto não será possível.

Arnie pensou em mais alguma coisa para dizer, algum meio de passar pelo dragão no portão. Sentiu-se como um vendedor de escovas e vassouras tentando entrar para falar com a dona da casa. Sua língua não se moveu. Ele seria um péssimo vendedor. Ele logo iria ouvir aquele clique duro e depois o silêncio imperturbável novamente.

Então ouviu o telefone mudando de mãos. A Sra. Cabot protestou rispidamente, e Leigh disse algo em resposta; tudo soava abafado demais para que ele pudesse entender. Em seguida, a voz de Leigh.

— Arnie?

— Oi — disse ele. — Leigh, eu só queria ligar para dizer que eu sinto muito quanto ao...

— Sim — disse Leigh. — Sei que você sente muito e aceito suas desculpas, Arnie. Só que eu não vou... não posso mais sair com você. A não ser que as coisas mudem.

— Me peça algo fácil — sussurrou ele.

— Isso é tudo que eu... — A voz dela ficou mais severa, afastando-se um pouco do telefone. — Por favor, mamãe, pare de ficar em cima de mim! — A mãe dela disse algo que demonstrou seu descontentamento, houve uma pausa e novamente a voz de Leigh, baixa. — Isso é tudo que eu posso dizer, Arnie. Sei que soa como maluquice, mas eu ainda acho que o seu carro tentou me matar naquela noite. Não sei como isto poderia acontecer, mas, por mais que eu pense nisso, não consigo mudar de ideia. Eu *sei* que foi assim que aconteceu. Aquele carro dominou você, não foi?

— Leigh, perdoe o meu "francês", mas isso é uma tremenda babaquice. É um *carro!* Pode soletrar isso? C-A-R-R-O, *carro*! Não há nada...

— Sim — respondeu ela, com a voz agora vacilando em direção às lágrimas. — Esse carro dominou você, *ela* dominou você e acho que ninguém pode libertá-lo, além de você mesmo.

As costas dele despertaram subitamente e começaram a latejar, lançando a dor numa radiação nauseante que parecia ecoar e amplificar-se em sua cabeça.

— Não é essa a verdade, Arnie?

Ele não respondeu, não podia responder.

— Livre-se desse carro — disse Leigh. — Por favor. Li sobre aquele cara Repperton no jornal hoje de manhã, e...

— O que isso tem a ver com qualquer coisa? — Arnie coaxou. E, pela segunda vez: — Aquilo foi *um acidente!*

— Não sei o que foi. Talvez eu não *queira* saber. Enfim, não é mais conosco que estou preocupada. É com *você*, Arnie. Sinto medo por *você*. Você deveria... não, você precisa se livrar desse carro.

Arnie sussurrou:

— Diga apenas que não vai me dar um fora, Leigh. Está bem?

Agora ela estava ainda mais perto das lágrimas — talvez até já estivesse chorando.

— Quero que me prometa, Arnie. Tem que prometer e depois cumprir. Então a gente... a gente verá. Prometa que vai se livrar desse carro. É tudo o que quero de você, nada mais.

Ele fechou os olhos e viu Leigh voltando para casa da escola. E um quarteirão abaixo estava Christine, com o motor ligado junto ao meio-fio. Esperando por ela.

Abriu os olhos rapidamente, como se tivesse visto um demônio num quarto escuro.

— Não posso fazer isso — respondeu.

— Então nós não temos muito o que conversar, temos?

— Sim! Sim, a gente tem. Nós...

— Não. Adeus, Arnie. Vejo você na escola.

— Espere, Leigh!

Clique. E o suave silêncio morto.

Um momento de fúria quase insana o dominou. Teve um impulso súbito e mortal de girar o fone negro pelo fio, dando voltas e mais voltas acima da cabeça, como boleadeiras de gaúcho, estilhaçando os vidros da maldita câmara de tortura da cabine telefônica. Eles tinham abandonado Arnie, todos eles. Os ratos desertando do navio que naufragava.

Você precisa estar preparado para se ajudar antes que alguém mais possa ajudá-lo.

Foda-se essa merda! Eles eram ratos abandonando um navio que afundava. Nenhum deles, desde o bosta do Slawson, com seus grossos óculos de aros de chifre e seus esquisitos olhos de ovo cozido, àquele merda nojento do pai de Arnie que era tão controlado pela mulher que devia dar uma navalha à puta com quem se casara e convidá-la a cortar o pau fora e àquela vaca barata na sua casa elegante com as pernas cruzadas porque talvez estivesse menstruada e por isso se engasgara com o maldito hambúrguer e àqueles bostas com seus malditos carros de luxo e os porta-malas cheios de tacos de golfe e aqueles malditos policiais que eu gostaria de entortar neste torno mecânico eu jogaria golfe com eles *e encontraria o buraco certo para enfiar aquelas bolinhas brancas em você pode apostar seu rabo nisso mas quando eu der o fora daqui ninguém vai me dizer o que fazer e tudo será à minha maneira minha minha minha minha minha MINHA...*

Arnie caiu em si repentinamente, assustado e de olhos arregalados, respirando com força. O que tinha acontecido com ele? Era como se alguém mais estivesse ali naquele momento, alguém num discurso insano contra a humanidade em geral.

Não apenas alguém mais. Era LeBay.

Não! Não é verdade mesmo!

A voz de Leigh: *Não é essa a verdade, Arnie?*

Subitamente, algo muito parecido com uma visão surgiu em sua mente cansada e confusa. Estava ouvindo a voz de um sacerdote: *Arnie, aceita esta mulher como sua...*

Entretanto, não era em uma igreja; era um depósito de carros usados, com flâmulas de plástico vívidas e multicoloridas agitadas por uma brisa persistente. Cadeiras de praia tinham sido montadas. Era o ferro-velho de Will Darnell e Will estava a seu lado na posição de padrinho. Não havia nenhuma garota a seu lado. Christine estacionara junto dele, cintilando ao sol de primavera, até mesmo as laterais brancas pareciam reluzir.

A voz do pai dele: *Está acontecendo alguma coisa?*

A voz do pastor: *Quem entrega esta mulher a este homem?*

Roland D. LeBay se levantou de uma das cadeiras de praia como a proa de um navio fantasma esqueletal vindo do Hades. Sorria — e, pela primeira vez, Arnie viu quem estivera sentado ao lado dele: Buddy Repperton, Richie Trelawney, Moochie Welch. Richie Trelawney estava enegrecido e carbonizado, faltando-lhe a maior parte dos cabelos. O sangue havia escorrido pelo queixo de Buddy Repperton e se coagulara em sua camisa como um vômito hediondo. O pior, no entanto, era Moochie Welch: fora rasgado aberto como uma sacola de lavanderia. Sorriam. Todos eles sorriam.

Eu entrego, grasnou Roland D. LeBay. Sorriu, e uma língua coberta do fungo da sepultura ficou pendurada do buraco fedorento de sua boca. *Eu a entrego, e ele tem o recibo como prova. Ela é toda dele. A vaca é o ás de espadas... e é toda dele.*

Arnie percebeu que estava gemendo na cabine telefônica, agarrando o fone contra o peito. Com um tremendo esforço, conseguiu escapar completamente da alucinação — visão, seja lá o que fosse — e se recompôs.

Desta vez, tentou pegar as moedas na prateleira e derrubou metade delas no chão. Enfiou dez centavos na fenda e folheou apressadamente o catálogo telefônico até encontrar o número do hospital. Dennis. Dennis estaria lá, Dennis sempre esteve. Dennis não o decepcionaria. Dennis ajudaria.

A telefonista atendeu e ele pediu:

— Quarto 42, por favor.

A ligação foi passada. O telefone começou a tocar. Tocou... e tocou... e tocou. Quando ele já ia desistir, uma suave voz feminina perguntou:

— Segundo andar, ala C, com quem deseja falar?

— Guilder — disse Arnie. — Dennis Guilder.

— O Sr. Guilder se encontra na Fisioterapia neste momento — informou a voz feminina. — Poderá falar com ele às 8h.

Arnie pensou em dizer-lhe que era importante — muito importante —, mas de repente sentiu uma insuportável necessidade de sair da cabine telefônica. A claustrofobia era como a mão de um gigante pressionando seu peito. Ele podia sentir o cheiro do próprio suor. Um cheiro acre, azedo.

— Senhor?

— É, tudo bem. Eu ligo mais tarde — disse Arnie.

Desligou e quase pulou para fora da cabine, deixando suas moedas espalhadas na prateleira e no chão. Algumas pessoas se viraram para olhá-lo, um pouco interessadas, depois voltando a atenção para o que comiam.

— A pizza está pronta — o balconista avisou.

Arnie olhou para o relógio e viu que tinha ficado quase vinte minutos na cabine. Havia suor por todo o seu rosto. Seus sovacos pareciam uma selva. As pernas estavam trêmulas — os músculos das coxas estavam a ponto de ceder e deixá-lo cair ao chão.

Pagou a pizza, quase deixando a carteira cair, enquanto enfiava nela os três dólares de troco.

— Tudo bem com você? — perguntou o atendente. — Parece meio pálido.

— Estou ótimo — disse Arnie.

Agora tinha a sensação de que poderia vomitar. Catou a pizza em sua caixa branca, com a palavra GINO'S impressa no topo, e fugiu para a fria e cortante claridade da noite. As últimas nuvens tinham desaparecido e as estrelas cintilavam como diamantes lascados. Ele parou na calçada por um momento, primeiro contemplando as estrelas, depois Christine, estacionada no outro lado da rua, esperando fielmente.

Ela jamais discutiria nem reclamaria, pensou Arnie. Nunca faria exigências. Pensou também que poderia entrar nela a qualquer hora e repousar no estofamento macio, descansar em seu calor. Ela nunca se recusaria. Ela... ela...

Ela o amava.

Sim, ele sentiu que isso era verdade. Da mesma forma como ele sentia às vezes que LeBay não a teria vendido a mais ninguém, fosse por 250 ou 2 mil dólares. Ela ficou ali esperando o comprador certo. Alguém que...

Alguém que a amaria por ela mesma apenas, sussurrou a voz interior.

Sim, era isso. Era exatamente isso.

Arnie ficou imóvel, com a pizza esquecida nas mãos, com vapor branco erguendo-se preguiçosamente da caixa manchada de gordura. Olhou para Christine e foi envolvido por um tamanho turbilhão de emoções que era como se houvesse um ciclone no corpo, reordenando tudo que simplesmente não destruía. Oh, ele a amava e detestava, odiava-a e a apreciava, precisava dela e precisava fugir dela. Ela era sua, ele era dela e

(Eu os declaro marido e mulher, unidos e selados de hoje em diante para todo o sempre, até que a morte os separe)

mas o pior de tudo era o horror, o terrível e paralisante horror, a percepção de que... de que...

(como foi que você machucou as costas naquela noite, Arnie? depois que Repperton — o falecido Clarence "Buddy" Repperton — e seus amiguinhos acabaram com ela? como foi que machucou as costas, para agora ter que usar esse colete fedido o tempo todo? como foi que machucou as costas?)

A resposta surgiu — e Arnie começou a correr, tentando deixar para trás a revelação, chegar a Christine antes que visse a coisa nitidamente e ficasse maluco.

Ele correu até Christine, fazendo suas emoções confusas e alguma terrível percepção emergente disputarem uma corrida; correu para ela como um viciado correria para a droga quando começa a tremer, e os tremores pioram tanto que não o deixam pensar em mais nada além do alívio; correu como correria o maldito para o seu destino infeliz; correu como corre o noivo para o lugar onde a noiva o espera.

Correu porque dentro de Christine nada disso importava — não a mãe, o pai, Leigh, Dennis ou seja lá o que foi que ele mesmo fez às costas naquela noite depois que todos saíram, naquela noite em que rebocou o Plymouth quase inteiramente destruído do aeroporto e o levou de volta à Garagem de Darnell, e depois que todos saíram ele pôs a marcha de Christine em ponto morto e a empurrou, empurrou até que começasse a rodar sobre os pneus murchos, empurrou até que ela saiu pela porta e ele ouviu o vento de novembro uivando agudo ao redor das carcaças e sucatas abandonadas com seus vidros trincados e tanques de gasolina furados; Arnie empurrou até o suor escorrer dele em rios, até o coração disparar em seu peito como um cavalo fugitivo e as costas implorarem por socorro; empurrou Christine, o coração bombeando como se estivesse em alguma consumação infernal; ele a empurrou e, do lado de dentro, o odômetro começou a girar lentamente ao contrário, e por volta de uns 15 metros além da porta as costas dele começaram a latejar de verdade, e ele continuou empurrando, e as costas gritaram em protesto, e ele continuou empurrando, forçando os pneus vazios e dilacerados em frente, com as mãos ficando dormentes e as costas gritando, gritando, gritando. E então...

Alcançou Christine e se jogou para dentro, tremendo e ofegando. A pizza caiu no chão. Apanhou-a e a colocou sobre o assento, sentindo a calma dominar seu corpo lentamente como um bálsamo tranquilizante. Tocou o volante, deixou as mãos deslizarem para baixo, traçando sua curva deliciosa. Tirou uma das luvas e apalpou o bolso, em busca das chaves dele. As chaves de LeBay.

Arnie ainda se lembrava do que tinha acontecido naquela noite, mas isso agora já não lhe parecia tão terrível; agora, sentado ao volante de Christine, parecia bem maravilhoso.

Tinha sido um milagre.

Ele lembrou como, de repente, ficou mais fácil empurrar o carro porque os pneus se inflaram como que por magia, se recompondo sem nenhuma cicatriz e então inflando. Os vidros quebrados começaram a se recuperar do nada, costurando-se de baixo para cima com um barulhinho de arranhar cristalino. Os amassados estalaram de volta ao normal.

Arnie simplesmente empurrou Christine até ela ficar boa o bastante para funcionar, e então ele entrou e passou a dirigir, passeando por entre as fileiras de carros velhos até o odômetro recuar além daquilo que Repperton e seus amigos fizeram. E então Christine estava bem.

O que podia haver de tão terrível nisso?

— Nada — disse uma voz.

Arnie olhou em volta. Roland D. LeBay estava sentado no banco do carona, usando um terno negro de frente trespassada, camisa branca e gravata azul. Uma fileira de medalhas pendia torta de uma das lapelas do paletó — era o traje com que ele fora sepultado, Arnie sabia disso, mesmo que nunca o tivesse visto. Só que LeBay parecia mais jovem e mais durão. Não era alguém com quem você queria se meter.

— Ligue ela — disse LeBay. — Bote o aquecimento para funcionar e vamos motorar.

— Claro — disse Arnie, e girou a chave.

Christine começou a rodar, os pneus esmagando a neve acumulada. Arnie empurrou Christine naquela noite até que quase todo o estrago tivesse sido reparado. Não, não reparado — *negado.* Negado era a palavra certa para o que aconteceu. Então ele a recolocou na baia 20, deixando o restante para ser feito por ele mesmo.

— Vamos ouvir um pouco de música — disse a voz a seu lado. Arnie ligou o rádio. Dion cantava "Donna the Prima Donna". — Vai comer essa pizza ou não?

A voz parecia ter-se modificado ligeiramente.

— Claro — respondeu Arnie. — Quer um pedaço?

Um olhar de soslaio:

— Nunca digo não a um pedaço de qualquer coisa.

Arnie abriu a caixa da pizza com uma das mãos e tirou um pedaço.

— Aqui est...

Ele arregalou os olhos. A fatia de pizza começou a tremer, com os longos filetes de queijo pendurados começando a balançar como os de uma teia de aranha dilacerada pelo vento.

Não era mais LeBay que estava sentado ali.

Era *ele.*

Era Arnie Cunningham, por volta dos 50 anos, não tão velho quanto LeBay naquele dia de agosto em que ele e Dennis o conheceram, não tão velho, mas chegando lá, meus amigos e vizinhos, chegando lá. Seu eu mais velho usava uma camiseta um pouco amarelada e calças jeans sujas e manchadas de óleo. Os óculos eram de chifre, colados com fita adesiva. O cabelo era cortado curto e começava a recuar. Os olhos cinzentos estavam foscos e injetados de sangue. A boca tinha todas as rugas de uma solidão amarga. Porque isso — essa coisa, aparição, seja lá o que fosse — era solitário. Arnie podia senti-lo.

Solitário, exceto por Christine.

Essa versão envelhecida dele mesmo parecia ser o filho de Roland D. LeBay: a semelhança era enorme.

— Vai dirigir? Ou vai ficar me encarando? — a coisa perguntou, e de repente começou a envelhecer diante dos olhos pasmos de Arnie. Os cabelos cor de chumbo embranqueceram, a camiseta enrugou e ficou mais gasta, o corpo sob ela contorcido pela idade. As rugas correram pelo rosto e afundaram como linhas de ácido. Os olhos recuaram nas órbitas e as córneas ficaram amareladas. Agora somente o nariz se projetava para a frente, e aquele era o rosto de algum velho corvo carniceiro, mas continuava sendo o rosto *dele*, oh, sim, ainda era o rosto dele.

— Viu algo esquisito? — coachou aquele sept... não, octogenário Arnie Cunningham, enquanto seu corpo se torcia, estremecia e definhava no assento vermelho de Christine. — Viu algo esquisito? Viu algo esquisito? Viu algo...

A voz se rachou e ganhou estridência, em um agudo ganido senil. A pele se rompeu em úlceras e tumores superficiais, enquanto por trás dos óculos cataratas leitosas cobriam os dois olhos, como persianas sendo baixadas. A coisa se decompunha diante dos olhos de Arnie, desprendendo aquele mesmo cheiro que já sentira antes em Christine, o mesmo que Leigh sentira, só que agora era pior, era o cheiro forte, estonteante, sufocante da decomposição em alta velocidade, o cheiro da sua própria morte. Arnie começou a uivar enquanto Little Richard no rádio cantava "Tutti Frutti", e agora os cabelos da coisa caíam em punhados de fiapos alvos, as clavículas se salientaram através da pele reluzente e esticada acima da frouxa gola redonda da camiseta, salientaram-se através dela como grotescos lápis brancos. Os lábios encolhiam, afastando-se dos últimos dentes remanescentes que se inclinavam para um lado e para o outro como lápides, aquilo era ele, aquilo estava morto, no entanto, vivia — como Christine, aquilo vivia.

— *Viu algo esquisito?* — balbuciou aquilo de modo incoerente. — *Viu algo esquisito?*

Arnie começou a gritar.

Junkins outra Vez

The fenders were clickin the guard-rail posts,
The guys beside me were just as white as ghosts.
One says, "Slow down, I see spots,
The lines in the road just look like dots."
— Charlie Ryan

Arnie chegou à Garagem de Darnell mais ou menos uma hora depois. Seu passageiro — se é que realmente *havia* algum passageiro — há muito desaparecera. O cheiro também tinha sumido; sem dúvida alguma tinha sido apenas uma ilusão. Se você passar muito tempo perto dos bostas, Arnie raciocinou, *tudo* começa a ter cheiro de bosta. E isso os deixava felizes, naturalmente.

Will estava sentado detrás da escrivaninha, em seu escritório envidraçado, comendo um sanduíche gigante. Acenou com a mão gordurosa, porém não saiu de lá. Arnie buzinou e estacionou.

Tudo tinha sido uma espécie de sonho. Simples assim. Algum tipo maluco de sonho. Telefonar para casa, telefonar para Leigh, tentar ligar para Dennis e ouvir aquela enfermeira informando que ele estava na fisioterapia — era como ser negado três vezes, antes de o galo cantar ou algo semelhante. Ele se descontrolou um pouco. Qualquer um teria se descontrolado depois de toda aquela tempestade de merda que ele vinha atravessando desde agosto. Era tudo uma questão de perspectiva, não é mesmo? Durante toda a vida, ele tinha sido uma coisa para as pessoas, mas agora começava a sair da concha, transformava-se em uma pessoa normal e corriqueira, com preocupações normais e corriqueiras. Não era nada surpreendente que as outras pessoas se ressentissem com isso, porque quando alguém se modifica

(para o melhor ou para o pior, para riqueza ou para pobreza)

é natural que os outros fiquem meio esquisitos com isso. A mudança ferrava a perspectiva deles.

Leigh tinha falado como se achasse que ele fosse louco e aquilo era uma puta babaquice. Ele estivera sob tensão, é claro, mas tensão era uma parte natural da vida. Se a Srta. Importante-Oh-Tão-Protestante Leigh Cabot pensasse o contrário, ela estava a caminho de uma foda abismal nas mãos do campeão de estupros que é a Vida. Provavelmente ela terminaria tomando Dexedrina para sair da primeira marcha de manhã e Nembutal ou Quaalude para baixar o ritmo à noite.

Oh, mas ele a desejava — ainda agora, pensando nela, sentia um enorme, inexplicável e indizível desejo cortá-lo como vento frio, fazendo-o apertar o volante de Christine fortemente com as duas mãos. Era um desejo quente grande demais e elementar demais para ter nome. Era uma força em si mesmo.

Mas estava tudo bem com ele agora. Sentia que tinha... cruzado a última ponte, ou coisa assim.

Arnie tinha recuperado a consciência, parado no meio de uma estreita estradinha de acesso, além do estacionamento mais distante do Monroeville Mall — isso significava que ele estava mais ou menos a meio caminho da Califórnia. Ao sair e olhar atrás do carro, tinha visto um buraco aberto num banco de neve — e havia neve derretida espalhada sobre o capô de Christine. Aparentemente ele perdeu o controle, derrapou pelo estacionamento (o qual, mesmo com a temporada de compras de Natal acontecendo com força total, permanecia misericordiosamente vazio naquela parte remota) e bateu no banco de neve. Era muita sorte não ter sofrido um acidente. Uma *bruta* sorte.

Ele tinha ficado ali parado por algum tempo, ouvindo o rádio e olhando para a meia-lua que flutuava acima, através do para-brisa. Bobby Helms tinha surgido cantando "Jingle Bell Rock", um som da temporada, como diziam os djs, e Arnie tinha sorrido de leve, sentindo-se melhor. Não conseguia recordar exatamente o que tinha visto (ou achado que viu) e, na verdade, nem queria. Seja lá o que fosse, aquela fora a primeira e última vez. Tinha certeza disso. As pessoas o fizeram imaginar coisas. Provavelmente adorariam isso, se ficassem sabendo... só que ele não lhes daria essa satisfação.

As coisas iriam melhorar por todos os lados. Ele iria recuperar os relacionamentos em casa — de fato, poderia começar hoje à noite, vendo um pouco de TV com os pais, bem como nos velhos tempos. E ele iria reconquistar Leigh. Se ela não gostava do carro, não importava o quão estranhos fossem seus motivos, tudo bem. Talvez, dentro em breve, ele até comprasse outro carro e lhe diria que tinha dado Christine na troca. Poderia manter Christine ali, no estacionamento pago. O que Leigh não visse seu coração não sentiria. E Will. Essa seria a última viagem que ele faria para Will, no próximo fim de semana. Aquela merda já tinha ido longe demais, Arnie sentia isso. Deixe Will achar que ele era um covarde, se assim quisesse. Um indiciamento pelo crime de transporte interestadual de cigarros e álcool não licenciados não ficaria muito bonito na ficha de inscrição para a universidade, ficaria? Um indiciamento por crime *federal.* Não. Não era nada legal.

Ele riu um pouco. Ele *realmente* se sentia melhor. Purgado. A caminho da garagem, comeu a pizza, embora estivesse fria. Estava faminto. Achou curioso que faltasse um pedaço da pizza — de fato, aquilo o deixou um pouco alarmado —, mas ele descartou o fato. Sem dúvida, Arnie tinha comido o pedaço durante aquele estranho período em branco, talvez até o tivesse jogado fora pela janela. Uau, aquilo tinha sido assustador! Nada mais daquela merda. Ele tornou a rir, desta vez um pouco menos trêmulo.

Agora ele saiu do carro, bateu a porta e foi na direção do escritório de Will para descobrir o que ele queria que Arnie fizesse esta noite. Arnie lembrou de repente que o dia seguinte era o último dia de aulas antes do feriado de Natal, o que lhe fez andar com mais empolgação.

Foi quando a porta lateral, aquela que ficava ao lado do portão de carros, se abriu e surgiu um homem. Era Junkins. Outra vez.

Ele viu que Arnie olhava para ele e ergueu a mão.

— Oi, Arnie.

Arnie olhou para Will. Através do vidro, Will deu de ombros e continuou comendo o sanduíche.

— Olá — disse Arnie. — O que posso fazer por você?

— Bem, eu não sei — respondeu Junkins. Sorriu e então seus olhos deslizaram de Arnie até Christine, avaliando, procurando algum estrago. — Quer fazer alguma coisa por mim?

— Não quero fazer porra nenhuma — disse Arnie.

Podia sentir a cabeça começando a latejar de raiva novamente.

Rudy Junkins sorriu, aparentemente sem se ofender.

— Só estou fazendo uma visitinha. Como vai você?

Estendeu a mão. Arnie apenas olhou para ela. Nem um pouco constrangido, Junkins deixou a mão cair, caminhou até Christine e começou a examiná-la mais uma vez. Arnie ficou observando o policial, apertando os lábios com tanta força que ficaram lívidos. Sentia um novo pulsar de raiva cada vez que Junkins colocava a mão em Christine.

— Ei, talvez devesse comprar um ingresso para a temporada ou coisa parecida — disse Arnie. — Como para os jogos dos Steelers.

Junkins se virou e o fitou inquisitivamente.

— Deixa pra lá — Arnie falou carrancudo.

Junkins prosseguiu com seu exame.

— Sabe — disse —, foi uma coisa estranha pra diabo, o que aconteceu com Buddy Repperton e aqueles dois garotos, não foi?

Foda-se, pensou Arnie. *Não vou me meter com esse bosta.*

— Eu tava na Filadélfia. Torneio de xadrez.

— Eu sei — respondeu Junkins.

— *Céus!* Você realmente está me investigando!

Junkins voltou até ele. Agora não havia sorriso em seus lábios.

— É, isso mesmo — disse. — Estou investigando você. Três dos rapazes que eu acredito que estiveram envolvidos na destruição de seu carro agora estão mortos, além um quarto que, aparentemente, deu azar de estar naquele carro na noite de terça-feira. É uma coincidência muito grande. Grande demais para mim. Pode ter certeza de que eu o estou investigando.

Arnie olhou para ele, a surpresa suplantando a raiva, hesitante.

— Eu achei que tivesse sido um acidente... que eles tinham bebido demais, estavam em alta velocidade e...

— Houve outro carro envolvido — cortou Junkins.

— E como você sabe disso?

— Em primeiro lugar, havia marcas de pneus na neve. Infelizmente, o vento as borrou demais para que pudéssemos tirar uma foto decente. Entretanto, uma das barreiras do Parque Estadual de Squantic Hills foi quebrada e encontramos traços de tinta vermelha nela. O Camaro de Buddy não era vermelho. Era azul.

Junkins mediu Arnie com os olhos.

— Também encontramos traços de tinta vermelha incrustados na pele de Moochie Welch, Arnie. Sacou isso? *Incrustados.* Você faz ideia do tamanho da força com que um carro precisa atingir um sujeito para *incrustar tinta na pele dele?*

— Você deveria ir lá fora e começar a contar carros vermelhos — replicou Arnie friamente. — Passaria de vinte antes de chegar a Bassin Drive, posso garantir.

— Pode apostar — retrucou Junkins —, mas enviamos nossas amostras ao laboratório do FBI, em Washington, onde eles têm amostras de cada tonalidade de tinta já usada em Detroit. Recebemos a resposta hoje. Tem alguma ideia de qual seria? Quer adivinhar?

O coração de Arnie batia pesado no peito, e nas têmporas soavam batidas correspondentes.

— Já que você veio até aqui, meu palpite é que seria vermelho-outono. A cor de Christine.

— Um troféu para você, garoto — disse Junkins. Acendeu um cigarro e contemplou Arnie através da fumaça. Junkins abandonara qualquer simulação de bom humor e seu olhar era frio.

Arnie levou as mãos à cabeça, em um gesto exagerado de irritação.

— Vermelho-outono, e daí? Christine foi pintada assim por encomenda, mas Fords de 1959 a 1963 foram pintados em vermelho-outono, bem como Thunderbirds. A Chevrolet ofereceu a mesma tonalidade de 1962 a 1964 e, durante algum tempo, em meados dos anos 50, era possível conseguir-se um Rambler vermelho-outono. Já estou trabalhando no meu 58 há seis meses, eu tenho os livros sobre carros; não dá para trabalhar num carro antigo sem esses livros, ou você se ferra antes mesmo de começar. Vermelho-outono era uma opção popular. Eu sei disso — olhou fixamente para Junkins — e você sabe também. Não sabe?

Junkins não disse nada; simplesmente continuou olhando para Arnie, daquela maneira fixa, grave e perturbadora. Arnie nunca tinha sido olhado assim por ninguém na sua vida, mas ele identificou o olhar. Imaginou que qualquer um identificaria. Era um olhar de suspeita franca e forte. Isso o assustou. Alguns meses antes — talvez até mesmo semanas —, isso seria tudo que o olhar faria, mas agora ele também o enfurecia.

— Você está forçando mesmo a barra. Afinal, o que diabos você tem contra mim, Sr. Junkins? Por que você não larga do meu pé?

Junkins riu e caminhou em um largo semicírculo. O lugar estava completamente vazio, exceto por eles dois e Will em seu escritório terminando o sanduíche, lambendo o azeite que lhe escorrera para as mãos e ainda os observando atentamente.

— O que tenho contra você? — exclamou ele. — Que tal homicídio doloso, Arnie? Isso prende a sua atenção?

Arnie ficou muito quieto.

— Não se preocupe — disse Junkins, sem parar de andar. — Nada de cenas de tira durão por aqui. Nada de ameaças contra a sua integridade física. Nada de ler os seus direitos. Tudo ainda está perfeito para o nosso herói, Arnold Cunningham.

— Eu não entendo nada do que você está...

— *Você... entende... MUITO BEM!* — Junkins rugiu. Ele tinha parado perto da gigantesca carroceria amarela de um caminhão, mais um dos caminhões-de-lixo-em-construção de Johnny Pomberton. Olhou fixamente para Arnie. — Três dos garotos que arrebentaram o seu carro estão mortos. Amostras de tinta vermelho-outono foram recolhidas em ambas as cenas de crime, levando-nos a acreditar que o veículo usado pelo criminoso nos dois casos era, pelo menos em parte, pintado de vermelho-outono. E, puxa vida! Simplesmente acontece que o carro que aqueles garotos arrebentaram era quase todo vermelho-outono! E você fica aí parado empurrando os óculos para cima do nariz me dizendo que não entende o que estou falando.

— Eu estava na Filadélfia quando aconteceu — respondeu Arnie, com calma. — Você não entendeu isso? Não entendeu mesmo isso?

— Garoto — disse Junkins, jogando fora o cigarro. — Essa é a pior parte de tudo. Essa é a parte que realmente fede.

— Eu queria que você fosse embora ou me prendesse ou coisa assim. Porque eu tenho de bater o ponto e trabalhar um pouco.

— Por enquanto — disse Junkins —, isso é tudo que eu tenho. Na primeira vez, quando Welch foi morto, você supostamente estava em casa dormindo.

— Uma desculpa fraca, eu sei — disse Arnie. — Acredite, se soubesse que esta merda ia cair na minha cabeça, contrataria um amigo doente para me fazer companhia.

— Oh, não! A história foi *boa* — respondeu Junkins. — Seus pais não tinham motivos para duvidar dela. Eu percebi isso quando falei com eles. E álibis, os verdadeiros, em geral têm mais furos do que um terno do Exército da Salvação. Quando começam a parecer armaduras é que me deixam nervoso.

— Meu Deus do céu! — exclamou Arnie, quase gritando. — Eu estava num maldito campeonato de *xadrez!* Já faz *quatro anos* que eu estou no clube de xadrez!

— Até hoje — disse Junkins, e Arnie tornou a ficar imóvel. Junkins assentiu. — Oh, sim, eu falei com o conselheiro do clube. Herbert Slawson. Ele disse que você nunca perdeu uma reunião nos primeiros três anos, até mesmo apareceu em umas duas reuniões com um resfriado fraco. Você era o melhor jogador dele. Então, neste período, você já começou a faltar desde o começo e...

— Eu tinha que trabalhar no meu carro... e arranjei uma garota...

— Ele disse que você perdeu os primeiros três torneios, e que ele ficou muito surpreso ao ver seu nome na lista dos participantes do encontro dos Estados do Norte. Ele achava que você já tinha perdido qualquer interesse pelo clube.

— Já lhe disse...

— É, você já me disse. Muito ocupado. Carros e garotas, justamente as duas coisas que mais deixam os garotos ocupados. Entretanto, você recuperou o interesse por tempo suficiente para ir à Filadélfia... e então abandonou o clube. Isto me parece muito estranho.

— Não vejo nada de estranho nisso — replicou Arnie, mas sua voz parecia distante, quase perdida no rugido marítimo do sangue em seus ouvidos.

— Mentira. Dá a impressão de que você sabia o que estava para acontecer e se protegeu com um álibi perfeito.

O estrondo em sua cabeça agora soava como as batidas firmes das ondas, cada uma delas acompanhada por uma pontada de dor. Estava ficando com dor de cabeça — por que aquele homem monstruoso, com seus olhos castanhos inquisitivos, não ia embora de uma vez? Nada daquilo era verdade, nada. Arnie não tinha armado nada, nem o álibi, nem nada mais. Ficara tão surpreso como qualquer outra pessoa ao ler no jornal o que havia acontecido. É claro que ficara. Não havia nada de estranho acontecendo, a não ser que fosse a paranoia desse lunático e

(afinal, como foi que machucou suas costas, Arnie? E, por falar nisso, você vê algo esquisito? Você vê)

fechou os olhos e, por um momento, o mundo pareceu cambalear na órbita, e ele viu aquele rosto esverdeado, sorridente e apodrecido flutuando à sua frente, dizendo: *Dê partida. Ligue o aquecimento e vamos motorar. E aproveitando o passeio, vamos pegar os bostas que arrebentaram nosso carro. Vamos foder com os veadinhos, garoto, o que você me diz? Vamos bater neles com tanta força que o papa-defuntos no hospital terá de usar pinças para tirar as lascas de tinta das carcaças. O que me diz? Bote algum rock antigo para tocar no rádio e vamos rodar. Vamos...*

Arnie tateou às suas costas, tocou Christine — sua dura, fria e tranquilizadora superfície — e as coisas voltaram a se encaixar no lugar. Ele abriu os olhos.

— Tem só mais uma coisa, na verdade — falou Junkins —, e é muito subjetiva. Nada que dê para colocar num relatório. Você está diferente desta vez, Arnie. Mais duro, de certa forma. É quase como se você tivesse envelhecido vinte anos.

Arnie riu e ficou aliviado ao ouvir seu riso soando com naturalidade suficiente.

— Sr. Junkins, eu acho que você está ficando louco.

Junkins não se juntou a ele na risada.

— Aham. Eu sei disso. Essa história toda é louca, mais louca do que qualquer outra coisa que eu investiguei nos meus dez anos de detetive. Da última vez, eu achei que você estava disposto a me escutar, Arnie. Senti que você estava... não sei. Perdido, infeliz, tateando em volta à procura de uma saída. Agora não sinto mais nada disso. É quase como se eu estivesse falando com uma pessoa completamente diferente. E nada agradável.

— Não tenho mais nada para falar com você — Arnie disse subitamente, e foi para o escritório.

— Eu quero saber o que aconteceu — disse Junkins atrás dele. — E vou descobrir, pode acreditar.

— Faça-me um favor e fique longe daqui — disse Arnie. — Você está louco.

Entrou no escritório, fechou a porta e percebeu que suas mãos não tremiam nem um pouco. O aposento estava abafado com os cheiros de charuto, azeite e alho. Passou diante de Will sem falar, pegou seu cartão de ponto no escaninho e marcou no relógio: *ka-thud!* Então olhou pela janela da sala e viu Junkins parado lá fora, observando Christine. Will nada disse. Arnie podia ouvir o barulho de motor da respiração do homem gordo. Uns dois minutos depois, Junkins foi embora.

— Tira — disse Will, e deu um longo arroto que soou como uma motosserra.

— É.

— Repperton?

— É. Ele acha que tive alguma coisa a ver com aquilo.

— Mesmo você estando na Filadélfia?

Arnie balançou a cabeça.

— Ele parece nem dar a mínima para isso.

É um tira esperto, então, pensou Will. *Ele sabe que os fatos estão errados e sua intuição lhe diz que há algo ainda mais errado e por isso foi mais fundo no caso do que qualquer outro tira iria, mas ele poderia passar um milhão de anos investigando sem nunca se aproximar da verdade.* Will lembrou do carro vazio rodando sozinho até a baia 20, como um estranho brinquedo movido a corda. A fenda vazia da ignição girando para START. O motor acelerando uma vez, como um rosnado de aviso, e depois parando.

E pensando nessas coisas, Will não se sentiu confiante o bastante para encarar Arnie, embora a experiência dele em falsidades rotineiras fosse de uma vida inteira.

— Não quero mandá-lo a Albany se os tiras estão vigiando você.

— Não dou a mínima se você vai me mandar ou não a Albany, mas não precisa se preocupar com o cara. É o único tira que falou comigo, e está louco. Só se interessa pelos dois casos de atropelamento e fuga.

Os olhos de Will agora se fixaram nos de Arnie, que eram cinzentos e distantes. Os de Will tinham uma não cor desbotada, com as córneas levemente amareladas: os olhos de um gato velho e malandro que já vira milhares de camundongos virados do avesso.

— Ele está interessado em você — disse. — É melhor eu mandar Jimmy.

— Você gosta do jeito que Jimmy dirige, não gosta?

Will olhou para Arnie por um momento e depois suspirou.

— Tudo bem — disse. — Mas se você vir esse tira, caia fora. E se for pego segurando uma sacola, Cunningham, a sacola é sua. Entendeu bem?

— Claro — respondeu Arnie. — Quer que eu trabalhe esta noite ou o quê?

— Tem um Buick 77 na baia 49. Tire o motor de arranque. Cheque o solenoide. Se tudo parecer bem, tire isso também.

Arnie assentiu e saiu. Os olhos atentos de Will desviaram-se dele, não o viram andando até Christine. Sabia que não deveria mandá-lo a Albany naquele fim de semana. O garoto também sabia disso e iria em frente, de qualquer jeito. Tinha dito que iria e, por Deus, ele iria mesmo. E se acontecesse alguma coisa, o garoto se viraria sozinho. Will tinha certeza disso. Houve um tempo em que Arnie não teria dado conta, mas esse tempo já tinha passado.

Will ouvira tudo pelo interfone.

Junkins estava certo.

O garoto estava mais duro agora.

Will começou a olhar novamente para o 58 de Arnie. O garoto iria a Nova York no Chrysler de Will. E enquanto ele estivesse ausente Will vigiaria Christine. Vigiaria Christine para ver o que aconteceria.

Arnie em Apuros

With Naugahyde bucket seats in front and back,
Everything's chrome, man, even my jack,
Step on the gas, she goes Waaaaahhh –
I'll let you look,
But don't touch my custom machine.
— The Beach Boys

Na tarde seguinte, Rudolph Junkins e Rick Mercer, da divisão de detetives da Polícia Estadual da Pensilvânia, tomavam café em um sombrio e pequeno escritório com a tinta descascando das paredes. Do lado de fora, uma mistura deprimente de granizo e neve caía.

— Tenho certeza que vai ser neste fim de semana — disse Junkins. — Nos últimos oito meses, aquele Chrysler tem rodado a cada quatro ou cinco semanas.

— Apenas entenda que prender Darnell e essa sua fixação pelo garoto são duas coisas diferentes.

— Pois para mim são a mesma coisa — replicou Junkins. — O garoto sabe alguma coisa. Se eu der uma dura nele, posso descobrir o quê.

— Você acha que ele teve algum cúmplice? Alguém que usou o carro e matou aqueles garotos enquanto ele estava no torneio de xadrez?

Junkins balançou a cabeça.

— Não, raios. Ele tem exatamente um único amigo próximo, que está hospitalizado. Não sei o que eu acho, exceto que o carro esteve envolvido... e ele também.

Junkins pousou o copo de isopor com o café e apontou para o homem sentado do outro lado da mesa.

— Assim que conseguirmos fechar aquela garagem, vou querer seis técnicos do laboratório revirando tudo de cabo a rabo, virando do avesso. Vou querer aquele carro num elevador hidráulico, sendo examinado em busca de amassados, calombos, pintura refeita e... sangue. É isso que eu quero de verdade, Rick. Apenas uma gota de sangue.

— Você não gosta do garoto, né? — comentou Rick.

Junkins deu uma risadinha espantada.

— Sabe que eu meio que gostei dele quando o vi pela primeira vez. Eu gostei dele e senti pena também. Tive a impressão de que ele tentava proteger alguém que sabia alguma coisa dele. Mas desta vez eu não gostei nem um pouco dele.

Junkins pensou mais um pouco.

— Também não gostei daquele carro. E da maneira como o garoto tocava nele sempre que eu o colocava contra a parede. Era assustador.

Rick respondeu:

— Desde que você se lembre que Darnell é o cara que eu tenho que prender. Ninguém em Harrisburg tem o menor interesse no seu garoto.

— Eu me lembrarei — disse Junkins. Tornou a pegar o copo e olhou para Rick com ar grave. — Porque ele é um meio para chegar ao fim. Vou pegar quem matou aqueles rapazes, nem que seja a última coisa que faça.

— Talvez nem seja neste fim de semana — disse Rick.

Mas foi.

Dois policiais à paisana do Esquadrão de Ofensas Criminais do Estado da Pensilvânia estavam sentados na cabine de uma picape Datsun de quatro anos de idade, na manhã do sábado, 16 de dezembro, observando enquanto o Chrysler preto de Will Darnell passava pela grande porta da garagem e ganhava a rua. Caía uma garoa leve que não era gelada o bastante para virar granizo. Era um daqueles dias nevoentos nos quais é impossível dizer onde terminam as nuvens mais baixas e começa a verdadeira neblina. O Chrysler estava com os faroletes corretamente acesos. Arnie Cunningham era um motorista prudente.

Um dos policiais levou um walkie-talkie à boca e falou:

— Ele acabou de sair no carro de Darnell. Vocês fiquem espertos.

Seguiram o Chrysler até a I-76. Quando viram Arnie subir a rampa leste, com a placa indicando Harrisburg, manobraram para a rampa oeste, na direção de Ohio, e falaram com os outros policiais. Eles iriam descer da I-76 na saída seguinte, retornando em seguida à posição original perto da Garagem de Darnell.

— O.k. — respondeu a voz de Junkins —, vamos fazer uma omelete.

Vinte minutos mais tarde, enquanto Arnie rodava para leste a tranquilos e permitidos 80 quilômetros por hora, três policiais, com toda a papelada correta em mãos, bateram à porta de William Upshaw, que morava no muito sofisticado subúrbio de Sewickley. Upshaw atendeu à porta em seu roupão de banho. De detrás dele vinham os grasnidos do desenho animado das manhãs de sábado na TV.

— Quem é, meu bem? — perguntou sua esposa, da cozinha.

Upshaw olhou para os papéis, mandados judiciais, e sentiu que poderia desmaiar. Um deles determinava a apreensão de todos os registros de impostos de Upshaw relacionados a Will Darnell (pessoa física) e Will Darnell (pessoa jurídica). Os mandados tinham a assinatura do procurador-geral da Pensilvânia e de um juiz do Supremo Tribunal.

— Quem é, bem? — tornou a perguntar sua esposa, e um dos filhos deles veio olhar, com olhos arregalados.

Upshaw tentou falar, mas de sua boca saiu apenas um coaxar rouco. Acontecera. Ele sonhara com aquilo e finalmente acontecera. A casa em Sewickley não o protegera disso; a mulher que ele mantinha a uma distância segura, na cidadezinha de King of Prussia, não o protegera disso. Estava aqui: podia lê-lo no rosto liso daqueles tiras em seus ternos Anderson-Little comprados em lojas. O pior de tudo era que um dos homens era agente federal — da ATF, agência responsável por Álcool, Tabaco e Armas de Fogo. Este lhe exibiu uma segunda identificação que o proclamava como agente de algo denominado Força-Tarefa Federal de Controle de Drogas.

— Fomos informados de que o senhor mantém um escritório em casa — disse o tira federal. Ele parecia ter... o quê? Vinte e seis? Trinta anos? Será que ele algum dia teve que se preocupar com o que ele poderia fazer quando tem três filhos e uma esposa que gostava um pouco demais de coisas finas? Bill Upshaw achava que não. Quando você precisava pensar nessas coisas, seu rosto não fica tão liso. Um rosto só permanece assim quando podemos nos dar ao luxo de ter pensamentos nobres: lei e ordem, certo e errado, mocinhos e bandidos.

Abriu a boca para responder ao tira federal, mas emitiu apenas outro coaxar rouco.

— Essa informação está correta? — o federal perguntou pacientemente.

— Sim — coaxou Bill Upshaw.

— E outro escritório no número 100 da Frankstown Road, em Monroeville?

— Sim.

— Meu bem, quem é? — Amber perguntou e apareceu no corredor. Ao ver os três homens de pé na entrada, ela fechou a gola do roupão. Os desenhos animados estrondavam.

Upshaw pensou de repente, quase aliviado: *É o fim de tudo.*

O garoto que tinha vindo ver quem os visitava tão cedo numa manhã de sábado subitamente irrompeu em lágrimas e correu para a segurança dos *Superamigos,* no Canal 4.

Quando Rudy Junkins recebeu a notícia de que Upshaw havia sido intimado e que todos os documentos relativos à Darnell foram apreendidos, tanto na residência dele quanto no escritório de Monroeville, ele liderou meia dúzia de policiais estaduais naquilo que teria sido chamado de *batida* nos velhos tempos. Mesmo durante a temporada de fim de ano, a garagem continuava moderadamente movimentada no sábado (embora não chegasse perto de ser o lugar fervilhante que virava nos fins de semana do verão), de forma que, quando Junkins pegou o megafone e começou a usá-lo, talvez umas 24 cabeças se viraram para ver o que era. Eles teriam assunto para conversar até o ano-novo.

— *Aqui é a Polícia Estadual da Pensilvânia!* — anunciou Junkins pelo megafone. As palavras ecoaram e reverberaram. Ele percebeu que, mesmo num momento como aquele, seus olhos se fixavam no Plymouth vermelho e branco parado e vazio na baia 20. Junkins já tinha manipulado meia dúzia de armas de assassinatos nos seus anos de polícia, algumas vezes no local do crime, com mais frequência no banco das testemunhas, mas só olhar para aquele carro já lhe dava calafrios.

Gitney, o sujeito da Receita Federal que o acompanhava naquela incursão, franziu a testa, incitando-o a prosseguir. *Nenhum de vocês sabe o porquê disto tudo. Nenhum de vocês.* Entretanto, tornou a erguer o megafone.

— *Esta empresa está fechada! Eu repito, esta empresa está fechada! Vocês podem retirar seus veículos, se estiverem em condições de rodar... do contrário, por favor, saiam rápida e calmamente! Esta empresa está fechada!*

O megafone emitiu um *clique* amplificado ao ser desligado.

Junkins olhou para o escritório e viu que Will Darnell falava ao telefone, com um charuto apagado na boca. Jimmy Sykes estava em pé junto à máquina de Coca e seu rosto simplório era um retrato de desalento confuso — não parecia muito diferente do filho de Bill Upshaw no momento logo antes de se desfazer em lágrimas.

— Entende os seus direitos conforme o que eu acabei de ler? — O policial encarregado era Rick Mercer. Atrás deles, a garagem estava vazia, exceto por quatro tiras uniformizados que faziam o trabalho burocrático relativo aos carros que foram apreendidos quando a garagem fora fechada.

— Sim — disse Will. Seu rosto estava sereno; o único sinal de perturbação era a respiração ainda mais sibilante, a rápida subida e descida do grande peito sob a camisa branca de gola aberta, e a maneira como segurava constantemente o inalador em uma das mãos.

— Tem algo a nos dizer neste momento? — perguntou Mercer.

— Não, até que meu advogado chegue.

— Seu advogado pode nos encontrar em Harrisburg — disse Junkins.

Will olhou para Junkins com desprezo e nada disse. Lá fora, mais policiais uniformizados tinham terminado de afixar selos em todas as portas e janelas da garagem, exceto sobre a pequena porta lateral. Enquanto não acabasse o estado de interdição, todas as entradas e saídas seriam feitas por ali.

— Nunca ouvi falar em nada mais louco — disse Will Darnell por fim.

— Vai ficar mais louco ainda — disse Mercer, sorrindo sinceramente. — Você vai ficar fora de circulação por um tempo bem longo,

Will. Talvez um dia eles o nomeiem encarregado da manutenção dos carros da prisão.

— Sei quem é você — disse Will, olhando para ele. — Seu nome é Mercer. Conheci bem seu pai. Foi o tira mais sujo que já existiu em King's County.

O sangue fugiu do rosto de Rick Mercer e ele ergueu a mão.

— Pare com isso, Rick — disse Junkins.

— Claro — disse Will. — Vocês se divirtam agora. Façam suas piadas sobre os carros da prisão. Em duas semanas, estarei aqui de novo, fazendo negócios. E se vocês não sabem disso, são ainda mais imbecis do que parecem.

Olhou em volta, fitando-os com seus olhos inteligentes, sardônicos... e encurralados. De repente, levou o inalador à boca e aspirou fundo.

— Tirem este saco de merda daqui — disse Mercer.

Ainda estava pálido.

— Você está bem? — perguntou Junkins. Estavam sentados dentro de uma viatura estadual Ford sem pintura especial, uma hora mais tarde. O sol resolvera aparecer e brilhava ofuscante sobre a neve que derretia e as ruas molhadas. A Garagem de Darnell permanecia silenciosa. Os documentos da empresa — e o Plymouth envenenado de Cunningham — estavam engaiolados com segurança lá dentro.

— Aquilo que ele disse sobre meu pai... — disse Mercer, em voz espessa. — Meu pai se matou, Rudy. Um tiro na cabeça. E eu sempre pensei... eu li na faculdade... — Ele deu de ombros. — Muitos tiras se matam. Melvin Purvis se matou, sabe. Foi ele quem pegou Dillinger. Mas a gente pensa nisso.

Mercer acendeu um cigarro e puxou a fumaça para dentro, numa longa e trêmula inspiração.

— Ele não sabia de nada — disse Junkins.

— Não sabia o *cacete* — disse Mercer. Desceu o vidro de sua janela e jogou o cigarro fora. Depois pegou o microfone sob o painel. — Central, aqui é Móvel Dois.

— Positivo, Móvel Dois.

— Como vai o nosso pombo-correio?

— Está na Interestadual 84, chegando a Port Jervis.

Port Jervis era o ponto de cruzamento entre a Pensilvânia e Nova York.

— Tudo pronto em Nova York?

— Afirmativo.

— Diga a eles novamente que eu quero que ele chegue até nordeste de Middletown, antes de ser pego, e que o bilhete de pedágio seja apreendido como evidência.

— Positivo.

Mercer recolocou o microfone no lugar e sorriu de leve.

— Assim que ele atravessar a divisa de Nova York, não restará dúvida no mundo de que o caso é federal... mas nós ainda temos a preferência. Não é uma beleza?

Junkins não respondeu. Não via beleza alguma naquilo — desde Darnell com seu inalador ao pai de Mercer dando um tiro na cabeça. Junkins estava dominado por uma assustadora sensação de inevitabilidade, uma impressão de que as coisas terríveis não estavam acabando — mas apenas começando a acontecer. Sentia-se na metade de uma história sombria que talvez se revelasse terrível demais para ser terminada. Exceto que ele agora tinha que terminá-la, não tinha? Tinha.

A horrenda sensação e a terrível imagem persistiam: da primeira vez que falara com Arnie Cunningham, tinha conversado com um homem que se afogava; e da segunda vez, o afogamento já tinha acontecido — e Junkins falara com um cadáver.

A cobertura de nuvens no céu a oeste de Nova York começava a se abrir, e o ânimo de Arnie ficou melhor. Era sempre bom se afastar de Libertyville, se afastar de... de tudo. Nem mesmo saber que levava contrabando no porta-malas era algo capaz de diminuir aquela euforia. E pelo menos não havia drogas desta vez. Lá no fundo da mente dele — quase não percebida, mas estava lá — havia uma vã especulação sobre como as coisas seriam diferentes e como sua vida mudaria se ele simplesmente se livrasse da carga de cigarros e fosse embora. Se ele simplesmente deixasse para trás toda aquela confusão deprimente.

Só que, evidentemente, não faria nada disso. Claro que era impossível abandonar Christine, depois de ter investido tanto nela.

Arnie ligou o rádio e cantarolou junto com uma canção atual. O sol, enfraquecido pelo mês de dezembro, mas ainda tentando ser bravo, libertou-se inteiramente das nuvens, e Arnie sorriu.

Ainda sorria quando o carro da Polícia Estadual de Nova York emparelhou com o dele, na faixa lateral, e o acompanhou. O alto-falante do teto começou a entoar: *Isto é para o Chrysler! Encoste, Chrysler! Encoste, Chrysler!*

Arnie olhou para o lado, com o sorriso desaparecendo dos lábios. Viu os óculos escuros. Óculos de tira! O terror que se apoderou dele era mais forte do que poderia imaginar sobre qualquer emoção — e não estava aterrorizado por si mesmo. Sua boca ficou completamente seca. A mente entrou num estado de hiperatividade confusa. Viu-se pisando no acelerador e voando dali, talvez tivesse feito isso se estivesse dirigindo Christine... mas não estava. Viu Will Darnell avisando que, se fosse apanhado levando um saco, o saco era *seu*. E, acima de tudo, viu Junkins, Junkins com aqueles argutos olhos castanhos — e soube que aquilo era obra dele.

Desejou que Rudolph Junkins estivesse morto.

— *Encoste, Chrysler! Não estou falando apenas para ouvir a minha voz! Encoste imediatamente!*

Não posso dizer nada, pensou Arnie incoerentemente, enquanto se dirigia para o acostamento. Seus colhões formigavam, o estômago se revolvia furiosamente. Podia ver os próprios olhos no retrovisor, aterrorizados por trás dos óculos — aterrorizados, mas não por ele. Não por ele. Christine. Arnie temia por Christine. O que eles poderiam fazer a Christine.

Sua mente angustiada pelo pânico girou em um caleidoscópio de imagens misturadas. Formulários de inscrição da universidade, carimbados com o veredicto REJEITADO — CRIMINOSO CONDENADO. Grades de prisão, aço azulado. Um juiz inclinando-se da alta bancada, o rosto branco e acusador. Trogloditas homossexuais no pátio da prisão, ansiosos por carne fresca. Christine na esteira de transporte até o compactador de carros, no ferro-velho atrás da garagem.

E então, no que ele parou o Chrysler e pôs a marcha em ponto morto, o carro da Polícia Estadual parando logo atrás dele (e mais outro, surgindo como por mágica, parando à sua frente), um pensamento surgiu do nada, impregnado de frio consolo: *Christine pode cuidar de si.*

Outro pensamento surgiu enquanto os tiras saíram e caminharam até ele, um deles segurando na mão um mandado de busca. Este outro pensamento também pareceu nascer do nada, mas reverberou com os tons ásperos de homem velho de Roland D. LeBay:

E ela cuidará de você, rapaz. Tudo que você tem que fazer é continuar acreditando nela e ela cuidará de você.

Arnie abriu a porta do carro e saiu, um momento antes que um dos tiras pudesse abri-la.

— Arnold Richard Cunningham? — perguntou um dos policiais.

— Sim, eu mesmo — respondeu Arnie calmamente. — Eu ultrapassei o limite de velocidade?

— Não, filho — disse outro tira —, mas você está ferrado do mesmo jeito.

O primeiro policial deu um passo à frente, tão formal quanto um oficial de carreira do Exército.

— Tenho um documento legal devidamente executado permitindo a revista deste Chrysler Imperial 1966, em nome do povo do Estado de Nova York, da Comunidade da Pensilvânia e dos Estados Unidos da América. Além disso...

— Bem, isso cobre mais ou menos a porra toda, não é mesmo? — disse Arnie. Suas costas latejaram dolorosamente e ele apertou o lugar com as duas mãos.

Os olhos do policial se arregalaram ligeiramente ao ouvir aquela voz de velho saindo daquele rapazinho, mas prosseguiu.

— Também tenho permissão para apreender qualquer contrabando encontrado no decorrer desta revista, em nome do povo do Estado de Nova York, da Comunidade da Pensilvânia e dos Estados Unidos da América.

— Certo — disse Arnie.

Nada daquilo parecia real. Luzes azuis piscavam confusamente. Pessoas passando em seus carros se viravam para olhar, mas ele não sentiu nenhuma vontade de se virar para o outro lado, de esconder o rosto, e isso foi algum alívio.

— Me dá as chaves, garoto — disse um dos policiais.

— Por que você não pega sozinho, seu bosta? — disse Arnie.

— Você não está se ajudando muito, garoto — o policial comentou, mas ele ainda assim parecia espantado e até um pouco assustado; por um instante, a voz do garoto tinha ficado mais grave e rouca, e ele soou quarenta anos mais velho, um sujeito bem durão, em nada semelhante ao garoto magricela à sua frente.

Ele se inclinou, pegou as chaves e os três policiais foram imediatamente até o porta-malas. *Eles sabem,* pensou Arnie, resignado. Enfim, isto não tinha nada a ver com a obsessão de Junkins por Buddy Repperton, Moochie Welch e os outros (pelo menos não diretamente, Arnie emendou com cautela); isto cheirava a uma operação bem planejada e bem coordenada contra as operações de contrabando de Will, a partir de Libertyville até Nova York e a Nova Inglaterra.

— Garoto — disse um dos tiras —, você gostaria de responder a algumas perguntas ou prestar uma declaração? Se você achar que sim, eu lerei os seus direitos agora.

— Não — replicou Arnie tranquilo. — Não tenho nada a dizer.

— As coisas poderiam ficar bem mais fáceis pra você.

— Isto é coação — disse Arnie, sorrindo de leve. — Fique esperto, ou vai acabar abrindo um belo buraco no seu próprio caso.

O tira ficou vermelho.

— Se você quer ser um babaca, é problema seu.

O porta-malas do Chrysler estava aberto. Eles haviam tirado o estepe, o macaco e as várias caixas de peças pequenas — parafusos, porcas, molas, coisas assim. Um dos policiais estava quase inteiro dentro do porta-malas, só as pernas vestidas de cinza-azulado estavam para fora. Por um momento, Arnie teve a vaga esperança de que eles não encontrariam o compartimento secreto, mas logo dispensou a ideia — era apenas a parte infantil dele, a parte que agora Arnie desejava que se consumisse em chamas, porque ultimamente tudo o que essa parte fazia era doer. Eles encontrariam o compartimento. Quanto mais rápido isso acontecesse, mais depressa terminaria aquela horrível cena de beira de estrada.

Como se algum deus tivesse ouvido aquele desejo e decidido concedê-lo imediatamente, o policial no porta-malas exclamou, triunfante:

— Cigarros!

— Muito bem — disse o tira que lera o mandado de busca. — Pode fechar. — Virou-se para Arnie e fez a leitura dos direitos. — Você compreende os seus direitos, conforme eu os li?

— Sim — disse Arnie.

— Quer fazer alguma declaração?

— Não.

— Entre no carro, filho. Você está preso.

Estou preso, pensou Arnie e quase explodiu em uma gargalhada, de tão tolo o pensamento. Aquilo era um sonho, e ele logo despertaria. *Preso*. Sendo empurrado para um carro da Polícia Estadual. As pessoas olhavam para ele...

Lágrimas desesperadas e infantis, salgadas e quentes, subiram pela garganta dele e a fecharam.

O peito soluçou — uma, duas vezes.

O tira que lera seus direitos tocou-lhe o ombro, e Arnie puxou o ombro com uma espécie de desespero. Ele sentia que, se pudesse mergulhar para dentro de si mesmo com rapidez suficiente, ficaria *bem* — mas a solidariedade do policial poderia enlouquecê-lo.

— Não me toque!

— Você vai do jeito que preferir, filho — disse o tira, afastando a mão. Abriu a porta traseira da viatura e fez Arnie entrar.

A gente chora nos sonhos? Claro que chora — ele não tinha lido sobre pessoas que acordaram de sonhos tristes com lágrimas no rosto? Entretanto, fosse ou não sonho o que sucedia agora, ele não ia chorar.

Em vez disso, pensaria em Christine. Não em sua mãe ou seu pai, não em Leigh ou Will Darnell, não em Slawson — todos os bostas miseráveis que o traíram.

Pensaria em Christine.

Arnie fechou os olhos e inclinou o rosto pálido e magro até as mãos, e fez isso mesmo. E, como sempre, pensar em Christine fazia as coisas melhorarem. Após um momento, conseguiu se endireitar e contemplar a paisagem pela janela enquanto refletia sobre sua situação.

Michael Cunningham recolocou o fone no gancho lentamente — com infinito cuidado —, como se houvesse o risco de o aparelho explodir se ele agisse diferente, lançando fragmentos negros afiados por todo o escritório do segundo andar.

Reclinou-se na cadeira giratória detrás da mesa, sobre a qual estavam a máquina de escrever IBM Correcting Selectric II, um cinzeiro com os dizeres UNIVERSIDADE HORLICKS em azul e dourado quase ilegíveis no fundo sujo e o manuscrito de seu terceiro livro, um estudo sobre os encouraçados *Monitor* e *Merrimac.* Estava no meio de uma página quando o telefone tocou. Agora ele acionou a alavanca de liberação do lado direito da máquina, puxou a folha solta de sob o rolo, observando clinicamente a ligeira curvatura. Colocou-a sobre o manuscrito, no momento pouco mais do que uma selva de correções a lápis.

Lá fora, o vento gemia ao redor da casa. O calor nublado da manhã dera lugar a uma frígida e límpida noite de dezembro. O degelo anterior estava solidamente congelado e seu filho estava preso em Albany, acusado de contrabando: *Não, Sr. Cunningham, não é maconha, são cigarros, duzentos pacotes de cigarros Winston, sem os selos de impostos.*

Ele podia ouvir o zumbido da máquina de costura de Regina vindo do andar de baixo. Agora teria que se levantar, ir até a porta, abri-la, caminhar corredor abaixo até a escada, descer os degraus, entrar na sala de jantar e chegar à salinha cheia de plantas que antes fora a lavanderia, mas agora era uma sala de costura, e ficar parado enquanto Regina erguia os olhos para ele (estaria usando seus óculos em meia-lua para perto) e então anunciar: *Regina, Arnie foi preso pela Polícia Estadual de Nova York.*

Michael tentou iniciar o processo se levantando da cadeira, mas esta pareceu sentir que ele estava temporariamente desprevenido. Girou e rolou para trás sobre os rodízios ao mesmo tempo, e Michael precisou agarrar a borda da mesa para não cair. Escorregou pesadamente de volta para a cadeira, o coração batendo com dolorosa rapidez em seu peito.

De repente, foi envolvido por uma onda tão complexa de desespero e tristeza que gemeu em voz alta e segurou a testa, comprimindo as têmporas. Os velhos pensamentos enxamearam de volta, tão previsíveis e enlouquecedores como os mosquitos no verão. Seis meses antes, tudo estava bem. Agora seu filho estava numa cela de prisão em algum lugar. Quais teriam sido os momentos de ruptura? Como poderia ele, Michael, ter mudado as coisas? E qual era a história disso tudo, exatamente? Por onde a doença começara a penetrar?

— Meu Deus...

Apertou com mais força, ouvindo o gemido do inverno do lado de fora das janelas. Ele e Arnie haviam colocado as janelas de inverno ainda no mês passado. Aquele tinha sido um bom dia, não tinha? Primeiro, Arnie segurando a escada e olhando para cima; depois ele embaixo, e Arnie lá em cima, ele ficara gritando para o filho tomar cuidado, o vento nos cabelos e as folhas marrons mortas sendo sopradas sobre os sapatos. Claro, tinha sido um bom dia. Mesmo depois que aquele carro infernal tinha chegado, parecendo obscurecer tudo mais na vida do filho como uma doença fatal, houve bons dias. Não houve?

— Meu Deus... — repetiu, numa voz fraca e lacrimosa que ele desprezava.

Imagens espontâneas surgiram por trás das pálpebras. Colegas o observando de canto de olho, talvez sussurrando no clube dos professores. Conversas em coquetéis nas quais o nome dele boiava subindo e descendo como um corpo encharcado. Arnie só faria 18 anos daqui a dois meses e Michael supunha que o nome do filho não poderia ser impresso nos jornais, mas todos acabariam sabendo. As notícias se espalhavam.

Subitamente, loucamente, viu Arnie aos 4 anos, montado num triciclo vermelho comprado por ele e Regina em um bazar de caridade (aos 4 anos, Arnie os chamava "Bazá de porcalidade da mamãe"). A tinta vermelha do triciclo estava lascada com escamas de ferrugem, os pneus estavam carecas, mas Arnie o adorara e, se pudesse, até o teria levado para a cama. Michael fechou os olhos e o viu andando no triciclo, subindo e descendo a calçada em seu macacão de veludo cotelê azul, o cabelo caindo nos olhos, e então seu olhar mental piscou, vacilou ou fez qualquer coisa, e o enferrujado triciclo do bazar de caridade era Christine, a tinta vermelha cheia de ferrugem, os vidros das janelas branco-leitosos pela idade.

Ele rangeu os dentes. Alguém que o observasse poderia pensar que estava sorrindo loucamente. Esperou até conseguir se controlar um pouco e então se levantou e desceu as escadas a fim de contar a Regina o que tinha acontecido. Ele lhe contaria, e ela pensaria no que eles deveriam fazer, como sempre acontecera; ela lhe roubaria a iniciativa, com isto roubando qualquer mísero bálsamo proporcionado pelo ato de fazer qualquer coisa, deixando-o apenas com uma tristeza nauseante e a certeza de que agora seu filho era outra pessoa.

A Chegada da Tempestade

She took the keys to my Cadillac car,
Jumped in my kitty and drove her far.
— Bob Seger

A primeira das grandes tempestades do nordeste daquele inverno chegou a Libertyville na véspera do Natal, abrindo caminho através do terço superior dos Estados Unidos por uma trilha tempestuosa ampla e facilmente previsível. O dia começou com um sol brilhante, com uma temperatura de dois graus centígrados, mas os radialistas matinais já estavam alegremente prevendo uma piora dramática, recomendando com insistência que os ouvintes que ainda não houvessem terminado as compras de última hora o fizessem até o meio da tarde. Aqueles que planejavam viagens às fazendas da família para um Natal à moda antiga eram aconselhados a repensar os planos, caso a viagem não pudesse ser feita em de quatro a seis horas.

— Se você não quiser passar o Dia de Natal no acostamento da I-76, em algum ponto entre Bedford e Carlisle, é melhor sair de casa bem cedo ou até nem sair — aconselhou o locutor da FM-104 a seus ouvintes (a maioria deles estava doidona demais para até mesmo considerar ir a qualquer lugar), e então reiniciou a programação *Christmas Block Party*, com *Santa Claus is Coming to Town* na versão de Springsteen.

Por volta das onze da manhã, quando Dennis Guilder finalmente deixou o Hospital Comunitário de Libertyville (segundo as normas hospitalares, ele só teria permissão de usar as muletas quando de fato estivesse fora do prédio; até então, teria que ser empurrado numa cadeira de rodas por Elaine), o céu começara a ficar coberto de nuvens e havia um halo fantasmagórico em torno do sol. Dennis atravessou o estacionamento cuidadosamente com as muletas, o pai e a mãe amparando-o de cada lado, nervosos, apesar do pátio haver sido escrupulosamente salgado, eliminando o menor traço de neve e gelo. Fez uma pausa ao lado do carro da família, erguendo um pouco o rosto na brisa refrescante. Estar fora do hospital era como uma ressurreição. Dennis achava que poderia ficar ali por horas e ainda não se dar por satisfeito.

Por volta da uma da tarde, a perua da família Cunningham chegou aos limites urbanos de Ligonier, 144 quilômetros a leste de Libertyville. A esta altura, o céu adquirira um sugestivo e uniforme tom de cinza-ardósia e a temperatura caíra 6 graus.

Tinha sido ideia de Arnie que eles não cancelassem a tradicional visita de véspera do Natal à tia Vickey e ao tio Steve, respectivamente irmã e cunhado de Regina. As duas famílias haviam criado um ritual informal de revezamento ao longo dos anos, com Vicky e Steve indo à casa dos Cunningham em alguns anos e os Cunningham indo a Ligonier em outros. A viagem deste ano fora combinada no começo de dezembro. Havia sido cancelada após o que Regina teimosamente chamava "o problema de Arnie", mas no início da semana anterior Arnie passara a insistir incessantemente na viagem.

Por fim, após uma longa conversa telefônica com sua irmã na quarta-feira, Regina cedeu à vontade de Arnie — em especial porque Vicky parecera calma e compreensiva, sem a menor curiosidade sobre o que tinha acontecido. Aquilo era importante para Regina, mais importante talvez do que ela seria capaz de dizer. Nos últimos oito dias, desde que Arnie fora preso em Nova York, ela teve que enfrentar um fluxo aparentemente interminável de curiosidade mórbida mascarada como solidariedade. Conversando com Vicky ao telefone, ela finalmente se descontrolara e chorara. Fora a primeira e única vez, desde a prisão de Arnie, que ela se entregava a um luxo tão amargo. Arnie estava na cama dormindo. Michael, que vinha bebendo demais usando como desculpa "espírito Natalino", tinha ido ao O'Malley's para uma ou duas cervejas com Paul Strickland, outro rejeitado no jogo político da faculdade. Provavelmente aquilo terminaria chegando a seis cervejas, talvez umas oito ou dez. E, se mais tarde ela fosse ao escritório no andar de cima, iria encontrá-lo ereto em sua cadeira atrás da mesa, olhando o escuro, com os olhos secos, mas injetados de sangue. Se tentasse falar com ele, a conversa de Michael seria terrivelmente confusa, e concentrada demais no passado. Ela supunha que o marido estava sofrendo um colapso mental silencioso. Não permitiria a si mesma o mesmo luxo (pois era assim que ela tinha considerado aquilo, em seu estado emocional furioso e sofrido) e, todas as noites, sua mente funcionava a toda, arquitetando planos e esquemas até as três ou quatro da madrugada. Todos aqueles esquemas e pensamentos orientavam-se em uma direção: "Superar isto". As duas únicas abordagens que ela permitia à mente eram deliberadamente vagas. Regina pensava no "problema de Arnie" e em "superar isto".

Entretanto, ao falar com a irmã ao telefone, dias após a prisão do filho, seu controle férreo fraquejara brevemente. Ela chorava no ombro de Vicky, pelo interurbano, e a irmã a confortara com naturalidade, fazendo-a odiar-se por todas as suas alfinetadas baratas contra ela no correr dos anos. Vicky, cuja única filha largara os estudos antes de terminar o ginásio para casar e ser dona de casa, cujo filho único se contentara com uma escola técnica profissionalizante (Nada disso para o filho *dela*! — pensara Regina, com júbilo privado); Vicky, cujo marido vendia... seguros de vida, entre tantas outras coisas estranhas. E Vicky (cada vez mais hilário) vendia potes de plástico. No entanto, tinha sido para Vicky que Regina tivera coragem de chorar, com Vicky é que ela expressara, pelo menos em parte, sua torturada desilusão, sua mágoa e seu terror; sim, e também o terrível *constrangimento* em saber que os outros comentavam e que, durante anos, eles haviam desejado vê-la entregar os pontos — e agora estavam satisfeitos. Era Vicky, talvez sempre tivesse sido Vicky. Regina decidiu então que, se afinal haveria um Natal para eles, naquele ano infeliz, seria na casa de Vicky e Steve, uma residência suburbana e comum, em estilo de rancho, no alegre subúrbio classe média de Ligonier, onde a maioria das pessoas ainda possuía carros americanos e chamava uma ida ao McDonald's de "comer fora".

Mike, é claro, concordaria sem discutir com aquela decisão. Ela não esperaria e nem admitiria nada além disso.

Para Regina Cunningham, os três dias seguintes à notícia de que Arnie estava "com problemas" tinham sido um exercício de autocontrole puro e frio, uma longa luta pela sobrevivência. A sobrevivência dela, a sobrevivência da família, a sobrevivência de Arnie — ele podia não acreditar nisso, mas ela descobrira que não tinha tempo para se importar com o que ele acreditava. O sofrimento de Michael jamais entrara em suas equações; o pensamento de que um poderia confortar o outro jamais lhe passara pela cabeça, nem como especulação. Regina cobriu calmamente a máquina de costura, após Michael descer e lhe dar a notícia. Fez isso, e em seguida foi até o telefone, e começou a trabalhar. As lágrimas que mais tarde derramaria, conversando com a irmã, ainda estavam a mil anos de distância. Passara por Michael como se ele fosse uma peça do mobiliário, e ele a seguira inseguro, como havia feito durante todos os anos do casamento.

Regina telefonou para Tom Sprague, o advogado da família que, ao saber que o problema era criminal apressadamente indicou um colega, Jim Warberg. Ela ligou para Warberg e foi atendida por um serviço de recados que não revelaria o número da residência do advogado. Regina ficou junto ao telefone por um instante, tamborilando os dedos levemente contra os lábios, e depois ligou de novo para o advogado da família. Sprague não queria dar o número de casa do colega, mas acabou cedendo. Quando Regina finalmente desligou, Sprague sentiu-se zonzo, quase atordoado. Regina com força total frequentemente causava essa reação.

Telefonou para Warberg, que disse que não poderia aceitar o caso de jeito nenhum. Regina baixou novamente sua lâmina de escavadeira. Warberg acabou não só aceitando o caso, como também concordou em ir imediatamente para Albany, onde Arnie permanecia detido, para ver o que poderia ser feito. Falando com a voz fraca e espantada de um homem que foi enchido de Novocaína e depois atropelado por um trator, o advogado protestou afirmando que conhecia um homem perfeitamente bom em Albany que poderia se informar melhor. Regina foi inflexível. Warberg foi num avião particular e deu notícias quatro horas mais tarde.

Contou que Arnie estava sendo mantido em Albany por uma acusação em aberto. Seria extraditado para a Pensilvânia no dia seguinte. A ação policial havia sido coordenada pela Pensilvânia e por Nova York, juntamente com três agências federais: a Força-Tarefa Federal de Controle de Drogas, a Receita Federal e o Departamento de Álcool, Tabaco e Armas de Fogo. O alvo principal não era Arnie, peixinho miúdo, mas Will Darnell e quem mais estivesse negociando com ele. Esses indivíduos, segundo informou Warberg, com a suspeita de ligações com o crime organizado e o tráfico desorganizado de drogas no novo Sul, eram os peixes graúdos.

— É ilegal deter alguém por uma acusação em aberto! — replicara Regina prontamente, usando sua vasta reserva de informações originadas em programas de TV sobre crimes.

Warberg, que não se sentia exatamente cheio de alegria por estar onde estava, considerando que tinha planejado uma noite tranquila em casa, lendo um livro, respondeu bruscamente:

— Em seu lugar, eu estaria de joelhos, agradecendo a Deus que seja só isso que eles estão fazendo! O garoto foi apanhado com a mala do carro cheia de cigarros sem selo e, se eu os pressionar muito, ficarão muito felizes em acusá-lo formalmente, Sra. Cunningham. Se quer um conselho, a senhora e seu marido deveriam vir a Albany. Rapidamente.

— Se não me engano, disse que ele seria extraditado amanhã...

— Oh, sim, ficou tudo resolvido. Se vamos jogar duro com esses sujeitos, devemos ficar felizes porque o jogo vai acontecer no nosso campo. A extradição não é o problema aqui.

— O que é então?

— Esses caras querem brincar de derrubar as peças do dominó. Eles querem jogar seu filho contra Will Darnell. Arnold não está falando. Quero que vocês dois venham para cá e o convençam de que falar é a melhor coisa para ele.

— É mesmo? — perguntou ela, hesitante.

— Diabo, é claro! — vociferou Warberg ao telefone. — Eles não querem botar seu filho na cadeia. Arnold é menor, filho de uma boa família, sem qualquer antecedente criminal, nem mesmo um registro escolar de problemas disciplinares. Ele pode sair disto sem nem precisar ver um juiz. Mas ele tem que falar.

Assim, eles foram para Albany, e Regina foi conduzida por um curto e estreito corredor de ladrilhos brancos, iluminado por fortes lâmpadas enfiadas em pequenas cavidades no teto e cobertas por uma grade de arame. O lugar cheirava vagamente a desinfetante e urina. Regina procurou convencer-se de que seu *filho* estava preso ali, seu *filho*, mas admitir isso foi bem difícil. Aquilo não parecia real. A possibilidade de tudo aquilo ser uma alucinação parecia muito mais provável.

Quando viu Arnie, essa possibilidade desapareceu rapidamente. A armadura protetora do choque também desapareceu e ela sentiu um medo frio e avassalador. Foi nesse momento que primeiro agarrou-se à ideia de "superar isto", da mesma maneira como um afogado se agarra ao salva-vidas. Aquele era Arnie, era o seu filho, não em uma cela de prisão (foi a única coisa que a pouparam de ver, mas ela ficava grata até pelos pequenos favores), mas em um pequeno aposento quadrado, cujo único mobiliário eram duas cadeiras e uma mesa marcada por queimaduras de cigarros.

Arnie a encarara fixamente e seu rosto parecia terrivelmente descarnado, tal qual uma caveira. Ele tinha ido ao barbeiro apenas uma semana antes e cortara o cabelo surpreendentemente curto (após anos usando-o comprido, imitando Dennis), mas agora a luz do teto brilhava com crueza sobre o que sobrara, fazendo-o parecer momentaneamente calvo, como se lhe tivessem raspado a cabeça para abrir-lhe a boca.

— Arnie! — disse Regina, e foi até ele. Até a metade do caminho. Arnie desviou os olhos, comprimindo os lábios, e ela parou. Uma mulher mais fraca teria se desfeito em lágrimas, mas Regina era de outra cepa. Deixou que o frio voltasse, e fizesse o que queria com ela. O frio era tudo o que poderia ajudar agora.

Em vez de abraçá-lo — algo que Arnie evidentemente não desejava —, sentou-se e disse a ele o que tinha de ser feito. Arnie recusou-se. Regina lhe ordenou que falasse com a polícia. Ele se recusou de novo. Ela argumentou. Arnie recusou-se. Ela fez um discurso bombástico. Ele se recusou. Ela suplicou. Ele se recusou. Finalmente ela se limitou a ficar ali sentada, apática, com uma dor de cabeça latejando nas têmporas. Perguntou a ele por que preferia ficar calado. Arnie recusou-se a explicar.

— Pensei que você fosse inteligente! — bradou ela finalmente. Estava quase louca de frustração; a coisa que ela mais odiava era não conseguir fazer a própria vontade quando queria absolutamente fazê-la, *precisava* fazê-la. De fato, isso nunca lhe acontecera desde que saíra de casa. Até agora. Era insultante ser derrotada tão calma e despreocupadamente por aquele menino que, um dia, mamara em seus seios. — Pensei que você fosse inteligente, mas vejo que é um burro! Você... é um babaca! Eles vão botar você numa cela! Quer ir para cadeia no lugar desse Darnell? É isto o que você quer? Ele vai rir de você. *Vai rir* de você!

Regina não podia imaginar nada pior, e o aparente desinteresse do filho quanto a alguém rir ou não dele a deixou ainda mais enfurecida. Levantou-se da cadeira e afastou os cabelos de sobre a testa e os olhos, no gesto inconsciente de alguém que se dispõe a lutar. Respirava rapidamente e tinha o rosto corado. Para Arnie, ela pareceu tanto mais jovem quanto muito mais velha do que ele jamais vira.

— Não estou fazendo isso por Darnell — disse ele tranquilo — e também não vou para a prisão.

— Quem é você, Oliver Wendell Holmes? — replicou ela ferozmente, embora houvesse certa dose de alívio em sua fúria. Pelo menos, Arnie dizia *alguma coisa.* — Eles pegaram você no carro dele lotado de cigarros no porta-malas! Cigarros ilegais!

Arnie respondeu com a mesma tranquilidade:

— Os cigarros não estavam no porta-malas. Estavam num compartimento embaixo do porta-malas. Um compartimento secreto. E aquele era o carro do Will. Will me mandou pegar o carro.

Regina olhou para ele.

— Está me dizendo que não sabia que eles estavam lá?

Arnie a fitou com uma expressão que ela simplesmente não conseguia aceitar, que era tão estranha ao rosto dele — era desprezo. *Menino de ouro, eu tenho um menino de ouro,* ela pensou alucinadamente.

— Eu sabia e Will também, mas eles precisam provar isso, não precisam?

Ela conseguiu apenas olhar para ele, admirada.

— E se essa história recair sobre mim, vou receber suspensão de sentença — disse Arnie.

— Arnie! — exclamou ela, por fim. — Você não está pensando direito. Talvez seu pai...

— Eu estou — cortou Arnie. — Estou pensando direito. Não sei o que você está fazendo, mas eu estou pensando bem direito.

Ao falar, Arnie a encarou e seus olhos cinzentos estavam tão horrivelmente vazios que Regina não aguentou mais e saiu dali. Na pequena sala verde da recepção, ela passou cegamente pelo marido, sentado em um banco com Warberg.

— Vá você — disse a ele. — Faça com que ele veja a razão!

Regina continuou andando sem esperar resposta e só parou do lado de fora do prédio, com o frio ar de dezembro colorindo suas bochechas quentes.

Michael entrou na salinha para falar com o filho, mas não teve sorte melhor; quando saiu, tinha apenas a garganta seca e um rosto parecendo dez anos mais velho do que antes.

No motel, Regina contou a Warberg o que Arnie tinha dito, e perguntou se havia alguma possibilidade de ele estar certo.

Warberg parecia pensativo.

— Sim, é uma defesa possível — afirmou —, mas seria muito mais possível se Arnie fosse o primeiro dominó da fila. E ele não é. Há um vendedor de carros usados aqui em Albany chamado Henry Buck. Ele era o receptor. Também foi preso.

— E o que ele disse? — perguntou Michael.

— Não tenho como saber. Quando tentei falar com o advogado dele, ele se recusou. Acho isso um mau sinal. Se Buck falar, acusará Arnie. Aposto a minha casa e o terreno que Buck pode testemunhar que seu filho sabia da existência daquele compartimento secreto... e isso é ruim.

Warberg olhou fixamente para eles.

— Sabe, o que seu filho lhe disse é só uma meia esperteza, Sra. Cunningham. Vou falar com ele amanhã, antes de ele ser transferido para a Pensilvânia. Espero fazê-lo ver que, nisto tudo, há uma possibilidade de que isso tudo recaia em seus ombros.

Os primeiros flocos de neve começaram a cair girando do céu carregado enquanto eles viraram na rua de Steve e Vicky. *Será que ainda está nevando em Libertyville?*, Arnie se perguntou e tocou as chaves no chaveiro de couro, dentro do bolso. Provavelmente estava.

Christine continuava na Garagem de Darnell, apreendida. Aquilo era bom. Pelo menos estava fora do mau tempo. Ele a pegaria de novo. Na hora certa.

A semana anterior parecia um pesadelo borrado. Seus pais, discutindo com ele na saleta branca, pareciam possuir os rostos desconhecidos de estranhos: eram cabeças falando em língua estrangeira. O advogado que haviam contratado — Warley, Warmly ou qualquer coisa

— insistiu em falar de algo que chamava de teoria do dominó, bem como sobre a necessidade de cair fora do "prédio condenado antes que tudo caia sobre sua cabeça, garoto — há dois Estados e três agências federais trazendo as bolas de demolição".

Arnie, no entanto, estava mais preocupado com Christine.

Parecia-lhe cada vez mais claro que Roland D. LeBay estava com ele ou pairando em algum lugar próximo — talvez estivesse se solidificando dentro dele. A ideia não o assustou, ela o confortou. Mas ele tinha que tomar cuidado. Não com Junkins; Arnie sentia que Junkins tinha apenas suspeitas, e todas seguiam direções erradas, irradiando a partir de Christine em vez de convergirem para ela.

Mas Darnell... podia haver problemas com Will. Sim, problemas de verdade.

Naquela primeira noite em Albany, depois que seus pais voltaram ao motel, Arnie fora levado para uma cela onde adormecera com surpreendente facilidade e rapidez. Então tivera um sonho — não realmente um pesadelo, mas algo que pareceu terrivelmente inquietante. Acordou atento no meio da noite, com o corpo banhado de suor.

Ele sonhara que Christine fora reduzida, em escala, a um pequenino Plymouth 58, não maior do que a mão de um homem. Estava numa pista de automodelismo cercada por um cenário em escala espantosamente perfeito — havia uma rua de plástico que podia ser Basin Drive e uma outra que podia ser a JFK, onde Moochie Welch havia sido assassinado. Um pequeno prédio, que parecia exatamente o Colégio Libertyville. E casas de plástico, árvores de papel...

... e um gigantesco, grotesco Will Darnell estava nos controles que ditavam o quão rápido ou devagar o pequenino Fury rodava por tudo aquilo. Sua respiração sibilava ao entrar e sair dos pulmões danificados com um som de vendaval.

Você não quer abrir a boca, guri, disse Will. Ele se erguia sobre aquele mundo em escala reduzida, como o Incrível Homem Colossal. *Você não quer se meter comigo porque eu estou nos comandos. Eu posso fazer isto...*

E lentamente Will começou a girar o botão de controle em direção à palavra RÁPIDO.

Não! Arnie tentou gritar. *Não, não faça isso, por favor! Eu a amo! Por favor, você vai matá-la!*

Na pista, a diminuta Christine corria pela Libertyville em miniatura, cada vez mais depressa, a traseira rabeando nas curvas, enquanto ela chiava no ponto mais extremo da força centrífuga, aquele mistério em forma côncava. Agora ela se tornara apenas um borrão de branco-sobre-vermelho, o motor emitindo um agudo e furioso zumbido.

Por favor!, gritou Arnie. *Por favooooor!*

Finalmente, Will começou a girar o controle de volta, parecendo soturnamente satisfeito. O carrinho ia diminuindo a velocidade.

Se começar a ter ideias, basta lembrar de onde está o seu carro, guri. Fique de bico calado, e ambos viveremos para ver outro dia. Já estive em apuros piores do que esse...

Arnie estendera o braço para apanhar o carrinho, libertá-lo daquela pista de corrida. O Will do sonho empurrara sua mão.

De quem é o saco, guri?

Will, por favor...

Quero ouvir o que vai dizer.

O saco é meu.

Não se esqueça disso, guri.

Arnie despertara com isso nos ouvidos. Naquela noite, não houve mais sono para ele.

Seria tão improvável assim que Will soubesse... bem, que soubesse alguma coisa sobre Christine? Não. Ele via muita coisa por aquela parede envidraçada, mas sabia ficar de boca fechada — pelo menos até chegar a hora certa de abri-la. Poderia saber o que Junkins ignorava, que a regeneração de Christine em novembro não havia sido apenas estranha, como totalmente impossível. Ele saberia que muitos dos consertos jamais foram feitos, pelo menos não por Arnie.

O que mais Will saberia?

Com um frio rastejante que subiu pelas pernas até a raiz do estômago, Arnie finalmente entendeu que Will poderia ter estado na garagem na noite em que Repperton e os outros morreram. De fato, isso era mais do que possível. Era *provável.* Jimmy Sykes não regulava bem da cabeça e Will não confiaria nele sozinho na garagem.

Você não quer abrir a boca. Você não quer se meter comigo, porque eu posso fazer isso...

Entretanto, mesmo supondo que Will sabia, quem iria acreditar nele? Era muito tarde agora para querer se iludir, e Arnie não poderia mais se afastar daquele pensamento impensável... e nem queria mais fazê-lo. Quem acreditaria em Will se ele resolvesse contar a alguém que, às vezes, Christine dirigia a si mesma? Que ela saíra sozinha na noite em que Moochie Welch morreu e na outra em que aqueles moleques morreram? A polícia acreditaria nisso? Eles iriam rir até ter um derrame, isso sim. E Junkins? Estava esquentando, mas Arnie não acreditava que ele fosse capaz de aceitar essa história, mesmo querendo. Arnie tinha visto os olhos dele. Então mesmo que Will soubesse, de que lhe adiantaria tal conhecimento?

Então, com crescente horror, Arnie compreendeu que não importava. Will estaria livre sob fiança no dia seguinte ou no outro. Então Christine seria sua refém. Ele poderia incendiá-la — já incendiara inúmeros carros nos velhos tempos, como Arnie bem sabia, de tanto ficar sentado no escritório dele ouvindo velhas histórias — e depois que fosse incendiada, fosse apenas uma carcaça carbonizada e inútil, havia o compactador nos fundos, atrás da garagem. A massa queimada de Christine seguiria pela esteira rolante e se transformaria em um cubo de metal comprimido.

Os tiras lacraram a garagem.

Bem, isso não adiantava muito. Will Darnell era uma raposa bem velha, estaria preparado para qualquer contingência. Se ele quisesse entrar lá e incendiar Christine, ele o faria... embora fosse muito mais provável, Arnie pensou, que contratasse um especialista em seguros para fazer o serviço — um sujeito que atiraria alguns punhados de álcool em gel dentro do carro e depois jogaria um fósforo.

Arnie podia visualizar as chamas crescendo. Podia sentir o cheiro do estofamento carbonizado.

Ficou deitado no beliche da cela, com a boca seca e o coração batendo descompassado no peito.

Você não quer abrir a boca. Você não quer se meter comigo...

Claro, se Will tentasse algo e se descuidasse — se sua concentração falhasse, por apenas um momento —, Christine o pegaria. Mas de alguma forma Arnie não achava que Will se descuidaria.

No dia seguinte, ele foi levado de volta à Pensilvânia, acusado, e depois saiu, pagando uma fiança simbólica. Haveria uma audiência preliminar em janeiro e já se falava em um júri principal. O caso do contrabando era matéria de primeira página em todo o Estado, embora Arnie fosse identificado apenas como "um jovem" cujo nome "era mantido em sigilo pelo Estado e pelas autoridades federais, dada sua condição de menor".

De qualquer modo, o nome de Arnie era do conhecimento geral em Libertyville. Apesar da recente expansão em subúrbios de drive-ins, cadeias de lanchonetes e boliches, Libertyville continuava sendo uma cidade universitária, onde todos sabiam da vida de todos. Aquelas pessoas, em sua maioria associadas à Universidade Horlicks, sabiam quem andara dirigindo para Will Darnell e quem havia sido preso após cruzar a divisa com o Estado de Nova York em um carro com o porta-malas entulhado de cigarros contrabandeados. Era esse o pesadelo de Regina.

Arnie foi para casa sob a custódia dos pais — paga a fiança de mil dólares — após uma breve permanência na prisão. Na verdade, aquilo não passava de uma grande porra de jogo de Banco Imobiliário. Seus pais tinham aparecido com o cartão de Saída Livre da Prisão. Como se esperava.

— Por que está sorrindo, Arnie? — perguntou Regina. Michael dirigia a perua a uma velocidade de pedestre, procurando a casa de campo de Steve e Vicky, através dos redemoinhos da neve.

— Eu estava sorrindo?

— Sim — disse ela, e tocou o cabelo dele.

— Sinceramente não me lembro — respondeu ele, de forma tão apática que Regina afastou a mão.

Eles voltaram para casa no domingo e seus pais o deixaram sozinho, talvez porque eles não sabiam como conversar com ele, ou porque estavam absolutamente desapontados com o filho... ou talvez fosse uma combinação das duas coisas. Arnie estava pouco se lixando para isso, com sinceridade. Sentia-se desgastado e exausto, um espectro do que era antes. Sua mãe tinha se deitado e dormira a tarde inteira, após tirar o telefone do gancho. O pai se ocupava sem muito rumo na oficina, ligando a plaina elétrica periodicamente e depois desligando.

Arnie ficou na sala de estar, vendo uma rodada dupla da semifinal do futebol americano, sem saber quem estava jogando e sem se importar, satisfeito em ver os jogadores correndo de um lado para outro, primeiro sob o brilhante e quente sol californiano, depois em numa mistura de chuva e granizo que transformara o campo em lama remexida e apagara as linhas.

Por volta de seis da tarde, ele cochilou.

E sonhou.

Ele sonhou de novo naquela noite e na seguinte, na cama em que dormia desde pequeno, o olmo lá fora lançando sua sombra familiar (um esqueleto a cada inverno que ganhava um corpo novo e milagroso a cada maio). Não eram sonhos como aquele do gigantesco Will se inclinando sobre a pista de automodelismo. Só conseguia recordá-los por alguns momentos depois de acordar. Talvez isso fosse melhor. Uma figura à beira da estrada; um dedo descarnado tocando uma palma putrefata numa paródia lunática de instruções; uma alarmante sensação de liberdade e... fuga? Sim, fuga. Nada mais, exceto...

Sim, ele fugia daqueles sonhos e retornava à realidade com uma imagem que se repetia: estava ao volante de Christine, dirigindo lentamente, através de uma terrível nevasca. A neve era tão espessa que literalmente não enxergava nada além do capô. O vento não era um uivo, era um som mais grave e sinistro, um rugido baixo. Então a imagem mudava. A neve deixava de ser neve, era papel picado caindo. O rugido do vento era o rugido de uma enorme multidão alinhada nos dois lados da Quinta Avenida. Todos o aplaudiam. Aplaudiam Christine. Aplaudiam porque ele e Christine tinham... tinham...

Escapado.

Cada vez que esse sonho confuso recuava, ele pensava: *Quando isto terminar, eu vou embora. Vou embora, com toda a certeza. Vou rodar até o México.* E o México, quando ele imaginava seu sol inalterável e sua quietude rural, parecia mais real do que os sonhos.

Pouco depois de acordar do último desses sonhos, veio-lhe a ideia de passar o Natal com tia Vicky e tio Steve, exatamente como nos velhos tempos. Acordara com essa ideia e ela se firmara em sua cabeça com persistência peculiar. Parecia ser uma ideia muito boa, importantíssima. Sair de Libertyville, antes...

Bem, antes do Natal. O que mais poderia ser?

Assim, começou a falar nisso com os pais, sendo ainda mais particularmente insistente com Regina. Na quarta-feira, ela entregou os pontos repentinamente e concordou. Arnie sabia que ela falara com a irmã, e Vicky não tinha sido mandona, portanto estava tudo certo.

Agora, na véspera do Natal, Arnie sentia que *tudo* logo estaria absolutamente perfeito.

— Lá está, Mike — disse Regina —, e você ia passar direto pela casa, como sempre faz todas as vezes que viemos aqui.

Michael soltou um grunhido e virou na entrada de carros.

— Eu já tinha visto — respondeu, no tom perpetuamente defensivo que sempre parecia usar com a esposa.

Ele é um burro, pensou Arnie. *Ela fala com ele como a um burro, o comanda como a um burro e ele zurra como um burro.*

— Você está sorrindo de novo — disse Regina.

— Estava só pensando no quanto eu amo vocês dois — respondeu Arnie.

Michael olhou para ele, surpreso e comovido; nos olhos de sua mãe surgiu um brilho suave que poderia ter sido provocado por lágrimas.

Eles realmente acreditavam.

Os bostas.

Por volta das três da tarde daquela véspera de Natal, a neve ainda caía em rajadas isoladas, apesar de essas rajadas estarem começando a se misturar umas nas outras. Segundo os meteorologistas, o atraso na chegada da tempestade não era um bom sinal. Ela tinha se compactado e ficado ainda mais violenta. As previsões de possíveis acúmulos tinham passado de 30 a 45 centímetros, com fortes desvios nos ventos mais fortes.

Leigh Cabot estava na sala de visitas da sua casa, diante de uma pequena árvore de Natal natural em que já começavam a soltar as folhas (naquela casa, ela era a voz do tradicionalismo e, durante quatro anos, havia vencido a vontade do pai, que preferia uma árvore artificial, bem como a da mãe, que optava por um ganso ou galinha assada na época dos feriados, em vez do peru tradicional do Dia de Ação de Graças).

Leigh estava sozinha em casa. Seus pais tinham ido visitar os Stewart para drinques de véspera de Natal. O Sr. Stewart era o novo chefe do pai dela e os dois se davam bem. Aquela era uma amizade que a Sra. Cabot estava ansiosa em promover. Nos últimos dez anos, eles tinham se mudado seis vezes, começando tudo de novo e, dentre todos os lugares onde tinham morado, sua mãe gostara mais de Libertyville. Queria continuar ali, e a amizade do marido com o novo chefe poderia contribuir bastante para realizar esse desejo.

Completamente sozinha e ainda virgem, ela pensou. Era uma ideia totalmente idiota, mas de qualquer modo Leigh se levantou de repente, como se tivesse sido espetada. Foi à cozinha, consciente demais dos pequeninos ruídos mecânicos daquele país das maravilhas de Fórmica: relógio elétrico, o forno onde estava sendo assado um presunto *(desligar às cinco se eles ainda não tiverem voltado,* lembrou), um baque frio do congelador da Frigidaire indicando que mais um cubo de gelo tinha sido fabricado.

Abriu a geladeira, viu uma embalagem de seis Cocas ao lado da cerveja de seu pai e pensou: *Afaste-se de mim, Satanás!* Mesmo assim, ela apanhou uma lata. Pouco importava se lhe estragasse a pele. Agora não ia mais sair com ninguém. E daí, se aparecessem espinhas?

A casa vazia a deixava apreensiva. Isso jamais acontecera antes; Leigh sempre se sentira satisfeita e absurdamente competente quando seus pais a deixavam só — um resquício da infância. A casa sempre lhe parecera confortadora, mas agora os sons da cozinha, o uivo do vento aumentando lá fora, até mesmo o raspar dos chinelos no linóleo — todos aqueles sons pareciam sinistros, até assustadores. Se as coisas tivessem acontecido de maneira diferente, Arnie poderia estar ali com ela. Seus pais, especialmente sua mãe, tinham gostado dele. No começo. Agora, naturalmente, depois do que tinha acontecido, sem dúvida sua mãe até lhe lavaria a boca com sabão se soubesse que estivera pensando nele. No entanto, ela *pensava* nele. Pensava nele quase o tempo todo. Perguntando-se por que Arnie mudara. Perguntando-se como ele estaria aceitando os fatos. Perguntando-se se ele estaria legal.

O vento aumentou de tom até uivar, em seguida diminuindo um pouco, fazendo Leigh se lembrar — sem qualquer motivo, naturalmente — do motor de um carro, acelerando e depois desacelerando.

Não vai voltar da Curva do Homem Morto, sussurrou sua mente, de modo estranho. Então, sem o menor motivo (lógico) ela foi até a pia e despejou a Coca no ralo, se perguntando se iria chorar, vomitar ou o quê.

Leigh percebeu com surpresa crescente que se encontrava num estado de quase terror.

Sem o menor motivo.

Lógico.

Afinal, seus pais haviam deixado o carro na garagem (carros, estava com carros no cérebro). Não gostava de pensar no pai tentando dirigir pelo caminho de volta para casa vindo dos Stewart, meio embriagado pelos três ou quatro martínis (só que eles sempre chamavam de martúnis, com a típica cafonice dos adultos). Eram apenas três quarteirões de distância e eles dois tinham saído bem agasalhados e risonhos, como duas crianças grandes se preparando para fazer um boneco de neve. A caminhada de volta os tornaria sóbrios. Seria bom para ambos. Seria bom se...

O vento aumentou de novo — acelerando na beirada do telhado e depois reduzindo — e, subitamente, Leigh viu os pais embriagados caminhando pela rua, entre nuvens de neve solta, um amparando o outro para que não caíssem de bunda, rindo muito. Papai talvez beliscasse mamãe através das calças de neve. A maneira como ele às vezes a beliscava, quando ficava um pouco tonto de bebida, era algo que sempre deixara Leigh irritada, porque parecia um ato juvenil demais para ser praticado por um adulto formado. Naturalmente, ela os amava. O amor era parte da irritação, e a exasperação ocasional dela com eles constituía uma grande parte do amor que lhes dedicava.

Os dois estariam caminhando juntos, através de uma neve tão espessa como fumaça, e então dois enormes olhos verdes se abririam na brancura atrás deles, parecendo flutuar... olhos que se assemelhavam terrivelmente aos círculos dos instrumentos do painel de um carro, os mesmos que vira quando quase morrera engasgada... e aqueles olhos iam crescendo... perseguindo seus indefesos, risonhos e embriagados pais.

Leigh respirou bruscamente e voltou à sala. Foi até o telefone, quase o tocou, mas então afastou-se e retornou à janela, de onde ficou olhando para a brancura, os cotovelos apoiados nas palmas das mãos.

O que ela esteve a ponto de fazer? Telefonar para eles? Dizer-lhes que estava sozinha em casa, que ficara pensando no velho e de alguma forma sorrateiro carro de Arnie, a namorada de aço dele chamada Christine e, por isso, queria que eles voltassem para casa, porque ela temia por eles e por si mesma? Era isso que ela iria fazer?

Que fofo, Leigh. Muito fofo.

O asfalto negro e raspado da rua desaparecia novamente sob a neve recente, mas lentamente. Só agora tinha começado a nevar com mais intensidade e o vento tentava limpar a rua periodicamente com fortes rajadas que faziam membranas de neve pulverizada girar e subir, se fundindo com o céu cinza-esbranquiçado da tarde tempestuosa, como fantasmas de fumaça que se contorciam lentamente...

Oh, mas o terror estava ali, era real — e ia acontecer alguma coisa. Ela sabia. Leigh tinha ficado chocada ao saber que Arnie fora preso por contrabando, mas essa reação nada significava diante do medo nauseante que sentira ao abrir o jornal dias antes e ver o que acontecera a Buddy Repperton e àqueles outros dois rapazes — um dia em que seu primeiro, louco, terrível e de certa forma exato pensamento, havia sido: *Christine.*

E agora a premonição de mais trabalho de trevas pesava sobre ela, não conseguia libertar-se daquilo, era ridículo, Arnie estivera na Filadélfia, participando de um torneio de xadrez, ela havia perguntado a várias pessoas naquele dia; se aquela situação era simples assim, e não ia mais pensar naquilo, ligaria todos os rádios e a televisão para encher a casa de sons para impedi-la de pensar naquele carro que fedia como uma sepultura, naquele carro que tentara matá-la, assassiná-la...

— Ah, droga! — sussurrou. — Dá pra *parar*?

Os braços, arrepiados e rígidos.

Voltou bruscamente para o telefone, encontrou a lista telefônica e, como Arnie tinha feito uma noite, duas semanas antes, Leigh ligou para o Hospital Comunitário de Libertyville. A voz agradável da recepcionista informou que o Sr. Guilder recebera alta naquela manhã. Leigh agradeceu e desligou.

Ela ficou pensando na sala de estar, olhando para a pequena árvore de Natal, os presentes, o presépio num canto. Em seguida, procurou o número dos Guilder na lista e discou.

— Leigh! — exclamou Dennis, muito satisfeito.

O fone na mão dela parecia frio.

— Dennis, posso ir aí falar com você?

— Hoje? — perguntou ele, surpreso.

Pensamentos confusos passaram pela mente de Leigh. O presunto no forno. Tinha que desligar o forno às cinco horas. Seus pais estariam em casa. Era véspera de Natal. A neve. E... ela não pensou se seria seguro sair naquela noite. Caminhar pelas calçadas, quando qualquer coisa podia estar espreitando na neve. Qualquer coisa mesmo. Não podia, principalmente nessa noite, e isso era o pior. Ela não achava que seria seguro sair de casa nessa noite.

— Leigh?

— Não, esta noite, não — respondeu. — Estou tomando conta da casa para meus pais. Os dois foram a um coquetel.

— Certo, os meus também — disse Dennis alegre. — Eu e minha irmã estamos jogando gamão. Ela está trapaceando.

Uma voz distante:

— Não estou nada.

Em outra época, aquilo seria engraçado. Não agora.

— Depois do Natal. Na terça-feira, talvez. Dia 26. Está bem assim?

— Claro — respondeu ele. — É sobre Arnie, Leigh?

— Não — disse ela, apertando o telefone com tanta força que a mão ficou dormente. Precisou se esforçar para controlar a voz. — Não... não é sobre de Arnie. Quero conversar com você sobre Christine.

Desaba a Tempestade

Well she's a hot-steppin hemi with a four on the floor,
She's a roadrunner engine in a '32 Ford,
Yeah, late at night when I'm dead on the line,
I swear I think of your pretty face when I let her wind.
Well look over yonder, see those city lights?
Come on, little darling, go ramroddin tonight.

— Bruce Springsteen

Por volta das cinco horas daquela tarde a tempestade havia coberto a Pensilvânia; ela berrava sobre o Estado de uma divisa à outra, a garganta uivante cheia de neve. Não houve nenhuma correria final de compras na véspera do Natal, e a maioria dos exaustos e abatidos balconistas e vendedores estavam gratos à Mãe Natureza apesar das horas extras perdidas. Saboreando drinques diante do agradável fogo de lareiras recém-acesas, eles comentavam que já teriam horas extras de sobra na terça-feira, quando começassem as devoluções.

A Mãe Natureza não parecia tão maternal assim naquela tarde, quando um prematuro crepúsculo foi substituído por absoluta escuridão e depois por uma noite de nevasca. Naquela noite, ela foi uma terrível feiticeira pagã, uma megera comandando o vento, e o Natal não significava nada para ela; arrancou todos os enfeites da Câmara do Comércio e os lançou piruetando para o alto do céu escuro; soprou o grande presépio diante do posto policial, atirando-o para um monte de neve, onde as ovelhas, as cabras, a Virgem Maria e o Menino só seriam encontrados no degelo do fim de janeiro. E, como cusparada final no olho da temporada dos feriados, arrancou a árvore de 12 metros à frente do Edifício Municipal de Libertyville, jogando-a através de uma enorme janela para dentro do gabinete da Secretaria de Fazenda da cidade. Muitos disseram mais tarde que o lugar fora bem escolhido.

Às sete da noite, os caminhões limpa-neve não davam mais conta do recado. Às sete e quinze, um ônibus abriu caminho à força pela Main Street, com uma curta fila de carros seguindo sua traseira prateada, como filhotes acompanhando a mãe. Então a rua ficou vazia, exceto por uns poucos carros estacionados obliquamente que já haviam ficado enterrados até os para-choques pela passagem dos veículos limpa-neve. De manhã, a maioria deles estaria sepultada por completo. No cruzamento da Main Street com a Basin Drive, um sinal de trânsito, cuja luz não se dirigia a ninguém em absoluto, dançou e girou suspenso no cabo de força. Houve um súbito zumbido elétrico e a luz apagou. Dois ou três passageiros do último ônibus da cidade atravessavam a rua nesse momento, olharam para cima e andaram mais depressa.

Lá pelas oito da noite, quando os Cabot finalmente chegaram em casa (para o imenso mas não expressado alívio de Leigh), as estações locais de rádio transmitiam um pedido da Polícia Estadual da Pensilvânia para que todos se mantivessem fora das ruas e estradas.

Às nove horas, enquanto Michael, Regina e Arnie Cunningham, munidos de ponche quente com rum (a reconhecida Especialidade da Temporada do tio Steve), estavam reunidos diante da televisão com tio Steve e tia Vicky para ver Alastair Sim em *Um Cântico de Natal,* um trecho de 65 quilômetros da autoestrada expressa Pensilvânia havia sido fechada pela neve. Por volta de meia-noite ela estaria fechada de ponta a ponta.

Às nove e meia, quando os faróis dianteiros de Christine se acenderam subitamente na solitária garagem de Will Darnell, cortando um brilhante arco na escuridão interior, Libertyville estava completamente parada, exceto pelos caminhões limpa-neve ocasionais.

Na garagem silenciosa, o motor de Christine acelerou e reduziu.

Acelerou e reduziu.

No assento dianteiro vazio, o câmbio mudou para DRIVE.

Christine começou a mover-se.

O controle remoto do portão, preso no para-sol, zumbiu brevemente. Seu som baixinho se perdeu no uivo do vento, mas a porta ouviu; chacoalhou obedientemente para cima nos trilhos. A neve foi soprada para o interior e rodopiou com o vento.

Christine saiu da garagem, fantasmagórica em meio à neve. Dobrou à direita e desceu a rua, seus pneus cortando fundo a neve, com firmeza e precisão, sem patinar, derrapar ou vacilar.

Uma luz de seta se acendeu — um olho âmbar que piscava na neve. Ela dobrou para a esquerda, em direção à estrada JFK.

Don Vandenberg estava sentado atrás da mesa, no escritório do posto de gasolina do pai. Tinha os pés e o pinto erguidos. Ele lia um dos livros pornográficos do pai, um volume profundamente incisivo e intelectualmente provocante intitulado *Pammie Topa-Tudo.* Pammie já tinha dado para todo mundo, menos para o leiteiro e o cachorro, e o leiteiro vinha subindo a rua e o cachorro estava deitado aos pés dela, quando a campainha tocou indicando um freguês.

Don ergueu os olhos, impaciente. Telefonara para seu pai às seis, quatro horas atrás, perguntando se não seria melhor fechar o posto — não haveria movimento suficiente naquela noite para pagar a eletricidade consumida pelo letreiro. O pai dele, sentado em casa feliz e quentinho e seguramente embriagado, mandara Don manter o posto aberto até meia-noite. Se algum dia houve um Scrooge, pensara Don ressentido ao bater com o telefone no gancho, esse era seu velho.

O simples fato era que Don não gostava mais de ficar ali sozinho durante a noite. Algum tempo atrás — e não era tanto tempo assim —, ele teria companhia à vontade. Buddy estaria lá, e Buddy era como um ímã, atraindo os outros com sua bebida, sua cocaína ocasional, mas acima de tudo pela simples força de sua personalidade. Agora, no entanto, todos se tinham ido. Todos eles.

Havia vezes, no entanto, que Don tinha a impressão de que eles não se foram. Por vezes (quando estava sozinho, como naquela noite), tinha a impressão de que poderia erguer os olhos e vê-los sentados ali: Richie Trelawney de um lado, Moochie Welch do outro e Buddy entre eles, com uma garrafa de Texas Driver na mão e um baseado atrás da orelha. Horrivelmente pálidos, todos os três parecendo vampiros, tinham olhos vidrados como os de um peixe morto. Então Buddy erguia a garrafa e sussurrava: *Tome um gole, seu filho da mãe — logo estará morto, como nós.*

Algumas vezes essas fantasias eram reais o suficiente para deixá-lo com a boca seca e as mãos trêmulas.

E Don sabia perfeitamente o porquê. Eles nunca deveriam ter arrebentado o carro do Cara de Boceta naquela noite. Cada um dos caras que participaram da brincadeira tivera uma morte horrível. Todos eles, quer dizer, exceto ele próprio e Sandy Galton, mas Sandy tinha entrado no velho e estropiado Mustang e desaparecido. Durante aqueles longos turnos da noite, Don frequentemente pensava que gostaria de fazer o mesmo.

Lá fora, o freguês tocou a buzina.

Don bateu com o livro em cima da mesa, perto da máquina de cartões de crédito sebosa. Depois lutou para vestir o casaco, tentando ver o carro e se perguntando quem seria louco o bastante para se aventurar na rua debaixo de uma tempestade daquelas. Devido à neve levantada pelo vento, era impossível saber alguma coisa sobre o carro ou o motorista; Don não conseguiu ver nada claramente, exceto os faróis e o formato da carroceria, que era comprida demais para um carro novo.

Algum dia, ele pensou, enfiando as luvas e dando um relutante adeus à ereção, seu pai instalaria bombas automáticas e toda aquela merda iria acabar. Se havia pessoas loucas o bastante para sair de casa em noites como aquela, que bombeassem sua própria gasolina.

A porta quase foi arrancada de sua mão. Precisou segurá-la com todas as forças para que não escapasse e batesse de volta na lateral de concreto do prédio, e talvez estilhaçasse a vidraça; ele quase caiu sentado, como recompensa. Apesar do uivo persistente do vento (que estivera tentando não ouvir), Don havia subestimado inteiramente a força da tempestade. A própria profundidade da neve — mais que 20 centímetros — o ajudou a ficar de pé. *Essa porra de carro deve estar com pneus de neve,* pensou ressentido. *Se o cara me vier com cartão de crédito, eu vou rachar a espinha dele.*

Abriu caminho pela neve, aproximando-se do primeiro conjunto de bombas. O escrotinho tinha parado no conjunto mais longe. Óbvio. Don tentou erguer os olhos uma vez, mas o vento lhe jogou neve no rosto num golpe ardido, e ele baixou a cabeça depressa, deixando que o topo do capuz do casaco recebesse o impacto maior.

Passou pela frente do carro, banhado por um momento pela luz brilhante, mas fria, dos faróis dianteiros duplos. Caminhando com dificuldade, chegou ao lado do motorista. As luzes fluorescentes da ilha onde ficava a bomba deixavam o carro com um espalhafatoso branco-sobre-púrpura, tom de vinho tinto. As bochechas de Don já estavam dormentes. *Se o cara quiser um dólar de gasolina e me pedir para checar o óleo, vou dizer pra ele enfiar no rabo,* pensou e levantou a cabeça para as ferroadas da neve, quando o vidro da janela foi baixado.

— Em que posso a... — começou ele, e a palavra *ajudar* se tornou um grito agudo e impotente: — *aaaaaaahhhhhhh*...!

Inclinando-se para fora da janela, a menos de 15 centímetros do rosto de Don, estava um cadáver putrefato. Seus olhos eram enormes órbitas vazias, os lábios mumificados estavam repuxados para trás, sobre alguns poucos dentes amarelados. Uma das mãos jazia esbranquiçada sobre o volante. A outra, estalando horrivelmente, estendia-se para tocá-lo.

Don cambaleou para trás, seu coração era um motor desenfreado no peito, o terror que sentia era uma monstruosa rocha quente na garganta. A coisa morta acenou para ele, sorrindo, enquanto o motor do carro gritou subitamente ao subir de rotação.

— *Encha o tanque* — sussurrou o cadáver. Apesar do choque e do horror que sentia, Don viu que ele usava os restos esfarrapados e embolorados de um uniforme do Exército. — *Encha o tanque, seu bosta!*

Aqueles dentes de caveira sorriram sob a luz fluorescente. Bem no fundo daquela boca um pedacinho de ouro cintilou.

— *Pegue um drinque para você, babaca* — sussurrou roucamente outra voz, e Buddy Repperton inclinou-se para a frente no banco de trás, estendendo uma garrafa de Texas Driver para Don. Vermes vazaram e se torciam naquele sorriso. Besouros rastejaram no que restava de cabelo. — *Acho que está precisando.*

Don berrou, o som disparando para o alto depois de ser emitido. Deu meia volta e correu através da neve, em grandes passos saltitantes de desenho animado; berrou de novo quando o motor do carro rugiu com a força de um V8. Olhando por sobre o ombro, ele viu que era Christine que estava parada perto das bombas, a Christine de Arnie, que agora se movia, lançando neve em jatos com os pneus traseiros. Aquelas coisas que ele vira haviam desaparecido — o que, de certa forma, ainda era pior. As coisas tinham sumido. O carro se movia sozinho.

Don se virou para a rua e agora escalou o monte de neve formado pelos caminhões limpa-neve e desceu pelo outro lado. Ali, o vento havia varrido o pavimento de tudo, exceto um ocasional montinho de neve. Don escorregou em um deles. Seu pé subiu e ele caiu de costas com um baque surdo.

Um momento depois, a rua era inundada por luz branca. Don rolou sobre si e ergueu o rosto, os olhos forçando loucamente nas órbitas, a tempo de ver os imensos círculos brancos dos faróis de Christine, quando ela irrompeu através do monte de neve e se lançou sobre ele como uma locomotiva.

Assim como a Gália, o município de Libertyville Heights era dividido em três partes. O semicírculo mais próximo da cidade nas colinas baixas, que tinham sido conhecidas como Liberty Lookout até meados do século XIX (uma placa do Bicentenário, na esquina das ruas Rogers e Tacklin, lembrava o fato), era a única área realmente pobre da cidade. Era uma infeliz região superpopulosa, de edifícios e construções de madeira. Varais de roupas espalhados pelos quintais maltratados que, em estações mais temperadas, ficavam cheios de crianças e brinquedos baratos — em muitos casos, tanto as crianças quanto os brinquedos eram bem surrados. Essa vizinhança, outrora de classe média, foi piorando desde que os empregos de guerra secaram em 1945. O declínio avançou lentamente a princípio, e então ganhou velocidade nos anos 60 e início dos 70. Agora o pior ainda estava para chegar, embora ninguém dissesse isso, pelo menos não em público, para não ter risco de ser citado. Agora os negros se mudavam para lá. O fato era comentado, em particular nas melhores partes da cidade, entre churrascos e drinques: os negros, que Deus nos ajude, os negros estão descobrindo Libertyville. A área inclusive *inferior* até já ganhara um nome — não era mais Liberty Lookout, mas *Low Heights*, isto é, as baixas alturas. Era um nome que muitas pessoas consideravam assustadoramente gueto. O editor do *Keystone* tinha sido discretamente informado, por vários de seus anunciantes de peso, que o uso dessa expressão na imprensa, assim a legitimizando, os deixaria muito aborrecidos. E o editor, cuja mãe nunca criara idiotas, jamais a imprimiu.

A Heights Avenue começava na Basin Drive, em Libertyville propriamente dita, para então começar a subir. A avenida cortava pelo meio de Low Heights, e então deixava essa região para trás. A avenida então subia por um cinturão verde, entrando em seguida numa área residencial. Esta parte da cidade era conhecida simplesmente como Heights. Talvez tudo isso pareça um tanto confuso — Heights-isto e Heights-aquilo —, mas os moradores de Libertyville sabiam do que estavam falando. Mencionar Low Heights significava pobreza, do tipo que mantém as aparências ou não. Quando você excluía o adjetivo "Low", queria dizer o oposto direto da pobreza. Era ali que ficavam os belos e antigos casarões, em sua maioria elegantemente recuados da rua, e alguns dos melhores ficavam por trás de espessas sebes de teixo. Os ricos e importantes de Libertyville moravam ali — o dono do jornal, quatro médicos, a rica e amalucada neta do homem que inventara o sistema ejetor de tiro-rápido para pistolas automáticas. A maior parte dos outros moradores era de advogados.

Indo além desta área de respeitável riqueza de cidade pequena, a Heights Avenue passava por uma zona florestal densa demais para ser chamada de cinturão verde. A mata cobria os dois lados da estrada por mais de 5 quilômetros. No ponto mais alto de Heights, a Stanson Road virava para a esquerda e ia morrer no Aterro, com vista para a cidade e o drive-in de Libertyville.

Do outro lado desta montanha baixa (mas também conhecida como Heights) havia uma vizinhança razoavelmente antiga de classe média, onde casas de 40 e 50 anos envelheciam lentamente. Quando esta área começava a transformar-se em zona rural, Heights Avenue passava a ser County Road Nº 2.

Às dez e meia daquela véspera de Natal, um Plymouth 1958, pintado em duas cores, começou a subir pela Heights Avenue, suas luzes abrindo caminho através da densa escuridão entupida de neve. Os residentes veteranos de Heights diriam que nada — exceto talvez um veículo com tração nas quatro rodas — conseguiria subir a Heights Avenue naquela noite, mas o fato é que Christine avançava a constantes 50 quilômetros por hora, os faróis dianteiros sondando o terreno, seus limpadores de para-brisa movendo-se ritmicamente para um lado e para o outro, totalmente vazia por dentro. As marcas frescas dos pneus dela eram as únicas, em lugares que chegavam a quase a 30 centímetros de profundidade. O vento persistente as enchia com rapidez. De vez em quando, seu para-choque dianteiro e o capô explodiam através da crista de um monte de neve acumulada pelo vento, empurrando a neve pulverizada para os lados sem nenhuma dificuldade.

Christine passou sem entrar na bifurcação da Stanson Road que levava até o Aterro, onde Arnie e Leigh tiveram um encontro uma vez. Chegou ao alto de Libertyville Heights e começou a descer pelo outro lado, primeiro em meio aos bosques escuros cortados apenas pela fita branca que assinalava a estrada, depois passando pelas casas suburbanas, com suas aconchegantes luzes acesas na sala de estar e, em alguns casos, exibindo alegres decorações e luzes natalinas. Em uma daquelas casas, um homem jovem que acabara de se fingir de Papai Noel e estava bebendo com a esposa para comemorar, olhou casualmente para fora e viu os faróis que iam passando. Apontou-os para ela.

— Se aquele sujeito passou pelas Heights esta noite — comentou com um sorriso —, deve estar com o demônio no banco do carona.

— Deixe isso para lá — respondeu ela. — Agora que as crianças já foram presenteadas, o que *eu* vou ganhar do Papai Noel?

Ele tornou a sorrir.

— Vamos pensar em alguma coisa — respondeu.

Num ponto mais adiante da rua, quase onde os Heights deixavam de ser os Heights, Will Darnell estava sentado na sala da casa simples de dois andares que lhe pertencia há trinta anos. Usava um surrado e desbotado roupão azul por cima da calça do pijama, a enorme barriga projetando-se como uma lua intumescida. Assistia à conversão final de Ebenezer Scrooge para o lado da bondade e da generosidade, mas não prestava a menor atenção. Sua mente estava novamente peneirando as peças de um quebra-cabeça que se tornava cada vez mais fascinante: Arnie, Welch, Repperton, Christine. Will envelhecera uma década naquela semana que se seguiu à batida policial. Tinha dito àquele tira Mercer que estaria de volta aos negócios, no mesmo lugar, depois de duas semanas. Mas ele tinha suas dúvidas. Parecia-lhe que sua garganta vivia viscosa ultimamente, devido ao sabor do maldito inalador.

Arnie, Welch, Repperton... Christine.

"*Rapaz*!", chamou Scrooge de sua janela, uma caricatura do Espírito do Natal, em sua camisola e touca de dormir. "Aquele belo peru continua exposto na vitrine do açougueiro?"

"Qual?", perguntou o garoto. "Aquele do meu tamanho?"

"Sim, sim", respondeu Scrooge, dando uma risadinha selvagem. Era como se os três espíritos, em vez de salvá-lo, o tivessem enlouquecido. "Aquele do seu tamanho!"

Arnie, Welch, Repperton... LeBay?

Às vezes ele achava que não fora a ação policial que o deixara tão cansado, que o fazia sentir-se exausto e assustado o tempo todo. Não era nem o fato de haverem prendido seu contador de estimação ou porque o pessoal da Receita Federal estivesse metido naquilo e desta vez eles estivessem nessa para valer. Os homens dos impostos não eram a razão pela qual Darnell tinha começado a esquadrinhar a rua, antes de sair de casa pela manhã; o Gabinete do Procurador-Geral do Estado não tinha nada a ver com os olhares súbitos que começara a lançar para trás por sobre o ombro, quando voltava de carro para casa à noite vindo da garagem.

Ele já tinha repassado o que havia visto naquela noite — ou o que julgava ter visto. Vezes e vezes sem conta, tentando convencer-se de que aquilo tinha sido absolutamente irreal... ou absolutamente real. Pela primeira vez em anos, via-se duvidando dos próprios sentidos. E, à medida que o evento recuava no passado, ficava mais fácil acreditar que tinha adormecido e sonhara com tudo aquilo.

Will não via Arnie desde a batida policial e nem tentara telefonar para ele. A princípio, havia pensado em usar seu conhecimento sobre Christine como arma para manter a boca de Arnie fechada, caso ele enfraquecesse e quisesse falar — Deus sabia que o garoto podia contribuir muito para mandar Darnell para a prisão se cooperasse com os tiras. Foi só depois que a polícia apareceu por toda parte que Will percebeu o quanto o garoto sabia, e ele passou por alguns momentos apavorantes de autoavaliação (outra coisa que o aborrecia por ser tão estranha à sua natureza): teriam *todos* eles sabido tanto? Repperton e todos os clones bandidos de Repperton, estendendo-se pelo passado adentro? Poderia ele realmente ter sido tão estúpido?

Não, acabou decidindo. Era apenas Cunningham. Porque Cunningham era diferente. Parecia entender as coisas quase intuitivamente.

Não costumava contar vantagens, beber ou mentir. De uma forma singular, Will se sentia quase paternal em relação a ele — não que ele teria hesitado em se livrar do garoto se começasse a parecer que Arnie iria virar o barco. *Não que eu hesitaria agora,* garantiu a si mesmo.

Na TV, um arranhado Scrooge em preto e branco estava na casa dos Cratchets. O filme chegava ao fim. Aquele bando, todos eles, pareciam insanos, era verdade, mas Scrooge era, sem a menor dúvida, o pior. A expressão de louca alegria em seu olhar não diferia muito daquela de um homem que Will conhecera vinte anos antes, um sujeito chamado Everett Dingle, que saíra da garagem para casa, certa tarde, e assassinara toda a família.

Will acendeu um charuto. Qualquer coisa valia a pena para tirar o gosto do inalador da boca, aquele gosto podre. Ultimamente, respirar parecia mais difícil do que nunca. Os malditos charutos ainda pioravam a situação, mas ele estava velho demais para mudar.

O garoto não tinha falado — pelo menos ainda não. Eles tinham convencido Henry Buck, Will ficara sabendo pelo advogado. Henry, um avô de 63 anos, negaria Cristo três vezes se lhe prometessem retirar as acusações ou uma suspensão da pena em troca. O velho Henry Buck estava vomitando tudo que sabia, o que felizmente não era grande coisa. Estava a par dos fogos de artifício e dos cigarros, mas isso constituía apenas dois picadeiros do que já fora um circo de seis ou sete picadeiros, que abrangia bebidas, carros roubados, armas de fogo com desconto (incluindo algumas metralhadoras vendidas a fanáticos por armas e caçadores homicidas, que queriam ver se elas "realmente dilaceram um cervo, como me contaram"), e antiguidades roubadas da Nova Inglaterra. E, nos últimos dois anos, cocaína. Isso fora um erro; Will agora sabia disso. Aqueles colombianos lá de Miami eram tão loucos como ratos de latrina. Por falar nisto, eles *eram* ratos de latrina. Graças a *Deus,* Arnie não fora preso levando meio quilo de coca.

Bem, os tiras iam ferrá-lo desta vez — o quanto, muito ou pouco, dependia bastante daquele garoto esquisito de 17 anos e, talvez, do carro esquisito dele. As coisas estavam equilibradas tão delicadamente quanto um castelo de cartas — e Will hesitava em fazer ou dizer qualquer coisa, temendo mudar a situação para pior. E sempre havia a possibilidade de que Cunningham risse na cara dele e o chamasse de louco.

Will se levantou, com o charuto preso nas mandíbulas, e desligou o aparelho de televisão. Devia ir para a cama, porém seria bom tomar um *brandy* primeiro. Ele agora vivia cansado, mas o sono custava a chegar.

Virou-se na direção da cozinha... e foi quando a buzina começou a tocar do lado de fora. O som chegou até ele acima do uivo do vento, em buzinadas curtas e imperativas.

Will estacou na porta da cozinha e fechou o roupão em torno da barriga volumosa. Seu rosto ficou atento, concentrado e vivo, subitamente o rosto de um homem muito mais novo. Ficou ali por um momento mais.

Três outras buzinadas bruscas e breves.

Deu meia-volta, tirando o charuto da boca e atravessou lentamente a sala de estar. Uma sensação quase sonhadora de *déjà vu* passou sobre ele como água morna. Misturada a isso havia uma impressão de fatalismo. Sabia que era Christine lá fora, antes mesmo de empurrar a cortina e olhar. Viera buscá-lo, como ele supôs já saber que ela poderia.

O carro estava no início da estradinha de acesso à garagem, pouco mais do que um fantasma dentre as membranas da neve que soprava. Os faróis altos brilhavam em cones que se alargavam e por fim desapareciam dentro da tempestade. Por um momento, Will teve a impressão de que havia alguém ao volante, mas ele piscou de novo e viu que o carro estava vazio. Tão vazio como quando tinha voltado à garagem, naquela noite.

Fom! Fom! Fom-fom!

Era quase como se ela estivesse falando.

O coração de Will bateu forte no peito. Virou-se bruscamente para o telefone. Chegara, afinal, a hora de telefonar para Cunningham. Ligar para ele e dizer-lhe que acorrentasse o demônio de estimação.

Estava quase lá quando ouviu o motor do carro gritar. Era um som semelhante ao guincho estridente de uma mulher que sentia cheiro de traição. Um momento depois houve um forte impacto na neve. Will voltou à janela a tempo de ver o carro dando marcha a ré do enorme monte de neve que fechava o final do acesso à garagem. O capô de Christine estava salpicado de neve e um pouco ondulado. O motor acelerou de novo. As rodas traseiras giravam sobre a neve pulverizada e então ganharam tração. O Plymouth saltou através da rua nevada e acertou o monte de neve novamente. Mais neve explodiu para o alto e esvoaçou ao vento como fumaça de charuto jogada diante de um ventilador.

Jamais conseguirá, pensou Will. *E mesmo que consiga invadir a entrada da garagem... e daí? Está pensando que vou sair para brincar com você?*

Sibilando mais do que nunca, ele voltou até o telefone, achou o número da casa de Cunningham e começou a discá-lo. Seus dedos se atrapalharam, Will errou os números, praguejou, pressionou o gancho, começou outra vez.

Lá fora, o motor de Christine acelerou. Um instante depois houve uma pancada quando ela atingiu o monte de neve pela terceira vez. O vento uivou, e a neve atingiu a grande janela panorâmica como areia seca. Will passou a língua pelos lábios e tentou respirar mais devagar. No entanto, sua garganta estava se fechando; ele podia senti-lo.

O telefone começou a tocar do outro lado da linha. Três vezes. Quatro.

O motor de Christine gritou. Depois o baque forte, quando atingiu os montes de neve que os limpa-neve haviam empilhado nas duas extremidades da entrada semicircular para carros.

Seis toques. Sete. Ninguém em casa.

— Puta merda! — sussurrou Will, e bateu com o telefone no gancho.

Seu rosto estava pálido, as narinas tremulavam, dilatadas como as de um animal farejando o fogo contra o vento. Seu charuto se apagara. Atirou-o no tapete e tateou o bolso do roupão de banho, enquanto quase corria para a janela. Sua mão encontrou a forma reconfortante do inalador e os dedos se fecharam em torno do cabo estilo pistola.

As luzes dos faróis brilharam momentaneamente em seu rosto, quase o cegando, e ele ergueu a mão livre para proteger os olhos. Christine atingiu de novo o banco de neve. Pouco a pouco ia abrindo caminho pela entrada de carros. Will a viu dar ré até a rua e desejou ferozmente que um limpa-neve passasse nesse instante e acertasse em cheio a lateral do carro.

Nenhum limpa-neve apareceu. Christine atacou de novo, o motor uivando, as luzes brilhando sobre o gramado coberto de neve. Acertou o monte, empurrando bancos de neve violentamente para os lados. A dianteira subiu e, por um momento, Will achou que o carro ia passar direto por cima do que restara do monte congelado. Então as rodas traseiras perderam a tração e giraram freneticamente.

Christine deu ré.

Will teve a sensação de que sua garganta tinha se reduzido ao diâmetro de um alfinete. Seus pulmões lutaram pelo ar. Pegou o inalador e usou. A polícia. Tinha que chamar a polícia. Eles viriam logo. O 58 de Cunningham não poderia pegá-lo. Estava seguro em casa. Estava...

Christine avançou de novo, acelerando através da rua, e desta vez, acertou o monte de neve e passou por cima facilmente, com a dianteira primeiro subindo, inundando a fachada da casa de luz, depois caindo de volta. Estava na pista de entrada da garagem. Sim, tudo bem, mas não conseguiria passar disso, ela... aquilo...

Christine nunca reduziu a velocidade. Ainda acelerando, atravessou a entrada semicircular para carros numa tangente, atropelando a neve mais solta e rasa do jardim e rugiu diretamente para a janela panorâmica de onde Will Darnell olhava para fora.

Ele recuou aos tropeções, arquejando forte, e tropeçou na própria poltrona.

Christine atingiu a casa. O janelão panorâmico explodiu, deixando entrar o vento uivante. Os cacos de vidro voaram como flechas mortais, cada um refletindo os faróis do carro. A neve foi soprada para dentro, dançando sobre o tapete em erráticas espirais. Os faróis iluminaram momentaneamente a sala com a claridade artificial de um estúdio de televisão, e então ela recuou, o para-choque dianteiro sendo arrastado, o capô levantado, a grade esmagada em um sorriso cromado e cheio de presas.

Will estava de quatro, lutando penosamente para respirar, o peito subindo e descendo com força. Estava vagamente ciente de que, se não tivesse tropeçado na poltrona e caído, provavelmente teria sido cortado em tiras pelo vidro que voou. O roupão tinha se aberto, esvoaçando atrás dele quando se levantou. O vento que entrava pela janela ergueu o *Guia de TV* na mesinha ao lado da poltrona, e a revistinha voou através da sala até o pé da escada, as páginas se agitando. Will pegou o telefone com as duas mãos e discou 0.

Christine deu ré sobre o próprio trajeto através da neve. Recuou o caminho inteiro até o banco de neve que tinha achatado no início da entrada de carros. Então avançou, acelerando rapidamente e, nesse momento, o capô começou a se desamassar imediatamente, a grade a se regenerar. Ela bateu de novo na parede da casa, abaixo do janelão. Mais vidro voou; a madeira se estilhaçou e rangeu e estalou. O para-brisa de Christine, agora rachado e leitoso, parecia espiar para dentro da casa como um gigantesco olho alienígena.

— Polícia! — pediu Will à telefonista. A voz dele era quase inaudível, era tudo ofegar e sibilar. O roupão esvoaçou ao gélido vento de nevasca que penetrava pela janela arrombada. Ele viu que a parede abaixo da janela estava quase desmoronada. Pedaços arrebentados do forro se ressaltavam como ossos fraturados. O carro não poderia entrar ali, poderia? *Poderia?*

— Por favor, senhor, poderia falar mais alto? — pediu a telefonista. — Parece que a ligação não está muito boa.

Polícia, disse Will, mas agora sua voz nem chegava a sussurro, era apenas um silvo de ar.

Deus do céu, ele estava sufocando, ele estava engasgado; seu peito era uma caixa-forte trancada. Onde estava seu inalador?

— Alô? — chamou a telefonista, indecisa.

Lá estava o inalador, no chão. Will largou o telefone e engatinhou até ele.

Christine atacou de novo, rugindo através do jardim e atingindo a lateral da casa. Desta vez, a parede inteira ruiu, numa explosão de estilhaços de vidro e da forração. Inacreditavelmente, como num pesadelo, o capô esmagado e amassado de Christine estava na sala de estar dele, ela estava *dentro,* Will podia sentir o cheiro de fumaça e do motor quente.

O escapamento de Christine prendeu em alguma coisa e ela deu ré pelo buraco serreado com um rangido de tábuas arrancadas, a dianteira dela era agora uma ruína destroçada, polvilhada de neve e reboco. Mas ela iria atacar de novo em poucos segundos e, desta vez, ela poderia... poderia apenas...

Will agarrou o inalador e correu cegamente para a escada.

Estava apenas na metade dos degraus quando o uivo acelerado do motor voltou e ele se virou para olhar, mais se apoiando no corrimão do que segurando.

A altura da escadaria emprestava uma perspectiva de pesadelo à cena. Ele viu Christine cruzar o jardim coberto de neve, viu o capô ficar tão levantado que a dianteira do carro agora parecia a boca de um imenso crocodilo vermelho e branco. Em seguida o capô se soltou completamente quando ela bateu na casa de novo, a mais de 65 por hora. Christine arrancou o que restava da moldura da janela, atirando mais tábuas estilhaçadas na sala de estar. Os faróis quicaram para o alto ofuscantes e então ela estava *dentro,* ela estava *na casa dele,* deixando um imenso buraco na parede atrás dela com um cabo elétrico caído no tapete como uma negra artéria amputada. Pequenas nuvens do isolamento de fibra de vidro dançavam ao vento frio como dentes de leão.

Will gritou, mas não ouviu o próprio grito em meio ao ensurdecedor rugido do motor de Christine. O silenciador Sears que Arnie colocara nela — uma das poucas coisas que ele *realmente* colocara nela, pensou Will loucamente — pendia na soleira da porta, junto com a maior parte do cano de escapamento.

O Fury rugiu através da sala de estar, derrubando de lado a confortável poltrona de Will, deixando-a caída ali como um pônei morto. O piso sob Christine rangeu de maneira preocupante, e uma parte da mente de Will gritou: *Sim! Afunde! Afunde! Derrube essa coisa maldita na adega! Vamos ver se ela consegue sair de lá*! Esta imagem foi substituída pela de um tigre em um buraco no chão que havia sido escavado e depois camuflado por nativos espertos.

Mas o piso aguentou — pelo menos temporariamente, aguentou.

Christine rugiu até ele através da sala de estar. Em sua esteira, deixava marcas nevadas ziguezagueantes dos pneus sobre o tapete. Atingiu a escada. Will foi atirado para trás, contra a parede. O inalador escapou de sua mão e saltitou pelos degraus, de um em um, até chegar ao primeiro.

Christine deu marcha a ré pela sala, as tábuas rangendo sob seu peso. Sua traseira colidiu com a TV Sony e o tubo de imagem implodiu. Ela tornou a rugir para a frente, batendo na parte lateral da escada novamente, agora estilhaçando as ripas do forro e arrancando reboco. Will pôde sentir toda a estrutura afrouxar-se debaixo dele. Houve uma terrível sensação de estar *inclinado.* Por um momento, Christine estava diretamente sob Will; olhando para baixo, ele viu as entranhas oleosas do compartimento do motor, sentiu o calor que subia dele. Ela tornou a dar ré e Will se apressou em subir a escada, ansiando por ar, agarrando a gorda salsicha que era seu pescoço com os olhos esbugalhados.

Chegou ao topo da escada um instante antes de Christine bater novamente na parede e transformar o centro da escadaria em destroços confusos. Um longo estilhaço de madeira caiu dentro do motor. O ventilador o mastigou e cuspiu fora serragem grossa e pequenas farpas. Toda a casa estava impregnada do cheiro de gasolina e de fumaça do escapamento. Os ouvidos de Will retiniam com o forte trovejar daquela máquina impiedosa.

Christine deu marcha a ré de novo. Agora, seus pneus mastigavam trincheiras esfarrapadas no tapete.

Pelo corredor, pensou Will. *Sótão. Sótão será seguro. Sim, o sót... oh, Deus... oh, Deus... oh, meu DEUS...*

A dor final chegou subitamente, aguda como uma ferroada. Era como se o coração dele tivesse sido perfurado por uma estalactite de gelo. O braço esquerdo travou com a dor. E ainda não conseguia respirar, o peito se movia inutilmente. Ele cambaleou para trás. Um pé dançou sobre o nada e então Will caiu de costas escada abaixo em duas grandes cambalhotas de quebrar os ossos, as pernas voando acima da cabeça, os braços balançando, o roupão azul esvoaçando.

Aterrou numa pilha ao pé dos degraus, e Christine se lançou sobre ele: esmagou-o, deu ré, esmagou-o de novo, quebrou o pesado pilar do corrimão da escada como se fosse um graveto, deu marcha a ré e acertou Will de novo.

De debaixo do assoalho, surgiu o crescente gemido dos suportes rachando e se curvando. Christine fez uma pausa no meio da sala por um momento como se estivesse ouvindo. Dois dos pneus estavam vazios e um terceiro tinha saído do aro pela metade. O lado esquerdo do carro estava amassado para dentro, com grandes áreas carecas e sem pintura.

De repente, Christine passou a marcha a ré. O motor berrou e ela disparou da sala para trás, saindo pelo buraco na lateral da casa de Will Darnell, a traseira caindo vários centímetros até a neve. Os pneus giraram, ganharam tração e a puxaram. Ela deu ré meio capengando até a rua, o motor tossindo e falhando, uma fumaça azul enevoando o ar à volta dela, o óleo pingando e espirrando.

Na estrada, ela virou na direção de Libertyville. A alavanca de câmbio caiu para DRIVE, mas inicialmente a transmissão danificada não quis engatar; quando engatou, Christine rodou lentamente, afastando-se da casa. Atrás dela, na residência de Will, uma enorme barra de luz iluminou a neve revolvida, em um formato que não parecia em nada com o uniforme retângulo iluminado lançado por uma janela. O formato da luz na neve era absurdo e estranho.

Ela avançou lentamente, cambaleando de um lado para outro sobre os pneus furados como uma velha bêbada caminhando num beco. A neve caía densamente, lançada em linhas inclinadas pelo vento.

Um dos faróis, estilhaçado no último ataque destruidor, piscou e acendeu.

Um dos pneus começou a reinflar-se, depois o outro.

As nuvens fedorentas de óleo queimado começaram a diminuir.

O som incerto e engasgado do motor se normalizou.

O capô ausente começou a reaparecer, partindo da base do para-brisa, parecendo estranhamente com um cachecol ou um casaco de lã sendo tricotado por agulhas invisíveis; o metal puro surgindo do nada, cintilando num cinzento de aço, e então escurecendo para vermelho como se estivesse se enchendo de sangue.

As rachaduras do para-brisa começaram a correr no sentido inverso, deixando atrás de si uma superfície de imaculada uniformidade.

Os outros faróis acenderam-se, um após outro; agora Christine se movia rápida e confiante, através da noite tempestuosa, seguindo a lâmina cortante das luzes seguras.

O odômetro girava suavemente ao contrário.

Quarenta e cinco minutos mais tarde, Christine repousava na escuridão da baia vinte, na Garagem Faça-Você-Mesmo do falecido Will Darnell. O vento uivava e gemia pelos montes de sucata nos fundos da garagem, carcaças enferrujadas que talvez possuíssem os próprios fantasmas e as próprias lembranças funestas, enquanto a neve pulverizada redemoinhava por entre os assentos rasgados e esfarrapados e os pisos sem tapetes.

O motor de Christine estalava lentamente, esfriando.

PARTE III

CHRISTINE – CANÇÕES DE MORTE PARA ADOLESCENTES

Leigh Vem Visitar

James Dean in that Mercury '49,
Junior Johnson Bonner through the woods o'Caroline,
Even Burt Reynolds in that black Trans-Am,
All gonna meet down at the Cadillac Ranch.
— Bruce Springsteen

Faltando uns 15 minutos para Leigh chegar, peguei minhas muletas e fui até a poltrona mais próxima da porta, para garantir que ela me ouviria quando eu gritasse para ela entrar. Em seguida, peguei de novo minha revista *Esquire* e voltei a ler um artigo intitulado "O Próximo Vietnã", que fazia parte de um trabalho escolar. Ainda não consegui continuar a lê-lo. Estava nervoso e assustado, e parte disso — grande parte, eu acho — era simples ansiedade. Eu queria vê-la outra vez.

A casa estava vazia. Não muito depois de Leigh telefonar, naquela tempestuosa tarde da véspera de Natal, chamei meu pai de lado e lhe perguntei se não poderia levar mamãe e Elaine a algum lugar na tarde do dia 26.

— Por que não? — concordou ele, cordialmente.

— Obrigado, pai.

— Tudo bem, mas você me deve uma, Dennis.

— Pai!

Ele piscou solenemente.

— Uma mão lava a outra.

— Cara legal — comentei.

— Um verdadeiro príncipe — concordou ele.

Meu pai, que não é bobo, perguntou se aquilo tinha alguma coisa a ver com Arnie.

— Ela é namorada dele, não é?

— Bem — respondi, sem saber muito bem qual era a situação, e pouco à vontade por motivos meus — ela já foi. Não sei a quantas andam agora.

— Problemas?

— Não fiz um bom trabalho de ficar de olho nele, hein?

— É difícil olhar qualquer coisa de uma cama de hospital, Dennis. Vou cuidar para que sua mãe e Ellie estejam fora de casa na tarde de terça-feira. Apenas tome cuidado, está bem?

Desde então eu ponderei o que exatamente ele quis dizer com aquilo: certamente não estaria preocupado com a possibilidade de eu dar uns pegas em Leigh, com uma perna engessada até a coxa e outra meia forma de gesso nas costas. Eu acho que ele simplesmente temia que alguma coisa estivesse terrivelmente errada, considerando que o meu melhor amigo tinha se transformado num estranho de repente — em um estranho solto sob fiança.

Eu certamente achava que alguma coisa estava terrivelmente errada, e isso me assustava pra cacete. O *Keystone* não sai no Natal, mas todas as três emissoras de Pittsburgh afiliadas às grandes redes e também os dois canais independentes deram a história do que tinha acontecido a Will Darnell, além de imagens bizarras e assustadoras da casa dele. O lado que dava para a rua havia sido demolido. Era a única palavra que servia. Aquele lado da casa parecia ter sido atravessado por um tanque Panzer pilotado por algum nazista enlouquecido. A história tinha sido as manchetes da manhã de hoje — SUSPEITA DE ASSASSINATO NA MORTE BIZARRA DE PROVÁVEL CHEFÃO DO CRIME. Isto já era ruim o suficiente, mesmo sem mais uma foto da casa de Will Darnell, com aquele enorme buraco no lado. Mas você tinha que ir para a página três para ler o resto. A outra notícia era menor, porque Will Darnell havia sido um "provável chefão do crime", enquanto Don Vandenberg fora apenas um merdinha fracassado frentista de posto de gasolina.

ATENDENTE DE POSTO DE GASOLINA MORTO EM ATROPELAMENTO E FUGA NA VÉSPERA DE NATAL, dizia a manchete. Seguia-se apenas uma coluna. A história terminava com o Chefe de Polícia de Libertyville teorizando que o motorista provavelmente estaria bêbado ou drogado. Nem ele nem o *Keystone* faziam qualquer tentativa de relacionar as mortes, separadas por quase 15 quilômetros na noite de uma nevasca uivante que interrompera todo o tráfego em Ohio e no oeste da Pensilvânia. Mas eu podia fazer conexões. Não queria fazê-las, mas não podia evitar. E não tinha o meu pai me olhado de um jeito estranho várias vezes naquela manhã? Tinha. Uma ou duas vezes, fiquei com a impressão de que ele ia dizer alguma coisa — não tinha ideia do que lhe responderia, se ele falasse; a morte de Will Darnell, por mais estranha que fosse, não chegava perto de ser tão bizarra quanto as minhas suspeitas. Então ele havia fechado a boca sem falar. Para ser sincero, isso foi um alívio.

A campainha tocou às 2h02.

— Pode entrar! — gritei, levantando-me nas minhas muletas de qualquer maneira.

A porta se abriu e a cabeça de Leigh apareceu.

— Dennis?

— É. Pode entrar.

Ela entrou, parecendo muito bonita em uma parca de esqui vermelha e calças azul-escuras. Puxou para trás o capuz forrado de pele do agasalho.

— Sente-se — disse ela, abrindo o zíper do casaco. — Vamos, imediatamente, é uma ordem! Você parece uma cegonha gigante nessas coisas.

— Continue — respondi, me sentando de novo com um baque deselegante. Quando você está engessado, nunca é como nos filmes: você não consegue se sentar como Cary Grant se preparando para tomar coquetéis no Ritz com Ingrid Bergman. Tudo acontece ao mesmo tempo, e se a almofada onde você aterrissar não fizer um som de pum, como se a sua descida repentina tivesse assustado você a ponto de soltar gases, você pode se considerar um vencedor. Tive sorte desta vez. — Eu sou tão vulnerável a elogios que chego a me deixar enjoado.

— Como vai você, Dennis?

— Melhorando — falei. — E você?

— Já estive melhor — ela respondeu em voz baixa e mordeu o lábio inferior. Isso pode ser um gesto sedutor da parte de uma garota, às vezes, mas não foi naquele momento.

— Pendure seu agasalho e sente-se também.

— Certo. — Nossos olhares se encontraram, e fitar os olhos dela era um pouco demais. Desviei para outro lugar, pensando em Arnie.

Ela pendurou o casaco e voltou lentamente para a sala de estar.

— Seus pais...?

— Consegui que meu pai levasse todo mundo embora — respondi. — Imaginei que talvez — dei de ombros — a gente devesse conversar com privacidade.

Ela parou junto do sofá, olhando para mim do outro lado da sala. Fui novamente atingido pela simplicidade da beleza dela — a adorável silhueta feminina delineada pelas calças azul-escuras e um suéter de um tom mais claro, mais pálido, um conjunto que me fez pensar em esquiar. Os cabelos estavam presos em um rabo de cavalo frouxo apoiado no ombro esquerdo. Os olhos dela eram da cor do suéter, talvez um pouco mais escuros. Uma beldade criada de forma genuinamente americana, qualquer um teria dito, exceto pelos ossos malares altos no rosto que pareciam um tanto arrogantes, indicando talvez alguma ascendência mais antiga e mais exótica. Talvez umas 15 ou 20 gerações atrás houvesse algum viking no meio da história.

Ou talvez não fosse nada disso que eu estava pensando.

Ela me viu observando-a por um tempo muito longo e enrubesceu. Desviei os olhos.

— Está preocupado com ele, Dennis?

— Preocupado? Assustado seria uma palavra melhor.

— O que você sabe sobre aquele carro? O que ele lhe contou?

— Não muito — respondi. — Escuta, quer beber alguma coisa? Tem algumas coisas na geladeira...

Estendi a mão para minhas muletas.

— Fique sentado. — ordenou ela. — Eu bebo alguma coisa, mas posso ir pegar. E você?

— Quero um refrigerante, se tiver sobrado algum.

Ela foi até a cozinha e fiquei olhando sua sombra na parede, movendo-se levemente, como uma bailarina. Houve um peso momentâneo acrescentado ao meu estômago, quase como uma náusea. Acho que isso se chama "apaixonar-se pela garota do melhor amigo".

— Vocês têm um fazedor automático de gelo. — A voz dela chegou até mim. — Também temos um. Eu amo!

— De vez em quando, ele fica maluco e joga cubos de gelo pelo chão todo — respondi. — Como Jimmy Cagney em *Fúria Sanguinária*:

"Tomem isto, seus ratos sujos!" Isso deixa minha mãe louca. — Eu estava falando qualquer coisa.

Ela riu. Cubos de gelo tilintaram nos copos. Logo ela voltava, com dois copos de gelo e duas latas de refrigerante.

— Obrigado — falei, pegando a minha.

— Não, *eu* é que lhe agradeço. — Agora seus olhos azuis estavam escuros e graves. — Obrigada por estar por perto. Se eu tivesse que enfrentar isso tudo sozinha, acho que eu... Eu não sei.

— Ah, fala sério — respondi. — Não é tão ruim assim.

— Não é? Já soube de Will Darnell?

Assenti com a cabeça.

— E aquele outro? Don Vandenberg?

Isto significava que ela também fizera a conexão. Assenti novamente.

— Eu vi também. Leigh, o que incomoda você em Christine?

Durante muito tempo, fiquei sem saber se ela responderia ou não. Se ela seria *capaz* de responder. Pude vê-la lutando com isso, os olhos pousados no copo que segurava nas duas mãos.

Finalmente ela falou, numa voz muito baixa:

— Acho que ela tentou me matar.

Eu não sei o que eu tinha esperado, mas certamente não fora aquilo.

— O que você quer dizer?

Ela começou, primeiro hesitante, depois mais rapidamente, até despejar toda a história. É uma história que vocês já escutaram, portanto não vou repeti-la aqui; basta dizer que tentei relatá-la bem próximo do que ela me contou. Leigh não estivera brincando quanto a estar assustada. Era possível ver na palidez do rosto, nas pequenas pausas ou arquejos da voz, na maneira como as mãos acariciavam constantemente a parte superior dos braços, dando a impressão de que sentia frio, apesar do suéter. E então, quanto mais falava, mais assustado eu ficava.

Leigh terminou a história contando como as luzes do painel pareceram se transformar em olhos vigilantes conforme ela perdia a consciência. Riu nervosamente ao chegar aí, como se tentasse retirar a maldição de uma coisa obviamente absurda, mas eu não a acompanhei no riso. Estava lembrando da voz seca de George LeBay quando nós dois estávamos sentados nas cadeiras baratas de jardim diante do Motel Rainbow, enquanto ele me contava a história de Roland, Verônica e Rita. Eu estava recordando aquelas coisas e a minha mente estabelecia conexões indizíveis. Luzes estavam se acendendo. Não gostei do que elas estavam revelando. Meu coração começou a bater pesadamente no meu peito e eu não poderia ter rido com Leigh nem que a minha vida dependesse disso.

Leigh me contou o ultimato que dera a Arnie — ela ou o carro. Descreveu a furiosa reação dele. Aquela havia sido a última vez que saíra com ele.

— Então ele foi preso — disse ela — e comecei a pensar... pensar sobre o que aconteceu a Buddy Repperton e àqueles outros rapazes... e a Moochie Welch...

— E agora Vandenberg e Darnell.

— Sim, mas isso não é tudo. — Ela tomou um gole do copo e depois se serviu de mais. A beirada da lata metralhou rapidamente na borda do copo. — Na véspera de Natal, quando liguei para você, papai e mamãe tinham ido tomar uns drinques na casa do chefe do meu pai. Então eu comecei a ficar nervosa. Estava pensando sobre... ah, nem sei no que eu estava pensando.

— Eu acho que você sabe.

Ela pôs a mão na testa e esfregou, como se estivesse ficando com dor de cabeça.

— Acho que eu sei. Eu estava pensando que o carro poderia estar na rua. *Ela.* Na rua, atacando os dois. Mas se ela estava fora da garagem na véspera de Natal, imagino que andou ocupada demais para incomodar meus pa... — Leigh bateu com o copo sobre a mesinha, me dando um susto. — E por que eu fico falando nesse carro como se ele fosse uma pessoa? — exclamou. As lágrimas começaram a descer pelo rosto dela. — Por que eu fico fazendo isso?

Naquela noite, vi bem claramente onde aquilo iria parar se eu a consolasse. Arnie estava metido entre nós dois — assim como uma parte de mim. Eu o conhecia há muito tempo. Um tempo bem longo.

Mas isso foi antes — e isto era agora.

Levantei-me com as muletas e abri caminho até o sofá, me estatelando ao lado dela. As almofadas suspiraram. Não foi um barulho de pum, mas passou perto.

Minha mãe guardava uma caixa de lenços de papel na gaveta da mesinha de canto. Tirei um lenço, olhei para ela, depois tirei um bom punhado. Entreguei-lhe os lenços e Leigh me agradeceu. Então, não gostando muito de mim mesmo, passei o braço por sobre os ombros dela e a abracei.

Ela ficou rígida por um instante... e então permitiu que a puxasse para encostar no meu ombro. Ela estava tremendo. Ficamos simplesmente sentados ali, os dois com medo até mesmo do menor movimento, eu acho. Com medo de explodir. Ou algo assim. No outro lado da sala, o relógio tiquetaqueava imponente sobre a lareira. A luz brilhante do inverno entrava pelas janelas panorâmicas que nos permitiam uma vista da rua para três lados. A tempestade tinha se consumido por volta do meio-dia do Dia de Natal, e agora o céu azul firme e sem nuvens parecia negar até que existisse algo como a neve — porém as dunas que rolavam pelos gramados por toda a rua como os dorsos de grandes animais sepultados confirmavam a existência dela.

— O cheiro — falei afinal. — Quanta certeza você tem disso?

— Ele estava lá! — exclamou, se afastando de mim e se endireitando. Recolhi meu braço com uma sensação mesclada de desapontamento e alívio. — Realmente estava lá, um cheiro podre e horrível. — Ela olhou para mim. — Por quê? Você também sentiu?

Neguei com a cabeça. Nunca tinha sentido. Não de verdade.

— O que você sabe sobre aquele carro? — perguntou. — Você sabe alguma coisa. Posso ver no seu rosto.

Era a minha vez de pensar firme e demoradamente e, estranhamente, o que me veio à mente foi uma imagem de fissão nuclear de algum livro de ciências. Um cartum. Ninguém espera ver um deles nos livros didáticos, mas, como me disse alguém certa vez, há muitas curvas e desvios na trilha da educação pública... De fato, esse alguém havia sido o próprio Arnie. O cartum mostrava dois átomos "envenenados" avançando velozmente um contra o outro, em seguida se chocando. Rápido! Em vez de um punhado de destroços (e uma ambulância de átomos para recolher os nêutrons mortos e feridos), massa crítica, reação em cadeia e o diabo de uma explosão.

Decidi então que a memória daquele cartum não era assim tão estranha. Leigh tinha algumas informações que eu não fiquei sabendo antes. O inverso também era verdade. Em ambos os casos, parte do que sabíamos eram palpites, outra parte era constituída de sentimentos subjetivos e circunstâncias... mas tínhamos suficientes fatos sólidos para que fossem realmente assustadores. Perguntei-me brevemente o que faria a polícia, se soubesse o que sabíamos. Pude adivinhar: nada. É possível levar um fantasma a julgamento? Ou um carro?

— Dennis?

— Estou pensando — respondi. — Não sente cheiro de madeira queimada?

— O que você sabe? — insistiu ela.

Colisão. Massa crítica. Reação em cadeia. Cabum!

A questão era, eu estava pensando, que se reuníssemos nossos dados teríamos que tomar alguma atitude ou contar para alguém. Fazer alguma coisa. Nós...

Lembrei o meu sonho: o carro estacionado lá, na garagem de LeBay, o motor acelerando e diminuindo, acelerando de novo, os faróis acendendo, o guincho dos pneus.

Tomei as mãos dela nas minhas.

— Está bem — falei. — Ouça. Arnie: ele comprou Christine de um cara que agora está morto. Um sujeito chamado Roland D. LeBay. Nós a vimos no gramado dele um dia, quando voltávamos para casa do trabalho. Então...

— Você está fazendo aquilo também — ela comentou baixinho.

— Aquilo o quê?

— Chamando o carro de *ela.*

Assenti, sem soltar as mãos.

— Sim, eu sei. É difícil parar. A questão é que Arnie a queria, ou melhor, queria aquilo, ou seja lá o que aquele carro for, desde a primeira vez que a viu. E eu acho agora... não sabia antes, mas sei agora... que LeBay também queria muito que Arnie ficasse com ela, ele teria lhe dado o carro de presente, se chegasse a esse ponto. É como se Arnie visse Christine e ficasse sabendo, e então LeBay viu Arnie e ficou sabendo da mesma coisa.

Leigh libertou as mãos das minhas e voltou a esfregar os cotovelos.

— Arnie disse que pagou...

— Sim, é claro que pagou. E ainda está pagando. Isto é, se restou algo de Arnie, afinal.

— Não entendo o que quer dizer.

— Vou lhe mostrar — respondi — em alguns minutos. Primeiro preciso que deixe que eu lhe conte o histórico.

— Tudo bem.

— LeBay tinha mulher e uma filha. Isto foi lá nos anos 50. A filha morreu na beira da estrada. Morreu engasgada. Com um hambúrguer.

O rosto de Leigh ficou branco, depois mais branco ainda. Por alguns momentos, pareceu estar tão leitosa e translúcida como vidro embaçado.

— Leigh! — exclamei vivamente. — Você está bem?

— Estou — respondeu ela com arrepiante placidez. Sua cor não melhorou. A boca se esticou numa horrível careta que talvez pretendesse ser um sorriso tranquilizador. — Estou ótima. — Levantou-se. — Por favor, onde é o banheiro?

— No fim do corredor — falei. — Leigh, você está com uma cara horrível!

— Preciso vomitar — respondeu ela, naquela mesma voz plácida, e foi em direção à porta. Movia-se desajeitadamente agora, como uma marionete, com a graça de dançarina que eu vira antes em sua sombra completamente ausente. Saiu lentamente da sala, mas quando ficou fora de vista o ritmo de seus passos se acelerou; ouvi a porta do banheiro ser escancarada e depois os barulhos. Recostei-me no sofá e coloquei as mãos sobre os olhos.

Quando voltou, Leigh continuava pálida, mas recuperara um pouco da cor. Lavara o rosto e ainda havia algumas gostas de água.

— Sinto muito — falei.

— Está tudo bem. Apenas... me assustou um pouco. — Ela esboçou um sorriso. — Acho que foi bem pior que um simples susto — Seus olhos se fixaram nos meus. — Só me diga uma coisa, Dennis. O que você contou é verdade? Verdade mesmo?

— É — respondi. — É verdade. E tem mais. Mas você quer mesmo ouvir o resto?

— Não, mas conte assim mesmo — respondeu ela.

— A gente podia parar — falei, sem muita convicção. Seus olhos graves, angustiados, se prenderam nos meus.

— Acho que seria mais... mais seguro... se a gente continuasse.

— A esposa dele se suicidou pouco depois da morte da filha.

— O carro...

— ... estava envolvido.

— Como?

— Leigh...

— *Como*?

Então eu contei a ela — não apenas sobre a menininha e a mãe, mas sobre o próprio LeBay, conforme o irmão dele, George, tinha me contado. As reservas infindáveis de raiva. As crianças que riam das roupas e do corte de cabelo dele. A fuga para o Exército, onde todos tinham as mesmas roupas e cortes de cabelos. O depósito de veículos militares. A revolta constante contra os bostas, particularmente aqueles bostas que lhe traziam os próprios carros de luxo para serem consertados às custas do governo. A Segunda Guerra Mundial. O irmão Drew, morto na França. O velho Chevrolet. O velho Hudson Hornet. E permeando tudo isso, um ritmo firme constante: a raiva.

— Aquela palavra — murmurou Leigh.

— Que palavra?

— Bostas. — Ela teve que se forçar a dizer aquilo, o nariz se franzindo numa repulsa triste e quase inconsciente. — *Ele* a usa. Arnie.

— Eu sei.

Nós nos entreolhamos e suas mãos reencontraram as minhas.

— Você está gelada — falei. Mais um comentário brilhante de Dennis Guilder, aquela fonte de sabedoria. Eu tenho um milhão deles.

— Estou. Eu me sinto como se nunca mais fosse ficar quente.

Eu quis passar os braços em torno dela, mas não o fiz. Tinha medo. Arnie ainda estava muito misturado naquilo tudo. A coisa mais terrível — sim, *terrível* — era como parecia cada vez mais que ele estava morto... morto ou sob algum estranho encantamento.

— O irmão dele falou mais alguma coisa?

— Nada que pareça se encaixar. — Mas uma lembrança se ergueu como uma bolha na água parada e estourou: *Ele era obcecado e raivoso, mas não era um monstro,* tinha dito George LeBay. *Pelo menos... eu não* acho *que fosse.* Tinha parecido que, perdido no passado como estivera, ele tinha estado a ponto de me dizer alguma coisa mais... E então ele percebera onde estava e que estava conversando com um estranho. O que foi que ele quase disse?

Imediatamente tive uma ideia monstruosa. Rejeitei-a. Ela se foi... mas era difícil me livrar dela.

Como empurrar um piano. E eu ainda podia ver os contornos nas sombras.

Percebi que Leigh me observava atentamente e me perguntei quanto do que estivera pensando teria se revelado em meu rosto.

— Você anotou o endereço do Sr. LeBay? — perguntou ela.

— Não. — Pensei por um momento e então me lembrei do funeral, que agora parecia infinitamente distante no tempo. — Mas acho que o Posto da Legião Americana de Libertyville deve ter. Eles enterraram LeBay e entraram em contato com o irmão. Por quê?

Leigh apenas balançou a cabeça e foi até a janela, de onde ficou olhando o dia ofuscante. *Burrada do ano,* pensei ao acaso.

Ela se virou para mim, e fiquei novamente impressionado com sua beleza calma e sem exigências, exceto pelos malares altos e arrogantes — o tipo de malares que se poderia esperar em uma dama que provavelmente carregava um punhal no cinto.

— Você disse que iria me mostrar uma coisa — disse. — O que era?

Assenti. Agora não dava mais para desistir. A reação em cadeia tinha começado. Seria impossível interrompê-la.

— Vá ao segundo andar — pedi. — Meu quarto é a segunda porta à esquerda. Procure na terceira gaveta da cômoda. Vai ter que procurar debaixo de minhas cuecas, mas elas não mordem.

Ela sorriu — apenas um pouquinho, mas já era alguma coisa.

— E o que vou encontrar? Um saco de maconha?

— Desisti disso no ano passado — repliquei, sorrindo também. — Este ano tomo Quaaludes. Financio o vício vendendo heroína no ensino fundamental.

— O que é? Sério!

— O autógrafo de Arnie — disse —, imortalizado em gesso.

— Autógrafo de Arnie?

Assenti.

— Em duplicata — acrescentei.

Ela os encontrou, e cinco minutos depois estávamos novamente no sofá, olhando para dois quadrados de gesso. Pusemos os dois lado a lado sobre a superfície de vidro da mesinha de centro, ligeiramente esfiapados nos lados, um pouco gastos. Outros nomes ficaram pela metade em um deles. Eu havia guardado os gessos, tinha até orientado a enfermeira sobre onde cortá-los. Mais tarde eu recortara os dois quadrados, um da perna direita, outro da esquerda.

Olhamos para eles em silêncio:

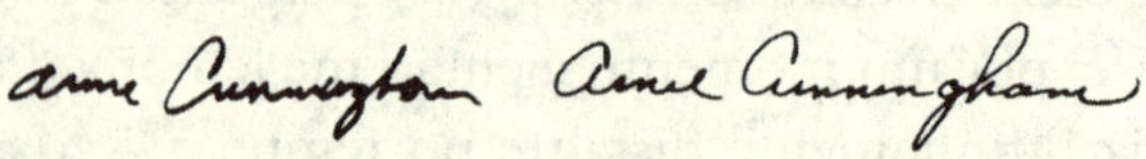

Leigh me fitou, curiosa e confusa.

— São pedaços dos seus...

— Meus gessos, é.

— Isso é... uma brincadeira ou algo assim?

— Não é brincadeira. Eu o vi assinando os dois gessos. — Agora que esse segredo estava revelado, sentia um tipo estranho de relaxamento, de alívio. Era bom poder compartilhar aquilo com alguém. Estivera na minha mente por muito tempo, coçando e escavando.

— Mas elas não são nada parecidas.

— Pois é — respondi. — Mas o próprio Arnie não está nada parecido com o Arnie de antigamente. E tudo está ligado àquele maldito carro. — Cutuquei o pedaço de gesso da esquerda com força. — Esta não é a assinatura dele! Eu conheço Arnie a minha vida inteira, vi seus trabalhos de casa, vi quando fazia encomendas, quando assinava os contracheques, e digo que *essa não é a assinatura dele!* A da direita é dele. Essa daqui, não. Você quer fazer uma coisa para mim amanhã, Leigh?

— O quê?

Eu lhe disse. Ela assentiu lentamente com a cabeça.

— Por nós.

— Hein?

— Farei por nós. Porque a gente tem que fazer alguma coisa, não é?

— Sim — assenti. — Acho que sim. Posso fazer uma pergunta pessoal? — Ela concordou com a cabeça, os olhos azuis sempre fixos nos meus. — Como você tem dormido ultimamente?

— Não muito bem — respondeu. — Sonhos ruins. E você?

— Também não. Nada bem.

Então, porque eu não consegui mais me conter, coloquei as mãos nos ombros dela e a beijei. Houve uma hesitação momentânea e eu achei que ela fosse recuar... mas então o queixo de Leigh se ergueu e ela correspondeu ao beijo, plena e firmemente. Talvez isso tenha sido um pouco de sorte, já que eu estava praticamente imobilizado.

Quando o beijo terminou, ela olhou nos meus olhos interrogativamente.

— Contra os sonhos — falei, achando que a frase pareceria idiota e falsa, assim como parece no papel, mas em vez disso soou trêmula e quase dolorosamente honesta.

— Contra os sonhos — repetiu ela gravemente, como se fosse um talismã, e desta vez ela inclinou a cabeça para mim e nos beijamos de novo com aqueles dois quadrados esfarrapados de gesso nos encarando como olhos brancos e cegos com o nome de Arnie escrito neles. Nós nos beijamos pelo simples conforto animal proveniente do contato animal — claro, isso e algo mais, começava a ser algo mais —, e então nos abraçamos sem falar, e não creio que estávamos nos enganando sobre o que estava acontecendo conosco — pelo menos, não inteiramente — era conforto, mas também era o bom e velho sexo — pleno, maduro, efervescente de hormônios adolescentes. E talvez ainda houvesse a chance de ser algo mais pleno e mais gentil do que apenas sexo.

Contudo, havia algo mais naqueles beijos — eu sabia disso, ela sabia e provavelmente você também. A outra coisa era um tipo vergonhoso de traição. Eu podia sentir dezoito anos de lembranças clamando — a fazenda de formigas, os jogos de xadrez, os filmes, as coisas que ele me ensinara, as vezes em que eu tinha protegido meu amigo. Exceto que talvez, no final, eu tinha fracassado. Talvez eu o tivesse visto pela última vez — e foi uma última vez triste e confusa, aliás — naquela noite do Dia de Ação de Graças, quando ele me trouxe os sanduíches de peru e as cervejas.

Acho que a gente só foi perceber naquele momento que nós não tínhamos feito nada de imperdoável a Arnie — nada que pudesse enfurecer Christine. Mas agora, é claro, nós o fizemos.

Trabalho de Detetive

Well, when the pipeline gets broken
And I'm lost on the river-bridge,
I'm all cracked up on the highway
And in the water's edge,
Medics come down the Thurway,
Ready to sew me up with the thread,
And if I fall down dyin
Y'know she's bound to put a blanket
On my bed.
— Bob Dylan

O que aconteceu nas três semanas seguintes foi que eu e Leigh brincamos de detetive e nos apaixonamos.

No dia seguinte, ela foi à Prefeitura e pagou cinquenta centavos pela xerox de dois documentos. Os papéis ficam em Harrisburg, mas eles mandam uma cópia de volta para nossa cidade.

Desta vez minha família estava em casa quando Leigh chegou. Ellie espiava a gente sempre que tinha uma chance. Estava fascinada por Leigh e fiquei silenciosamente divertido quando Ellie, cerca de uma semana após o ano-novo, começou a usar o cabelo preso para trás, como Leigh usava. Tive vontade de provocá-la por causa disso... mas resisti à tentação. Talvez eu estivesse crescendo um pouquinho (mas não o suficiente para deixar de comer um dos bolinhos dela, quando o descobri escondido atrás dos tupperwares de sobras dentro da geladeira).

Exceto pelas espiadas ocasionais de Ellie, eu e Leigh ficamos a maior parte do tempo sozinhos na sala de estar naquela tarde do dia seguinte — 27 de dezembro —, depois que as cortesias sociais foram cumpridas. Apresentei Leigh a meus pais, mamãe serviu café e conversamos. Elaine foi quem falou mais — tagarelando sobre a escola e crivando Leigh de perguntas sobre a nossa. Primeiro eu fiquei irritado, depois fiquei grato. Meus pais são a própria encarnação da polidez da classe média (se mamãe estivesse sendo levada à cadeira elétrica e esbarrasse no capelão, certamente lhe pediria desculpas), e percebi claramente que gostaram de Leigh, mas também ficou óbvio — para mim, pelo menos — que estavam confusos e um tanto constrangidos, perguntando-se onde Arnie se encaixaria naquele quadro.

E isso era o que eu e Leigh estávamos nos perguntando também, eu acho. Por fim, eles fizeram o que os pais geralmente fazem quando não entendem essas situações — puseram tudo de lado como assunto das crianças e foram cuidar da própria vida. Papai foi o primeiro a pedir licença, alegando que sua oficina no porão estava na confusão costumeira do pós-Natal e que ele precisava dar um jeito naquilo. Mamãe disse que queria escrever um pouco.

Ellie olhou solenemente para mim e perguntou:

— Dennis, Jesus tinha um cachorro?

Caí na gargalhada, Ellie também. Leigh ficou sentada olhando a gente rir, sorrindo educadamente, como as pessoas de fora sempre fazem ante a uma piada de família.

— Caia fora, Ellie — falei.

— E o que você vai fazer se eu não cair? — perguntou ela, mas era apenas implicância de rotina, porque ela já estava se levantando.

— Faço você lavar minhas cuecas — respondi.

— O *diabo* que faz! — declarou ela grandiosa, e saiu da sala.

— Minha irmãzinha... — comentei.

Leigh estava sorrindo.

— Ela é muito legal.

— Se você tivesse que aturá-la em tempo integral mudaria de ideia. Vamos ver o que você conseguiu.

Leigh colocou as cópias sobre o vidro da mesa de centro, onde os moldes de gesso estiveram na véspera.

Era o re-registro de um carro usado, um Plymouth 1958, sedã (quatro portas), vermelho e branco. Estava datado de 1º de novembro de 1978 e assinado por Arnold Cunningham. O pai tinha sido cossignatário:

ASSINATURA DO PROPRIETÁRIO 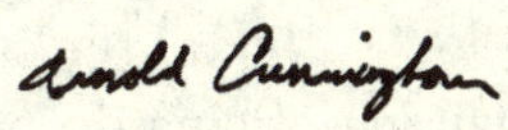

ASSINATURA DO PAI OU TUTOR (SE O PROPRIETÁRIO FOR MENOR DE 18 ANOS) 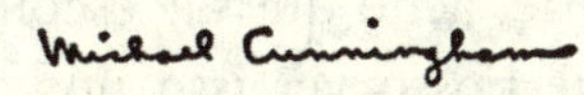

— Com o que isto lhe parece?

— Com uma das assinaturas num daqueles pedaços de gesso que você me mostrou — ela respondeu. — Qual deles?

— Foi assim que ele assinou logo depois que me arrebentei em Ridge Rock — respondi. — Foi assim que ele sempre assinou. Agora vejamos a outra.

Ela a colocou ao lado da primeira. Era o documento de registro de um carro novo, um Plymouth 1958, sedã (quatro portas), vermelho e branco. A data era 1º de novembro de 1957 — senti um choque diante daquela exata similaridade e, ao olhar para o rosto de Leigh, percebi que ela tinha percebido também.

— Olhe a assinatura — disse Leigh, em voz baixa.

Eu olhei.

ASSINATURA DO PROPRIETÁRIO 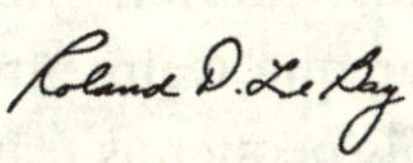

ASSINATURA DO PAI OU TUTOR (SE O PROPRIETÁRIO FOR MENOR DE 18 ANOS) ____________________

Aquela era a letra que Arnie usara na noite do Dia de Ação de Graças: não era necessário ser gênio ou grafólogo para perceber isso. Os nomes eram diferentes, mas a letra era exatamente a mesma.

Leigh estendeu a mão e eu a segurei.

O que meu pai fazia na oficina do porão era fabricar brinquedos. Imagino que isto possa lhes parecer meio esquisito, mas é o *hobby* dele. Talvez seja mais do que isso — acho que pode ter existido um momento na vida dele no qual ele teve que fazer a difícil escolha entre ir para a faculdade ou se virar sozinho para se tornar um fabricante de brinquedos. Se isso for verdade, acho que ele escolheu o caminho mais seguro. Às vezes eu acho que posso ver isso nos olhos dele, como um velho fantasma que ainda não repousou completamente, mas provavelmente isso é só a minha imaginação, que costumava ser muito menos ativa do que hoje.

Eu e Ellie éramos os principais beneficiados, mas Arnie também encontrou vários brinquedos fabricados por meu pai debaixo de várias árvores de Natal, e ao lado de vários bolos de aniversário. O mesmo acontecia com a melhor amiguinha de infância de Ellie, Aimée Carruthers (que há muito se mudou para Nevada e atualmente é mencionada nos tons melancólicos reservados aos que morreram jovens e insensatamente), e muitos outros amiguinhos.

Agora meu pai doava a maior parte do que fazia ao Fundo 400 do Exército da Salvação. Antes, na época do Natal, o porão sempre me lembrava a oficina do Papai Noel — até pouco antes das festas, o lugar ficava entulhado de organizadas caixas de papelão branco contendo trenzinhos de madeira, caixas de ferramentas em miniatura, relógios feitos com blocos de armar que realmente marcavam as horas, bichinhos de pelúcia, um ou dois pequenos teatros de marionetes. Seu interesse principal eram os brinquedos de madeira (até a Guerra do Vietnã, ele costumava fazer batalhões de soldadinhos, porém, nos últimos cinco anos, mais ou menos, eles foram silenciosamente abandonados e, mesmo agora, não tenho certeza de que ele estava ciente dessa mudança), mas, como é muito versátil, meu pai atirava para todos os lados. Na semana seguinte ao Natal, ele fazia uma pausa. A oficina parecia terrivelmente vazia, com apenas o cheiro doce da serragem para nos lembrar que os brinquedos haviam estado lá.

Nessa semana ele varreria o chão, limparia tudo, lubrificaria as máquinas e se prepararia para o ano seguinte. Então, conforme o inverno seguisse em frente por janeiro e fevereiro, reapareceriam os brinquedos e a tralha aparente que se transformaria em partes de brinquedos — trens e bailarinas com articulações de madeira e círculos vermelhos nas bochechas, uma caixa cheia de estofamento que pertencera ao velho sofá de alguém e que mais tarde seria o recheio de um urso (os ursos de meu pai sempre se chamavam Owen ou Olive — eu gastei seis ursos Owen entre a infância e o segundo ano do ensino fundamental, enquanto Ellie dera cabo de um número idêntico de ursas Olive), pequenos pedaços de arame, botões e olhos isolados, sem corpos, espalhados pela bancada de trabalho como algo saído de uma história de terror barata. Por fim surgiriam as caixas das lojas de bebidas e os brinquedos seriam novamente embalados nelas.

Nos últimos três anos ele recebera três prêmios do Exército da Salvação, mas os mantinha escondidos numa gaveta, como se estivesse envergonhado deles. Eu não entendia isso na época, e não entendo agora, pelo menos não completamente, mas sei que não era vergonha. Meu pai não tinha nada do que se envergonhar.

Desci para a oficina naquela noite depois do jantar, agarrando loucamente o corrimão com um braço e usando a outra muleta como bastão de esqui.

— Dennis — meu pai chamou, satisfeito, mas um pouco apreensivo —, quer alguma ajuda?

— Não, eu me viro.

Ele encostou a vassoura ao lado de um montinho amarelo de serragem para ver se eu realmente iria conseguir.

— Que tal um empurrão então?

— Ha-ha, muito engraçado!

Terminei de descer, saltitei até a grande poltrona que ele mantém num canto ao lado da velha televisão preto e branco, e me sentei. *Plonk!*

— Como está indo? — perguntou ele.

— Muito bem.

Ele escovou uma pá de lixo cheia de cavacos de madeira, despejou na cesta de lixo, espirrou e escovou um pouco mais.

— Não sente dor?

— Não. Bem... um pouco.

— Precisa tomar cuidado com os degraus. Se sua mãe visse o que acabou de fazer...

Sorri.

— Eu sei. Ela me daria uma bronca, é.

— Onde *está* sua mãe?

— Ela e Ellie foram à casa dos Renneke. Dinah Renneke ganhou uma coleção completa dos discos de Shaun Cassidy no Natal. Ellie está *verde* de inveja.

— Pensei que Shaun tivesse passado de moda.

— Acho que ela está com medo que a moda esteja voltando.

Papai riu. Houve um silêncio amistoso por um momento, eu sentado, ele varrendo. Eu sabia que ele ia acabar tocando no assunto, e foi o que fez.

— Leigh costumava sair com Arnie, não é? — perguntou.

— Sim — respondi.

Ele olhou para mim, depois olhou para o que estava fazendo. Pensei que fosse perguntar se eu achava aquilo sábio, ou talvez mencionar que um sujeito roubar a garota do outro não era a melhor maneira de incentivar uma amizade. Mas ele não disse nada disso.

— A gente não tem visto mais o Arnie ultimamente. Será que ficou envergonhado da confusão em que se meteu?

Minha impressão era de que papai não acreditava mesmo nisso. Estava apenas jogando verde.

— Não sei — respondi.

— Não acho que ele tenha muito com que se preocupar. Com Will Darnell morto... — Papai sacudiu a pá de lixo acima da cesta e as aparas de madeira deslizaram com um *pluft* suave. — Enfim, duvido que eles se deem o trabalho de abrir um processo.

— É mesmo?

— Não contra Arnie. Não com nenhuma acusação séria. Ele poderá ser multado, e o juiz provavelmente lhe fará um sermão, mas ninguém vai querer colocar uma mancha negra permanente na ficha de um garoto branco bonzinho do subúrbio que está a caminho da universidade e de um lugar próspero na sociedade.

Meu pai me lançou um olhar súbito e questionador, e eu me ajeitei na poltrona, subitamente desconfortável.

— É, acho que sim — respondi.

— Só que ele não é mais assim, é, Dennis?

— Não. Arnie mudou.

— Quando foi a última vez que o viu?

— No Dia de Ação de Graças.

— E ele estava bem?

Balancei a cabeça lentamente, de repente sentindo vontade de chorar e contar tudo o que sabia. Já me sentira assim antes e não contei nada; desta vez também nada disse, mas por uma razão diferente. Lembrei o que Leigh me dissera quanto a ficar nervosa por causa dos pais, na véspera do Natal. E agora me parecia que quanto menos gente soubesse das nossas suspeitas, mais seguro seria... para elas.

— O que há de errado com ele?

— Não sei.

— Leigh sabe?

— Não. Não com certeza. Temos... algumas suspeitas.

— Quer falar sobre isso?

— Quero. De uma certa forma eu quero, mas acho que seria melhor não falar.

— Tudo bem — disse ele. — Por enquanto.

Ele varreu o chão. O som das cerdas duras sobre o concreto era quase hipnótico.

— Talvez fosse melhor você ter uma conversa com Arnie o quanto antes.

— Sim, eu estava pensando nisso. — Mas não era algo que eu estava ansioso para fazer.

Houve outro período de silêncio. Papai terminou de varrer e deu uma olhada ao redor.

— Está muito bom, hein?

— Excelente, papai.

Ele sorriu com alguma tristeza e acendeu um Winston. Desde o ataque do coração, parara de fumar quase completamente, mas mantinha um maço por perto e de vez em quando fumava um — em geral quando estava tenso.

— Bobagem, isto aqui está deserto como o diabo!

— Bem... é.

— Quer uma ajuda para subir, Dennis?

Eu me levantei com as muletas.

— Eu não rejeitaria.

Ele olhou para mim e deu uma risadinha abafada.

— Long John Silver. Só falta o papagaio.

— Vai ficar aí parado rindo, ou vai me ajudar?

— Ajudar, eu acho.

Passei um braço sobre o ombro dele, me sentindo de alguma forma um garotinho de novo — aquilo trouxe de volta lembranças quase esquecidas dele me levando escada acima para minha cama nas noites de domingo, depois que eu começava a cochilar na metade do *Programa de Ed Sullivan*. Até o cheiro da loção de barba era o mesmo.

No alto da escada, ele disse:

— Você me interrompa se eu for muito indiscreto, Denny. Leigh não está mais saindo com Arnie, está?

— Não, papai.

— Está saindo com você?

— Eu... bem, não sei realmente. Acho que não.

— *Ainda* não, você quer dizer.

— Bem... é, acho que sim.

Eu começava a me sentir constrangido, e ele devia ter percebido, mas insistiu mesmo assim.

— Seria justo afirmar que ela terminou com Arnie porque ele não era mais o mesmo?

— Sim, acho que seria justo dizer isso.

— Ele sabe sobre você e Leigh?

— Pai, não há nada para saber... pelo menos não por enquanto. — Ele pigarreou, parecendo considerar aquilo, e não disse nada. Eu me soltei dele e lutei para ajeitar as muletas embaixo de mim. Talvez tivesse lutado um pouco mais forte do que o necessário.

— Vou lhe dar um conselho de graça — disse meu pai, finalmente. — Não deixe Arnie saber o que há entre você e ela... e nem se incomode em negar dizendo que não há nada. Estão tentando ajudá-lo de alguma forma, não é isso?

— Não sei se há alguma coisa que eu ou Leigh possamos fazer por Arnie, papai.

— Eu o vi umas duas ou três vezes — disse meu pai.

— Você o viu? — perguntei sobressaltado. — Onde?

Meu pai deu de ombros.

— Na rua. No centro da cidade. Você sabe. Libertyville não é tão grande assim, Dennis. Ele...

— Ele o quê?

— Mal pareceu me reconhecer. E parece mais velho. Agora que a pele dele melhorou, ele parece muito mais velho. Eu costumava achar que ele tinha puxado o pai, mas agora... — Ele parou de falar de repente. — Dennis, já parou pra pensar que Arnie pode estar sofrendo algum tipo de colapso nervoso?

— Já — respondi, e desejei poder lhe contar que havia outras possibilidades. Piores. Possibilidades que talvez fizessem meu pai se perguntar se não seria eu quem estava sofrendo um colapso nervoso.

— Você tome cuidado — disse ele e, embora não tivesse mencionado o que aconteceu a Will Darnell, de repente tive a forte intuição de que ele estava pensando naquilo. — Tome cuidado, Dennis.

Leigh telefonou para mim no dia seguinte e disse que o pai dela tinha sido chamado para ir a Los Angeles tratar de negócios de fim de ano e que, no impulso do momento, propusera levar a família para que fugissem do frio e da neve.

— Mamãe adorou a ideia e eu simplesmente não encontro um motivo plausível para me recusar a ir — disse ela. — Serão apenas dez dias e as aulas só vão começar em oito de janeiro.

— Parece ótimo — respondi. — Divirta-se por lá.

— Você acha que eu deveria ir?

— Se não for, seria bom examinar sua cabeça.

— Dennis?

— O que é?

A voz dela baixou um pouco.

— Você vai tomar cuidado, não vai? Eu... bem, eu ando pensando muito em você.

Ela desligou em seguida, me deixando surpreso e satisfeito — mas o sentimento de culpa continuou, um pouco menor agora, mas ainda lá. Meu pai tinha me perguntado se eu estava tentando ajudar Arnie. Estava? Ou talvez eu estivesse apenas espionando uma parte da vida dele que ele tinha designado expressamente proibida... e roubava sua namorada no processo? E o que exatamente Arnie *faria ou diria* se descobrisse?

Minha cabeça latejava com tantas perguntas e pensei que talvez até fosse bom Leigh afastar-se de Libertyville durante alguns dias.

Como ela mesma tinha dito sobre nossos pais, parecia mais seguro assim.

No dia 29, sexta-feira, o último dia útil do ano, liguei para o Posto da Legião Americana de Libertyville e pedi para falar com o secretário. Eu consegui seu nome, Richard McCandless, com o zelador do prédio, que também me deu o número do telefone onde eu o encontraria. Calhou que o número era da David Emerson, a "boa" loja de móveis de Libertyville. Pediram que eu esperasse um momento, e então McCandless atendeu com uma voz grave e rouca que dava a impressão de ser um sessentão durão — como se ele e o general Patton tivessem lutado ombro a ombro através da Alemanha até Berlim, abocanhando as balas inimigas no ar conforme avançavam.

— McCandless — disse ele.

— Sr. McCandless, meu nome é Dennis Guilder. Em agosto passado o senhor providenciou um funeral em estilo militar para um sujeito chamado Roland D. LeBay...

— Ele era seu amigo?

— Não, apenas um mero conhecido, mas...

— Então não preciso poupar os seus sentimentos — respondeu McCandless, como se tivesse cascalho na garganta. Soava como uma mistura de Andy Devine e Broderick Crawford. — LeBay não passava de um completo filho da puta e, no que dependia de mim, a Legião não levantaria um dedo para enterrá-lo. LeBay abandonou a organização em 1970, mas, se não tivesse saído, nós o expulsaríamos. Aquele era o bastardo mais brigão que já existiu.

— É mesmo?

— Pode apostar. Ele puxava uma discussão com você e depois transformava em briga, se pudesse. Não dava pra jogar pôquer com o cretino e certamente não dava pra beber com ele. Pra começar, porque era impossível acompanhar o ritmo dele quando bebia, e ele ficava maldoso, pra terminar. Não que ele precisasse ir muito longe para ficar maldoso. Que filho da puta mais louco, se perdoe a minha linguagem. Quem é você, garoto?

Por um momento insano eu pensei em citar Emily Dickinson para ele: "Não sou ninguém! Quem é você?"

— Um amigo meu comprou um carro de LeBay pouco antes dele morrer...

— Porra! Não aquele 57!

— Bem, na verdade era um 58...

— É, é, 57 ou 58, vermelho e branco. Era a única porra de coisa que importava pra ele. Tratava o carro como se fosse uma mulher. Foi por causa do carro que ele deixou a Legião, sabia?

— Não, não sabia — respondi. — O que aconteceu?

— Ah, merda. História antiga, garoto. Já estou alugando você demais. Mas sempre que eu penso naquele filho da puta do LeBay, eu vejo tudo vermelho. Ainda tenho as cicatrizes nas mãos. Tio Sam ficou com três anos de minha vida durante a Segunda Guerra Mundial e eu não ganhei nem um Coração Púrpura em troca, embora tenha ficado em combate por quase todo aquele período. Atravessei lutando a metade daquelas ilhotas de merda do Pacífico Sul. Eu e mais cinquenta companheiros encaramos um ataque banzai em Guadalcanal... dois milhões de japas fodidos avançando contra nós, completamente frenéticos e agitando aquelas espadas que eles faziam com latas de café, e nunca tive um arranhão. Senti duas balas passando bem perto de mim e, pouco antes de acabarmos com aquele ataque, o sujeito ao meu lado teve as tripas reorganizadas por cortesia do Imperador do Japão, mas as únicas vezes em que vi a cor do meu próprio sangue, lá no Pacífico, foi quando eu me cortei fazendo a barba. Então...

McCandless riu.

— Mas que merda, lá vou eu outra vez! Minha mulher diz que um dia eu vou abrir tanto a minha boca que vou cair lá dentro. Como é mesmo o seu nome?

— Dennis Guilder.

— O.k., Dennis, eu te aluguei o bastante, agora me alugue. O que você quer?

— Bem, meu amigo comprou aquele carro e o restaurou... para um tipo de *hot-rod*. Um carro de exposição.

— É, que nem o LeBay — disse McCandless, e minha boca ficou seca. — Ele amava aquela porra de carro, tenho que admitir. Cagava e andava pra mulher... você sabe o que aconteceu com ela?

— Sim — respondi

— Ele a levou a fazer aquilo — disse McCandless sombriamente. — Depois que a filha deles morreu, a esposa não recebeu o menor consolo dele. Nada. Aliás, acho que ele também não dava a mínima pela criança. Desculpe, Dennis, não consigo parar de falar. Falo o tempo todo. Sempre falei. Minha mãe costumava dizer: "Dickie, sua língua é presa no meio e tagarela pelas duas pontas." O que foi que você disse que queria?

— Eu e meu amigo fomos ao funeral de LeBay — expliquei — e, depois que terminou, eu me apresentei ao irmão dele...

— Parecia ser um sujeito decente — cortou McCandless. — Professor em Ohio.

— Isso mesmo. A gente conversou e ele realmente pareceu ser um cara legal. Eu contei que iria fazer meu trabalho final de inglês sobre Ezra Pound...

— Ezra quem?

— Pound.

— Que porra é essa? Ele tava no funeral do LeBay?

— Não, senhor. Pound foi um poeta.

— Um o quê?

— Poeta. Também já morreu.

— Oh — McCandless pareceu duvidar.

— De qualquer modo, LeBay — estou falando de George LeBay — me disse que iria me mandar algumas revistas sobre Ezra Pound, para meu trabalho, se eu quisesse. Bem, acontece que elas me seriam bem úteis, mas esqueci de pegar o endereço dele. Achei que o senhor poderia ter.

— Claro, deve estar nos registros; essas coisas todas estão. Odeio ser a porra do secretário, mas meu ano acaba em julho agora e aí nunca mais. Sabe o que quero dizer? Porra de nunca mais!

— Espero não estar sendo um pentelho.

— Não. Inferno, não! Quero dizer, afinal é para isto que serve a Legião Americana, não é mesmo? Para ajudar os outros. Me dê seu endereço, Dennis, e vou lhe mandar um cartão com a informação.

Eu lhe dei meu nome e endereço, me desculpando de novo por tê-lo incomodado no trabalho.

— Não foi nada de mais — respondeu ele. — De qualquer modo, estou na porra da folga do café.

Tive um momento para me perguntar o que ele fazia na David Emerson's, onde a elite de Libertyville comprava seus móveis. Seria um vendedor? Eu imaginava McCandless mostrando a mercadoria a alguma jovem elegante, dizendo *Veja aqui esta porra de lindo sofá, madame, e aqui esta merda de poltrona, posso lhe garantir que não tínhamos nada disto em Guadalcanal, quando aqueles japoneses drogados filhos da puta caíram sobre nós com suas espadas de lata.*

Sorri um pouco, mas o que ele disse em seguida logo me deixou sério.

— Andei umas duas vezes naquele carro do LeBay. Jamais gostei dele. Sei lá por que diabos me sentia assim, mas não gostava mesmo daquela joça. E nunca mais entrei nele, depois que a esposa dele... você sabe. Jesus, aquilo me dava arrepios.

— Aposto que dava — falei, e minha voz parecia vir de muito longe. — Escute, o que *aconteceu* quando ele saiu da Legião? O senhor disse que tinha algo a ver com o carro?

Ele riu, parecendo um pouco satisfeito.

— Não está mesmo interessado nessa história tão antiga, está?

— Bem, estou. Estou sim. Meu amigo comprou o carro, lembre-se.

— Então vou lhe contar. Sim, foi uma porra de coisa bem engraçada. Alguns companheiros falam nisso de vez em quando, depois de termos tomado algumas. Não sou o único que ficou com cicatrizes nas mãos. Pensando bem, foi meio assustador.

— O que foi assustador?

— Ah, uma brincadeira de criança. Bem, na verdade ninguém gostava do filho da puta, você entende. Era um intruso, um solitário...

Que nem Arnie, pensei.

— ... e todos tínhamos bebido — terminou McCandless. — Foi após a reunião, e LeBay estava se comportando de um jeito ainda mais escroto que de costume. Alguns de nós estavam no bar, sabe, e podíamos ver que LeBay estava se preparando para ir embora. Ele estava pegando o casaco e discutindo com Poochie Anderson sobre alguma questão de beisebol. Quando LeBay ia embora, ele ia sempre do mesmo jeito, garoto. Ele pulava para dentro daquele Plymouth, dava ré e depois pisava fundo. Aquele monstro disparava do estacionamento como um foguete, jogando cascalho para todos os lados. Então — isso foi ideia do Sonny Bellerman — quatro de nós saímos pela porta dos fundos e fomos até o estacionamento, enquanto LeBay gritava com Poochie. Ficamos atrás do canto mais distante do prédio, porque sabíamos que era lá que ele terminava de dar ré no carro antes de disparar. Ele sempre chamava aquilo por um nome de mulher, já lhe disse, era como se fosse casado com aquela porra.

"'Fiquem de olhos abertos e cabeça baixa ou ele nos verá', disse Sonny. 'E não se movam enquanto eu não mandar.' A gente tava meio bêbado, sabe.

"Então, uns dez minutos depois, lá veio ele, bêbado como um gambá e apalpando os bolsos à procura das chaves. Sonny disse: 'Fiquem preparados, caras, e bem abaixados!'"

"LeBay entrou no carro e deu marcha a ré. Foi perfeito, porque ele parou para acender um cigarro. Enquanto fazia isso, nós agarramos o para-choque traseiro daquele Fury e levantamos as rodas traseiras do chão, para que quando ele tentasse sair, jogando cascalho para todos os lados como sempre, sabe, as rodas ficariam apenas girando, sem ir a lugar nenhum. Entende o que quero dizer?"

— Entendo — respondi. *Era* uma brincadeira de criança. A gente tinha feito o mesmo truque de vez em quando nos bailes do colégio, e uma vez, de molecagem, tínhamos calçado o Dodge do treinador Puffer com blocos, suspendendo as rodas do chão.

— Mas a gente acabou levando uma espécie de choque. Ele acendeu o cigarro e depois ligou o rádio. Isso era outra coisa que nos deixava putos da vida, a maneira como ele sempre ficava ouvindo rock and roll, como se fosse um garotão em vez de uma porra de velho que já podia pedir a aposentadoria. Então ele passou a marcha da traveca para "drive". A gente não viu porque a gente tava abaixado pra não ser visto. Eu lembro que o Sonny Ballerman estava meio que rindo e, pouco antes de acontecer, sussurrou: "Tão levantadas, homens?", e eu sussurrei de volta: "Seu pinto tá levantado, Bellerman." Ele foi o único que se machucou de verdade, sabe. Por causa da aliança. E eu juro por Deus, aquelas rodas *estavam* levantadas! Estávamos com a traseira daquele Plymouth uns 10 centímetros acima do chão.

— O que aconteceu? — perguntei. Pela maneira como a história seguia, eu achava que sabia o que ia acontecer.

— O que aconteceu? Ele foi embora como sempre, foi o que aconteceu. Bem como se estivesse com as quatro rodas no chão. O carro atirou cascalho para os lados e arrancou aquele para-choque das nossas mãos, levando junto um metro de pele esfolada. Levou também a maior parte do dedo anular de Sonny Bellerman; a aliança dele ficou presa no para-choque, sabe, e aquele dedo saltou como rolha saindo da garrafa. E a gente ouviu LeBay rindo enquanto se afastava, como se soubesse o tempo todo que a gente estava ali. Ele poderia saber, sabe; se tivesse ido ao banheiro, depois de parar de gritar com Poochie, ele bem podia ter olhado pela janela enquanto mijava e visto a gente esperando por ele atrás do prédio.

"Bem, isto foi o fim dele na Legião. A gente mandou uma carta pra ele, dizendo que a gente não queria mais ele lá, e ele saiu. E depois, só pra mostrar como este mundo é engraçado: foi Sonny Bellerman quem se levantou na reunião, pouco depois da morte de LeBay, e disse que a gente devia fazer a coisa certa por ele mesmo assim. 'Certo', disse Sonny, ele disse 'O cara era um filho da puta sujo, mas lutou na guerra com a gente. Então, por que não lhe despachamos direito?' Então foi isso que a gente fez. Eu não sei. Acho que o Sonny Bellerman é muito mais cristão do que eu jamais serei.

— Vocês não devem ter levantado as rodas do chão — falei, pensando no que tinha acontecido aos sujeitos que arrebentaram Christine em novembro. Eles perderam muito mais do que a pele dos dedos.

— Mas a gente levantou sim — afirmou McCandless. — Quando a gente levou a saraivada de cascalho, ela veio das rodas *dianteiras*. Até hoje não consegui entender como ele fez aquilo. É meio assustador, como eu já disse. Gerry Barlow; ele era um dos caras na brincadeira; ele sempre afirmou que LeBay deve ter instalado uma tração nas quatro rodas de algum jeito. Mas eu não acho que exista um kit de conversão para algo assim, você acha?

— Não — respondi. — Não acho que isso possa ser feito.

— É, é impossível — assentiu McCandless. — Impossível. Bem, eita! Tagarelei a maior parte da minha folga do café, garoto. Quero voltar e pegar mais meia xícara, antes que acabe. Eu vou lhe mandar o endereço, se a gente tiver. Acho que temos.

— Obrigado, Sr. McCandless.

— Foi um prazer, Dennis. Cuide-se.

— Certo. Use e não abuse, está bem?

Ele riu.

— Era o que costumávamos dizer no 5º regimento.

Desligou. Recoloquei lentamente o fone no gancho e pensei em carros que continuam se movendo mesmo depois que você erguesse as rodas de tração do chão. *Meio assustador.* Era assustador mesmo, e o McCandless ainda tinha as cicatrizes para prová-lo. Isso me fez lembrar de algo que George LeBay me dissera. Ele também tinha ficado com uma cicatriz do relacionamento com Roland D. LeBay. E conforme envelheceu, a cicatriz *dele* se espalhou.

Véspera do Ano-Novo

For this daring young star met his death
While in his car,
No one knows the reason why –
Screaming tires, flashing fire, and gone
Was this young star,
O how could they let him die?
Still, a young man is gone, but his legend
Lingers on,
For he died without a cause…
— Bobby Troup

Liguei para Arnie, na véspera do ano-novo. Eu tivera uns dois dias para pensar e não queria realmente vê-lo, mas era necessário. Seria impossível decidir qualquer coisa enquanto não o visse de novo pessoalmente. E até ver Christine outra vez. Eu mencionara o carro a meu pai, durante o café, de passagem, como por acaso. Ele me disse que certamente todos os carros apreendidos na Garagem de Darnell já teriam sido fotografados e devolvidos.

Foi Regina Cunningham quem atendeu, com uma voz rígida e formal:

— Residência dos Cunningham.

— Oi, Regina, sou eu, Dennis.

— Dennis! — Ela soou satisfeita e surpresa. Por um instante, era a voz da antiga Regina, aquela que nos dava sanduíches de manteiga de amendoim recheados com pedacinhos de bacon (manteiga de amendoim e bacon, em pão integral, é claro). — Como vai você? Soubemos que já teve alta do hospital.

— Estou bem — falei. — E você?

Houve um breve silêncio, depois ela disse:

— Bem, você sabe como as coisas andaram por aqui.

— Problemas — respondi. — Sim, eu sei.

— Todos os problemas que não tivemos antes — ela disse. — Acho que eles só se acumularam em um canto e esperaram por nós.

Pigarreei de leve e não disse nada.

— Quer falar com Arnie?

— Se ele estiver por aí.

Após outra breve pausa, ela disse:

— Eu me lembro como, nos velhos tempos, vocês dois ficavam indo e vindo da casa um do outro na véspera do ano-novo para ver a virada. Foi por isso que você ligou, Dennis?

Ela parecia quase tímida, e isso nada tinha a ver com a antiga Regina, sempre marchando a todo vapor.

— Bem... sim — respondi. — Coisas de criança, eu sei, mas...

— Não! — exclamou ela, abruptamente. — De modo algum! Se Arnie algum dia já precisou de você, Dennis, se ele alguma vez já precisou de um amigo, esse dia é hoje. Ele... está lá em cima, dormindo. Tem dormido demais. Além disso, não... ele não... não...

— Não o quê, Regina?

— Ele não se matriculou em nenhuma faculdade! — ela explodiu, mas baixou a voz imediatamente, como se Arnie pudesse ouvi-la. — Nem uma! O Sr. Vickers, o nosso orientador no colégio, telefonou para mim e me contou! Arnie fez 700 pontos nos exames de admissão, poderia entrar em praticamente qualquer universidade do país... pelo menos teria podido, antes deste... deste problema... — Sua voz vacilou em direção às lágrimas, mas ela conseguiu se controlar de novo. — Converse com ele, Dennis. Se você pudesse estar com ele esta noite... tomar algumas cervejas com ele e... e apenas falar com ele...

Ela parou de falar, mas eu podia perceber que havia algo mais. Algo que ela precisava dizer e não conseguia.

— Por favor, Regina — falei. Eu não gostava da antiga Regina, a dominadora compulsiva que parecia dirigir as vidas do marido e do filho de modo que se encaixassem na própria agenda dela, mas eu gostava menos ainda desta mulher angustiada e chorosa. — Vamos, se acalme, está bem?

— Eu tenho medo de falar com ele — declarou ela, por fim. — Michael também não tem coragem... Arnie... parece explodir, se alguém o contraria em alguns assuntos. No começo era só o carro; agora é a universidade também. Converse com ele, Dennis, por favor. — Houve uma outra breve pausa e então, quase casualmente, ela revelou o coração do seu medo: — Acho que nós estamos perdendo Arnie.

— Não, Regina, escute...

— Vou chamá-lo — disse ela abruptamente, largando o fone. A espera pareceu se estender. Prendi o fone entre o queixo e o ombro e fiquei batendo com os nós dos dedos no gesso que ainda cobria a parte superior da perna esquerda. Lutei contra um desejo covarde de simplesmente desligar o telefone e fugir de toda aquela confusão.

Então tornaram a erguer o fone no outro lado.

— Alô? — disse uma voz cautelosa, e o pensamento que ardeu na minha mente, com absoluta certeza, foi: *Esse não é Arnie.*

— Arnie?

— Está me parecendo Dennis Guilder, a boca que anda como um homem — disse a voz, e *isso* soava como Arnie, claro, mas ao mesmo tempo não soava. A voz dele não ficara mais grave, mas dava a impressão de ter se *enrouquecido,* como pelo excesso de uso ou de gritos. Era assustadora, como se eu estivesse falando com um estranho que estava fazendo uma excelente imitação do meu amigo Arnie.

— Cuidado com o que diz, seu mané — respondi. Eu sorria, mas minhas mãos estavam frias. Geladas.

— Sabe — disse ele, em tom confidencial —, sua cara e meu traseiro exibem uma semelhança suspeita.

— Já notei a semelhança, mas da última vez, pensei que fosse o contrário — repliquei. Então um pequeno silêncio caiu entre nós. Já havíamos encerrado aquilo que fazia o papel de gentilezas entre nós. — Bem, o que você vai fazer esta noite? — perguntei.

— Nada de mais — respondeu. — Nenhum encontro ou coisa assim. E você?

— Claro, estou em plena forma — falei. — Vou pegar Roseanne e levá-la ao Studio 2000. Você pode ir conosco e, se quiser, segurar minhas muletas enquanto dançamos.

Ele deu uma risadinha.

— Eu pensei em dar um pulo até aí — disse eu. — Talvez a gente podia passar o réveillon juntos, como antigamente. O que acha?

— Isso! — exclamou ele. Pareceu feliz com a ideia, mas ainda não era bem o velho Arnie. — Ver Guy Lombardo e toda aquela bobagem feliz. Isso seria legal.

Fiz uma pausa por um momento, sem saber bem o que dizer. Respondi cautelosamente:

— Bem, talvez Dick Clark ou um outro qualquer. Guy Lombardo já morreu, Arnie.

— É mesmo? — ele pareceu confuso, duvidoso. — Ah. Ah, sim, acho que foi isso mesmo. E Dick Clark ainda está na área, né?

— É — respondi.

— Tenho que dar uma nota 85, Dick, essa canção tem um bom ritmo, e dá até para dançar — disse Arnie, mas não era a voz dele de jeito nenhum. Minha mente fez uma conexão súbita e horrivelmente inesperada

(o melhor cheiro do mundo... exceto, talvez, o de uma boceta)

e minha mão apertou convulsivamente o fone. Acho que quase gritei. Eu não estava falando com Arnie, estava falando com Roland D. LeBay. Eu estava falando com um morto.

— Esse é o Dick, mesmo — ouvi-me dizendo, como que a distância.

— Como está indo, Dennis? Você pode dirigir?

— Não, ainda não. Acho que vou pedir para o meu pai me levar. — Fiz uma breve pausa, depois mergulhei de cabeça: — Pensei que você talvez pudesse me trazer para casa depois, se já estiver com o carro. Pode ser?

— Claro! — ele pareceu sinceramente excitado. — Vai ser muito bom, Dennis! Excelente! Daremos algumas boas risadas. Como nos velhos tempos.

— É — respondi. E então, juro por Deus que isso simplesmente pulou da minha boca, acrescentei: — Como nos tempos do exército.

— É, isso mesmo! — replicou Arnie, rindo. — Muito legal! Até mais, Dennis.

— Certo — respondi, automaticamente. — Até mais — eu desliguei, fiquei olhando para o telefone e, de repente, comecei a tremer de alto a baixo. Nunca havia sentido tanto medo na vida como naquele momento. O tempo passa: a mente reconstrói suas defesas. Acho que um dos motivos pelos quais existem tão poucas evidências convincentes de fenômenos psíquicos é que a mente trabalha na reestruturação da evidência. Um pouco de mentira é melhor do que muita insanidade. Mais tarde eu questionei o que eu tinha ouvido, ou me obriguei a acreditar que Arnie não havia entendido bem meu comentário, mas naqueles poucos momentos depois de ter desligado o telefone, eu tive certeza: LeBay tinha possuído Arnie. De algum modo, morto ou não, LeBay estava dentro dele.

E LeBay estava tomando o controle.

A véspera do ano-novo estava fria e límpida. Meu pai me deixou na casa dos Cunningham às 18h45 e me ajudou a caminhar até a porta dos fundos — muletas não foram feitas para o inverno ou trilhas cobertas de neve.

A perua dos Cunningham não estava ali, mas Christine descansava na entrada para carros, o revestimento brilhante vermelho e branco resplandecendo com uma camada de cristais de gelo condensados. Ela tinha sido liberada somente naquela semana, junto com os outros carros apreendidos. Só de olhar para aquele carro tive uma sensação surda de medo, como uma dor de cabeça. Não queria voltar para casa naquele carro, não hoje à noite nem nunca mais. Preferia meu Duster, ordinário e fabricado em série, com os bancos cobertos de vinil e o adesivo idiota no para-choque: CARRO DO STAFF DA MÁFIA.

A luz da entrada dos fundos se acendeu e vimos a silhueta de Arnie indo até a porta. Aquela sombra nem mesmo *parecia* Arnie. Os ombros estavam caídos; os movimentos pareciam mais velhos. Falei para mim mesmo que devia ser tudo imaginação, minhas próprias suspeitas agindo sobre mim e, é claro, isso era tudo babaquice... e eu sabia disso.

Ele abriu a porta e se inclinou para fora, em uma velha camisa de flanela e jeans.

— Dennis! — exclamou. — É o cara!

— Oi, Arnie — respondi.

— Olá, Sr. Guilder.

— Oi, Arnie — meu pai cumprimentou, levantando a mão enluvada. — Como tem passado?

— Bom... Sabe como é, não muito bem, mas tudo vai mudar. Ano novo, vassoura nova, fora com a velha merda, boas vindas para a nova merda, certo?

— Acho que sim — disse meu pai, soando um tanto espantado. — Tem certeza que você não quer que eu volte para apanhá-lo, Dennis?

Eu queria que ele viesse me buscar mais do que tudo no mundo. No entanto, Arnie olhava para mim e sua boca ainda sorria, mas os olhos estavam opacos e vigilantes.

— Não, Arnie me levará para casa... se aquela banheira enferrujada der a partida, isto é.

— Oh-oh, veja lá o que diz do meu carro — Arnie retrucou. — Christine é muito sensível.

— É mesmo? — perguntei.

— Claro que é — disse Arnie, sorrindo.

Virei a cabeça e gritei:

— Sinto muito, Christine.

— Ótimo! Assim está melhor.

Por um momento, nós três ficamos ali, eu e meu pai ao pé dos degraus da porta da cozinha, Arnie na soleira mais acima, nenhum de nós parecendo saber o que dizer em seguida. Senti uma espécie de pânico — *alguém precisava* dizer alguma coisa, ou então toda aquela ridícula ficção de que nada mudara acabaria ruindo sob o próprio peso.

— Muito bem, garotos — disse meu pai, afinal —, fiquem sóbrios. Se tomarem mais do que duas cervejas, ligue para mim, Arnie.

— Não se preocupe, Sr. Guilder.

— Vamos ficar bem — falei, exibindo um sorriso que eu sabia forçado e falso. — Volte para casa e durma seu merecido sono de beleza, pai. Está precisando.

— Oh-oh — respondeu meu pai. — Veja lá o que diz do meu rosto. Ele é muito sensível.

Meu pai voltou para o carro. Fiquei ali vendo ele se afastar, com as muletas sob as axilas. Assisti enquanto ele passava por trás de Christine. Então, quando deu ré na entrada para carros e partiu na direção de casa, eu me senti um pouco melhor.

Bati a neve da ponteira de cada muleta, cuidadosamente, enquanto ainda estava na soleira. A cozinha dos Cunningham tem piso ladrilhado e uns dois quase acidentes me ensinaram que em superfícies lisas, duas muletas com neve podem se transformar em patins de gelo.

— Você sabe realmente manobrar esses bebês — comentou Arnie, ao me ver atravessando a cozinha.

Tirou do bolso da camisa de flanela um maço de cigarrilhas Tiparillos, escolheu uma, enfiou na boca a boquilha de plástico branco e a acendeu, com a cabeça inclinada para um lado. A chama do fósforo brincou momentaneamente em seu rosto, como faixas de tinta amarela.

— É uma habilidade que eu ficarei feliz em esquecer — respondi. — Quando você começou a fumar cigarrilhas?

— Na Garagem de Darnell — respondeu. — Mas eu não fumo na frente da minha mãe. O cheiro deixa ela furiosa.

Arnie não fumava como um garoto que estava aprendendo — parecia um fumante veterano de vinte anos.

— Pensei em fazer um pouco de pipoca — disse. — O que acha?

— É uma boa. Tem cerveja?

— Afirmativo. Tem uma embalagem de seis na geladeira e mais duas lá embaixo.

— Ótimo! — Sentei-me cuidadosamente à mesa da cozinha, estirando a perna esquerda. — Onde estão seus pais?

— Foram a uma festa de réveillon na casa dos Fassenbach. Quando você vai tirar esse gesso?

— Talvez no final de janeiro, se tiver sorte. — Agitei minhas muletas no ar e exclamei dramaticamente: — Tiny Tim voltou a andar! Que Deus nos abençoe, a cada um de nós!

A caminho do fogão, com uma panela, um saco de milho de pipoca e uma garrafa de óleo, Arnie riu e balançou a cabeça.

— O mesmo velho Dennis. Não arrancaram muita coisa de você, seu bosta.

— Bom, você também não foi lá um visitante muito frequente no hospital, Arnie.

— Levei uma ceia de Ação de Graças pra você, que diabo mais você quer, sangue?

Dei de ombros. Ele suspirou.

— Às vezes penso que você era o meu amuleto, Dennis.

— Cai fora, cabeça de borracha.

— Falo sério. Estive em maus lençóis desde que você se arrebentou, e ainda continuo. Fervendo em água quente. É um milagre que não pareça uma lagosta.

Ele riu com vontade. Não era o riso que se esperaria de um adolescente com problemas, mas sim o riso de um homem — sim, um homem — que está se divertindo muito. Arnie colocou a panela no fogo e despejou o óleo no fundo. O cabelo dele, mais curto do que costumava ser e penteado para trás num estilo novo para mim, caiu sobre a testa. Ele o jogou para trás com um gesto brusco da cabeça e acrescentou o milho ao óleo. Pôs a tampa na panela com uma porrada. Depois foi à geladeira. Pegou uma embalagem de seis cervejas. Colocou-a à minha frente, com outra porrada, retirou duas latas e as abriu. Entregou-me uma e ficou com a outra. Ele ergueu a dele. Eu ergui a minha.

— Um brinde — disse Arnie. — Morte aos bostas do mundo em 1979!

Baixei minha lata lentamente.

— Não posso brindar a isso, cara.

Vi uma fagulha de raiva nos olhos cinzentos. Ela pareceu cintilar neles, como um bom humor falso, para então desaparecer.

— Bem, então a que você *pode* brindar... *cara?*

— Que tal um brinde à universidade? — perguntei calmamente.

Ele me fitou com ar carrancudo, o bom humor anterior desaparecido como que por encanto.

— Eu deveria ter imaginado que ela encheria sua cabeça com esse lixo. Minha mãe é uma mulher que não hesitaria em baixar o nível para conseguir o que ela quer. Você sabe disso, Dennis. Ela beijaria até o traseiro do diabo, se fosse preciso.

Pousei minha lata de cerveja, ainda cheia.

— Bem, ela não beijou meu traseiro. Apenas disse que você ainda não se inscreveu em nenhum lugar e que ela estava preocupada.

— A vida é minha — disse Arnie. Seus lábios se torceram, modificando o rosto, tornando-o incrivelmente feio. — Eu farei o que eu quiser.

— E a universidade não é algo que você quer?

— É claro que sim, mas no meu próprio tempo. Diga isso a ela, caso ela pergunte. No meu próprio tempo. Não este ano. Definitivamente não. Se ela acha que eu vou para a Universidade de Pittsburgh, para Horlicks ou Rutgers bancar o calouro e ficar berrando como louco nos jogos de futebol, deve estar maluca. Não depois de toda a merda que passei esse ano. Sem chance, cara.

— E o que você *vai* fazer?

— Vou cair fora — respondeu ele. — Vou entrar em Christine e a gente vai motorar direto pra fora desta cidadezinha de merda. Você entende? — Sua voz começou a ficar mais aguda, chegando a ficar estridente, e eu senti o horror me invadindo novamente. Fiquei impotente diante daquele medo castrador, e eu só podia torcer que isso não transparecesse no meu rosto. Porque agora não era apenas a voz de LeBay, mas até mesmo seu *rosto*, nadando sob o rosto de Arnie como alguma coisa morta preservada em formol. — Tudo tem sido uma tempestade de merda e eu acho que o maldito Junkins continua atrás de mim, a todo vapor. Seria melhor ele tomar cuidado, antes que alguém acabe com ele...

— Quem é Junkins? — perguntei.

— Deixa para lá — respondeu Arnie. — Não é importante. — Atrás dele, o óleo começou a chiar. Um grão de milho estourou — *ploft!* — contra a tampa. — Tenho que agitar aquilo, Dennis. Vai querer fazer um brinde ou não? Para mim, não faz diferença.

— Está bem — falei. — Que tal um brinde a nós?

Ele sorriu, aliviando um pouco o aperto no meu peito.

— A nós, legal, é uma boa pedida, Dennis. A nós. Não podia ser outra coisa, hein?

— Claro — respondi com uma voz meio rouca. — Não podia ser outra coisa.

Fizemos tim-tim com as latas de cerveja e bebemos.

Arnie foi para o fogão e começou a agitar a panela, na qual o milho explodia cada vez mais rápido. Deixei uns dois goles de cerveja deslizarem pela minha garganta. Àquela altura, cerveja ainda era mais ou menos novidade para mim, e eu nunca tinha ficado bêbado com ela porque gostava do sabor, e porque alguns amigos — Lenny

Barongg principalmente — tinham me dito que quando a gente fica bêbado a ponto de cair, levantando e vomitando a camisa toda, a gente não consegue mais nem olhar para as latinhas durante semanas. Infelizmente, desde então eu descobri que isso não é a pura verdade.

Arnie, entretanto, bebia como se a Lei Seca fosse ser reinstaurada em primeiro de janeiro; esvaziara sua primeira lata antes mesmo de a pipoca terminar de estourar. Amassou a lata vazia, piscou para mim e disse:

— Veja como acerto bem no traseiro do vagabundinho, Dennis.

Não entendi a referência, e então eu simplesmente dei um sorriso sem significado enquanto ele jogava a lata na cesta do lixo. Ela bateu na parede e caiu na cesta.

— Dois pontos — falei.

— Isso mesmo — disse ele. — Que tal me passar outra?

E eu lhe passei outra, pensando, que diabo... meus pais planejavam passar o ano-novo em casa, e se Arnie ficasse realmente bêbado e apagasse, eu poderia ligar para o meu pai. Arnie bêbado talvez dissesse coisas que jamais diria sóbrio e, por outro lado, eu não queria voltar para casa com ele em Christine.

A cerveja, entretanto, não pareceu afetá-lo. Ele terminou de estourar a pipoca, despejou numa grande tigela de plástico, derreteu meia barra de margarina, despejou sobre as pipocas, salgou e disse:

— Vamos para sala ver TV. Que tal?

— Para mim está ótimo.

Peguei minhas muletas, apoiei-as sob as axilas — que ultimamente me davam a sensação de estarem criando calos — e então tateei a mesa tentando pegar as três cervejas que ainda estavam ali.

— Eu volto para pegá-las — disse Arnie. — Vamos. Antes que você se arrebente todo de novo.

Ele sorriu para mim e, naquele momento, não era ninguém além de Arnie Cunningham, numa magnitude que meu coração se partiu um pouquinho só de olhar para ele.

Estava passando um especial de ano-novo bem idiota na TV. Donny e Marie Osmond estavam cantando, ambos mostrando seus gigantescos dentes brancos em sorrisos amistosos mas, ao mesmo tempo, parecendo tubarões. Deixamos a TV ligada e conversamos. Falei com Arnie sobre as sessões de fisioterapia e como estava me exercitando com pesos e, depois de duas cervejas, confessei que tinha medo de nunca mais andar direito novamente. Não, jogar futebol na faculdade não me incomodava, mas aquilo sim. Ele assentiu com a cabeça, calmo e compreensivo, enquanto eu falava.

Eu vou ter que fazer uma pausa aqui e dizer que jamais passei uma noite tão peculiar na minha vida. Coisas piores ainda iriam acontecer, mas nada que tenha sido tão estranho, tão... *tão desconexo.* Era como assistir a um filme cujas imagens estão quase — mas não inteiramente — em foco. Às vezes ele parecia ser Arnie, mas em outras não havia a mais remota semelhança. Ele tinha adquirido maneirismos que eu nunca percebera antes — girar as chaves do carro nervosamente no retângulo de couro que servia de chaveiro, estalar os dedos e, ocasionalmente, morder a polpa do polegar com os dentes da frente. Houve ainda aquele comentário sobre "acertar bem no traseiro do vagabundinho", quando jogou fora a lata de cerveja. E apesar de ter bebido cinco cervejas no mesmo tempo que eu levei para terminar a minha segunda, com Arnie simplesmente virando uma atrás da outra, ele ainda não parecia estar bêbado.

E havia os gestos que eu sempre associara a Arnie e que pareciam ter desaparecido completamente: o puxão rápido e nervoso do lóbulo da orelha quando falava; o espreguiçar súbito das pernas que terminava com os tornozelos cruzados por alguns instantes; o hábito de exprimir o divertimento deixando o ar sibilar através dos lábios franzidos, em vez de rir abertamente. Esse último ele tinha feito uma ou duas vezes. Mas era mais comum que ele demonstrasse sua diversão por meio de uma sequência de risadinhas estridentes que eu associava a LeBay.

O especial terminou às onze da noite e Arnie girou o botão da TV até encontrar uma festa dançante em algum hotel de Nova York, e eles ficavam mostrando imagens externas da Times Square, onde uma boa multidão já tinha se reunido. Não era Guy Lombardo, mas chegava perto.

— Você não vai mesmo para a universidade? — perguntei.

— Não neste ano. Eu e Christine vamos para a Califórnia, assim que a formatura acabar. Para a costa dourada.

— Seus pais já sabem?

Ele pareceu surpreso com a ideia.

— Porra, não! E não vá contar a eles também! Preciso que eles saibam disso tanto quanto preciso de um pinto de borracha.

— E o que você vai fazer por lá?

Ele deu de ombros.

— Procurar por um emprego de consertar carros. Sou tão bom nisso como em qualquer outra coisa. — Então ele me deixou atônito, ao dizer casualmente: — Espero que eu consiga convencer Leigh a ir comigo.

Isso fez com que eu me engasgasse com a cerveja e comecei a tossir, espirrando a bebida nas minhas calças. Arnie me bateu duas vezes nas costas, com força.

— Você está bem?

— Estou — consegui dizer. — A cerveja desceu pelo tubo errado. Arnie... se você acha que ela vai com você, está vivendo no mundo dos sonhos. Leigh está dando duro nas inscrições para universidades. Tem um arquivo inteiro só disso, cara. Ela está levando isso a sério mesmo.

Os olhos dele se estreitaram imediatamente e tive a sensação angustiante de que a cerveja tinha feito que eu falasse mais do que deveria.

— E como é que você sabe tanto sobre a minha garota?

De repente, eu tive a sensação de ter caído num longo campo carregado de minas explosivas.

— Ela não fala em outra coisa, Arnie. Quando começa a falar nesse assunto, ninguém consegue impedir.

— Companheiro... Você não está chegando junto, está, Dennis? — Ele me observava atentamente, os olhos cheios de suspeita. — Você não faria uma coisa dessas, faria?

— Não — respondi, mentindo completa e absolutamente. — Isso é uma coisa horrível de se dizer.

— Então como sabe tanto sobre o que ela anda fazendo?

— Eu a vejo por aí — respondi. — Conversamos sobre você.

— Ela fala sobre mim?

— Sim, um pouco — comentei casualmente. — Disse que vocês dois tiveram uma briga por causa de Christine.

Era a coisa certa a dizer. Ele relaxou.

— Foi uma coisinha de nada. Uma briguinha. Ela vai mudar de ideia. E se ela quer fazer faculdade, há boas universidades na Califórnia. A gente vai se casar, Dennis. Vamos ter filhos e essa merda toda.

Lutei para manter o rosto impassível.

— Ela já sabe disso?

Ele riu.

— Sem chance! Ainda não. Mas vai saber. Muito em breve. Eu a amo e nada irá nos atrapalhar. — O riso extinguiu-se. — O que ela disse sobre Christine?

Mais uma mina.

— Disse que não gostava do carro. Eu acho que... talvez ela estivesse com um pouco de ciúme.

Foi a coisa certa de novo. Ele relaxou ainda mais.

— É, era ciúme mesmo. Mas ela vai mudar de ideia, Dennis. O caminho do verdadeiro amor nunca é tranquilo, mas ela vai mudar de ideia, não se preocupe. Se tornar a vê-la, diga que vou telefonar. Ou dê o recado quando as aulas recomeçarem.

Pensei em lhe dizer que naquele exato momento Leigh estava na Califórnia, mas decidi ficar calado. Eu me perguntei o que este novo e desconfiado Arnie faria se soubesse que eu beijara a garota com quem pensava casar, que eu a abraçara... que eu estava me apaixonando por ela.

— Veja, Dennis! — exclamou Arnie, apontando para a TV. A câmera mostrava a Times Square novamente. A multidão era um imenso — mas ainda crescente — organismo. Passava pouco das onze e meia. O ano velho estava nas últimas.

— Veja todos aqueles bostas!

Ele cacarejou sua risada estridente e excitada, terminou a cerveja e desceu para pegar mais seis. Fiquei sentado, pensando em Welch e Repperton, em Trelawney, Stanton, Vandenberg e Darnell. Pensei em como Arnie — ou quem quer que ele se tornara — julgava que ele e Leigh haviam tido apenas uma briguinha de namorados sem importância e em como encerrariam o ano letivo casando-se, como naquelas melosas baladas de amor dos anos 50.

E, oh Deus, tive um tremendo ataque de medo.

Viramos o ano-novo.

Arnie arranjou umas duas bombinhas e estalos de festa, do tipo que estoura e solta uma nuvem de pequenas serpentinas de papel crepom. Erguemos um brinde a 1979 e conversamos mais um pouco sobre assuntos neutros, como a decepcionante derrota dos Phillies nas semifinais e as chances dos Steelers de chegar ao Super Bowl.

A tigela de pipoca baixara até o milho sem estourar e os caroços queimados, quando decidi fazer uma das perguntas que estivera evitando.

— O que acha que aconteceu a Darnell, Arnie?

Ele me deu uma olhada rápida, depois voltou a olhar para a TV, onde casais dançavam com confetes do ano-novo nos cabelos. Bebeu mais um pouco de cerveja.

— As pessoas com quem ele fazia negócios calaram a boca dele porque poderia falar demais. É isso que eu acho que aconteceu.

— As pessoas para quem ele trabalhava?

— Will costumava dizer que a Máfia do Sul era ruim — explicou Arnie —, mas que os colombianos eram ainda piores.

— Quem são os...

— Os colombianos? — Arnie riu cinicamente. — Caubóis da cocaína, é isso que eles são. Will costumava afirmar que eles matariam você só porque você olhou para uma de suas mulheres do jeito errado, e às vezes quando você olhou da maneira certa. Talvez tenha sido coisa dos colombianos. O assassinato foi horrível o suficiente para ser coisa deles.

— Você estava traficando coca para Darnell?

Arnie deu de ombros.

— Eu transportava *muamba* para Will. Só transportei coca para ele uma ou duas vezes, e dou graças a Deus por não estar carregando nada pior do que cigarros ilegais quando me pegaram. Eles me pegaram com a mão na massa, cara. Uma merda feia. Mas se a situação fosse a mesma, eu provavelmente faria tudo de novo. Will era um velho filho da puta sujo e nojento, mas, de certa forma, era legal. — Seus olhos ficaram velados, estranhos. — Sim, de certo modo era legal. Mas ele sabia demais. Foi por isso que foi eliminado. Sabia demais... e, mais cedo ou mais tarde, terminaria dando com a língua nos dentes. Acho que foram os colombianos. Escrotos malucos.

— Não entendi nada. E nem é da minha conta, acho.

Ele olhou para mim, sorriu e piscou.

— Era a teoria do dominó. Pelo menos, deveria ter sido. Havia um sujeito chamado Henry Buck. Ele deveria ter me delatado. Então eu delataria Will. E depois... a grande jogada... Will deveria ter delatado os caras lá do Sul, que lhe vendiam as drogas, os fogos de artifício, os cigarros e a bebida. Eram eles que Jun... que os tiras realmente queriam. Especialmente os colombianos.

— E você acha que eles mataram Darnell?

Arnie me fitou sem emoção.

— Eles ou a Máfia do Sul, lógico. Quem mais?

Balancei a cabeça.

— Bem — disse ele —, vamos tomar mais uma cerveja e então eu lhe dou uma carona até sua casa. Eu me diverti muito esta noite, Dennis, de verdade.

Havia um toque de sinceridade naquilo, mas Arnie jamais faria um comentário babaca como: "Eu me diverti muito esta noite, Dennis, de verdade". Não o velho Arnie.

— Hum... eu também, cara.

Eu não queria outra cerveja, mas aceitei assim mesmo. Eu queria adiar o momento inevitável em que teria que entrar em Christine. Naquela tarde, isso parecera um passo necessário — experimentar a atmosfera daquele carro pessoalmente... se é que havia alguma atmosfera para se experimentar. Agora parecia ser uma ideia aterradora e insana. O segredo do que eu e Leigh nos estávamos tornando um para o outro parecia um enorme ovo em minha cabeça.

Diga-me, Christine, você pode ler pensamentos?

Senti um riso insano subindo em minha garganta e despejei cerveja nele.

— Escute — falei —, posso ligar para o meu pai vir me buscar, se você quiser, Arnie. Ele ainda deve estar acordado.

— Sem problemas — disse Arnie. — Eu conseguiria caminhar 3 quilômetros em linha reta, não se preocupe.

— Eu só pensei...

— Aposto que você está louco para voltar a dirigir, não está?

— É, estou.

— Não há nada melhor do que estar atrás do volante do próprio carro — disse Arnie, e então seu olho esquerdo efetuou a piscada remelenta de um velho devasso. — Exceto talvez uma boceta.

Chegou a hora. Arnie desligou a TV e eu atravessei a cozinha com as muletas e vesti o meu velho casaco de esqui, esperando que Michael e Regina chegassem da festa e atrasassem as coisas um pouco mais — talvez Michael sentisse o cheiro de bebida no bafo de Arnie e me oferecesse uma carona. A lembrança da tarde em que eu deslizara para trás do volante de Christine, enquanto Arnie estava na casa de LeBay, negociando com o velho filho da puta, ainda estava bem clara na minha mente.

Arnie pegara umas duas cervejas na geladeira — "Para a estrada", disse. Pensei em lhe dizer que se fosse flagrado dirigindo embriagado enquanto estava em liberdade sob fiança, provavelmente iria para a cadeia antes de piscar um olho. Depois decidi que era melhor ficar calado. Saímos.

A primeira madrugada de 1979 estava terrivelmente fria, o tipo de frio que faz a umidade do nariz congelar em segundos. Os bancos de neve à margem da entrada para carros cintilavam como bilhões de diamantes. E lá estava Christine, as vidraças negras cobertas por uma película de neve. Olhei para o carro. *A Máfia,* dissera Arnie. *A Máfia do Sul ou os colombianos.* Soava melodramático, mas possível — não, mais: soava plausível. Mas a Máfia dá tiros nas pessoas, as empurrava pelas janelas, as estrangulava. Segundo a lenda, Al Capone tinha se livrado de um pobre otário usando um taco de beisebol recheado de chumbo. Só que... dirigir um carro sobre o gramado nevado de um sujeito e atravessar a parede da casa com o carro e entrar em sua sala de estar...

Os colombianos, talvez. Arnie disse que os colombianos são loucos. Mas loucos *assim*? Eu acho que não.

Christine cintilava sob luz que vinha da casa e das estrelas. E se *tivesse sido* ela? E se ela descobrisse que eu e Leigh tínhamos nossas suspeitas? Pior ainda, e se ela descobrisse que a gente estava ficando?

— Precisa de ajuda nos degraus, Dennis? — perguntou Arnie, me dando um susto.

— Não. Eu consigo lidar com os degraus — respondi. — Prefiro uma mãozinha no caminho até o carro.

— Sem problema, cara.

Desci os degraus da cozinha em diagonal, agarrando o corrimão numa das mãos e as muletas na outra. Na caminho eu me apoiei sobre elas, dei uns dois passos e então escorreguei. Uma pontada cega de dor subiu pela minha perna esquerda, aquela que ainda não valia nada. Arnie me segurou.

— Obrigado — falei, feliz com a chance de soar assustado.

— Tranquilo.

Chegamos ao carro, e Arnie perguntou se eu conseguia entrar sozinho. Respondi que sim. Ele me deixou e deu a volta pela frente do capô de Christine. Segurei a maçaneta com mão enluvada e uma sensação desesperançosa de medo e repulsa me dominou. Só então comecei a acreditar naquilo, bem lá no fundo, onde uma pessoa vive. Porque a maçaneta parecia estar viva em minha mão. Eu a sentia como uma fera viva que estivesse adormecida. Aquela maçaneta não passava a sensação de aço cromado; Santo Deus, ela passava a sensação de pele. Como se eu pudesse apertá-la e despertar a fera, rugindo.

Fera?

Certo, *que* fera?

O que seria? Alguma espécie de *Afrit*, um demônio árabe? Um carro comum que de alguma forma tinha se tornado a perigosa e fétida moradia de um demônio? Uma sobrenatural manifestação dos restos da personalidade de LeBay, uma casa mal-assombrada infernal que rodava sobre pneus Goodyear? Eu não sabia. Sabia apenas que estava assustado, aterrorizado. Eu achava que não ia conseguir ir em frente com aquilo.

— Ei, você está bem? — perguntou Arnie. — Consegue entrar?

— Consigo — respondi roucamente e meti o polegar no botão abaixo da maçaneta. Abri a porta, virei-me de costas para o banco e deixei o corpo cair sobre ele, as pernas rigidamente estendidas. Segurei a perna e a girei para dentro. Era como transportar um móvel. Meu coração martelava no peito. Puxei a porta e a fechei.

Arnie girou a chave e o motor ganhou vida — como se a máquina estivesse quente, em vez de gelada. Então fui assaltado pelo cheiro, parecendo vir de toda parte, mas principalmente parecendo emanar do estofamento: o fedor forte, doentio e podre de morte e decomposição.

Não sei como descrever aquela volta para casa, aquela viagem de carro de 5 quilômetros que não durou mais do que uns dez ou 12 minutos, sem soar como um fugitivo do hospício. Não há como ser objetivo a respeito; simplesmente estar aqui sentado tentando é o suficiente para me deixar com frio e calor ao mesmo tempo, febril e doentio. Não há como separar o que era real e o que minha mente poderia ter fabricado: nenhuma linha divisória entre o objetivo e o subjetivo, entre a verdade e a horripilante alucinação. Mas isso não era embriaguez, posso garantir pela minha própria vida. Qualquer mínima "onda" que a cerveja pudesse ter provocado em mim evaporou imediatamente. O que se seguiu foi uma lúcida e sóbria excursão pelo país dos malditos.

Para começar, nós voltamos no tempo.

Por algum tempo, não era Arnie quem estava dirigindo de maneira alguma; era LeBay, apodrecido e fedendo a sepultura, metade esqueleto e metade carne apodrecida e esponjosa, e botões corroídos e esverdeados. Larvas subiam lentamente a partir do colarinho. Eu podia ouvir um zumbido grave e, a princípio, pensei que fosse algum curto-circuito numa das luzes do painel. Só mais tarde comecei a pensar que poderia ter sido o som de moscas incubando na carne dele. É claro, era inverno, mas...

Às vezes parecia que havia outras pessoas no carro conosco. Olhei uma vez pelo espelho retrovisor e vi uma mulher que era como um manequim de cera, me encarando com os olhos vivos e cintilantes de um troféu empalhado. Os cabelos eram no estilo pajem, uma moda dos anos 50. As bochechas dela pareciam ter sofrido uma aplicação exagerada de rouge, e eu lembrei que o envenenamento por monóxido de carbono supostamente criava uma ilusão de vida e pele corada. Mais tarde, tornei a dar uma olhada pelo espelho e tive a impressão de ver uma menininha lá atrás, o rosto escurecido pela asfixia, os olhos esbugalhados como os de um bicho de pelúcia cruelmente espremido. Fechei os olhos e, ao abri-los, Buddy Repperton e Richie Trelawney surgiram no espelho retrovisor. O sangue tinha se coagulado na boca, queixo, pescoço e na camisa de Buddy. Richie era uma carcaça carbonizada — mas com olhos vivos e atentos.

Buddy estendeu o braço lentamente. Segurava uma garrafa de Texas Driver na mão enegrecida.

Fechei os olhos de novo. Depois disso, não olhei mais para o espelho.

Lembro que tocava rock and roll no rádio: Dion e os Belmonts, Ernie K-Doe, os Royal Teens, Bobby Rydell ("Oh, Bobby, oh... Tudo está legal... Ficamos felizes que você frequente uma escola maneira...").

Lembro também que, por um momento, parecia haver dados vermelhos de isopor pendurados no espelho retrovisor, depois havia sapatinhos de criança, em seguida, nem uma coisa nem outra.

Acima de tudo, eu lembro de ter me agarrado ao pensamento de que essas coisas, como o fedor de carne putrefata e estofados mofados — que elas existiam apenas na minha mente, que eram como as miragens que assombram a consciência de um fumador de ópio.

Era como se eu fosse um cara muito doidão tentando manter algum tipo de conversa racional com uma pessoa sóbria. Sim, porque eu e Arnie conversamos; eu me lembro disso, mas não dos assuntos dos quais falamos. Eu segurei as pontas. Mantive a voz normal. Respondi ao que ele dizia. E aqueles dez ou 12 minutos pareceram durar horas.

Já disse que é impossível ser objetivo sobre aquele trajeto de carro; caso tenha existido alguma progressão lógica de eventos, agora ficou perdida para mim, bloqueada. Aquela jornada através da noite negra e gelada realmente foi como um passeio por um bulevar que levava ao inferno. Não consigo me lembrar de tudo o que aconteceu mas, ainda assim, me lembro de mais do que gostaria. Saímos da entrada da garagem em marcha a ré e penetramos um trem fantasma insano, onde todos os sustos eram reais.

A gente voltou no tempo, eu disse, mas voltamos mesmo? As ruas atuais de Libertyville continuavam lá, mas eram como um filme tênue — como se a Libertyville do final dos anos 70 tivesse sido desenhada sobre plástico transparente, e colocada sobre uma época que, de certa forma, era mais real, e eu pude sentir aquela época estendendo as mãos mortas para nós, tentando nos pegar e nos prender para sempre. Arnie parava em cruzamentos onde nós tínhamos a preferência; em outros, onde os sinais de trânsito brilhavam vermelhos, rodava suavemente com Christine sem ao menos reduzir a marcha. Na Main Street, vi a Joalheria Shipstad e o Teatro Strand, ambos demolidos em 1972 para dar lugar ao novo Banco Comercial da Pensilvânia. Os carros estacionados ao longo da rua — reunidos em grupos aqui e ali, onde aconteciam as festas de ano-novo —, todos parecendo ser anteriores a 1960... ou de antes de 1958. Buicks cupê 4 portas. Uma perua DeSoto Fireflite, com um detalhe decorativo azul que ocupava toda a lateral do carro... Um cupê Dodge Lancer 57 de quatro portas. Fords Fairlanes, com suas características lanternas traseiras, parecendo enormes dois pontos de lado. Pontiacs cuja grade do radiador ainda não fora dividida. Ramblers, Packards e alguns Studebakers com focinho em forma de bala, e um fantástico Edsel novo em folha.

— É, este ano será melhor — disse Arnie. Olhei para ele. Meu amigo ergueu a lata de cerveja até os lábios e, antes que chegasse lá, seu rosto tinha se transformado no de LeBay, uma figura apodrecida de alguma história em quadrinhos de terror. Os dedos que seguravam a lata eram apenas ossos. Eu juro para você que eram apenas ossos, e as calças jaziam quase completamente achatadas contra o assento, como se não houvesse nada dentro delas além de cabos de vassoura.

— Será mesmo? — falei, respirando o corrompido e asfixiante miasma do carro o mais superficialmente possível, tentando não engasgar.

— Será sim — disse LeBay, só que ele agora era Arnie novamente, e quando paramos num sinal vermelho, eu vi um Camaro 77 passar disparado. — Eu só peço que você fique um pouco do meu lado, Dennis. Não deixe minha mãe arrastar você para essa merda. As coisas vão mudar.

Ele era LeBay de novo, sorrindo descarnada e eternamente diante da ideia de que as coisas mudariam. Senti meu cérebro começando a cambalear. Sem dúvida, logo começaria a gritar.

Baixei os olhos, desviando-os daquele meio-rosto horrível, e vi o que Leigh tinha visto: instrumentos do painel que não eram instrumentos de forma alguma, mas olhos verdes luminosos se esbugalhando para mim.

Em algum momento o pesadelo terminou. Paramos junto ao meio-fio numa área da cidade que eu nem reconheci, uma vizinhança que eu podia jurar nunca ter visto antes. Havia casas idênticas por todos os lados, algumas quase prontas, outras não passando de estruturas nuas. Mais ou menos na metade do quarteirão, iluminado pelos faróis altos de Christine, um placa dizia:

LOTEAMENTO MAPLEWAY
CORRETORES DE LIBERTYVILLE — VENDEDORES EXCLUSIVOS
Um bom lugar para criar seus filhos
Pense nisto!

— Bem, aqui estamos — disse Arnie. — Acha que pode andar até a porta sozinho, cara?

Olhei indeciso em torno para aquele projeto de urbanização deserto e coberto de neve. Depois concordei. Era melhor ficar ali, de muletas e sozinho, do que naquele terrível carro. Senti um largo sorriso plastificado em meu rosto.

— Claro que posso. Obrigado.

— Sem problema — disse Arnie. Terminou sua cerveja e LeBay a atirou em uma sacola de lixo. — Mais um soldado morto.

— Sim — respondi. — Feliz ano-novo, Arnie.

Procurei a maçaneta e abri a porta. Perguntei-me se conseguiria sair, se meus braços trêmulos aguentariam as muletas.

LeBay olhava para mim, sorrindo.

— É só ficar do meu lado, Dennis — disse ele. — Você sabe o que acontece aos bostas que não ficam.

— Sim, claro — sussurrei. Eu sabia muito bem.

Botei minhas muletas para fora do carro e ergui o corpo para me apoiar nelas, pouco ligando para qualquer gelo existente no solo. Elas ficaram de pé. E, imediatamente, o mundo sofreu uma transformação retorcida. Surgiram luzes — só que, evidentemente, elas haviam estado ali o tempo todo. Minha família se mudara para o Loteamento Mapleway em junho de 1959, um ano antes do meu nascimento. Ainda morávamos ali, mas a área não era mais conhecida como Loteamento Mapleway desde 1963 ou 64 no máximo.

Fora do carro, eu olhava para minha casa na minha própria rua perfeitamente normal — apenas outra parte de Libertyville, Pensilvânia. Tornei a olhar para Arnie meio que esperando ver LeBay novamente, o motorista de táxi do inferno, com sua carga noturna dos mortos.

No entanto, era apenas Arnie, usando o casaco do colégio com seu nome costurado acima do lado esquerdo do peito. Arnie parecendo pálido e sozinho demais. Arnie, com uma lata de cerveja apoiada na virilha.

— Boa noite, cara.

— Boa noite — respondi. — Tome cuidado quando voltar para casa. Você não quer ser parado.

— Não serei — disse ele. — Cuide-se, Dennis.

— Pode deixar.

Bati a porta. Meu horror tinha se transformando numa profunda e terrível tristeza — como se ele tivesse sido enterrado. Enterrado vivo. Fiquei olhando enquanto Christine se afastava do meio-fio e seguia rua abaixo. Olhei até que ela dobrou a esquina e desapareceu. Então comecei a subir a entrada para a minha casa. A alameda estava em boas condições. Meu pai tinha espalhado um saco de cinco quilos de sal-gema quase inteiro para derreter a neve, pensando em mim.

Eu já tinha passado de três quartos do trajeto até a porta quando uma sensação acinzentada pareceu me envolver como um nevoeiro. Tive que parar e abaixar a cabeça, tentando segurar a onda. Eu poderia desmaiar aqui fora, pensei vagamente, e morrer congelado na minha própria calçada, onde um dia eu e Arnie brincamos de amarelinha e pique-estátua.

Por fim, pouco a pouco, a sensação acinzentada começou a clarear. Senti um braço em torno de minha cintura. Era meu pai, de roupão e chinelos.

— Dennis, você está bem?

Se eu estava bem? Eu tinha sido deixado em casa por um cadáver!

— Estou — respondi. — Fiquei meio tonto. Vamos entrar. Você vai acabar congelando.

Ele subiu os degraus comigo, o braço ainda em torno de minha cintura — e era bom estar com ele.

— Mamãe ainda está acordada? — perguntei.

— Não. Ela esperou a virada do ano e depois ela e Ellie foram dormir. Você está bêbado, Dennis?

— Não.

— Pois você não parece bem — disse ele, batendo a porta atrás de nós.

Dei uma risada que era um pequeno guincho insano, e as coisas ficaram cinzentas de novo... mas brevemente, desta vez. Quando eu me recuperei, meu pai olhava para mim com muita preocupação.

— O que aconteceu lá?

— Pai...

— Fale comigo, Dennis!

— Eu não posso, pai.

— O que *está acontecendo* com ele? O que há de errado com ele, Dennis?

Apenas balancei a cabeça e não foi só por causa da loucura daquilo tudo, ou porque temia por mim mesmo. Agora eu temia por todos eles — meu pai, minha mãe, Elaine, os pais de Leigh. Temia horrivelmente por eles.

É só ficar do meu lado, Dennis. Você sabe o que acontece aos bostas que não ficam.

Eu teria mesmo ouvido aquilo?

Ou seria apenas a minha imaginação?

Meu pai ainda olhava para mim.

— Eu *não posso.*

— Está bem — disse ele. — Por enquanto. Eu acho. Mas eu preciso saber uma coisa, Dennis, e quero que você me diga. Você tem algum motivo para acreditar que Arnie esteve envolvido de alguma forma nas mortes de Darnell e daqueles rapazes?

Pensei no rosto sorridente e putrefato de LeBay, as calças frouxas em torno de algo que só poderiam ser ossos.

— Não — respondi, e era quase a verdade. — Arnie, não.

— Certo — disse ele. — Quer ajuda na escada?

— Eu consigo me virar. Vá dormir também, papai.

— Sim, irei logo. Feliz ano-novo, Dennis... e se quiser me contar alguma coisa, ainda estou aqui.

— Não há nada para contar — respondi.

Nada que eu *pudesse* contar...

— Por algum motivo — disse ele —, eu duvido disso.

Fui para o quarto, deitei na cama, deixei a luz acesa e não consegui dormir mesmo. Foi a mais longa noite da minha vida, e várias vezes eu pensei em me levantar e ir me deitar com a minha mãe e o meu pai, como fazia quando era criança. Houve um momento em que me flagrei me levantando da cama e tateando em busca das muletas. Eu me deitei outra vez. Sim, eu temia por todos eles, mas isso não era o pior. Não era mais.

Eu estava com medo de enlouquecer. Isso que era o pior.

O sol estava começando a despontar no horizonte quando finalmente adormeci e cochilei inquietamente por umas três ou quatro horas. Quando acordei, minha mente já começava a tentar se curar com uma dose de irrealidade. Meu problema era que eu simplesmente não podia mais me dar ao luxo de escutar aquela canção de ninar. Eu tinha cruzado a fronteira de vez.

George LeBay Novamente

That fateful night the car was stalled
Upon the railroad track,
I pulled you out and you were safe,
But you went running back...
— Mark Dinning

Na sexta-feira, 5 de janeiro, recebi um cartão postal de Richard McCandless, secretário do Posto da Legião Americana de Libertyville. Escrito nas costas, numa caligrafia a lápis borrada, estava o endereço de George LeBay em Paradise Falls, Ohio. Fiquei com o cartão no bolso traseiro a maior parte do dia, tirando-o ocasionalmente e olhando para ele. Não queria telefonar para George LeBay; não queria voltar a falar com ele sobre o irmão louco dele, Roland; não queria que esse assunto louco fosse mais longe ainda de forma alguma.

Naquela tarde, meus pais foram ao Monroeville Mall com Ellie, que queria gastar parte do dinheiro que ganhou no Natal em um par de esquis novos. Meia hora depois que eles saíram, peguei o telefone e coloquei o cartão postal de McCandless à minha frente. Uma ligação para a telefonista localizou Paradise Falls no código de área 513 — oeste de Ohio. Após uma pausa para pensar, liguei para o auxílio à lista do código 513 e pedi à telefonista o número de LeBay. Anotei-o no cartão, fiz nova pausa para pensar — agora uma pausa mais longa —, e então tirei o fone do gancho uma terceira vez. Disquei metade do número de LeBay e então desliguei. *Foda-se,* pensei, cheio de um ressentimento nervoso que não me lembrava de ter sentido antes. *Já chega dessa merda, então foda-se, não vou ligar para ele. Estou cheio disso tudo, lavo minhas mãos de toda essa porra de confusão. Que ele vá para o inferno no próprio carro. Foda-se!*

— Foda-se! — sussurrei e saí dali, antes que a consciência começasse a pesar novamente. Subi as escadas, tomei um banho de esponja e fui me deitar. Já estava profundamente adormecido quando Ellie e meus pais voltaram, dormi muito e muito bem naquela noite. Foi uma boa coisa, porque levou muito tempo até que eu voltasse a dormir tão bem assim. Muito tempo mesmo.

Enquanto eu dormia, alguém — *alguma coisa* — matou Rudolph Junkins, da Polícia Estadual da Pensilvânia. Estava no jornal quando me levantei na manhã seguinte. INVESTIGADOR DO CASO DARNELL ASSASSINADO PERTO DE BLAIRSVILLE, bradavam as manchetes.

Meu pai estava lá em cima tomando uma ducha. Ellie e duas amigas estavam na varanda, rindo e cacarejando enquanto jogavam Banco Imobiliário. Minha mãe elaborava uma de suas histórias no quarto de costura. Eu estava sozinho à mesa, atordoado e assustado. Ocorreu-me que Leigh e sua família voltariam da Califórnia no dia seguinte, no outro começariam as aulas e, a menos que Arnie (ou LeBay) mudasse de ideia, ela seria ativamente perseguida.

Empurrei lentamente o prato com os ovos mexidos que eu mesmo fizera. Não queria mais. Ontem à noite tinha parecido possível me afastar de todo aquele negócio agourento e inexplicável que cercava Christine com a mesma facilidade com que tinha afastado o café da manhã. Agora eu me perguntava como pudera ser tão ingênuo.

Junkins era o homem que Arnie mencionara na véspera do ano-novo. Eu não poderia nem fingir para mim mesmo que não fora. O jornal dizia que ele era o encarregado da investigação sobre Will Darnell do lado da Pensilvânia, dando a entender que alguma organização criminosa sombria estava por trás do assassinato. Arnie apontaria a Máfia do Sul. Ou os colombianos loucos.

Eu pensava diferente.

O carro de Junkins havia sido encontrado em uma estrada rural solitária e estava tão destroçado que só serviria para o ferro-velho,

(o maldito Junkins continua atrás de mim, a todo vapor. Era melhor ele tomar cuidado, antes que alguém acabe com ele... É só ficar do meu lado, Dennis. Você sabe o que acontece aos bostas que não ficam...)

com Junkins ainda dentro.

Quando Repperton e seus amigos foram mortos, Arnie estava na Filadélfia com o clube de xadrez. Quando Darnell foi assassinado, ele estava em Ligonier com os pais, visitando parentes. Álibis de aço. Imaginei que ele teria outro para Junkins. Sete — sete mortes agora, todas formando um círculo mortal ao redor de Arnie Cunningham e Christine. Certamente a polícia podia ver isso; nem mesmo um cego perderia cadeia de motivações tão explícita. O jornal, entretanto, não dizia que alguém estava "auxiliando a polícia nas investigações", como os ingleses diriam com tanta delicadeza.

É claro que a polícia não tem o hábito de entregar tudo o que sabe aos jornais. Eu sabia disso, porém todos os meus instintos diziam que os tiras estaduais não investigavam seriamente a conexão de Arnie com este último assassinato por automóvel.

Arnie estava livre.

O que Junkins teria visto vindo atrás dele, naquela estrada rural nos arredores de Blairsville? Um carro vermelho e branco, pensei. Talvez vazio, talvez dirigido por um cadáver.

Alguém pisou na minha sepultura e eu fiquei com os braços arrepiados.

Sete pessoas mortas.

Aquilo tinha que acabar. No mínimo porque matar poderia talvez se tornar um hábito. Se Michael e Regina discordassem dos planos loucos de Arnie sobre a Califórnia, então um deles, talvez ambos, poderiam ser as próximas vítimas. Ele poderia procurar Leigh no colégio na próxima terça-feira e pedi-la em casamento... e se ela simplesmente dissesse não? Imagine o que Leigh poderia encontrar junto ao meio-fio esperando por ela, quando voltasse para casa à tarde?

Meu Deus do céu, eu estava assustado.

Minha mãe apareceu na cozinha.

— Você não está comendo, Dennis.

Ergui os olhos.

— Fiquei lendo o jornal. Acho que não estou com muita fome, mãe.

— Você precisa comer direito ou não vai ficar bom. Quer que prepare um mingau de aveia?

Meu estômago se retorceu ao pensar nisso, mas sorri e balancei a cabeça.

— Não. Pode deixar que eu como muito no almoço.

— Promete?

— Prometo.

— Você está se sentindo bem, Denny? Ultimamente me parece tão cansado, tão abatido...

— Estou bem, mãe.

Estiquei o sorriso, para mostrar a ela como estava bem. Então pensei nela saindo do Reliant azul dela no Monroeville Mall, e duas fileiras atrás havia um carro branco e vermelho, esperando. Mentalmente, eu a vi passar diante dele, com a bolsa debaixo do braço, vi a alavanca de câmbio de Christine cair subitamente para DRIVE...

— Tem certeza? Não é a perna que está incomodando, é?

— Não.

— Está tomando suas vitaminas?

— Estou.

— E os frutos de roseira?

Caí na gargalhada. Ela pareceu irritada por um instante, depois sorriu.

— Você é um insolente, Dennis Guilder — disse, com seu melhor sotaque irlandês (que é muito bom, já que a mãe dela nascera no velho país) —, e não tem jeito mesmo!

Ela voltou para o quarto de costura e, após um momento, recomeçaram as explosões irregulares de sua máquina de escrever.

Peguei o jornal e olhei para a foto do carro amassado de Junkins. CARRO DA MORTE, dizia a legenda.

Tente isto, pensei: *Junkins está interessado em muitas outras coisas além de descobrir quem vendia fogos de artifício ilegais e cigarros a Will Darnell. Junkins é um detetive estadual, e detetives estaduais trabalham em mais de um caso ao mesmo tempo. Poderia estar querendo descobrir quem matou Moochie Welch. Ou podia estar...*

Peguei as muletas, fui até o quarto de costura e bati à porta.

— O que é?

— Desculpa incomodar, mãe...

— Não seja bobo, Dennis.

— Você vai ao centro da cidade hoje?

— Pode ser. Por quê?

— Porque eu queria ir à biblioteca.

Às três horas da tarde daquele sábado a neve recomeçou a cair. Eu estava com um pouco de dor de cabeça depois de ficar olhando para a tela do leitor de microfilmes, mas tinha conseguido o que queria. Meu palpite fora na mosca — não que tivesse sido um grande salto de intuição.

Junkins fora mesmo o encarregado do caso de atropelamento e fuga que vitimara Moochie Welch... mas também fora incumbido de investigar o que acontecera a Repperton, Trelawney e Bobby Stanton. Ele teria que ser um tira muito tapado para não ler o nome de Arnie nas entrelinhas do que estava acontecendo.

Eu me recostei na cadeira, desliguei a máquina e fechei os olhos. Tentei ser Junkins por um minuto. Ele suspeita que Arnie está envolvido naqueles assassinatos. Não acha que ele tenha executado os feitos, mas sabe que está envolvido de algum modo. Desconfia de Christine? Talvez sim. Nos filmes de detetives na TV, eles sempre são ótimos em identificar armas, máquinas de escrever usadas para digitar notas de resgate e carros envolvidos em atropelamentos e fugas. Fragmentos de tinta, arranhados na pintura, talvez...

Então a batida na garagem de Darnell acontece. Para Junkins, isso é realmente excelente. A garagem será fechada e tudo que estiver dentro dela será apreendido. Talvez Junkins suspeite...

Do quê?

Tentei imaginar com mais intensidade. Sou um tira. Acredito em respostas legítimas, respostas mentalmente sãs, respostas rotineiras. Então quais são as minhas suspeitas? Após um momento, eu entendi.

Um cúmplice, é claro. Eu suspeito da existência de um cúmplice. *Tem* de haver um cúmplice. Ninguém, em seu juízo perfeito, desconfiaria que o carro estaria fazendo aquilo sozinho. Então...?

Então, depois que a garagem foi interditada, Junkins leva para lá os melhores técnicos e laboratoristas que pôde encontrar. Eles examinam Christine de ponta a ponta, procurando indícios do que aconteceu. Raciocinando como Junkins raciocinaria — pelo menos tentando —, eu acredito que tem de existir alguma evidência, algum indício. Se chocar contra um corpo humano não é como bater num travesseiro de penas. Bater contra a barreira lá nas Squantic Hills também não é como bater contra um travesseiro de penas.

Então o que acabam descobrindo aqueles peritos em homicídios automotivos?

Nada.

Não encontram nenhum amassado, nenhum retoque na pintura, nenhuma mancha de sangue. Não encontram fragmentos marrons da pintura da barreira na estrada das Squantic Hills encravados no carro. Resumindo, Junkins não encontra a mais remota evidência de que Christine foi usada em qualquer um dos crimes. Agora, vamos dar um salto até o assassinato de Darnell. Será que Junkins volta à garagem no dia seguinte, para verificar Christine? Eu voltaria, se fosse ele. A parede de uma casa também não é um travesseiro de penas — e um carro que acabou de atravessá-la deve ter sofrido grandes danos, danos que simplesmente não poderiam ser reparados da noite para o dia. E, quando ele chega, o que encontra?

Apenas Christine, sem nem mesmo um risco no para-choque.

Isto levou a mais uma dedução, uma dedução que explica por que Junkins nunca deixou alguém vigiando o carro. Eu não tinha conseguido entender isso antes, pois afinal ele só podia ter suspeitado do envolvimento de Christine. No fim, porém, ele foi comandado pela lógica — e talvez isso acabou por matá-lo também. Junkins não botou alguém vigiando Christine porque o álibi do carro, embora mudo, era tão blindado quanto o de seu dono. Se ele inspecionara Christine, imediatamente após o assassinato de Will Darnell, deve ter concluído que o carro não podia estar envolvido, não importando o quão persuasiva fossem as provas em contrário.

Nem um arranhão nela. E por que não? Acontece que Junkins não tivera todos os fatos. Pensei no odômetro que girava para trás, e lembrei de Arnie dizendo: *é só um defeito.* Pensei no ninho de rachaduras do para-brisa que parecia diminuir — como se também estivesse voltando no tempo. Pensei na troca de peças aleatória que parecia não ter qualquer lógica ou razão. Por último, me lembrei daquela fantástica viagem de pesadelo ao voltar para casa na noite de domingo — carros antigos que pareciam novos, estacionados ao meio-fio, diante de casas onde havia festas; no Teatro Strand, ainda intacto em toda sua solidez de tijolos amarelos, o projeto de urbanização pela metade, já completado e ocupado pelos suburbanos de Libertyville vinte anos atrás.

É só um defeito.

Refleti que ignorar aquele defeito tinha sido a coisa que *realmente* matara Rudolph Junkins.

Porque, olha só: se você tiver um carro por um determinado tempo, as coisas se desgastam, não importando o quão bem você cuide dele e, em geral, os estragos acontecem ao acaso. Um carro sai da linha de montagem como um bebê recém-nascido, e bem como um recém-nascido ele passa por uma pista de obstáculos metafóricos ao longo dos anos. As pedradas e flechadas da fortuna ultrajante racham uma bateria aqui, estouram uma barra de direção ali, congelam um rolamento acolá. A boia do carburador emperra, um pneu fura, há um curto na parte elétrica, o estofamento fica gasto.

É como um filme. E se você puder rodar o filme para trás...

— O senhor deseja mais alguma coisa? — o atendente perguntou atrás de mim, e eu quase gritei.

Minha mãe estava me esperando no saguão principal, e tagarelou a maior parte do caminho para casa, falando sobre o que escrevia e suas novas aulas de dança de discoteca. Assenti e respondi nos momentos certos na maioria das vezes. Enquanto isso, eu pensava que, se Junkins *tinha* trazido os técnicos, os especialistas em carros superbons de Harrisburg, eles certamente deixaram de enxergar o elefante enquanto procuravam pela agulha. E eu também não podia culpá-los. Carros simplesmente não correm para trás, como um filme rebobinado. E não existem coisas como fantasmas, espectros ou demônios preservados em óleo de motor.

Acredite em um, acredite em todos, pensei — e estremeci.

— Quer aumentar o aquecedor, Denny? — perguntou minha mãe, animada.

— Você poderia, mãe?

Pensei em Leigh, que deveria chegar amanhã. Leigh com aquele rosto lindo (acentuado pelos malares oblíquos, quase cruéis), o corpo jovem e docemente sexy que ainda não tinha sido marcado pelas forças do tempo e da gravidade; assim como aquele Plymouth de muito tempo atrás tinha saído de Detroit sobre um caminhão-cegonha em 1957, de certa forma ela ainda estava dentro da garantia. Então eu pensei em

LeBay, que estava morto e não morto ao mesmo tempo, e lembrei de sua lascívia (seria aquilo lascívia ou apenas uma necessidade de estragar coisas?). Eu me lembrei de Arnie, comentando com uma certeza tranquila de que eles iam se casar. Em seguida, com nitidez desamparada, visualizei a noite de núpcias. Vi Leigh olhar para cima, na escuridão de algum quarto de motel, vendo um cadáver pútrido e sorridente deitando sobre ela. Eu ouvi os gritos dela enquanto Christine, uma Christine ainda enfeitada com serpentinas de papel crepom e as palavras RECÉM-CASADOS escritas com sabão, aguardava fielmente do lado de fora da porta trancada. Christine — ou a terrível força feminina que a animava — saberia que Leigh não ia durar muito... e que ela, Christine, estaria por perto depois que Leigh se fosse.

Fechei os olhos, tentando bloquear as imagens, mas isso só as intensificou.

Aquilo tinha começado com Leigh querendo Arnie e progredira logicamente até o ponto em que Arnie a queria de volta. Entretanto, não terminara aí, terminara? Porque agora LeBay possuía Arnie... e *ele* desejava Leigh.

Mas ele não iria pôr as mãos em Leigh. Não se eu pudesse impedir.

Naquela noite telefonei para George LeBay.

— Sim, Sr. Guilder — disse ele. Parecia mais velho, mais cansado. — Eu me lembro muito bem de você. Eu falei pelos cotovelos, lhe contando aquelas histórias, em frente do meu quarto naquele hotel que acredito ser o mais deprimente do universo. O que posso fazer por você?

Pelo tom dele, LeBay parecia torcer para que eu não pedisse demais.

Eu hesitei. Será que eu deveria lhe contar que o irmão voltara do mundo dos mortos? Que nem mesmo a sepultura tinha sido capaz de exterminar o ódio dele pelos bostas? Que ele tinha possuído o meu amigo, que o escolhera tão definitivamente como Arnie escolhera Christine? Teríamos conversado sobre a mortalidade, sobre o tempo e o amor rançoso?

— Guilder? Você está aí?

— Estou com um problema, Sr. LeBay, e não sei bem como lhe contar o que é. É relacionado com seu irmão.

Algo novo surgiu em sua voz então, algo tenso e controlado.

— Não consigo imaginar que tipo de problemas você poderia ter que se relacionariam com meu irmão. Rollie está morto.

— Pois é justamente isso. — Agora eu estava incapaz de controlar a voz, que subia trêmula para uma oitava mais alta e depois caía novamente. — Não acho que ele esteja morto.

— Do que você está falando? — A voz dele soava tensa, acusadora e... cheia de medo. — Se essa é a sua ideia de uma piada, eu lhe garanto que é do pior gosto possível.

— Não é piada. Deixe-me apenas contar ao senhor algumas das coisas que vêm acontecendo desde que seu irmão morreu.

— Sr. Guilder, tenho várias pilhas de trabalhos para corrigir e um romance que quero terminar, e eu realmente não tenho tempo a perder com...

— *Por favor* — pedi. — Por favor, Sr. LeBay, por favor, me ajude e ajude meu amigo.

Houve uma longa, longuíssima pausa, e então LeBay suspirou.

— Conte a sua história — disse, e depois, após uma breve pausa, acrescentou: — Maldito seja!

Eu passei a história adiante para ele como se fosse um telegrama interurbano moderno. Podia imaginar minha voz passando através de subestações telefônicas computadorizadas, cheias de circuitos miniaturizados sob campos de trigo cobertos de neve, e finalmente chegando aos ouvidos do homem.

Eu contei a ele sobre os problemas que Arnie teve com Repperton, a expulsão de Buddy e sua vingança. Falei sobre a morte de Moochie Welch, sobre o que acontecera nas Squantic Hills e o que acontecera durante a tempestade da véspera de Natal. Falei sobre as rachaduras no para-brisa que pareciam voltar no tempo, e sobre o odômetro que o fazia com certeza. Falei sobre o rádio que parecia sintonizar apenas a WDIL, a estação de Rock antigo, independente do que você fizesse com o *dial* — o que provocou um leve grunhido surpreso em George LeBay. Falei sobre a assinatura nos meus gessos, expliquei como aquela que Arnie tinha feito na noite do Dia de Ação de Graças era idêntica a do irmão dele no documento original de Christine. Falei sobre como Arnie usava a palavra "bostas" constantemente. Sobre a maneira como ele passara a pentear o cabelo no estilo dos roqueiros dos anos 50. De fato, eu lhe contei tudo, exceto o que acontecera comigo quando Arnie me trouxera para casa, naquela madrugada do ano-novo. Eu até pensei em contar isso também, mas não consegui. Jamais deixei aquilo sair de mim, até descrever aquela noite aqui, quatro anos depois.

Quando terminei, havia silêncio na linha.

— Sr. LeBay? Ainda está aí?

— Estou aqui — disse ele finalmente. — Guilder... Dennis... eu não quero ofendê-lo, mas você precisa compreender que isso que está sugerindo vai muito além de quaisquer fenômenos psíquicos possíveis e passa a se estender até... — A voz dele morreu.

— Até a loucura?

— Não é bem a palavra que eu teria usado. Pelo que você me contou, esteve envolvido num acidente de futebol terrível. Ficou dois meses no hospital, sofrendo dores horríveis por algum tempo. Não seria possível que a sua imaginação...

— Sr. LeBay — interrompi —, seu irmão alguma vez usou uma expressão sobre um vagabundinho?

— Como?

— Vagabundinho. Como quando você acerta uma bola de papel na lixeira e diz "Cesta"? Só que, em vez disso, "Veja como acerto bem no traseiro do vagabundinho." Seu irmão costumava dizer isso?

— Como é que você sabe? — E então, sem me dar tempo para responder: — Ele usou essa frase em alguma das vezes em que vocês o viram, não?

— Não.

— Sr. Guilder, você é um mentiroso.

Não respondi. Estava tremendo, de joelhos bambos. Nenhum adulto jamais me dissera aquilo, em toda a minha vida.

— Dennis, eu lamento, mas meu irmão está morto. Era um ser humano desagradável, talvez até mesmo perverso, mas ele está morto, e todas essas fantasias e ideias mórbidas...

— Quem era o vagabundinho? — consegui perguntar.

Silêncio.

— Seria Charlie Chaplin?

Não pensei que ele fosse me responder. Então, por fim, pesadamente, ele disse:

— Somente por tabela. Ele estava se referindo a Hitler. Havia uma semelhança superficial entre Hitler e o vagabundinho que Chaplin interpretava. Chaplin fez um filme chamado *O Grande Ditador*. Você provavelmente nunca viu. Era um nome bem comum para ele durante os anos da guerra, de qualquer maneira. Você é novo demais para poder lembrar. Mas isso não significa nada.

Foi a minha vez de ficar em silêncio.

— Não significa nada! — gritou ele. — Nada! São fantasias e sugestões, nada mais! Você precisa entender isto!

— Há sete pessoas mortas aqui no oeste da Pensilvânia — respondi. — Não é apenas uma fantasia. Há as assinaturas nos meus gessos. Também não são fantasias. Eu guardei esses pedaços de gesso, Sr. LeBay. Posso enviá-los para o senhor. Dê uma olhada neles e me diga se uma das assinaturas não foi feita na letra do seu irmão.

— Poderia ser uma falsificação, consciente ou não.

— Se acredita nisso, procure um perito em grafologia. Eu pago.

— Você mesmo poderia fazer isso.

— Sr. LeBay — falei —, *eu* não preciso mais ser convencido.

— Certo, mas então o que quer de mim? Que eu compartilhe suas fantasias? Não farei isso. Meu irmão está morto. O carro dele não passa de um carro.

Ele estava mentindo, eu podia sentir. Sentia, mesmo pelo telefone.

— Quero que me explique uma coisa que me disse, na noite em que conversamos.

— E o que seria isso?

A voz soava desconfiada. Passei a língua nos lábios.

— O senhor disse que ele era obcecado e furioso, mas que não era um monstro. Pelo menos, você disse, não acreditava que ele fosse. Então aparentemente você mudou completamente de assunto... porém, quanto mais eu penso nisso, mais acredito que não mudou de assunto mesmo. A próxima coisa que você disse foi que ele nunca deixou uma marca sequer em nenhuma das duas.

— Francamente, Dennis. Eu...

— Olha, se você ia me dizer alguma coisa, pelo amor de Deus, diga agora! — exclamei. Minha voz rachou. Enxuguei a testa, e a mão ficou pegajosa de suor. — Isto não é mais fácil para mim do que é para o senhor, Arnie está obcecado por uma garota, o nome dela é Leigh Cabot, só que eu não acho que seja Arnie quem está obcecado por ela mesmo. Acho que é o seu irmão, seu irmão morto, *agora, fale comigo, por favor!*

Ele suspirou.

— Falar com você? — perguntou. — *Falar* com você? Falar sobre velhos acontecimentos... não, essas velhas suspeitas... isso seria quase o mesmo que acordar um demônio adormecido, Dennis. Por favor, eu não sei de nada.

Eu podia ter lhe dito que o demônio já estava acordado, mas ele sabia perfeitamente disso.

— Diga-me quais são suas suspeitas.

— Eu ligo de volta mais tarde.

— Sr. LeBay... por favor...

— Eu ligo mais tarde — repetiu ele. — Agora preciso telefonar para minha irmã Márcia, no Colorado.

— Se isso pode ajudar, eu mesmo...

— Não. Ela nunca falaria com você. Só falamos nisso entre nós uma ou duas vezes, se tanto. Espero que sua consciência esteja limpa quanto a este assunto, Dennis. Sim, porque você está nos pedindo para abrir velhas feridas e fazê-las sangrar novamente. Portanto, vou perguntar mais uma vez: quanta certeza você tem do que disse?

— Tenho certeza — sussurrei.

— Eu ligo mais tarde — disse ele e desligou.

Passaram-se quinze minutos, depois vinte. Dei voltas na sala de muletas, incapaz de ficar sentado e quieto. Olhei pela janela para a rua lá fora, uma rua varrida pelo vento, um estudo em branco e preto. Por duas vezes, eu fui até o telefone e não o peguei, com medo de que ele pudesse estar tentando me ligar ao mesmo tempo, e com mais medo ainda de que ele não me ligasse. Da terceira vez, justamente quando toquei o aparelho, a campainha tocou. Dei um pulo para trás, como se houvesse sido ferroado, e depois atendi.

— Oi? — exclamou a voz sem fôlego de Ellie, no andar de baixo. — Donna?

— Eu poderia falar com Dennis Guilder... — começou a voz de LeBay, parecendo mais velha e mais cansada do que nunca.

— Já atendi, Ellie — avisei.

— Bem, quem se importa? — Ellie retrucou atrevida, antes de desligar.

— Alô? Sr. LeBay? — perguntei, com o coração em disparada.

— Eu falei com ela — anunciou em voz soturna. — Márcia me disse apenas para eu usar minha consciência. Mas ela está assustada. Juntos, você e eu conspiramos para apavorar uma senhora idosa que nunca fez mal a ninguém, e que não tem nada a ver com isto.

— É por uma boa causa — falei.

— Será?

— Se eu não pensasse assim, não teria ligado para o senhor — respondi. — Você vai falar comigo ou não, Sr. LeBay?

— Sim, com você e mais ninguém — disse ele. — Se você contar a alguma outra pessoa, negarei tudo. Entendido?

— Certo.

— Muito bem — ele suspirou. — Em nossa conversa do verão passado, Dennis, eu lhe contei uma mentira sobre o que acontecera, e outra mentira a respeito do que eu... do que eu e Marcy sentimos quanto a isso. Mentimos para nós mesmos. Se não fosse por você, creio que continuaríamos mentindo para nós mesmos sobre aquele... aquele incidente à beira da estrada... pelo resto de nossas vidas.

— Fala da garotinha? Da filha de LeBay? — Eu estava apertando o fone com força.

— Sim — disse ele lentamente. — De Rita.

— O que realmente aconteceu quando ela engasgou?

— Minha mãe costumava chamar Rollie de seu *changeling** — disse LeBay. — Eu cheguei a lhe contar isso?

— Não.

— Não, claro que não. Eu lhe falei que achava que o seu amigo seria mais feliz livrando-se do carro, mas você só pode defender as próprias crenças até um certo ponto, porque o irracional... acaba permeando tudo.

---

* Criança diferente do resto da família, que teria sido trocada pelas fadas, ao nascer. (N. da T.)

Ele fez uma pausa e não o apressei. Ele iria falar, ou não iria. Nada mais simples.

— Minha mãe dizia que ele era um bebê perfeitamente normal até os seis meses de idade. E então... ela dizia que foi então que ele foi trocado pelas fadas. Que elas levaram o bebê normal para brincar com ele, substituindo-o por um *changeling*. Ela ria ao falar nisso. Mas ela nunca falava isso quando Rollie estava por perto... e os *olhos* dela jamais riam junto, Dennis. Creio que... bem, era a única explicação dela para o que ele era, para o fato de ele ser tão intocável na sua raiva... tão obsessivo em seus poucos e simplórios objetivos.

George continuou a história após uma pausa.

— Havia um garoto; esqueci o nome dele; um garoto maior, que surrou Rollie três ou quatro vezes. Um valentão. Ele começava a fazer troça das roupas de Rollie e perguntava se ele tinha usado a cueca por um ou dois meses seguidos, daquela vez. E Rollie lutava com ele e o xingava e o ameaçava, e o valentão ria dele, segurando-o a distância com seus braços mais compridos e batia nele até se cansar, ou até o nariz de Rollie sangrar. Então Rollie ficava sentado na esquina, fumando um cigarro e chorando, com sangue e catarro secando no rosto. E se eu ou Drew chegássemos perto, ele nos dava uma bela surra.

— A casa do valentão pegou fogo certa noite, Dennis. — George continuou: — O valentão, o pai dele e o irmãozinho morreram. A irmã dele sofreu queimaduras horríveis. Supostamente, o incêndio começou no fogão da cozinha — e talvez tenha sido mesmo. Mas as sirenes dos bombeiros me despertaram, e eu ainda estava acordado quando Rollie subiu pela treliça de hera e entrou no quarto em que dormíamos. Havia fuligem na testa dele e ele cheirava a gasolina. Ele me viu deitado com os olhos abertos e disse: "Se você contar alguma coisa, George, eu te mato". Desde aquela noite, Dennis, tentei me convencer que ele queria dizer que eu não deveria contar que ele estivera lá fora olhando o incêndio. Bem, talvez fosse apenas isso.

Minha boca estava seca. Parecia haver uma bola de chumbo em meu estômago. Os cabelos da nuca estavam arrepiados.

— Quantos anos seu irmão tinha na época? — perguntei, roucamente.

— Pouco menos de 13 anos — disse LeBay, com falsa e terrível calma. — Em um dia de inverno mais ou menos um ano mais tarde, houve uma briga durante um jogo de hóquei. Um sujeito chamado Randy Throgmorton abriu a cabeça de Rollie com o taco. Deixou-o desacordado. Nós o levamos ao velho Dr. Farner... Rollie já acordado, porém continuava grogue, e o médico lhe deu 12 pontos no couro cabeludo. Uma semana mais tarde, Randy Throgmorton afundou no gelo, na lagoa Palmer, e se afogou. Ele estivera patinando em uma área claramente marcada por avisos de GELO FINO. Aparentemente.

— Está me dizendo que o seu irmão matou essas pessoas? Isso é uma introdução para me contar que LeBay matou a própria filha?

— Não que ele a matou, Dennis, nem pense nisso. Ela morreu sufocada. Estou sugerindo que ele pode ter deixado que ela morresse.

— O senhor disse que ele a virou de cabeça para baixo... que bateu nas costas dela, tentou fazê-la vomitar...

— Foi o que Rollie me contou no funeral — disse George.

— Então o que...

— Eu e Márcia comentamos o caso mais tarde. Somente aquela única vez, você entende. Durante o jantar daquela noite. Rollie me contou: "Eu a levantei pelos sapatos e tentei arrancar aquela porra de dentro dela com tapas, Georgie. Só que estava preso muito fundo." E o que Verônica disse a Márcia foi: "Rollie a levantou pelos sapatos e tentou arrancar o que quer que estivesse dentro dela com tapas, só que estava preso muito fundo." Eles contaram exatamente a mesma história usando exatamente as mesmas palavras. Sabe o que isso me fez lembrar?

— Não.

— Lembrei de Rollie, escalando a janela do quarto e cochichando para mim: *"Se você contar alguma coisa, George, eu te mato."*

— Bem, mas... por quê? Por que ele iria?

— Mais tarde, Verônica escreveu para Márcia dando a entender que Rollie não fez nenhum esforço real para salvar a filha. E que, bem no fim, ele a colocou de volta no carro. Para que não ficasse ao sol, explicou. Na carta, entretanto, Verônica disse que ela achava que Rollie queria que a menina morresse no carro.

Eu não queria dizer aquilo, mas eu tive que fazê-lo.

— Está sugerindo que seu irmão ofereceu a filha como uma espécie de sacrifício humano?

Houve uma longa e horrível pausa pensativa.

— Não de uma maneira consciente, não — disse LeBay. — Assim como não estou sugerindo que ele tenha assassinado a filha conscientemente. Se conhecesse meu irmão, saberia o quanto é ridículo suspeitar que ele praticasse feitiçaria, bruxaria ou pactos com demônios. Rollie não acreditava em nada além dos próprios sentidos... exceto, suponho, na própria vontade. Eu estou sugerindo que ele poderia ter tido alguma... alguma intuição... ou que poderia ter sido instruído a fazer o que fez. Minha mãe dizia que ele era um *changeling.*

— E Verônica?

— Não sei — disse ele. — O veredicto policial foi suicídio, mesmo que não houvesse um bilhete. Sim, poderia perfeitamente ser suicídio. Mas a pobre mulher tinha feito alguns amigos na cidade, e muitas vezes me pergunto se talvez ela não tivesse insinuado a algum deles, como havia feito com Márcia, que a morte de Rita não foi bem como ela e Rollie contaram. Eu me pergunto se Rollie acabou descobrindo. *"Se você contar alguma coisa, George, eu te mato."* Não há nenhuma prova, obviamente. Mas eu já me perguntei por que ela quis morrer daquele jeito... e me perguntei como uma mulher que não entende nada sobre carros poderia saber o bastante para pegar uma mangueira, adaptá-la ao cano de descarga e enfiá-la através da janela do carro. Procuro não pensar muito sobre essas coisas. Elas me fazem perder o sono.

Pensei em tudo que ele tinha dito e em tudo que não dissera — o que deixara nas entrelinhas. Intuitivo, ele dissera. *Tão obsessivo em seus poucos e simplórios objetivos.* Suponha que Roland LeBay tivesse compreendido que estava investindo o Plymouth com poderes sobrenaturais, de uma forma que nem ele admitiria para si mesmo. E suponha que ele estivesse apenas esperando pela chegada do herdeiro certo... e então...

— Isto responde às suas perguntas, Dennis?

— Acho que sim — respondi lentamente.

— O que você vai fazer?

— Acho que o senhor sabe.

— Destruir o carro?

— Vou tentar — respondi. Então olhei para minhas muletas, encostadas na parede. Minhas malditas muletas.

— Você pode acabar destruindo seu amigo também.

— Eu posso acabar salvando-o — repliquei.

George LeBay comentou, em voz baixa:

— Eu me pergunto se isso ainda será possível.

A Traição

There was blood and glass all over,
And there was nobody there but me.
As the rain tumbled down hard and cold,
I seen a young man lyin by the side
Of the road,
He cried, "Mister, won't you
help me, please?"
— Bruce Springsteen

Eu a beijei.

Seus braços envolveram meu pescoço. Uma de suas mãos frias pressionou minha nuca de leve. Para mim, não havia mais dúvidas sobre o que estava acontecendo; e quando ela se afastou um pouco de mim, com os olhos semicerrados, pude ver que também ela não tinha dúvidas.

— Dennis — ela murmurou, e eu a beijei de novo. Nossas línguas se tocaram suavemente. Por um instante, o beijo dela se intensificou e eu pude sentir a paixão que aqueles malares altos insinuavam. Então ela ofegou um pouco e recuou.

— Já chega — disse. — Vamos acabar presos por atentado ao pudor ou coisa assim.

Era 18 de janeiro. Estávamos estacionados atrás do KFC local, com os restos de um excelente jantar de frango espalhados à nossa volta. Estávamos em meu Duster e só isso já era um grande acontecimento para mim — era a primeira vez que eu estava dirigindo desde o acidente. Naquela mesma manhã, o médico retirara o enorme gesso da minha perna esquerda e o substituíra por um aparelho ortopédico. Ele soou bem severo na hora de me avisar que não forçasse aquela perna, mas eu pude notar que estava satisfeito com o meu progresso. O médico atribuía isso à sua técnica superior; minha mãe, ao pensamento positivo e à canja de galinha; o treinador Puffer, aos frutos de roseira.

Quanto a mim, achava que Leigh Cabot tinha muito a ver com isso.

— A gente tem que conversar — disse ela.

— Não. Vamos dar mais uns amassos — respondi.

— Conversa agora. Amasso depois.

— Ele começou de novo?

Ela fez que sim com a cabeça.

Ao longo das quase duas semanas que se passaram desde a minha conversa telefônica com LeBay — as duas primeiras do período letivo de inverno —, Arnie andou trabalhando numa reaproximação com Leigh, e trabalhando com tanta intensidade que eu e ela ficamos assustados. Eu tinha contado a minha conversa com George LeBay a ela (mas não, como já disse, a minha terrível volta para casa na madrugada de ano-novo) e deixei o mais claro possível para Leigh que ela não deveria de maneira alguma simplesmente terminar com ele. Isso o deixaria enfurecido e, naquela época, se Arnie se enfurecesse com alguém, coisas desagradáveis aconteciam com essa pessoa.

— E portanto, a gente se beijar é como se eu estivesse traindo Arnie — Leigh afirmou.

— Eu sei — respondi mais rispidamente do que pretendia. — Não gosto disso, mas não quero aquele carro rodando novamente.

— E então?

E eu balancei a cabeça.

Na verdade, eu começava a me sentir como o príncipe Hamlet, adiando e adiando. Claro que eu sabia o que tinha de ser feito: Christine precisava ser destruída. Eu e Leigh já tínhamos discutido maneiras de como fazê-lo.

A primeira ideia partira dela — coquetéis molotov. Encheríamos algumas garrafas de vinho com gasolina, acenderíamos os pavios ("Pavios? Que pavios?", perguntei. "Absorventes femininos serviriam muito bem", respondeu ela prontamente, fazendo com que eu me perguntasse de novo sobre seus antepassados de malares altos) e as jogaríamos pelas janelas de Christine.

— E se as portas estiverem trancadas e os vidros levantados? — perguntei. — E deve ser assim que elas ficam, sabe.

Ela me encarou como se eu fosse um perfeito idiota.

— Está dizendo que a ideia de incendiar o carro de Arnie é correta — respondeu —, mas que você tem escrúpulos na hora de quebrar alguns vidros?

— Não — repliquei —, mas quem chegará perto o bastante do carro para quebrar os vidros com um martelo, Leigh? Você?

Ela olhou para mim, mordendo o carnudo lábio inferior. Não disse nada.

A ideia seguinte fora minha. Dinamite.

Leigh refletiu nisso e balançou a cabeça.

— Eu poderia conseguir sem muito esforço, acho — falei. Eu continuava me encontrando com Brad Jeffries de tempos em tempos, e ele ainda trabalhava para a Penn-DOT, que tinha dinamite suficiente para mandar o Estádio Three Rivers à lua. Pensei que poderia pegar a chave certa, sem Brad saber de nada — ele geralmente ficava meio bêbado quando via os jogos dos Penguins pela televisão. Eu pegaria emprestada a chave dos explosivos na prateleira, durante o terceiro período de um jogo, e a devolveria no terceiro período de outro. Era bem remota a possibilidade de ele precisar de explosivos em janeiro e, assim, dar falta da chave. Era um embuste, outra traição, porém um meio de resolver a situação.

— Não — disse ela.

— Por que não?

Para mim, a dinamite parecia constituir o tipo da destruição total que o momento exigia.

— Porque agora Arnie deixa o carro estacionado na entrada da garagem da casa dele. Você quer mesmo explodir um carro e lançar estilhaços de metal por todo o bairro? Correr o risco de ter um pedaço de vidro arrancando a cabeça de alguma criancinha?

Estremeci. Não tinha pensado nisso mas, quando ela falou, a imagem surgiu clara, nítida e horrenda. Isso me fez pensar em outras coisas. Acender uma banana de dinamite com a cigarrilha e depois jogá-la contra o objeto que você quer destruir... bem, podia ser muito legal nos faroestes das tardes de sábado, no canal 2, mas na vida real você tinha que se preocupar com detonadores e pontos de contato. Ainda assim, eu me agarrei à ideia o máximo que pude.

— E se agíssemos à noite?

— Continuaria muito perigoso — replicou ela. — E você sabe disso também. Está na sua cara.

Houve uma longa, demorada pausa.

— E quanto ao compactador de ferro-velho, na Garagem de Darnell? — arriscou Leigh por fim.

— Mesmo problema básico de antes — falei. — Quem dirigiria Christine até lá? Eu, você ou Arnie?

E foi aí que as coisas pararam.

— O que foi que ele inventou para hoje? — perguntei a ela.

— Ele queria que eu saísse com ele esta noite — respondeu Leigh. — Boliche, desta vez. — Nos dias anteriores havia sido cinema, sair para jantar, ir ver TV na casa dele, sessões de estudo em conjunto. Christine entrava em todos esses planos como o meio de transporte. — Ele está começando a se irritar e eu estou ficando sem desculpas para dar. Se vamos mesmo fazer alguma coisa, tem de ser logo.

Concordei com a cabeça. Uma coisa era o fracasso em encontrarmos um método satisfatório. A outra coisa que nos atrasava era a minha perna. Agora que não tinha mais o gesso, e apesar de ter recebido ordens estritas do médico para usar as muletas, eu já havia testado a perna esquerda sem elas. Senti alguma dor, porém não tanto quanto eu temia.

Essas coisas atrapalharam, claro — mas fomos nós mesmos que mais atrapalhamos tudo. A descoberta um do outro. E, embora isto pareça ridículo, eu acho que deveria acrescentar algo mais, para que isto aqui continue honesto (e eu prometi a mim mesmo, quando comecei a contar esta história, que eu pararia se descobrisse que não conseguiria contá-la honestamente). O sabor do perigo tinha intensificado o que eu sentia por Leigh — e, acho, o que ela sentia por mim. Ele era meu melhor amigo, mas havia ainda uma suja e insensata atração na ideia de que nós dois nos víamos pelas costas dele. Eu sentia isso sempre que eu a abraçava, sempre que minha mão deslizava pela curvatura firme de seus seios. Tudo aquilo que fazíamos em segredo. Alguém poderia me explicar por que isso deveria ser atraente? Pois era. Pela primeira vez na vida, eu me apaixonara por uma garota. Já tinha tropeçado antes, mas desta vez eu mergulhara de cabeça. E amei isso. E amava *Leigh*. Aquela sensação constante de traição, porém... era uma coisa insidiosa, ao mesmo tempo vergonhosa, e uma espécie louca de incentivo. Podíamos dizer um para o outro (e assim fazíamos) que guardávamos segredo para proteger nossas famílias e a nós mesmos.

Isso era verdade.

Mas não era só isso, Leigh, era? Não, não era só isso.

De certo modo, nada pior poderia ter acontecido. O amor aumenta o tempo de reação, emudece a noção de perigo. Minha conversa com LeBay acontecera 12 longos dias atrás e pensar no que ele tinha dito — e, pior ainda, no que ele tinha sugerido — não deixava mais os cabelos da minha nuca arrepiados.

A mesma coisa acontecia — ou melhor, não acontecia — nas poucas vezes em que conversei com Arnie, ou o vi pelos corredores. De uma maneira estranha, era como se estivéssemos novamente em setembro e outubro, quando nos afastamos simplesmente porque Arnie andava muito ocupado. Ao conversarmos, ele se mostrava amável, embora os olhos cinzentos parecessem frios e distantes atrás dos óculos. Esperei que uma Regina uivante ou um Michael angustiado me ligassem com a notícia de que Arnie finalmente tinha parado de enrolar os dois e desistira de vez da ideia de ir para a universidade no outono.

Isso não aconteceu, e foi o próprio Tagarela — nosso orientador — quem me disse que Arnie levara para casa um monte de folhetos sobre a Universidade da Pensilvânia, a Universidade Drew e a Estadual da Pensilvânia. Eram as instituições em que Leigh estava mais interessada. Eu sabia disso e Arnie também.

Duas noites antes, eu ouvira, sem querer, uma conversa entre a minha mãe e Ellie, na cozinha.

— Por que Arnie não vem mais aqui, mamãe? — perguntara Ellie. — Ele brigou com Dennis?

— Não, querida — respondera minha mãe. — Acho que não. Mas conforme os amigos ficam mais velhos... às vezes eles se afastam.

— Isso nunca vai acontecer comigo — dissera Ellie, com a firme convicção dos que acabaram de completar 15 anos.

Fiquei sentado na sala, me perguntando se tudo aquilo não poderia ser só isso: uma alucinação provocada pela minha longa estadia no hospital, como LeBay sugerira, e um simples afastamento, um espaço que crescia entre dois amigos de infância. Eu conseguia ver uma certa lógica nisso, até mesmo na minha fixação por Christine, o obstáculo que me separou de Arnie.

Claro, os fatos difíceis tinham que ser ignorados nesse ponto de vista, mas era reconfortante. Acreditar nisso permitiria que eu e Leigh tocássemos nossas vidinhas rotineiras — permitiria que nós nos envolvêssemos em nossas atividades escolares, que nos esforçássemos um pouco mais para as provas de acesso às universidades em março e, naturalmente, que nós saltássemos para os braços um do outro assim que os pais dela ou os meus saíssem da sala. Queríamos ter liberdade para namorar, porque éramos dois adolescentes fogosos, totalmente apaixonados um pelo outro.

Essas coisas me tranquilizavam... nos tranquilizavam. Nós fomos cautelosos — de fato, tão cautelosos como dois adúlteros, em vez de apenas dois adolescentes —, mas hoje eu havia retirado o gesso da perna, hoje eu tinha podido usar as chaves do meu Duster novamente em vez de ficar apenas olhando para elas e, movido por um impulso, ligara para Leigh, perguntando se ela gostaria de ir comigo comer o mundialmente famoso frango crocante do também mundialmente famoso Coronel. Ela ficara deliciada.

Então talvez você consiga ver como nossa atenção se dispersou, como nós ficamos um pouquinho indiscretos. Estávamos parados no estacionamento, com o motor do Duster ligado para termos um pouco de calor, e conversávamos sobre como destruir aquele velho e infinitamente esperto monstro feminino, como duas crianças brincando de caubói.

Nenhum de nós viu Christine quando ela estacionou atrás da gente.

— Ele está se preparando para um longo cerco, caso precise — falei.

— Como assim?

— As universidades que vem escolhendo. Você ainda não percebeu?

— Acho que não — respondeu ela, intrigada.

— São as universidades que mais interessam a você — falei pacientemente.

Leigh olhou para mim. Olhei também para ela, tentando sorrir sem sucesso.

— Está bem — falei. — Vamos repassar as ideias. Coquetéis molotov estão descartados. A dinamite parece arriscada, mas no desespero...

Leigh inspirou com força num susto, e isso me interrompeu imediatamente — isso e a expressão de horror espantado no rosto dela. Ela olhava através do para-brisa, a boca aberta, os olhos arregalados. Eu me virei naquela direção e o que vi foi tão espantoso que, por um momento, também fiquei imobilizado.

Arnie estava parado diante do meu Duster.

Ele havia estacionado bem atrás de nós e tinha ido buscar o frango, sem perceber quem estava ali — e por que deveria? Estava quase escuro, e um Duster de 4 anos e sujo de lama é igual a qualquer outro. Arnie entrara, pegara o lanche e saíra de novo... para dar de cara com a gente, vendo eu e Leigh pelo para-brisa, sentados juntinhos, nos braços um do outro, olhando profundamente olho no olho. Nada além de uma coincidência — uma coincidência medonha e terrível. Exceto que, mesmo agora, parte da minha mente estava absolutamente convicta de que havia sido Christine... de que havia sido ela que o conduzira até ali.

Houve um longo momento de paralisia. Um pequeno gemido escapou da garganta de Leigh. Arnie estava parado quase do outro lado do pequeno estacionamento, vestindo o casaco do colégio, calças jeans desbotadas e botas. Um cachecol xadrez estava enrolado no pescoço dele. A gola do casaco estava levantada, e as lapelas negras emolduravam um rosto que se torcia lentamente da expressão de incredulidade nauseada para uma pálida careta de ódio. A sacola listrada de vermelho e branco estampada com o rosto sorridente do Coronel escapou de uma das mãos enluvadas e caiu no piso nevado do estacionamento.

— Dennis — sussurrou Leigh. — Dennis... Oh, meu Deus!

Ele começou a correr. Pensei que vinha para o nosso carro, provavelmente para me puxar para fora e me dar uma surra. Eu podia me ver mancando debilmente sobre a perna não-muito-boa sob as luzes do estacionamento que acabaram de se acender, enquanto Arnie — cuja vida eu salvara durante todos aqueles anos, desde o jardim da infância — acabava com a minha raça. Ele estava correndo, a boca torcida em um esgar que eu já tinha visto antes — mas não no rosto dele. Era o rosto de LeBay agora.

Arnie não parou no meu carro, continuou correndo. Virei-me no assento e foi então que eu vi Christine.

Abri minha porta e lutei para sair, me apoiando na calha da porta. O frio imediatamente deixou meus dedos dormentes.

— *Dennis, não* — gritou Leigh.

Consegui ficar em pé bem quando Arnie escancarou a porta de Christine.

— Arnie! — gritei. — Ei, cara!

Arnie ergueu a cabeça bruscamente. Os olhos dele estavam arregalados, opacos e fixos. Um fio de saliva começava a escorrer de um canto da boca. A grade do radiador de Christine também parecia rosnar.

Ele ergueu os dois punhos e os sacudiu para mim.

— *Seu bosta!* — A voz dele soava aguda e rachada. — *Fique com ela! Você a merece! Ela é uma bosta! Vocês são uns merdas! Que fiquem um com o outro! Não ficarão assim por muito tempo!*

As pessoas tinham vindo até as grandes janelas do *Kentucky Fried Chicken* e do vizinho *Kowloon Express* para ver o que estava acontecendo.

— Arnie! Vamos conversar, cara...

Ele saltou para dentro do carro e bateu a porta com força. O motor de Christine rugiu e seus faróis ganharam vida, os ofuscantes olhos brancos de meu sonho, espetando-me como a um besouro num cartão. E acima deles havia o rosto terrível de Arnie, o rosto de um demônio enfurecido. Aquele rosto, cheio de ódio e um tanto fantasmagórico, persiste nos meus sonhos desde então. Um rosto que desapareceu em seguida, sendo substituído por uma caveira, uma caveira sorridente.

Leigh deixou escapar um grito agudo e penetrante. Também tinha se virado para olhar, e assim eu soube que aquilo não era apenas a minha imaginação. Ela vira o mesmo que eu.

Christine disparou com um rugido, os pneus traseiros atirando neve para trás. Ela não vinha contra o Duster, vinha para cima de mim. Acho que a intenção de Arnie era me transformar em geleia entre o carro dele e o meu. Fui salvo pela minha perna esquerda ruim, pois ela cedeu e eu caí de volta para dentro do carro, batendo com o quadril direito no volante, tocando a buzina.

Uma onda gelada de vento acertou o meu rosto. A lateral vermelha de Christine passou a uns 90 centímetros de mim. Disparou rugindo pela pista de entrada do *drive-through* e disparou até a JFK Drive sem diminuir a marcha, com a traseira rabeando. Desapareceu em seguida, ainda acelerando.

Olhei para a neve e vi as marcas frescas em ziguezague dos pneus. Christine deixou de bater na minha porta aberta por uma questão de menos de 10 centímetros.

Leigh chorava. Puxei a perna esquerda para dentro do carro com as mãos, bati a porta e a abracei. Seus braços me procuraram às cegas e então me apertaram, com a força do pânico.

— Não era... não era ele que...

— Pssst, Leigh. Não se preocupe. Não pense mais nisso.

— *Não era Arnie que estava dirigindo aquele carro! Era uma pessoa morta! Era uma pessoa morta!*

— Era LeBay — falei. Agora que tudo aquilo tinha finalmente acontecido, senti uma espécie de calma irreal, em vez da reação trêmula que seria mais natural depois de ter quase morrido. Estava aliviado e culpado por finalmente ter sido apanhado com a garota de meu melhor amigo. — Era ele, Leigh. Você acabou de conhecer Roland D. LeBay.

Ela chorou, purgando o medo, o choque e o horror, enquanto me abraçava. Eu estava feliz em tê-la. Minha perna esquerda latejava lentamente. Olhei para o retrovisor e vi a vaga vazia que pouco antes tinha sido ocupada por Christine. Agora que tudo aquilo tinha acontecido, eu tive a impressão de que quaisquer outras conclusões teriam sido impossíveis. A paz das duas últimas semanas, a alegria pura de ter Leigh a meu lado, essas coisas agora pareciam ser a situação antinatural, a situação falsa — tão falsa como a Guerra de Araque que ocorreu entre a conquista da Polônia por Hitler e o devastador assalto da Wehrmacht contra a França.

Então comecei a ver o fim de tudo, como iria ser.

Leigh olhou para mim com o rosto molhado.

— E agora, Dennis? O que vamos fazer?

— Agora vamos acabar com isso.

— Como? O que quer dizer?

Falando mais para mim do que para ela, respondi:

— Ele precisa de um álibi. Temos de estar prontos quando ele sair da cidade. A garagem. A Garagem de Darnell. Vamos encurralar aquele carro lá dentro. Tentar matá-lo.

— Dennis, do que você está falando?

— Ele vai sair da cidade — falei. — Você não percebe? Todas aquelas pessoas que Christine matou... elas formam um círculo ao redor de Arnie. Ele sabe disso. Ele fará com que Arnie saia da cidade de novo.

— Está falando de LeBay?

Assenti, e Leigh estremeceu.

— Precisamos matá-lo. Você sabe disso.

— Sim, mas... como? Por favor, Dennis... como vamos fazer isso?

Finalmente, eu tive uma ideia.

Preparativos

There's a killer on the Road,
His brain is squirming like a toad…
— The Doors

Deixei Leigh em casa e falei para ela me ligar se visse Christine rodando por ali.

— E o que você vai fazer? Vir até aqui com um lança-chamas?

— Uma bazuca — falei, e ambos começamos a rir histericamente.

— Detonar o 58! Detonar o 58! — gritou Leigh e rimos ainda mais, mas durante todo aquele tempo em que nós ríamos, estávamos meio apavorados... Talvez completamente. E enquanto ficávamos ali rindo, eu me sentia péssimo por Arnie, tanto pelo que ele tinha visto quanto pelo que eu havia feito. E eu acho que Leigh sentia o mesmo. Só que às vezes a gente tem que rir. Às vezes você simplesmente ri. E quando o riso vem, nada pode afastá-lo. Ele simplesmente chega e bota pra quebrar.

— Então o que eu digo a meus pais? — perguntou Leigh quando finalmente conseguimos nos controlar um pouco. — Preciso dizer *alguma coisa* a eles, Dennis! Não posso simplesmente deixar que corram o risco de serem atropelados na rua!

— Nada — falei. — Não diga absolutamente nada.

— Mas...

— Pra começar, eles não iriam acreditar mesmo. Em segundo lugar, nada vai acontecer enquanto Arnie estiver em Libertyville. Apostaria minha vida nisso.

— Você já está apostando, bobão — sussurrou ela.

— Eu sei. Aposto a minha vida, a da minha mãe, do meu pai e da minha irmã.

— Como vamos saber se ele sair da cidade?

— Eu vou cuidar disso. Você ficará doente amanhã. Não vai à aula.

— Já estou doente — disse em voz baixa. — Dennis, o que vai acontecer? O que está planejando?

— Eu te ligo mais tarde esta noite. — Beijei-a. Seus lábios estavam frios.

Quando cheguei em casa, Elaine lutava para vestir o casaco, murmurando xingamentos horríveis contra as pessoas que mandam as outras comprar pão e leite no Tom's justamente quando vai começar *Dance Fever* na TV. Ela estava preparada para ficar mal-humorada comigo também, mas se animou quando me ofereci para lhe dar uma carona até o mercado, ida e volta. Ellie também me lançou um olhar desconfiado, como se um ato de gentileza tão inesperado para a irmã menor assinalasse o início de alguma doença. Herpes, talvez. Perguntou se eu me sentia bem. Apenas sorri insipidamente e lhe disse para entrar no carro antes que eu mudasse de ideia, embora a esta altura minha perna direita doesse e a esquerda latejasse furiosamente. Eu podia falar por horas com Leigh sobre como Christine não atacaria enquanto Arnie estivesse em Libertyville, e racionalmente eu sabia que era isso mesmo. Mas nada disso eliminou o revirar instintivo do meu estômago quando pensei em Ellie caminhando os dois quarteirões até o Tom's e cruzando as escuras ruas secundárias suburbanas com o casaco amarelo brilhante. Eu tinha sempre a visão de Christine estacionada em uma daquelas ruas, agachada no escuro como uma velha cadela de caça.

Quando chegamos ao Tom's, eu lhe dei um dólar.

— Compre um chocolate e uma Coca para cada um de nós.

— Você tá se sentindo bem mesmo, Dennis?

— Estou. E se você gastar meu troco naquele jogo de Asteroides, eu quebro o seu braço.

Aquilo pareceu acalmá-la. Ellie saiu, e fiquei jogado atrás do volante do Duster, pensando na terrível enrascada em que estávamos metidos. Não podíamos contar nada a ninguém — esse era o pesadelo. E era essa a força maior de Christine. Ou você acha que eu poderia ir até meu pai, na oficina de brinquedos, e dizer que aquilo que Ellie chamava de "aquela velharia vemelha nojenta do Arnie" agora se dirigia sozinho? Eu poderia ligar para os tiras e lhes dizer que um sujeito morto queria matar minha namorada e a mim? Não. A única coisa a nosso favor, além do fato de que ela não poderia nos atacar enquanto Arnie não tivesse um álibi, era que ela não queria testemunhas — Moochie Welch, Don Vandenberg e Will Darnell foram liquidados sozinhos, de madrugada, e Buddy Repperton e seus dois amigos tinham sido mortos no meio do nada.

Elaine chegou abraçando uma sacola contra o busto nascente, entrou no carro, entregou meu chocolate e minha Coca.

— O troco — pedi.

— Você é um nojento — ela retrucou, mas colocou vinte e poucos centavos em minha mão estendida.

— Eu sei, mas eu te amo assim mesmo — falei.

Puxei o capuz dela para trás, baguncei-lhe o cabelo e depois a beijei na orelha. Ela pareceu surpresa e desconfiada, mas depois sorriu. Minha irmã Ellie não era tão ruim assim. Imaginá-la atropelada na rua simplesmente porque eu me apaixonara por Leigh Cabot depois que Arnie enlouqueceu e a abandonou... Eu simplesmente não iria deixar que isso acontecesse.

Em casa, subi penosamente as escadas depois de dizer oi para minha mãe. Ela queria saber como estava a perna, e respondi que estava ótima. Mas quando eu cheguei ao segundo andar, a primeira parada foi no armário de remédios do banheiro. Engoli duas aspirinas por causa das pernas, que agora pareciam cantar a *Ave-Maria.* Depois fui até o quarto de meus pais, onde fica a extensão do telefone, e me sentei na cadeira de balanço da minha mãe com um suspiro.

Tirei o fone do gancho e fiz a primeira das ligações.

— Dennis Guilder, o flagelo das obras em estradas! — exclamou Brad Jeffries alegremente. — É bom falar com você, rapaz. Quando é que vai aparecer aqui de novo para vermos os Penguins jogando?

— Não sei — respondi. — Já me cansei de ver aleijados jogando hóquei. Mas se você estiver interessado em um bom time, como os Flyers...

— Jesus, e eu tenho que ouvir essas merdas de um garoto que nem é meu filho! — exclamou Brad. — Esse mundo tá indo pro inferno mesmo.

Papeamos um pouco mais, simplesmente trocando ideias, e então eu lhe contei por que eu tinha ligado.

Ele riu.

— Que porra é essa, Denny? Vai abrir um negócio por conta própria?

— É possível — repliquei, pensando em Christine. — Somente por tempo limitado.

— Não quer falar sobre isso?

— Bem, ainda não. Você conheceria alguém que poderia ter um item como esse para alugar?

— Vou lhe dizer uma coisa, Dennis. Só sei de um sujeito que poderia alugar um negócio desse pra você. Johnny Pomberton. Vive lá na Ridge Road. Ele tem mais "rodantes" do que Carter tem pílulas para o fígado.

— Entendi — respondi. — Obrigado, Brad.

— E como vai o Arnie?

— Acho que está bem. A gente só tem se visto de vez em quando.

— Ele é um cara engraçado, Dennis. Nem nos meus sonhos mais loucos eu acharia que ele iria durar um verão inteiro por aqui, na primeira vez em que eu o vi. Mas ele era determinado pra cacete.

— É — respondi. — Tudo isso e muito mais.

— Diga olá para ele, quando se encontrarem.

— Direi, Brad. Fica frio.

— Não dá pra viver se você se esquentar, Dennis. Apareça uma noite dessas, e vamos derrubar umas cervas.

— Vou aparecer. Boa noite.

— 'Noite, Denny.

Desliguei e fiquei olhando para o telefone por um ou dois minutos, indeciso, sem muita vontade de fazer a ligação seguinte. No entanto, era necessária; seria a ligação central de todo aquele assunto ridículo e lamentável. Peguei o fone e disquei o número dos Cunningham de cor. Se Arnie atendesse, eu simplesmente desligaria sem dizer nada. Mas eu tive sorte e foi Michael quem atendeu.

— Alô? — A voz dele soava cansada e um pouco pastosa.

— Aqui é Dennis, Michael.

— Ei, oi, Dennis! — ele parecia sinceramente satisfeito.

— O Arnie está?

— Lá em cima. Chegou em casa, vindo sei lá de onde, e foi direto para o quarto. Parecia bem enfurecido, mas isto não é nada incomum hoje em dia. Quer que o chame?

— Não — falei. — Sem problemas. Era com você mesmo que eu queria falar. Eu preciso de um favor seu.

— Muito bem, é só dizer. — Percebi que aquela voz pastosa era... Bem, Michael Cunningham já estava meio bêbado. — Você fez um favorzão para *nós*, quando fez ele abrir os olhos sobre sobre a universidade.

— Não acredito que ele tenha ouvido nada do que falei, Michael.

— Bem, *alguma coisa* certamente aconteceu. Ele se inscreveu em três universidades só este mês. Regina acha que você é um novo Jesus, Dennis. E, cá entre nós, ela anda muito envergonhada sobre a maneira como tratou você quando Arnie nos falou sobre o carro pela primeira vez. Enfim, você conhece Regina. Ela nunca foi capaz de dizer "me desculpe".

Eu sabia disso, pode apostar. Perguntei-me o que ela pensaria se soubesse que Arnie — ou o que quer que estivesse controlando Arnie — tinha tanto interesse pela universidade quanto um porco teria por fundos de investimento. Que ele estava apenas farejando as pegadas de Leigh, perseguindo-a, obcecado por ela. Era a perversão da perversão — LeBay, Leigh e Christine num hediondo *ménage a trois.*

— Ouça, Michael — falei. — Eu gostaria que você me ligasse se Arnie decidir deixar a cidade por algum motivo. Especialmente nos próximos dois dias ou durante a semana. De dia ou à noite. Eu tenho que ficar sabendo se Arnie vai deixar Libertyville. E tenho que saber antes de ele ir. É muito importante.

— Por quê?

— Prefiro não explicar por enquanto. É muito complicado e ia parecer... bem, você acharia meio insano.

Houve um longo, demorado silêncio. Quando o pai de Arnie tornou a falar, sua voz era quase um sussurro.

— É aquele maldito carro dele, não é?

O quanto ele suspeitava? O quanto ele sabia? Se Michael fosse como a maioria das pessoas que eu conhecia, talvez suspeitasse um pouco mais bêbado do que sóbrio. Mas quanto? Mesmo agora eu não sei bem. Mas eu acredito que Michael *suspeitava* mais do que qualquer outra pessoa — exceto talvez Will Darnell.

— É — respondi. — É o carro.

— Eu sabia — ele disse lentamente. — Eu sabia. O que está acontecendo, Dennis? Como ele está fazendo isso? Você sabe?

— Não posso falar mais nada, Michael. Você vai me ligar se ele planejar uma viagem amanhã ou depois?

— Sim — disse ele. — Sim, tudo bem.

— Obrigado.

— Dennis — disse Michael. — Você acha que algum dia eu terei meu filho de volta?

Ele merecia a verdade. Aquele pobre homem angustiado merecia a verdade.

— Não sei — respondi, mordendo o lábio inferior até doer. — Acho que... talvez seja tarde para isso — concluí.

— Dennis, qual é o problema? — ele quase gemeu. — Drogas? Alguma espécie de droga?

— Eu vou lhe contar, quando puder — respondi. — É só o que posso prometer. Desculpa. Eu contarei quando puder.

A conversa com Johnny Pomberton foi muito mais fácil.

Era um homem vivaz e falador, e logo desapareceram quaisquer temores de que ele não faria negócios com um adolescente. Fiquei com a impressão de que Johnny Pomberton faria negócios com o próprio Satã, acabado de subir dos infernos e ainda fedendo a enxofre, se ele tivesse o bom e velho dinheiro vivo.

— Claro — repetia ele. — Claro, claro.

Você mal precisava começar a fazer uma proposta para que Johnny Pomberton concordasse com você. Era meio enervante. Eu tinha inventado uma história para justificar, mas acho que ele nem ouviu. Limitou-se a dar-me um preço, que aliás era bem razoável.

— Parece ótimo — falei.

— Claro — concordou ele. — Que horas você vem?

— Bem, que tal nove e meia de amanhã...

— Claro — interrompeu ele. — Até lá, então.

— Mais uma pergunta, Sr. Pomberton.

— Claro. E pode me chamar de Johnny.

— Certo, Johnny. Você tem alguma coisa com câmbio automático?

Johnny Pomberton riu com gosto — com tanto gosto que eu tive que afastar o telefone do ouvido, me sentindo chateado. Aquele riso era resposta suficiente.

— Câmbio automático em um desses bebês? Você só pode estar brincando. Por quê? Você não sabe usar câmbio normal?

— Sei sim, foi assim que eu aprendi — falei.

— Claro! Então pra você não tem problema, certo?

— Acho que não — respondi, pensando na minha perna esquerda, que eu usaria para controlar o pedal, ou pelo menos tentando. Simplesmente andar um pouco por aí hoje fez com que ela doesse pra caramba. Eu tinha esperanças que Arnie fosse demorar alguns dias antes de sair da cidade, mas, na verdade eu não achava que isso fosse acontecer. Seria amanhã, ou no mais tardar no fim de semana, e minha perna esquerda teria que se conformar com a situação. — Bem, boa noite, Sr. Pomberton. A gente se vê amanhã.

— Claro. Obrigado por ligar, garoto. Já escolhi uma pra você. Vai gostar dela, duvido que não goste. E se você não começar a me chamar de Johnny, eu vou dobrar o preço.

— Claro — falei e desliguei com ele ainda rindo.

Vai gostar dela. Duvido que não goste.

Ela novamente — eu estava me tornando morbidamente ciente daquela forma casual de tratamento... e ficando de saco cheio disso.

Enfim eu fiz minha última ligação preparatória. Havia quatro Sykes no catálogo. Encontrei aquele que eu procurava na segunda tentativa: o próprio Jimmy atendeu. Apresentei-me como amigo de Arnie Cunningham e a voz dele soou mais animada. Jimmy gostava de Arnie, que raramente zombava dele e jamais "tinha socado ele", como Buddy Repperton fizera quando trabalhava para Will. Ele quis saber como ia Arnie e, mentindo novamente, falei que Arnie estava ótimo.

— Poxa, isso é bom — disse ele. — Arnie ficou com o traseiro em apuros de verdade. Eu sabia que os fogos de artifício e os cigarros não iam dar em boa coisa para ele.

— É por causa dele que eu estou telefonando — falei. — Você lembra quando Will foi preso e eles fecharam a garagem, Jimmy?

— Claro que me lembro — suspirou Jimmy. — Agora o coitado do Will tá morto e eu fiquei sem emprego. Minha mãe vive dizendo que eu tenho que ir para a escola técnica vocacional, mas eu não sou bom nisso, não. Eu me daria melhor como zelador ou coisa assim. Meu tio

Fred é zelador lá na universidade, e disse que talvez tenha uma vaga, porque o outro porteiro, bem, ele sumiu, deu o fora e...

— Arnie me falou que quando eles fecharam a garagem, ele perdeu o jogo de chaves de boca inteiro — interrompi. — Estava atrás de alguns daqueles pneus velhos, sabe, nas prateleiras mais altas. Ele escondeu o jogo lá, para que ninguém roubasse.

— E ainda está lá? — perguntou Jimmy.

— Acho que sim.

— Que diabo!

— É mesmo. Aquele conjunto de chaves vale uns cem dólares.

— Caramba! Aposto que não tá mais lá. Aposto como um daqueles tiras pegou ele.

— Arnie acha que o jogo continua lá. Só que ele não pode nem chegar perto da garagem, por causa da enrascada em que se meteu.

Era mentira, mas achei que Jimmy não iria pescar isso, e não pescou mesmo. Enganar assim um sujeito quase retardado não melhorou em nada a minha autoestima, porém.

— Que merda! Bem, olha só, eu vou lá e procuro por elas. Sim, senhor! Amanhã de manhã, a primeira coisa que vou fazer. Ainda tenho as minhas chaves.

Deixei escapar um suspiro de alívio. Não era o jogo de ferramentas imaginárias de Arnie que eu queria, mas as chaves de Jimmy.

— Aí é que está, Jimmy, eu mesmo gostaria de ir pegar as ferramentas para Arnie. Fazer uma surpresa pra ele, entende? E eu sei direitinho onde ele guardou. Você poderia revirar aquilo tudo o dia inteiro e não encontrar nem assim.

— É mesmo, é verdade. Nunca fui muito bom para encontrar coisas, era isso que o Will dizia. Ele sempre dizia que eu não conseguia encontrar o meu próprio traseiro, nem com as duas mãos e uma lanterna.

— Que nada, cara, ele falava assim por brincadeira. Mas é sério, eu queria ir lá buscar.

— Claro.

— Pensei em passar por aí para pegar as chaves amanhã. Eu poderia pegar as ferramentas e devolver as chaves pra você antes do anoitecer.

— Puxa, não sei, não. Will dizia pra nunca emprestar minhas chaves pra ninguém e...

— Claro, antigamente, mas agora a garagem está vazia, exceto pelas ferramentas de Arnie e um monte de lixo nos fundos. O inventário logo irá botar a garagem à venda, com tudo que tiver dentro. Se eu for pegar as ferramentas depois disso, seria como roubar, entende?

— Ah! Bem, então acho que tá tudo bem. Se você trouxer as chaves de volta. — Então ele acrescentou algo absurdamente tocante: — Sabe, elas são a minha única lembrança do Will.

— Prometo que devolvo.

— Tá bem — disse ele. — Se for pro Arnie, acho que tá tudo bem.

Pouco antes de ir para a cama, agora no andar de baixo, fiz uma última ligação — para uma sonolenta Leigh.

— Numa dessas próximas noites a gente vai acabar com ela. Você está dentro?

— Sim — disse ela. — Eu estou. *Acho* que estou. O que você planejou, Dennis?

Então eu contei a ela, repassando passo a passo, meio que esperando que ela encontrasse um monte de furos no meu plano. No entanto, quando terminei, Leigh apenas perguntou:

— E se não funcionar?

— Então você leva o mérito. Não acho que eu precise fazer um diagrama.

— Não — disse ela. — Acho que não.

— Eu deixaria você fora disso, se pudesse — falei. — Só que LeBay desconfiaria de uma armadilha, então a isca tem que ser boa.

— Eu não admitiria que você me deixasse de fora — disse ela. Falava com firmeza. — Isto também é problema meu. Eu amava o Arnie. Amava de verdade. E quando você começa a amar alguém... acho que você nunca esquece completamente esse amor. Você esquece, Dennis?

Pensei em todos aqueles anos. Os verões que a gente passava lendo, nadando e jogando Banco Imobiliário, *scrabble,* xadrez chinês. As fazendas de formigas. As vezes em que eu impedira que o matassem de todos aqueles jeitos que as crianças matam o estranho, o garoto que é um pouco esquisito, que não se afina bem com o grupo. Houve vezes em que eu tinha ficado de saco muito cheio de evitar que o matassem, vezes em que eu me perguntara se a minha vida não seria muito mais fácil e melhor se eu simplesmente me desfizesse de Arnie, deixasse que ele se afogasse. Mas não teria sido melhor. Eu precisava que Arnie fizesse de mim uma pessoa melhor — e ele tinha feito. Nossa amizade foi uma troca justa durante todos aqueles anos e, oh merda, isto tudo era muito amargo, amargo pra caralho.

— Não esqueço, não — respondi e, de repente, tive que pôr a mão sobre os olhos. — Acho que você nunca esquece. Eu também amava o Arnie. E talvez não seja tarde demais para ele, ainda agora.

Essa teria sido a minha prece: *Bom Deus, permita que eu salve Arnie da morte só mais uma vez. Apenas mais esta última vez.*

— Não é ele quem odeio — disse ela, em voz baixa. — É aquele homem, LeBay... nós vimos mesmo aquela coisa hoje à tarde, Dennis? No carro?

— Sim — respondi. — Eu acho que vimos.

— Ele e aquela vaca da Christine. Vai ser em breve?

— Em breve. Acho que sim.

— Está bem. Eu te amo, Dennis.

— Também te amo.

E, como se viu, tudo terminou no dia seguinte — sexta-feira, 19 de janeiro.

Arnie

I was cruising in my Stingray late one night
When an XKE pulled up on the right,
He rolled down the window on his shiny new Jag
And challenged me then and there to a drag.
I said "You're on, buddy, my mill's runnin fine,
Let's come off the line at Sunset and Vine,
But I'll go you one better (if you got the nerve):
Let's race all the way...
To Deadman's Curve."

— Jan e Dean

Iniciei aquele longo e terrível dia indo até a casa de Jimmy Sykes no meu Duster. Eu tinha esperado que a mãe dele fosse criar problemas, mas no fim ela era legal. Ela era inclusive um pouco mais retardada que o filho. Convidou-me para comer bacon com ovos (que rejeitei, porque meu estômago dava nós miseráveis) e ficou cacarejando sobre as minhas muletas, enquanto Jimmy revirava o quarto à procura do chaveiro. Fiquei de conversa fiada com a Sra. Sykes, que era aproximadamente do tamanho do Monte Etna, mas o tempo ia passando e uma certeza angustiante cresceu dentro de mim: Jimmy perdera suas chaves em algum lugar, e tudo ia por água abaixo antes mesmo de começar.

Ele voltou, abanando a cabeça.

— Não achei, não — disse. — Puxa, devo ter perdido em algum lugar. Que droga!

A Sra. Sykes — quase 150 quilos envoltos num desbotado vestido de ficar em casa e os cabelos presos em rolinhos cor-de-rosa, disse então, com abençoada praticidade:

— Já procurou nos bolsos, Jim?

Uma expressão de espanto passou pelo rosto de Jimmy. Ele enfiou a mão no bolso das calças verdes de brim e depois, com um sorriso envergonhado, puxou um molho de chaves. O chaveiro era um daqueles vendidos na loja de curiosidades do Monroeville Mall — um grande ovo frito de borracha. O ovo estava escuro de tanta graxa.

— Aí estão vocês, suas otárias — disse.

— Modere seu linguajar, rapazinho — disse a Sra. Sykes. — Mostra pro Dennis qual é a chave que abre a porta, e guarde essa linguagem suja em sua cabeça.

Jimmy acabou me entregando três chaves, porque não estavam etiquetadas e ele não podia distinguir qual era qual. Uma delas abria a grande porta de aço da entrada, outra abria a porta dos fundos, que dava para o longo pátio de sucata, e a terceira era do escritório de Will.

— Obrigado — falei. — Devolvo assim que puder, Jimmy.

— Tá legal — disse Jimmy. — Diga alô a Arnie por mim.

— Eu digo.

— Tem certeza de que não quer bacon com ovos, Dennis? — perguntou a Sra. Sykes. — Tem bastante.

— Obrigado — respondi —, mas eu realmente preciso ir andando.

Eram 8h15 e as aulas começavam às nove. Arnie geralmente chegava às 8h45, pelo que Leigh me contou. Meu tempo estava curto. Peguei as muletas e me levantei.

— Ajuda ele, Jim — ordenou a Sra. Sykes. — Não fica aí parado!

Comecei a protestar e ela me interrompeu com um aceno.

— Não quero que você caia de bunda antes de chegar ao carro, Dennis. Você pode quebrar a perna toda de novo.

Ela gargalhou ao terminar de falar, e Jimmy, a própria encarnação da obediência, praticamente me carregou até o Duster.

O céu exibia um cinzento espumoso e abafado naquela manhã, e o rádio previa mais neve para o final da tarde. Fui de carro até o Colégio Libertyville, peguei a pista que levava ao estacionamento dos alunos e estacionei na primeira fila. Não precisei de que Leigh me dissesse que Arnie costumava estacionar na última. Eu tinha que ver meu amigo, tinha que jogar a isca diante de seu nariz, mas queria fazer isso o mais longe possível de Christine. Com ele afastado do carro, o poder de LeBay parecia mais fraco.

Fiquei sentado dentro do carro, com a chave virada para ACCESSORY por causa do rádio, e olhei para o campo de futebol. Parecia impossível que eu já tivesse trocado sanduíches com Arnie naquelas arquibancadas cobertas de neve. Era difícil acreditar que eu mesmo já correra e saltara naquele campo, vestindo as proteções, o capacete e as calças justas, estupidamente convicto da minha invulnerabilidade física... talvez até mesmo da minha imortalidade.

Não me sentia mais assim, se é que eu já me sentira um dia desta forma.

Os alunos chegavam, estacionavam os carros e iam para o prédio, conversando, rindo e brincando. Afundei no assento, não querendo ser reconhecido. Um ônibus parou diante da entrada principal e despejou um carregamento de crianças. Um pequeno grupo de rapazes e garotas que tremiam de frio se reuniu na área de fumantes, onde Buddy desafiara Arnie naquele dia do último outono. Aquele dia também me parecia terrivelmente distante agora.

Meu coração batia forte no peito e eu estava miseravelmente tenso. Uma parte covarde de mim tinha esperanças de que Arnie simplesmente não aparecesse. Então avistei o familiar vulto vermelho e branco de Christine, virando da rua do colégio para a pista de entrada dos alunos, vindo para o estacionamento a constantes 30 quilômetros por hora, o escapamento expelindo uma pluma de fumaça branca. Arnie estava dirigindo, vestindo o casaco do colégio. Não olhou para mim; simplesmente foi até o lugar de sempre, nos fundos do pátio, e estacionou.

Fique abaixado e ele nem verá você, sussurrou aquela traiçoeira e covarde parte da minha mente. *Vai passar direto por você, como todos os outros.*

Em vez disso, eu abri a porta do Duster e coloquei as muletas para o lado de fora. Apoiando o peso nelas, me puxei para fora e fiquei ali parado na neve compactada do estacionamento, me sentindo um pouco como naquele velho filme *Pacto de Sangue,* com Fred MacMurray. Do colégio, veio o *rrrrinnng* do primeiro sinal, tornado fraco e sem importância pela distância — Arnie estava mais atrasado do que nos velhos tempos. Minha mãe costumava dizer que ele era quase desagradavelmente pontual. Talvez LeBay não tivesse sido.

Ele veio na minha direção, com os livros debaixo do braço, a cabeça baixa, se virando de um lado para o outro para passar por entre os carros. Andou por trás de um furgão, saindo temporariamente da minha vista, depois tornou a aparecer. Então ergueu a cabeça e seus olhos se fixaram diretamente nos meus.

Ao me ver, arregalou os olhos e fez uma automática meia-volta em direção a Christine.

— Se sentindo meio nu quando não está ao volante? — perguntei.

Ele me encarou. Seus lábios se encurvaram ligeiramente para baixo, como se houvesse provado alguma coisa de sabor desagradável.

— Como vai a sua boceta, Dennis? — perguntou.

George LeBay não tinha me dito isso, mas tinha pelo menos insinuado que o irmão era extraordinariamente bom em agredir os outros encontrando os pontos fracos.

Dei dois passos arrastados para a frente sobre as muletas, enquanto ele ficava parado, sorrindo com os cantos da boca para baixo.

— Por acaso você gostava quando Repperton chamava você de Cara de Boceta? — perguntei. — Gostava tanto que resolveu chamar mais alguém disso?

Parte dele pareceu estremecer com aquilo — algo que talvez estivesse apenas em seus olhos —, mas o sorriso desdenhoso e vigilante permaneceu. Estava frio ali fora. Eu não tinha vestido as luvas e minhas mãos estavam ficando dormentes nas barras cruzadas das muletas. Nossa respiração formava pequenas nuvens.

— E quanto ao quinto ano, quando Tommy Deckinger chamava você de Bafo de Peido? — perguntei, falando mais alto. Ficar puto com ele não tinha sido parte do plano, mas agora a raiva estava ali, tremendo dentro de mim. — Você gostava disso? E você lembra quando Ladd Smythe era encarregado de ajudar as crianças a atravessar a rua e jogou você no chão no meio da faixa de pedestres? Lembra como eu tirei o chapéu dele e lhe enfiei dentro das calças? Por onde você andou, Arnie? Esse cara LeBay é um zé-atrasado. E eu, eu sempre estive ao seu lado!

Aquele estremecimento novamente. Desta vez ele deu meia-volta, o sorriso vacilando, os olhos procurando Christine, daquele jeito como procuramos uma pessoa querida num aeroporto ou rodoviária lotados. Ou como um drogado procuraria pelo traficante.

— Você precisa dela tanto assim? — perguntei. — Cara, você foi fisgado direto pelos colhões, hein?

— Não sei do que está falando — disse ele em voz rouca. — Você roubou minha garota. Nada vai mudar isso. Você me atacou pelas costas... me traiu... você não passa de um *bosta,* como todos os outros. — Ele agora estava me encarando, com olhos arregalados, magoados e brilhantes de raiva. — Eu achei que podia confiar em você, mas você é pior do que o Repperton ou *qualquer um* deles! — Deu um passo na minha direção e gritou, com uma fúria de perda perfeita: — *Você roubou ela, seu bosta!*

Dei mais um passo vacilante à frente com as muletas. Uma delas deslizou um pouco sobre a neve compactada do chão. Éramos como dois pistoleiros relutantes aproximando-se um do outro.

— Não se pode roubar o que foi jogado fora — falei.

— De que você está falando?

— Estou falando da noite em que ela se engasgou no seu carro. Da noite em que Christine tentou matá-la. Você disse a Leigh que não precisava dela. Você disse pra ela ir se foder.

— *Eu nunca disse isso! É mentira! É uma maldita mentira!*

— Com quem eu estou falando? — perguntei.

— Não interessa! — Os olhos cinzentos estavam enormes atrás dos óculos. — Não interessa com quem diabos você está falando! Isso tudo não passa de uma mentira imunda! Nada mais do que eu esperava daquela puta nojenta!

Outro passo. O rosto pálido dele estava marcado por manchas vermelhas acentuadas.

— Quando você escreve o seu nome, não parece mais a sua assinatura, Arnie.

— Cale a boca, Dennis!

— Seu pai diz que é como ter um estranho em casa.

— Estou avisando, cara!

— Por que você se dá ao trabalho de fingir? — perguntei brutalmente. — Eu sei o que vai acontecer. Leigh também sabe. A mesma coisa que aconteceu a Buddy Repperton, Will Darnell e a todos os outros. Porque você não é mais Arnie. Você está aí, não está, LeBay? Apareça e me deixe ver você! Já vi você antes. Eu vi você na véspera do ano-novo, vi de novo ontem, no KFC. *Sei que você está aí, por que não para de sacanagem e aparece logo?*

E ele apareceu... mas desta vez ele surgiu no rosto de Arnie, e era ainda mais terrível do que todas as caveiras e esqueletos e monstros de histórias em quadrinhos jamais imaginados. O rosto de Arnie *mudou*. Um sorriso de escárnio brotou nos lábios, como uma rosa rançosa. Então eu o vi como ele deveria ter sido quando o mundo era jovem e um carro era tudo que um jovem precisava ter; todo o resto teria acontecido automaticamente. Vi o irmão mais velho de George LeBay.

Eu só me lembro de uma coisa sobre ele, mas lembro dessa coisa muito bem: sua raiva. Ele estava sempre com raiva.

Ele veio na minha direção, encurtando a distância entre nós dois. Seus olhos estavam enevoados, além de todo alcance. Aquele sorriso de escárnio estava impresso em seu rosto como se tivesse sido marcado por um ferro em brasa.

Tive tempo de pensar na cicatriz no braço de George LeBay, descendo do cotovelo ao pulso. *Ele me empurrou, depois voltou e me jogou ao chão.* Eu podia ouvir aquele LeBay de 14 anos gritando: *De agora em diante, fique fora do meu caminho, seu* moleque ranhoso, *fique fora do meu caminho, ouviu?*

Era LeBay que eu encarava agora — e LeBay não era um homem do tipo que aceitava facilmente a derrota. Aliás, ele não aceitava a derrota de maneira alguma.

— Lute com ele, Arnie — falei. — Ele já está no comando há tempo demais. Lute com ele, mate-o, mantenha-o lon...

Arnie chutou a minha muleta direita, tirando-a de debaixo de mim. Eu me esforcei para ficar em pé, cambaleei, quase consegui... e então ele chutou a muleta esquerda. Caí sobre a neve dura e compactada. Ele deu outro passo e ficou acima de mim, o rosto duro e alienígena.

— Você fez por merecer, e agora vai receber — disse ao longe.

— Tá bem, sei — arquejei. — Você se lembra das fazendas de formigas, Arnie? Você está aí, em algum lugar? Esse otário escroto nunca teve uma porra de fazenda de formigas na vida. Ele nunca teve um *amigo* em toda a vida.

De repente, a dureza calma se partiu. O rosto — o rosto dele *se turvou.* Não conheço outra maneira de descrever o que vi. LeBay estava ali, furioso por ter que pôr fim em um motim interno. Então era Arnie que estava lá, abatido, cansado, envergonhado mas, acima de tudo, desesperadamente infeliz. Em seguida, LeBay novamente, recuando o pé para me chutar enquanto eu jazia caído na neve, tateando em busca das minhas muletas, me sentindo impotente, inútil e burro. Depois era Arnie mais uma vez, meu amigo Arnie, jogando para trás o cabelo caído na testa naquele gesto familiar e distraído. Era Arnie quem dizia:

— Ah, Dennis... Dennis... me desculpa... sinto muito.

— É tarde demais para se desculpar, cara — falei. Peguei uma muleta, depois a outra. Eu me levantei pouco a pouco, escorregando duas vezes antes de conseguir me sustentar novamente sobre elas. Minhas mãos agora pareciam pedaços de madeira. Arnie não se mexeu para me ajudar; ficou encostado no furgão, os olhos arregalados e chocados.

— Dennis, eu não consigo evitar — sussurrou. — Às vezes eu me sinto como se nem estivesse mais aqui. Me ajuda, Dennis! Me ajuda!

— LeBay está aí? — perguntei.

— Ele está sempre aqui — grunhiu Arnie. — Ah, Deus, sempre! Menos quando...

— O carro?

— Quando Christine... quando ela sai, então ele vai com ela. É a única hora em que ele... ele...

Arnie se calou. A cabeça dele caiu para um lado. O queixo rolou sobre o peito em um giro frouxo. Seu cabelo pendeu em direção à neve. A saliva escorreu da boca e caiu sobre as botas. Então ele começou a gritar agudamente e esmurrou o furgão atrás com as mãos enluvadas.

— *Vá embora! Vá embora! Vá embooooraaaa!*

Pelos cinco segundos seguintes, nada aconteceu — nada exceto o estremecimento de seu corpo, como se uma cesta de cobras tivesse sido despejada dentro das roupas dele; nada exceto aquele lento, horrível girar do queixo sobre o peito.

Eu achei que Arnie talvez estivesse vencendo, que conseguiria expulsar o velho filho da puta nojento. Mas quando ergueu o rosto, Arnie se fora. Era LeBay quem estava ali.

— Tudo vai acontecer que nem ele disse — falou LeBay. — Fique fora disso, garoto. Talvez eu não atropele você.

— Vamos ao Darnell esta noite — disse eu. Minha voz estava rouca, tinha o peito seco como areia. — Vamos brincar. Eu levo Leigh. Você leva Christine.

— Eu vou escolher minha própria hora e lugar — replicou LeBay, e sorriu com a boca de Arnie, mostrando os dentes jovens e fortes de Arnie... uma boca ainda a anos da indignidade das dentaduras. — Você não vai saber o quando e o onde, mas acabará sabendo... quando chegar a hora.

— Pense de novo — falei, quase casualmente. — Vá à garagem esta noite... ou eu e ela começaremos a contar tudo amanhã.

Ele riu, um som feio e carregado de desprezo.

— E aonde isso os levará? Ao hospício de Reed City?

— Ah, claro que não vamos ser levados a sério no começo — retruquei. — Tenho que admitir isso. Mas essa história de que eles mandam você pra um asilo de loucos assim que você começa a falar sobre fantasmas e demônios... Na-não, LeBay! Talvez isso acontecesse no seu tempo, antes dos discos voadores, do *Exorcista* e daquela casa em Amityville. Só que hoje muita gente *acredita* nessa história.

Ele ainda sorria, mas seus olhos me encararam com estreita suspeita. Isso e algo mais. Achei que esse algo mais era o primeiro cintilar do medo.

— E o que você parece não perceber é a quantidade de pessoas que sabem que há algo errado.

O sorriso vacilou. Claro que ele já deveria ter percebido isso, e se preocupado também. Mas talvez matar seja como uma febre; depois de algum tempo, talvez simplesmente seja impossível parar e calcular o custo.

— Seja lá qual for esse tipo de vida esquisito e imundo que ainda lhe resta, ele está totalmente atrelado àquele carro — falei. — Você sabia disso e planejou usar Arnie desde o princípio... exceto que "planejou" é a palavra errada. Porque na verdade você nunca planejou nada, não é mesmo? Apenas seguiu sua intuição.

Ele emitiu um som que parecia um rosnado e se virou para ir.

— Você realmente precisa pensar melhor nisso — gritei para ele. — O pai de Arnie sabe que há alguma coisa podre. O meu também. E imagino que exista algum policial em algum lugar que esteja disposto a ouvir *qualquer coisa* sobre como seu amigo Junkins morreu. E todos os indícios levam de volta a Christine, Christine, Christine... Mais cedo ou mais tarde, alguém vai jogá-la naquele compactador de carros nos fundos da garagem, apenas por segurança.

Ele tinha se virado de volta e me olhava com uma mistura viva de ódio e medo nos olhos.

— A gente vai continuar falando, e muitos vão rir da gente, não duvido. Mas eu tenho dois pedaços de gesso com a assinatura de Arnie. Só que uma delas não é dele. É sua. Eu vou levar os dois pedaços para os tiras estaduais e vou ficar enchendo o saco deles até que eles arranjem um especialista em grafologia para confirmar isso. Todos vão começar a ficar de olho em Arnie. Vão começar a vigiar Christine também. Sacou a situação?

— Filho, estou pouco me fodendo pra você.

Mas os olhos dele diziam o contrário. Eu estava atingindo LeBay, sem dúvida nenhuma.

— Vai acontecer — insisti. — As pessoas são racionais apenas na superfície. Elas ainda jogam sal sobre o ombro esquerdo quando derrubam o saleiro, não passam debaixo de escadas; acreditam na vida após a morte. E mais cedo ou mais tarde... provavelmente mais cedo, comigo e Leigh gritando a plenos pulmões... alguém vai transformar aquele carro numa lata de sardinhas. E eu estou disposto a apostar que, quando ele se for, você vai junto com ele.

— Bem que você queria! — rosnou ele.

— A gente vai estar na garagem esta noite — falei. — Se você for bom, poderá se livrar de nós dois. Isso também não vai acabar com o perigo, mas vai lhe dar algum tempo para respirar... tempo suficiente para dar o fora da cidade. Mas eu não acho que você seja tão bom, mané. Isso já foi longe demais. A gente vai se livrar de você!

Eu "muletei" de volta para o Duster e entrei no carro. Usei as muletas mais desajeitadamente que de costume, tentando parecer mais incapacitado do que eu realmente estava. Já o tinha abalado, mencionando as assinaturas; era a hora de cair fora, antes que eu exagerasse na encenação. Mas ainda restava mais uma coisa. Algo que era garantido de levar LeBay a um frenesi de ódio.

Puxei a perna esquerda com as mãos, bati a porta e me inclinei para fora. Olhei bem nos olhos dele e sorri.

— Ela é ótima na cama — falei. — Pena que você nunca vá descobrir.

Com um rugido furioso, ele avançou contra mim. Subi o vidro da janela e apertei o botão que trancava a porta. Então, sem pressa, liguei o motor, enquanto ele batia os punhos enluvados contra o vidro. O rosto dele era um rosnado terrível. Não restava Arnie algum nele agora. Absolutamente nada de Arnie. Meu amigo se fora. Senti uma tristeza sombria, mais profunda do que lágrimas ou medo, mas mantive aquele sorriso lento, insultante e sujo no meu rosto. Depois, vagarosamente ergui meu dedo médio para o vidro.

— Vá se foder, LeBay — falei.

Arranquei, deixando-o parado no estacionamento, estremecido por aquela fúria simples e inabalável de que seu irmão me falara. Eu contava com isso, mais do que qualquer outra coisa, para atraí-lo à garagem essa noite.

Nós veríamos.

Petúnia

Something warm was running in my eyes
But I found my baby somehow that night,
I held her tight, I kissed her our last kiss…
— J. Frank Wilson and the Cavaliers

Dirigi por uns quatro quarteirões antes que a reação começasse, e então eu fui obrigado a parar. Eu estava com um caso sério de tremores. Nem mesmo o aquecedor, ligado ao máximo, conseguiu acabar com eles. Minha respiração vinha em arquejos curtos e penosos. Eu me abracei para ver se me aquecia, mas parecia que eu nunca mais me sentiria quente, nunca mais. Aquele rosto, aquele rosto horrível, e Arnie sepultado em algum lugar, *ele está sempre aqui,* dissera Arnie, sempre, exceto quando... o quê? Quando Christine rodava sozinha, é claro. LeBay não podia estar em dois lugares ao mesmo tempo. Isto estava além até mesmo dos poderes dele.

Finalmente eu consegui dirigir de novo e não estava nem consciente de que estivera chorando até olhar para o retrovisor e ver os círculos molhados sob meus olhos.

Eram dez e quinze quando cheguei à garagem de Johnny Pomberton. Ele era um homem alto, de ombros largos, usava botas de borracha verdes e vestia um casaco de caça pesado, quadriculado em preto e vermelho. Um velho chapéu, com a copa suja de graxa estava inclinado para cima sobre a cabeça calva enquanto ele estudava o céu.

— Vem mais neve aí, o rádio falou. Eu num sabia se você vinha, rapaz, mas eu trouxe ela pra frente pra ocê do mesmo jeito. O que cê acha?

Eu me apoiei nas muletas e saí de meu carro. O sal grosso estalava debaixo das ponteiras das muletas, mas o piso era seguro. Estacionado em frente da pilha de lenha de Johnny Pomberton estava um dos veículos mais estranhos que eu já vira na vida. Um odor leve e pungente, não exatamente agradável, emanava dele até onde nós estávamos.

Em algum momento, muito tempo atrás em sua carreira, aquele veículo havia sido um produto GM — ou pelo menos assim anunciava o logo no focinho gigantesco. Agora era um pouco de tudo. Uma coisa específica ele era com certeza: enorme. O topo da grade do radiador ficaria à altura da cabeça de um homem alto. Atrás e acima dela, a cabine se erguia como um imenso capacete quadrado. Mais atrás, suportado por dois conjuntos de rodas duplas de cada lado, havia um corpo longo e tubular, como o de um caminhão-tanque de gasolina.

Exceto que eu jamais vira um caminhão-tanque antes desse que fosse pintado de rosa-vivo. A palavra PETÚNIA estava escrita na lateral, em letras góticas com 60 centímetros de altura.

— Não sei o *que* achar dela — falei. — O que é ela?

Pomberton enfiou um cigarro Camel na boca e o acendeu com um rápido peteleco da unha córnea do polegar na ponta de um palito fósforo.

— Suga-caca — ele respondeu.

— *O quê?*

Ele sorriu.

— Setenta e cinco mil litros de capacidade — explicou. — Ela é fantástica, minha Petúnia.

— Não estou sacando — respondi, mas começava a entender. Havia uma ironia medonha e absurda naquela situação que Arnie — o antigo Arnie — teria apreciado.

Eu havia perguntado a Pomberton no telefone se ele tinha algum caminhão grande e pesado para alugar — e aquele era, no momento, o maior veículo no pátio. Seus quatro caminhões de lixo estavam trabalhando, dois em Libertyville e mais dois em Philly Hill. Pomberton explicara que tinha uma motoniveladora, mas que ela sofrera um colapso nervoso logo depois do Natal. Segundo ele, estava tendo que dar um duro ferrado para manter os veículos rodando desde que a Garagem de Darnell havia sido fechada.

Petúnia era essencialmente um caminhão-tanque, nem mais nem menos. Sua função era esvaziar sistemas de esgoto.

— Quanto é que ela pesa? — perguntei a Pomberton.

Ele atirou longe o cigarro.

— Vazia ou cheia de merda?

Engoli em seco.

— Como está agora?

Ele jogou a cabeça para trás e riu.

— Cê acha que eu ia alugar um caminhão cheio? — Ele pronunciou *camião cheiu.* — Nada disso, ela tá vazia, seca como um osso, e toda lavada com mangueira. Claro que tá. Ainda tá meio perfumada, né?

Eu farejei. Ela tava perfumada mesmo.

— Podia ser muito pior — falei. — Eu acho.

— Claro — disse Pomberton. — Fique certo disso. *O pedigree* original da velha Petúnia se perdeu há muito, mas em seu registro atual diz que pesa 8 toneladas, PBV.

— O que significa isso?

— Peso bruto do veículo — disse ele. — Se eles param a gente na estrada interestadual e o veículo pesar mais de 9 toneladas, a Comissão de Comércio Interestadual enche o nosso saco. Vazia ela provavelmente pesa por aí, não sei bem, umas 4 ou 4,5 toneladas. Tem câmbio de cinco marchas, com um diferencial de duas velocidades, lhe dando dez marchas pra frente... se cê conseguir pisar na embreagem.

Ele lançou um olhar duvidoso para as minhas muletas de alto a baixo e acendeu outro cigarro.

— Cê *consegue* pisar numa embreagem?

— Claro — falei com ar sério. — Se não for muito dura.

Mas por quanto tempo? Essa era a questão.

— Bem, isso é problema seu, e não quero me meter. — Ele me olhou animado. — Vou lhe dar dez por cento de desconto se pagar em grana viva, porque aí eu geralmente não preciso informar as transações em dinheiro vivo pro meu tio Sam favorito.

Conferi minha carteira e encontrei quatro notas de vinte e quatro de dez.

— Quanto você pediu por um dia?

— Que tal noventa pratas?

Entreguei noventa a ele. Tinha vindo preparado para pagar 120.

— E o que cê vai fazer com aquele seu Duster?

Aquilo nem tinha me passado pela cabeça até agora.

— Será que não poderia deixá-lo aqui? Só por hoje?

— Claro — disse Pomberton. — Pode deixar a semana inteira que para mim não faz diferença. Bota o carro nos fundos e deixe as chaves, pro caso de eu precisar manobrar.

Dei a volta com o Duster até os fundos, onde havia uma selva de peças canibalizadas de caminhão espetadas na neve alta, como ossos sob areia branca. Levei quase dez minutos para voltar usando as muletas. Podia ter vindo mais depressa andando com as duas pernas, mas não queria abusar da perna esquerda. Preferia poupá-la para a embreagem de Petúnia.

Eu me aproximei de Petúnia sentindo o medo se acumular no meu estômago como uma nuvenzinha negra. Não tinha dúvidas de que ela daria um fim a Christine — se ela realmente aparecesse na Garagem de Darnell hoje à noite, e se eu conseguisse dirigir aquela droga de caminhão. Nunca dirigira nada tão grande em minha vida, embora no verão passado eu tivesse passado algumas horas num *bulldozer*, e Brad Jeffries tinha me deixado experimentar a escavadeira umas duas vezes depois que o trabalho do dia tinha terminado.

Pomberton ficou ali parado com o casaco xadrez, as mãos enfiadas fundo nos bolsos das calças de trabalho, me observando com olhos sábios. Eu fui até o lado do motorista, agarrei a maçaneta e escorreguei um pouco. Ele deu um passo ou dois na minha direção.

— Eu me viro.

— Claro — disse ele.

Enfiei a muleta novamente debaixo do braço, enquanto minha respiração se congelava em arfados curtos, e abri a porta. Me apoiando na alça interna da porta com a mão esquerda e me equilibrando sobre a perna direita como uma cegonha, atirei as muletas dentro da cabine e depois as segui. As chaves estavam na ignição, a ordem das marchas estava impressa na bola da alavanca de câmbio. Bati a porta, pressionei a embreagem com a perna esquerda — sem muita dor, até ali tudo bem — e liguei Petúnia. O motor soava como uma pista lotada de carros de corrida em Philly Plains.

Pomberton chegou mais perto.

— Ela é meio barulhenta, né não? — gritou.

— Se é! — gritei de volta.

— Sabe de uma coisa? — berrou ele. — Acho muito difícil que cê tenha um *I* na sua carteira de motorista, garoto.

Um *I* na carteira de motorista significa que você passou na prova de direção de grandes caminhões. Eu tinha um *A* para motocicletas (para grande desgosto de minha mãe), mas não um *I*.

Sorri para ele.

— Você nunca conferiu porque eu parecia confiável.

— Claro! — ele sorriu de volta.

Acelerei um pouco. Petúnia deu dois altíssimos estouros de carburador que eram quase tão barulhentos como morteiros.

— Cê liga se eu perguntar pra que cê quer o caminhão? Sei que não é problema meu, claro.

— Preciso dele exatamente para o que ele serve.

— Como é? Não entendi.

— Quero me livrar de alguma merda — respondi.

Eu levei um certo susto ao descer a ladeira vindo da garagem de Pomberton; mesmo seca e vazia, aquele belezinha descia rápido mesmo. Eu parecia estar incrivelmente alto — capaz de olhar de cima para os tetos dos carros que passavam. Dirigindo pelo centro de Libertyville, eu me sentia tão visível como um filhote de baleia nadando num laguinho de peixinhos dourados. O fato do caminhão de esgoto de Pomberton ter sido pintado com aquele rosa tão vivo não ajudava em nada. Percebi alguns olhares curiosos.

Minha perna esquerda tinha começado a doer um pouco, mas lidar com a sequência de marchas nada familiar de Petúnia naquele trânsito de pare-e-siga do centro da cidade me ajudou a não pensar nisso. Uma dor mais surpreendente estava se desenvolvendo nos meus ombros e no peito; era uma consequência do simples ato de dirigir Petúnia pelo trânsito. Ela não tinha direção hidráulica, e aquele volante era duro pacas.

Virei na Main Street para a Walnut, e entrei no estacionamento atrás da Western Auto. Desci cuidadosamente da cabine de Petúnia, bati a porta (meu nariz já tinha se acostumado ao fraco odor que ela desprendia), ajeitei as muletas e fui até a entrada dos fundos.

Tirei as três chaves da garagem do molho que Jimmy me deu e as levei até o chaveiro. Por U$1,80, consegui duas cópias de cada. Guardei as chaves novas num bolso e o chaveiro de Jimmy no outro, com as chaves originais recolocadas. Saí pela porta da frente para a Main Street e fui até o restaurante Libertyville Lunch, onde havia um telefone público. Acima de mim, o céu ficara mais cinzento e carregado do que nunca. Pomberton estava certo. Ia nevar.

Lá dentro, pedi um café com uma rosquinha e consegui troco para a cabine telefônica. Entrei na cabine, fechei a porta desajeitadamente e liguei para Leigh. Ela atendeu no primeiro toque.

— Dennis! Onde está você?

— No Libertyville Lunch. Você está sozinha?

— Estou. Papai foi trabalhar, e mamãe foi fazer compras. Dennis, eu... eu quase contei tudo a ela. Comecei a pensar nela parando o carro no supermercado, depois atravessando o estacionamento e... Sei lá, aquilo que você disse sobre Arnie ter que sair da cidade pareceu não ter importância. Claro que faz sentido, mas pareceu não importar. Você sabe o que quero dizer, não sabe?

— Sei — respondi, pensando em como tinha dado carona para Ellie até o Tom's ontem à noite, mesmo que a minha perna estivesse doendo pra caramba. — Eu sei exatamente o que quer dizer.

— Dennis, isso não pode continuar assim. Vou ficar louca. Você ainda vai tentar seu plano?

— Vou — falei. — Deixe um bilhete para sua mãe, Leigh. Diga a ela que você precisou sair por algum tempo. Não explique mais nada. Se você não chegar a tempo para o jantar, seus pais certamente vão ligar para os meus. Talvez eles concluam que nós dois fugimos juntos.

— Até que não seria má ideia — disse ela, e riu de um jeito que me deixou arrepiado. — Até mais.

— Ei, mais uma coisa. Você tem algum analgésico em casa? Darvon? Alguma coisa assim?

— Sobrou um pouco de Darvon da vez que papai machucou as costas — disse ela. — É a sua perna, Dennis?

— Está doendo um pouco.

— Um pouco, quanto?

— Está bem, de verdade.

— Sem mentiras?

— Sem mentiras. E depois desta noite, eu vou dar a ela um bom descanso, está bem?

— Está bem.

— Venha para cá o mais depressa que puder.

Ela entrou enquanto eu pedia uma segunda xícara de café. Usava uma parca com franjas de pele e jeans desbotados. Os jeans estavam enfiados em botas surradas. Ela conseguiu parecer sexy e prática ao mesmo tempo. Várias cabeças se viraram quando entrou.

— Que gata — falei e beijei-lhe a têmpora.

Ela me entregou um frasco de cápsulas de gel cinzentas e rosadas.

— Pois você não me parece muito bem, Dennis. Tome.

A garçonete, uma mulher com uns 50 anos e cabelos grisalhos, chegou com meu café. A xícara estava ali placidamente, uma ilha em uma pequena poça marrom no pires.

— Por que não estão na escola, garotos? — perguntou ela.

— Temos dispensa especial — respondi sério.

Ela me encarou com firmeza.

— Café, por favor — pediu Leigh, tirando as luvas. Quando a garçonete voltou para detrás do balcão, fungando audivelmente, Leigh se inclinou para mim e disse: — Não seria engraçado se fôssemos pegos no flagra pelo inspetor?

— Seria hilário — falei. Pensei que, apesar do brilho que o frio lhe emprestara, Leigh não estava parecendo tão bem assim. Eu achava que nenhum de nós dois ficaria muito bem antes que aquilo tudo terminasse. Havia pequenas linhas de tensão em torno dos olhos de Leigh, como se ela tivesse dormido mal à noite.

— Então o que a gente vai fazer?

— A gente vai se livrar dela — falei. — Espere até ver sua carruagem, madame.

— Meu Deus! — exclamou Leigh, olhando para a magnificência rosa-shocking de Petúnia. A monstruosidade se erguia silenciosamente no pátio de estacionamento da Western Auto, fazendo um furgão Chevrolet de um lado e um Volkswagen do outro parecerem minúsculos. — O que é isto?

— Um suga-caca — respondi, impassível.

Ela olhou para mim, perplexa... e então se dobrou em um acesso de gargalhadas histéricas. Era bom vê-la rir assim. Quando eu lhe contara sobre o meu encontro com Arnie, naquela manhã no estacionamento dos alunos, as linhas de tensão no rosto dela foram ficando cada vez mais fundas, com os lábios empalidecendo conforme eram pressionados.

— Eu sei que ela é meio ridícula — falei, olhando para Petúnia.

— Para ser bem *delicado*... — Leigh respondeu, ainda rindo e soluçando.

— ... Mas ela vai dar conta do serviço, se é que existe alguma coisa capaz disso — eu completei a frase.

— Sim. Acho que vai dar conta. E... até que é bem adequada à situação, né? — Leigh comentou.

— Eu pensei a mesma coisa — concordei com um aceno da cabeça.

— Bem, vamos entrar — disse ela. — Estou com frio.

Entrou na cabine à minha frente, franzindo o nariz.

— Argh! — exclamou.

Eu sorri.

— Você se acostuma com o cheiro — falei.

Eu lhe entreguei as muletas e escalei penosamente até o volante. A dor na minha perna esquerda tinha se reduzido de uma série de ferroadas agudas para um latejar monótono; eu tinha tomado dois Darvons no restaurante.

— Acha que sua perna vai ficar bem, Dennis?

— Vai ter que ficar — respondi e bati a porta.

Christine

As I sd to my
friend, because I am
always talking, – John I

sd, which was not his
name, the darkness surrounds us, what
can we do against
it, or else, shall we &
why not, buy a goddamn big car,

drive, he sd, for
christ's sake, look
out where yr going.
— Robert Creeley

Eram mais ou menos onze e meia quando saímos do estacionamento da Western Auto. Os primeiros flocos de neve começavam a cair. Atravessei a cidade, rumo à casa dos Sykes, passando as marchas com mais facilidade conforme o Darvon fazia efeito.

A casa estava às escuras e fechada. A Sra. Sykes deveria estar no trabalho, e Jimmy talvez tivesse ido buscar o cheque do seguro-desemprego ou coisa assim. Leigh encontrou um envelope amassado na bolsa, riscou o próprio endereço e escreveu *Jimmy Sykes* na frente em sua bela e inclinada caligrafia. Colocou o chaveiro de Jimmy dentro do envelope, dobrou a aba e o enfiou pela fenda para cartas, na porta da frente. Enquanto fazia isso, deixei Petúnia ligada em ponto morto, deixando minha perna descansar.

— E agora? — perguntou ela, subindo de novo até a cabine.

— Mais um telefonema — respondi.

Encontrei uma cabine telefônica perto do cruzamento da JFK Drive com a Crescent Avenue. Desci cuidadosamente da boleia do caminhão, me segurando nela até que Leigh me passasse as muletas. Então caminhei com cuidado até o telefone, através da neve que engrossava. Vista através do vidro sujo da cabine telefônica e da neve que caía em redemoinhos, Petúnia parecia um estranho dinossauro cor-de-rosa.

Liguei para a Universidade Horlicks e fui transferido para o escritório de Michael. Arnie tinha me contado uma vez que o pai dele era um tremendo robô de escritório, sempre levando um almoço de casa e ficando na própria sala. Então, quando a chamada foi atendida ao segundo toque, eu o abençoei pela informação.

— Dennis! Tentei ligar para a sua casa! Sua mãe disse...

— Para onde ele vai?

Senti um frio no estômago. Foi só então — naquele exato momento — que tudo começou a parecer inteiramente real para mim, e fiquei pensando que aquela louca confrontação ia realmente acontecer.

— Como ficou sabendo que ele ia viajar? Você tem que me contar e...

— Não tenho tempo para perguntas e também não poderia responder. Para onde ele vai?

Lentamente, ele me contou:

— Ele e Regina vão à Penn State hoje à tarde, logo após as aulas. Arnie telefonou para ela de manhã e perguntou se ela iria com ele. Disse que... — Michael fez uma pausa para pensar. — Disse que se sentia como se tivesse caído em si subitamente. Que ele simplesmente se tocou hoje cedo, enquanto ia para o colégio, que se ele não fizesse algo definitivo quanto à universidade, poderia perder a oportunidade. Ele contou que já tinha decidido que a Penn State era a melhor opção, e perguntou se ela gostaria de ir até lá com ele e falar com o reitor da Faculdade de Artes e Ciências, e também com algumas pessoas dos departamentos de História e Filosofia.

A cabine telefônica estava fria. Minhas mãos estavam começando a ficar dormentes. Leigh estava lá em cima na cabine de Petúnia, me observando ansiosamente. *Como você organizou bem as coisas, Arnie,* pensei. *Ainda um jogador de xadrez.* Ele estava manipulando a mãe, puxando os fios da marionete e fazendo-a dançar. Senti um pouco de pena dela, mas não tanta quanto poderia. Quantas vezes a própria Regina não fora a manipuladora, fazendo os outros dançarem em seu palco, como num teatrinho de marionetes? Agora que ela estava semidistraída pelo medo e a vergonha, LeBay acenara diante de seus olhos uma coisa — a única — que, sem sombra de dúvida, a faria ir correndo: a possibilidade de as coisas estarem voltando ao normal.

— E isso tudo lhe pareceu plausível? — perguntei a Michael.

— É claro que não! — explodiu ele. — Também não pareceria plausível para ela, se estivesse com a cabeça no lugar! Do jeito como os processos de ingresso são hoje nas universidades, a Penn State o matricularia em *julho,* se ele tivesse dinheiro para pagar a anuidade e as notas necessárias. Arnie tem as duas coisas. Ele falava como se estivéssemos nos anos 1950 e não nos 1970.

— E quando eles vão?

— Ela vai se encontrar com ele no colégio, depois do sexto tempo. Foi isso que ela me disse quando me ligou. Arnie vai receber dispensa.

Aquilo significava que eles sairiam de Libertyville em menos de uma hora e meia. Então eu fiz a última pergunta, embora já soubesse a resposta:

— E eles não vão em Christine, vão?

— Não, eles vão na perua. Regina ficou delirante de alegria, Dennis. *Delirante.* Essa ideia de chamá-la para ir à Penn State... foi muito inspirada. Nem uma tropa de choque impediria Regina de aproveitar essa chance. O que está acontecendo, Dennis? *Por favor!*

— Eu conto tudo amanhã — respondi. — É uma promessa. Palavra. Enquanto isso, você tem que fazer uma coisa para mim. Pode ser uma questão de vida e morte para minha família e a família de Leigh Cabot. Você...

— Oh, meu Deus! — exclamou ele, roucamente. Falava com a voz do homem que acaba de perceber algo muito importante. — Ele estava fora, todas as vezes... exceto quando aquele garoto Welch foi morto, e naquela vez ele estava... Regina o viu dormindo e tenho certeza de que ela não estava mentindo sobre isso... Dennis, quem está diringido aquele carro? *Quem está usando Christine para matar pessoas quando Arnie não está aqui?*

Eu quase contei, mas fazia frio na cabine telefônica e a minha perna começava a doer novamente, e aquela resposta levaria a mais perguntas, dúzias de perguntas. E mesmo assim, o único resultado poderia ser uma simples recusa em acreditar

— Ouça, Michael — falei, com o máximo de cuidado possível. Por um estranho momento, senti-me como um apresentador de programa infantil. *Um carrão dos anos 50 vai devorar vocês, meninos e meninas... Vocês conseguem dizer Christine? Eu sabia que conseguiriam!* — Você tem que ligar para meu pai e para o pai de Leigh. Faça com que as duas famílias se reúnam na casa de Leigh. — Eu estava pensando em tijolos, bons e sólidos tijolos. — Acho que talvez você devesse ir para lá também, Michael. Vocês todos devem ficar juntos até a gente chegar ou até eu telefonar. Mas você tem que dizer a eles, por mim e por Leigh: não devem sair de casa, depois de... — Fiz os cálculos: se Arnie e Regina saíssem do colégio às duas, quanto tempo demoraria para que o álibi dele fosse completamente blindado? — Depois das quatro horas desta tarde. Depois das quatro, nenhum de vocês deve ir à rua. A qualquer rua. *Em hipótese alguma.*

— Dennis, eu não posso simplesmente...

— Você *tem* que poder — falei. — Você será capaz de convencer o meu pai, e então os dois juntos devem conseguir convencer os Cabot. E fique longe de Christine, Michael.

— Eles vão sair direto da escola — disse Michael. — Arnie disse que o carro vai ficar bem, no estacionamento dos alunos.

Eu podia ouvir novamente na voz dele que Michael sabia que era mentira. Depois do que acontecera no outono passado, Arnie seria tão capaz de abandonar Christine num estacionamento público quanto aparecer pelado na aula de Cálculo.

— Está bem — respondi —, mas se, por acaso, você olhar pela janela e a vir na entrada da garagem, fique longe. Entendeu?

— Entendi, mas...

— Telefone primeiro para meu pai. Prometa.

— Está bem, eu prometo, Dennis, mas...

— Obrigado, Michael.

Desliguei. Minhas mãos e pés estavam dormentes de frio, mas minha testa estava molhada de suor. Empurrei a porta da cabine telefônica com a ponta de uma das muletas e voltei até Petúnia.

— O que ele disse? — perguntou Leigh. — Ele prometeu?

— Sim — respondi. — Prometeu, e meu pai vai garantir que todos ficarão juntos. Tenho bastante certeza disso. Se Christine for atrás de alguém esta noite, terá que ser da gente.

— Certo — disse ela. — Ótimo.

Engatei a primeira marcha de Petúnia e saímos dali. O palco estava montado — da melhor maneira que eu poderia, de qualquer modo — e agora eu não podia fazer mais nada além de esperar e ver o que iria acontecer.

Atravessamos a cidade até a Garagem de Darnell em meio a uma neve leve que caía constantemente, e eu entrei no estacionamento alguns minutos depois de uma hora daquela tarde. O prédio longo e espalhado, com suas laterais de aço corrugado, estava inteiramente deserto, e as rodas enormes de Petúnia cortaram a funda neve acumulada até pararmos diante da porta principal. As placas pregadas naquela porta ainda eram as mesmas daquela longínqua tarde de agosto, quando Arnie levou Christine para lá pela primeira vez: POUPE SEU DINHEIRO! SEU CONHECIMENTO, NOSSAS FERRAMENTAS! *Vagas Semanais, Mensais, ou Anuais* e BUZINE PARA ENTRAR, mas a única que realmente significava alguma coisa era a mais nova, encostada na janela escura do escritório: FECHADO ATÉ SEGUNDA ORDEM. Num canto da frente nevada havia um velho Mustang amassado, um daqueles velhos carrões dos anos 60. Agora jazia silencioso e inútil, sob uma mortalha de neve.

— É de dar medo — disse Leigh em voz baixa.

— É mesmo. — Entreguei-lhe as chaves que tinha feito na Western Auto naquela manhã. — Uma dessas deve funcionar.

Ela pegou as chaves, saiu e foi até a porta. Fiquei de olho nos dois espelhos retrovisores enquanto Leigh mexia na fechadura, mas nós não parecíamos estar atraindo nenhuma atenção indevida. Eu acho que existe um certo fator psicológico quando se vê um veículo tão grande e evidente — um fator que torna a ideia de algo clandestino ou ilegal mais difícil de engolir.

Leigh deu um puxão súbito na porta, levantou-se, puxou de novo e então voltou ao caminhão.

— Consegui virar a chave, mas não consigo levantar a porta — explicou. — Acho que ficou congelada no chão ou algo assim.

Era só o que faltava, pensei. Formidável. Nenhuma parte do plano seria fácil.

— Desculpa, Dennis — ela falou, vendo a minha decepção no rosto.

— Não, tá tudo bem — falei.

Abri a porta do motorista e executei mais uma das minhas cômicas saídas deslizantes.

— Tome cuidado — disse ela ansiosa, andando ao meu lado, com o braço em minha cintura, enquanto eu ia de muletas cuidadosamente pela neve, a caminho da porta. — Lembre-se de sua perna.

— Sim, mamãe — respondi, sorrindo um pouco. Fiquei de lado para a porta quando cheguei lá, para poder me abaixar para a direita, mantendo o peso fora da perna ruim. Dobrado em dois, sobre a neve, com a perna esquerda no ar, a mão esquerda segurando as duas muletas, a direita agarrando a alça da porta de aço de enrolar, eu devia estar parecendo um contorcionista de circo. Eu puxei e senti a porta ceder um pouco... mas não o suficiente. Leigh tinha razão: ela estava bem congelada na parte de baixo. Era possível ouvir o gelo estalando.

— Segure firme e me ajude a puxar — pedi.

Leigh colocou as duas mãos sobre a minha mão direita e puxamos juntos. Os estalos ficaram um pouco mais altos, porém o gelo não queria libertar o pé da porta.

— Quase conseguimos — falei. Minha perna direita latejava dolorosamente e o suor escorria pelo meu rosto. — Vou contar. Quando chegar ao três, dê tudo que puder. Certo?

— Certo — disse ela.

— Um... dois... *três*!

Foi então que a porta ficou livre do gelo de repente, com absurda, incrível facilidade. Ela voou para cima nos trilhos, e eu cambaleei para trás, enquanto as minhas muletas caíram. A perna esquerda se dobrou sob meu corpo e eu caí sobre ela. A neve alta amaciou um pouco a queda, mas ainda assim senti a dor numa espécie de relâmpago prateado que disparou para cima, partindo da coxa e indo direto até as têmporas, em seguida descendo de novo. Trinquei os dentes para conter um grito, mal conseguindo segurá-lo, e então Leigh estava ajoelhada na neve ao meu lado, com o braço em torno dos meus ombros.

— Dennis! Você está bem?

— Me ajude a me levantar.

Ela precisou fazer a maior parte do esforço, e ambos estávamos ofegando como maratonistas quando eu finalmente fiquei de pé novamente, com as muletas debaixo dos braços. Agora eu precisava realmente delas. Minha perna esquerda estava em agonia.

— Você não vai conseguir pisar na embreagem do caminhão, Dennis. Não agora...

— Eu vou sim. Me ajude a voltar, Leigh.

— Você está branco como um fantasma! Acho que a gente deveria procurar um médico.

— Não. Me ajude a voltar.

— Dennis...

— Leigh, me ajude a voltar!

Voltamos lentamente pela neve até Petúnia, deixando para trás pegadas arrastadas e complicadas. Ergui os braços, agarrei o volante e puxei o corpo como numa flexão de braço, roçando de leve no estribo com a perna direita... e ainda assim, no fim, Leigh teve que ficar atrás de mim, colocar as duas mãos no meu traseiro e me empurrar para cima. Afinal me vi ao volante de Petúnia, com calor e tremendo de dor. Minha camisa estava molhada de neve derretida e suor. Até aquele dia de janeiro de 1979, eu ignorava o quanto a dor fazia você suar.

Tentei empurrar a embreagem com a perna esquerda e aquele raio prateado de dor surgiu novamente, fazendo-me jogar a cabeça para trás e trincar os dentes, até que a dor diminuísse um pouco.

— Dennis, eu vou procurar um orelhão na rua, e chamar um médico. — Leigh estava pálida e assustada. — Você quebrou a perna de novo, não foi? Quando você caiu?

— Não sei — respondi —, mas você não pode fazer isso, Leigh. Ela vai atrás dos seus pais ou dos meus, se não acabarmos com isso agora. Você sabe disso. LeBay não vai parar. Ele tem um desejo de vingança superdesenvolvido. Não podemos parar agora!

— *Mas você não pode dirigir isso!* — ela gemeu. Leigh ergueu os olhos para mim, na boleia, chorando agora. O capuz do casaco havia caído para trás em nosso esforço mútuo para me colocar de volta no banco do motorista, onde eu agora estava sentado completamente inútil. Eu podia ver flocos de neve no cabelo louro-escuro dela.

— Vá lá dentro — falei. — Veja se encontra uma vassoura ou um cabo de madeira comprido.

— E pra que isso vai servir? — perguntou ela, chorando ainda mais.

— Apenas ache algum cabo, e então veremos.

Ela entrou na bocarra sombria da porta aberta e desapareceu. Segurei a minha perna e lutei com as ondas de terror. Se ela realmente estava quebrada de novo, havia uma forte possibilidade de eu precisar usar sapatos com saltos especiais no pé esquerdo pelo resto da vida. Mas eu nem teria lá tanta vida assim se a gente não conseguisse dar um fim em Christine. Agora *esse* era um pensamento animador.

Leigh voltou com um vassourão.

— Acha que vai servir? — perguntou.

— Para nos botar do lado dentro, sim. Então veremos se encontramos coisa melhor.

O cabo era do tipo de rosquear. Eu o peguei, desrosqueei e joguei a ponta com as cerdas para o lado. Segurando o cabo na mão esquerda, ao longo do corpo — apenas mais uma maldita muleta —, empurrei a embreagem com ele. O cabo ficou firme no pedal por um instante, depois escorregou. A embreagem saltou de volta. O topo do cabo quase bateu na minha boca. Promissor, Guilder. Mas isso teria que servir.

— Vamos, entre — falei.

— Dennis, você tem certeza?

— Tanta quanto posso ter — respondi.

Ela me olhou por um momento, depois assentiu com a cabeça.

— Está bem.

Deu a volta até o lado do passageiro e entrou. Bati minha porta, empurrei a embreagem de Petúnia com o cabo de vassoura e engrenei a primeira. Deixei a embreagem voltar até a metade, e Petúnia começou a avançar, quando o cabo de vassoura escorregou de novo. O caminhão-tanque séptico entrou na Garagem de Darnell com uma série de solavancos bruscos e, quando afundei o pé direito no freio, o motor morreu. Estávamos com a maior parte do veículo do lado de dentro.

— Preciso de alguma coisa com uma base maior, Leigh — falei. — Este cabo de vassoura não vai dar.

— Vou ver o que encontro.

Ela saiu e andou pelos cantos da garagem, procurando. Olhei em torno. *É de dar medo,* Leigh tinha dito e estava com razão. Os únicos carros restantes eram quatro ou cinco velhos soldados, tão gravemente feridos que ninguém se preocupou em reclamá-los. Todas as baias oblíquas que restavam, com seus números pintados em tinta branca, estavam vazias. Olhei para a baia vinte e depois desviei os olhos.

As altas prateleiras de pneus também estavam quase vazias. Sobravam alguns carecas, encostados uns nos outros, como gigantescos donuts queimados, mas era tudo. Um dos dois elevadores estava parcialmente erguido, com um aro de roda preso sob ele. O diagrama de alinhamento das rodas dianteiras, na parede da direita, brilhava fracamente em branco e vermelho, os dois alvos para faróis parecendo olhos injetados. E sombras, sombras por toda parte. No alto, enormes aquecedores em forma de caixotes apontavam suas ventoinhas para cá e para lá, como morcegos esquisitos.

Parecia muito um lugar de morte.

Leigh usara mais uma das chaves de Jimmy para abrir o escritório de Will. Eu podia vê-la andando de um lado para outro, através da janela que Will usava para vigiar seus fregueses... aqueles "Zés" trabalhadores que tinham de manter seus carros rodando para que pudessem blá-blá-blá. Ela apertou alguns interruptores e as luzes fluorescentes do teto se acenderam em gélidas fileiras brancas. Então a companhia de eletricidade não havia cortado a energia. Eu teria que pedir a Leigh que apagasse as luzes novamente — não podíamos nos arriscar a chamar a atenção —, mas pelo menos teríamos algum aquecimento.

Ela abriu outra porta e desapareceu temporariamente. Olhei para meu relógio. Era uma e meia da tarde.

Leigh voltou segurando um escovão de cabo com uma grande esponja amarela na extremidade inferior.

— Acha que vai servir?

— Simplesmente perfeito — falei. — Entre, garota. Vamos trabalhar.

Ela subiu mais uma vez, e empurrei a embreagem com o esfregão.

— Muito melhor — falei. — Onde você achou?

— No banheiro — disse ela, e franziu o nariz.

— Tava muito ruim, lá dentro?

— Imundo, fedendo a charutos e com uma pilha de livros mofados num canto. Do tipo vendido naquelas lojinhas ordinárias.

Então tinha sido isso que Darnell deixara para trás, pensei: uma garagem vazia, uma pilha de livros pornográficos e um fedor-fantasma de charutos. Senti frio de novo e pensei que se dependesse de mim, aquele lugar seria demolido por uma escavadeira e depois asfaltado. Não podia afastar a impressão de que era uma espécie de túmulo clandestino — o local onde LeBay e Christine haviam matado a mente de meu amigo e assumido a vida dele.

— Mal posso esperar para cair fora daqui — disse Leigh, olhando nervosamente em volta.

— É mesmo? Eu meio que gosto daqui. Estava pensando em me mudar para cá. — Acariciei-lhe o ombro e olhei bem fundo nos olhos dela. — Podemos iniciar uma família — sussurrei.

Ela ergueu o punho fechado.

— Quer começar com um nariz sangrando?

— Não, tudo bem. Falando sério, eu também mal posso esperar para dar o fora daqui.

Fiz Petúnia percorrer o resto do caminho que faltava para que entrasse. Eu conseguia manejar bem a embreagem usando o esfregão... na primeira marcha, pelo menos. O cabo tinha uma tendência a envergar e eu teria preferido algo mais grosso, mas aquilo ia ter que servir até conseguirmos encontrar alguma coisa melhor.

— Precisamos apagar as luzes novamente — falei, desligando o motor. — As pessoas erradas poderiam vê-las.

Leigh saltou e as apagou, enquanto eu manobrava Petúnia num amplo círculo, para então dar marcha a ré cautelosamente, até quase encostar a traseira na janela entre a garagem e o escritório de Darnell. Agora o enorme focinho do caminhão apontava diretamente para a porta aberta pela qual havíamos entrado.

Com as luzes apagadas, as sombras dominaram tudo novamente. A claridade que entrava pela porta estava enfraquecida, amortecida pela neve, branca e sem força. Espalhava-se numa forma de cunha pelo concreto rachado e sujo de graxa, e simplesmente morria logo adiante.

— Estou com frio, Dennis — gritou Leigh do escritório de Darnell. — Ele marcou os interruptores do aquecimento. Posso ligar?

— Vá em frente — gritei de volta para ela.

Um momento depois, a garagem sussurrava com o som dos aquecedores. Eu me reclinei no banco do motorista, passando de leve as mãos sobre a perna esquerda. O tecido de meu jeans se esticava suavemente sobre a coxa, liso e sem uma ruga. A filha da mãe estava inchando. E doía. Cristo, como doía.

Leigh voltou e subiu para meu lado. Falou de novo que eu estava com uma aparência horrível, e, por algum motivo minha mente cruzou as linhas, e eu pensei na tarde em que Arnie trouxera Christine até aqui, pensei no marido da rainha do *be-bop* gritando para Arnie tirar aquele lixo da frente da casa dele, e Arnie me dizendo que o cara era um fanático por Robert Deadford. Como nós rimos daquilo. Fechei os olhos contra a ferroada das lágrimas.

Sem mais nada a fazer além de esperar, o tempo custou a passar. O relógio marcou quinze para as duas, depois duas horas. Lá fora, a neve se intensificara um pouco, mas não muito. Leigh desceu da boleia e apertou o botão que fazia descer a porta da entrada. Aquilo deixou o interior ainda mais escuro.

Ela voltou, subiu de volta e comentou:

— Tinha um aparelho engraçado ao lado da porta, dá para ver? Parece o abridor eletrônico de garagem que a gente tinha quando moramos em Weston.

Eu me endireitei repentinamente.

— Ah! — exclamei. — Meu Deus!

— O que foi?

— É isso mesmo. Um abridor de porta de garagem. E tem um controle remoto em Christine. Arnie me falou disso na noite de Ação de Graças. Você tem que quebrá-lo, Leigh. Use o cabo do vassourão.

Então ela desceu novamente, ergueu o cabo do vassourão e ficou debaixo da célula fotoelétrica, olhando para cima e batendo nela com o cabo. Parecia uma mulher tentando matar um inseto perto do teto. Afinal, foi recompensada com um estalido de plástico e trincar de vidro.

Ela voltou devagar, jogou o vassourão para o lado e subiu para a boleia.

— Não acha que já é a hora de me contar o que tem em mente, Dennis?

— O que quer dizer?

— Você sabe — disse ela, e apontou para a porta fechada. Cinco janelas quadradas, em uma fila que ficava a três quartos de altura, permitiam a entrada de uma claridade mínima através dos vidros sujos. — Quando escurecer, você vai abrir a porta outra vez, não vai?

Eu concordei com a cabeça. A porta era de madeira, mas era reforçada com tiras articuladas de aço, como a porta interna de um elevador antigo. Eu deixaria Christine entrar, mas, uma vez que a porta estivesse fechada, ela não conseguiria despedaçá-la para sair novamente. Eu esperava que não. Senti um arrepio ao pensar em como tínhamos chegado perto de ignorar o detalhe do abridor de porta eletrônico.

Abrir a porta após o crepúsculo, sim. Deixar Christine entrar, sim. Fechar a porta novamente. Então eu usaria Petúnia para bater nela até a morte.

— Muito bem — disse Leigh. — Essa é a armadilha. Mas quando ela... quando aquilo entrar, como você vai fazer para fechar a porta de novo, e manter aquele carro preso aqui dentro? Talvez haja um botão no escritório de Darnell, mas eu não o vi.

— Até onde eu sei, não tem nenhum lá — falei. — Portanto, você vai ter que ficar junto à porta para apertar o botão de fechar. — Apontei. O botão manual ficava do lado direito da porta, meio metro abaixo da caixa do fechador. — Você ficará encostada na parede, fora de vista. Quando Christine entrar... sempre se supondo que ela entrará... você apertará o botão de fechar e sairá pela porta rapidamente. A porta desce. E, bam! A armadilha estará fechada.

Leigh ficou séria.

— Fechada para Christine e para você também. Nas palavras do imortal Wordsworth, que merda.

— Isso é Coleridge, não Wordsworth. Não há outro jeito, Leigh. Se você ainda estiver do lado de dentro depois que aquela porta fechar,

Christine vai atropelar você. Mesmo que tivesse um botão no escritório de Darnell, bem... Você viu no jornal o que aconteceu com a parede da casa dele.

Ela tinha uma expressão teimosa.

— Estacione perto do interruptor. Então, quando ela entrar, eu estico o braço pela janela e aperto o botão.

— Se eu estacionar lá, ficarei à vista. E se este tanque ficar à vista, Christine não entrará.

— Não gosto disso! — explodiu Leigh. — Não quero deixar você sozinho! É como se você tivesse me enganado!

De certa forma, era justamente o que eu tinha feito e, por mais válido que fosse, hoje não faria a mesma coisa. Naquela época, entretanto, eu tinha quase 18 anos, e não há um porco chauvinista maior do que um porco chauvinista de 18 anos. Passei um braço pelos ombros dela. Leigh resistiu por um momento, rígida, mas depois amoleceu.

— Não tem outro jeito — falei. — Se não fosse pela minha perna... ou se você pudesse dirigir um veículo com câmbio manual...

Dei de ombros.

— Tenho medo por você, Dennis. Eu quero ajudar.

— Já está ajudando bastante. Você é quem ficará realmente em perigo, Leigh... Estará fora da boleia, no chão, quando ela entrar. E eu vou ficar sentado aqui dentro para esfacelar a vaca, fazê-la em pedaços.

— Só espero que funcione assim mesmo — disse ela.

Pousou a cabeça em meu ombro. Acariciei-lhe os cabelos.

Esperamos.

Em minha imaginação, eu podia ver Arnie saindo do edifício principal do Colégio Libertyville, com os livros debaixo do braço. Via Regina esperando por ele na perua dos Cunningham, radiante de felicidade. Arnie sorria de leve e se submetia ao abraço. Arnie, você tomou a decisão certa... não sabe o quanto eu e seu pai estamos aliviados, o quanto ficamos *felizes.* Sim, mãe. Quer dirigir, querido? Não, você dirige, mãe. Tudo bem.

Eles dois viajando até a Penn State, através da nevasca leve, com Regina dirigindo, Arnie no banco do passageiro, as mãos entrelaçadas rigidamente sobre o colo, o rosto pálido e sério, livre das espinhas.

Enquanto isso, no estacionamento dos alunos do Colégio Libertyville, Christine esperava silenciosamente na pista de saída. Esperava que a neve ficasse mais forte. Esperava pelas trevas.

Às três e meia mais ou menos, Leigh passou de novo pelo escritório de Darnell para usar o banheiro e, enquanto estava fora, engoli em seco mais dois Darvons. Minha perna estava numa agonia pesada e constante.

Pouco depois disso, perdi a noção do tempo. O remédio me entorpeceu, eu acho. Tudo começou a parecer um sonho: as sombras que se aprofundavam, a luz fria penetrando pelas janelas e transformando-se lentamente em um cinza-sujo, o zumbido dos aquecedores no alto.

Creio que eu e Leigh fizemos amor... não da maneira normal, não com minha perna daquele jeito, mas numa espécie de doce substituto. Eu acho que me lembro da respiração dela se aprofundando em meu ouvido, até quase ofegar; eu acho que me lembro dela sussurrando para que eu tomasse cuidado, que eu por favor fosse cuidadoso, porque ela já tinha perdido Arnie e não suportaria me perder também. Eu acho que me lembro de uma explosão de prazer, que fez a dor desaparecer brevemente, mas de modo tão completo que nem todo o Darvon do mundo conseguiria fazer... mas brevemente é a palavra certa. Foi tudo breve demais. Então eu acho que cochilei.

A próxima coisa que eu lembro com certeza foi Leigh me sacudindo para que eu acordasse, murmurando meu nome insistentemente no meu ouvido.

— Hum? O que foi?

Eu tinha me espalhado e a minha perna estava tomada por uma dor surda, simplesmente esperando para explodir. Minhas têmporas doíam e os olhos pareciam grandes demais para as órbitas. Pisquei várias vezes para Leigh, como uma grande e imbecil coruja.

— Escureceu — disse ela. — Acho que ouvi alguma coisa.

Pisquei de novo e vi que ela parecia estar cansada e assustada. Então eu olhei para a porta, e ela estava completamente aberta.

— Merda, como foi que...

— Fui eu que abri — disse ela.

— Droga! — exclamei, me endireitando um pouco e estremecendo com a intensidade da dor na perna. — Isso não foi muito esperto, Leigh. Se ela tivesse chegado...

— Não chegou — disse Leigh. — Tava começando a escurecer, só isso, e a nevar mais forte. Então eu saí, abri a porta e voltei para cá. Eu fiquei achando que você acordaria a qualquer momento... você estava murmurando e... e eu fiquei pensando: "Vou esperar até ficar bem escuro, esperar até ficar bem escuro", mas vi que eu estava apenas me enganando, porque já estava escuro há quase meia hora e era só imaginação minha que eu podia ver alguma luz. Acho que era porque eu queria ver luz. Então... agora há pouco... eu achei que tinha ouvido alguma coisa.

Os lábios dela começaram a tremer e ela os comprimiu com força.

Olhei para meu relógio e vi que faltavam quinze para as seis. Se tudo tivesse corrido bem, meus pais e minha irmã agora estariam com Michael e os pais de Leigh. Pelo para-brisa de Petúnia, olhei para o quadrado escuro de neve que era a porta da garagem. Podia ouvir o vento zunindo. Uma fina camada de neve já tinha sido soprada sobre o chão de cimento da garagem.

— Você só ouviu o vento — falei, apreensivo. — O vento está andando e falando lá fora.

— Pode ser, mas...

Assenti com a cabeça, relutante. Não queria que ela abandonasse a segurança da alta cabine de Petúnia, mas se não fosse agora talvez nunca mais iria. Eu não a deixaria sair e ela se deixaria convencer. E então, quando e se Christine viesse, tudo que ela teria a fazer era dar marcha a ré e sair novamente da garagem.

E esperar por ocasião mais oportuna.

— Está bem — falei —, mas lembre-se... fique escondida, naquele pequeno nicho à direita da porta. Se Christine aparecer, talvez fique parada lá fora por um instante. — *Farejando o ambiente como um animal,* pensei. — Não fique com medo, não se mova. Não a deixe perceber você. Fique calma e espere até ela entrar. Então aperte o botão e caia fora daqui. Você entendeu?

— Entendi — sussurrou ela. — Acha que vai dar certo, Dennis?

— Vai dar, se ela chegar a aparecer.

— Não te verei mais até tudo terminar.

— Acho que não.

Ela se inclinou, pousou levemente a mão esquerda no lado de meu pescoço e me beijou na boca.

— Tome cuidado, Dennis — pediu —, mas acabe com aquele carro! Aquilo não é uma “ela”, afinal, é só uma coisa. Mate essa coisa, Dennis!

— Matarei — respondi.

Ela me fitou nos olhos e aquiesceu.

— Faça isso por Arnie — disse. — Liberte-o.

Eu a abracei com força e ela retribuiu. Depois deslizou pelo banco até a porta. Esbarrou na bolsinha de mão com o joelho, fazendo-a cair no chão da cabine. Leigh parou, com a cabeça inclinada para o lado, uma expressão pensativa e espantada nos olhos. Então sorriu, abaixou-se, pegou a bolsa e começou a remexer rapidamente em seu interior.

— Lembra-se de *Morte d'Arthur,* Dennis? — perguntou.

— Mais ou menos.

Uma das matérias que eu, Leigh e Arnie frequentamos juntos, antes do meu acidente de futebol, foi Clássicos da Literatura Inglesa, com o professor Fudgy Bowen. Uma das primeiras coisas que encaramos naquelas aulas fora *Morte d'Arthur,* de Malory. Por que Leigh me perguntou isso naquele momento era um completo mistério para mim.

Ela encontrou o que queria. Era uma fina echarpe de náilon, do tipo que uma garota usa na cabeça, nos dias em que cai uma garoa.

Leigh a amarrou no braço direito do meu casaco.

— Que diabos? — perguntei, sorrindo um pouco.

— Seja meu cavaleiro — ela respondeu, também sorrindo, mas com olhos sérios. — Seja meu cavaleiro, Dennis.

Peguei o esfregão que ela encontrara no banheiro de Will e fiz uma saudação desajeitada com ele.

— Perfeitamente — respondi. — Chame-me apenas *Sir* Esfregão!

— Faça tantas piadas quanto quiser — disse ela —, mas não brinque *de verdade com isso*. Está bem?

— Certo — falei. — Se é isso que você quer, serei seu maldito cavaleiro perfeito e gentil.

Ela riu um pouco e as coisas melhoraram.

— Lembre-se do botão, garota. Aperte com força. Não queremos que aquela porta apenas arrote e pare nos trilhos. Sem fugas, OK?

— OK.

Ela saiu de Petúnia, e hoje eu consigo fechar os olhos e vê-la como era então, naquele momento cristalino e silencioso, logo antes de tudo dar terrivelmente errado — uma garota alta e bonita, com longos cabelos louros da cor de mel puro, quadris esguios, pernas compridas e aquelas surpreendentes maçãs do rosto nórdicas, agora usando uma parca de esquiar e calças jeans desbotadas, movendo-se com a graça de uma dançarina. Ainda consigo visualizar aquela cena e sonhar com ela porque, naturalmente, enquanto nós estávamos ocupados preparando a cilada para Christine, ela estava ocupada montando uma cilada para nós — aquele monstro velho e infinitamente astuto. Será que a gente realmente acreditou que seria tão fácil enganá-la? Acho que sim.

Meus sonhos se desenrolam numa terrível câmera lenta. Posso ver o suave e adorável movimento dos quadris de Leigh andando; posso ouvir o clique oco das botas sobre o cimento manchado de graxa; posso até perceber o macio e seco *uish-uish* do interior acolchoado da parca roçando contra a blusa. Ela está caminhando lentamente, de cabeça erguida — agora *ela* é o animal, mas não o predador; caminha com a graça cautelosa de uma zebra aproximando-se de uma fonte d'água, ao escurecer. É o andar de um animal que pressente o perigo. Tento gritar, através do para-brisa de Petúnia. *Volte, Leigh, volte depressa, você tinha razão, ouvi alguma coisa, ela está lá fora agora, lá fora na neve, com os faróis apagados, agachada, volte, Leigh*!

Ela parou de repente, as mãos cerrando-se em punhos, e foi então que os círculos de luz súbitos e selvagens ganharam vida nas trevas da neve lá fora. Eram como olhos brancos que se abriam.

Leigh ficou paralisada, horrivelmente exposta no galpão vazio. Estava a uns nove metros da porta, um pouco à direita do centro. Virou-se na direção dos faróis e eu pude ver a expressão atordoada e incerta de seu rosto.

Eu também ficara tão aturdido que aquele primeiro momento vital passou em branco. Em seguida, os faróis saltaram para a frente e pude ver a silhueta escura e baixa de Christine atrás deles; ouvi o crescente e furioso urro do motor quando ela disparou na nossa direção, atravessando a rua onde estivera esperando o tempo todo — talvez até mesmo antes do escurecer. A neve caía afunilada do teto dela e rodopiava à frente do para-brisa em finíssimas redes, que eram derretidas quase instantaneamente pelo descongelador. Ela chegou ao concreto que levava à entrada, ainda ganhando velocidade. Seu motor era um urro de fúria V-8.

— *Leigh!* — gritei, e tateei em busca da ignição de Petúnia.

Leigh disparou para a direita e correu até o botão na parede. Christine rugiu garagem adentro no momento em que Leigh alcançou o botão e o apertou. Ouvi o barulho da porta no alto descendo pelos trilhos.

Christine entrou virando para a direita, em busca de Leigh. Ela arrancou uma grande nuvem de madeira seca e lascas da parede. Houve um grito metálico quando parte do para-choque direito se soltou — um som semelhante à gargalhada histérica de um bêbado. Fagulhas cascatearam pelo chão enquanto ela realizava uma longa curva torta. Christine falhou nesse ataque contra Leigh, mas não a erraria quando atacasse novamente; Leigh estava encurralada naquele canto do lado direito, sem ter onde se esconder. Poderia correr para fora, mas eu estava com um medo terrível de que a porta não desceria rápido o suficiente para barrar Christine. A porta poderia bater no teto dela ao descer, mas isso não a deteria e eu sabia que não.

O motor de Petúnia rugiu e eu puxei o botão dos faróis. As luzes altas se acenderam, iluminando a porta que se fechava, e Leigh, que estava encostada na parede, de olhos arregalados. Sua parca ficou com uma estranha cor azul, quase elétrica, sob a luz dos faróis, e a minha mente me informou, com precisão nauseante e precisa, que o sangue dela pareceria púrpura.

Eu vi quando deu uma olhada para cima, e depois para Christine.

Os pneus do Fury chiaram violentamente quando o carro arremeteu contra Leigh. Fumaça subia das novas marcas negras de pneus no concreto. Tive tempo apenas de registrar o fato de que havia *gente* no interior de Christine: um carro cheio de pessoas.

No mesmo instante em que Christine rugiu para cima dela, Leigh saltou para o alto como um boneco de molas. Minha mente, parecendo funcionar quase à velocidade da luz, perguntou-se por um instante se ela pretendia saltar por cima do Plymouth, como se estivesse calçando as botas de sete léguas.

Em vez disto, ela alcançou e agarrou os suportes de metal enferrujado de uma prateleira no alto, quase 2,5 metros acima do solo, mais de

90 centímetros acima de sua cabeça. Era uma prateleira que corria pelas quatro paredes. Na noite em que eu e Arnie havíamos levado Christine para lá, toda a prateleira estava entulhada de pneus recauchutados ou carecas à espera da recauchutagem — de um jeito engraçado, aquilo tinha me lembrado as prateleiras carregadas de uma biblioteca. Agora não havia quase mais nada ali. Segurando-se naqueles suportes em ângulo, Leigh girou as pernas como um garoto que queria jogá-las sobre os próprios ombros, naquilo que costumávamos chamar de "pulo do gato", no primário. O focinho de Christine atingiu a parede diretamente abaixo dela. Se Leigh tivesse sido mais lenta ao erguer as pernas, agora elas estariam esmagadas à altura dos joelhos. Um pedaço de cromado voou pelo ar. Dois dos pneus remanescentes caíram da prateleira e quicaram loucamente no cimento, como gigantescos donuts de borracha.

A cabeça de Leigh bateu contra a parede, em um golpe atordoante, enquanto Christine deu marcha a ré, com *todos os quatro* pneus queimando borracha e expelindo fumaça azul.

E o que eu estava fazendo durante esse tempo todo, você se pergunta? Não foi "esse tempo todo" seria a minha resposta. Mesmo enquanto eu usava o esfregão para empurrar a embreagem de Petúnia e engrenar a primeira, a porta da entrada estava acabando de descer, batendo contra o solo. Tudo aquilo tinha acontecido no espaço de apenas alguns segundos.

Leigh ainda estava suspensa nos suportes da prateleira de pneus, mas agora estava simplesmente pendendo de lá, com a cabeça baixa, atordoada.

Fui soltando a embreagem e uma parte isolada de minha mente comandou: *Vá com calma, cara — se você soltar a embreagem rápido demais e o motor afogar, ela estará morta.*

Petúnia começou a rodar. Acelerei o motor até um urro e pressionei a embreagem até o fundo. Christine rugiu para Leigh novamente, o capô amassado quase até metade por causa do primeiro ataque, o metal brilhante aparecendo sob a tinta solta nos pontos mais pronunciados das curvaturas. Parecia que o capô e a grade tinham criado dentes de tubarão.

Atingi Christine a uns três quartos da distância até a dianteira e o Plymouth girou, um dos pneus saltando fora do aro. O 58 bateu contra um amontoado de velhos para-choques e peças de sucata que estava num canto. Houve um estrondo terrível quando o carro se chocou contra a parede, e depois o som quente de seu motor, diminuindo e acelerando, acelerando e diminuindo. Toda a parte esquerda dianteira tinha sido empurrada para dentro, mas Christine continuava funcionando.

Pisei fundo no freio de Petúnia com o pé direito, e mal consegui evitar que eu próprio esmagasse Leigh. O motor de Petúnia morreu. Agora o único som na garagem era a máquina uivante de Christine.

— *Leigh!* — gritei, acima do barulho. — *Corra, Leigh!*

Ela ergueu os olhos para mim, atordoada, e então pude ver tranças pegajosas de sangue em seu cabelo — era tão púrpura quanto eu imaginara. Ela largou os suportes, caiu de pé, cambaleou e se dobrou sobre um joelho.

Christine foi atrás dela. Leigh levantou-se, deu dois passos vacilantes e saiu da linha de ataque, se escondendo atrás de Petúnia. Christine derrapou e bateu na frente do caminhão-tanque. Fui atirado brutalmente para a direita. A dor rugia pela minha perna esquerda.

— Suba! — gritei para Leigh, tentando me inclinar ainda mais e abrir a porta. — *Suba!*

Christine recuou e, quando avançou de novo, cortou pela direita, saindo do meu campo visual, dando a volta pela traseira de Petúnia. Pude vê-la somente de relance, no espelho retrovisor do lado de fora da janela do motorista. Então ouvi apenas o chiado dos pneus dela.

Quase inconsciente, Leigh simplesmente saiu vagando, segurando a cabeça com as mãos entrelaçadas na nuca. O sangue escorria por entre os dedos. Passou pela frente do radiador de Petúnia, vindo até mim, e então parou.

Eu não precisava ver para adivinhar o que aconteceria em seguida. Christine aceleraria de novo, voltando para o meu lado, e esmagaria Leigh na parede.

Desesperado, apertei a embreagem com o esfregão e virei a chave novamente. O motor pegou, tossiu, engasgou. Senti o cheiro de gasolina no ar, intenso e pesado. Eu tinha afogado o motor.

Christine reapareceu no espelho retrovisor. Investia contra Leigh, que conseguiu recuar aos tropeções, escapando por pouco. Christine bateu de focinho na parede com uma força incrível. A porta do passageiro se abriu e o horror se completou; a minha mão que não segurava o cabo do esfregão veio até a minha boca, e eu gritei através dela.

Sentado no lado do passageiro, como um grotesco boneco em tamanho natural, estava Michael Cunningham. Sua cabeça, pendendo flacidamente do pescoço, caiu para um lado quando Christine acelerou para atacar Leigh de novo. Então vi que o rosto dele tinha a cor forte resultante do envenenamento por monóxido de carbono. Ele não seguira meu conselho. Christine tinha ido primeiro à casa dos Cunningham, como eu meio que suspeitara. Michael voltara da faculdade para casa, e lá estava ela parada na entrada da garagem — o Plymouth 58 restaurado do seu filho. Michael tinha ido até ela e de alguma forma Christine o tinha... o tinha apanhado. Teria Michael talvez entrado naquele carro e se sentado ao volante por um momento, como eu fizera naquele dia, na garagem de LeBay? Era possível. Apenas para ver que vibrações conseguiria captar. Então ele provavelmente captou algumas vibrações terríveis mesmo em seus últimos minutos na Terra. Teria Christine ligado o motor sozinha? Ido sozinha para dentro da garagem? Talvez. Talvez. E lá Michael então teria descoberto que era impossível desligar o maldito motor loucamente acelerado nem sair do carro? Talvez ele tivesse virado a cabeça e visto o verdadeiro espírito que movia o Fury 58 de Arnie? Teria então se recostado no assento do passageiro e desmaiado de terror?

Não importava agora. Só Leigh importava.

Ela também o vira. Seus gritos agudos, desesperados e estridentes flutuavam no ar que fedia a fumaça como balões histericamente brilhantes. Mas pelo menos aquilo tinha curado o atordoamento.

Ela se virou e correu para o escritório de Will Darnell, o sangue espirrando atrás dela em gotas do tamanho de moedas. Sangue que já encharcava a gola da parca — sangue demais.

Christine recuou, fazendo marcas de borracha no chão e deixando um espirro de vidro para trás. Ao fazer uma curva apertada para pegar Leigh, a força centrífuga tornou a escancarar a porta do passageiro — mas não antes de eu ver a cabeça de Michael pender para o lado contrário.

Christine ficou parada por um instante, o nariz apontado na direção de Leigh, o motor acelerando. Talvez LeBay estivesse saboreando o momento antes de matar. Se foi isso, fico feliz, porque se Christine tivesse arrancado imediatamente, teria acabado com Leigh. Do jeito como aconteceu, eu tive alguns segundos de tempo. Girei a chave de novo, gaguejando algo em voz alta — uma oração, talvez —, e então o motor de Petúnia tossiu para a vida. Afrouxei a embreagem e pisei no acelerador quando Christine investiu de novo. Desta vez, atingi o lado direito. Houve um grito agudo de metal dilacerado quando o para-choque de Petúnia acertou-lhe o para-lama. Christine girou sobre si mesma e bateu na parede. Vidro se quebrou. O motor dela rugia e gritava. Ao volante, LeBay se virou para mim, sorrindo com ódio.

Petúnia morreu de novo.

Urrei uma série de todos os palavrões conhecidos enquanto virava novamente a chave na ignição. Se não fosse pela maldita perna, se não fosse pela queda na neve mais cedo, aquilo tudo já teria terminado; seria apenas uma questão de encurralar Christine e fazê-la em pedaços contra os tijolos de concreto das paredes.

Mas mesmo enquanto eu tentava ressuscitar o motor de Petúnia, mantendo o pé fora do acelerador para não afogá-lo de novo, Christine começou a recuar com um ensurdecedor rangido de metais. Deu marcha a ré entre o radiador de Petúnia e a parede, deixando para trás um bom e retorcido pedaço da lataria vermelha, expondo completamente o pneu dianteiro da direita.

Consegui ligar Petúnia e encontrei a marcha a ré. Christine havia recuado até o ponto mais distante da garagem. Todos os seus faróis estavam apagados. O para-brisa estava esmigalhado em uma galáxia de trincados. O capô retorcido parecia rosnar.

O rádio dela estava berrando. Pude ouvir Ricky Nelson cantando "Waitin in School".

Olhei em torno, à procura de Leigh, e a vi no escritório de Will, olhando para a garagem. Seu cabelo louro se misturava ao sangue. Mais sangue lhe escorria pelo lado esquerdo do rosto, encharcando a parca. *Ela está sangrando demais*, pensei incoerentemente. *Sangrando demais, mesmo para um ferimento na cabeça.*

De olhos arregalados, ela apontava para um ponto além de mim, os lábios se movendo silenciosamente atrás do vidro.

Christine veio rugindo em disparada pelo piso vazio, ganhando velocidade.

E o capô perdia as ondulações, alisava-se, para tornar a cobrir a cavidade do motor. Dois faróis piscaram, depois firmaram a luz. O para-lama e o lado direito da lataria — vi apenas de relance, mas juro que é verdade — eles estavam... *se refazendo,* o metal vermelho surgindo do nada e assumindo as curvas automotivas uniformes que cobriam o pneu direito dianteiro e o lado direito do compartimento do motor. As rachaduras no para-brisa corriam em direção oposta e desapareciam. E o pneu que saíra do aro estava novo em folha.

Tudo *parece estar novo em folha*, pensei. *Que Deus nos ajude*!

Ela corria diretamente para a parede entre a garagem e o escritório. Retirei apressadamente o esfregão da embreagem, esperando colocar o corpo do caminhão-tanque no caminho dela, mas Christine passou por mim. Petúnia recuou sobre nada além de ar. Ah, eu estava me saindo muito bem! Dei ré o máximo que pude e bati nos armários amassados de ferramentas, alinhados ali. Eles caíram no chão, com sons metálicos desarmônicos. Pelo para-brisa, vi Christine bater na parede entre a garagem e o escritório de Will. Ela nem diminuiu a velocidade; arremeteu com a potência máxima.

Jamais me esquecerei dos momentos seguintes — eles permanecem hipnoticamente claros na minha memória, como se vistos através de uma lente. Leigh percebeu a vinda de Christine e recuou aos tropeções. Seu cabelo ensanguentado estava colado à cabeça. Caiu sobre a cadeira giratória de Will, e dali para o chão, ficando fora de vista, atrás da escrivaninha. Um instante mais tarde — e quero dizer uma fração de segundo —, Christine se chocou contra a parede. O janelão que Will usava para vigiar as idas e vindas dentro da garagem explodiu para o interior. O vidro voou como uma nuvem de lanças mortíferas. A dianteira de Christine entortou-se com o impacto. O capô subiu e depois se soltou, voando sobre o teto do carro para aterrar no concreto com um som metálico, muito semelhante ao produzido pelos armários de ferramentas.

O para-brisa se estilhaçou e o corpo de Michael Cunningham voou através da enorme abertura, as pernas vindo atrás, e a cabeça dele parecia uma bola de futebol grotesca e achatada. Foi lançado através da janela de Will, bateu na escrivaninha com um baque surdo e deslizou para o chão. Seus sapatos foram jogados longe.

Leigh começou a gritar.

A queda dela provavelmente a salvara de ser terrivelmente retalhada ou morta pelos estilhaços de vidro que voaram, mas quando se ergueu de trás da mesa, tinha o rosto contorcido de horror e estava tomada pela mais pura histeria. Michael havia deslizado sobre a escrivaninha e seus braços tinham caído sobre os ombros dela, e no que Leigh se esforçou para se levantar, parecia estar valsando com o cadáver. Seus gritos eram como bolas de fogo. O sangue, ainda fluindo, cintilava com um brilho fatal. Ela empurrou Michael e correu para a porta.

— *Não, Leigh*! — gritei, enquanto apertava a embreagem de novo com o esfregão. O cabo se partiu irremediavelmente em dois, me deixando com um toco de 15 centímetros de comprimento. — *Ahhhh... MERDA!*

Christine deu ré da janela quebrada, deixando uma poça de água, fluido anticongelante e óleo no chão.

Pisei na embreagem com o pé esquerdo, agora mal sentindo a dor, segurando o joelho esquerdo com a mão esquerda enquanto manobrava o câmbio.

Leigh escancarou a porta do escritório e correu para fora.

Christine se virou contra ela, o focinho esmagado e rosnante mantendo-a na mira.

Acelerei o motor de Petúnia e parti, rugindo, para cima de Christine. Quando o amaldiçoado carro dos infernos cresceu no para-brisa, vi o rosto purpúreo e inchado de uma criança pressionado à janela traseira olhando para mim, como a pedir-me que parasse.

Eu a atingi com força. A tampa do porta-malas se abriu e ficou arreganhada como uma boca. A traseira adernou girando, e Christine saiu deslizando de lado, passando por Leigh, que fugia com os olhos parecendo engolir o rosto. Eu me lembro do sangue pulverizado ao longo da franja de pele do capuz do casaco, minúsculas gotículas como um orvalho maligno.

Eu estava no controle agora. Estava por cima. Mesmo que tivessem que cortar minha perna na virilha quando isto acabasse, eu iria dirigir. Christine bateu na parede e ricocheteou de volta. Pisei na embreagem, passei a marcha a ré, recuei uns 3 metros, pisei de novo na embreagem e engatei a primeira. Com o motor girando forte, Christine tentou se afastar ao longo da parede. Cortei para a esquerda e a atingi novamente, esmagando uma cinturinha de vespa no meio dela. As portas saltaram das molduras, em cima e embaixo. LeBay estava ao volante, agora uma caveira, depois um apodrecido e fedorento exemplar de ser humano, depois um homem saudável e vigoroso na casa dos 50, com cabelos grisalhos num corte escovinha. Olhou para mim com seu sorriso demoníaco, uma das mãos no volante, a outra num punho cerrado que sacudiu na minha direção.

E ainda assim o motor de Christine não morria.

Passei a marcha a ré de novo, e agora minha perna estava como ferro em brasa e a dor subia até a axila esquerda. Era um inferno. A dor estava por *todos os lados.* Eu podia senti-la

(Meu Deus, Michael, por que você não ficou em casa)

no pescoço, nos maxilares, nas

(Arnie? Cara, me desculpa eu queria eu queria)

têmporas. O Plymouth — o que sobrara dele — dava saltos embriagados pela lateral da garagem, espalhando ferramentas e sucata, arrancando suportes e derrubando as prateleiras suspensas. As prateleiras caíam no concreto em pancadas que ecoavam como aplausos demoníacos.

Meti o pé mais uma vez na embreagem e pisei no acelerador. O motor de Petúnia trovejou e eu me agarrei ao volante como um homem tentando ficar montado num garanhão selvagem. Acertei Christine no lado direito e arranquei a lataria sobre o eixo traseiro, empurrando-a contra a porta, que estremeceu e sacolejou. Fui jogado sobre o volante, que bateu no meu estômago e me deixou sem fôlego, me jogando finalmente contra o banco, ofegante.

Agora eu vi Leigh, encolhida no canto mais distante, as mãos apertando o rosto, puxando-o para baixo numa máscara de feiticeira.

O motor de Christine ainda funcionava.

Ela rastejou lentamente para Leigh, como um animal cujas patas traseiras foram quebradas numa armadilha. E mesmo enquanto ela rodava, eu pude vê-la se regenerando, voltando ao normal: um pneu que se inflava repentinamente, redondo e cheio, a antena de rádio que se rearticulava com um prateado *tuingggg*, o metal que se reformava na traseira arruinada.

— *Fique morta!* — gritei para o carro. Eu estava chorando, com o peito soluçando. Minha perna não funcionava mais. Segurei-a com as duas mãos e a *empurrei* contra a embreagem. Minha visão ficou borrada e cinzenta com a agonia de metal incandescente. Eu quase podia sentir os ossos rangendo um contra o outro.

Acelerei, engatei a primeira novamente e investi. Enquanto fazia isto, ouvi a voz de LeBay, pela primeira e única vez, aguda e frustrada, impregnada de uma terrível fúria insaciável.

— *Seu BOSTA! Vá se foder, seu BOSTA miserável! ME DEIXE EM PAZ!*

— Você devia ter deixado meu amigo em paz — tentei gritar, mas tudo que saiu foi um ofegar ferido, dilacerado.

Atingi Christine em cheio na traseira, e o tanque de gasolina se rompeu quando a traseira do carro sanfonou para dentro e para cima, em uma espécie de cogumelo metálico. Houve uma lambida amarela de fogo. Protegi o rosto com as mãos, mas então desapareceu. Christine ficou ali, uma refugiada de uma corrida de destruição. O motor funcionava entrecortado, falhava, pegava de novo — e então morreu.

O lugar ficou silencioso, exceto pelo ronco grave do motor de Petúnia.

Então Leigh veio correndo, gritando meu nome repetidamente, gritando e chorando. Fiquei súbita e estupidamente consciente de que estava vestindo a echarpe rosa amarrada na manga do meu casaco.

Olhei para a echarpe, e então o mundo ficou cinzento de novo.

Pude sentir as mãos dela em mim, e então não houve mais nada além de escuridão, quando eu desmaiei.

Voltei a mim uns quinze minutos mais tarde, com o rosto molhado e abençoadamente fresco. Leigh estava em pé no estribo de Petúnia, o estribo do motorista, passando um pano molhado no meu rosto. Peguei-o com uma das mãos, tentei chupá-lo e depois cuspi. O trapo tinha um gosto forte de óleo.

— Não se preocupe, Dennis — disse ela. — Corri para a rua... parei um limpa-neve... dei um sustão no homem, acho... todo esse sangue... ele disse... uma ambulância... ele disse, sabe... Dennis, você está bem?

— Eu *pareço* bem? — sussurrei.

— Não — disse ela e irrompeu em lágrimas.

— Então, não... — engoli em seco através do nó na minha garganta — ... não faça perguntas bobas. Eu amo você.

Ela me abraçou desajeitadamente.

— Ele disse que ia chamar a polícia também.

Eu mal a ouvi. Meu olhar tinha encontrado a carcaça retorcida e silenciosa dos restos de Christine. E carcaça era a palavra certa; ela mal parecia um carro. Mas por que não tinha pegado fogo? Uma calota jazia caída de lado, como uma ficha de prata amassada.

— Há quanto tempo você parou o limpa-neve? — perguntei com a voz rouca.

— Talvez há uns cinco minutos. Depois peguei o pano e o molhei naquele balde lá. Dennis... graças a Deus terminou!

Punk! Punk! Punk!

Eu ainda estava olhando para a calota.

Os amassados estavam se desfazendo.

De repente, a calota se ergueu sobre a borda e rolou até o carro, como uma enorme moeda.

Leigh também viu. Seu rosto ficou paralisado. Os olhos se arregalaram, começaram a ficar esbugalhados. Seus lábios formaram a palavra *Não,* mas não emitiram som algum.

— Entre aqui comigo — falei, em voz baixa, como se aquela coisa pudesse nos ouvir. Quem sabe? Talvez ouvisse mesmo. — Entre pelo lado do passageiro. Você vai pisar no acelerador, enquanto eu piso na embreagem com o pé direito.

— Não... — Desta vez era um sussurro sibilante. A respiração saiu em pequenos arquejos. — Não... não...

Os destroços do carro estremeciam de alto a baixo. Era a coisa mais horrível, mais fantasmagórica que eu já tinha visto em toda a minha vida. Ela estremecia inteira, estremecia como um animal que ainda não está... inteiramente... morto. Metal bateu nervosamente contra metal. Barras de torção clicavam ritmos de jazz trêmulos contra os pontos de conexão. Enquanto eu assistia, um contrapino torto que jazia no chão se endireitou e deu meia dúzia de cabriolas até aterrissar nos destroços.

— Entre — falei.

— Não posso, Dennis. — Seus lábios tremiam descontroladamente. — Não posso... não mais... aquele corpo... era o *pai* de Arnie. Não posso, não aguento mais, por favor...

— Você tem que entrar — insisti. Ela olhou para mim, depois lançou um olhar assustado para os restos obscenamente trêmulos daquela puta velha que LeBay e Arnie haviam compartilhado, e então deu a volta pela frente de Petúnia. Uma peça de cromado voou e fez um arranhão fundo na perna dela. Leigh gritou e correu. Subiu rapidamente até a boleia e ficou bem colada em mim.

— O q-que tenho que fazer?

Fiquei pendurado meio para fora da boleia, segurando o teto, e pisei na embreagem com o pé direito. O motor de Petúnia ainda estava ligado.

— Pise fundo no acelerador e fique com o pé lá embaixo — falei. — Não importa o que acontecer.

Manejando o volante com a mão direita e me segurando com a esquerda, eu soltei a embreagem lentamente e nós avançamos, batendo na carcaça, esmagando-a, espalhando-a. E na minha cabeça, tive a impressão de ouvir outro grito de fúria.

Leigh agarrou a cabeça com as mãos.

— Não consigo, Dennis! Não consigo fazer isso! Essa... essa coisa... *está gritando!*

— Você tem que conseguir — falei. Ela tinha tirado o pé do acelerador e agora eu podia ouvir sirenes na noite, aumentando e diminuindo. Agarrei o ombro dela e uma explosão de dor me subiu pela perna. — Leigh, nada mudou. Você tem que fazer!

— Aquilo *gritou* para mim!

— Nosso tempo está se acabando e ainda não terminamos. Só mais um pouquinho!

— Vou tentar — ela sussurrou e pisou no pedal de novo.

Engatei a marcha a ré. Petúnia recuou uns 6 metros. Pisei na embreagem de novo, passei para primeira... e Leigh gritou, de repente:

— Não, Dennis! Não! Olhe!

A mãe e a menininha, Verônica e Rita, estavam em pé diante da carcaça amassada e destroçada de Christine, de mãos dadas, os rostos solenes e tristes.

— Elas não estão lá — falei. — E, se estiverem, é tempo de voltarem para... — Mais dor na minha perna e o mundo ficou cinzento — ... voltarem para o lugar a que pertencem. Fique com o pé no pedal!

Soltei a embreagem e Petúnia avançou novamente, ganhando velocidade. As duas figuras não desapareceram, como fazem os fantasmas nos filmes de TV; pareceram fluir para todos os lados, cores brilhantes que se desbotavam para esmaecidos rosas e azuis... e então desapareceram por completo.

Batemos novamente em Christine, fazendo o que sobrara dela girar. O metal rangeu e se rasgou.

— Não estão lá — sussurrou Leigh. — Não estão realmente lá. Está bem. Está bem, Dennis.

Sua voz vinha do fundo de um longo corredor sombrio. Passei para marcha a ré e fomos para trás. Depois para a frente. Batemos nela. Batemos de novo. Quantas vezes? Não sei. Nós simplesmente continuamos esmagando o que restava de Christine e, com cada impacto, mais uma onda de dor me subia pela perna, e as coisas ficavam um pouco mais escuras.

Por fim, ergui os olhos turvos e vi que o ar do lado de fora parecia estar cheio de sangue. Só que não era sangue, e sim uma luz vermelha pulsante refletindo na neve que caía. Pessoas batiam na porta lá fora.

— Acha que chega? — perguntou Leigh.

Olhei para Christine — só que não era mais Christine. Era um monte espalhado de metal rasgado e retorcido, pedaços de recheio do estofamento e vidro quebrado cintilante.

— Vai ter que chegar — falei. — Deixe que eles entrem, Leigh.

E, quando ela se foi, desmaiei de novo.

Depois, houve uma série de imagens confusas; coisas que entravam em foco por algum tempo para então desvanecer ou desaparecer completamente. Consigo me lembrar de uma maca sendo tirada da traseira de uma ambulância. Consigo me lembrar das laterais sendo erguidas, e de como as luzes fluorescentes do teto marcavam reflexos frios no cromado; consigo recordar alguém dizendo:

— Corte isso, você tem que cortar, para a gente pelo menos dar uma *olhada* nisso!

Também me lembro de mais alguém — acho que era Leigh — dizendo:

— Não o machuquem, por favor, não o machuquem se puderem evitar!

Consigo me lembrar do teto da ambulância... tinha que ser uma ambulância, porque havia duas bolsas de soro suspensas na periferia de minha visão. Eu me lembro de me esfregarem com antisséptico frio e, em seguida, a picada de uma agulha.

Depois disso, as coisas ficaram extremamente estranhas. Eu sabia, em algum lugar bem fundo dentro de mim, que eu não estava sonhando — a dor provava isso, mesmo que não provasse mais nada —, mas tudo aquilo *parecia* um sonho. Eu estava bastante dopado e isso ajudava... mas o choque fazia parte também. Não era brincadeira. Minha mãe estava lá, chorando, em um quarto nauseantemente parecido com aquele no qual eu passara o outono inteiro. Então meu pai estava lá, e o pai de Leigh estava com ele, e as expressões dos dois estavam tão tensas e severas que pareciam ser Tweedledee e Twiddledum numa versão de Franz Kafka. Meu pai se inclinou sobre mim e perguntou, numa voz como um trovão reverberando através de camadas de algodão:

— Como é que Michael foi parar lá, Dennis?

Era o que eles realmente queriam saber: como Michael tinha ido parar lá. *Ah*, pensei, *ah, meus amigos, eu poderia lhes contar cada história...*

Então o Sr. Cabot perguntou:

— Que encrenca foi essa em que você meteu minha filha, rapaz?

E eu me lembro de ter respondido:

— Não é a encrenca em que eu a meti que conta, mas a encrenca de que ela tirou você.

Até hoje ainda acho que foi uma resposta bastante inteligente, consideradas as circunstâncias, dopado como eu estava. Elaine apareceu lá rapidamente, e tenho a impressão de que ela segurava, zombeteiramente fora do meu alcance, uma barra de chocolate ou coisa assim. Leigh estava lá, se oferecendo para amarrar a fina echarpe de náilon no meu braço. Só que eu não podia levantá-lo, meu braço era um pedaço de chumbo.

Então Arnie apareceu por lá, mas claro, isso *tinha* que ser um sonho.

Obrigado, cara, ele disse, e eu percebi horrorizado que a lente esquerda dos óculos dele estava estilhaçada. O rosto me parecia legal, mas aquela lente estilhaçada... aquilo me assustou. *Obrigado. Você fez bem. Eu me sinto melhor agora. Acho que as coisas vão ficar bem agora.*

Sem problemas, Arnie, falei — ou tentei falar —, mas ele tinha sumido.

Foi no dia seguinte — não no dia 20, mas no domingo, 21 de janeiro — que comecei a melhorar um pouco. Minha perna esquerda estava de novo no gesso, naquela velha e familiar posição, entre todas as roldanas e pesos. À esquerda da minha cama havia um homem que eu nunca vira antes, lendo um livro de bolso com uma história de John D. MacDonald. Quando percebeu que eu estava olhando para ele, baixou o livro.

— Bem-vindo de volta à terra dos vivos, Dennis — disse suavemente, e marcou a página do livro deliberadamente com uma cartela de fósforos. Ele pousou o livro sobre o colo e descansou as mãos em cima dele.

— Você é médico? — perguntei. Ele certamente não era o Dr. Arroway, o médico que cuidara de mim da última vez; ele seria uns 20 anos mais novo e teria, no mínimo, uns 8 quilos a menos. Parecia um sujeito durão.

— Inspetor da Polícia Estadual — disse ele. — Meu nome é Richard Mercer. Rick, se preferir — ele estendeu a mão e eu a toquei cuidadosa e desajeitadamente. Não poderia apertá-la de verdade. Minha cabeça doía e eu estava com sede.

— Olha — falei. — Não me incomodo nem um pouco em falar com você, e vou responder a todas as suas perguntas, mas eu queria ver um médico. — Eu engoli. Ele me olhou preocupado, e então eu deixei escapar: — Preciso saber se vou andar de novo.

— Se for verdade o que aquele Dr. Arroway disse — Mercer respondeu — você estará em forma daqui a umas quatro a seis semanas. Você não quebrou a perna outra vez, Dennis. Você a forçou seriamente, foi o que ele disse. Sua perna inchou como uma salsicha, rapaz. Ele também disse que teve muita sorte em sair desta com tão pouco estrago.

— E quanto a Arnie? — perguntei. — Arnie Cunningham? Sabe se...

Os olhos dele cintilaram.

— O que foi? — perguntei. — O que houve com Arnie?

— Escute, Dennis — ele disse, depois hesitou. — Não sei se é a melhor hora.

— *Por favor, o* Arnie... ele morreu?

Mercer suspirou.

— Sim, morreu. Ele e a mãe sofreram um acidente na autoestrada Pensilvânia, por causa da neve. Se é que *foi* um acidente.

Tentei falar e não consegui. Indiquei o jarro de água na mesa de cabeceira com um gesto, pensando em como era triste estar num quarto de hospital e saber exatamente onde tudo ficava. Mercer me serviu um copo e colocou o canudinho dobrado. Bebi e melhorei um pouco. Da garganta, quero dizer. Nenhuma outra coisa parecia ter melhorado, de maneira nenhuma.

— O que você quis dizer com *se é que foi um acidente*?

— Bem — disse Mercer —, sexta-feira à noite e a nevasca não estava tão forte assim. A classificação da estrada estava no nível dois: pista nua e molhada, visibilidade reduzida, dirija com cautela. A julgar pela força do impacto, supomos que eles não iam a mais de 70. O carro derrapou sobre o canteiro central da estrada e bateu em um caminhão. Era a perua Volvo da Sra. Cunningham. Explodiu.

Fechei os olhos.

— Regina...?

— Também morta no local. Não sei se isso ajudaria em alguma coisa, mas eles provavelmente não...

— ... sofreram — completei. — Porra nenhuma. Eles sofreram *muito*. — Senti as lágrimas, mas consegui sufocá-las. Mercer não disse nada. — Todos os três — murmurei. — Ah, Deus, todos os três!

— O motorista do caminhão quebrou um braço. Foi a pior consequência do acidente. Ele disse que havia três pessoas no carro, Dennis.

— Três?!

— Exatamente. E ele disse que elas pareciam estar lutando. — Mercer olhou para mim com franqueza. — Estamos seguindo a teoria de que eles pegaram um caronista de maus instintos que fugiu depois do acidente, antes da chegada da Polícia Rodoviária.

Mas essa era uma hipótese ridícula para quem conhecesse Regina Cunningham. Era mais fácil que ela usasse calças jeans em um chá da universidade do que desse carona a um desconhecido. Na mente de Regina Cunningham, as coisas que você fazia e as coisas que você nunca fazia estavam gravadas firmemente. Como que em cimento, era possível dizer.

Só poderia ter sido LeBay. Ele não podia estar em dois lugares ao mesmo tempo, essa era a questão. E no final, ao ver o rumo que as coisas tomavam na Garagem de Darnell, ele abandonara Christine e tentara voltar para Arnie. O que acontecera em seguida é algo que já cai no terreno das suposições. Mas eu concluí então — e ainda penso o mesmo — que Arnie lutou com ele... e conseguiu pelo menos um empate.

— Morto — falei, e agora as lágrimas vieram. Eu estava fraco e deprimido demais para contê-las. Eu não tinha sido capaz de impedir que ele morresse, afinal. Não naquela última vez, quando realmente importava. Eu salvara outros, talvez, mas não Arnie.

— Conte-me o que aconteceu — disse Mercer. Deixou seu livro na mesinha de cabeceira e inclinou-se para a frente. — Conte-me tudo o que sabe, Dennis, do começo ao fim.

— O que foi que Leigh disse? — perguntei. — E como ela está?

— Passou a noite de sexta-feira aqui, sob observação — informou Mercer. — Teve uma concussão e um corte no couro cabeludo que precisou de 12 pontos. Nenhuma marca no rosto. Uma sorte. É uma garota bonita.

— Ela é mais do que isso — falei. — É linda.

— Ela não quis dizer nada — comentou Mercer, e um sorriso relutante, creio que de admiração, inclinou o rosto dele para a esquerda. — Nem para mim nem para seu pai. Leigh está, poderíamos dizer assim, de saco cheio disso tudo. Ela falou que você decidirá o que contar e quando. — Ele me encarou pensativo. — Porque, segundo ela, foi você que pôs um fim na história.

— Não fiz um trabalho assim tão bom — murmurei. Eu ainda tentava lidar com a ideia de que Arnie poderia estar morto. Era impossível, não era? Quando tínhamos 12 anos, fomos juntos para o Acampamento Winnesko, em Vermont. Então fiquei com saudades de casa e disse a ele que ia telefonar, pedir aos meus pais que viessem me buscar. Arnie respondeu que, se eu fizesse isso, ele contaria para todo mundo na escola que o motivo de eu ter voltado mais cedo para casa fora porque eles tinham me apanhado comendo meleca no beliche, depois do toque de recolher, e me expulsado do acampamento. Nós dois subimos na árvore do meu quintal, até o último galho, e nele gravamos nossas iniciais. Ele costumava dormir na minha casa e ficávamos acordados até tarde, vendo a sessão de filmes de terror, encolhidos no sofá, debaixo de um velho edredom. Comemos todos aqueles sanduíches clandestinos de Pão Maravilha. Aos 14 anos, ele me procurou, assustado e envergonhado, porque estava tendo uns sonhos sexuais e pensava que eles o faziam molhar a cama. No entanto, era para as fazendas de formigas que minha mente continuava voltando. Como ele poderia estar morto, quando fizemos aquelas fazendas de formigas juntos? Santo Deus, aquelas fazendas de formigas pareciam ter acontecido apenas uma ou duas semanas antes! Então como ele poderia estar morto? Abri a boca para dizer a Mercer que Arnie não poderia estar morto — aquelas fazendas de formigas tornavam a mera ideia absurda. Então tornei a fechá-la. Não poderia lhe dizer aquilo. Ele era só um cara qualquer.

Arnie, pensei. *Ei, cara — não é verdade, é? Meu Deus do céu, nós ainda temos muita coisa para fazer. Ainda nem mesmo tivemos um encontro duplo com nossas garotas no drive-in.*

— O que aconteceu? —Mercer insistiu. — Conte-me, Dennis.

— Você não ia acreditar — respondi.

— Talvez você se surpreenda com o quanto eu poderia acreditar — disse ele. — E você também pode ficar surpreso com o que sabemos. Um sujeito chamado Junkins era o investigador principal deste caso. Foi assassinado não muito longe daqui. Era meu amigo. Um bom amigo. Uma semana antes de morrer, ele me disse que acreditava que alguma coisa estava acontecendo em Libertyville em que ninguém acreditaria. Então foi assassinado. Isto torna o assunto uma questão pessoal para mim.

Mudei cautelosamente de posição.

— Ele não lhe contou mais nada?

— Junkins me disse que acreditava ter descoberto um antigo assassinato — prosseguiu Mercer, sem tirar os olhos dos meus. — Mas que isso não importava muito, porque o assassino estava morto.

— LeBay — murmurei, e pensei que, se Junkins descobrira isso, não era de se espantar que Christine o tivesse matado. Porque, se Junkins chegara até aí, estivera bem perto de toda a verdade.

— LeBay foi o nome que ele mencionou — disse Mercer. Inclinou-se um pouco mais na minha direção. — E vou lhe dizer uma coisa, Dennis: Junkins era um puta motorista. Quando era mais novo, antes do casamento, costumava correr com *stock car* Philly Plains, e venceu algumas vezes. Ele saiu da estrada fazendo mais de cento e noventa, em um carro-patrulha Dodge com motor Hemi. Seja lá quem fosse que o estivesse perseguindo... e nós sabemos quem era... tinha de ser um demônio no volante.

— Sim — falei. — Ele era.

— Vim aqui por conta própria. Estou esperando você acordar há duas horas. Ontem à noite eu fiquei aqui até me expulsarem. Não há nenhum taquígrafo comigo, não tenho um gravador e lhe garanto que não estou usando um microfone. Quando você prestar depoimento, se chegar a isso, o jogo será diferente. Agora, porém, somos só nós, eu e você. Eu preciso saber, Dennis. Porque eu vejo a esposa e os filhos de Junkins de vez em quando. Sacou?

Refleti naquilo. Refleti durante um longo tempo — quase cinco minutos. Ele ficou sentado e me deixou pensar. No fim eu concordei com a cabeça.

— Está bem, mas mesmo assim você não vai acreditar.

— Veremos — respondeu.

Abri a boca, ainda sem ideia de como começar.

— Ele era um perdedor, entenda. Todo colégio tem dois, pelo menos, é como uma lei nacional. Sacos de pancadas de todo mundo. Só que às vezes... às vezes eles encontram alguém a quem se agarrar e sobrevivem. Arnie tinha a mim. Depois teve Christine.

Olhei para ele e, se tivesse visto o menor brilho de dúvida naqueles olhos cinzentos, tão assustadoramente parecidos com os de Arnie... bem, se eu tivesse visto isso, creio que fecharia a boca ali mesmo. Teria lhe dito que escrevesse qualquer coisa que lhe parecesse mais plausível em seus livros e dissesse o que diabos lhe parecesse mais agradável aos filhos de Junkins.

Mas ele apenas assentiu, me olhando atentamente.

— Eu só queria que você entendesse isso — falei e então senti um nó na garganta e não consegui dizer o que talvez deveria ter dito em seguida: *Leigh Cabot apareceu mais tarde.*

Bebi mais um pouco d'água e engoli com força. Falei durante as duas horas seguintes.

E finalmente eu terminei. Não houve nenhum grande clímax; eu estava simplesmente seco, com a garganta dolorida de tanto falar. Não perguntei se ele acreditava em mim. Não perguntei se ele iria me trancar em um asilo de loucos ou me dar uma medalha de mentiroso. Eu sabia que ele acreditava em boa parte da história, pois as coisas que eu sabia se encaixavam perfeitamente nas coisas que ele sabia. O que ele achou do restante — Christine e LeBay, o passado estendendo as mãos para o presente —, isso eu não sabia. E continuo sem saber até hoje. De verdade.

Um momento de silêncio surgiu entre nós. Por fim, ele bateu com as mãos nas coxas, fazendo um som vivo, e se levantou.

— Bem! — exclamou. — Seus pais devem estar esperando para visitá-lo, sem dúvida.

— Provavelmente sim.

Ele pegou a carteira e tirou um pequeno cartão com o nome e o número de telefone.

— Geralmente posso ser encontrado aqui. Caso contrário, alguém me dará o recado. Quando estiver com Leigh Cabot novamente, poderia fazer o favor de lhe dizer o que me contou e pedir a ela que entre em contato comigo?

— Tudo bem, se você quiser. Eu falo com ela.

— Ela confirmará sua história?

— Sim.

Ele me olhou fixamente.

— Vou lhe dizer uma coisa, Dennis — falou. — Se está mentindo, não sabe que está.

Saiu do quarto. Só o vi de novo mais uma vez, durante o triplo funeral de Arnie e os pais. Os jornais relataram um trágico e bizarro conto de fadas; o pai morrendo em um acidente de carro, na entrada da garagem em casa, enquanto a mãe e o filho morriam na autoestrada Pensilvânia. Paul Harvey usou essa história em seu programa.

Não houve qualquer menção à presença de Christine na Garagem de Darnell.

Minha família veio me visitar naquela noite e, a essa altura, eu já me sentia muito melhor mentalmente — em parte por ter desabafado com Mercer, imagino (ele foi o tipo de pessoa que um de meus professores de psicologia na universidade chamou de "um estranho interessado", com quem temos mais facilidade de falar), mas também principalmente graças a uma visita-relâmpago do Dr. Arroway no final da tarde. Ele estava furioso e irritado comigo, sugerindo que da próxima vez enfiasse logo uma motosserra na maldita perna, o que nos pouparia um bocado de tempo e preocupações... mas também me informou (acho que com má vontade) que eu não tinha sofrido nenhuma lesão permanente. Ou pelo menos ele achava. Avisou que eu não havia melhorado as minhas chances de um dia participar da Maratona de Boston e saiu.

Portanto, a visita da família foi alegre — devido principalmente a Ellie, que tagarelou sem cessar sobre o cataclismo vindouro, seu Primeiro Encontro. Um nerd cabeçudo e espinhento chamado Brandon Hurling a convidara para patinarem juntos. Meu pai os levaria de carro. Muito legal.

Papai e mamãe se juntaram à conversa, mas ela ficava lançando olhares ansiosos de "não se esqueça" para meu pai. Ele ficou mais um pouco no quarto, depois que mamãe saiu com Elaine.

— O que aconteceu? — ele me perguntou. — Leigh contou ao pai dela uma história maluca sobre carros que se dirigem sozinhos, garotinhas que já morreram e sei lá mais o quê. Ele ficou descontrolado.

Assenti com a cabeça. Eu estava cansado, mas não queria que Leigh ficasse mal com os pais — ou que eles acabassem pensando que a filha era mentirosa ou louca. Se ela iria me dar cobertura com Mercer, eu teria que lhe dar cobertura com seus pais.

— Tudo bem — falei. — É uma história e tanto. Poderia mandar mamãe e Ellie tomarem um refresco ou coisa assim? Talvez seja melhor sugerir que as duas fossem ao cinema.

— Longa assim?

— É. Longa assim.

Ele olhou para mim, com o olhar preocupado.

— Está bem — concordou.

Pouco depois, eu contei minha história pela segunda vez. Agora contei pela terceira. E, segundo dizem, a terceira vez paga por todas.

Descanse em paz, Arnie.

Amo você, cara.

Epílogo

Acho que se esta fosse uma história inventada, eu a terminaria contando como o cavaleiro da perna quebrada da Garagem de Darnell cortejou e conquistou a bela dama... aquela da echarpe de náilon rosa e arrogantes malares nórdicos. Mas isso jamais aconteceu. Leigh Cabot agora é Leigh Ackerman, mora em Taos, no Novo México e está casada com um representante da IBM. Ela vende produtos de beleza, nas horas vagas. Tem duas garotinhas, gêmeas idênticas, motivo pelo qual talvez não tenha muitas horas vagas. Continuo mantendo contato com ela, pois minha afeição pela dama nunca chegou a desaparecer. Trocamos cartões de Natal, e eu também lhe envio um cartão de aniversário, já que ela nunca se esquece do meu. Coisas assim. Há momentos em que me parece que aconteceu tudo há muito mais que quatro anos.

O que houve conosco? Sinceramente não sei. Nós namoramos durante dois anos, dormimos juntos (extremamente satisfatório), fomos juntos para a mesma universidade (Drew) e nos tornamos amigos. O pai dela se calou sobre nossa louca história depois que o meu pai conversou com ele, apesar de ele sempre ter me considerado uma pessoa de caráter duvidoso depois disso. Penso que ele e a Sra. Cabot ficaram aliviados quando Leigh e eu tomamos caminhos diferentes.

Eu pude sentir quando começamos a nos afastar e isso me doeu — doeu um bocado. Eu ansiava por ela, da maneira como continuamos a ansiar por alguma substância da qual não sentimos mais nenhuma dependência física... balas, fumo, Coca-Cola. Fiquei com dor de cotovelo por ela, mas acho que foi uma dor de cotovelo autoconsciente, e que eu larguei com uma rapidez quase indecorosa.

E talvez eu saiba sim o que aconteceu. Os eventos daquela noite na Garagem de Darnell eram um segredo nosso e, naturalmente, os amantes precisam ter seu segredos... mas aquele não era um dos melhores.

Foi algo frio e antinatural, algo que fedia a loucura, e pior do que loucura, fedia a túmulo. Houve noites, após o amor, em que ficávamos juntos na cama, nus, corpo contra corpo, e aquela coisa estava entre nós: o rosto de Roland D. LeBay. Eu beijava a boca de Leigh, os seios ou o ventre, quente pela crescente paixão, mas de súbito ouvia a voz dele: *Esse é o melhor cheiro do mundo... exceto o de boceta.* E então eu congelava, minha paixão reduzida a fumaça e cinzas.

Houve momento, Deus sabe bem, em que eu podia ver isso no rosto dela também. Os amantes nem sempre vivem felizes para sempre, mesmo quando fizeram o que parecia ser certo, da melhor maneira possível. Isso é mais uma coisa que levamos quatro anos para aprender.

E assim nós nos afastamos. Um segredo precisa de dois rostos para ser refletido; um segredo precisa se ver espelhado em outro par de olhos. E, embora eu a amasse, todos os beijos, todas as carícias, todos os passeios de braços dados em meio às folhas que caíam em outubro... nada disso poderia se comparar àquele simples e magnífico ato de atar a echarpe em torno de meu braço.

Leigh deixou a universidade para se casar — e então foi adeus, Drew e olá, Taos. Assisti ao casamento, sem qualquer peso na consciência. Cara legal. Tinha um Honda Civic. Nenhum problema com ele.

Eu nunca tive que me preocupar em entrar para o time de futebol americano. Drew nem mesmo tinha um time. Em vez disso, eu fiz uma matéria extra a cada semestre e frequentei o curso de verão por dois anos, naquela época em que eu estaria suando ao sol de agosto, atacando os bonecos de treinamento, se as coisas tivessem acontecido de modo diferente. Como resultado, eu me formei mais cedo — de fato, três semestres mais cedo.

Se você me encontrar na rua, não vai notar que eu manco, mas se caminhar comigo por uns 7 ou 8 quilômetros (eu ando quatro quilômetros por dia, pelo menos; aquelas coisas de fisioterapia acabam pegando) perceberá que eu começarei a puxar a perna um pouco para a direita.

Minha perna esquerda dói em dias chuvosos. E também em noites nevadas.

E, às vezes, quando tenho meus pesadelos — agora não são mais tão frequentes —, eu acordo suando e agarrando aquela perna, onde ainda existe uma saliência dura de carne acima do joelho. Mas todas as minhas preocupações com cadeiras de roda, aparelhos ortopédicos e saltos especiais foram felizmente inúteis. E eu jamais gostei muito de futebol mesmo.

Michael, Regina e Arnie Cunningham foram sepultados no jazigo da família, no cemitério de Libertyville Heights. Ninguém compareceu ao enterro além de membros da família: os parentes de Regina em Ligonier, alguns parentes de Michael residentes em New Hampshire e Nova York, e uns poucos outros.

O funeral aconteceu cinco dias após aquela cena infernal na garagem. Os caixões estavam fechados. A simples visão daqueles três caixões de madeira, alinhados em um estrado tríplice como soldados, atingiu meu coração como uma pá de terra fria. A lembrança das fazendas de formigas não pôde resistir ao mudo testemunho daqueles ataúdes. Chorei um pouco.

Depois eu fui na minha cadeira de rodas até eles e pousei a mão instintivamente sobre o caixão do centro, sem saber se era ou não o de Arnie, sem ligar para isso. Fiquei assim por um longo tempo, com a cabeça baixa, até que uma voz soou atrás de mim.

— Quer que o empurre até a sacristia, Dennis?

Olhei para trás. Era Mercer, parecendo muito correto e quase um advogado, vestindo um terno de lã escura.

— Tudo bem — respondi. — Me dê só mais uns segundos.

— Está bem.

Eu hesitei e depois disse:

— Os jornais disseram que Michael foi morto em casa. Que o carro passou por cima dele, depois que ele escorregou no gelo ou coisa assim.

— Exato — respondeu ele.

— Coisa sua?

Mercer hesitou.

— Isso deixa as coisas mais simples. — Seu olhar se desviou até onde Leigh estava sentada com meus pais. Ela estava conversando com a minha mãe, mas olhava ansiosamente para mim. — Uma garota bonita — disse.

Mercer já fizera o mesmo comentário antes, no hospital.

— Um dia vou me casar com ela — falei.

— Eu não ficaria surpreso — replicou Mercer. — Alguém já lhe disse que você tem os colhões de um tigre?

— Acho que o treinador Puffer falou isso. Uma vez — falei.

Ele riu.

— Está pronto para aquele empurrão, Dennis? Já ficou aqui por tempo suficiente. Deixe isso para trás.

— É mais fácil falar do que fazer.

Ele concordou.

— É, acho que sim.

— Você poderia me dizer uma coisa? — perguntei. — Eu preciso saber.

— Eu digo, se puder.

— O que você fez... — Precisei parar e pigarrear. — O que fez com... as peças?

— Ora, eu mesmo cuidei disso — respondeu Mercer. Sua voz era jovial e quase alegre, mas o rosto estava sério, muito sério. — Eu mandei dois sujeitos da polícia local juntar tudo e colocar no compactador, aquele nos fundos da Garagem de Darnell. Ficou um cubinho deste tamanho. — Ele afastou as mãos uns 60 centímetros uma da outra. — Um dos caras sofreu um corte sério. Teve que levar pontos.

Mercer sorriu subitamente — e foi o sorriso mais amargo e mais frio que já vi.

— Ele disse que aquilo o mordeu.

Em seguida, me empurrou corredor abaixo até onde minha família e minha namorada esperavam por mim.

* * *

Bem, aí está a minha história. Exceto pelos sonhos.

Estou quatro anos mais velho, e o rosto de Arnie começa a ficar indistinto para mim, uma fotografia desbotada num antigo anuário escolar. Eu nunca teria acreditado que isso poderia acontecer, mas aconteceu. De algum modo eu consegui superar essa fase, a transição de adolescente para adulto — seja lá o que isso for; tenho um diploma universitário, cuja tinta está quase seca, e dou aulas de História no ensino fundamental. Comecei no ano passado, e dois dos meus alunos originais — ambos tipo Buddy Repperton — eram mais velhos do que eu. Estou solteiro, mas existem algumas damas interessantes em minha vida, e dificilmente penso em Arnie.

Exceto nos sonhos.

Os sonhos não são a única razão pela qual escrevi tudo isso. Existe outra, que explicarei em um momento, mas eu estaria mentindo se afirmasse que os sonhos não constituem uma boa parte da razão. Talvez isto seja um esforço para lancetar e limpar a ferida. Também é possível que eu simplesmente não seja rico o bastante para pagar um analista.

Em um dos sonhos, eu estou de volta à cerimônia do funeral. Os três caixões estão em seu estrado tríplice, mas não há ninguém na igreja além de mim. No sonho estou de muletas novamente, parado no início da nave central, junto à porta. Não iria até lá, mas as muletas me puxam, movendo-se sozinhas. Toco no caixão do meio. Ele se abre de repente com o meu toque e, jazendo no interior acetinado, não está Arnie, mas Roland D. LeBay, um cadáver putrefato vestindo uniforme do Exército. Quando o cheiro nauseante de podre me atinge, o cadáver abre os olhos; suas mãos pútridas, negras e pegajosas, com alguma excrescência fungoide, tateiam para cima e encontram minha camisa, antes que eu possa recuar. Então elas me puxam, até que seu rosto feroz e fedorento fica apenas a centímetros do meu. Ele começa a coaxar, mais e mais: *Não há cheiro melhor que este, hein? Nada cheira tão bem... exceto uma boceta... exceto uma boceta... exceto uma boceta...* Tento gritar, mas não posso... porque as mãos de LeBay se fecharam em um anel venenoso e apertado em torno da minha garganta.

No outro sonho — e este consegue de alguma forma ser ainda pior — eu termino de dar uma aula ou monitoria em uma sala de estudos do Colégio Norton, onde sou professor. Recoloco os livros na minha pasta, guardo os meus papéis e saio da sala, a caminho da aula seguinte. E lá, no corredor, apertada entre os armários cinza-industrial dos alunos, está Christine — nova em folha e cintilante, repousando sobre quatro pneus novos de banda branca, um enfeite cromado da Vitória Alada no capô empinado em minha direção. Christine está vazia, mas seu motor acelera e diminui... acelera e diminui... acelera e diminui. Em alguns sonhos, a voz que vem do rádio é a de Richie Valens, morto há muito tempo num desastre de avião com Buddy Holly e J. P. Richardson, o *Big Bopper.* Richie está berrando "La Bamba" em ritmo latino. Quando Christine subitamente dá o bote na minha direção, deixando marcas de borracha no piso do corredor e arrancando as portas abertas dos armários com suas maçanetas, vejo que ela tem uma placa personalizada no para-choque dianteiro — um sorridente crânio branco sobre um fundo inteiramente negro. Acima da caveira estão impressas as palavras O ROCK AND ROLL JAMAIS MORRERÁ.

Então acordo — algumas vezes gritando, sempre agarrando minha perna.

Mas os sonhos têm sido menos regulares ultimamente. Em um dos meus cursos de Psicologia na faculdade — fiz muitos deles, talvez na esperança de compreender coisas que não podem ser compreendidas — li que as pessoas sonham menos à medida que ficam mais velhas. Acho que vou ficar bem agora. No último Natal, quando mandei meu cartão anual a Leigh, acrescentei uma linha à nota de sempre no verso. Abaixo da assinatura, movido por um impulso, rabisquei: *Como você tem lidado com aquilo tudo?* Então selei o cartão e o botei no correio, antes que me arrependesse. Um mês mais tarde, recebi um cartão-postal mostrando o novo Centro de Artes de Taos. No verso, havia o meu endereço e apenas uma linha seca: *Lidando com o quê? L.*

De um jeito ou de outro a gente acaba descobrindo coisas que precisamos saber.

Mais ou menos na mesma época — parece que é na época do Natal que os meus pensamentos se voltam para esse assunto mais frequentemente —, escrevi um bilhete para Rick Mercer, porque a questão ocupava mais e mais a minha mente, me atormentando. Eu lhe perguntei o que tinha sido feito com o bloco de sucata de metal que um dia tinha sido Christine.

Não recebi resposta.

Mas o tempo vem me ensinando a lidar também com isso. Eu penso cada vez menos nessas coisas. De verdade.

Assim, aqui estou eu, no finalzinho de tudo, velhas lembranças e velhos pesadelos, todos amontoados numa resma organizada de páginas. Em breve essas páginas serão colocadas numa pasta, essa pasta irá para meu arquivo, a gaveta será trancada — e isso significará o fim.

Mas eu lhe disse que havia mais alguma coisa, não disse? Uma outra razão para escrever tudo isto.

Sua obsessão descontrolada. Sua fúria inesgotável.

Foi algo que eu li no jornal, algumas semanas atrás — apenas uma notinha publicada pela agência de notícias *Associated Press* pelo seu caráter bizarro, eu acho. *Seja franco, Guilder,* posso ouvir Arnie dizendo — portanto, serei franco. Pois foi essa nota que me fez prosseguir, mais do que todos os sonhos e antigas lembranças.

A notícia era sobre um cara chamado Sander Galton, cujo apelido — podemos supor logicamente — só poderia ser Sandy.

Este Sander Galton foi assassinado na Califórnia, onde trabalhava num cinema drive-in, em Los Angeles. Estava aparentemente sozinho, fechando o lugar após o expediente depois que o filme acabou. Ele estava na bonbonnière. Um carro atravessou a parede, destruiu o balcão, esmagou a máquina de pipocas e o pegou quando ele tentava destrancar a porta da cabine de projeção. Os tiras sabiam que era isso que estava fazendo quando o carro o atropelou porque encontraram a chave na mão dele. Li a notícia, intitulada ESTRANHO ASSASSINATO POR CARRO EM LOS ANGELES — e pensei no que Mercer tinha me contado, aquela última coisa: *Ele disse que aquilo o mordeu.*

Claro que é impossível, mas tudo aquilo fora impossível desde o começo.

Fico pensando em George LeBay, em Ohio.

A irmã dele, no Colorado

Leigh, no Novo México.

E se tudo aquilo recomeçou?

E se aquilo estiver vindo para o leste terminar o serviço?

Me reservando para o fim?

Sua obsessão descontrolada.

Sua fúria inesgotável.

Permissões

SOMETHIN' ELSE, Eddie Cochran. © 1959 Unart Music Corporation. Usado com permissão. Todos os direitos reservados.
YAKETY-YAK, Jerry Leiber e Mike Stoller. © 1958 Tiger Music, Inc. Copyright cedido para Chappell & Co., Inc., Quintet Music, Inc., e Bienstock Publishing Co. Todos os direitos controlados por Chappell & Co., Inc. (Intersong Music, Publisher).
HOT ROD LINCOLN, Charles Ryan e W.S. Stevenson. © copyright 1960 Acuff-Rose Songs. Usado com permissão do editor. Todos os direitos reservados.
THIS CAR OF MINE, Brian Wilson e Mike Love. © 1964 Irving Music Co., Inc. (BMI). Todos os direitos reservados. Protegido por direitos autorais internacionais. Usado com permissão.
SURF CITY, Jan Berry e Brian Wilson. Copyright © 1963 Screen Gems-EMI Music Inc. Usado com permissão. Todos os direitos reservados.
PARTY TOWN, Glenn Frey e Jack Tempchin. © 1982 Red Cloud Music e Night River Publishing. Todos os direitos reservados.
ROAD RUNNER, Ellas McDaniel. Copyright © 1960 Arc Music Corporation. Usado com permissão.
NO PARTICULAR PLACE TO GO, Chuck Berry. © 1964,1965 Arc Music Corp. Usado com permissão.
MERCURY BLUES, K. C. Douglas. Copyright © 1970 B-Flat Music Company e Tradition Music Company. Todos os direitos reservados. Usado com permissão.

CADILLAC WALK, Moon Martin. © 1977 Bug Music/Rockslam Music (BMI). Administrado mundialmente por Bug Music. Todos os direitos reservados. Usado com permissão.

DRIVE MY CAR, John Lennon e Paul McCartney. © 1965 Northern Songs Limited. Todos os direitos para EUA. México e Filipinas controlados por Maclen Music, Inc. a/c ATV Music Corp. Usado com permissão. Todos os direitos reservados.

CADILLAC RANCH, Bruce Springsteen. © 1980 Bruce Springsteen. Usado com permissão. Todos os direitos reservados.

ROADRUNNER, Jonathan Richman. © 1975 Modern Love Songs. Usado com permissão. Todos os direitos reservados.

MAYBELLINE, Chuck Berry, Russ Fratto e Allan Freed. Arc Music Corp. Usado com permissão. Todos os direitos reservados.

LESS THAN ZERO, Elvis Costello. Copyright © 1977 Visions Music Inc. Usado com permissão. Todos os direitos reservados.

DEACON BLUES, letra e música de Walter Becker e Donald Fagen. © copyright 1977 Duchess Music Corporation, New York, NY. Direitos administrados por MCA Music, uma divisão da MCA Inc. Usado com permissão. Todos os direitos reservados.

LITTLE DEUCE COUPE letra de Roger Christian, música de Brian Wilson. © 1963 Irving Music Co., Inc. (BMI). Todos os direitos reservados. Protegido por direitos autorais internacionais. Usado com permissão.

MY MUSTANG FORD, Chuck Berry. © 1966 Isalee Music Corp. Usado com permissão. Todos os direitos reservados.

MERCEDES-BENZ, Janis Joplin. © Strong Arm Music. Usado com permissão.

SHUT DOWN, Brian Wilson e Roger Christian. © 1963 Irving Music Co., Inc. (BMI). Todos os direitos reservados. Protegido por direitos autorais internacionais. Usado com permissão.

NO MONEY DOWN, Chuck Berry. © 1956 Arc Music Corporation. Usado com permissão.

SHE'S IN LOVE WITH MY CAR, Judy Cole e Moon Martin. © 1982 Collision Music/Rockslam Music (BMI). Administrado mundialmente por Bug Music. Todos os direitos reservados. Usado com permissão.

RIDING IN MY CAR, Woody Guthrie, TRO. © 1954 e renovado em 1982 por Folkways Music Publishers, Inc. Usado com permissão.

RACING IN THE STREETS, Bruce Springsteen. © 1978 Bruce Springsteen. Usado com permissão. Todos os direitos reservados.
TRANSFUSION, Paul Barrett © Paul Barrett Music Company. Usado com permissão.
BUICK '59, Dootsie Williams. © Dootsie Williams. Usado com permissão. Todos os direitos reservados.
THE MAGIC BUS, Peter Towshend. © 1967 e 1969 Fabulous Music Ltd., Londres, Inglaterra. Usado com permissão de Essex Music, Inc. Nova York. Todos os direitos reservados.
YOU CAN'T CATCH ME, Chuck Berry. © 1956 Big Seven Music Corp. Usado com permissão do detentor do copyright. Todos os direitos reservados.
WHO DO YOU LOVE?, Ellas McDaniel. © 1956-1963 Arc Music Corp. Usado com permissão.
"409", Gary Usher e Brian Wilson. © 1962 Irving Music Co., Inc. (BMI). Todos os direitos reservados. Protegido por direitos autorais internacionais. Usado com permissão.
RIDE ON, JOSEPHINE, Ellas McDaniel. © 1960 Arc Music Corp. Usado com permissão. Todos os direitos reservados.
BRAND NEW CADILLAC, Vince Taylor. Copyright © 1959 Belinda (Londres) Ltd. Publicado nos EUA pela Unichappel Music Inc. Protegido por direitos autorais internacionais. Usado com permissão. Todos os direitos reservados.
MEXICAN BLACKBIRD, Billy Gibbons, Dusty Hill e Frank Beard. © 1975, 1977 Hamstein Music Company. Usado com permissão. Todos os direitos reservados.
I CAN'T SLEEP, P. Staines. © 1979 Carlin Music Corporation. Carbert Music Inc. Usado com permissão. Todos os direitos reservados.
RIDING IN THE MOONLIGHT, Chester Brunett e Jules Taub. © 1951 (renovado) por Arc Music Corp. Usado com permissão.
MY CUSTOM MACHINE, letra e música por Brian Wilson. © 1964 Irving Music Co., Inc. (BMI). Todos os direitos reservados. Protegido por direitos autorais internacionais. Usado com permissão.
MARY LOU, Jessie Young e Sam Ling. © 1959 Big Seven Music Corp. Usado com permissão do detentor do copyright. Todos os direitos reservados.

2ª EDIÇÃO [2013] 7 reimpressões

ESTA OBRA FOI COMPOSTA PELA ABREU'S SYSTEM EM ADOBE GARAMOND
E IMPRESSA EM OFSETE PELA LIS GRÁFICA SOBRE PAPEL PÓLEN DA
SUZANO S.A. PARA A EDITORA SCHWARCZ EM ABRIL DE 2024

FSC
www.fsc.org
MISTO
Papel | Apoiando o manejo florestal responsável
FSC® C112738

A marca FSC® é a garantia de que a madeira utilizada na fabricação do papel deste livro provém de florestas que foram gerenciadas de maneira ambientalmente correta, socialmente justa e economicamente viável, além de outras fontes de origem controlada.